HEYNE BÜCHER

BLAUE REIHE

Von Joseph Wambaugh
sind als Heyne-Taschenbücher erschienen:

02/2298 Der müde Bulle
02/2317 Tod im Zwiebelfeld
01/6321 Die Chorknaben
01/6470 Nachtstreife
01/6566 Der Hollywood-Mord
01/6968 Der Delta-Stern
01/7656 Die San Diego-Mission
01/7850 Der Rolls-Royce-Tote

Joseph Wambaugh

EIN GUTER POLIZIST

Thriller

Aus dem Amerikanischen übersetzt
von Sepp Leeb

WILHELM HEYNE VERLAG
MÜNCHEN

HEYNE BLAUE REIHE
02/2341

Herausgegeben
von Bernhard Matt

Titel der Originalausgabe:
THE BLACK MARBLE

7. Auflage
1. Auflage dieser Ausgabe.
Dieser Band ist bereits in der Allgemeinen Reihe (01/6122) erschienen.

Printed in Germany 1991
Umschlagfoto: Mauritius/Bach, Mittenwald
Umschlaggestaltung: Atelier Ingrid Schütz, München
Gesamtherstellung: Ebner Ulm

ISBN 3-453-04946-2

1. KAPITEL

Der Batuschka

Eine Explosion von Chrysanthemen, Kerzenlicht, orientalischen Teppichen und byzantinischen Augen. Leichte Wölkchen von Weihrauch, aufsteigend zwischen zwei A-Cappella-Chören, von Singstimmen gen Himmel getragen.

Der Mann in dem gummierten, gelben Regenmantel schwankte leicht, als er seine kräftigen Arme diesen Weihrauchschwaden entgegenreckte, welche die Muttergottes einhüllten. Ihre Augen waren mild.

Andere Augenpaare waren tadelnd, streng. Byzantinische Augen. Ein Kaleidoskop von Ikonen in den unterschiedlichsten Größen: Heilige, Weise, Madonnen. Die Gesichter auf den Ikonen um ihn herum starrten mit großen, dunklen, unbeugsamen Augen.

Hin und wieder stieß der Mann in dem gelben Regenmantel die stämmige Frau neben sich an, während er unstet schwankte.

Schließlich zischte sie ihn an: »Sopa!«

Er entschuldigte sich: »Es tut mir leid.«

Darauf erschallten wieder die beiden Chöre mit ihrer tragischen, zeitlosen, slawischen Anrufung: »Ehre sei dir, Gott, in der Höhe ... erbarme dich unser.«

Der Mann in dem gelben Regenmantel war überwältigt von dem anhaltenden Pathos in diesen russischen Stimmen, von den Weihrauchwolken, die er dankbar einsog, von der niedrigen, vergoldeten Decke und den Scharen von Gläubigen, die Schulter an Schulter standen. Er blickte immerzu auf das seltsame Gewirr von Ikonen und die gewaltige Tafel der Ikonostase. Große, traurige, dunkle Augen. Die Ikone der Gottesmutter mit dem Kind von aprikosen-, creme- und lachsfarbenen Nelken eingefaßt. Der *Batuschka* hob den *Pomasok*, um das Zeichen des Kreuzes auf die Stirn des ersten in einer langen Schlange von wartenden Gläubigen zu pinseln.

Die Reihe führte eine elegante, schlanke Frau an. Ihr grauer Mantel war regennaß. Er bauschte sich unterhalb der gegürteten Taille, und die Ärmelstulpen und der Saum aus Pelz paßten zu ihrem Hut. Sie trug graue Kalbslederstiefel. Der Mann im gelben Regenmantel war von ihrer Schönheit überwältigt, als der *Batuschka* ein Kreuz aus geweihtem Öl auf ihre Stirn strich. Sie hätte einer Oper von Glinka oder Borodin entsprungen sein können: eine Jungfrau, die in den Wäldern von einem Pferdeschlitten gefallen war. Der Mann im gelben Regenmantel konnte sich glitzernde Schneeflocken auf dem Pelz ihres Kragens vorstellen.

Aber es war gar kein Pelz, zumindest kein echter. Und sie war auch keine Russin und schon gar keine Jungfrau. Sie war in dritter Generation anglo-irischer Abstammung und lebte gegenwärtig mit einem Ukrainer der zweiten Generation zusammen. Das russische Weihnachten feierte sie nur deshalb in der Kirche mit, um nicht den Unmut seiner Großtante zu erregen, die ihnen für einen Jaguar X-J-12 vierzehntausend Dollar leihen wollte. Den Wagen hatte sie etwa genauso nötig wie diese knappen Stiefel, welche nur die Blutzirkulation in den Beinen hemmten.

Eigentlich faßte der Raum nur dreihundert Personen. Zu diesem Abendgottesdienst hatten sich in der bescheidenen Kathedrale jedoch vierhundert Seelen versammelt. Dennoch wußten nur wenige Bewohner von Los Angeles, daß dieser Donnerstag, der 6. Januar, der russische Heilige Abend war. Ein wesentlich heiligerer Tag stand für den Sonntag bevor. Und über diesen Tag wußten sie *alle* Bescheid. Sie würden ihn dieses Jahr im nahe gelegenen Pasadena feiern! Super Bowl XI.

Die Stimmen: »Ehre sei dir ... erbarme dich unser.«

Der Mann im gelben Regenmantel fühlte ein säuerliches Aufstoßen in seiner Kehle, schluckte es wieder hinunter, rülpste und stieß wieder die Frau neben sich an.

Dieses Mal wollte sie ganz sicher gehen, daß er sie auch verstand. Überdeutlich fauchte sie ihn an: »Arschloch!« Um das Gesagte noch zu unterstreichen, rammte sie ihm einen massiven Ellbogen in die Rippen.

»Uh!« schnappte der Mann im Regenmantel nach Luft, wobei ihm sein zimtfarbenes, nasses Haar weit über die Augen ins Gesicht fiel.

»Geh schon nach Hause!« flüsterte sie. »Alte Rauschkugel! Geh doch nach Hause!« Dazu versetzte sie ihm einen neuerlichen Stoß in den Bauch.

»Uh!« rülpste er. »Es tut mir wirklich leid.«

Dann drehte er sich um und drängte sich, die Hände auf den Bauch gepreßt, durch die dichtgedrängte Menge der Gläubigen auf den Ausgang zu, um das überfüllte Gotteshaus zu verlassen.

Er hatte eben die Tür erreicht, als ihn jemand am Hosenbein zupfte.

»Hier«, flüsterte ein kleiner Junge und reichte dem Mann ein Paar blitzender Handschellen, von denen eine lose Verriegelung herabbaumelte.

»Es tut mir wirklich leid«, sagte der Mann in dem gelben Regenmantel. Dann nahm er die Handschellen und steckte sie sich unter seinen Gürtel.

Einen Moment noch Kerzenlicht, Weihrauch und Farbenpracht. Im nächsten Dunkelheit, Kälte, Feuchtigkeit. Und dann nichts als diese schwarze und kalte und regnerische Nacht.

»Herr, erbarme dich unser.«

Der Mann im gelben Regenmantel schaffte es nicht, die Handschellen an der Innenseite seines Gürtels einzuhaken. Er merkte nicht, daß die Gürtelschnalle seitlich verrutscht war. Während er an seinem Gürtel herumtastete und -zerrte, glitten ihm die Handschellen in seine Unterhose. Der Stahl war kalt, und er stöhnte auf, als der offene Verschluß über sein Geschlechtsteil glitt.

Der Mann im gelben Regenmantel lehnte sich im Schatten an die Wand der Kathedrale und dachte abgekämpft über das Problem nach. Wenn er sich beruhigte und logisch vorging, mußte es doch ein leichtes sein, die Handschellen freizubekommen. Aber er fröstelte im Regen. Er spähte tiefer in die Schatten und holte unbeholfen die Flasche Stolitschnaja aus der Tasche seines Regenmantels. Schwankend hob er sie hoch, und binnen weniger Sekunden wärmte ihn die seidige Flüssigkeit des russischen Wodka bis in die Zehen.

Endlich hörte er zu frösteln auf. Er konnte wieder denken. Er fühlte sich nur ein wenig schwindlig, und er mußte sich setzen. Er plumpste schwer auf die Eingangstreppe der Kathedrale nieder – genau auf den gezahnten Rand der Handschelle, der auf seine Hoden drückte.

Ein buckliger und verwelkter Türsteher im Innern der Kathedrale dachte für einen Augenblick, einen Mann schreien zu hören. Nicht möglich – er zuckte mit den Achseln.

Jetzt hatte der Mann in dem gelben Regenmantel die Gürtelschnalle völlig aus den Augen verloren. Sie war ihm zusammen mit Holster und Munitionsmagazin auf den Rükken gerutscht. Der Hosenschlitz seiner schlabbrigen, alten Popelinehose war gut zwanzig Zentimeter zur Seite gezerrt. Verzweifelt hantierte er an seinem Gürtel herum. Schließlich zog er ihn nach oben, was natürlich die falsche Richtung war. Je stärker er zog, desto stärker drückte sich der Stahlverschluß in seinen schmerzgepeinigten Hodensack. Er konnte den Hosenschlitz nicht finden. Auch er war verschwunden. Er dachte bereits, er hätte seine Hose verkehrt herum angezogen.

Der bucklige und verwelkte Türsteher im Innern der Kathedrale neigte seinen Kopf zur Seite und sah zu der Ikone des Heiligen Isaak hoch. Diesmal war er sich sicher, einen Mann schreien gehört zu haben.

Drei Frauen hatten sich zum Weihnachtsgottesdienst verspätet. Eine von ihnen war dreiundsiebzig Jahre alt – eine monarchistische Immigrantin, die nie aufgehört hatte, sich über den sittlichen Verfall und die Unmoral Amerikas zu beklagen, und die davon träumte, einst in russischer Erde bestattet zu werden. Sie bekreuzigte sich und legte die Arme um ihre beiden Töchter, als sie plötzlich entsetzt aufschrie. Da, am alten Klostergarten, abgeschlossen von der zwiebelförmigen Kuppel der Russisch-Orthodoxen Kathedrale der Jungfrau und Gottesmutter Maria, tobte im Schatten der goldenen Kuppel ein heulender Derwisch umher, ein Phantom mit regennassem, zerzaustem Haar. Sein gelber Regenmantel war weit ausgebreitet. Seine durchnäßte Hose war auf seine Knöchel herabgerutscht. Und während seine beiden Hände sein Geschlechtsteil hielten, tanzte er unter geisterhaftem Stöhnen einen einsamen, verrückten Walzer durch den Regen.

Nun dachte der bucklige und verwelkte Türsteher, über dem herzerweichenden slawischen Chor eine Frau kreischen gehört zu haben. Er neigte neuerlich seinen Kopf zur Seite und schickte dem Hl. Isaak ein kurzes Stoßgebet empor, welches die Beschwerden fortgeschrittenen Alters zum Inhalt hatte.

Der Mann in dem gelben Regenmantel war erschöpft von seinem aussichtslosen Kampf. Seine Handschellen lagen auf dem Pflaster und mit ihnen sein 38er Smith-and-Wesson-Revolver, sein Schlüsselbund und ein schmutziges Taschentuch. Und nun saß er mit bloßem Hintern in einer Regenpfütze und stellte, während er sich seine Unterhose wieder über die Knie hochzerrte, zu seiner Verwunderung fest, daß er seine Hose doch nicht verkehrt herum angehabt hatte.

Fünf Minuten später hatte er seine sämtlichen Gerätschaften, zusammen mit der Flasche Stolitschnaja, in den Taschen seines Regenmantels verstaut. Da er den Reißverschluß nun endgültig losgerissen hatte, baumelte er lose zwischen seinen Beinen herab. Dankbar stolperte er in die Kirche zurück.

»Erbarme dich unser ... Allmächtiger Gott ... Erbarme dich unser.«

Warm und zufrieden zwischen den dicht gedrängten Gläubigen stehend, beobachtete er einen schlanken, hoch aufgerichteten Mann von mindestens achtzig Jahren in einem fadenscheinigen, olivfarbenen Mantel, der vor dem Bildnis der Jungfrau mit dem Kind auf beide Knie sank. Der alte Mann verbeugte sich in frommer Ehrfurcht und stand, ohne daß ihn jemand stützte oder begleitete, vor dem vom Kerzenlicht beschienenen *Batuschka*. Der alte Mann neigte sich zu dem Kreuz in der Hand des Priesters hinab und küßte das goldene Relief des Gekreuzigten.

Der *Batuschka* lächelte. Der alte Mann gehörte zu den ersten Einwanderern – ein Maurer aus Rostow, der in den letzten Jahren seine Kenntnisse und seine Arbeitskraft in den Dienst der Kirche gestellt hatte. Der Mann im gelben Regenmantel kannte den Maurer nicht. Statt dessen sah er nun einen strammen, alten weißrussischen Soldaten, möglicherweise ein Kosakenoberst, der mit einem Ernst und einer Würde vor dem Diakon stand, um den Leib Christi zu empfangen, als stünde er kurz vor dem Besteigen eines Zuges an die Front vor dem Zaren persönlich.

Dem Mann in dem gelben Regenmantel wurde das alles zu viel. Er konnte das feuchte, betrunkene Schluchzen nicht unterdrücken. Es brach aus ihm hervor wie das Bellen eines Seehunds. Der Kommunikant vor ihm schreckte auf. Er drehte sich um und blickte in das gerötete, tränenüberströmte Gesicht, eingerahmt von wirren und zerzausten Strähnen zimtfarbenen Haares.

»Es tut mir schrecklich leid«, antwortete der Mann in dem gelben Regenmantel auf das sprachlose Staunen seines Vordermannes.

Nun kniete der Mann in dem gelben Regenmantel selbst vor der heiligen Ikone. Verzweifelt preßte er seine Lippen aufeinander, aber vergeblich. Ein übermächtiges Schluchzen überkam seinen Körper, und er bellte von neuem los. Der *Batuschka* sah abrupt auf.

Zwei Ministranten, die dem Diakon assistierten, flüsterten sich kichernd gegenseitig etwas ins Ohr. Zwei Kommunikanten mußten dem Mann im gelben Regenmantel auf die Beine helfen. Er drehte sich um und grinste seine Wohltäter blöde an: »Es tut mir wirklich leid.«

»Gehen Sie schon weiter«, flüsterte der Mann hinter ihm. »Gehen Sie schon. Sie sind der nächste.«

Der Mann im gelben Regenmantel schwankte vor den bärtigen *Batuschka*, der ein Gesicht machte, als wollte er dem Betrunkenen lieber eine Ohrfeige versetzen als ihm seinen Segen verabreichen.

Und dann überkam es den Mann in dem gelben Regenmantel. Es wurde ihm einfach alles zu viel — die slawischen Gesänge, die alles umhüllenden Wolken aus Weihrauch, die Myriaden von Kerzen, die in allen Regenbogenfarben aufleuchtenden Nelken und Chrysanthemen, der stramme, alte Soldat-Maurer, die allgegenwärtigen Ikonen und diese leidenden und zugleich tadelnden byzantinischen Augen. Demütig kauerte er vor dem Priester nieder. Und dann kam es wie eine Woge über ihn. Seine massigen Schultern begannen zu zukken, und er senkte seinen Kopf und ließ die Tränen strömen. Er weinte.

Sein Regenmantel stand offen, und mit jedem Schauder seiner Schultern hampelte der Reißverschluß seiner Hose zwischen seinen Knien hin und her – eine kaputte und abgetakelte alte Puppe, die freudlos an einem einzigen Faden baumelte.

Angesichts der Heiligkeit der Stätte und des Tages eigentlich eine unerhörte Beleidigung, und doch zeigte sich der Priester gerührt.

»Es ist gut, mein Sohn«, sprach er leise und fuhr sanft mit seinem Stab über die Stirn des Weinenden.

Der Mann im gelben Regenmantel spürte, wie das warme Öl zwischen seinen Augen herabtropfte, und ergriff die Hand des Priesters. »Vater, es tut mir schrecklich leid. Es tut mir *wirklich* schrecklich leid, *Batuschka.*«

»Es ist gut, mein Sohn. *S Rosdeniem Christowym.*«

Als er den alten Weihnachtsgruß hörte, küßte er die Hand des *Batuschka*. Dann drängte er sich am Kommunionkorb vorbei und schwankte, kaum fähig zu atmen, auf die Tür zu.

Voller Abscheu schüttelte der bucklige und verwelkte Türsteher den Kopf und öffnete dem Betrunkenen in dem gelben Regenmantel die Tür. Der gummierte Regenmantel war alt – ein schmutziges Kanarienvogelgelb mit einem blauen Kragen. Neugierig betrachtete der Türsteher den Regenmantel. Es war einer von diesen langen, schockfarbenen Umhängen, wie sie von Straßenarbeitern getragen wurden. Der Türsteher sah näher hin. Über der Brust des Regenmantels war ein ovales Abzeichen angebracht. Und was für ein Abzeichen!

»Sie sind doch nicht etwa Polizist!« zischte der Türsteher.

»Doch. Es tut mir schrecklich leid«, rülpste der Mann in

dem gelben Regenmantel. Dann taumelte er in die Nacht hinaus.

Das letzte, was er noch hörte, bevor der Regen sein Gesicht peitschte, war der immerwährende slawische Hymnus: »Erbarme dich unser ... Allmächtiger Gott ... *Erbarme* dich unser.«

2. KAPITEL

La Buena Vida

Victorias duftender, warmer Atem roch ganz leicht nach der Pâté, die sie am Abend gemeinsam verspeist hatten. Madeline Dills Whitfield lag noch wach und lauschte auf den Regen. Sie fuhr mit einem lackierten Fingernagel über das Satinbettuch und rückte näher an Victoria heran, ohne sie zu wecken. Vickie gab in ihrem beneidenswert tiefen Schlaf leichte Geräusche von sich, während Madeline darauf wartete, daß die drei Dalmanes und die vier Gläser Chivas Regal die erhoffte Erlösung brachten.

Inzwischen berührten sich ihre Lippen fast. Vickies Zunge fuhr kurz feucht zwischen ihren Zähnen hervor, und Madeline sehnte sich danach, die unglaubliche Wölbung ihres Halses zu liebkosen. Es war ein wunderbarer Hals, der jetzt ganz schwach nach Bellodgia duftete – ein Hals, der all ihren Bewegungen Vornehmheit verlieh.

Vornehmheit. Madeline erinnerte sich an den letzten Montagnachmittag, als sie und Vickie über das Gelände des Huntington Sheraton spaziert waren, diese einst so opulente, alte Witwe von einem Hotel. Dieser Überrest aus den Tagen, da Pasadena noch das kulturelle und gesellschaftliche Zentrum der gesamten Region um Los Angeles gewesen war. Als der alte Henry Huntington mit den gewaltigen Augenbrauen in Homburg und Frack im eigenen Eisenbahnwaggon von seinem Wohnsitz in San Marino nach Los Angeles gefahren war. Auf einer privaten Bahnstrecke, welche ihm Mexikaner und Chinesen bis vor die Haustür gelegt hatten.

Es tat weh, den alten Prachtbau so schäbig, heruntergekommen und durch ein groteskes Vordach aus grauem Beton entstellt zu sehen, das an den Eingang des Hotels angestückelt worden war. Hier, wo Madelines Mutter 1923 auf einem Debütantinnenball in die Gesellschaft eingeführt worden war. Und es schmerzte noch mehr, als sie mit Vickie am Glockenturm vorbei auf den Ship Room des Hotels zuging, wo sich die ›alte‹ Gesellschaft von Pasadena praktisch über fünfunddreißig Jahre hinweg unverändert beim Tanz vergnügt hatte.

Bevor sie gestorben war, hatte Madelines Mutter noch gesagt, sie sei froh, daß ihr Mann nicht mehr mitansehen hatte müssen, wie Fremde seine teure alte Lady gekauft hatten. Das alte Pasadena fürchtete, die Investoren aus dem Fernen Osten könnten es dem Erdboden gleichmachen, um dann dort Kirschbäume und profitable Wohnanlagen erstehen zu lassen.

Instinktiv waren Madeline und Vickie in der Eingangshalle für einen Augenblick stehengeblieben. Madeline hatte sich dann der knarzenden Fußgängerbrücke zugewandt, die den alten Bau mit dem unansehnlichen neuen Flügel verband und von der aus man auf den Swimming-pool hinuntersehen konnte, wo gerade eine asiatische Kellnerin Cocktails servierte. Madeline wollte einen Scotch mit Wasser, aber sie hielt vor dem Steg ein und sah zu dem von derben, alten Balken gestützten Dach empor. Die Wandgemälde an den Giebeln ließen ein ländliches, frühes Kalifornien erstehen, wie es nie gewesen war: Mexikaner, Indianer, Amerikaner, Padre, Landarbeiter, Großgrundbesitzer – alle Brüder in einer lieblichen Landschaft von Weingärten und Hainen.

Dann das allzu vertraute Pochen in ihrer Brust. Ein plötzlicher Hitzeansturm in ihren Schläfen. Der Preis dafür, sich der Nostalgie hinzugeben, sich auf diesen Bildersteg zu wagen und dort zu verweilen. Wo sie als Mädchen so oft gestanden war und sich Dinge gewünscht hatte, an deren Verwirklichung zu zweifeln sie nicht den geringsten Anlaß gesehen hätte. Dann wandte sie sich dem Süden Pasadenas zu und betrachtete die Schichten violetter und azurner Abgase, die von Westen über das San Gabriel Valley gezogen kamen und diese Region vielleicht zu dem Gebiet Südkaliforniens machten, in dem die Luft beinahe tödlich war.

Aber es war nicht nur der Smog, der Old Pasadena umbrachte. Es war die *la buena vida* der Vergangenheit, gekoppelt mit der Einfachheit der alten Gesellschaftsordnung. Wenn weiße Domestiken sich weigerten, für die angebotenen

Löhne zu arbeiten, waren da andere, die an ihre Stelle treten würden. Die Schwarzen wurden in großen Scharen nach Pasadena gelockt. Es gefiel ihnen hier, und ihre Zahl nahm ständig zu. Und als schließlich immer mehr kamen, ging es ihnen hier zwar nicht mehr so gut, aber ihre Zahl stieg trotzdem weiterhin an. Bis altansässige Bewohner Pasadenas der vierten Generation eines Tages zu ihrer Bestürzung feststellen mußten, daß fünfundzwanzig Prozent der Schulkinder in ihrem Bezirk von schwarzer oder brauner Hautfarbe waren. Und innerhalb weiterer zehn Jahre mußten sie sich mit der Tatsache abfinden, daß fünfunddreißig Prozent der Kinder an ihren öffentlichen Schulen schwarz oder braun waren. Und eines Tages war diese Entwicklung gar so weit fortgeschritten, daß die Fünfzig-Prozent-Grenze überschritten war. Und dann setzte die Flucht der Weißen ein.

Ein Tausend-Quadratmeter-Landsitz mit Gästehaus, Tennisplatz, Swimming-pool und zwei Morgen Grünland mit hundertjährigen, knorrigen Eichen brachte nur ein Fünftel des Preises, der dafür ›auf der anderen Seite‹ oder ›im Westen drüben‹ gezahlt worden wäre, wo sich die *nouveau riche* angesiedelt hatten – Beverly Hills, Holmby Hills, Bel-Air, Brentwood. Seitdem fühlte sich Old Pasadena dem Belagerungszustand und folglich auch einer Panik nahe. Einige Bewohner waren alt genug und hatten bereits erwachsene Kinder, so daß sie keine Angst mehr um sie zu haben brauchten, wenn sie im Bus durch die Ghettos zur Schule fuhren. Andere nahmen schnellstens von ihrer demokratischen Einstellung Abstand, was sich daran zeigte, daß die Privatschulen einen enormen Zulauf verzeichnen konnten. Wieder andere zogen lediglich ein paar Blocks weiter in die winzige Schlafstadt-Gemeinde von San Marino, welche ihr eigenes Schulsystem hatte, innerhalb dessen die Farbe Weiß bis zum Grad der Ausschließlichkeit vorherrschend war.

Madeline Whitfield brauchte diesen Drink inzwischen sehr. Sie und Vickie gingen rasch von der Brücke und stiegen zum Swimming-pool hinunter. Und dann hörte sie es. Der Mann war unmißverständlich ein Tourist aus Minnesota, der wegen der Super Bowl gekommen war. Wer sonst würde, die weißen Beine aus bunt bedruckten Hawaii-Shorts ragend, die Füße rotbesockt und in schwarz-weißen Slippern steckend, so penetrant nach Kokosnußöl riechen? Dazu der haarige Bauch von Öl in der Sonne glänzend, die, wie jeder Bewohner Kaliforniens wußte, leider nicht heiß genug war, um diesen wabbeligen Fremdling zu verbrennen. Aber vielleicht boten ihm der Swimming-pool und die Sonne nur eine willkommene Gelegenheit, sich bereits um ein Uhr nachmittags zu betrinken. Als bräuchte man dafür in Pasadena während der Rose-Bowl- und Super-Bowl-Woche einen Anlaß.

Die Stimme des Mannes war bourbonschwer. Er sagte: »Dieses Luder hat ja Beine wie ein Hengst!«

Und Madeline Dills Whitfield, die vor drei Jahren die inaktive Mitgliedschaft in der Pasadena Junior League hatte akzeptieren müssen, weil sie zu alt geworden war ... Madeline Dills Whitfield, lediglich zwanzig Pfund über ihrem Idealgewicht, nie sonderlich hübsch, aber auch ganz bestimmt kein Heimchen am Herd ... Vier Jahre geschieden, kinderlos, zwei Jahre Analyse, drei Jahre Patientin eines Dermatologen. (Ich *weiß*, daß dieser Fettansatz, den man in mittleren Jahren bekommt, nur überschüssiges Gewebe ist, Herr Doktor, aber *weshalb* muß ich auch noch einen Schnurrbart bekommen!) ... Madeline Dills Whitfield, die getreulich in den hochmodischen Geschäften von Beverly Hills mehr ausgab, als sie sich eigentlich leisten konnte – wie zum Beispiel bei Giorgio's, wo es neben einem Billardtisch auch noch ständig eine kleine Bar gab, an der den Kunden gratis Getränke angeboten wurden – in Geschäften, in denen sich Pasadenas Matronen ausnahmslos Kleider kauften, deren Markennamen zwar durchaus exklusiv, deren Schnitt jedoch kaum mehr als gewöhnlich war ... Madeline Dills Whitfield, die es für nötig befand, sich ihre Nägel bei Ménage à Trois machen zu lassen (Ebenfalls drüben ›auf der anderen Seite‹ in Lotusland – dreizehn Dollar, Trinkgeld inklusive, für eine Juliette; fünfundvierzig, damit das Haar natürlicher wirkte; und fünfundsechzig, damit man aussah, als wäre man eben aufgestanden – und bei all dem merkte man sich lieber die Nummer seines Mercedes, denn im

Schlüsselregal des Parkwächters hängen nur Mercedes-Schlüssel, meine Dame.) ... Madeline Dills Whitfield, die schon fünf Jahre kein männliches Geschlechtsteil mehr gesehen hatte und sich gerade jetzt, mit dreiundvierzig Jahren, auf dem sexuellen Höhepunkt fühlte ... Madeline Dills Whitfield setzte ein Lächeln auf wie eine Messerklinge.

Dieses Lächeln sah man sonst selten auf den Gesichtern von Pasadena Junior Leaguers, es sei denn, sie wurden im Annandale Country Club mit Bombay Martinis in Stimmung gebracht. Ein solches Lächeln hätte unter glücklich Verheirateten zweifellos als provozierend gegolten, und im ausschließlich Frauen vorbehaltenen Town Club hätte es sicher die totale gesellschaftliche Ächtung nach sich gezogen. Mein Gott, sie sah bereits mit Schrecken dem Tag entgegen, da sie alt genug sein würde, daß sie bei derlei Aktivitäten mitmachen *wollte*. Madeline Dills Whitfield setzte also ein Lächeln auf, das sie bei Mason Whitfield nur für jene seltenen Gelegenheiten aufgespart hatte, da er in den letzten, schrecklichen Jahren ihrer Ehe einmal das Bedürfnis hatte, mit ihr ins Bett zu gehen.

Ein Lächeln, das ein Versprechen beinhaltete, das sofort, voll bewußt und unwiderruflich gegeben worden war – diesem Minnesota-Heini auf der Stelle seine Badehose über die Beine herunterzuziehen.

Ein Lächeln, das der behaarte Fremde nicht einmal *sah*. Seine Bewunderung galt nämlich Vickie. Er starrte nur *Vickie* an.

Der ölige Fremde wandte sich wieder seinem Freund zu und sagte: »Sieh dir mal ihre Beinmuskulatur an. Sie bewegt sich echt wie ein Hengst, findest du nicht?«

Und dann verspürte Madeline ein Gefühl der Einsamkeit – und *wirklicher* Angst. Ein Gefühl, das sie in den ersten Monaten nach ihrer Trennung von Mason halb erstickt aus dem Schlaf hatte schrecken lassen. Die übelste Art von Angst, entstanden aus der Einsamkeit, die nur erträglich wurde, wenn Vickie bei ihr war.

Vickie. Madeline saß mit Vickie am Swimming-pool und trank drei doppelte Chivas mit Wasser. Dabei bekam sie ihre Angst unter Kontrolle und beobachtete voller Entrüstung den behaarten Fremden. Sie war nicht beleidigt; sie war *stolz*. Vickie gehörte *ihr*, und Madeline liebte sie abgöttisch.

Es regnete unaufhörlich. Sie fragte sich, ob sie die ganze Nacht wach liegen würde. Vermutlich ja, wenn sie sich weiter auf diese quälenden Gedanken versteifte. Während sie jedoch im Dunkeln lag und Vickies elegant geschnittenes Profil betrachtete, mußte sie sich doch eingestehen, daß sie ein beträchtliches Stück ihres nicht unbeträchtlichen Vermögens dafür gegeben hätte, wenn der ölige Mann in seinem Suff zu ihr gesagt hätte: »Du Luder, du hast ja Beine wie ein *Hengst*!«

Irritiert fragte sich Madeline, ob in der Geschichte des alten Huntington Hotels je ein zu inaktiver Mitgliedschaft verurteilter weiblicher Junior Leaguer am Bildersteg gesessen und sich danach gesehnt hatte, daß ein Mann nach ihren Schenkeln starrte und sie mit einem vulgären und antiquierten erotischen Klischee anzumachen versuchte – indem er sie mit einem *männlichen* Pferd verglich.

Victoria bewegte sich im Schlaf. Madeline berührte sie liebevoll und riskierte, sie zu wecken, indem sie sich näher an sie kuschelte, bis ihre Lippen Vickies Ohr berührten.

»Schlaf, meine Liebe, schlaf«, wisperte Madeline. Sie streichelte sanft diesen gekrümmten Hals und wiederholte: »Schlaf, mein Liebling.«

Aber Vickie schlug ihre Augen auf – vollkommene Ovale, in momentaner Verwirrung aufblinzelnd. Madeline küßte jedes Auge und schwelgte dabei in ihrem Glanz – feucht schimmernde, schokoladenfarbene Iris, das Weiße wie Lapislazuli im Mondlicht.

»Schlaf, meine Liebe, schlaf.«

Vickie seufzte und drehte sich gerade so weit zur Seite, daß Madeline sehen konnte, wie tief diese Augen saßen, wie sie von Brauen aus silbrigem Weiß beschattet wurden. Madeline wollte ihr Gesicht berühren und dieses entzückende Ohr küssen.

Wie viele von Schlaflosigkeit Geplagte spielte auch Madeline aus einem Hang zum Masochismus heraus nachts mit ihren Teufeln. Das heutige Tennisturnier im Valley Hunt Club.

Das ist der älteste Club in der Gegend um Los Angeles. Wo die Damen immer noch, ganz wie es sich gehört, zusammensitzen und sich über künftige Partys Sorgen machen. Wo sich das alte Pasadena immer noch krampfhaft bemüht, seine verrottenden Wurzeln neu zu beleben, indem es auf überspannten und überholten Debütantinnen-Bällen die Familienblüten präsentiert.

Madeline hatte also als Vertreterin des Valley Hunt Clubs so getan, als wohnte sie aufmerksam einem lustlosen Tennisturnier des College bei, während ihr einziges Interesse den drei doppelten Scotch mit Wasser galt, die sie sich an diesem Nachmittag einverleibt hatte. Sie hatte auch entsprechend lang gewartet, bis sie ihr viertes Glas bestellte. Der Grund hierfür war Edna Lofton, eine aufdringliche Hexe, die Madeline schon seit ihren Kappa-Haus-Tagen an der University of Southern California kannte, als Edna eine schleimscheißerische und wichtigtuerische Schlange gewesen war.

Edna Lofton, ein weiterer ›inaktiver‹ Junior Leaguer und zusammen mit Madeline ebenfalls im Junior Philharmonic und bei den Huntington Library Docents tätig, versäumte selten eine Gelegenheit, wissend zu Madeline herüberzugrinsen, wenn diese sich an einem dieser Nachmittage im Club mehr als drei oder vier Cocktails bestellte.

Wie andere, ›jüngere‹ Mitglieder des Valley Hunt Club war auch Edna von Yves-St.-Laurent-Sonnenbrillen zum letzten Schrei ›von der anderen Seite‹ übergewechselt: überdimensionale Sonnenbrillen, in deren unteren Teil die unterschiedlichsten Embleme graviert waren. Im Falle Ednas war dies ein kleiner, weißer Tennisschläger. Eine Spinne wäre passender gewesen, dachte Madeline. Auch sie hatte sich in der Optique Boutique in Beverly Hills so eine Brille gekauft. Auch ihr hätte ein Tennisracket ganz gut gefallen, aber da ihr Edna zuvorgekommen war, entschied sie sich für eine weiße Blume. Madeline fand, daß die Brille schick war und ihr gut stand; lediglich den weißen Fleck empfand sie als störend, wenn sie auf etwas sah, das sich unterhalb der Augenhöhe befand. Wesentlich mehr störte sie dagegen das Preisschild.

Eines Tages – sie machte gerade einen Einkaufsbummel

durch die Lake Avenue in Pasadena – war ihr Blick auf etwas gefallen, das sich beträchtlich unterhalb der Augenhöhe befand – ein barfüßiges, schwarzes Mädchen im Alter von etwa sieben Jahren. Das Kind hielt auf seinem Skateboard an. »Madam?« Es leckte an einem giftgrünen Lolly und starrte auf Madelines Neunzig-Dollar-Brille.

»Ja, was ist denn?« Madeline lächelte.

Das Mädchen hörte auf, an seinem Eis zu lecken, und sagte: »Ich hab' mich nur gewundert, warum Sie sich nicht diese Vogelscheiße von Ihrer komischen Brille gewischt haben?«

Am nächsten Sonntag hatte Yolanda, Madelines mexikanische Haushälterin, die Brille dann voller Stolz bei einem Picknick im Elysian Park getragen.

Edna schob ihre Sonnenbrille mit dem kleinen Tennisracket auf der Linse hoch und lächelte süßlich: »Nimm dich ein bißchen zusammen, Madeline; wir werden nachher noch ein paar Doppel spielen, und vielleicht brauchen wir dich als vierte.«

Madeline versuchte ein freches Grinsen. Sie streckte Edna die Zunge heraus, aber mit all ihrem Kummer und ihrer Angst und dem Chivas Regal, der ihr Gesicht leicht erröten ließ, wollte es nicht so recht klappen.

»Steck deine Zunge mal lieber wieder rein, meine Liebe«, schnurrte Edna. »Du siehst aus, als würdest du an einem Galgen baumeln.«

Der zweite Satz war nicht minder langweilig als der erste. Die meisten Zuschauer waren natürlich U.S.C.-Fans. Das alte Pasadena – soweit wenigstens noch die Finanzen stimmten – schickte seine Kinder nur in den seltensten Fällen auf staatlich subventionierte Institutionen wie U.C.L.A. Es war Madeline unmöglich, sich zu konzentrieren. Sie mußte sich ständig Ednas rachsüchtigen Blick in ihrem Rücken vorstellen.

Madeline hatte ein weißes Tennisröckchen an. Sie haßte es. Sie trug sich mit dem Gedanken, sich Tennishosen zuzulegen, hatte aber zugleich Angst, im Club auf Ablehnung zu stoßen, wenn sie in etwas anderem als einem Rock spielte. Eigentlich hatte sie überhaupt keine Lust mehr zu spielen. Sie hatte dieses Spiel schon immer gehaßt, aber wenn sie sich körperlich überhaupt nicht mehr betätigte, würde sie vermutlich in Kürze wie ein Medizinball aussehen. (Woher kommt nur diese ständige Gewichtszunahme, Herr Doktor? *So* viel trinke ich nun auch wieder nicht. Und ich kann Ihnen schwören, daß ich seit der Trennung von meinem Mann keine einzige vollständige Mahlzeit mehr gegessen habe!)

Mason Whitfield. Stanford-Absolvent des Jahres 48. Infanterieoffizier in Korea. Ausgezeichnet für die Abfassung eines Berichts bei eisiger Kälte in einem Zelt bei Seoul, nachdem der Kompanieschreiber mit Syphilis ins Lazarett eingeliefert worden war. Er hatte sechs Stunden ohne Handschuhe bei Minusgraden an der Schreibmaschine gesessen. Mit einem Bronze Star und einem Purple Heart dekoriert, war Mason dann wieder nach Pasadena zurückgekehrt.

Wie schon sein Vater vor ihm hatte Mason daraufhin in Harvard Jura studiert und war in eine Anwaltskanzlei in Los Angeles eingetreten. Eine von diesen riesigen Kanzleien, in denen sich die Anwälte aus verschiedenen Abteilungen schon gar nicht mehr kannten. Dort arbeitete er zehn Jahre, ohne auch nur ein einzigesmal seinen Fuß in einen Gerichtssaal zu setzen. Er machte eine hübsche Stange Geld – ein fast perfekter Old-Pasadena-Sprößling. Es ging ihm und Madeline gut, und sie kamen vorwärts. Aber sie vermehrten sich nicht. Er hatte einen Makel, oder vielleicht auch zwei.

Madeline spürte Ednas Augen in ihrem Rücken und schob verlegen einen Wulst ihres Zellulitisgewebes unter das Tennisröckchen, das in ihr Fleisch schnitt. Madeline wußte, daß Edna immer noch diese üble Geschichte über Mason Whitfield zum besten gab, wie er in angetrunkenem Zustand zu dem Barkeeper im Hunt Club gesagt hatte: »Möchten Sie mal wissen, warum ich meine Frau verlassen habe? Null Sex-Appeal. Deswegen. Ich bin gerade von einem herrlichen Urlaub in Acapulco zurück. Und soll ich Ihnen mal sagen, was ich an meinem Sekretär am liebsten mag? Sein Schnurrbart kratzt mich nicht so an den Eiern wie der von Madeline.«

Der Name des Sekretärs war Herbert.

Madeline war sich sicher, daß das Ganze erstunken und erlogen war, da Mason bereits nach einem Jahr Herbert wieder gefeuert hatte und eine Witwe aus San Marino heiratete, die keinen Schnurrbart hatte.

»Mrs. Whitfield? Sie werden sich vermutlich nicht an mich erinnern? Wir haben uns doch beim Essen getroffen, im Cal Tech Atheneum?«

Madeline blickte ausdruckslos auf. Sie spürte den Chivas stärker als üblich.

»Erinnern Sie sich noch? Ich war dort mit Dr. Harry Gray.«

Er war ein kleiner Mann mit schütterem Haar in schmutzigen Turnschuhen und einem schlecht sitzenden Trainingsanzug. Bei ihm klang jeder Satz wie eine Frage.

»Ach ja«, log Madeline. »Natürlich, Sie sind ...«

»Irwin Berg? Erinnern Sie sich noch?«

»Aber ja, Dr. Berg! Natürlich!«

Jetzt fiel es ihr wieder ein. Sie hatte die Freude gehabt, sich während einer Dinner-Party am Cal Tech mit ihm zu unterhalten; die Veranstaltung hatte dem Zweck gedient, um Spenden für die finanzielle Unterstützung ausländischer Studenten zu bitten. Er war angeblich ein außergewöhnlicher Astrophysiker und galt als aussichtsloser Kandidat für den Nobelpreis.

»Darf ich Sie zu einem Drink einladen?« Seine runde Stahlrandbrille war beschlagen und auf seine schwitzende Nase heruntergerutscht.

»Oh, das fände ich großartig.« Madeline fühlte sich allmählich wieder besser. Der letzte Scotch hatte seine Wirkung nicht verfehlt. Sie neigte sich etwas näher zu Dr. Berg und flüsterte: »Der Barkeeper könnte Ihnen wahrscheinlich sowieso nicht herausgeben. Und da ich Mitglied bin und Sie Gast, möchte ich, daß die Drinks auf meine Rechnung gehen.«

Damit nahm Madeline den kleinen Wissenschaftler am Arm und ging mit ihm in den Hunt Room, wo Edna Lofton, ihren muskulösen, trägen Hintern gegen das Mahagony gepreßt, gerade eine Virgin Mary bestellte.

Edna lachte brüllend über einen von Wendell Hargroves schrecklichen Witzen. Hargrove war ein Börsenmakler in dritter Generation und ein hervorragender Tennisspieler. Letzteres war noch das einzige, was seinen fünfzigjährigen Körper angesichts der enormen Mengen Alkohol, die er in sich hineinkippte, einigermaßen in Schuß hielt.

»Stell dir vor, wir werden dich jetzt doch nicht für unser gemischtes Doppel brauchen, Madeline«, lächelte Edna Lofton. »Marcie spielt heute wieder. Du kannst also ruhig weitermachen.«

»Womit weitermachen?« schaltete sich Wendell Hargrove ein.

»Mit ihren doppelten Scotchs.« Edna lachte und fügte dann hinzu: »Eigentlich könnte ich auch einen vertragen.«

Aber der Schaden war bereits angerichtet. Madeline errötete schmerzlich berührt. Edna betrachtete neugierig Madelines Begleiter und streckte ihm ihre Hand entgegen: »Hallo, ich bin Edna Lofton.«

»Oh? Angenehm. Ich bin Irwin Berg.«

Madeline stellte vor. »Dr. Berg ist ein Gast von . . . Wessen Gast sind Sie doch gleich wieder?«

»Mr. und Mrs. Bates. Ich habe sie im Atheneum kennengelernt. Sie sehen sich das Match an.«

»Sind Sie Arzt?« erkundigte sich Hargrove mit schwerer Zunge, und für Madeline stand völlig außer Zweifel, daß er wohl heute nicht mehr Tennis spielen würde.

»Dr. Berg lehrt am Cal Tech. Er ist Astrophysiker«, schaltete Madeline sich erklärend in das Gespräch ein. Dabei warf sie dem Barkeeper einen verstohlenen Blick zu. Der nickte und griff diskret nach dem Chivas Regal.

»Tatsächlich?« staunte Edna. »Man lernt ja im Hunt Club nicht gerade alle Tage einen Astrophysiker kennen.«

Später an jenem Abend stand Madeline, frisch geduscht und in einem schlichten, dunklen Hosenanzug, allein am Desserttisch. Sie hatte sich entschieden, zugunsten von etwas Strudel und Schokoladencreme auf die Vorspeise zu verzichten, als Edna Lofton von ihrem Platz aufstand und durch den Speisesaal auf sie zukam.

»Ist Dr. Goldberg bei dir, Madeline?« fragte sie, während sie Madeline in Richtung auf den leeren Salon bugsierte.

»Dr. Berg? Nein, er ist nicht dabei. Wieso?«

»Ich finde, er ist wirklich ein netter kleiner Kerl«, zwinkerte ihr Edna mit ihren künstlichen Wimpern zu.

»Kann schon sein«, entgegnete Madeline vorsichtig.

»Du mußt deine Trümpfe nur richtig ausspielen, Mad, dann lädt er dich vielleicht auf eine von diesen *tollen* Wissenschaftlerpartys im Atheneum ein. Da gibt es sicher eine ganze Menge *reifer* Gastprofessoren, die sich nur allzu glücklich schätzen würden, eine der wenigen in Frage kommenden alleinstehenden Damen unter ihre Fittiche zu nehmen!«

»Edna ...« wollte Madeline eben stotternd einwenden, aber es war bereits zu spät. Edna Lofton hatte sich umgewandt und eilte bereits wieder zu ihren Gästen im Speisesaal zurück.

Madeline Dills Whitfield war allein in dem leeren Salon stehen geblieben und hatte abwesend das Landschaftsgemälde betrachtet, das dort schon, seit sie sich erinnern konnte, hing, obwohl es ihr schien, als sähe sie es diesmal zum erstenmal. Plötzlich sehnte sie sich nach den Bildern mit den Jägern und der Hundemeute. In der *Bar*.

Eine *alleinstehende* Dame. Als wäre das Madelines Schuld gewesen. Als hätte sie es darauf angelegt, eine alleinstehende Dame zu werden. Sie hatte noch *niemanden* kennengelernt, der eine alleinstehende Dame hatte werden wollen. Madeline Dills hatte nicht einmal von ihren Eltern getrennt gelebt, sah man einmal von der Zeit ab, die sie am U.S.C., zehn Meilen von Pasadena entfernt, verbracht hatte. Sie hatte nie an einem anderen Ort gelebt, außer den sechs Monaten in Europa zusammen mit ihren Eltern, nachdem ihr Vater seinen Anteil an der orthopädischen Klinik verkauft und sich einen langen Urlaub gegönnt hatte. Sie hatte ihr ganzes Leben lang nicht einmal einen Gedanken an die Vorstellung verschwendet, einmal eine alleinstehende Dame sein zu wollen.

Sie war die Tochter von Dr. Corey Dills und die Frau von Mason Whitfield. Bereitwillig hatte sie sowohl ihren Vornamen wie ihren Mädchennamen aufgegeben.

Es hatte immer geheißen: »Mrs. Mason Whitfield gibt sich die Ehre, am Mittwochnachmittag zum Tee einzuladen ...«

Madeline Dills, Tochter von Dr. Corey Dills und Mrs. Corey Dills. Edna Lofton, Tochter von Mr. Bradford Lofton und Mrs. Bradford Lofton. Sie hatte *beide* Namen aufgegeben. Androgyn. *Mr.* Mason Whitfield und *Mrs.* Mason Whitfield. Hermaphroditisch!

Der Platzhirsch hatte das Sagen. Das war ihr Erbe, und sie hatte es akzeptiert. Dies war möglicherweise auch der Grund, weshalb sie, während die Scheidung im Gange war, kein großes Theater gemacht hatte. Ihre Kapitalrücklage war wesentlich umfangreicher als die seine. *Sie* zahlte *ihn* für seinen Anteil an ihrem Heim und ihrer Einrichtung aus, welches beides als Gemeinschaftseigentum angeschafft worden war. Keine Unterhaltszahlungen. Sie brauchte oder wollte kein Geld von ihm. Ihre Mutter war damals noch gesund und munter gewesen. Madeline machte kein Theater, und Mason wußte das durchaus anzuerkennen. Er sagte, sie wäre eine wirkliche Dame.

Und nun lebte die neue Mrs. Mason Whitfield in San Marino. Er war nicht so anständig gewesen, seine Mitgliedschaft beim Annandale Country Club aufzulösen. Wie adressiert man also eine Einladung? Mrs. Madeline Dills Whitfield? Plötzlich wieder den eigenen Namen zu tragen, war – peinlich. Ebenso peinlich, wie *alleinstehende* Damen auf einer Dinner-Party zu haben. Wo setzt man sie hin? Und die Clubs, in denen alleinstehende Damen eigentlich nichts zu suchen hatten? Es war nicht peinlich, es war *schrecklich*.

Gott sei Dank, war da noch Marian Milfords homosexueller Bruder Lance. Er war ein guter Tänzer, hatte tadellose Manieren und stellte seit zehn Jahren einen willkommenen Ausweg aus jeglichen Dinnerproblemen dar, mit denen sich die Gesellschaft Old Pasadenas konfrontiert sah, indem er die Hälfte der Witwen und Geschiedenen der Stadt zu gesellschaftlichen und karitativen Anlässen begleitete. Dank der Kontinuität und Traditionsbewußtheit der höheren Gesellschaft Pasadenas und San Marinos hielt sich in diesen beiden Gemeinden die Scheidungsrate innerhalb extrem niedriger

Grenzen. Und dann war dies natürlich auch noch auf Eltern zurückzuführen, die jeglicher Freizügigkeit, wie sie ›auf der anderen Seite, im Westen‹ im Schwange war, dadurch vorbeugten, daß sie ihre Testamente und Trusts so gestalteten, daß eine Tochter, die am lockeren Leben Gefallen zu finden begann, recht bald am Hungertuch nagte.

Die Schlaftabletten und der Chivas taten endlich ihre Wirkung. Madeline war gerade daran, in den Schlaf hinüberzugleiten, als Victoria sich im Bett aufsetzte.

»Bitte nicht! Vickie!« stöhnte Madeline. »Bitte nicht ausgerechnet jetzt. Ich bin todmüde.«

Aber Vickie gähnte, streckte sich genüßlich und stieg aus dem Bett. Madeline stöhnte, erhob sich, noch leicht betäubt, und stand nackt im Mondlicht, um allmählich erst wieder zum Leben zu erwachen, nachdem sie die Tür geöffnet hatte, um die kalte Januarluft ins Zimmer strömen zu lassen.

Plötzlich wünschte sie, es könnte sie jemand, irgend jemand – Mann oder Frau – durch den Regen und die weißen Eichen und die Fichten sehen. Vielleicht jemand weiter oben in San Rafael, in einem Haus in den Hügeln, ein Gärtner, ein Hausmädchen, irgend jemand. Sie fühlte sich leicht schwindelig, und doch stand sie herausfordernd nackt unter einem neugierig äugenden Mond, überzeugt, daß, wenn jemand sie durch die Wand aus Kamelien hätte sehen können, dieser Jemand durch ihren nackten Körper erregt worden wäre.

Dann blickte sie ins Tal hinab und sah, daß der Regen den Smog von der Rose Bowl hinweggefegt hatte. Es würde ein häßlicher Karneval werden, wenn am Sonntag in Pasadena die Super Bowl XI stattfinden würde. Aber sie und Vickie würden dann am anderen Ende der Stadt sein und die Beverly Hills Winter Show gewinnen. Sie und Vickie würden aufblühen: beachtet, berühmt, *gefeiert*.

Vickie warf Madeline einen kurzen Blick zu, wandte sich dann ab und tapste zu einem Oleanderstrauch hinüber. Sie kauerte sich neben einen Haufen abgefallener Rosenblätter und entleerte ihre Blase. Dann schüttelte sie sich, hüpfte über den Rasen und durch die Tür aufs Bett.

Die Schlaftabletten und der Whisky hatten Madelines Beine in Gelatine verwandelt. Sie schloß die Tür und warf sich auf das Bett, ohne den frischen Erdkrumen und Grasresten auf dem Satinlaken große Beachtung zu schenken.

»Du bist wirklich unmöglich, Vickie«, schimpfte sie. »Unmöglich!« Dann streichelte sie ein paarmal Vickies Hals, bis ihre Hand schlaff herabsank.

Madeline hatte in dieser Nacht einen wunderschönen Traum. Vickie schnitt bei der Prämiierung als Beste ab und errang problemlos die entscheidenden fünfzehn Punkte, die ihr noch zum Sieg fehlten. Und dann ging sie auch noch aus dem Wettbewerb im Madison Square Garden als erste hervor. Sie wurde unangefochtener Champion – der schönste Zwergschnauzer in ganz Amerika.

Für einen Moment knurrte Vickie unbehaglich. Sie wand und drehte sich kurz, bis ihr ein kurzer Furz auskam. Und ein zweiter. Danach seufzte sie zufrieden und leckte Madelines Gesicht. Und dann kuschelte sie sich wieder zurecht, um leicht schnarchend ebenso tief weiterzuschlafen wie ihr betäubtes Frauchen.

3. KAPITEL

Der Terrierking

Die natürliche Wimperntusche um die Augen des Dandie Dinmont war die schwärzeste, die er je gesehen hatte.

»Sehen Sie sich diese Riesendinger an«, bewunderte er ihre Rundheit. Dann wandte er sich dem Mädchen zu, warf einen Blick auf ihre Brüste und grinste. »Ihre Dinger sind auch nicht ohne.«

Das Mädchen tat auf naiv und antwortete: »Nicht so hübsch wie die des Dandie, Mr. Skinner.«

Philo Skinner wandte sein kritisches Auge wieder dem Dandie Dinmont zu und verblüffte das Mädchen mit der Geschwindigkeit, mit der er das gerade Rasiermesser vor dem Gesicht des Terriers zückte. Während der letzten sechs Jahre hatte er im Madison Square Garden, bei der Chicago International und in Beverly Hills große Gewinne eingeheimst. Mit einem Lakeland, einem Kerry blue und einem Dandie. Das Mädchen wußte, daß Philo Skinner wirklich etwas von Hunden verstand. Die Frage war, ob es ihr gelingen würde, seine Temperamentsausbrüche wie den vorher zu ertragen, als sie am Ohrleder eines Bedlington Terriers ein Haarbüschel von 2,7 Zentimetern hatte stehen lassen (er hatte es nachgemessen) und ob sie sich daran gewöhnte, daß er nie rechtzeitig zahlte und seine Schecks grundsätzlich ein paar ›Schreibfehler‹ aufwiesen (Fehler übrigens, die den zu zahlenden Betrag ausnahmslos *geringer* ausfallen ließen) und ob sie sich schließlich gegen seine sporadischen sexuellen Avancen zur Wehr würde setzen können. Ja, Philo Skinner war ein echter Meister seines Fachs. Und sie würde einiges von ihm lernen können.

»Lassen Sie sich nie von mir dabei erwischen, daß sie *das* versuchen sollten.« Philo Skinner hielt den Dandie mit den langen Fingern seiner linken Hand fest unter dem Kiefer, während er dem Tier mit dem Rasiermesser in seiner rechten von oben nach unten über die Schnauze strich. Des Dandies weißer Haarschopf stellte sich auf, durch das Gegen-den-Strich-Bürsten elektrisiert.

»Dabei würde ich sowieso vor Angst sterben«, antwortete das Mädchen. »Diese Rasiermesser sind mir wirklich nicht ganz geheuer.«

»Tja, unvorsichtige Menschen können sogar mit einem ganz normalen Abziehmesser schrecklichen Schaden anrichten. Tun Sie mir hier einem Tier etwas zuleide und Sie finden Ihre kleine Muschi vor der Tür auf der Straße wieder.«

Er ließ absichtlich seinen Blick auf besagtes Körperteil hinabgleiten, das sich durch den Spalt in ihrem weißen Kittel entzückend abzeichnete, während sie sich über den Tisch beugte.

»Ich werde wirklich immer aufpassen, Mr. Skinner«, erwiderte sie brav.

»Benutzen Sie nie das Messer, wenn Sie unter den Augen arbeiten.« Er wandte sich wieder dem geduldigen, kleinen Terrier zu. »Rollen Sie Zeigefinger und Daumen so zusammen, wie das Haar wächst. Sehen Sie? Wie alt sind Sie übrigens, Pattie Mae?«

»Ich bin neunzehn, Mr. Skinner«, antwortete das Mädchen, in Betrachtung seiner flinken, tabakgelben Finger versunken.

Mit peinlicher Akribie schnitt er die Augenpartie zu. Er war so geschickt und flink, daß der Hund währenddessen fast döste.

»Wie alt denken Sie denn, daß *ich* bin, Pattie Mae?« Er ließ das Kinn des Hundes los und streichelte das kleine Tier hinter den Ohren.

Scheiße! Sie haßte es, wenn diese alten Kerle mit diesem Blödsinn anfingen. Für sie war es ein Ding der Unmöglichkeit, jemandes Alter zu schätzen, der über dreißig war, und dann noch so ein alter Knacker wie Mr. Skinner. Sein schwarz gefärbtes Haar war schon überall dünn und schütter. Und um seinen Mund und seine Augen war er ganz faltig. Und diese idiotischen Goldketten um seinen Hals und diese Dacron-Freizeitanzüge konnten auch niemanden mehr täuschen. Scheiße! Seine Nylonhemden standen immer bis zum

Bauchnabel hinunter offen, so daß sie all die grauen Haare über seinem knochigen, alten Brustkorb sehen konnte! Er konnte so viele Elton-John-Bänder spielen wie er wollte; er war und blieb eben doch nur ein alter Knacker.

»Ich würde sagen, so um die vierzig rum, Mr. Skinner«, log sie.

»Im Schätzen bist du aber nicht sonderlich gut, Pattie Mae«, grinste er, daß seine von den täglichen drei Packungen Camel vergilbten Zähne zum Vorschein kamen. »Ich bin schon zweiundfünfzig.«

»Tatsächlich!« heuchelte das Mädchen Erstaunen. »Ich hätte nie gedacht ...«

»Wissen Sie, Pattie Mae, Hundetrimmer sind wie Jockeys. Ein Eigentümer kann bei einem wirklichen Wettbewerb seinen Hund genausowenig vorführen, wie ein Pferdebesitzer sein Pferd reiten kann. Ich bin ein Jockey, und ich verstehe mich aufs *Reiten*, Baby. Aufs *Reiten* verstehe ich mich wirklich.«

»Mhmm«, gab das Mädchen nur von sich. Sie war von seinen geschickten Fingern wie hypnotisiert.

»Ich bin froh, daß Sie bei mir angefangen haben. Ich kann Ihnen wirklich eine Menge beibringen. Sie haben Talent. Und man braucht für *kleine* Hunde wesentlich mehr Talent. Sie mögen doch Terrier, oder nicht?«

»Ja, Mr. Skinner, und wie.«

Philo Skinner war immer noch am Schneiden. Die Finger rollend, knetend, pflückend, schneidend. Der Hund seufzte genüßlich. »Seien Sie froh, daß Sie nichts mit Pudeln zu tun haben. Diese Pudeltrimmer sind ja fast alle schwul. Jedenfalls nichts für so ein junges Ding wie Sie. Es ist sowieso schwierig genug, sich ein bißchen zu vergnügen, wenn man mit Hunden zu tun hat. Eine Menge Trimmer sind nämlich schwul.«

»Mhmm«, stimmte das Mädchen bei und saugte an einem abgebrochenen Fingernagel.

»Sie werden bei den Ausstellungstourneen bei den echten Männern unter diesem Volk sicher recht schnell sehr beliebt werden. Da gibt es nur noch eine Frau in diesem Geschäft. Sie heißt Wilma. Sie kann sich vor Angeboten kaum retten. Sie ist zwar nicht gerade die Schönste, aber wenn man den ganzen Tag nichts als lauter Hunde sieht ...«

»Mhmm«, brummte das Mädchen, ohne auf den Witz einzugehen. »Sie verstehen Ihr Geschäft wirklich, Mr. Skinner!«

»Möchten Sie die Ohren machen?« Er nahm sanft ihren Arm und schob sie vor sich an den Arbeitstisch.

»Ich werd's mal versuchen, Mr. Skinner«, sagte sie etwas kurz angebunden. Sie fragte sich im stillen, ob wohl heute die Nacht der Nächte sein sollte. Die anderen Mädchen hatten ihr erzählt, daß er seinen Großangriff in der Regel startete, wenn man einmal etwa einen Monat bei ihm gearbeitet hatte. Sie hatte inzwischen drei Wochen für Skinner gearbeitet.

Philo Skinner stand jetzt hinter dem Mädchen und bewunderte die exotischen Orchideen-Flicken auf ihren Jeans, die sich über ihren Pobacken spannten. Keines von diesen jungen Dingern trug heute noch Unterhosen, dachte er. Nicht eine einzige! Und ein Bad nahmen sie offensichtlich auch nicht allzu oft. Diese hier hatte zumindest Staub und Fussel in ihrem krausen, braunen Haar, und ihre schmutzigen Fingernägel waren bis aufs Fleisch heruntergekaut. Aber verdammt nochmal, sie hatte Titten wie Mangos!

»Schneiden Sie genau zweieinhalb Zentimeter von oben bis genau zweieinhalb Zentimeter von unten. Verstehen Sie?«

»Jawohl, Chef«, erwiderte sie unsicher, als sie spürte, wie er sich von hinten an sie preßte, indem er so tat, als wollte er ihre Hand an das Haarbüschel am Ohr des Terriers führen.

»Die Ohren dürfen nicht geschnitten werden«, erklärte er ihr, und sie roch seinen Tabakatem in ihrem Gesicht. »Das sieht unnatürlich aus. Man muß sie so schneiden, daß es ganz natürlich aussieht.«

Er rückte ihr noch näher und lehnte sich auf ihr Bein. Meine Güte! Der alte Hirsch hatte einen Steifen!

»So ist es richtig, Pattie Mae«, flüsterte er, während er sich an ihr rieb. »Runter mit dem ganzen Zeug, Pattie Mae. *Runter* damit!«

Die Tür ging auf, und Philo Skinner zuckte zurück. Eine blinzelnde Frau in einem Arbeitskittel zerrte einen widerstrebenden Airedale durch die Tür. Skinner war sichtlich bemüht, seine Vorderfront von ihr abzuwenden.

»Pattie Mae, was zum Teufel haben Sie denn hier noch zu suchen?« erkundigte sie sich mit einem argwöhnischen Blick auf Skinner. Der rückte seinen weißen Kittel zurecht, um die vielsagende Wölbung zu verbergen, und begann, sich an dem Käfigtrockner zu schaffen zu machen.

»Muß man denn gleich so ein verdammter Elektriker sein, um das Zeug hier in Schuß zu halten«, brummte Philo Skinner. »Wer hat dieses Ding hier übrigens zum letztenmal benutzt, Mavis?«

»Ich weiß nicht.« Sie blinzelte immer noch zwischen Philo und seinem neuen Lehrmädchen hin und her. »Pattie Mae, wieso arbeiten Sie um diese Zeit noch?«

»Ach, wissen Sie, äh, Mr. Skinner hat gemeint, er bräuchte noch ...«

»Mavis, du weißt doch sehr wohl, daß wir diesen Dandie noch fertigkriegen müssen. Verdammt noch mal, Pilkington ist momentan einer unserer besten Kunden. Und ich brauche die nächsten paar Tage etwas Spielraum, um mich voll und ganz auf die Beverly Hills Show konzentrieren zu können. Herr im Himmel, draußen gießt es ja ganz schön!«

Philo Skinner war eminent dankbar für den Donnerstagabendregen. Er bot eine willkommene Entschuldigung, sich dem Fenster zuzuwenden und seine Schwellung langsam abklingen zu lassen. »Ganz schön kalt heute nacht bei diesem Regen«, schimpfte er dankbar.

»Da ich einmal davon ausgehe, daß Mr. Skinner nicht beabsichtigt, Ihnen Überstunden zu bezahlen, würde ich sagen, Sie gehen jetzt besser mal nach Hause.«

»Jawohl, Mrs. Skinner. Ich bringe nur noch den Dandie ins Bettchen.« Das Mädchen zog seinen Arbeitskittel kurz zur Seite, so daß ihr T-Shirt zum Vorschein kam, auf das über ihren vollen, BH-losen Brüsten gedruckt war: »Ich liebe junge Hunde und alle kuschligen Sachen.«

Verdammt, dachte Philo Skinner. Kuschlige Sachen. Verdammt. Und dann sah er Mavis an, die einundfünfzig war und auf die sechzig zuging. Eine Haut wie brutzelnder Pfannkuchenteig. Die Augenpartie bereits zweimal geliftet. Das Haar gefärbt in einer Tönung, die an Hundescheiße erinnerte, und dazu genügend Spray, um ein ganzes Rudel von diesen gottverdammten Terriern zu versorgen. Ich liebe junge Hunde und alle kuschligen Sachen. Mein Gott! Und dann trug es ihn weg – eine alles überwältigende Leere und Sehnsucht.

Nachdem das Mädchen mit dem Dandie Dinmont zur Tür hinausgehuscht war, begann Mavis Skinner mit ihrer Standpauke: »Also gut, Philo, ich will nur hoffen, daß die hier ein bißchen länger bleibt als die anderen. Glaubst du, du könntest sie vielleicht einmal nicht vergraulen wie all die anderen?«

Philo Skinner steckte sich die sechsunddreißigste Zigarette dieses Kalendertages an und starrte in die regnerische Nacht hinaus. Leere, Verlust. Sehnsucht nach ... nach einer Chance. Nur einer gottverdammten *Chance*. Mehr wollte er ja gar nicht.

»Sollte sich jemals als gewiß herausstellen, was ich schon die ganze Zeit über glaube, Philo, dann Sayonara, mein Lieber. Ich bin nicht Betsy oder dieses andere Luder, mit dem du mal verheiratet warst. Mir kannst du mit dieser ganzen Kacke nicht kommen.«

Philo Skinner hörte nicht ein einziges Wort. Er sog gierig an seiner Camel, blies den Rauch durch die Nase aus und dann wieder in seine gepeinigten Lungen hinab. Und dabei starrte er in den Regen hinaus. Voller Sehnsucht.

»Bis jetzt war das mit dir bestimmt kein Zuckerlecken, Philo. Ich meine, die zwei Jahre mit dir waren anstrengender als die fünfundzwanzig mit Milton, das kannst du mir glauben. Und ich tue wirklich mein bestes, das weißt du sehr wohl. Aber du brauchst nicht denken, du könntest ab und zu mal ein bißchen neben dran herumvögeln. Nicht mit mir. Du hast es doch auf diese Kleine da abgesehen, oder etwa nicht?«

Und wenn Philo Skinner sich später in seinem Leben an diesen Moment zurückerinnern würde, stellte sich ihm immer wieder die Frage, was ihn eigentlich genau dazu gebracht hatte. War es die Mitleid heischende zweiundfünfzigjährige

Erektion, die unverrichteter Dinge wieder abgeschlafft war? War es Mavis' Zunge, scharf wie ein Rasiermesser? Diese Zunge, die das wenige, was ihm noch geblieben war, gekappt hatte, wie man die Lenden eines Schnauzers beschnitt? War es, daß er weinen hatte wollen, weil Pattie Mae erst neunzehn Jahre alt war? Diese Frage würde er sich immer stellen.

»Philo, ist es nicht so?«

Aber er war bereits durch die Tür des Arbeitszimmers hinaus und unterwegs zum Zwinger; das Herz pochend; Hände, Füße und Achselhöhlen naß von Schweiß. Philo schaltete das Licht an und stand inmitten des langen Betonschlauchs, welcher das Gebäude in zwei Abschnitte teilte. Auf jeder Seite des kahlen Betongangs befanden sich dreißig vom Boden bis zur Decke reichende Hundezwinger. Jeder einzelne maß 1,2 auf 2,5 Meter und war mit fließendem Wasser, einem leicht zu säubernden Futternapf und einem warmen, weichen Bett auf dem Boden ausgestattet. Außerdem war jeder Zwinger mit einer Gummiklapptür versehen, durch welche die Tiere Zugang zu einer größeren Fläche im Freien hatten, welche mit Kies bedeckt war. Hier hatten die Hunde ihren Auslauf. Diese Auslaufflächen im Freien waren völlig – auch von oben – mit Drahtgitter abgesichert; allerdings nicht wegen der Hunde, sondern wegen etwaiger Diebe. Um den Skinnerschen Zwinger vor umherstreunenden Hundeentführern zu schützen, gab es außerdem noch starke Sicherheitsscheinwerfer und eine Alarmanlage.

Das Licht, das Philo eingeschaltet hatte, weckte einige der nervösen Tiere, die zu winseln anfingen, als Philo auf den Zwinger mit Rutherfords Hündin zuging.

»Na, mein Liebling«, begrüßte er den Zwergschnauzer. Der Hund schlug seine Augen auf, wedelte ein paarmal mit seinem Stummelschwanz und schlief dann auf seiner Schaumgummimatratze wieder ein.

Nein, Rutherfords Zwergschnauzer eignete sich dafür nicht. Er war viel zu heiser, und die Beine ließen auch einiges zu wünschen übrig. Aber er wußte einen Hund, der genau richtig war.

»Verdammt!« flüsterte Philo. Dann trat er seine Zigarette

auf dem Betonboden des Zwingers aus und ging in den Arbeitsraum zurück.

Philo kam in dieser Nacht um dieselbe Stunde nach Hause, als Madeline Dills Whitfield mit Hilfe des Chivas Regal und vierer Schlaftabletten endlich in den lang ersehnten Schlaf hinüberglitt und als der betrunkene Mann in dem gelben Regenmantel, tropfnaß und die Augen gerötet von all dem Wodka, dem Weihrauch und den Erinnerungen an andere russische Heilige Abende, durch die Tür seines möblierten Apartments taumelte.

Philo rief einen Mann an, der ein elegantes Bekleidungsgeschäft am Wilshire Boulevard besaß. Und der auch einige andere – profitablere – Geschäfte abwickelte.

»Hallo, Arnold?« flüsterte Philo ins Telefon.

»Wer ist am Apparat?« antwortete eine gereizte Stimme.

»Philo Skinner.«

»Warum zum Teufel rufst du mich schon wieder zu Hause an? Ich habe dir doch gesagt, du solltest meine Privatnummer vergessen. Soll ich mir vielleicht deinetwegen noch eine neue Telefonnummer zulegen?«

»Arnold, diese Sache ist wirklich wichtig.«

»Ich habe dir doch bereits gesagt, Philo, daß das Ganze allmählich meine Möglichkeiten übersteigt. Du bist schon fast achttausend schuldig. Du hättest es nie so weit kommen lassen sollen. Aber du wolltest es ja nicht anders. Also zahl jetzt auch gefälligst. Und schließlich hast du ja auch noch zwei Wochen Zeit. Und jetzt gute Nacht.«

»Arnold, warte doch noch einen Moment!« bettelte Philo. »Ich möchte dich doch schon früher zahlen. Ich möchte Montag morgen zahlen.«

»Das ist etwas anderes«, brummte die Stimme; sie klang inzwischen etwas freundlicher.

»Ich werde dir alles zurückzahlen, Arnold. Am Montag. Aber du mußt für mich in der Super Bowl auf Minnesota setzen.«

»Gute Nacht, Philo.«

»Verdammt! Jetzt warte doch mal.« Philos Stimme nahm

einen weinerlichen Tonfall an. »Ich war doch immer ein guter Kunde, Arnold. Das mußt du doch zugeben. Ich war ein Freund!«

»Philo, du kannst die acht Riesen nicht zahlen. Darüber werden ein paar Leute alles andere als erfreut sein, und jetzt willst du dich noch tiefer in den Dreck hineinreiten?«

»Erinnerst du dich nicht, Arnold, ich habe dir doch von Mavis' Besitz erzählt. Von diesem Wohnhaus in Covina. Kannst du dich daran denn nicht mehr erinnern? Also, wir haben es jetzt verkauft. Das bringt uns ganze fünfundachtzigtausend ein! Hast du gehört, fünfundachtzigtausend! Wir kriegen das Geld in zehn Tagen! Und selbst wenn Minnesota am Sonntag verliert und meine Schulden noch höher sind, kann ich dir in zehn Tagen *alles* zurückzahlen!«

Nach kurzem Schweigen sagte die Stimme am anderen Ende der Leitung schließlich: »Komm morgen mal bei mir vorbei. Und zwar mit den ganzen Papieren, damit ich auch sehen kann, daß euch dieses Haus tatsächlich gehört. Und wenn ich das nicht schwarz auf weiß zu sehen bekomme, kannst du die ganze Sache vergessen, Philo.«

»Arnold, ich bitte dich! Mavis darf doch von dem Ganzen nichts wissen. Verdammt nochmal, sie hat das Haus doch praktisch von ihrem ersten Mann. Ich kann doch nicht riskieren, daß Mavis von meinen Schulden erfährt. Du *mußt* mir einfach vertrauen! Arnold, bitte!«

Neuerliches Schweigen, bis sich die Stimme schließlich wieder meldete: »Wie hoch willst du denn setzen?«

»Wieviel geht denn so spät noch?«

»Sechstausend.«

»Gut, dann trag mich für siebentausend ein.«

»Du bist total übergeschnappt, Philo. Gute Nacht.«

»Halt! Warte doch! Du stehst doch dafür nicht gerade, oder?«

»Jetzt hör mal gut zu, Philo. Minnesota wird *verlieren*. Im Vertrauen gesagt, die Chancen, daß Oakland gewinnt, stehen mindestens zehn zu eins.«

»Na und? Ich werde in zehn Tagen fünfundachtzigtausend haben.«

Schweigen, und dann: »Na gut. Und wenn du falsch getippt hast, stehst du hier mit fünfzehntausend in der Kreide. Und das übersteigt einfach meine Möglichkeiten, Philo. Wenn du mir das Geld nicht zurückzahlst, stehe ich dumm da.«

In dieser Nacht, während eine geplagte Frau in einem Haus in Pasadena dank einiger Schlaftabletten und einiger Gläser Whisky und ein geplagter Mann in einem möblierten Apartment in Hollywood dank einer Flasche russischen Wodkas schlief, schlief Philo Skinner, stocknüchtern und völlig überdreht, überhaupt nicht.

Minnesota würde *gewinnen*. Gewinnen, verdammt nochmal! Und dann war alles wieder paletti. Er würde es nicht tun müssen. Vielleicht würde er über das Ganze dann nur noch lachen können. Im stillen. Aber wenn Minnesota verlor. Wenn sie verloren ... Und dann, die Erleuchtung: Er *wußte*, Minnesota würde verlieren. Er *wollte*, daß Minnesota verlor. Und er setzte auf sie.

Wenn Minnesota gewann, waren damit nur seine Schulden gedeckt. An seinem erbärmlichen Leben würde sich damit nichts grundsätzlich ändern. Aber wenn Minnesota verlor ... wenn sie *verloren*, würde er es tun *müssen*. Und es würde klappen. Und er würde fünfundachtzigtausend Dollar haben. Noch siebzigtausend, nachdem er seine Spielschulden bezahlt hatte. Siebzigtausend Dollar – steuerfrei! Aber nicht von einem Hausverkauf.

Es gab gar kein Haus. Außer seinem Geschäft besaß Philo Skinner nichts, und mit seinem Zwinger steckte er hoffnungslos in den roten Zahlen. Sein Haus würde ihm *vielleicht* fünftausend einbringen, wenn die zweite Hypothek abbezahlt war. Und sein vier Jahre alter El Dorado war das Geld nicht mehr wert, das er für den Wagen noch schuldig war.

Dieser Ausweg war ihm in dieser Nacht eingefallen, im Arbeitsraum, als Mavis ihn zusammengestaucht hatte, ihn fertiggemacht hatte, ihm den letzten Rest Selbstachtung geraubt hatte. Aber wie die meisten Neophyten brauchte auch Philo Skinner einen entsprechenden Anstoß, um ein schweres Verbrechen zu begehen.

Angst. Er rauchte und schwitzte über seine ganzen einsachtzig. Er lauschte auf Mavis' Schnarchen und auf das Trommeln des Regens und verspürte voller Dankbarkeit das Angstgefühl, das ihn überkam. Genau das war es, was er brauchte. Er verstärkte dieses Gefühl sogar noch. Er versuchte sich auszumalen, was sie mit ihm anstellen würden, wenn Minnesota verlor. *Wenn* Minnesota verlor. Wenn er Arnold anrief und ihm sagte, daß er gar kein Apartmenthaus besaß, daß alles nur erlogen war.

Irgend jemand würde nachts, wenn er allein war, in den Zwinger kommen. Natürlich nicht Arnold persönlich. Er versuchte, sich den Mann vorzustellen. Vielleicht würden es auch zwei sein. Einer von ihnen möglicherweise ein gigantischer Nigger. Philo Skinner hatte sich vor Schwarzen schon immer gefürchtet. Und der andere vielleicht irgend so ein schleimiger, kleiner Fiesling, wie Arnold ein paar kannte. Er würde natürlich versuchen, davonzulaufen, aber sie würden ihn in einer Ecke des Zwingers stellen. Die Hunde würden wie verrückt auf die erbarmungslosen Eindringlinge einbellen. Sie würden Philos Trimmscheren finden. Der Kaffer würde den Weißen kastrieren wollen. Der Jude würde allerdings vorschlagen, ihn so weit ganz zu lassen, damit er das Geld noch beschaffen konnte. Mit einem Lächeln würde der Jude sagen: »Beschneiden wir doch dieses Arschloch!« Oder vielleicht ...

Genug. Die Seite des Betts, wo Philo Skinner lag, war bereits durchgeweicht. Über kurz oder lang würde er aufstehen müssen, um sich einen frischen Schlafanzug anzuziehen. Seine Zähne und Kieferknochen schmerzten von dem ständigen Mahlen. Diese Art von Schweiß rührte nicht von körperlicher Anstrengung her. Dieser Schweiß roch ganz anders. Jetzt hatte er die ausreichende Energie, um das zu tun, was er tun *wollte*. Philo Skinner spürte nun, was so viele Gesetzesbrecher verspüren und oft auch zugeben, wenn auch nicht vor dem Richter und den Geschworenen. Das Ganze törnte ihn richtig an. Er war *high*! Philo Skinner trank kaum etwas und verabscheute auch Drogen. Gras und Kif rauchte er nur, um auf die jungen Frauen Eindruck zu machen, die er auf seinen nächtlichen Streifzügen durch die Bars der Stadt kennenlernte. Doch jetzt, als er dem Geräusch des Regens in der Nacht lauschte, *flog* er.

Zweiundfünfzig Jahre lang hatte er jedes einzelne gottverdammte Gesetz, das es gab, getreulich befolgt, ob es nun einen Sinn hatte oder nicht. Aber dieses eine Mal würde er über die Stränge schlagen. Und dabei würde er niemandem einen Schaden zufügen. Zumindest keinen allzu großen. Und auch nicht für lange. Er hatte sich noch nie so voller Leben gefühlt.

Bevor er sich einen frischen Pyjama anzog, steckte sich Philo Skinner noch die vierundsiebzigste Zigarette eines sehr langen Tages an. Lächelnd lag er im Dunkeln auf dem Bett. Er setzte siebentausend Dollar auf die Minnesota Vikings. Und sie würden verlieren. Und dann würde er es tun *müssen*. Und er würde reich sein. Und frei! Er kannte einen ehemaligen Hundetrimmer, der die mexikanische Staatsbürgerschaft angenommen hatte und sich als Teilhaber eines mexikanischen Hotels ein schönes Leben machte. Puerto Vallarta. Margaritas bei Sonnenuntergang. Weiße Zähne. Braune Körper. *Alle* willig. Siebzigtausend steuerfreie amerikanische Dollar. Adios, Mavis. Adios, Hundchen.

Er dachte an den bulligen Quarterback der Minnesota Vikings. Ich hoffe, sie brechen dir deinen verdammten Arm, Frank Tarkenton.

4. KAPITEL

Das Kaninchen

Walnikow schlief in seinem gelben Regenmantel. Er schlief, quer über der Tagesdecke liegend, einen Schuh an, den anderen ausgezogen. Er schlief auf dem Rücken, den Kopf zur Seite geneigt, das Gesicht von rosiger Farbe. Die Augen aus Abscheu vor den säuerlichen, kotzeschwangeren Rülpsern eng zusammengekniffen.

Walnikow schnarchte und pfiff und träumte, wie üblich, von dem Kaninchen. Er schrie im Schlaf auf und erwachte, als der Jäger dem Kaninchen die Kehle durchschnitt, ihm den Kiefer brach und anfing, ihm die Haut über die Ohren zu ziehen. Er hatte das Geräusch des reißenden Gewebes und das Knacken der Kieferknochen unter den starken Händen des Jägers noch im Ohr.

»Herrgott!« brach es schluchzend aus Walnikow hervor, und er wachte auf.

Es wäre schwer zu sagen gewesen, welcher Körperteil am meisten schmerzte. Sein Kopf fühlte sich an wie ein riesiger eiternder Schwamm. Sein Rücken schien nur noch aus rostigen Scharnieren zu bestehen. Sobald er sich aufzurichten versuchte, quietschten sie wie eine ewig nicht mehr geölte Tür.

Er hätte fast losgeschrien, als er schließlich stand. Zumindest wußte er jetzt, was am meisten wehtat – der eiternde Schwamm. Sein Kopf fühlte sich matschig an. Erbarmen, Herr! Stöhnend sank er auf das Bett zurück. Dann sagte Mischa: *»Gawno.«*

»Mischa, bitte«, flehte Walnikow. »O Gott, mein Kopf!«

Aber Mischa wiederholte nur: *»Gawno, gawno, gawno.«*

Mischa wußte nur ein russisches Wort, und das bedeutete *Scheiße*. Es war im übrigen das einzige *menschliche* Wort, das er sprechen konnte.

Mit einem blitzenden Auge zu ihm hinüberstarrend, sah Walnikow, daß Mischa auf Grischas Kopf stand. Mischa zwitscherte und trillerte und sang für seinen Herrn, der sich die Ohren zuhielt und schrie: »Bitte, Mischa, bitte! Mir tut jetzt jeder Ton weh.«

Aber Mischa warf nur seinen herrlichen smaragdenen Kopf zur Seite und sagte: »*Gawno.*«

Scheiße.

In diesem Augenblick wurde Walnikow bewußt, daß er unter dem schweren Regenmantel schweißdurchnäßt war. Der Traum von dem Kaninchen ließ ihn immer in Angstschweiß ausbrechen.

Mischa brüllte: »*Gawno.*« Das klang wie eine Herausforderung, und durch den dichten Nebel seines Wodkarausches konnte Walnikow zu seiner Verwunderung sehen, daß Mischa eben auf Grischas Kopf geschissen hatte. Als ob er tatsächlich verstanden hätte, was das Wort bedeutete! Na ja, war ja auch durchaus möglich. Wer hätte schon sagen können, was ein Vogel oder ein Mensch verstand.

Es war nicht die Scheiße, es war das geräuschvolle ›Gawno‹, das Grischa verärgerte. Das kleine Nagetier stürzte sich auf Mischa, der schnatternd zu dem Trapez im oberen Teil des zwei Meter hohen Käfigs hinaufflatterte. Darauf trottete der kleine Nager mißgelaunt über den Boden des großen Käfigs, bis er endlich ein geeignetes Plätzchen fand, an dem er sich wieder zur Ruhe niederließ. Sein Kopf war voller *Gawno*.

Das möblierte Junggesellenapartment in der Franklin Avenue wurde von einer Wäscheleine durchkreuzt, die von der Spitze des riesigen Käfigs zu einem Nagel lief, der in den Türstock der Badezimmertür geschlagen war. Drei Garnituren Unterwäsche und zwei Paar Socken hingen auf diese Weise im Raum – besser, als in der endlosen Schlange von Frauen vor dem Gemeinschaftsmünztrockner des Apartmenthauses anzustehen.

Auf dem Tisch, auf den Plastikstühlen, auf der Spüle und in der Spüle standen benutzte Gläser, schmutzige Teller und leere Wodkaflaschen herum.

Noch höher als das Geschirr und die Gläser und Flaschen türmten sich jedoch die zahllosen Schallplatten auf, die mit und ohne Hülle über den ganzen Raum verstreut waren. Die

Platten lagen auf dem Küchentisch, auf den Stühlen und auf der Spüle. Zwei befanden sich sogar *in* der Spüle, was ihn an diesem Morgen verwunderte. Zumindest hatten sie keinen Schaden durch das Wasser genommen, da er nur Geschirr spülte, wenn er gar keines mehr hatte.

Abgesehen von der umfangreichen Schallplattensammlung wies das winzige, vollgestopfte Apartment noch einen großen Luxus auf – einen Micro-Seike-Plattenspieler und zwei Epicure-Boxen, von denen jede tausend Dollar wert war und die das ganze Apartmenthaus zum Erzittern brachten.

Walnikow stand da und zog den Regenmantel und seine nassen Klamotten aus. Er zwang sich, ins Bad zu gehen, und duschte sich eiskalt. Dabei hatte er im ersten Augenblick ganz vergessen, daß er seine Unterwäsche und einen Socken noch anhatte.

Nach der Rasur blutete sein breites, rotes Gesicht an drei Stellen. Unfähig, sein Glas Tee auch mit beiden Händen zu halten, verschüttete er beim Trinken etwas Flüssigkeit auf seine blaue Krawatte. Dann schüttete er das Hamsterfutter in Mischas Schale und das Vogelfutter in Grischas Trog. Er war schon halb zur Tür hinaus, als ihm bewußt wurde, daß er möglicherweise etwas falsch gemacht hatte. Er ging noch einmal zurück, um sich zu überzeugen, daß seine Vermutung richtig war.

Er stöhnte und scheuchte Mischa vom Napf des Hamsters fort.

»Bitte, Mischa, iß dein eigenes Futter.«

Seine Stimme donnerte in seinen Ohren, durch den flammenden Matsch, der sich sein Gehirn nannte, durch das entzündete Gewebe.

»Ach ja, macht nichts«, gab er schließlich auf. »Friß ruhig Grischas Futter. Und du kriegst heute Mischas Fressen, Grischa.«

Dann watschelte er, mit einem Blick auf die Uhr und merklich schwankend, wieder in Richtung Tür, bis ihm einfiel, daß ein südrussischer Hamster wohl kaum hoch genug würde springen können, um an den Futternapf eines Sittichs, zwei Meter über seinem Kopf, zu gelangen.

Walnikow tauschte also mühevoll das Futter aus. Mais und Gerste für den Hamster, Körner für den Sittich. Dann gab er den kleinen Kreaturen noch Wasser und sah sie kurz an.

»Wißt ihr beide es wenigstens zu würdigen«, stöhnte er, »was für eine Mühe ich mir euretwegen mache?«

Mischa antwortete ihm. Der Sittich schwang, Walnikow den Rücken zugekehrt, auf seinem Trapez. Der smaragdfarbene Vogel ließ sich absichtlich nach vorn fallen, so daß er, die dünne Stange der Schaukel immer noch in seinen Klauen, mit dem Kopf nach unten hing und Walnikow direkt in die feuchten, brennenden Augen starrte. Und Mischa sagte: *»Gawno.«*

Fünfzehn Minuten später hatte Walnikow seinen Wagen geparkt und kämpfte sich unter Schmerzen auf die Eingangstür der Hollywood Police Station zu.

An Freitagen war der Aktenberg, was die Einbrüche in Geschäfte betraf, nie sonderlich hoch. Dagegen würde Walnikow am Montag, nachdem die Einbrecher am Wochenende Hochsaison gehabt hatten, vor lauter Einbruchsmeldungen auf seinem Schreibtisch kein freies Fleckchen mehr zum Arbeiten finden. Aber der heutige Tag würde recht problemlos verlaufen – bis auf das gnadenlose Hämmern in seinem Schädel.

Zwei jüngere Detektive vom Morddezernat, die allgemein Frick und Frack hießen, machten sich gerade einen Spaß daraus, Irma Thebes, der rührigen, kleinen Detektivin, die auf Sexualverbrechen spezialisiert war, ein paar Schauergeschichten zu erzählen.

»Irma«, grinste Frick, »sieh dir mal diesen Selbstmordbericht an.«

Irma schnitt eine Grimasse und tat, als wäre sie nicht interessiert, las aber das Schreiben dann doch wie immer voller Hingabe.

»Mann schnitt sich beide Pulsadern auf, drehte dann den Gashahn auf und schlug sich dann mit einem Beil dreimal auf den Kopf. Beim drittenmal gelang es ihm schließlich, seine Schädeldecke zu zertrümmern.«

»Das ist noch gar nichts«, schaltete sich Frack ein und beugte sich über seinen Schreibtisch. »Letzten Monat hatte ich eine Alte, die sich beide Pulsadern aufgeschnitten hatte. Dann hat sie DDT getrunken, und dann – jetzt hört euch das mal an – hat sie versucht, sich mit einem Nylonstrumpf zu erdrosseln. Sie hat dabei einen Kochlöffel benutzt, um den Strumpf fester zudrehen zu können!«

»Schrecklich, das ist ja schrecklich«, entsetzte sich Irma, in Wirklichkeit nach mehr lechzend.

Ihr nie lächelnder Lieutenant, Holzlippe Mockett, unterbrach ihre Unterhaltung jedoch: »Was ist eigentlich mit diesem Mord auf der La Brea? Irgendwas Neues?«

»Nee, das Opfer will nicht reden«, erwiderte Frick, um das Spiel für Irma Thebes noch auf die Spitze zu treiben.

»Meine Fresse, heute sind wohl wieder mal die Amateure dran?« knurrte Holzlippe Mockett. »Kommt ihr denn irgendwie voran?« Und mit einem Blick auf Irma. »Ich meine in dem *Mordfall.*«

»Leider nicht, Lieutenant«, erstattete der junge Detektiv Meldung. »Aber dieser Typ war ein militanter Schwarzer und ehemaliger Ganove. Ich würde fast sagen, der Kerl, der das getan hat, sollte eine Auszeichnung für ökologisches Verhalten kriegen.«

Dudley Knebel, für Raubüberfälle zuständig, schaltete sich ein: »Habt ihr irgendwelche Verdächtigen? Ich habe da einen an der Hand, der jeden identifiziert, den ich ihm vorführe. Ihm gehört die Burritobude drüben an der Western.«

»*Der* Heini!« fiel ein Einbruchsdetektiv ein, den sie Montezuma Montez nannten. »Der und seine Frau, Hamhocks Hilda, die identifizieren dir sogar deinen *Partner*, wenn du ihnen nur Gelegenheit dazu gibst.«

»Hey, stimmt das eigentlich, wie Hamhocks Hilda ihre Hamburger machen soll?« wollte Frick wissen.

»Offensichtlich ja«, bestätigte ihm Montezuma Montez mit einem Grinsen. »Captain Hooker hat es mit eigenen Augen gesehen.«

»Was soll da stimmen?« erkundigte sich Holzlippe Mockett nervös.

»Na ja, sie ist eigentlich immer sauer auf die Polizei«, erklärte Frick. »Sie wird nämlich so im Durchschnitt zwei- bis dreimal im Monat ausgeraubt. Und nie erwischen wir jemanden. Wenn du dir also bei ihr 'nen Hamburger bestellst, dann nimmt sie das Fleisch und knetet es genau hier oben zwischen ihren Beinen, genau hier oben an ihrem fettigen, alten Topfreiniger.«

»So ein Quatsch! Das könnt ihr mal jemand anderem erzählen«, erhob Holzlippe Mockett Einspruch. Er hatte nämlich erst am Tag zuvor zwei Hamburger von Hamhocks Hilda verdrückt.

»Ich schwör's Ihnen, Lieutenant«, beharrte Frack. »Als ich damals ihren Alten verhaftet habe, weil er ihr mit einem Fleischklopfer auf den Pelz gerückt ist, hat er mir erzählt, wir sollten bei ihr immer aufpassen, immer das Hackfleisch genau ansehen, ob da nicht ein paar kleine, schwarze Härchen rausstehen.«

»Na ja, so schlimm ist das ja nun auch wieder nicht«, meldete sich nun Clarence Cromwell, einer der zwei schwarzen Detektive, zu Wort. »Sie *brät* das Zeug ja noch, oder nicht? Das Ganze ist nur halb so wild, solange er ihr nicht *genau*, bevor sie Ihnen den Hamburger gemacht hat, die alte Orgel gestimmt hat, Lieutenant.«

Holzlippe Mockett ließ etwas Zeit verstreichen, bevor er aus dem Büro eilte, um sich bei Captain Hooker zu erkundigen, ob ihm seine Leute wieder einmal einen Bären aufgebunden hatten.

In diesem Augenblick dröhnte eine Stimme durch die einen Spalt breit offene Tür des Verhörraums. Nate Farmer, der andere schwarze Detektiv, den man gegen seinen Willen von Autodiebstahl zu Sexualverbrechen versetzt hatte, befragte gerade das Opfer einer Vergewaltigung, dessen Geschichte etwas suspekt klang.

Sie war ebenfalls schwarz. Und das gleiche galt auch für den angeblichen Täter. Die Schwarzen beraubten, vergewaltigten und ermordeten andere Schwarze genau wie jeden anderen. Und dasselbe galt für die Weißen. Kriminelle machen bei der Wahl ihrer Opfer keinen großen Unterschied.

Seine Stimme donnerte durch den Raum: »So, du hast ihn also jetzt schon sechs Monate drübergelassen, und es hat dir Spaß gemacht, und jetzt merkst du plötzlich, daß dein kleiner Bauch von Tag zu Tag größer wird, und dann wirst du plötzlich wieder minderjährig – erst siebzehn –, und dann erzählt dir dein Sozialarbeiter noch, daß der Staat für dein Kleines aufkommt, wenn du deinen Freund wegen Vergewaltigung hinter Gitter bringst! Also, das kannst du wirklich mal jemandem anderen erzählen!«

»Das letzte Opfer einer Vergewaltigung, mit dem ich zu tun hatte, war, wie sich dann herausstellte, ein Callgirl, das schon zweiundzwanzigmal verhaftet worden war«, warf Irma Thebes ein.

»Sie hat wohl auch erst gemerkt, daß sie vergewaltigt worden war, als der Scheck ausblieb, wie?« witzelte Frick.

Ein elfjähriger Kubanerjunge saß mit großen Augen im Bereitschaftsraum und lauschte dem tobenden schwarzen Detektiv. Der Junge war ein bekannter Fahrraddieb. In Anlehnung an einen Autolackierer, der jeden Wagen für 49,95 Dollar neu spritzte, hieß er bei allen nur Earl Scheib Lopez. Earl Scheib Lopez brüstete sich, für einen und einen Vierteldollar in *zehn* Minuten jedes gestohlene Fahrrad neu zu streichen, und dann würde ihm noch genügend schnüffelbarer Lack übrigbleiben, um mindestens drei seiner Kumpel damit vollzudröhnen.

Earl Scheib Lopez hatte die Taschen seiner Jeans immer mit Münzen vollgestopft und spielte gerade mit Fuzzy Spinks, für Autodiebstahl zuständig, Blackjack. Fuzzy konnte den kleinen Banditen ganz gut leiden, seit er ihn (für die bescheidene Summe von fünfzig Dollar) auf eine kubanische Gang aufmerksam gemacht hatte, die sich auf Ferraris spezialisiert hatte, worauf Fuzzys Aussichten auf den Posten eines Inspektors erheblich gestiegen waren. Earl Scheib Lopez investierte die fünfzig Dollar in zwei Kartons mit Aerosol-Farbspray, und während der nächsten zwei Wochen wurden in Hollywood an die dreihundert Fahrräder als getohlen gemeldet.

Seine letzte Verhaftung hatte er einem regelrechten Bravourstück zu verdanken. Wer weiß, was den kleinen Ganoven plötzlich überkommen hatte, als er in einem Kaufhaus in der Stadt auf ein ausgestelltes Fahrrad sprang, darauf zwischen fünf kreischenden Verkäufern hindurchradelte, die Rolltreppe hinunterfuhr und es auf die Straße hinaus schaffte. Zwanzig Minuten später hatte er sich mit seiner Beute nach Hollywood abgesetzt. Die Leute von der Zentrale hatten jedoch keinerlei Schwierigkeiten, den tollkühnen Fahrraddieb zu stellen. In diesem Fall war Earl Scheib Lopez leider seinem eigenen Renommee zum Opfer gefallen.

Im Moment spielte er jedoch gerade friedlich Blackjack mit Fuzzy Spinks, der so lange als Babysitter fungierte, bis Earl Scheib Lopez von seiner Großmutter abgeholt wurde, die es allmählich leid wurde, wegen ihres Enkels ständig mit dem Bus auf Polizeiwachen und Gerichte zu fahren. Eines Tages, nachdem ihr Enkel zum drittenmal innerhalb eines Monats verhaftet worden war, unternahm sie eine innerstädtische Busreise, die etwas aus der Reihe tanzte. Sie führte sie zum ›Glashaus‹, dem Büro des Polizeichefs im Parker Center in der Innenstadt. Zwei Stunden lang wartete die alte Frau geduldig, bis sie schließlich zum Adjutanten des Polizeichefs vorgelassen wurde, um diesem dann durch einen Dolmetscher in aller Höflichkeit und gestochenem Spanisch zu verstehen zu geben, daß sie gekommen war, um die erforderlichen amerikanischen Dokumente zu unterzeichnen, Earl Scheib Lopez in die Gaskammer zu bringen.

Fuzzy merkte sehr wohl, wie der kleine Gauner ängstlich auf den furchteinflößenden schwarzen Detektiv lauschte, der auf sein ›Vergewaltigungsopfer‹ einbrüllte.

»Na, hast du auch schon mal 'ne Vergewaltigung versucht, Earl?« fragte Fuzzy und beobachtete den Jungen über den Rand seiner Brille, wobei ihn jedoch vor allem Earls Karten interessierten, da er mit fünfunddreißig Cents im Rückstand lag.

»Nee!« schüttelte Earl den Kopf und blieb bei vierzehn, während Fuzzy ausstieg.

»Ich würde dir auch nicht raten, das mal zu versuchen. Die Detektive hier können so 'ner Alten voll ins Getriebe sehen und die ganzen Rillen und Vertiefungen abchecken. Genau wie beim Lauf einer Kanone. Verstehst du?«

»Ja?« antwortete Earl Scheib Lopez, mit einemmal sichtlich beeindruckt.

»Und wenn die dann mit *deinem* übereinstimmen, kriegst du mindestens zwanzig Jahre. Kapiert?«

»Jawohl, *Sir*!« nickte Earl Scheib Lopez folgsam und deckte einen Karokönig auf.

»Na, steigst du aus?« fragte der alte Polizist hoffnungsvoll, da er sechzehn brauchte und nur noch neunzig Cents hatte.

»Verdammte Scheiße!« Max Haffenkamp, für Einbrüche zuständig, knallte den Hörer auf die Gabel. »Hollywood ist nur noch ein einziges Ghetto. Die Leute sagen schon nicht mal mehr Hallo zu einem, wenn sie denken, man ist ein Polizist.«

»Dann erzähl doch einfach, du hättest ihren monatlichen Wohlfahrtsscheck gefunden«, schlug Clarence Cromwell vor. »*Dann* werden sie schon mit euch Weißen reden.«

»Hoffentlich veranstalten die Jungs aus der Unterwelt heute mal wieder ein kleines Gemetzel«, stöhnte Frick. »Ich könnte ein paar Überstunden vertragen. Die nächste Rate für meinen Wagen ist nämlich fällig.«

»Schau mal, wie ich abgenommen habe, Irma«, zog Frack mit einem Seitenblick auf seine Kollegin den Bauch ein. »Bauchmuskeln wie ein Waschbrett. Du könntest jederzeit deine Spitzenunterwäsche darauf waschen. Ist das kein Angebot?«

In diesem Augenblick stürmte das Vergewaltigungsopfer schreiend aus dem Verhörraum. »Na gut, wenn Sie diesen Scheißkerl nicht einbuchten, dann gehe ich eben zum FBI. Ich halte doch für diesen Dreckskerl nicht den Kopf hin. Und dich, du Nigger!«, sie deutete mit einem knochigen Finger auf Nate Farmer, »dich zeige ich wegen persönlicher Beleidigung an!«

Dieses Gezeter wurde durch eine Stimme aus einem Lautsprecher unterbrochen. Sie wurde über Funk aus dem Polizeihubschrauber übertragen.

»Hier spricht Air Six«, meldete sich die Stimme. »Habt ihr irgend etwas für uns?«

Und dann legten, wie üblich, drei oder vier ehemalige Beamte von der Sitte mit ihren Vorschlägen los:

»Ja, bombardiert doch die Kiffer auf dem Sunset.«

»Beschießt die Zuhälter am Hollywood Boulevard.«

»Napalm auf die Früchtchen in der Selma Avenue.«

Und so weiter.

Plötzlich schleuderte Frick seine Verhaftungsberichte Frack entgegen. »Vergewaltigung und Mord! Vergewaltigung und Mord! Allmählich hängt mir das ganz schön zum Hals raus.«

»Tja«, schnaubte Clarence Cromwell. »Die ganzen Morde und Vergewaltigungen gehen alle nur auf deine Rechnung, mein Lieber. Du schlägst die Zeit tot und vögelst dabei die halbe Stadt.«

Sämtliche Unterhaltungen, Frotzeleien und Verzweiflungsanfälle wurden plötzlich unterbrochen. Es wurde atemlos still.

Dora Simpson, die unten im Aktenarchiv arbeitete, wakkelte in den Bereitschaftsraum, plazierte ein paar Berichte auf Holzlippe Mocketts Schreibtisch und tippelte wieder nach draußen.

»Mit *den* Lungen muß das Mädchen doch *Tage* unter Wasser bleiben können«, seufzte Fuzzy Spinks.

Dora Simpson war zehn Jahre lang bei der Polizei von Los Angeles angestellt gewesen, ohne daß sie jemandem groß aufgefallen wäre, bis sie eines Tages von der Northeast Station in die Hollywood Station versetzt wurde. Darauf hatte sie nämlich begonnen, einen pensionierten Schönheitschirurgen mit einem Pygmalion-Komplex aufzusuchen.

Dr. Henry Sprackle trug von ihrem Nasensteg einen Zentimeter und von ihrer Nasenspitze zwei ab, und in ihre erschlaffenden Brüste und Pobacken setzte er fast ein *Pfund* Schaumgummi ein. Außerdem knapste er ihr die lose Haut unter ihrem Kinn und ihren Augen ab und entfernte mindestens fünf Zentimeter Bauchspeck.

Schließlich ließ er noch ihre elegant geschwungene Hornbrille in den Mülleimer wandern und verpaßte Dora statt dessen gefärbte Kontaktlinsen. Nachdem er sie dann noch bei Elizabeth Arden mit einer Farrah-Fawcett-Frisur versehen hatte lassen, war sie *fast* perfekt. Aber der gute Doktor nahm sie noch zu Frederick's of Hollywood mit, wo er ihr zehn

Garnituren schwarzer Unterwäsche ohne Zwickel kaufte. Und jetzt *war* sie perfekt.

Dora Simpson war also wiedergeboren worden, obwohl dabei kein Baptistenprediger seine Hand im Spiel hatte. Aus dem ehemaligen häßlichen Entlein war nun der Gegenstand so manchen feuchten Traums der Hollywood Station geworden. Ja, inzwischen erstreckte sich ihr Ruf schon über die gesamte Polizei von Los Angeles. Man hörte sogar sagen, daß der stellvertretende Polizeichef Digby Bates, der berüchtigteste Schweinigel unter all den hohen Tieren, dem Regionskommandanten *vier* zusätzliche Streifenbeamte zugesagt hatte, falls er Dora Simpson für die Versetzung freigäbe.

Frick und Frack waren verrückt nach ihr. Die zwei jungen Polizisten hatten nun schon sechs Jahre zusammen gearbeitet, sowohl auf Streife wie als Detektive, und sie hatten schon so lange dieselben Revier-Groupies umgelegt, daß sich allmählich auch schon ihre erotischen Fantasien einander anzugleichen begannen. In letzter Zeit drehten sich dabei die meisten um Dora Simpson, da sie die gute Dora für ein anthropogenes Geschöpf hielten. Sie war kein menschliches Wesen. Sie war im Labor von Dr. Henry Sprackle geschaffen worden.

Dieses ganze Zeug, mit dem sie so knackig ausgepolstert war! Und stell dir vor, nach ihren Operationsnarben zu suchen! Ob sie wohl etwas von dem tun würde, was ihr Herr und Meister ihr gesagt hatte? Es war höchst dekadent und pervers. Frick meinte, sobald das mit seiner zweiten Scheidung geregelt wäre, würde er ihr einen Antrag machen. Frack dagegen sagte, *er* würde sich zu diesem Zweck an Dr. Sprackle wenden, da Dora Simpson als anthropogenes Wesen keine eigenen Entscheidungen zu fällen berechtigt sei.

Jedenfalls bot sie ausreichend Gesprächsstoff auf dem Revier. Jedermann nannte sie Ersatzteile-Simpson.

»Sieht ja ganz so aus, als ob du zu ner Beerdigung gehen würdest, und wenn mich nicht alles täuscht, sogar zu deiner eigenen«, begrüßte Clarence Cromwell Walnikow, als sich dieser mit seiner zweiten Tasse Tee zwischen dem Gewirr aus

Schreibtischen und kaffeetrinkenden Detektiven hindurchtastete.

Die Stimmen. Der Lärm. Die schmerzhafte Kakophonie von zwei Dutzend Detektiven, die alle voll mit den beiden wesentlichen Arbeitsgeräten ihres Berufs zugange waren – mit dem Bleistift und dem Telefon.

»Viel zu tun, Clarence?« erkundigte sich Walnikow.

»Eigentlich nicht«, brummte Clarence Cromwell. Breitschultrig und mit einem Gesicht wie blankpoliertes altes Leder, war er schon fünfundzwanzig Jahre bei der Polizei. Er hatte allerdings schon einmal bessere Tage gesehen und ›downtown‹ gearbeitet.

Clarence war damals zum Verhängnis geworden, daß er eine etwas leichtlebige Freundin gedeckt hatte, die ein paar unsaubere Schecks unter die Leute gebracht hatte. Er wurde wieder dorthin versetzt, wo er angefangen hatte – nach Hollywood (»So etwas wie eine Strafversetzung gibt es bei der Polizei von Los Angeles nicht. Das werden Sie doch sicher verstehen, Sergeant Cromwell. Es handelt sich hierbei lediglich um eine administrative Maßnahme.«). Aber letztlich war das immer noch besser als das Revier in der Siebenundsiebzigsten Straße, das für Watts zuständig war. Im Vergleich dazu war das Leben der Hollywood-Detektive ein richtiges Zuckerlecken.

Aber trotzdem ging es mit dem guten Clarence Cromwell abwärts. Er hatte einen gewaltigen Schnurrbart und eine Afro-Frisur mittleren Ausmaßes und trug italienische Anzüge. Er näherte sich widerstrebend dem Mittelalter und trank zu viel, allerdings nicht annähernd so extrem wie Walnikow. Er hatte immer noch zwei Schulterholster umgeschnallt, die zwar die Polizei-Groupies enorm aufregend fanden, ansonsten aber kaum mehr als Ballast darstellten. Als Clarence noch downtown bei Raubüberfall Mord gearbeitet hatte, hatten seine zwei Magnum-Colts innerhalb jener sechs glücklichen, aber kurzen Jahre immerhin vier Banditen das Lebenslicht ausgeblasen.

Am Abend nach seinem letzten Duell hatte sich in einer Bar ein Chinatown-Groupie an den immer noch zitternden Detektiv herangemacht und ihm an die Eier gegriffen. »Laß mich doch mal deine *andere* Magnum sehen, Clarence. Mensch, du siehst aus, wie Sidney Poitier immer gern aussehen möchte.«

Na ja, das war einmal.

»Fehlt dir auch nichts?« erkundigte sich Clarence Cromwell, als sein Blick auf Walnikows zitternde Hände fiel.

»Nein, nein, Clarence, schon alles in Ordnung«, lächelte Walnikow und vergaß dabei ganz, was eigentlich in den Einbruchsmeldungen gestanden war.

»Na, irgend jemanden eingebuchtet heute, Wal?«

Walnikow sah Clarence Cromwell an und zuckte nur traurig mit den Achseln. Clarence Cromwell steckte sich eine Zigarette an und blickte erneut auf Walnikows Hände.

Clarence Cromwell kannte das. Walnikow war einer der wenigen Detektive – vielleicht insgesamt vier oder fünf an der Zahl, mit denen Clarence Cromwell etwas am Hut haben wollte. Ein Grund hierfür war, daß er Walnikow noch aus seinen besseren Tagen bei Raubüberfall Mord kannte. Und zweitens war Walnikow ein alter Haudegen, der schon über zwanzig Dienstjahre auf dem Buckel hatte, die meisten davon im Detektivbüro. Wenn Clarence Cromwell nämlich etwas mehr haßte als die Polizeiobrigkeit, dann waren es RE-kruten.

Angewidert sah Clarence Cromwell um sich. Verdammte RE-kruten! Man brauchte nur die gesamte Belegschaft der Abteilung Einbruch zusammenzählen, und es würden keine drei ganzen Portionen herauskommen. Außer ihm und Walnikow nichts als ein Haufen bescheuerter kleiner Jungs. Wie dieser andere junge Schwarze, Nate Farmer, der ständig am Brüllen war. Als wäre er so eine Art schwarzer Kojak. Und diese beiden Laffen Frick und Frack. Die an nichts anderes dachten als an ihren Pimmel. Mord-Detektive, meine Güte!

Halt! Nicht Detektive – ›Inspektoren‹. Jetzt hießen sie alle ›Inspektoren‹. Zumindest stand das auf ihren Visitenkarten. War doch wirklich schön zu wissen, daß sich die da oben auch ihre Gedanken machten und zu dem Entschluß gelangt waren, die Herren Detektive hätten eine neue Berufsbezeichnung verdient. Und dann machten sie ja auch noch ›Team-Dienst‹. Allerdings wußte kein Schwein, was das nun eigentlich sein sollte. Vier ›Teams‹ von ›Inspektoren‹, die in den ihnen zugeteilten Bezirken Dienst taten. Teams, meine Fresse. Das ist hier kein Fußballspiel, Chef. Der Polizeidienst bringt eine ganze Menge Entscheidungen mit sich, die man da draußen auf den Straßen ganz *allein* fällen muß. Aber die Schreibtischhengste mußten sich natürlich alle paar Jahre ein paar neue, gängige Begriffe ausdenken, um auch ihr Budget ein wenig rechtfertigen zu können. ›Team-Dienst‹. Letztlich lief das Ganze jedoch nur darauf hinaus, daß es immer mehr Chefs für immer weniger Untergebene gab. Auf manchen Revieren waren sie früher mit einem Captain ausgekommen. Inzwischen brauchten sie *drei*. Ganz zu schweigen von dem Schwarm von Lieutenants, die alle etwa zu ebensoviel nützlich waren wie Holzlippe Mocketts Eier. Und Clarence wußte, daß letztere schon seit Jahren nicht mehr in Gebrauch gewesen waren.

Clarence blätterte Walnikows Berichte kurz durch und sagte: »Niemand eingebuchtet. Also dann geh mal lieber wieder nach Hause, ich erledige das schon für dich. Scheiße, du bist so voll von diesem russischen Kartoffelsaft, daß du aussiehst wie eine Kröte.«

»Das ist wirklich nett von dir, Clarence.« Walnikow versuchte zu lächeln, gab es aber schleunigst wieder auf. Selbst zu lächeln tat höllisch weh. »Aber mir fehlt absolut nichts.«

Clarence Cromwell ließ sich jedoch nicht täuschen. Und es war nicht nur der Kater. Walnikow ging es absolut nicht gut. Er war nur noch ein schwacher Abglanz des Mannes, der damals vor fünfzehn Jahren downtown als Detektiv bei der Mordkommission gearbeitet hatte. Jener Mann war zwar still und schüchtern gewesen, aber immer hellwach und auf Draht. Der Typ neben ihm dagegen war ein menschliches Wrack. Er tat Clarence Cromwell leid, wenn er auch nichts Genaueres über ihn wußte.

Clarence sah sich in dem Gewimmel um, das sie umgab. Wie in einer verdammten Papierfabrik. Nichts als Papier, das von hierhin nach dorthin gereicht wurde. Meine Kanone und meinen Wagen können Sie mir nehmen, aber *bitte* nicht meinen Bleistift. Niemandem fiel jedoch auf, wie auffallend schlecht Walnikow an diesem Tag aussah. »Hast du einen Kamm, Wal?«

»Einen Kamm?« Walnikow sah Clarence an, als verstünde er die Bedeutung dieses Worts nicht, als wären mit einemmal alle seine Englischkenntnisse wie weggeblasen. »Ja, Wal, einen *Kamm*.«

Clarence überlegte, ob Walnikow vielleicht Drogen nahm. Nein, dachte er, ein Schnapsbruder wie Wal würde bestimmt nicht kiffen.

»Hier hast du einen Kamm, Wal. Ich bin im Griffith Park mal auf einem alten Gaul geritten, der hatte ordentlichere Haare als du. Also kämm dich wenigstens mal, ja? Du siehst ja wirklich aus wie'n Blutspender von der Skid Row. Wieviel zahlen sie denn heute für nen halben Liter Blut? Zehn für positiv? Zwölf für negativ?«

»Wie bitte?« sagte Walnikow.

»Mensch Meier, Wal! Hol dir aus meinem Schrank mal eine saubere Krawatte. Deine sieht ja aus, als hättest du sie in Wodka gewaschen. Also, jetzt reiß dich aber wirklich mal ein bißchen zusammen, Mann!«

Aber es war bereits zu spät. Als Clarence Cromwell aufsah, streifte sein Blick den von Captain Hooker, der in Richtung seines Büros nickte.

»Daß du immer noch hier bist, hast du nur einem zu verdanken«, flüsterte Clarence Cromwell Wal zu, bevor er aufstand, »mir.« Damit war er auch schon zu Hookers Büro unterwegs.

Walnikow saß nur da und starrte ausdruckslos auf seine Berichte. Er zitterte und dachte, die Stimmen des slawischen Chors hören zu können. In weiter Ferne. In dem eisigen Sibirien seiner Gedanken.

Natalie Zimmerman tobte. Mit weit ausladenden Schritten ging sie in Captain Hookers Büro auf und ab. Die mächtigen Schritte ließen ihren wollenen Rock sich über ihren langen Beinen spannen.

Gar nicht so übel, Nats Fahrgestell, dachte Clarence Cromwell, als er sich setzte. Gar nicht so schlecht.

»Ich tue meine Arbeit, Captain!« Ihre Stimme zitterte leicht.

»Das weiß ich sehr wohl, Natalie. Sie bekommen ja auch immer ausgezeichnete Bewertungen, stimmt's?«

»Wissen Sie, Captain, ich arbeite auf die Beförderung zum Inspektor hin.«

»Ich bin mir sicher, daß Sie das auch schaffen werden.«

»Nicht, wenn ich mit diesem – mit Walnikow zusammenarbeiten muß. Wenn Sie mich zu seinem Partner machen, dann werde ich genauso miese Arbeit leisten wie er!« Sie hörte endlich auf, wie eine Verrückte hin und her zu rennen und ließ sich auf den Stuhl neben Clarence Cromwell plumpsen. Mit einer heftigen Handbewegung strich sie sich eine Strähne ihres rehbraunen Haars aus der Stirn.

Anerkennend betrachtete Clarence Cromwell Natalie Zimmermans überkreuzte Beine und fand, daß das vielleicht gar keine so schlechte Idee war. Vielleicht war es das, was Walnikow brauchte.

»Es ist ja auch nicht auf Dauer, Natalie«, versuchte Captain Hooker sie zu beschwichtigen. Er war einer von diesen richtig gelehrt aussehenden Kerlen in dreifach geknöpften Anzügen, welche in Clarence Cromwell immer wieder die Frage aufwarfen, wie solche Leute eigentlich zur Polizei kamen. Hooker hatte keine Hüften und mußte Hosenträger tragen, um seine Hose und seinen Waffengürtel hochzuhalten.

»Haben Sie ihn heute wieder gesehen, Captain?« flehte Natalie und hob dabei ihre überdimensionale Brille etwas an, um sich die Nase reiben zu können. »Dieser Idiot ist doch völlig besoffen, um es einmal beim Wort zu nennen.«

»Er ist nicht besoffen«, schaltete sich Clarence ein. »Er hat nur einen Kater. Er braucht nur ein bißchen Tee, dann kommt er schon wieder auf den Damm.«

»Warum ausgerechnet ich. Weshalb ich?« befragte Natalie die widerspenstige Haarsträhne, die ihr wie üblich ins Gesicht hing. Sie trug ihr Kraushaar ungewöhnlich lang.

Captain Hooker betrachtete sie prüfend und nickte dann mit der Herablassung eines Schuldirektors. »Sie sind die beste Detektivin, die ich habe«, murmelte er betont leise. Ihm war offensichtlich einiges daran gelegen, daß Natalie ihre Lautstärke etwas herunterschraubte.

»Großartig. Wo Sie ja sowieso nur zwei haben. Nehmen Sie doch Clarence hier. Warum kann er nicht mit ihm zusammenarbeiten? Die beiden sind doch alte Freunde.«

»Na ja, äh, ich, äh, muß mich doch schließlich um mein Team kümmern«, redete sich Clarence heraus, während er im stillen dachte: ohne mich, meine Liebe. Mir genügen bereits meine eigenen Probleme mit dem Alkohol. Ich und Wal? Scheiße! Säubert schon mal die Ausnüchterungszelle, damit dort Platz für die Jungs von der Einbruchsabteilung wird.

»Ich kenne Walnikow nun schon zwanzig Jahre«, setzte Captain Hooker geduldig an. »Er war damals erst zwei Jahre bei der Polizei, und er hat seitdem immer gute Arbeit geleistet. Und er hat sich auch immer tadellos benommen, wenn ich das noch hinzufügen darf.«

»Na ja, dann ist dieser angeblich so angenehme und nette Herr also schon zweiundzwanzig Jahre im Dienst. Wieso läßt er sich dann nicht pensionieren und ...«

»Walnikow ist nach wie vor ein guter Polizist«, wies Captain Hooker Natalie zurecht, wobei er beschwichtigend seine Hand hob, um einem weiteren Temperamentsausbruch von ihrer Seite vorzubeugen. Natalie Zimmerman ertappte jedoch gerade Clarence Cromwell dabei, wie er einen prüfenden Blick über ihre Brüste gleiten ließ.

Clarence sah unschuldig auf. Der alte Schleimscheißer! Es war ein offenes Geheimnis, daß Hooker alles tat, was Cromwell wollte. Hooker tat nichts weiter, als seine Zeit abzusitzen. Noch drei Monate und er hatte seine dreißig Jahre im Kasten, und dann wartete auf ihn ein geruhsamer Lehrauftrag am kriminologischen Institut der Cal State University. Jeder wußte das. Genauso wie jeder wußte, daß praktisch Clarence Cromwell diese verfluchte Detektiv-Abteilung leitete. Und das aus keinem anderen Grund, als daß ihm sein Kautions-Leibeigener und Kumpel No-Show Weems praktisch unbegrenzt seine 53-Fuß-Jacht mit Zwillingsdieselmotoren zur Verfügung gestellt hatte – einem Idioten wie Cromwell, der nicht einmal ein Tretauto hätte lenken können! – und Hipless Hooker ausgerechnet der fanatischste Hochseefischer war, den man sich vorstellen konnte. Und da Mrs. Hooker schon in der Badewanne seekrank wurde, konnte Hipless Hooker sich mit Clarence Cromwell praktisch jedes verdammte Wochenende unbeaufsichtigt auf dieses Scheißboot verdrücken, und das vermutlich auch noch in Begleitung einiger dieser Saufkumpaninnen, die Cromwell um sich geschart hatte. Dieser alte Gauner! Starrte er ihr doch schon wieder auf die Titten!

Es stimmte, daß Clarence Cromwell über eine 300 000-Dollar-Motorjacht verfügen konnte. Es stimmte auch, daß Captain Hooker Cromwell angefordert hatte, als dieser aus der Raub-und-Mord-Abteilung gefeuert wurde, weil er von diesem tollen Boot gehört hatte. Hipless Hooker hatte sich möglicherweise gefragt, weshalb sich ein so gut betuchter Kautionsbürge wie No-Show Weems Clarence Cromwell gegenüber so generös zeigen sollte, aber er war dann wohl zu dem Schluß gelangt, einem geschenkten Gaul besser nicht ins Maul zu schauen. Und damit hatte er vollkommen recht.

No-Show Weems war ein ständig schwitzender, dicker Mann, der, über ganz Los Angeles County verstreut, eine Reihe von florierenden Bürgschaftsagenturen besaß.

Er hatte allerdings den gravierenden Fehler begangen, die Kaution für die Moroni Brothers zu stellen. Diese zwei Bankräuber aus San Pedro hatten im Zuge ihres letzten Überfalls einen Bankwächter erschossen. Sie wurden in Erwartung ihres Prozesses gegen eine Kaution von zweihunderttausend Dollar auf freien Fuß gesetzt. Der Staatsanwalt hatte gegen eine Herabsetzung der Kaution plädiert, aber der Oberste Richter hatte seine Lektion aus dem Religionsunterricht seiner Kindheit keineswegs vergessen und hatte, auch schon vor seiner Verkalkung, beharrlich die Anschauung vertreten, daß es keine schlechten Menschen gäbe. No-Show Weems wäre in diesem Punkt sicherlich anderer Meinung gewesen und hätte zur Erhärtung seines Standpunkts vielleicht gerade das Beispiel der Moroni Brothers herangezogen. Was von den beiden Burschen zu halten war, hatte er sogar schon gewußt, noch bevor Sal Moroni eine sizilianische Köchin aus dem Fenster eines italienischen Restaurants geworfen hatte, weil sie seine Scallopini zu weich gekocht hatte.

Die alte Köchin hatte ihm, mit einem nagelneuen Hüftgelenk wieder aus dem Krankenhaus entlassen, Rache geschworen und entschied sich, die alte sizilianische Tradition der Blutrache wieder zu neuem Leben erstehen zu lassen. In ihrer Heimat war ihr zwar nie etwas dergleichen untergekommen, aber da in fast jedem amerikanischen Film davon die Rede war, hinkte Lucretia Pantuzzi, achtundsechzig Jahre alt, mitten in der Nacht an die Tür der Moronis und schob ihnen eine Portion gut angefaulter Fische in den Briefkastenschlitz. Wohl bekomm's du Dreckskerl! Mit besten Grüßen, Ihre Lucretia Pantuzzi.

Als der verkalkte Richter dann die Kaution herabsetzte, tat No-Show Weems den Sprung ins kalte Wasser und stellte sie, da die Moroni Brothers einen erfolgreichen Fischer zum Onkel hatten, der sich für die Zahlung der Kaution verbürgte, falls das lustige Brüderpaar das Weite suchen sollte. Zwei Wochen später fiel der alte Fischer dann jedoch vom Heck seines Boots und ertrank zusammen mit sechs Tümmlern in seinen eigenen Thunfischnetzen. Eine Umweltschützergruppe, die sich der Erhaltung der Tümmler verschrieben hatte, sah darin den gegebenen Anlaß, sich für eine Verbesserung der Lebensqualität von Tümmlern stark zu machen. Der Betrieb des alten Fischers ging Konkurs, und das noch vorhandene Kapital wurde im Zuge der darauf folgenden rechtlichen Auseinandersetzungen festgefroren.

Inzwischen hatten es die Moroni Brothers jedoch satt, immer nur stinkende Fische mit der Morgenpost zu bekommen. Dies ging sogar so weit, daß sich die beiden Bankräuber nicht einmal für die monatlichen Schecks von der Wohlfahrt die Hände schmutzig machen wollten. Und außerdem wurde ihnen die ganze Warterei mit der Zeit einfach auch langweilig. Also raubten sie ein Kreditinstitut aus und zogen mit den wandernden Grauwalen nach Süden. Und zwar hinunter bis nach Cabo San Lucas, an der Spitze der Baja-Halbinsel im Staate Mexiko.

Eines Tages genossen nun Sal und Tony Moroni die Sonne Mexikos, tranken Tequila und beobachteten zwei betrunkene Nutten, die sich vergnügt von den Wellen treiben ließen. Da tauchte am Horizont eine weiße Motorjacht auf. Das gecharterte Boot fuhr näher an den Strand, ging schließlich in einigem Abstand hinter der Brandungslinie vor Anker und ließ ein Schlauchboot zu Wasser. Das Schlauchboot war mit einem starken Außenbordmotor ausgerüstet, und der Typ in dem Boot schoß mit einem Affenzahn auf den Strand zu.

Als er näher kam, konnten die Brüder erkennen, daß er eine rote Strickmütze aufhatte, die ihm fast über die Augen fiel. Außerdem hatte er sich um die untere Gesichtshälfte einen roten Schal gewickelt. So ein blödes Arschloch. Am Strand hatte es mindestens fünfunddreißig Grad. Er kam noch näher. Seine Hände und Arme waren dunkel. Es war ein Nigger. Dieser blöde Kaffer kam mit einer roten Strickmütze und einem Schal vom kühlen Ozean an den heißen Strand. Er sah dermaßen dämlich aus, daß sich die Nutten den Moronis anschlossen und in lautes Gelächter ausbrachen. Dann schaltete er den Motor aus und ließ das Boot von der Brandung an den Strand treiben. Der blöde Nigger kam wohl an Land, um für seinen Boß auf der Jacht ein paar Flaschen Tequila zu kaufen. Er würdigte zwar die nackten Nutten keines einzigen Blicks, aber das machte nichts. Er sah so komisch aus mit seinem vermummten Gesicht, daß sie sich halb krumm lachten.

Um so bitterlicher weinten sie allerdings wenig später, als die Moroni Brothers, die Augen verbunden und mit zwei Handschellen aneinander gekettet, mit vorgehaltener Pistole von diesem komischen Nigger in seinem Schlauchboot entführt wurden.

Sie mußten ihre Augenbinden die ganze Zeit anbehalten, auch noch, nachdem sie das Schlauchboot verlassen hatten. Sie konnten weder die Jacht, noch den Skipper, noch ihren schwarzen Entführer identifizieren. Wenn sie während der zwei Tage währenden Reise essen oder auf die Toilette gehen mußten, wurden ihnen zwar die Handschellen abgenommen, aber nicht ihre Augenbinden. Sie wußten deshalb auch nichts weiter zu erzählen, als daß er ihnen, wenn sie sich einmal zu beschweren begannen, diese zwei riesigen Magnums an die Ohren drückte und sie fragte, ob sie den Film *Der weiße Hai* gesehen hätten.

Die Polizei erhielt einen anonymen Anruf, worauf sie die beiden Flüchtlinge – ohne Handschellen, Knebel und Augenbinden – im Kofferraum eines besitzerlosen Schrottwagens auf einem Parkplatz in der Nähe des Los Angeles County Jail fanden.

Die Leute vom A.C.L.U. meinten, falls man den Ausführungen der Moronis Glauben schenken dürfte, wären ihre staatsbürgerlichen Rechte grob verletzt worden. Das mexikanische Konsulat sprach von einem internationalen Akt der Piraterie – falls die Geschichte wahr war. Die Abteilung für Banküberfälle der Polizei von Los Angeles schließlich äußerte sich dahingehend, das Ganze wäre absoluter Blödsinn und einfach nur ein Märchen, das sich die Moroni Brothers ausgedacht hätten, wobei die beiden sowieso nie sonderlich hell auf der Birne gewesen seien.

Jedenfalls gab es eigentlich niemanden, der diese verrückte Geschichte *wirklich* geglaubt hätte. Die Moroni Brothers wurden deswegen im Knast sogar so aufgezogen, daß sie schließlich aufhörten, ihre Geschichte von dem Roten Freibeuter mit der schwarzen Hautfarbe zu erzählen. Im Lauf der Zeit begann selbst Sal Moroni daran zu zweifeln, ob sich die Geschichte je wirklich ereignet hatte, und Tony hatte einige Mühe, seinem Bruder den Kopf wieder zurechtzurücken.

Und ein paar Monate später kaufte sich dann No-Show Weems eine 53-Fuß-Jacht, die ziemlich genauso aussah wie das Ding, das die Moronis damals am Horizont hatten aufkreuzen sehen, und Clarence Cromwell durfte dieses Juwel von einem Boot so oft benutzen, wie ihm danach war.

Natalie Zimmerman wußte zwar zum Teil über die Geschichte mit der Motorjacht Bescheid, aber eben nur zum Teil. Captain Hooker wußte nur so viel, wie ihm lieb war.

»Natalie«, lächelte Hooker salbungsvoll, »Clarence wird Ihnen mal ausführlich erzählen, was für ein hervorragender Polizist Walnikow in all den Jahren war, in denen die beiden zusammengearbeitet haben.«

»Ich war bei der Abteilung für Raubüberfälle, speziell Banken«, fing Clarence an und verschränkte dabei melodramatisch die Arme über seinen beiden Magnums. »Wal war bei der Mordkommission. Mit Ausnahme von vielleicht ein oder zwei Kerlen gab es keinen, der ihm damals das Wasser hätte reichen können. Er ist nicht immer ...«

»Ein Säufer gewesen«, sprach Natalie den Satz für Clarence zu Ende, um sich dann hastig an Hooker zu wenden. »Captain, ich habe mich bisher nie in die Lage versetzt gesehen, über einen Kollegen herzuziehen, wie ich das eben getan habe, und ich finde das auch absolut nicht in Ordnung, aber ...«

»Vielleicht sollte eben niemand zu lange bei der Mordkommission arbeiten«, schlug Captain Hooker vor.

»Genau«, pflichtete ihm Clarence bei. »Ich kenne da so einen alten Kerl von der Mordabteilung, der fing an, sich vor den Augen einer Verkäuferin in einem dieser großen Kaufhäuser einen runterzu ... äh, ich meine, zu masturbieren. Darauf mußten sie den alten Wichser pensionieren.«

»Um zu Ihnen zurückzukommen, Natalie«, schaltete sich Hooker hastig wieder ein, »als Walnikow vor einem Monat hierher versetzt wurde, war das aufgrund eines – Problems. Er hatte da so eine Art Auseinandersetzung mit einem Doktor oder irgend etwas in der Art, und ...«

»Mit einem Pathologen«, warf Clarence erklärend ein.

»Ja, mit einem Pathologen. Während einer Autopsie.«

»Aber es war absolut nichts«, versicherte Clarence seiner Kollegin. »Nur ein kleines Mißverständnis. Die Detektive von der Mordkommission schieben immer einen ganz schönen Haß auf diese Heinis aus dem Leichenschauhaus. Anscheinend sind diese Idioten nie in der Lage, einem ausreichend Beweismaterial in die Hand zu drücken, um so einen Mordfall anständig durchzuziehen.«

»Ein Mißverständnis?« lächelte Natalie hämisch. »Von

der Art, wie sie auch in einem Saloon manchmal vorkommen?«

Verdammt, diese komische Zicke hatte wohl überall ihre neugierige Nase drin stecken, dachte Clarence Cromwell.

»Er neigte zum Trinken«, gab Hooker zu. »Und nach dieser Auseinandersetzung, oder was es auch immer gewesen sein mag, fand sein Vorgesetzter, er wäre seit einiger Zeit etwas ... na ja, eigenartig. Geistesabwesend. Seine Berichte sind ein wenig schlampig und unvollständig. Ein wenig ... äh, unzusammenhängend.«

»Er war aber immer schon ein ruhiger, schüchterner Kerl«, fügte Clarence hinzu.

»Jedenfalls dachte sein Captain, ein kleiner Ortswechsel würde ihm vielleicht nicht schaden, und dann hat Clarence vorgeschlagen, ihn hierher nach Hollywood zu holen, und ich habe mich einverstanden erklärt.«

Gut gemacht, Clarence, dachte Natalie mit einem wissenden Lächeln.

»Er hat sich vor ein paar Jahren scheiden lassen, und das hat ihn offensichtlich sehr mitgenommen. So etwas läßt einen Mann natürlich schon hin und wieder zur Flasche greifen und ...«

»Ich habe schon *zwei* Scheidungen hinter mir, Captain«, unterbrach ihn Natalie Zimmerman und fing wieder an, in Hookers Büro auf und ab zu gehen. »Jetzt hören Sie mir bitte einmal zu, Sir. Ich bin neununddreißig Jahre alt. Ich bin seit achtzehn Jahren bei der Polizei. Und man wird wohl kaum von mir erwarten können, daß ich ...«

»Tatsächlich? So alt sind Sie schon, Nat?« unterbrach sie Clarence.

»Daß ich mich hier um einen Alkoholiker kümmere.«

»Niemand hat gesagt, daß Walnikow Alkoholiker ist«, entrüstete sich Hooker. »Wir haben hier im Detektivbüro keine Alkoholiker!« Dabei mußte selbst Clarence Cromwell unwillkürlich grinsen.

»Jetzt hören Sie doch mal, Captain«, versuchte es Natalie von neuem. »Ich habe hier immer gute Arbeit geleistet. Ich hab' mich ganz schön auf den Hintern gesetzt, um meinen Collegeabschluß zu schaffen und ...«

»Auf ihren Hintern«, äffte sie Clarence nach, um besagtes Körperteil mit einem leisen Kichern zu begutachten.

»Also, ich finde das wirklich nicht fair!« fauchte Natalie Clarence Cromwell an, den das Ganze offensichtlich kalt zu lassen schien.

Der Captain wurde allmählich nervös und wünschte, Clarence würde die Sache in die Hand nehmen, damit er einkaufen gehen und sich eine neue Seemannsmütze kaufen konnte. »Jedenfalls, sollten wir ... äh, finde *ich*, könnte Walnikow vielleicht eher wieder einigermaßen mit sich zurechtkommen, wenn er nicht immer so viel allein ist. Er braucht einen Partner. Aber einen Partner, der ihm nicht jede Entscheidung abnimmt. Er tendiert nämlich ganz offensichtlich dazu, sich etwas gehen ... nun ja, er neigt eben zur Passivität. Er braucht eine *Frau* als Partner.«

»Aha!« stöhnte Natalie Zimmerman geschlagen und schielte zu der widerspenstigen Locke auf ihrer Stirn hoch.

Jetzt hatte sie begriffen. Und *dagegen* wußte Natalie Zimmerman nichts einzuwenden. Um gegen diese Art von Logik anzukämpfen, war sie schon zu lange bei der Polizei.

Natalie hatte schon alles durchgemacht, all den erniedrigenden Chauvinismus in einem Macho-Job, in dem es bis vor kurzem keine Frau weiter gebracht hatte als bis zum Sergeant. Und nun beförderten sie seit einigen Jahren großzügig *eine* Frau zum Lieutenant. In einem Job, in dem sie die Frauen im Lincoln Heights Gefängnis anfangen ließen, bis diese absolut unangenehme Aufgabe das Sheriff-Büro übernommen hatte. Als Natalie Kelso mit einundzwanzig zur Polizei gegangen war, war sie freilich noch so naiv gewesen zu glauben, sie würde genau dieselbe Arbeit zu verrichten haben wie ein richtiger Polizist.

Das Lincoln Heights Gefängnis. Knietief in der Farbe für die Fingerabdrücke, in Kotze, Tränen und Blut. Erinnerungen. Man wußte nicht, was Gestank war, solange man nicht den Fußgeruch in diesen Arrestzellen erlebt hatte.

»Also gut, Officer, bringen Sie Ihren nächsten Häftling

rein. Kleiner Diebstahl, wie? Was ist sie denn, eine betrunkene Diebin oder eine stehlende Trinkerin? Haben Sie sie schon durchsucht? Kann ich sie nur noch mal an den gefährlichen Stellen abtasten?« Mean Minnie von der Main Street. Nichts machte ihr mehr Spaß, als eine junge Gefängniswärterin zu ärgern, indem sie sich ein vertrocknetes Scheißekügelchen aus ihren Jockeyunterhosen – Jockeyunterhosen! – fischte und es der Anfängerin ins Haar schnippte, wenn diese gerade nicht hinsah.

»Also hören Sie mal, Ma'am! Officer! Sie haben mich ohne Geld und Zigaretten in die Zelle gesteckt.«

»Seien Sie froh, meine Liebe, daß Sie keine haben. In der Zelle würden sie Sie schon deswegen umbringen.«

»Ma'am! Officer! Ich hab' ne Filzlaus an mir entdeckt, als ich hier reingekommen bin, und sie ist gerade gestorben.«

»Na, dann haben Sie ja Glück gehabt.«

»Aber da sind tausend andere zur Beerdigung gekommen!«

»Ma'am! Officer! In meinem Bett schlafen zwanzig Leute.«

»Wie ist das denn möglich?«

»Mein Bett ist auf dem Fußboden.«

»Aber der fünfte Stock ist *belegt* heute! Wir haben keine Betten mehr! Herr im Himmel! Was soll *ich* denn machen? Sie zu mir nach Hause mitnehmen? Meine Güte!«

Eine junge Gefängniswärterin. Noch grün genug hinter den Ohren, um einer schwangeren, betrunkenen Indianerin von der East Fifth Street die Hand zu schütteln. Die Frau hatte sich mit derselben Hand gerade geschneuzt. Geben Sie *nie* jemandem die Hand. Berühren Sie nie jemanden, außer es ist unbedingt nötig. *Und lassen Sie sich vor allem nie von ihnen berühren.*

Jetzt versahen die Frauen zusammen mit den Männern Streifendienst. Natürlich trugen sie dabei auch Männeruniformen. Eine gemeine Geste von seiten der Obrigkeit, um sie zumindest so weit zu erniedrigen, nachdem die Gerichte endlich die Gleichberechtigung der Frau durchgesetzt hatten. Jetzt verrichteten sie also Streifendienst – die Amazonen, das heißt diejenigen, die so groß und stark waren wie Männer, als ob Kraft und Größe etwas bedeutet hätten. In den Ermittlungsabteilungen betraute man die Frauen hauptsächlich mit Jugenddelikten und dem berüchtigten Papierkram, seit jeher Domäne der Weiblichkeit. Bestenfalls hatten die weiblichen Detektive noch mit Kindern und Opfern einer Vergewaltigung zu tun. Nein, gegen diese Logik von seiten Hipless Hookers wußte sie absolut nichts mehr einzuwenden. Sollte Walnikow jemals noch ein forsch auftretender Polizist werden, dann ganz bestimmt mit einer Frau als Partner. So war das ja auch bei all diesen *anderen* chauvinistischen Arschlöchern gewesen, selbst bei diesem jungen Spund, einer Leihgabe von der Streifenpolizei, den sie vor drei Monaten ausgebildet hatte. Und dabei war sie schon fast alt genug, um die Mutter dieses Bubis sein zu können.

»So schlimm wird das gar nicht werden, mit Walnikow zu arbeiten.« Clarence bemühte sich sichtlich, der Sache auch ein paar positive Seiten für Natalie abzugewinnen. Irgendeinen Vorzug mußte doch auch Walnikow haben. »Sehen Sie«, fiel Clarence endlich ein, »er ist wirklich clever. Er kann Russisch!«

»Großartig«, blickte Natalie zu ihrem rehbraunen Haarschopf auf. »Vielleicht kommen wir ein paar kommunistischen Spionen auf die Spur, und dann wird er mir sicher von enormem Nutzen sein.«

Fünf Minuten später saß Walnikow in dem Stuhl neben Clarence Cromwell. Die Tür war zu, und Walnikow war so verwirrt, daß er dachte, er müßte nun mit Natalie Zimmerman für die Abteilung Jugenddelikte arbeiten.

»Aber mir gefällt es in der Einbruchabteilung, Captain«, bettelte Walnikow und bemühte sich, seine wäßrigen blauen Augen auf seinen Vorgesetzten gerichtet zu halten.

»Jetzt hören Sie doch erst einmal zu, was ich Ihnen sagen will, Wal«, redete Hooker geduldig auf ihn ein. »Ich möchte, daß Zimmerman zusammen mit Ihnen in der Abteilung Einbruch arbeitet. Für Sie allein ist die ganze Arbeit einfach zu viel. Sie brauchen unbedingt einen Partner.«

»Ach so«, wußte Walnikow, Lippen und Kehle ausgebrannt, nur zu erwidern. »Würden Sie mich bitte einen

Moment entschuldigen, Captain? Ich brauche unbedingt was zu trinken.«

»Nur zu, Wal«, forderte ihn Hooker auf, während Natalie Zimmerman ihre Haarsträhne anfeixte.

Bevor Walnikow wieder zurück war, erkundigte sie sich noch: »Eine Frage noch: War er eigentlich besoffen oder nicht, als er dieses *Problem* mit diesem Pathologen hatte?«

»Was soll ich dazu schon sagen.« Hooker zuckte mit den Achseln. »Ich weiß nicht einmal über die genaueren Details Bescheid. Er hat den Doktor beleidigt und erhielt eine Anzeige. Vielleicht hatte er zu besagtem Zeitpunkt eine Fahne. Wahrscheinlich hat er einfach eine Versetzung nötig gehabt, würde ich sagen.«

»Und *wir* sollen ihn jetzt wieder einrenken, oder wie sehe ich das?«

Walnikow kam in Hookers Büro zurückgeschlurft. Sein zimtfarbenes Haar war naß und strähnig an seinen Kopf geklatscht, als hätte er einen halbherzigen Versuch unternommen, sich zu kämmen. Statt seiner schmutzigen blauen Krawatte hatte er inzwischen eine grüne von Clarence Cromwell umgebunden. Sie hing ihm zehn Zentimeter zu tief auf den Bauch hinunter und war zwei Zentimeter seitlich verrutscht, so daß man seinen Kragenknopf sehen konnte. Er saß kerzengerade auf seinem Stuhl und gab sich alle Mühe, seine wäßrigen Augen unter Kontrolle zu bekommen.

»Na, hast du dir ja noch meine Krawatte umgebunden«, lobte ihn Clarence.

»Nein, nein, das war Irma Thebes, die mir dabei geholfen hat«, berichtigte ihn Walnikow geistesabwesend.

Dann starrte er mit ausdruckslosen Augen Hooker an, der lachte, da er dachte, Walnikow hätte absichtlich einen Witz gerissen.

Natalie Zimmerman war diesbezüglich jedoch anderer Ansicht. »Meine Güte!« stöhnte sie ihre Haarlocke an.

Im Bereitschaftsraum hatte inzwischen Nate Farmer Fuzzy Spinks bei der Blackjack-Partie mit Earl Scheib Lopez abgelöst.

Der schwarze Detektiv funkelte den Elfjährigen an, der vor Zittern kaum seine Karten halten konnte.

»Du denkst wohl, du hast schlechte Karten, was Earl?« flüsterte der Detektiv. »Aber deine sind nicht schlecht, Earl. *Meine* sind hundsmiserabel! Steigst du aus oder bleibst du?«

»I ... I ... Ich ... b-b-b-bleibe«, stotterte Earl Scheib Lopez. Dabei hatte er einen König und einen Buben in Aussicht. Dann besann er sich jedoch plötzlich eines besseren. »Ich st-st-st-steige aus«, gab er auf, noch bevor Nate Farmer ihm seine Karte gegeben hatte.

Der hünenhafte Schwarze hatte Fuzzy Spinks' gesamtes Geld zurückgewonnen und Earl bereits drei Dollar abgeknöpft, während Earls Großmutter am Schreibtisch der anderen Detektivin für Jugenddelikte, Irma Thebes, saß und in gestochenem Spanisch Montezuma geduldig zu überzeugen versuchte, daß Earl *auf jeden Fall* alt genug wäre, um in San Quentin in die Gaskammer gesteckt zu werden.

5. KAPITEL

Die Große Kloake

Madeline Whitfield erwachte am nächsten Morgen, ohne zu wissen oder sich auch nur darum zu kümmern, daß an diesem Tag russisches Weihnachten war. Genauso wenig kümmerte es sie, daß in zwei Tagen in Sichtweite ihres Hauses, nur ein Stück den Hügel hinunter, am Fuß der San Gabriel Mountains, ein Footballspiel stattfinden würde. Noch ahnte sie, daß der sehnsüchtigste und zugleich verzweifeltste Traum ihres Lebens durch den Arm eines linkshändigen Quarterbacks total zerstört werden sollte.

Für Madeline Whitfield war dieser Tag nur von Bedeutung, weil es ein Freitag war. Und das wiederum hieß, daß es noch zwei Tage bis Sonntag waren. Und Sonntag war gleichbedeutend mit der Winter-Ausstellung des Jahres 1977, die vom weithin anerkannten Kennel Club von Beverly Hills in der Los Angeles Memorial Sports Arena veranstaltet wurde.

Diese Ausstellung war zwar in ihrer Bedeutung nicht ganz mit der Sommer-Show zu vergleichen, und schon gar nicht mit der Chicago International oder dem absoluten Höhepunkt unter den Veranstaltungen dieser Art, der Westminster Kennel Club Show im Madison Square Garden. Aber dennoch war es ein wichtiger Wettbewerb, der insbesondere für Madeline von entscheidender Bedeutung war. Es gab dort ganze fünf Punkte zu erringen, und mit ihren bisherigen zwölf Punkten benötigte Vickie nur noch drei weitere Punkte, um in den Rang eines Champions aufzusteigen.

Madeline hatte mit Chester Biggs, Vickies Betreuer, ausgedehnte Diskussionen geführt, ob sie Vickie nun auf der Winter Show zeigen sollte oder nicht. Wofür sollten sie sich entscheiden: für den Spatz in der Hand oder die Taube auf dem Dach, welche letztere die Gestalt eines Siegs bei der Ausstellung im Februar in New York angenommen hätte? Und dies war eine Entscheidung, die bereits Wochen im voraus hatte gefällt werden müssen. Vickie hatte noch nie verloren, und Madeline war außer sich vor Angst. Schließlich hatte Chester die Entscheidung dann davon abhängig gemacht, wer vermutlich als Vorsitzender der Jury fungieren würde. Und er hatte richtig getippt. Der Vorsitzende war ein gewitzter alter Hase, der sich nicht durch diskret angebotene Vergünstigungen oder teure Geschenke beeindrucken ließ. Ein Mann, der etwas von seinem Metier verstand, der Vickie nicht zur Last legen würde, daß ihr Fell zum Zeitpunkt des Wettbewerbs nicht absolut auf dem Höhepunkt war, und der diesen Umstand angesichts der Tatsache, daß Vickie auf die Ausstellung im Madison Square Garden und damit auf den totalen Triumph vorbereitet wurde, mit Nachsicht zur Kenntnis nehmen würde.

Madeline hatte sich trotz heftigster Proteste von seiten des Betreuers nicht davon abbringen lassen, Vickie während der letzten, entscheidenden Tage vor dem Wettbewerb bei sich zu Hause zu behalten.

»Mrs. Whitfield, Sie müssen Vickie *mir* lassen«, hatte Chester Biggs gedrängt. »Kein Besitzer behält seinen Hund bei sich zu Hause, wenn er einen großen Wettbewerb gewinnen will.«

»Aber Chester, es ist einfach unmöglich für mich, mich von Vickie zu trennen. Sie hat noch keine einzige Nacht ohne mich verbracht, seit ich sie habe.«

»Mrs. Whitfield, was wollen Sie eigentlich? Einen ganz normalen Schoßhund oder einen *Champion*? Ihr Hund ist die schönste Zwergschnauzerhündin, die ich je gesehen habe. Sie kann alles gewinnen, verstehen Sie? Ich meine damit nicht nur Klassenbeste oder Beste der Terrier-Gruppe. Ich meine den Gesamtsieg im Wettbewerb!«

»Tut mir leid, Chester«, beharrte Madeline. »Sie müssen ... nun ja, es ist wohl einfach schwer zu erklären, wieviel Vickie mir bedeutet. Sie ist wie ein Kind für mich, wie dumm das vielleicht auch klingen mag.«

»Das verstehe ich vollkommen, Mrs. Whitfield, ich bin nun doch schon eine ganze Zeit in diesem Geschäft tätig. Ich weiß, welche Gefühle Sie für Ihre Vickie hegen. Sie dürfen sich glücklich schätzen, ein Tier von der seltenen Schönheit einer Victoria Regina of Pasadena zu besitzen.« Er berührte ihre Hand in einer verständnisvollen Geste, als er dies sagte, wobei ihm in Wirklichkeit zum Kotzen zumute war, wenn er an diesen idiotischen Namen dachte. »Und Sie sind doch eine großzügige Frau, die auch andere Hundeliebhaber an der Schönheit Ihres Lieblings teilhaben lassen möchte, wie das auch Norton Simon und Armand Hammer tun. Vickie wird nie so schön sein, wie sie sein könnte; sie wird nie ihre wahre Vollkommenheit zur Geltung bringen können, wenn Sie sie mir diese letzten Tage nicht zur Pflege überlassen. Das sind Sie allen Hundeliebhabern schuldig, und auch Vickie, sich selbst und ...«

Aber umsonst. Victoria Regina of Pasadena sollte sogar die letzte Samstagnacht vor dem großen Wettbewerb zwischen den Satinbettüchern ihres Frauchens schlafen. Chester Biggs blieb angesichts dessen nichts anderes übrig, als das Whitfieldsche Heim aufzusuchen, um dort dieses herrliche, kleine Biest auf den Wettkampf vorzubereiten. Selbst wenn es ihm nicht gelungen war, ihr starrsinniges Frauchen zur Vernunft zu bringen, wollte er doch immer noch sein Bestes versuchen, die Zwergschnauzerhündin zum Sieg zu führen und damit seinem Hundezwinger ein Renommee zu verschaffen, so daß er ihn auch seinem etwas blöden Schwager überlassen konnte, damit er, Chester Biggs, ins Immobiliengeschäft einsteigen konnte, wo er eigentlich hingehörte.

Ähnliches hatte Chester Biggs während der zwölf Monate, seit denen er als Vickies Betreuer fungierte, bereits des öfteren geäußert. Ähnliches hatte er am Abend vor der Santa Barbara Show im letzten Sommer gesagt. Und ähnliches sagte er auch jetzt in der Bar seines Hotels, wo er mit drei anderen Hundebetreuern an der Theke stand und sich mit ihnen über Hundebesitzer unterhielt, wie die Trainer von Rennpferden über die Pferdebesitzer reden. Hauptgesprächsthema war in diesem Zusammenhang meistens, wie gut betucht die einzelnen Eigentümer waren, welche Prämien sie für einen Sieg zahlten und wie hoch die Durchschnittstarife standen, wenn ein Eigentümer *wirklich* reich war und man ihm fünf Punkte ergatterte.

Die meisten Betreuer bekamen in der Regel kaum mehr als fünfunddreißig bis vierzig Dollar pro Tag und Hund – und das selbst, wenn es sich um eine so schwierig zu handhabende Rasse wie Schäferhunde handelte. Dazu vielleicht noch eine Gewinnprämie von hundert Dollar. Man mußte schon einen eigenen Zwinger haben, um in diesem Beruf überleben zu können. Einfach nur ein paar Hunde reicher Klienten zu betreuen und vorzuzeigen reichte nicht zum Leben aus, es sei denn, man arbeitete zufällig für jemanden wie diesen verrückten Perser, der seinem New Yorker Betreuer eine Prämie von zehntausend Dollar zahlte, als er seinen Ungarischen Hirtenhund zum Sieg geführt hatte.

Es gab allerdings auch noch einige, wie zum Beispiel Buck Hickman, die andere Mittel und Wege gefunden hatten, in den Genuß reicher Prämien zu gelangen. Hickman hatte eine Beverly-Hills-Kundin geheiratet, und nun stellte *er* aus und suchte sich seine eigenen Betreuer aus, um dann im blauen Blazer, seine silbrigen Haare befeuchtet und rückwärts gekämmt und wie seine Hunde mit Haarfestiger eingesprüht und die Winterbräune eines reichen Mannes zur Schau stellend, auf den Ausstellungen zu erscheinen. Dies war ein Traum, den insgeheim viele Betreuer träumten, die für reiche und einsame Damen arbeiteten. Frauen, die völlig in ihre Hunde vernarrt waren und sie mehr als die eigenen Kinder verhätschelten und es sich zum Teil bis zu 40 000 Dollar im Jahr kosten ließen, ihre Lieblinge auf Ausstellungen vorzuführen. Einigermaßen junge und gefügige Hundebetreuer hatten auch durchaus berechtigten Anlaß zur Hoffnung. Es gab immer eine Chance, zumal unter den Hundebesitzern die Zahl der Frauen etwa viermal so hoch war wie die der Männer.

Als Chester Biggs in jener Nacht in dieser Bar in Santa Barbara an der Bar stand und über die Möglichkeiten dieser großartigen Zwergschnauzerhündin sprach, die eben im Bett mit ihrer einsamen, frustrierten Besitzerin aus Pasadena schlief, befand sich in dieser Bar ein Betreuer, der seinen Ausführungen mehr als nur beiläufige Aufmerksamkeit schenkte, und dies vor allem, nachdem er gehört hatte, daß die Besitzerin reich und alleinstehend war. Momentan wandte er sich jedoch wieder dringlicheren Problemen zu, die da waren: eine Bedienung davon zu überzeugen, daß selbst in einem so verschlafenen Nest wie Santa Barbara etwas los sein könnte, wenn sie sich nach der Arbeit mit ihm treffen würde.

Sie hätte ihm fast voll ins Gesicht gelacht, da sich bereits seine grauen Haarwurzeln sehen ließen und er pro Runde lediglich mickrige fünfzig Cents Trinkgeld gab. »Ein andermal, mein Herr«, wimmelte sie ihn schließlich endgültig ab.

Indessen saß Philo Skinner mit einer weiteren Erektion da, der nichts weiter beschieden sein sollte, als unverrichteter Dinge zu verwelken. Und wie viele würden ihm in seinem Alter noch verbleiben?

Madeline war von dem Scotch und den Dalmanes leicht verkatert. Sie hatte früher bereits üble Erfahrungen mit Scotch und Librium oder Scotch und Valium gemacht. Angesichts dessen schienen ein paar Gläser Scotch und ein paar Dalmanes immer noch die beste Methode, etwas Schlaf zu finden.

Um acht Uhr war Victoria dann jedenfalls durchaus fit. Sie machte sich in der Küche zu schaffen und kommandierte Yolanda, ihre Haushälterin, herum, die früher direkt im Haus gewohnt hatte, inzwischen aber nur noch von Montag bis Freitag zur Arbeit kam.

»Vickie«, rief Yolanda mit einem breiten Grinsen, das ihre goldenen Tijuana-Kronen zum Vorschein brachte – ein Statussymbol, das jedoch leider für die Beamten der Einwanderungsbehörde ebenso ein untrügliches Kennzeichen illegaler Immigranten war wie das lange Haar, die abgetragenen Kleider und das verschüchterte Auftreten.

Vickie sprang bellend an ihren Beinen hoch und bettelte nach den Leberstückchen, die ihr Yolanda aus dem Kühlschrank holen würde.

»Morgen, Yolanda«, murmelte Madeline und schirmte ihre Augen gegen die Morgensonne ab, als sie in die Küche schlurfte und sich am Tisch auf einen Stuhl niederplumpsen ließ, ohne sich durch Vickies glückliches und schrilles Kläffen stören zu lassen.

»Wollen Sie nur Kaffee heute, Madam?«

»Ja bitte, Yolanda. Und vielleicht ein bißchen Orangensaft.«

»Jawohl, Madam.« Das stämmige junge Mädchen nickte. Sie gab Vickie erst noch ein Stück gekochte Leber und summte zu der spanischen Musik im Radio – zu laut zwar für Madeline, aber sie gab sich doch Mühe, sich nicht dadurch stören zu lassen, während sie sich auf die *Los Angeles Times* zu konzentrieren versuchte.

Madeline zeigte sich beunruhigt über die Aussage eines der führenden Innenarchitekten der Stadt, derzufolge ihm Korb- und Rattanmöbel sowie tropische Zimmerpflanzen zum Hals heraushingen. Madeline sah sich in ihrer Küche um. Da standen weiße Korbstühle und eine Rattanbank, üppig umrahmt von prächtigen Hängefarnen, und das Ganze hatte sie sich vor sechs Monaten für teures Geld zugelegt, als sie in der *Los Angeles Times* eine von eben jenem Innenarchitekten entworfene Küche gesehen hatte. So war es doch immer. Jedesmal, wenn sie sich schließlich aufraffen konnte, das Geld hatte oder den Mut fand, sich einer neuen modischen Richtung anzuschließen – ganz gleich, ob dies nun Kleidung, Einrichtung oder Frisur betraf –, konnte sie damit rechnen, daß diese spätestens binnen eines Monats bereits wieder überholt sein würde.

Mein Gott, wenn Yolanda nur das Radio etwas leiser stellen würde. Im Moment waren die ständigen Werbeeinlagen in diesem spanischen Maschinengewehr-Stakkato unerträglich. Und bei Gott, sie wünschte, es sich immer noch leisten zu können, Yolanda im Haus wohnen zu lassen, damit sie sich um den Haushalt kümmerte, wie es sich gehörte. Wie es gewesen war, als Mason noch hier gelebt hatte, bevor sie noch drei der Räume im ersten Stock und das Gästehaus hatte stillegen müssen, um Gas zu sparen und die enormen Unterhaltskosten in Grenzen zu halten. Es gab nicht wenige Old-Pasadena-Sprößlinge, die von ihrem bescheidenen Erbe in herrschaftlichen Häusern lebten – im Stil von Großkaufhäusern wie Sears möbliert. Herrliche Fliesen, vor fünfzig Jahren von spanischen, portugiesischen und mexikanischen Handwerkern bemalt, glasiert und gebrannt, waren nun Seite an Seite mit Kunststoffküchenanrichten für fünfzig Dollar zu sehen. Manches Tausend-Quadratmeter-Haus im Kolonial- oder Tudor-Stil verfügte nicht mehr über ausreichend Mobiliar, um damit eine Dreizimmerwohnung einzurichten. Die Bewohner nahmen mit einer leckenden Toilette vorlieb, verzichteten aber nicht auf ihre kostspieligen Clubmitgliedschaften, die ja letztlich ihre Identität ausmachten.

Noch ein Jahr, und ihr Treuhandfonds würde aufgebraucht sein. Wie immer, wenn sie daran dachte, rumorte es in Madelines Magen. *Ein* Jahr noch. Wer hätte so etwas für möglich gehalten, als sie noch Mrs. Mason Whitfield gewesen war? Und nicht einmal nach der Scheidung. Ihre Mutter hatte immer gesagt, Madelines Vater hätte ihr Geld so angelegt, daß sie sich ihr ganzes Leben keine finanziellen Sorgen zu machen brauchte. Und dies war natürlich in ›weiser‹ Voraussicht geschehen, um sein einziges Kind gegen jegliche Eventualitäten abzusichern. Madeline hatte sich diesen Fonds immer in anthropomorpher Gestalt vorgestellt: erst als Schutzengel und später als gütigen Onkel, der immer für sie da war. Nur hatte ihr Vater bei dem Ganzen nicht an etwas so Unvorhersehbares wie einen Brustkrebs gedacht, der sich in seiner Witwe ausbreitete und sie schließlich zusammen mit ihrem Besitz, ihrer Krankenversicherung *und* dem Vermögen hinwegraffte, das eigentlich Madeline Whitfields Unterhalt auf ewig hätte gewährleisten sollen.

Die Arzt- und Krankenhauskosten waren wirklich unglaublich gewesen. Und das war genau das richtige Wort. Solange man nicht selbst an Krebs erkrankt war und mitbekam, was das alles nach sich zog – Chemotherapie, Radiotherapie, *vier* Jahre Krankenhausaufenthalt, ambulante Pflege und so weiter –, machte man sich keine Vorstellung von den damit verbundenen Kosten.

Es war rechtlich sehr schwierig – und von daher auch teuer –, an das Geld des Fonds heranzukommen. Also galt es erst, Rechtsanwälte zu zahlen, um die Ärzte zahlen zu können. Madeline hatte oft voller Bitterkeit gedacht, daß ein Arzt wie Dr. Corey Dills eigentlich hätte wissen müssen, wie unberechenbar so manche Krankheit sein konnte und wie sich selbst der gesündeste Treuhandfonds allmählich auflösen konnte, wie das bei den Knochen von Madelines Mutter der Fall gewesen war.

Als es schließlich dem Ende zuging, hatte Madelines Anwalt ihr geraten, sich zugunsten ihrer Mutter an die *Wohlfahrt* zu wenden. Ein Wort, das innerhalb der gehobenen Gesellschaft Pasadenas einen Beigeschmack hatte wie die Worte *links* oder *sozialistisch*. Dieser Vorschlag war so undenkbar, daß schon allein der Gedanke daran die alte Frau schneller ins Grab gebracht hätte als ihre Krankheit. Und auch im Falle Madelines hatte diese Vorstellung zur Folge, daß sie sich mit Scotch und Sedativen vollpumpte wie nie zuvor in ihrem Leben. Sie zahlte bis zum bitteren Ende weiter für ein Privatzimmer und die bestmögliche ärztliche Versorgung. Zum Glück segnete die alte Frau noch vor dem dahinwelkenden Fonds das Zeitliche, obgleich auch letzterer bereits vom Tod gezeichnet war. *Ein* Jahr noch.

Madeline hatte ein paar erniedrigende Versuche unternommen, das Unvermeidliche abzuwenden. Nie würde sie vergessen, wie sie sich zaghaft dem Schreibtisch der Personalchefin eines Damenbekleidungsgeschäfts in der Lake Avenue genähert hatte.

»Kann ich Ihnen irgendwie behilflich sein?« hatte sich die etwas zu sehr herausstaffierte Dame mit den grünen Lidschatten erkundigt.

»Ja, ich ... äh, ich habe gehört, Sie haben eine Stelle frei. Ich würde mich dafür interessieren.«

»Für eine Stelle?«

»Ja, als Verkäuferin. Ich habe in letzter Zeit nicht sonderlich viel zu tun und ich ... ich hätte aber gerne eine Beschäftigung.«

»Möchten Sie sich für eine Teilzeitstelle als Verkäuferin bewerben?«

»Ja. Oder auch ganztags. Je nachdem. Wissen Sie, ich habe seit kurzem eine Menge Zeit und ... ja, eigentlich ganztags.«

Die Frau überflog kurz Madelines Bewerbungsbogen und blickte dann neugierig auf.

»Sie leben im Distrikt San Rafael?«

»Ja.«

»Wirklich hübsch dort oben«, lächelte sie anerkennend. »Einige unserer besten Kunden wohnen in den herrlichen Villen dort oben.«

»Ja«, antwortete Madeline nervös.

»Wie ich sehe, haben Sie einen Magister in Geschichte, gnädige Frau«, fuhr die aufgetakelte Frau fort. »Und Ihre persönlichen Empfehlungen. Darunter sind ja einige recht prominente Persönlichkeiten!«

»Ja, glauben Sie denn, ich könnte ...«

»Sagen Sie, Mrs. Whitfield, haben Sie so etwas denn schon je in Ihrem Leben gemacht? Ich meine, in einem Geschäft gearbeitet? Hier steht nämlich absolut nichts hinsichtlich Ihrer beruflichen Erfahrungen.«

»Nein, als Verkäuferin habe ich bisher noch nicht gearbeitet, aber ich traue mir das durchaus zu«, entgegnete Madeline mit errötendem Gesicht.

»In welchen Berufen haben Sie denn bisher gearbeitet, gnädige Frau?«

»Nun ja, wissen Sie, ich war verheiratet und ... nun ja, ich war die letzten zwanzig Jahre immer schrecklich beschäftigt. Der Haushalt macht ja immer eine Menge Arbeit, und dann natürlich diese ganzen gesellschaftlichen Verpflichtungen.«

»Natürlich. Aber sagen Sie, Mrs. Whitfield, haben Sie denn überhaupt je ... gearbeitet? Ich meine, in einem Beruf.«

»In einem Beruf eigentlich nicht, aber ...«

»Dann muß ich Ihnen leider sagen, gnädige Frau, daß wir es uns hier zur Grundregel gemacht haben, grundsätzlich nur Damen mit Berufserfahrung anzustellen. Außerdem frage ich mich, ob Sie Ihre überschüssige Zeit nicht mit irgendeiner anderen Beschäftigung ausfüllen können. Ich kann mir nicht vorstellen, daß für eine Dame mit Ihrem gesellschaftlichen Hintergrund eine Stelle als Verkäuferin das richtige ist. Ich kann mir zwar sehr gut vorstellen, wie es ist, zu viel Zeit zur

Verfügung zu haben. Als meine Kinder erwachsen wurden ...«

»Ja, damit haben Sie vielleicht durchaus recht«, stimmte ihr Madeline mit heiserer Stimme zu. »Man wird so ruhelos. Ja. Vielleicht sollte ich mich etwas mehr für das Junior Philharmonic engagieren.«

»Ja, etwas in der Art würde auch ich Ihnen empfehlen«, erwiderte die Frau.

»Ja, ich glaube auch. Vielen Dank.« Damit stolperte Madeline aus dem Büro, ohne noch an ihren sorgfältig getippten Bewerbungsbogen zu denken.

Madeline sah auf ihre Uhr. Sie mußte sich zusammenreißen. In fünfundvierzig Minuten würde Chester kommen, um mit Vickie zu arbeiten, und der heutigen Sitzung wollte Madeline nicht beiwohnen. Sie konnte die Spannung kaum mehr ertragen.

Es war nicht gut, seine Träume und Fantasien ungezügelt in Richtung New York und Madison Square Garden fliegen zu lassen, sich der Vorstellung hinzugeben, Besitzerin eines nationalen Champion zu werden.

Der höchst exklusive Beverly Hills Kennel Club hatte nur dreiundzwanzig Mitglieder. Nun ja, dieses Frühjahr würden es vierundzwanzig werden. Wie hätten sie schließlich umhin gekonnt, ihr die Mitgliedschaft anzubieten? Wie würde ihr überhaupt jemand in der Hundewelt noch etwas abschlagen können, wenn ... Westminster! Madison Square Garden! Mein Gott!

Madeline verbrannte sich ihre Lippen an dem Kaffee und entschloß sich, sich erst einmal anzukleiden und dann ihre Anspannung etwas abzubauen, indem sie einen kleinen Schaufensterbummel in der West Side unternahm und sich ein paar Boutiquen und Geschäfte wie zum Beispiel Theodore's ansah. Nicht etwa, daß sie jung oder mutig oder schlank genug gewesen wäre, um dort einzukaufen. Oder auch *reich* genug, da man damit rechnen mußte, daß die dort gekauften Sachen nach einer Saison bereits wieder aus der Mode waren. Aber es machte Spaß, die Horden von Voyeuren zu beobachten, welche die heiratsfähigen jungen Verkäuferinnen beglotzten, die unter ihren durchsichtigen Baumwollhosen und T-Shirts weder BH noch Höschen trugen.

In Old Pasadena gab es dergleichen nicht. Hier kaufte man nur ›vernünftige‹ Sachen, bequeme Slipper mit flachen Absätzen, die farblich zu wollenen Hosen und Strickjacken paßten. Röcke im Schottenmuster würden nie aus der Mode kommen, und dasselbe galt für gestrickte Jacken und Pullover mit V-Ausschnitt über cremefarbenen Blusen. Vernünftig.

Aber während die Voyeure Läden wie Theodore's aufsuchten, um die knackigen Verkäuferinnen zu begaffen, begaben sich die meisten Pasadena Junior Leaguers kaum aus anderen Gründen dorthin: Sie warfen in hoffnungslos überteuerten West-Side-Restaurants ihr Geld zum Fenster hinaus, um dort die *Filmstars* zu sehen. »Gestern abend bin ich im Ma Maison direkt neben Barbra Streisand gesessen ...«

Obwohl das alte Pasadena für den freizügigen Lebensstil ›auf der anderen Seite, im Westen‹ nichts als Verachtung übrig hatte – der Star-Kult, die ›A‹-Tische bei Chasen's, die Parties upstairs im Bistro. Obwohl sie nie unter ihnen leben wollten – unter den Berühmtheiten, den Juden, den *nouveau riche* –, waren sie doch unersättlich in ihrer Gier, die Berühmtheiten zu beobachten. Eine Pasadena-Matrone, die auf sich hielt, würde um nichts in der Welt auch nur in Richtung der Nische im Palm Restaurant blicken, in der Jack Nicholson saß, aber ihr Puls wäre sicher am Rasen. Und hätte in der Polo Lounge Warren Beatty zu einer Junior Leaguerin aus Old Pasadena gesagt: »Entschuldigung, Sie haben Ihre Serviette fallen gelassen«, hätte sie ihn mit einem Gesichtsausdruck totalen *Nicht*-Erkennens angesehen und erwidert: »Vielen Dank.« Und dann hätte sie mit disziplinierten Kiefern, die nichts anderes wollten als *zittern*, weiter in aller Gründlichkeit ihren Neil-McCarthy-Salat zermahlen.

Ein Maître d' des Huntington Sheraton Hotel äußerte einmal etwas verstimmt, das alte Pasadena würde von sieben Uhr abends bis Mitternacht essen und trinken und tanzen und dann *murren*, wenn die Rechnung pro Person höher als zwölf Dollar ausfiel, obgleich sie für einen ›A‹-Tisch in Matteo's auf der anderen Seite, ohne mit der Wimper zu zucken, Trinkgelder von dieser Höhe gaben. Ein Restaurantbesitzer, hieß es, hätte sich am alten Pasadena gesundstoßen können, wenn er nur am Samstagabend einen Bus voller Filmgrößen ankarrte.

Als Madeline Dills Whitfield an diesem Nachmittag durch Beverly Hills fuhr, kam sie am Brown Derby vorbei. Genüßlich gab sie sich ihren Träumen hin. Sie und Vickie würden im Sign of the Dove in New York fotografiert werden. (Ließen sie dort eigentlich Hunde rein? Na ja, wie hätten sie einem Champion den Zutritt verweigern können, der eben im Madison Square Garden den Sieg davongetragen hatte?) Sie wurden bei diesem Lunch von einem Mann begleitet. Er war ein bekannter Aussteller von Long Island. Ihrer jeweiligen Stimmung entsprechend, wechselte jedoch seine Gestalt. Im Moment sah er aus wie Paul Newman. Madeline würde zusammen mit Vickie im *Time*-Magazin abgebildet sein, und die *Los Angeles Times* würde einen Artikel über den Hund aus Pasadena bringen, der New York erobert hatte. Madeline Dills Whitfield würde . . . nun ja . . . *berühmt* sein.

In Pasadena trugen einem Familie, Geld und selbst Macht selten mehr ein als ein Bild irgendwo im Gesellschaftsteil. Zur Berühmtheit reichten all diese Faktoren nicht aus. Aber Madeline Dills Whitfield würde in Pasadena bald so berühmt sein wie ein Filmstar.

Sie war so mit ihren Träumen beschäftigt, daß sie gar nicht nach Berühmtheiten Ausschau hielt, als sie die Vine Street entlangfuhr. Abgesehen davon hielten sich zu diesem Zeitpunkt im Derby sowieso keine Filmstars auf. Wenn sie sich aber dennoch umgesehen hätte, wäre ihr vielleicht ein auf jugendlich herausgeputzter Hundebetreuer in mittleren Jahren aufgefallen, den sie schon auf mehreren Ausstellungen gesehen hatte. Er stand an der Ecke Hollywood/Vine und dachte an einen Massagesalon am Sunset Strip.

Er beobachtete den Eingang des Brown Derby. Er war gerade dabei, an einem sehr hohen religiösen Feiertag ein Verbrechen zu begehen. Allerdings wußten im Brown Derby nur zwei Ober und in dem Massagesalon am Sunset Strip niemand, daß an diesem Tag ein sehr hohes Fest war, nämlich russisches Weihnachten.

Wie in so vielen ›großen Augenblicken‹ in Philos Leben lief jedoch das Ganze doch wieder nur auf eine nutzlos verwelkte Erektion hinaus. Als alter Spieler warf Philo Skinner eine Münze in die Luft. Bei Kopf fahre ich zu diesem Massagesalon am Strip und stopfe meine letzten fünfzig Dollar einer minderjährigen, pickligen Ausreißerin mit unterentwickelten Titten in den Rachen, damit sie's mir besorgt. Zahl, ich schnappe mir den Schnauzer aus dem Rolls-Royce und werde *reich*. Das Blut schoß in seine Kehle, in seine Schläfen, in seinen eingefallenen Brustkasten. Er sog an der neunundzwanzigsten Zigarette des Tages und schnippte den Vierteldollar hoch.

Kopf. Später vielleicht Enttäuschung, Frustration, Bedauern; aber im Augenblick nichts als – Erleichterung. Er hatte letzte Nacht keine fünf Minuten geschlafen. Plötzlich war er stockgeil.

Er wurde jedoch von keiner pickligen Ausreißerin erwartet. Die Frau in dem Massagesalon blickte mit Sicherheit auf eine fünfundzwanzigjährige Berufserfahrung zurück und ließ sich durch Philos schicken Freizeitanzug und die falsche Goldkette, die auf seine knochige Brust herabbaumelte, nicht beeindrucken.

»Wie ich bereits gesagt habe, Schätzchen«, klärte sie Philo in nüchternem Geschäftston auf, »ich kann dir die Standard-Massage geben, die Spezial-Massage oder die Super-Massage des Tages. Die Preise stehen auf der Liste.«

»Jetzt hör mal zu, meine Süße«, säuselte Philo. »Ich habe da ein Gemälde von General Grant in meiner Gesäßtasche, aber das werde ich nicht einfach so hergeben, wenn du mir nicht erklärst, was ich dafür als Gegenleistung zu erwarten habe.«

»Du kannst die Standard-Massage, die Spezial . . .«

»Was hast du denn?«

»Nichts, Inspektor.«

»Inspektor?«

»Du hörst dich an wie 'n Bulle.«

»Wie ein Bulle?«

»Ja, der letzte Kerl von der Sitte, den sie mir auf den Hals gehetzt haben, sah genauso aus wie du. Man kann sich heutzutage nicht mehr darauf verlassen, daß die Bullen junge, gesund aussehende Kerle sind. Die graben immer wieder noch so ein paar alte Saftsäcke aus, färben ihnen die Haare ein bißchen ...«

»Du miese Votze!«

»Los, verschwinde schon aus meinem Geschäft, du Drecksack!«

»Du hast sie wohl nicht alle, du alte Vogelscheuche!«

»Los, raus hier!« wies sie ihm energisch die Tür. »Bevor ich noch einen *jungen* Bullen im blauen Anzug rufe. Ich lasse mich von euch Arschlöchern von der Sitte nicht mehr aufs Kreuz legen.«

Philo Skinner war völlig außer sich, als er schlaff wie eine zwei Monate alte Zucchini, auf den Sunset Boulevard hinausstapfte. Ihm auf den Kopf zuzusagen, daß er sich die Haare gefärbt hatte. Sie hätte sich mal lieber ihre ansehen sollen! Diese alte Hexe nahm sich ja wirklich einiges heraus!

Und nun war es Wut – mehr als Angst und auch mehr als dieser Reiz des Verbotenen –, die das auslösende Moment darstellte. Ein Amateur stand kurz davor, den ersten, unwiderruflichen Schritt in die Kriminalität zu tun.

Millie Muldoon Gharoujian aß jeden Freitag im Brown Derby zu Mittag. So wie sie jeden Donnerstag im Scandia und mittwochs im La Strada dinierte. Millie Muldoon Gharoujian war ein Gewohnheitstier. Auf diese Weise kam sie angesichts ihrer drittklassigen Erziehung und ihres Intelligenzquotienten von 90 besser mit ihrem Leben zurecht. In ihrer Jugend hatte sie eine Figur und eine Frisur wie Jean Harlow gehabt, welchen beiden Faktoren sie es zu verdanken hatte, daß sie aus der Uniform einer Bedienung in einer Restaurantkette in das Bett eines armenischen Schrotthändlers überwechselte, der nach seinem zweiten Herzinfarkt getreulich den Großen

Schrottplatz aufsuchte und Millie damit in eine ganze Reihe von Ehen mit insgesamt vier jungen Burschen entließ, mit denen sie sich hoch oben in Trousdale Estates, von wo man auf die Lichter von Bagdad heruntersehen konnte, ein vergnügliches Leben machte. Neben ihren knackigen Jungs hatte sie unter anderem auch vorübergehend jeweils einen zahmen Ozelot, einen Gepard, eine Boa constrictor und einen jungen Alligator namens Archie besessen, wobei letzterer jedoch versehentlich einmal in der Toilette hinuntergespült wurde. Daneben hatte sie auch noch einige nicht ganz so exotische Tiere, wie eine Siamkatze, einen ganz gewöhnlichen Pudel und eine Zwergschnauzerhündin mit schrecklichem Stammbaum, deren größtes Vergnügen darin bestand, an Archie, dem Alligator, herumzuknabbern, dem diese Behandlung schließlich so zuwider wurde, daß er auf besagte Weise durch die Toilette seinen Abgang machte.

Das Hundchen hieß übrigens Tutu und war später auch mit Erfolg auf verschiedenen Ausstellungen vertreten. Tutu gewann zwei erste Preise innerhalb ihrer Rasse. Dann bekam ihr Frauchen diese Hundeausstellungen allerdings satt, da die meisten der jungen Burschen, die sich dort herumtrieben, Schlappschwänze waren. Außerdem ging Millie auch allmählich Tutus Betreuer auf den Geist, der herumscharwenzelte, als wäre *er* läufig. Millie Muldoon Gharoujian konnte einen Mitgiftjäger hundert Meilen gegen den Wind riechen. Außerdem war der Betreuer mindestens fünfzig, also etwa zwanzig Jahre zu alt für sie. Millie zählte sechsundsiebzig Lenze.

Ein lahmarschiger Polizist namens Leonard Leggett wurde schließlich, wie es das Leben so wollte, zum Werkzeug der neuerlichen Zusammenführung von Archie und Tutu. Denn als sich Archie, von den reißenden Fluten in Millies neuen sanitären Anlagen hinweggetragen – während einer von Millies Jungs sich auf dem runden Wasserbett gerade mit ihren *alten* sanitären Anlagen beschäftigte –, aus dem Staub gemacht hatte und aus den Tiefen der Kanalisationsanlage schließlich auch wieder ins Freie entkommen war, begann für den kleinen Alligator eine Odyssee von unbeschreiblichen Ausmaßen, während deren er sich von Käfern, Grashüpfern und Pommes frites ernährte, die – zu seinem Glück – wie Schwärme von toten Heuschrecken die Straßen Hollywoods säumten. Schließlich ließ sich Archie von seinen Instinkten zu den Kloaken von Los Angeles leiten, wo er in dem herrlich kühlen Schlamm unter den Straßen glücklich zur Ruhe kam. Dort gab es genügend Schmackhaftes für ein ganzes Bataillon von Alligatoren: Pastrami-Sandwiches, kaum abgenagte Knochen, die allgegenwärtigen, matschigen Pommes frites und tonnenweise halb verzehrte Big Macs und Kentucky Colonel Rippchen. Und dazu noch Unmengen von jagdbarem Wild – Ratten, Schlangen, Schildkröten, junge Hunde und Katzen, menschliche Fötusse und ein paar ausgewachsene Babys. Einiges davon noch am Leben, das meiste jedoch tot – das Strandgut von Los Angeles. In dieser Stadt bekamen die Menschen die Dinge ihrer Umgebung sehr schnell satt, und dann hieß es Adios, nur kurz einmal die Klospülung betätigt.

Aber Archie langweilte dieser Frieden und diese Ruhe auf die Dauer. Möglicherweise erinnerte er sich in dem Dämmer seines Reptiliengehirns an die schlimmen Tage, in denen er unter diesem Zwergschnauzer zu leiden gehabt hatte, und er entwickelte sich in seinem Kloakenreich zu einem wahren Tyrannen. Binnen kurzem maß er von der Nasen- bis zur Schwanzspitze eineinhalb Meter, wobei er immer noch wuchs und das Kanalisationssystem durchstreifte, um das junge Leben eines jeden unglücklichen Hamsters oder einer winzigen Maus, die auf einem Eisstiel direkt in Archies aufgerissenes Maul geschwommen kam, zwischen seinen fürchterlichen Zähnen zu beenden. Eines Tages machte er dann allerdings den Fehler, sich an dem Bein von Tyrone McGee, einem Kanalisationsarbeiter aus Watts, zu vergreifen, und dieser Tyrone McGee hatte es bis hier oben hin satt, sein ganzes Leben lang wie der letzte Dreck behandelt zu werden, und so wollte er sich von so einem dahergelaufenen Alligator so etwas nicht gefallen lassen – und schon gar nicht in *seiner* Kloake.

Tyrone McGee tat genau das, was er immer getan hatte, wenn ihm jemand dumm gekommen war. Er holte seinen großen Bruder. Der große Bruder war in diesem Fall Leonard Leggett, der lahmarschige Polizist, der dem blutenden Kanalisationsarbeiter widerstrebend in das Dunkel der Kloake hinunter folgte, um dort, zitternd wie die Maus auf dem Eisstiel, Archie mit drei Schüssen aus seiner Ithaca-Flinte in die Große Kloake zu entsenden und Tyrone McGee Gelegenheit zu bieten, sich hämisch grinsend mit einem ›See you later, alligator‹ von dem bauchoben im Dreck schwimmenden Monster zu verabschieden.

Eben dieser lahmarschige Polizist sollte nun eine unbedeutende bürokratische Entscheidung treffen, welche jedoch auf das Leben von vier Menschen erheblichen Einfluß ausübte. Diese waren Madeline Whitfield, Philo Skinner, Natalie Zimmerman und A. M. Walnikow.

Millies Ex-Hundebetreuer, von der Wut auf dieses Massagesalon-Flittchen angestachelt, pirschte sich dreimal an den Rolls-Royce heran. Allerdings kam jedesmal ein Parkwächter angelaufen, so daß Philo Skinner unverrichteter Dinge den Rückzug antreten mußte.

Und so, wie das Schicksal oft durch lächerliche Zufälle bestimmt wird, wurde Tutu nicht aus dem Wagen gestohlen. Wäre dem so gewesen, hätte es sich dabei, unter rein bürokratischen Gesichtspunkten, um Einbruch in ein Auto gehandelt, so daß der Fall in den Zuständigkeitsbereich der Abteilung für Autodiebstähle der Hollywood Station gefallen wäre. (Bekanntermaßen sollen sich nicht selten ganze Schwadronen von Polizisten, bekanntlich der Wahrung des öffentlichen Wohls verpflichtet, in hitzige Wortgefechte verstrickt haben, die nichts weiter als die Frage zum Gegenstand hatten, wer sich nun mit einem Fall zu befassen hätte, der keine weiteren Bemühungen nach sich zog, als einen einzigen Anruf zu tätigen und eine Notiz zu den Akten zu legen, deren Inhalt lautete: »Keine Verdächtigen. Ermittlungen werden fortgesetzt.«) Der Parkwächter beteuerte Officer Leonard Leggett unter tausend Eiden, daß er niemanden auch nur auf fünfzig Meter an den Rolls-Royce herangelassen hätte, woraus der lahmarschige Polizist folgerichtig schloß, daß der Hund auf eigene Faust aus dem Wagen entkommen sein mußte. Fälschlicherweise schloß er jedoch auch, daß der Hund entlaufen war, und da entlaufene Hunde nicht gemeldet werden müssen, wollte Leonard Leggett sich eben wieder auf den Weg machen, um weiterhin lethargisch seine Pflicht zu tun. Nur kam in diesem Moment Millie Muldoon Gharoujian mit zwei jungen Burschen, die ihre Enkel hätten sein können, aus dem Brown Derby getänzelt. Und mit wesentlich mehr Interesse für die beiden jungen Kerle als für die Tatsache, daß ihr Schnauzer verschwunden war, sagte sie zu Leonard Leggett: »Wissen Sie, mein Guter, ich habe in diesen Köter mehr Geld investiert, als Sie in den letzten fünf Jahren verdient haben. Also schreiben Sie mir gefälligst mal eine polizeiliche Bestätigung, damit ich wenigstens *etwas* von diesem Geld von meiner Versicherung zurückbekomme.«

Also kritzelte Leonard Leggett, der lahmarschige Polizist, widerstrebend eine flüchtige Diebstahlsmeldung mit der Eintragung ›Keine Verdächtigen‹ herunter, um Millie ein wenig zu besänftigen. Und da nun Diebstähle, die sich in kommerziellen Einrichtungen wie zum Beispiel einem Restaurant ereignen, in den Zuständigkeitsbereich der Abteilung für Geschäftseinbrüche fallen, in der Walnikow und Natalie Zimmerman arbeiteten . . . Schicksal.

Der kleine Terrier hatte Philo Skinner gleich während seines ersten Annäherungsversuchs an den Rolls-Royce entdeckt. Philo lugte eben über die Kühlerhaube eines roten Mark V, als Tutu ihn sah. Sie hatte ihren früheren Betreuer seit Monaten nicht mehr gesehen und führte sich vor Freude wie eine Verrückte auf. Tutu hatte Philo immer schon abgöttisch geliebt.

»Tutu! Hallo Tutu!« flüsterte Philo, während er in seinem schweißfleckigen, weißen Freizeitanzug auf dem Asphalt kauerte.

Dann mußte er jedoch den Rückzug antreten, da er einen Parkwächter auf sich zukommen sah.

Wenige Augenblicke später schlich sich Philo, schweißdurchnäßt, das gefärbte, schwarze Haar an den Kopf geklatscht und nichts als Haut und Knochen, neuerlich an. Ihm wurde von der heißen Nachmittagssonne fast schwindlig, als er zusammengekauert hinter einem grauen Mercedes 450 SL auf der Lauer lag.

In diesem Moment kam jedoch gerade ein anderer Parkwächter mit wehendem, langem, blondem Haar über den Parkplatz getippelt, so daß Philo neuerlich fliehen mußte, wobei sein falsches Goldmedaillon beim Laufen so heftig gegen seine knochige Brust schlug, daß die Haut leicht wundgescheuert wurde.

Beim dritten Versuch war er jedoch fest entschlossen, sein Vorhaben diesmal erfolgreich zum Abschluß zu bringen. Er schwitzte, die Knie schmerzten vom ständigen Herumkauern, und die Augen schmerzten; wie ein Indianer im Film hatte er immer wieder vorsichtig über die blitzenden Kühlerhauben von Jaguars und Cadillacs gelugt. Und seine armen, geplagten Lungen pfiffen vor Anstrengung.

»Tutu! Komm doch, Tutu!« lockte er keuchend. »Komm schön zu Philo.«

Der kleine Hund war inzwischen völlig aus dem Häuschen. Er kläffte, knurrte, winselte. Verzweifelt sprang er zum Rand des offenen Wagenfensters hoch, preßte sich gegen das Glas und schaffte es auch, Kopf und Schultern ins Freie zu recken, um dann freilich kratzend und um sich schlagend wieder ins Wageninnere zurückzuplumpsen.

Und dann erspechtete Philo Skinner noch einen von diesen rastlos in ihren Tennisschuhen über den Parkplatz streifenden Burschen und trat zum letztenmal schmerzhaft hechelnd und ruhmlos den Rückzug an. Er wußte, daß er am Ende war.

Fünf Minuten später saß Philo Skinner ächzend und nach Luft japsend an der Ecke Hollywood/Vine am Straßenrand und wischte sich mit dem Ärmel seines ruinierten Kunststoff-Jackets den Schweiß von der Stirn. Ihm war zum Heulen zumute. Er dachte bereits allen Ernstes daran, von seiner kriminellen Karriere wieder Abstand zu nehmen, bevor sie überhaupt ihren Anfang genommen hatte, als er plötzlich ein schrilles, ekstatisches Bellen hörte, das wie Musik in seinen Ohren klang.

Der kleine Zwergschnauzer sprang ihm auf den Rücken und leckte, voller Freude kläffend, an ihm herum.

»Tutu!« rief Philo.

Philo Skinner drückte den Terrier an seine schwer atmende Brust, so daß ein paar abgehetzte Los-Angeles-Verkehrsteilnehmer dachten, wieder einmal so einen ausgeflippten Hollywood-Spinner vor sich zu haben, als sie einen Mann am Randstein sitzen sahen, der gerade einen kleinen Hund leidenschaftlich auf den Mund küßte.

6. KAPITEL

Sibirien

»Äh, möchten Sie fahren, Natalie?« fragte Walnikow, als sie endlich mit ihrem Papierkram fertig waren und sich daran machten, die verschiedenen Einbruchsopfer aufzusuchen.

»Hooker hat mir nicht einmal eine Chance gegeben, meine ausstehenden Sex-Fälle abzuschließen«, grollte Natalie, als sie die Beifahrertür des schäbigen, braunen Polizeiautos, eines Plymouth, öffnete. »Er hat *meine* Sex-Fälle einfach jemandem anderen übergeben.«

»Wir hatten mal nen wirklich schlimmen Sex-Fall«, fing Walnikow zu erzählen an, während er sich hinters Steuer zwängte. »Das war im Frühjahr 1953. Kurz vor Kriegsende. Die Roten schleusten zwei Huren mit irgend so einer Geschlechtskrankheit bei uns ein. Die haben fast die gesamte Kompanie lahmgelegt. Angeblich soll ja jetzt so ne neue Art von Geschlechtskrankheit rumgehen.«

Natalie steckte sich eine Zigarette an und schnitt auf Walnikows schwachen Witz hin lediglich eine Grimasse. Aber er sah mit seinen roten, wäßrigen Augen nichts von dem. Absolut nichts. Meinte er das eigentlich alles wirklich so, oder machte er sich insgeheim nur über sie lustig?

Das war so eine Sache mit Walnikow. Nichts schien zusammenzustimmen. Er hatte sich während der kurzen Zeit, seit der er in der Hollywood Station arbeitete, mit niemandem angefreundet. Sein alter Kumpel, Clarence Cromwell, meinte, er wäre zur Zeit einfach nur woanders mit seinen Gedanken. Man unterhielt sich mit ihm, und er antwortete auch, aber man konnte nie wissen, was für eine Art von Antwort man von ihm erhalten würde. Angeblich war er blau, sternhagelvoll, sturzbesoffen. Schon mittags? Sie war sich nicht sicher, ob dies alles eine Folge des Alkohols war. Abgesehen von der Tatsache, daß Walnikow bestimmt der komischste Vogel der gesamten Polizei von Los Angeles sein mußte, war sie sich hinsichtlich seiner Person in überhaupt nichts sicher.

»Wie viele Besuche müssen wir denn machen?« quengelte Natalie, als sie es sich auf dem abgewetzten Beifahrersitz des Dienstwagens bequem machte.

»Ach, nur ein paar«, antwortete Walnikow freundlich. Seine Krawatte hing immer noch schief, und sein zimtfarbenes Haar stand nach seinem erbärmlichen Kämmversuch von vorhin bereits wieder in allen Richtungen vom Kopf ab.

»Daß es so kommen würde, hätte ich auch nie gedacht«, seufzte sie und dachte an ihren neuen Aufgabenbereich. »Vielleicht wird das heute ja noch ein richtig interessanter Tag, hm? Vielleicht können wir sogar irgend so einen gestohlenen Schreibmaschinentisch seinem rechtmäßigen Besitzer zurückbringen. Geschäftseinbrüche. Wir, die glorreichen Umzugsunternehmer.«

»Ich habe ein Jahr lang für ein Umzugsunternehmen gearbeitet, als ich aus der Marine entlassen wurde«, wußte darauf Walnikow zu erzählen. Er wischte sich blinzelnd die wäßrigen Augen am Ärmel seines Jackets. »Damals waren eine Menge Korea-Veteranen auf Arbeitssuche. Ich konnte wirklich von Glück reden, als ich bei der Polizei eine Stelle fand. Ich habe einen Bruder, der brauchte nach dem Zweiten Weltkrieg acht Monate, bis er endlich eine Arbeit fand. Der hatte nicht so viel Glück.«

Natalie hielt es für das beste, den gegenseitigen Austausch der Lebensläufe kurz und schmerzlos hinter sich zu bringen. Eigentlich hätte sich Walnikows Lebensgeschichte mit drei Fragen erledigen lassen müssen. Und dann konnte sie die ihre erzählen: zwei Scheidungen und eine Tochter, die auf dem College war. Die Arbeit bei der Polizei, weil es der bestbezahlte Job war, den sie bekommen konnte, und weil er ihr sogar einigermaßen Spaß machte, obwohl die lieben Vorgesetzten wirklich ihr Bestes taten, um den Polizistinnen das Leben sowohl beruflich wie privat – letzteres durch ständige unzweideutige Anträge – schwer zu machen. Und so weiter, und so fort.

Sie rauchte ihre Zigarette nicht, sie *seufzte* sie. Wütend

seufzte sie den Rauch ein, um ihn trübselig wieder auszuseufzen, dabei ständig ihr Pech beklagend. Warum ausgerechnet ich? fragte sie ihre widerspenstige Haarsträhne.

»Ich bin geschieden. Ich habe gehört, Sie auch. Sie leben wohl auch allein, wie?«

»Nein, nein«, erwiderte Walnikow. Er bewegte sich zermürbend langsam durch den Mittagsverkehr Hollywoods. »Ich lebe mit Mischa und Grischa zusammen.«

»Sind das Ihre Kinder?«

»Nein. Mein Sohn wohnt nicht mehr bei mir. Er ist zu seiner Mutter in Chatsworth gezogen.«

»Das ist natürlich schlimm. Wie alt?«

»Vierundvierzig.«

Herr im Himmel! Sie sah zu Walnikow hinüber, wie immer unsicher, ob er sich nun über sie lustig machte oder nicht. Aber er fuhr nur, mit seinen traurigen, geduldigen Augen blinzelnd, ziellos dahin.

»Mein Vater war von all dem Luxus hier in Hollywood sehr beeindruckt, obwohl ihm das Ganze als Einwanderer zugleich auch nicht ganz geheuer war.«

»Lebt Ihr Vater noch?« fragte Natalie, wenn es sie auch nicht im geringsten interessierte.

»Nein, mein Vater starb, bevor mein älterer Bruder geboren wurde.«

»Wie bitte?«

»Ich habe gesagt, der Verkehr hier in Hollywood hat ihn immer ein wenig verängstigt, aber die meisten russischen Kirchen sind hier in Hollywood.«

Mein Gott! Das Hirn dieses Kerls muß ja nur noch Sülze sein! Zusammengeschrumpft! Eingestampft! Aber er hatte keine Alkoholfahne. Vielleicht war es Rauschgift. Herr im Himmel! Der Schnapsbruder ist ein Wirklichkeit ein Giftler.

Natalie drückte ihre Zigarette aus und versuchte, sich probeweise einmal deutlicher und eindeutig auszudrücken. »Ich wollte nicht wissen, Walnikow, wie alt ... Ihr Vater kann doch unmöglich gestorben sein, bevor ... Ach, lassen wir das lieber. Ich habe Sie gerade eben nicht gefragt, wie alt *Sie* sind. Wir haben über ... Sie haben doch gesagt, Sie leben mit Mischa und noch irgend jemandem zusammen ... Ich dachte, das wären Ihre Kinder.«

»Ach so!« Er lächelte. »Nein, nein, Sie haben mich gefragt, ob ich allein lebe. Und dann habe ich gesagt, daß ich mit Mischa und Grischa lebe. Das war, glaube ich, der Punkt, wo Sie ein bißchen durcheinandergekommen sind.«

»Ja, ich bin durcheinandergekommen.«

In diesem Moment bog Walnikow an der Gramercy rechts ab und fing an, eine Melodie zu summen, die Natalie nicht kannte. Er fuhr mit etwa zehn Stundenkilometern. Er sprach nicht. Er summte nur in einem heiseren Bariton.

»Walnikow?«

»Ja.«

Sie hatte sich nun ganz ihm zugewandt, wobei sie in einer gespannten Aufmerksamkeit zu ihm sprach, als stünde ihr leibhaftiger Mörder mit einem Beil vor ihr, um im nächsten Augenblick auf sie einzuschlagen.

»Wie alt sind Mischa und Grischa? Nein, warten Sie. Wer sind Mischa und Grischa? Diese Leute, mit denen Sie zusammenwohnen.«

»Ach so. Wollen Sie nicht, daß ich Ihnen erst die erste Frage beantworte?«

»Die erste Frage? Ja, gut. Beantworten Sie erst die erste Frage.«

Walnikow ergriff das längere Ende von Clarence Cromwells Krawatte und wischte sich damit sorgfältig die Augen. Die Straße war nur noch verschwommen zu sehen gewesen.

»Entschuldigung«, sagte er, als er damit fertig war. »Also, warten Sie, Grischa ist acht Monate alt. Dessen bin ich mir ganz sicher, weil ich ihn noch als Baby bekommen habe. Ich habe ihn mit einem Augentropfer gefüttert. Er hat immer so gequiekt ...«

»Walnikow ...«

»Und Mischa ... bei Mischa bin ich mir nicht sicher. Er ist jedenfalls sicher älter, weil er schon voll ausgewachsen war, als ich ihn bekam. Also, bei ihm könnte ich es nicht mit Gewißheit sagen.«

»Walnikow«, setzte Natalie von neuem an. Für sie stand inzwischen völlig außer Zweifel, daß er noch vom Abend zuvor angeschlagen war, und sie überlegte bereits, ob sie ihn aufs Revier zurückfahren lassen sollte, damit sie dort eine Blutprobe bei ihm machten. Sie würden sie nicht zwingen können, mit ihm zusammenzuarbeiten, wenn sie nachweisen konnte, daß er im Dienst betrunken war. »Walnikow, ich habe Sie gefragt ... Sie haben doch gesagt, Sie haben einen Sohn.«

»Ja, natürlich. Er heißt Nick.«

»Und wie alt ist Nick?« Jetzt wollte Natalie es wissen.

»Nick ist zwanzig. Ich habe ihn allerdings schon eine ganze Weile nicht mehr gesehen.«

»Warum?«

»Ich glaube, er hat nicht sonderlich viel für mich übrig. Und seine Mutter mag mich auch nicht.«

»Walnikow?«

»Ja?«

»Mögen Sie denn Mischa und Grischa?«

»Natürlich! *Die* beiden können mich gut leiden. Ich glaube aber, daß mich Grischa mehr mag. Mischa weiß nur ein Wort, obwohl ich versucht habe, ihm mehr Wörter beizubringen. Dieses eine Wort hat er gelernt, als ich mir eines Abends am Herd die Finger verbrannt habe. Ich habe ›Gawno!‹ geschrien. Das heißt Scheiße. Aber wie sehr ich mich auch bemüht habe, ihm ein paar andere Worte beizubringen, er muß natürlich seinen Dickschädel durchsetzen und sich genau so ein Wort aussuchen. Fast wie bei einem Kind.«

»Aha. Er spricht also, ist aber kein Kind. Habe ich Sie da richtig verstanden?«

»Natürlich nicht«, erwiderte Walnikow mit verwirrtem Gesichtsausdruck. »Mischa ist ein Sittich. Ein grüner.«

»Ach ja.« Natalies Gedanken überstürzten sich. Sie wünschte nichts sehnlicher, als daß dieser Tag rasch zu Ende ging, damit sie in Hipless Hookers Büro stürzen und ihm so viel von diesem ganzen Blödsinn erzählen konnte, wie sie sich nur würde merken können. Er nahm Rauschgift. Sicher war er gerade voll. Vielleicht nahm er Speed. Oder Koks. Großartig!

»Und Grischa ist ...«

»Grischa ist einfach wundervoll«, lächelte Walnikow.

»Moment mal, Moment mal.« Natalie hob kurz ihre Brille an, um sich die Nase zu massieren. »Ich meine, was ... für ... eine Art von ... *Lebewesen* ist denn Grischa?«

»Oh, er ist ein Hamster«, klärte Walnikow sie auf. »Habe ich Ihnen das noch nicht gesagt?«

»Nein, das haben Sie nicht. Nein, das haben Sie wirklich nicht gesagt!« Und nach kurzer Pause fügte sie hinzu. »Ein Hamster also!«

»Ja, eine spezielle Art, die in Südrußland beheimatet ist. Ich stamme aus Nordrußland. Beziehungsweise, mein Vater und meine Mutter kamen von dort her.«

Inzwischen war Natalie über ihre Schlußfolgerungen richtig in Begeisterung geraten. Walnikow hatte seit seiner Versetzung in die Hollywood Station keinen Partner gehabt. Er hatte sich immer allein mit seinen Einbruchsfällen befaßt. Demnach bestand sehr gut die Möglichkeit, daß außer ihr niemand wußte, daß Walnikow Drogen nahm. Dieses zusammenhanglose Gefasel. Dieser bedröhmelte Irre konnte ja nicht eine Frage und Antwort aneinanderreihen. Sie würden ihn an die Wand stellen, von oben bis unten abtasten und seine Taschen durchsuchen. Würden dabei ein paar Aufputschpillen zum Vorschein kommen? Oder ein Brocken Haschisch? Das war es! Er war mit Hasch-Öl vollgesaugt! Irgendwo hörte er nur noch seine eigenen Fragen. Doch wer hätte sagen können, von woher?

Sibirien. Die Fragen des heutigen Tages kamen aus einer kältestarrenden Öde, dem Sibirien seiner Gedanken. Das war wirklich ein schrecklicher Tag. Natürlich war ihm am Abend zuvor bewußt gewesen, daß er, wenn er fast einen Liter Wodka in sich hineinschüttete, am nächsten Tag Schwierigkeiten haben würde, einen Satz an den anderen zu reihen und zu verstehen, was die anderen zu ihm sagten. Man würde etwas zu ihm sagen, und er würde die Worte auch hören, aber an solchen schlimmen Tagen war es fast unmöglich, in dem verschwommen sich um ihn herum abzeichnenden Chaos ein klares Bild vor Augen zu bekommen. Da waren kleine Lichtflecken, schimmernde Punkte, wie sie durch das plötzliche Aufleuchten eines Elektronenblitzes entstehen. Wie wenn sie eine Leiche fotografieren. Und dann würde sich aus all diesen Lichtpunkten allmählich ein Bild herauskristallisieren. Und er bekam es auch fast zu fassen, und wenn er es dann sogar schaffte, dann erschien alles plötzlich wieder in seinem gewohnten Zusammenhang. Aber dann würde jemand wieder etwas zu ihm sagen, wie das eben Natalie tat, und das helle, klar umrissene Bild verschwand wieder vor seinen Augen. Das große Mysterium würde ihm nicht enthüllt werden. Zumindest nicht heute. Stolitschnaja. Zu viel Wodka. Aber es war auch sonst fast genauso schlimm.

Sie redete wieder mit ihm.

»Es tut mir schrecklich leid.« Auf Walnikows Lippen breitete sich wieder dieses geduldige, triefäugige, leere Lächeln aus. »Was haben Sie eben gesagt?«

Sie hatte ihre Brille abgesetzt. Ohne ihre Brille war sie richtig hübsch, dachte er. Sie war auch mit Brille hübsch, dachte er. Vielleicht war es ganz gut, wieder einen Partner zu haben. Er konnte sich schon nicht mehr erinnern, wie lange das zurücklag. Im Moment hätte er jedenfalls nicht sagen können, ob es nun einen Monat oder ein Jahr her war.

»Ich habe gefragt«, setzte sie langsam von neuem an, »ob Sie *sicher* sind, daß Mischa und Grischa Männchen sind. Sie sprechen immer in der männlichen Geschlechtsform von ihnen.«

Also das, dachte sie, war jetzt die schwierigste Frage, die sie ihm an diesem Vormittag gestellt hatte. Mal sehen, wie er damit fertig wurde.

Walnikow runzelte die Stirn. Dann biß er einen Moment auf seiner Lippe herum und kratzte sich am Hinterkopf, wo sein gelocktes, zimtfarbenes Haar über den abgewetzten Kragen seines weißen Hemds fiel. Als er sich auch noch unter den Achseln kratzte, konnte Natalie unter seine Jacke sehen. Herr im Himmel! Seine Brusttasche war geflickt. Aber nicht mit Nadel und Faden, sondern mit Büroklammern.

»Ich bin mir sicher, daß Grischa ein Männchen ist«, antwortete er schließlich. »Dagegen bin ich mir bei Mischa nicht sicher.« Er blickte Natalie mit ernsten, blauen Augen an und dachte dabei: Wenn man genau hinsieht, kann man zwar den Pimmel eines Hamsters sehen, aber nicht den eines Sittichs. Aber das konnte er ihr gegenüber natürlich nicht sagen.

»Aha«, erwiderte Natalie.

»Also gut«, sagte Walnikow gut gelaunt. »Sollen wir mal bei unserem ersten Einbruchsopfer vorsprechen?«

Natalie Zimmerman schien es ein schier endloser Arbeitstag. Nie war ihr Hollywood schäbiger und heruntergekommener erschienen. Selbst die Innenstadt – die ›Kloake‹, wie sie die Polizisten nannten – war ihr nie so übel vorgekommen. Sie war längst zu der Überzeugung gelangt, daß Hollywood ein Slum war. Zumindest Teile davon. Die Leute, die noch von einem Goldenen Zeitalter der Welt des Films träumten, wären schockiert gewesen. Massagesalon-›Bedienstete‹, die in Türeingängen und Fenstern ihre Waren feilboten. Schmutzige Buchläden. Saubere Buchläden. Mehr schmutzige Buchläden. Zeitschriftenstände, meistens schmutzig. Auf und ab flanierende Homosexuelle jeglicher Provenienz. Lederschwule, mit Ketten und allem möglichen Klimperkram behängt. Schwarze Zuhälter. Lustlose Huren aller Hautfarben. Alle möglichen Gauner und Ganoven; Taschendiebe, Möchte-gern-Gangster, Dealer. Gehen Sie nachts nicht auf dem Hollywood Boulevard spazieren und erwarten, dort Robert Redford zu begegnen. Ein Hoch auf Hollywood!

Geschäftseinbrüche. Ihr war diese Abteilung zuwider. Ein reiner Public-relations-Job. Dafür hätten sie lieber die Rogers and Cowan Agency oder eines der einschlägigen Unternehmen engagieren sollen. »Unbekannte Täter brachen mit Hilfe eines Schraubenziehers in das Geschäft der Anzeige erstattenden Person ein. Fehlendes Eigentum: IBM-Selectric-Schreibmaschinen.« Die Dinger gehen weg wie die warmen Semmeln. Jeder ›ehrbare‹ Geschäftsmann würde für so ein Ding zweihundert auf den Tisch blättern, ohne lange irgendwelche Fragen zu stellen. Ein paar Bögen Briefmarken – das gleiche.

Leicht zu verscheuern. Natürlich gegen einen kleinen Preisnachlaß, aber was machte das schon. Dann fehlt natürlich das ganze Kleingeld, das im Büro herumlag. Und vielleicht noch eine Rechenmaschine, wenn der Täter groß und kräftig war. Diese verdammten IBMs sind ganz schön schwer. Die gleiche Scheiße, immer und immer wieder. Wozu das Isolierband? Der Einbrecher hat es wohl liegen gelassen. Damit befestigt er das Fenster, wenn er es einschlägt, um an den Griff zu kommen. Kein fallendes Glas. Paß auf Einbrecher auf, die mit Isolierband durch die Gegend laufen, Schätzchen. Damit können sie dir auch den Mund und die Augen verkleben, um sich dann an *deiner* Selectric zu schaffen zu machen. (Weshalb dem Opfer noch Angst machen? Weil sie das Pech hatte, daß bei ihr eingebrochen wurde. Deshalb.) In dieser Stadt hat es letztes Jahr sechsundsechzigtausend Einbrüche gegeben, meine Dame. Autodiebstähle nicht miteingerechnet. Und Raubüberfälle nicht miteingerechnet. Und ein halbes Dutzend anderer Arten von Diebstählen nicht miteingerechnet. Einzig und allein Einbrüche. Wie viele Detektive bearbeiteten Einbruchsfälle? Na ja, in der ganzen Stadt vielleicht zweihundert. Wie steht's mit Ihren Mathematikkenntnissen? Sechsundsechzigtausend, geteilt durch zweihundert, ergibt? Ganz zu schweigen von den anderen Diebstählen, mit denen sich dieselben Detektive zu befassen haben. Und die Verhafteten, um die sie sich kümmern müssen. Und die langen Tage im Gerichtssaal. Das Verbrechen *aufklären*! Ihr gestohlenes Eigentum *wiederbeschaffen*? Na, wie waren Sie in Mathematik, gnädige Frau?

Ein trübseliger, endlos sich hinziehender Trauermarsch. Das waren Geschäftseinbrüche mit Walnikow. Unbekannte Täter. Wer hat je einen Einbrecher gesehen? Das war wie ein Kampf gegen Gespenster. Und Walnikow. Selbst ein Gespenst.

Tankstellen. Irgend so ein Typ zahlt nicht für sein Benzin; haut einfach ab und erleichtert den Besitzer um acht Dollar. Wer bekommt eigentlich diese Verbrechensberichte? Geschäftseinbrüche. Das Problem ist nur, daß es *immer* einen Verdächtigen gibt. Die Bestohlenen haben sich seine Autonummer gemerkt. Die Autonummer wird überprüft, der Verdächtige angerufen. Wo waren Sie Dienstagabend, zehn Uhr mit Ihrem Wagen? Ihr Sohn Harvey? Aha. Und wie alt ist dieser picklige, koksschnupfende, haschischrauchende Hundesohn? Siebzehn? Ja, er hat an Seymours Shell-Tankstelle nicht fürs Benzin bezahlt. Ja, ganz genau, Harvey-Bubi, ist einfach abgehauen, ohne zu zahlen. (Mein Gott, wie sie diese zugereisten New Yorker haßte.) Nein, eine Verwechslung ist völlig ausgeschlossen. Sie haben sich seine Autonummer gemerkt. Ja, regeln Sie das am besten möglichst bald mit Seymour, damit wir den Fall abschließen können. Nein, diesmal werden wir Harvey noch nicht verhaften. Herzlichen Dank.

Ein Schuldeneintreibungsbüro. Ein Umzugsunternehmen. Und dazu ein Haufen Papierkram. Geschäftseinbrüche. Meine Güte. Wie aufregend! Und das war erst der erste Tag. Warum ausgerechnet *ich*?

Aber Walnikow schien das alles nicht zu berühren. Gelassen ging er mit jedem einzelnen Opfer jedes einzelnen, belanglosen Falls, den sie zu behandeln hatten, das immer gleiche Frage-und-Antwort-Spiel durch. Natalie hätte Gift und Galle spucken können. Und dies vor allem, als sie bereits seit eineinhalb Stunden Mittagspause hätten machen sollen und Walnikow sich zwanzig Minuten auf die fünfundsechzigjährige Inhaberin eines Gebrauchtwarenladens in der Western Avenue einließ. Während der letzten fünf Wochen war dreimal bei ihr eingebrochen worden. Jedesmal wenn sie etwas Brauchbares anzubieten gehabt hatte, hatte man ihr kurz einmal die Schaufensterscheibe eingeschlagen. Und dann ab mit dem Zeug.

»So kann es nicht weitergehen, Sergeant«, jammerte die Philippino-Frau. »Ich verdiene ja nicht einmal genug, um für meine Ausgaben aufzukommen. Glauben Sie, es gäbe vielleicht bei der Polizei eine Stelle für mich?« Ihr Gesicht erhellte sich plötzlich. »Vielleicht als Verkehrslotsin für Schulkinder. Dafür bin ich doch noch nicht zu alt, oder?«

»Nein, ich glaube nicht. Es gibt ja eine Menge alter Leute bei uns«, erwiderte Walnikow. »Ich kann mich ja mal erkundigen. Und dann lasse ich Ihnen ein Bewerbungsformular zuschicken.«

Natalie lehnte, zu Tode gelangweilt an einer Zigarette saugend, an einem wackligen Kleiderregal, als sie den Wassertopf pfeifen hörte. Sie wollte den Topf von der kleinen Heizplatte nehmen, als sie daneben auf der Anrichte einen Teller mit einer Gabel und einem Stück Fleisch sah, das aussah wie Corned-beef. Hinter der elektrischen Heizplatte stand eine halbvolle Büchse mit Hundefutter.

Als die alte Frau plötzlich Natalie dabei bemerkte, wie sie auf die Büchse starrte, stürzte sie hinter die Theke, schob alles hastig zusammen und bedeckte es mit einem Handtuch.

»Mein Hund ... mein Hund ist gerade draußen ... ich ... äh ...«

»Ja, natürlich, Mrs. De la Cruz«, pflichtete ihr Walnikow mit seinem müden Kopfnicken bei. »Ich habe Sergeant Zimmerman heute morgen bereits erzählt, daß alle Geschäftsinhaber hier einen Wachhund haben sollten. Erinnern Sie sich noch, Natalie?«

Und in all ihrer Frustration mußte sich Natalie nun auch noch eingestehen, daß diese alte Schnapsnase in dieser Situation ausnahmsweise einmal schneller geschaltet hatte als sie.

»Ich wäre Ihnen sehr dankbar, wenn Sie mir so ein Anmeldeformular zuschicken könnten, Sergeant«, wandte sich die alte Frau wieder an Walnikow. Man hörte ihr Gebiß leise klappern. »Ich könnte mir ja die Haare färben und mich für fünfundfünfzig ausgeben, falls es eine bestimmte Altersgrenze gibt.«

»Ich werde mich da schon mal für Sie erkundigen, Mrs. De la Cruz«, sagte Walnikow und tätschelte dabei ihre Hand.

»Ich war mal Schauspielerin«, wandte sich die alte Frau an Natalie. »Ich kann jede japanische und chinesische Rolle spielen. Das Problem ist nur, daß es für Chinesen und Japaner keine guten Rollen mehr gibt. Außerdem habe ich meine SAG-Karte verloren. Mit den japanischen Rollen ist es also nichts mehr.«

Als sie ›Chinesen‹ gesagt hatte, wurde Walnikow an etwas

erinnert. Da waren sie wieder. Die aufflammenden Blitzlichter. Das Bild hatte sich fast herauskristallisiert. Ein chinesischer Arzt. Das Leichenschauhaus? Er hörte Unterhaltungsfetzen. Chinesische ... japanische ... japanische Rollen. Sony? Panasonic? War etwas mit ihrem Fernsehapparat?

»Wir sollten vielleicht allmählich aufbrechen, Walnikow.« Natalie packte ihren Partner am Arm, während Mrs. De la Cruz den verwirrten Detektiv fragend ansah.

»Werden Sie auch bestimmt nicht vergessen, mich anzurufen, Sergeant?«

»Nein, Madam, ganz bestimmt nicht«, sagte Walnikow über seine Schulter zurück. »Ich glaube, Sie wären ein großartiger Verkehrslotse.«

»Ich kriege allmählich Hunger. Wie wär's mit einem kleinen Happen?« schlug Natalie vor, als sie wieder im Wagen saßen. Sie merkte, daß von diesem endlosen ersten Tag fast noch zweihundert Minuten übrig waren.

»Einverstanden«, lächelte Walnikow. »Wo möchten Sie denn gerne hin?«

»Tja, ich würde ja an sich gern in Sergios Le Club gehen, aber vermutlich haben sie dort heute wieder mal so eine Harry-Dingsbums-Solidaritäts-Veranstaltung«, schnaubte sie. »Jeder schuldgeplagte Liberale in Hollywood wird natürlich da sein. Und das sind sie ja fast alle. Oder wir könnten auch ...«

»Wer ist denn Harry Dingsbums?«

»Der Typ, der in *Deep Throat* mitgespielt hat. Lesen Sie denn nicht mal den Unterhaltungsteil in der Zeitung?«

»Nein.«

»Die Leute von Hollywood gehen für unsere Bürgerrechte und die schöpferische Freiheit aller Künstler auf die Barrikaden. Wissen Sie, damit Linda Lovelace es mit Harry treiben kann und Harry mit Linda, und damit Big Brother endlich aufhört, uns zu unterdrücken, und King Kong endlich Godzilla zur Schnecke machen kann? Lesen Sie denn überhaupt keine Zeitung?«

»Deep Throat war doch der Kerl, der in den Watergate-Skandal verwickelt war, oder nicht?«

»Haben Sie eigentlich schon mal nen Pornofilm gesehen, Walnikow?«

»Nein, ich war schon nicht mehr im Kino, seit ich . . . ach ja, wann ist eigentlich *Nicholas und Alexandra* rausgekommen?«

»Das liegt schon einige Jahre zurück.«

»Dann war ich schon einige Jahre nicht mehr im Kino.«

»Was treiben Sie dann eigentlich so in Ihrer Freizeit?«

»Ich höre viel Musik, und ab und zu sehe ich mir ein Basketballspiel an.«

»Jetzt fahren Sie mal los, Walnikow, damit wir endlich was zu essen kriegen.«

»Ach so, ja, Entschuldigung.« Er drückte den Anlasser, bediente den Blinker, gab zusätzlich mit dem Arm ein Zeichen und ordnete sich dann, den Kopf mit verrenktem Hals zum Fenster hinausreckend, mit fünf Stundenkilometern in den Verkehr ein, während Natalie verzweifelt die Augen gen Himmel wandte. Daraufhin schaltete er plötzlich die Warnblinkanlage ein, gab neuerlich ein Zeichen mit dem Arm und wechselte auf die Innenfahrbahn zurück, wo er anhielt. »Haben Sie sich eigentlich schon entschlossen, wo Sie essen möchten?«

»Na ja, da wir vermutlich im Chasen's keinen ›A‹-Tisch mehr bekommen werden und mein Lieblings-Maître d' nicht mehr im Rangoon Racquet Club ist und da wir außerdem nur noch sechs Tage bis zum Zahltag haben und ich vielleicht gerade noch lausige drei Dollar in meiner Börse habe, würde ich vorschlagen, wir genehmigen uns eine Pizza.«

Aber er war bereits wieder dabei, abzudriften. Die funkelnden Lichter blitzten auf. Er trottete über die weglose Steppe. Eine schreckliche Öde. Das Bild war formlos, aus zahllosen bunten Punkten zusammengesetzt. Er sah . . . ein Kaninchen im Schnee.

»Würden Sie bitte noch einmal sagen, was Sie eben gesagt haben?« murmelte er.

»Eine Pizza. Holen wir uns eine Pizza.« Sie konnte ihre Augen nicht mehr von ihm abwenden. Sie konnte es nicht mehr erwarten, mit Captain Hooker zu sprechen. Sie war sich inzwischen sicher, daß es nicht Speed war. Und auch keine Barbiturate. Seine Pupillen waren weder geweitet noch kontrahiert. Nein, er mußte irgendeine unbekannte Droge genommen haben, die sie nicht kannte. Irgendein Stoff, der keinerlei Auswirkung auf die Pupillengröße hatte.

Zehn Minuten später hatten sie ihren Wagen unter einer Platane in der Nähe des Observatoriums geparkt und aßen schweigend ihre Pizzas. Sie beobachtete ihn immer noch. Jedenfalls war er von jemandem erzogen worden, der über Tischmanieren verfügt hatte. Selten sah man einen Mann so gesittet essen, und das auch noch eine Pizza. Er kaute die kleinen Bissen gründlich und betupfte sich auch dann mit einer Papierserviette die Lippen, wenn gar keine Speisereste an ihnen hingen. Er war ganz Aufmerksamkeit und fragte sie, ob sie noch etwas mehr Zucker oder Milch für ihren Kaffee wollte. Ob ihr die Pizza schmeckte. Ist heute nicht sogar trotz des Smogs ein herrlicher Tag? Und dann: »Waren Sie lange verheiratet, Natalie?«

»Wann? Das erste- oder das zweitemal?«

»Ach so.« Er zuckte mit den Achseln. »Sagen wir mal: das zweitemal.«

»Was soll das denn? Ein kleines Kräftemessen, wer's länger ausgehalten hat?«

»Ich war sechzehn Jahre verheiratet.« Walnikow lächelte. Er hatte mit dem Sprechen gewartet, bis er hinuntergeschluckt hatte.

»Aha. Sie haben gewonnen.«

»Wie bitte?«

»Ach nichts.« Natalie machte eine wegwischende Geste. »Ich war das erstemal drei Jahre und das zweitemal zwei Jahre verheiratet. Meine Tochter ist aus erster Ehe. Mein zweiter Mann wollte nicht, daß ich bei der Polizei arbeite. Er wollte, daß ich die Stelle aufgab. Aber ich habe mich nicht unterkriegen lassen. Ich bin bei der Polizei geblieben. Ich habe eine einundzwanzigjährige Tochter, die aufs College geht, aber ich habe weder einen Wellensittich noch einen nordrussischen Hamster.«

»Aus Nordrußland stamme *ich,* beziehungsweise meine

Eltern«, verbesserte er sie höflich. »Grischa ist ein südrussischer Hamster. Möchten Sie noch etwas Milch für Ihren Kaffee?«

»Nein, danke.«

»Möchten Sie ins Kino gehen?«

»Was?«

»Ich dachte, Sie gehen gern ins Kino. Deshalb habe ich Sie gefragt, ob Sie gern ins Kino gehen möchten?«

»Jetzt?«

»Natürlich nicht.« Walnikow nippte lächelnd an seinem Tee.

War das nicht zum Schreien? Da saß dieser Brocken von einem Mann mit seiner breiten, slawischen Stirn und schlürfte seinen Tee, als wäre er die Tochter des Zaren persönlich. Heiliger Hammer!

»Und was für einen Film hätten Sie denn gern angesehen?«

»Ach, das ist mir gleich. Einen, der Ihnen gefällt.« Er zuckte mit den Achseln. »Ich weiß ja auch nicht, was zur Zeit so läuft. Sie haben vorhin *Deep Throat* erwähnt.«

»*Deep Throat!* Sie wollen also, daß ich mit Ihnen in einen Porno-Film gehe?«

»Ach so, ich dachte, den hätten Sie gern gesehen. Sie wollen also doch nicht in *Deep Throat*?«

»Nein, ganz bestimmt nicht. Ich habe diesen Film nämlich schon gesehen. Zweimal sogar. Ich hatte mich jedesmal mit so einem geilen Polizisten verabredet, der dann nicht locker ließ, bis ich mich mitschleppen ließ. Meine Güte, jetzt fehlt nur noch die Zigarette, die lässig von der Unterlippe baumelt.«

»Wie bitte?«

»Das typische Macho-Gehabe. Eine Einladung zu ner Tasse Kaffee, eine Zigarette im Mundwinkel und einen Steifen. Ich dachte schon, Sie wären etwas eigenartig, aber anscheinend sind Sie doch völlig normal.«

»Wie bitte?« Walnikow hatte wieder einmal den Faden verloren. Er hatte nicht die geringste Ahnung, was im Moment gerade los war, weshalb sie so aufgebracht war und weshalb ihre Stimme lauter wurde.

»Sie arbeiten nun schon einen Monat in dieser Abteilung«,

zischte sie. »Wir haben uns vor dem heutigen Tag kaum einmal guten Morgen gesagt. Und seit, äh, ungefähr vier Stunden sind wir nun Partner. Und Sie bilden sich ein, Sie könnten mich eben mal für so ein ›kleines Mittagsschläfchen‹ mit in einen Porno-Film schwatzen.«

»Habe ich irgend etwas Falsches gesagt?«

»Also, alles was recht ist!« Wütend steckte sie den Pappbecher in die Einkaufstüte. »Machen wir uns lieber wieder an die Arbeit. Schließlich gibt es noch einiges zu tun.«

Walnikow trank seinen Tee leer, aber sein Lunch war ihm verdorben. Er war sich sicher, sie beleidigt zu haben, obwohl er nicht wußte, wodurch. Das beunruhigte ihn, aber er hatte keine Ahnung, was er nun sagen sollte, um alles wieder einzurenken. Die blitzenden Lichtpunkte vor seinen Augen gerieten ins Schwimmen. Er tat das einzige, was ihm noch einfiel. Er fing wieder von vorne an. »Hätten Sie Lust, ins Kino zu gehen, Natalie?«

Sie wirbelte auf ihrem Sitz herum. Ihre Augen verengten sich unter ihrer überdimensionalen Brille. Böse strich sie sich mit einer heftigen Handbewegung eine Strähne ihres gekrausten, rehbraunen Haars aus dem Gesicht.

»Meinen Sie jetzt gleich?«

»Nein, nein. Wir sind doch jetzt im Dienst. Ich dachte, vielleicht heute abend. Oder morgen abend. Oder einfach irgendwann. Das ist eigentlich egal. Ich war schon ewig nicht mehr im Kino. Ich kann mich nicht einmal mehr erinnern, wann ich das letztemal im Kino war.«

»Daran können Sie sich also nicht mehr erinnern.«

»Nein.«

»Es ist schon einige Jahre her. Seit Sie *Nicholas und Alexandra* gesehen haben.«

»Sehen Sie, ich hab's also nicht so eilig. Vielleicht nächsten Monat mal?«

Verdammte Scheiße. Sie sah zum Fenster hinaus und beobachtete die Fußgänger, die im Smog vorbeiglitten. Sie steckte sich eine Zigarette an. »Wollen Sie mich in einen Porno-Film mitnehmen, Walnikow? Ich meine, in irgend so einen schmutzigen Film? Ist es das, was Sie wollen?«

»Nein, eigentlich möchte ich mir lieber keinen Porno-Film ansehen«, antwortete er und fuhr sich mit seinem abgewetzten Jackenärmel über die tränenden Augen. »Aber wenn Sie solche Filme mögen, würde ich natürlich mitkommen. Ich dachte einfach nur, Sie sind vielleicht ein bißchen allein, und da haben Sie mir leid getan.«

»Was bilden Sie sich überhaupt ein!« kreischte Natalie nun wutentbrannt los, daß Walnikow auf die Bremsen stieg und um ein Haar von einem hinter ihnen fahrenden Kombi gerammt worden wäre. »Wie können Sie es *wagen*, so etwas zu mir zu sagen! Wo Sie mich doch überhaupt nicht kennen!«

»Habe ich denn etwas Unrechtes gesagt?«

»Etwas Unrechtes! Ich tue Ihnen leid! Und dann wollen Sie mich in so einen Porno-Film schleppen!«

»Nein, das habe ich nicht gemeint. Ich war noch nie in meinem Leben in so einem Film. Ich dachte nur, Ihnen gefiele so etwas vielleicht. Sie haben doch vorhin erzählt, daß Sie zwei Polizisten in so einen Film mitgenommen hätten, und da dachte ich, Ihnen gefielen solche Filme. Na ja, und wenn ich Ihnen damit eine Freude hätte machen können, dachte ich eben . . .«

Natalie war einem Schreikrampf nahe, als sich über Funk die Zentrale meldete.

»Gehen Sie dran, Natalie«, forderte er sie auf, wobei er sich wunderte, weshalb sie so aus dem Häuschen war.

»Was . . . was . . .«

»Die rufen uns gerade über Funk«, wiederholte er. »Gehen Sie doch bitte dran.«

»Sechs-W-zweihundertzweiunddreißig Roger«, murmelte Natalie in das Mikrofon. Diesmal machte *sie* einen etwas konfusen Eindruck.

»Wir sollen nach dem Burschen von der Sitte an der Western, Ecke Romaine sehen. Ich frage mich nur, weshalb sie dazu uns vom Einbruch brauchen. Na ja, solche unvorhergesehenen Ereignisse machen unsere Arbeit immer etwas interessanter, was?« Er sah sie lächelnd und blinzelnd an. Sein zimtfarbenes Haar flog ihm von dem Windstoß rückwärts aus dem Gesicht, als er plötzlich den Dienstwagen

›beschleunigte‹. Sie fuhren jetzt mit zwanzig Stundenkilometern.

Der Beamte von der Sitte war etwa fünfundzwanzig. Er trug sein kastanienbraunes Haar in einem riesigen Afro, den er sich einmal im Monat bei einem Friseur am Sunset machen ließ, wo er Polizeirabatt bekam. Auf seinem nackten Oberkörper trug er nichts außer einer Lederweste und fünf Perlenschnüren, die um seinen Hals geschlungen waren. Er kannte zwar Natalie, aber nicht Walnikow.

»Sind Sie von der Einbruchsabteilung?« Er beugte sich vom Straßenrand zum Fenster herein.

»Was gibt's?« fragte Natalie.

»Ich habe da vielleicht was für Sie. Vor etwa drei Wochen haben sie hier in eine Pfandleihe eingebrochen. Ich glaube, irgendwo auf der Melrose.«

»Auf der Western Avenue«, korrigierte ihn Walnikow.

»Ja, stimmt, es war auf der Western«, nickte der Beamte von der Sitte. »Sie haben ein paar Gewehre mitgehen lassen, eines davon ein doppelläufiges Modell, Handarbeit, mit Silbereinlegearbeiten . . .«

»Perlmutt«, verbesserte ihn Walnikow von neuem.

»Perlmutt?«

»Ja.«

»Haben Sie den Fall behandelt?« fragte der junge Polizist.

»Nein, ich kann mich nur an den Bericht erinnern.«

»Und Sie sind sich sicher, daß es Perlmutt war?«

»Ja.« Walnikow wischte sich die Augen.

»Na ja, dann hat das hier wohl nichts mit der Sache zu tun.« Der junge Polizist hielt eine mit Silber eingelegte, doppelläufige, großkalibrige Flinte hoch. Das Walnußholz des Kolbens war in Jahren liebevoller Pflege blank poliert. »Ich werd's weitergeben. Vielleicht können die Leute von der Raubüberfall-Abteilung was damit anfangen. Ich dachte nur, das Ding hier könnte von diesem Einbruch in der Pfandleihe kommen. Das ist alles.«

»Was ist hier eigentlich los?« erkundigte sich Natalie. Vor ihnen stand ein Krankenwagen, um den sich eine Menge Schaulustiger versammelt hatte. Eben wurden sieben Männer in die schwarzweißen Polizeiautos verfrachtet. »Haben Sie hier jemanden erschossen?«

»Nein, aber vielleicht wünscht er sich, sie hätten es«, meinte der Polizist von der Sitte.

»Haben sie den Täter erwischt?«

»Ja, *er* ist der Täter.« Der junge Polizist deutete auf den mit einer Decke zugedeckten Mann, der von einem Sanitäter verbunden wurde, während zwei Polizisten die Tragbahre, auf der er lag, in den Krankenwagen schoben. »Hielt sich wohl für Jesse James. Er wollte ein paar Spieler ausnehmen, die sich in diesem Haus da jeden Mittwoch treffen. Wir sind schon den ganzen Morgen nebenan auf der Lauer gelegen, und da kommt doch glatt unser Freund Jesse James anstolziert, als wir die Brüder gerade hops gehen lassen wollen. Er springt auf den Tisch und feuert mit der Knarre hier in die Decke, damit die Spieler auch ja auf ihn aufmerksam werden. Ich war ganz allein im Raum nebenan. Ich kann Ihnen sagen, ich hätte vor Angst fast in die Hosen gemacht. Während ich noch über Funk Verstärkung anfordern will, flippt dieser Heini total aus, will den Brüdern da drinnen einen Schrecken einjagen. Ihm hat es wohl noch nicht genügt, daß diese Spieler auf den Knien vor ihm rutschten und um ihr Leben bettelten. Also hat er noch mal losgeballert, um sie ein bißchen auf Trab zu bringen.«

»Aber das ist doch nur eine doppelläufige Flinte«, bemerkte Natalie.

»Ja, und einer nach dem anderen haben das auch die Spieler gemerkt. Sie meinen, unser guter Jessie James hätte zum Schluß nur noch ›au‹ gesagt. Kann sehr gut möglich sein, daß das seine letzten Worte sein werden, mit denen er in die Geschichte eingeht. Die haben den Burschen ganz schön fertiggemacht; sein Kopf sieht aus, als hinge er nur noch an einem Faden an seinen Schultern. Tja, mal richtig herzerfrischend zu sehen, wie die Gerechtigkeit doch noch manchmal siegt. Dabei kommt man ja fast wieder auf die Idee, Gott könnte doch nicht so ganz tot sein.«

Als sie dann auf der Weiterfahrt in der Vine Street hinter einem kleinen Auffahrunfall halten mußten, fragte Natalie:

»Können Sie sich eigentlich an diesen Einbruch in dieser Pfandleihe in der Western Avenue wirklich erinnern?«

»Natürlich«, erwiderte Walnikow.

»Aber Sie lesen doch sicher Hunderte von Einbruchsmeldungen.«

»Sicher.«

»Und was war an diesem so ungewöhnlich?«

»Nichts.« Er zuckte mit den Achseln. Zumindest von seinen Augen schien nun der Wodkanebel allmählich zu weichen.

»Und wie können Sie sich dann so genau daran erinnern?«

»An Verbrechensdetails kann ich mich immer erinnern. Warum, weiß ich zwar nicht, aber ich bin jetzt schon so lange Detektiv, daß ich mir diesen ganzen Kram eben einfach merken kann.«

Erinnerungen. Zweiundzwanzig Jahre bei der Polizei. Fünfzehn davon als Detektiv bei der Mordkommission. Mord. Das erste Team. Die Uni. Erschossen, erstochen, vergewaltigt, schwer verletzt. Foltermord, Erpressungsmord, Entführungsmord, Sexualmord. Innerfamiliäre Morde: Ehemänner, Ehefrauen, Mütter, Väter. Wer hat da behauptet, ein Vater würde nie sein eigen Fleisch und Blut morden? Walnikow hätte ihn eines besseren belehren können. Aber als Mörderinnen kleiner Kinder waren Mütter einfallsreicher. Unmengen von Kindsmorden. Wer hat es getan, warum, wie? Die Stinkerschwadron. Leichen. Die Gesichter von Leichen: verdutzte Leichen, zwinkernde Leichen, traurige Leichen, lachende Leichen, schreiende Leichen. Es ließ sich unmöglich voraussagen, mit welchem Gesichtsausdruck eine Leiche in die Ewigkeit eintrat. Manchmal waren da auch nur Stücke von Leichen, Scheiben von Leichen. Manchmal nur Köpfe. Erinnerst du dich noch an Homer von Hollenbeck?

Sergeant Ambrose Schultz war der Witzbold der Stinkerschwadron. Er war immer zu einem kleinen Scherz aufgelegt. Seit zwei Monaten hatten sie in der Hollenbeck-Abteilung schon versucht, einen Mordfall mit einer kopflosen Leiche aufzuklären. Schließlich wurden sie durch einen Hinweis auf eine Frau aufmerksam gemacht, die ihren untreuen

Freund namens Homer vergiftet und seiner Leiche dann *mit einer Schaufel* den Kopf abgehackt hatte, was zwar mindestens eine Stunde gedauert haben mußte, aber sie wurde auf diese Weise schließlich doch noch ihre Aggressionen los. Dann konservierte sie den Kopf ihres Geliebten in einem Topf mit Formaldehyd. (Warum, hatten sie sich gefragt, wobei sich die Frage nach dem Wer und Wie in der Regel wesentlich öfter klären ließ als die nach dem Warum. Wer hätte sagen können, warum? Warum geschah überhaupt irgend etwas?)

Nachdem sie nun also Homers Kopf entdeckt hatten, lag dieser für ein paar Tage im Bereitschaftsraum herum. Da die Konservierungsflüssigkeit in der Zwischenzeit ausgeflossen war, war Homers Kopf in Verwesung übergegangen; er wurde schwarz und quoll auf.

Homer trat mit dem Gesicht eines Gorilla in die Ewigkeit ein.

Eines Tages hatte nun Ambrose Schultz zufällig gemerkt, daß eine der Sekretärinnen, Lupe Rodriguez, gerade ihren wöchentlichen Gang in die Panadería hinter sich hatte, wo sie vier Pfund köstlicher, mit der Steinmühle gemahlener Maistortillas gekauft hatte, die in Boyle Heights von mexikanischen Frauen über gemauerten Feuergruben noch von Hand gebacken wurden. Ambrose entfernte nun, als Lupe einmal auf der Toilette war, die Tortillas aus ihrer Tüte und steckte statt dessen Homers Kopf hinein. Lupe Rodriguez, eine unverbesserliche Naschkatze, die sich ständig mit neuen Abmagerungskuren plagte, war gerade dabei, einen aufreizenden Fallbericht zu lesen, als sie in den Sack griff, um sich etwas zum Knabbern daraus hervorzuholen. Komisch. Die Tortillas fühlten sich durchweicht an. Und *haarig?* Ihre Schreie sollen angeblich bis ins Chefbüro hinauf zu hören gewesen sein. Jedenfalls war das Ambrose Schultz' Ulk des Jahres.

Dann ermittelte Ambrose eines Tages in einem Mordfall unter Homosexuellen. Rodney, der verrückte Überlebende des Dramas, hatte seinen Geliebten Claude erwürgt und ihm dann den Penis abgesäbelt. Darauf bewahrte Rodney das gekappte Anhängsel seines Geliebten in einem Goldfischglas auf dem Kaminsims auf, um es seinen Freunden anläßlich einer Dinner-Party zu präsentieren, die er gab, nachdem Claude verschwunden war. Die Party wurde jedoch kein großer Erfolg, da der erste Gast, der sich näher für diesen seltsamen Fisch interessierte, schreiend zum Telefon stürzte. Rodney konnte das allerdings nicht recht verstehen, da er doch für die Wachteleier und die anderen Leckereien ein kleines Vermögen ausgegeben hatte. Später erklärte er Detektiven der Mordkommission gegenüber, er hätte sich unmöglich von diesem edlen Körperteil Claudes trennen können, und außerdem hätte er es geschmacklos gefunden, den Penis in einem Einmachglas aufzubewahren, während er ein Goldfischglas für genau das Richtige fand. Auf diese Weise würden seine Freunde und Bekannten wenigstens etwas zu reden haben. Jedenfalls ging besagtes Goldfischglas samt Inhalt in den Besitz von Ambrose Schultz über, worauf sich die arme Lupe Rodriguez in die Personalabteilung versetzen ließ. Erinnerungen.

»Ich sagte, wir müssen immer noch verschiedene Einbruchsopfer aufsuchen.«

»Wie bitte? Ich habe Sie nicht verstanden, Natalie?«

»Ich habe mit Ihnen geredet.«

»Entschuldigung.« Er lächelte freundlich. »Ich glaube, wir müssen noch mit ein paar Leuten sprechen.«

Und so ging es dann noch den Rest des Tages weiter. Nicht ganz. Um sechs Uhr abends – sie hätte längst Feierabend haben sollen, zu Hause in der Badewanne sitzen, einen Gin Tonic schlürfen und Engelbert Humperdincks herzerweichendem Gesang lauschen sollen – kauerte sie nämlich auf dem fadenscheinigen Teppichboden eines schäbigen Apartmentkorridors und gab sich alle Mühe, ihren Schließmuskel und ihre Blase unter Kontrolle zu halten. (Und ausgerechnet heute habe ich auch noch kein Höschen an!) Zum erstenmal in ihrer Polizeilaufbahn wäre sie um ein Haar erschossen worden. Und es war ausschließlich ihre Schuld gewesen. Nicht Walnikows. *Ihre.*

Der Funkspruch kam um vier Uhr zwanzig. Zuerst das aufgeregte Piepen des Funkgeräts, und dann eine schrille, blecherne Stimme: »Alle Einheiten in der Umgebung und 6-A-39! Beamte brauchen Hilfe, Lexington, Ecke Vermont! Es sind Schüsse gefallen! *Beamte unter Beschuß!*«

Und dann, der Himmel stehe jedem Fußgänger oder Autofahrer bei, der sich innerhalb zwanzig Meter Nähe eines Polizeiautos befand. Volle Pappbecher mit Kaffee, die auf die Straße klatschten. Dösende Polizisten, die es plötzlich in Habachtstellung aufriß. Sicherheitsgurte, die einklickten und sich surrend spannten. Aufheulende Motoren, knirschende Getriebe. Hundert Meter verbrannten Gummis auf Hollywoods Asphalt geschmiert. Und nur allzu oft zwei Streifenwägen (der eine, vorschriftsmäßig, die Sirene eingeschaltet, der andere, begierig, als erster am Tatort einzutreffen, *ebenfalls* die Sirene eingeschaltet), die an einer unübersichtlichen Kreuzung zusammenstoßen und nie an ihren Bestimmungsort gelangen.

6-W-232 war vermutlich die einzige Hollywood-Einheit auf den Straßen, die weiterhin ihre ursprüngliche Fahrtrichtung beibehielt. Natalie tobte.

»Haben Sie denn diesen Notruf eben nicht gehört, Walnikow?«

»Natürlich habe ich ihn gehört.«

»Und wollen Sie denn nicht hinfahren?«

»Eigentlich nicht. Wir sind jetzt fast zwei Kilometer von der Stelle entfernt, und wie Sie selbst sehen, ist der Verkehr hier ganz schön dicht. Außerdem werden genügend andere zur Stelle sein.«

»Das ist doch die Höhe!« spuckte Natalie. »Sind Sie nun Polizeibeamter oder nicht?«

»Wollen Sie, daß ich hinfahre? Wenn Sie . . .«

»*Allerdings* will ich das. Mein Gott!«

»Also gut«, erwiderte Walnikow achselzuckend, um Natalie zuliebe dann sogar noch etwas kräftiger aufs Gas zu drücken. Sie beschleunigten auf ganze dreißig Stundenkilometer. Natalie war außer sich.

»Jetzt stellen Sie mal Ihren verdammten Fuß ein bißchen aufs Gaspedal!« brüllte sie.

»Schon gut, Natalie. Beruhigen Sie sich erst mal.«

Walnikow überprüfte vorsichtig seine Umgebung, packte dann das Lenkrad fester und beschleunigte auf fünfzig Stundenkilometer. Natalie gurgelte nur noch und verdrehte die Augen.

Erstaunlicherweise waren bei ihrer Ankunft erst vier Streifenwagen und ein weiterer Zivilwagen am Schauplatz des Geschehens eingetroffen. Trotzdem war jedoch einiges los. Die Streifenwagen waren am Straßenrand geparkt, ihre Türen auf die Straßenseite zu weit geöffnet. Dadurch war die enge Straße für den abendlichen Stoßverkehr, der sich bereits über vier Häuserblocks hinweg gestaut hatte, gesperrt. In den Vorgärten und auf den Balkons der Wohnhäuser standen überall Menschen. Manche waren hinter ein paar Palmen in Deckung gegangen. Keiner wollte sich die Gelegenheit entgehen lassen, mitzuerleben, wie die Polizei jemanden erschoß. Oder erschossen wurde.

Ein junger Polizist, mit rotem Gesicht und ohne Mütze, kauerte hinter seinem Streifenwagen und brüllte ins Mikrofon. Als er damit fertig war, warf er das Mikrofon in den Wagen zurück.

»Runter! Gehen Sie schon in Deckung!« schrie er Natalie zu, als sie aus dem Wagen sprang und auf den schwarzweißen Streifenwagen zurannte, in der einen Hand den Revolver, mit der anderen ihren Rock über die Knie haltend.

»Was ist passiert?« schrie Natalie, die Augen blitzend.

Walnikow war noch damit beschäftigt, sich aus seinem Sicherheitsgurt zu befreien. Nie zuvor hatte er ihn sich so eng geschnallt. Dazu hatte ihn Natalie gebracht.

»Der Täter hat sich verbarrikadiert!« brüllte der junge Uniformierte. »Im oberen Stockwerk, nach hinten raus. Er hat damit gedroht, seine Frau umzubringen, und als sie dann aus dem Haus gerannt kam, hat er angefangen, ihr hinterherzuballern! Sie hat gesagt, er hätte ein Kleinkalibergewehr und drei Handwaffen im Haus!«

»Haben Sie die Leute vom SWAT verständigt?« brüllte Natalie zurück. Obwohl sie nur dreißig Zentimeter voneinander entfernt waren, schrien sie sich gegenseitig ins Gesicht.

»Ja!« brüllte der junge Polizist und besprühte sie dabei ausgiebig mit Speichel.

»Ist ein Sergeant am Tatort?« spuckte Natalie zurück.

»Nein!« schrie er.

»Walnikow!« brüllte Natalie über ihre Schulter zurück. Walnikow hatte sich inzwischen befreit und kam auf sie zu. »Walnikow, übernehmen Sie die Einsatzleitung!«

»Sind Sie ein Sergeant?« Der junge Uniformierte bespuckte ihn noch ausgiebiger als Natalie.

Walnikow schien sein Taschentuch nicht finden zu können, aber ihm war eingefallen, daß es bereits von wodkaschwangerem Schleim getränkt war. Und da er Natalie sein schmutziges Taschentuch nicht zumuten wollte, wischte er sich das Gesicht diskret an seinem Jackenärmel ab.

»Sind Sie ein Sergeant!« brüllte der junge Uniformierte noch einmal.

»Ja«, erwiderte Walnikow und wünschte insgeheim, sie würden endlich mit diesem Geschrei aufhören. Dann gelangte er zu dem Schluß, es wäre vielleicht besser, sich sein Dienstabzeichen anzustecken, bevor ihn noch so ein junger, unerfahrener Polizist über den Haufen schoß.

»Was soll ich tun, Sergeant?« kreischte der junge Uniformierte fast.

»Tja«, fing Walnikow so taktvoll wie möglich an, »ich dachte, ob Sie nicht vielleicht endlich mal damit aufhören könnten, mir ins Gesicht zu spucken? Und Natalie, ich glaube, Sie sollten mal Ihre Brille etwas putzen. Wir befinden uns hier in einer etwas gefährlichen Situation, und angesichts dessen wäre es vielleicht besser, wenn Sie klar und deutlich sehen könnten.«

»Die Leute von SWAT sind bereits unterwegs, Sergeant!« brüllte der junge Polizist mit unverminderter Lautstärke. »Ich habe ein paar Detektive und den Revierleiter angefordert. Ich habe auch einen Krankenwagen angefordert, falls es Verletzte geben sollte! Ich habe . . .«

Walnikow wandte sich ab, so daß nun seine linke Backe mit Spucke bombardiert wurde, und dann tat er etwas, das Natalie höchst außergewöhnlich fand. Er legte einfach seine

Hand über den Mund des jungen Polizisten. Eine breite, kräftige Hand. So hielt er dem jungen Kerl eine Weile den Mund zu.

»Also bitte, mein Sohn«, sagte Walnikow dann ruhig. »Ich kann dich vor lauter Schreien schon gar nicht mehr verstehen. Und wenn ich dich jetzt wieder sprechen lasse, dann möchte ich, daß du zu flüstern versuchst. Und jetzt flüstere mir mal schön zu, wo dieser Kerl, der sich verbarrikadiert hat, eigentlich ist.«

Natalie beobachtete, wie die hervortretenden Augen des jungen Uniformierten allmählich zur Ruhe kamen. Sein Gesicht lief allerdings rot an, da er Schwierigkeiten hatte, durch die Nase zu atmen. Er packte Walnikow am Handgelenk und nickte, worauf dieser ihn losließ.

»Danke, Sergeant. Das habe ich, glaube ich, nötig gehabt«, sagte er als erstes.

»Herr im Himmel!« stöhnte Natalie ihre Haarsträhne an.

»Kommen Sie mit, Sergeant!« forderte der junge Polizist Walnikow auf, und bevor dieser ihn noch neuerlich packen konnte, rannte er bereits geduckt über den Rasen auf die offene Eingangstür des Wohnhauses zu, wo ein anderer Polizist, den Finger am Sicherungshebel seines Gewehrs, kauerte.

»Tut mir leid, daß wir da hineingezogen worden sind, Natalie«, entschuldigte sich Walnikow mit einem tadelnden Unterton, als er dem Uniformierten über den Rasen auf die unheilvolle Türöffnung zu folgte. Dann plötzlich das Geräusch zerbrechenden Glases, das jeden, auch Walnikow, sich bäuchlings auf das Pflaster vor dem Eingang fallen ließ.

»Dieser Dreckskerl hält jede Minute mal seine Kanone zum Fenster raus«, sagte ein dürrer, ausgemergelter Polizist mit einem Gewehr. »Seine Frau meint, er hätte ne halbautomatische Waffe und ...«

»Wo sind die anderen Polizisten?« erkundigte sich Walnikow.

»Oben, im ersten Stock«, entgegnete der dürre Polizist.

Der junge Beamte, der so laut gebrüllt hatte, kauerte hinter Walnikow auf dem Boden und schielte, seine Dienstwaffe im

Anschlag, zu dem eingeschlagenen Fenster hoch. Klugerweise zeigte der Lauf des Revolvers genau auf Natalies Schläfe.

Als Natalie zufällig in diese Richtung blickte, starrte ihr das runde Mündungsloch einer Vier-Inch-Smith-and-Wesson entgegen. Wenn ein Sonnenstrahl gerade im richtigen Winkel in den Lauf fiel, konnte sie sogar die einzelnen Furchen und Rillen erkennen.

»Mein Gott, nein!« flehte sie, worauf Walnikow kurz entschlossen den Lauf der Waffe zur Seite schob. Der junge Polizist hatte von all dem nichts gemerkt.

Und dann war plötzlich die Hölle los. WUMM! WUMM! WUMM! Ein heftiger Luftstoß. Fensterscheiben zerbrachen. Ein Reifen explodierte.

»Wer schießt denn hier?«

»Verdammt!«

»Dieser Scheißkerl hat ja eine Haubitze!«

So weit, stellte Walnikow fest, war noch nichts Ungewöhnliches passiert. Es war eine typische Situation, wenn ein Straftäter sich verbarrikadierte. Genau die Art von Vorfall, wie er vielleicht im hinteren Teil der Morgenzeitung mit einer kleinen Meldung gewürdigt wurde, wenn nicht gerade ein Polizist dabei ums Leben kam. Dann war natürlich nur die Titelseite gut genug. Aber bis jetzt hatte sich noch absolut nichts Ungewöhnliches ereignet. Eben nur eine verfahrene Situation.

Ein stinknormales Familiendrama. Wahrscheinlich hatte er seine Frau erwischt, wie sie ihn mit einem anderen betrog. Oder sie war ihm auf die Schliche gekommen. Vielleicht waren ihm auch die Rühreier zu wenig gebraten. Ich liebe dich. Ich hasse dich. Ich liebe dich so sehr, daß ich dich umbringen werde. Und er probiert es auch tatsächlich. Aber er schafft es nicht. Dann werde ich mich eben selbst umbringen. Aber zuerst werde ich noch die ganze verdammte Nachbarschaft über den Haufen knallen.

Letztlich sehnte sich dieser schießwütige Revolverheld nach nichts anderem wie eine ›inaktive‹ Junior Leaguerin in ihrer Villa in Pasadena – nach Aufmerksamkeit, Anerkennung, *Berühmtheit*. Sich diesen Wunsch zu erfüllen, gab es für ihn nur eine Möglichkeit: Indem er eine Szene nachspielte, die er schon in mindestens tausend Filmen gesehen hatte. Er würde, die Waffe im Anschlag, nach draußen kommen. Paßt auf, ihr Scheißbullen! Jetzt wird's euch Stanley Kravitz zeigen!

All das schoß zusammenhanglos durch Walnikows Kopf. In der Regel war er erst angefordert worden, wenn Stanley Kravitz tot auf dem Boden lag, nachdem er sich, des Spiels müde, seine eigene Waffe in den Mund gesteckt und mit dem großen Zeh abgedrückt hatte. Walnikow hatte festgestellt, daß es äußerst schwierig ist, mit dem großen Zeh den Abzug eines Gewehrs zu drücken. Manche hatten nicht richtig gezielt und sich lediglich die eine Schädelhälfte weggeschossen, so daß sie überlebten. Mit Hilfe intravenöser Ernährung sogar für immer. Was wollte man sich da noch über zu wenig gebratene Rühreier beschweren, wenn man inzwischen selbst so aussah. Manchmal, wie diesesmal, war Walnikow auch am Tatort eingetroffen, *bevor* Stanley Kravitz seinen großen Zeh an den Abzug gelegt hatte. Aber dann würde irgend so ein junger Polizist mit Augen wie Luftballone Stanley einen Volltreffer in den Zehnerring verpassen und Stanley damit besser bedienen, als er das selbst gekonnt hätte.

Bevor Walnikow nun die Treppe zum Obergeschoß hinaufrannte, wo fünf Polizisten mit Gewehren und Revolvern dreiundzwanzig Schüsse auf Stanley Kravitz' Wohnungstür abgefeuert hatten, bevor er versucht hatte, fünf andere Polizisten mit Augen wie Wagenräder zu beruhigen, wandte sich Walnikow Natalie zu und sagte traurig: »Warum wollten Sie unbedingt hierher kommen, Natalie? Ich wäre wirklich froh, wenn Sie nicht darauf bestanden hätten.«

Und dann eröffnete Stanley Kravitz (dessen wirklicher Name William Allen Livingston war) den zweiten Akt des Dramas, indem er mit einer M-14 alle, die sich im Innern des Gebäudes befanden, für zwei Stunden auf dem Boden festnagelte. Und die Dunkelheit brach herein.

Ein Kommandoposten wurde aufgestellt. Der SWAT-Laster kam mit Scheinwerfern. Deputy Chief Digby Bates schwebte wohl behütet in einem Hubschrauber über dem Wohnhaus, seine Zähne entschlossen aufeinandergebissen, das Gesicht gegen das Glas gedrückt, und dabei hoffend, die Fotografen da unten hätten ausreichend Licht und genügend starke Teleobjektive an ihren Nikons.

Zehn Minuten nach Einbruch der Dunkelheit bekam William Allen Livingston den aufdringlich lauten Polizeihubschrauber dermaßen über, daß er sich aus dem Fenster lehnte, um zu dem lästigen Brummer hochzuballern. Er schoß ein Loch von fünfzehn Zentimetern Durchmesser in die gewölbte Sichtscheibe des Helikopters, das Digby Bates mit einem Schlag sämtliche Fotografen und Teleobjektive vergessen ließ. Er schrie den Piloten, nicht ohne ihn ebenfalls ausgiebig einzuspeicheln, mit überschnappender Stimme an: »Los, bloß weg hier!«

Und dann verlor die Polizei endgültig die Kontrolle über die Situation. Auf eine Salve von seiten des Belagerten krachten plötzlich zwanzig Gewehre los, welche die Seite des Wohnhauses, auf der Livingston sich verbarrikadiert hatte, halb in Schutt und Asche legten. Die im Innern des Hauses festgehaltenen Beamten hörten Livingston nun zum erstenmal sprechen. Er setzte zum vierten Akt an, und zwar genauso, wie er es in zahllosen Samstagabend-Vorstellungen gelernt hatte. Er sagte: »Ich komme jetzt raus! Mit der Waffe in der Hand!«

Aber bevor Livingston seine Waffe auch nur zücken konnte, kreischte ein hysterischer junger Polizist im Treppenhaus los: »Die Lichter!« Und fünf Uniformierte feuerten ihre Revolver auf die zwei Wandlampen ab, die nun, nachdem die Sonne untergegangen war, den schmalen Gang erleuchteten.

Für einen Moment dachte Walnikow, er wäre ertaubt. Natalie hielt sich die Ohren. Die Uniformierten feuerten achtzehn Schüsse auf die zwei Lampen ab. Im Film hätte einer genügt. Im wirklichen Leben, wenn einem das Adrenalin den Arm in Lakritze verwandelte, langten nicht einmal achtzehn Schüsse. Sie waren über und über mit Staub und herabbröckelndem Putz bedeckt. Sie konnten wegen des Staubs und des Pulverdampfs kaum atmen. Sie hatten die Birnen total verfehlt. Nur das Glas einer Lampe hatte ein Loch.

Die Uniformierten waren gerade am Laden, als Walnikow

zum erstenmal seine Stimme erhob. Er schrie: »Aufhören! Das ist ja nicht zum Aushalten!«

»Die Lichter, Sergeant!« blubberte ein junger Polizist.

»Er kann uns ja voll sehen!« fügte ein langer, dünner hinzu.

»Er kommt gleich raus!« prophezeite ein dicker.

Und dann blieb Natalie die Luft weg, da Walnikow aufstand und, seine Waffe im Anschlag, den Gang hinunter auf die durchlöcherte Wohnungstür William Allen Livingstons zuging, der Walnikow unter dem Namen Stanley Kravitz, Leiche in spe, bekannt war.

Die Tür sorgfältig im Auge behaltend, so nah wie möglich an die Wand gedrückt und vom Staub und Putz der zerschossenen Wände bedeckt, tat Walnikow etwas, woran niemand gedacht hatte.

Er schraubte die Glühbirnen aus der Fassung.

Plötzlich war der Gang in völlige Dunkelheit getaucht. Ein Polizist hatte eine Taschenlampe bei sich. Er richtete ihren Strahl auf die Tür, als Walnikow wieder an seinen alten Platz zurückkehrte.

Um nur ja kein Klischee auszulassen, brüllte William Allen Livingston nun los: »Ich komme jetzt raus, ihr Scheißbullen, und ein paar von euch werden dran glauben müssen. Darauf könnt ihr euch gefaßt machen!«

»He, warte noch einen Moment! Warte doch noch!« schrie Walnikow zurück. »Laß uns doch erst mal über die ganze Sache reden. Laß mich zu dir reinkommen. Ich möchte mit dir reden. Ich bin mir sicher, daß wir uns ...«

Als die Tür aufflog, warf Walnikow seinen breiten Körper vor Natalie Zimmerman. William Allen Livingston verlor mehrere hundert Gramm Urin und Kot, als eine Salve aus verschiedenen 38ern und 00er Elefantenbüchsen in seinen Körper einschlug. Ging man allerdings davon aus, daß er insgesamt von siebenundzwanzig Bleigeschossen getroffen wurde, mußte sein Körpergewicht um einiges zugenommen haben. Später stellten die Detektive von der Mordkommission fest, daß die Waffe, die er im Tod in der Hand gehalten hatte, nicht geladen gewesen war. Offensichtlich hatte er sich entschlossen, doch niemanden mit sich ins Verderben zu reißen. Zumindest ein Wunsch wurde ihm jedoch erfüllt. Obwohl er keinen Polizisten erschossen und sich auch sonst höchstens für Seite dreizehn qualifiziert hatte, war die Belagerung doch so grandios gewesen, daß darüber am nächsten Morgen auf der zweiten Seite berichtet wurde.

Diese letzte Salve war ein ganz schönes Flammeninferno gewesen. Ein kontinuierliches, gewaltiges Krachen, das Natalie noch die ganze Zeit über nicht losließ. Auch dann noch nicht, als Walnikow sie, die Arme um sie gelegt, über die Hintertreppe durch die Scharen von Polizisten und Reportern geleitete, an dem Kommandoposten vorbei, wo Deputy Chief Digby Bates sich in einem Kampfanzug bereits eine Erklärung ausdachte, wohlweislich darauf bedacht, den Fernsehteams auf der anderen Straßenseite seine Schokoladenseite entgegenzustrecken. Zum Glück war ihr Wagen nicht von der Menge lachender, witzelnder und jubelnder Schaulustiger eingekeilt, für die das Ganze offensichtlich nichts anderes als ein Mordsspaß war.

Neben dem Detektivwagen stand in zweiter Reihe ein Eismann, der gefrorene Bananen verkaufte. Er überfuhr zwei Rotlichter, als er im Radio von der Belagerung hörte. Ein ähnlich gutes Geschäft hatte er vor kurzem gemacht, als ein junger Rocksänger sich acht Stockwerke von der Penthouse-Suite einer Plattenfirma gestürzt hatte, die seine Songs nicht veröffentlichen wollte. Damals hatte der Eismann allerdings das Glück gehabt, bereits am Schauplatz des Geschehens anwesend zu sein, so daß er nur noch durch die Menge geschlendert war und in zehn Minuten zweiunddreißig Dollar an dem Eis verdient hatte, das er all den Gaffern verkaufte, deren Kehlen vom ständigen ›Spring doch, du Feigling!‹-Schreien schon ganz ausgetrocknet waren.

Walnikow wartete, bis der Eismann einen Dreifach-Deal mit einem Mann mit zwei Kindern getätigt hatte. Ein Kind saß auf Daddys Schultern, um besser sehen zu können, wie die Leiche abtransportiert wurde.

Natalie stieg in den Wagen, steckte sich eine Zigarette an und rauchte sie zitternd. Sie bekam ihre Beine nicht unter Kontrolle. Und ebensowenig ihr Kinn.

Schließlich sagte Walnikow: »Fahren Sie mal mit Ihrem Wagen da weg. Ich möchte hier raus.«

»Leck mich am Arsch«, meinte der Eismann nur. Er konnte nicht ahnen, daß Walnikow ein Polizist war. »Ich verkaufe hier mein Eis.«

Darauf zog Walnikow nur seinen Revolver aus dem Schulterhalfter und richtete ihn auf den verdutzten Eisverkäufer, der in der einen Hand ein Eis, in der anderen sein Wechselgeld hielt.

»Wenn Sie jetzt nicht auf der Stelle hier wegfahren, dann kriegen Sie von mir ein kleines Loch genoggert«, knurrte Walnikow.

Während der Eismann seinen Wagen polternd in eine Einfahrt rangierte und den Uniformierten zubrüllte, er hätte *noch* einen Verrückten mit einer Knarre gesehen, fuhr Walnikow Natalie Zimmerman bereits zur Hollywood Station zurück.

Nach einer Weile fragte sie: »Wo fahren wir eigentlich hin, Walnikow?«

»Wir haben Feierabend«, antwortete er. »War ein ganz schön langer und anstrengender Tag heute.«

»Wir müssen wieder zurück! Wir waren doch Zeugen! Wir müssen unsere Aussagen zu Protokoll geben!«

Walnikow schüttelte nur den Kopf und sagte: »Da waren so viele Polizisten, daß sich kein Mensch an uns erinnern wird. Was sollten wir außerdem schon groß erzählen? Wir haben keine Schüsse abgefeuert. Unsere Geschichte ist in keiner Weise von Bedeutung. Ein Mann hat Selbstmord begangen. Ein Dutzend Polizeibeamte waren Zeuge und haben ihm noch ein wenig dabei geholfen.«

»Aber ...«

»Natürlich findet vielleicht jemand heraus, daß wir auch in den Fall verwickelt waren. Man wird uns vielleicht ein paar Fragen stellen. Wir waren an dem Selbstmord dieses Kerls nicht beteiligt. Warum sollten wir also dort die ganze Nacht herumsitzen, während die sich ständig gegenseitig verhören, Zeichnungen anfertigen und Fotos machen und was weiß ich noch alles. Also, ich für meine Person bin einfach zu müde, um diesen ganzen Blödsinn mitzumachen, und deshalb fahre ich lieber gleich nach Hause.«

Es war eine sehr dunkle Nacht in Hollywood. Für einen Freitag war der Verkehr nicht sonderlich dicht. Hollywood Boulevard und Sunset Boulevard waren natürlich dank der Touristen ein wahres Chaos, aber Walnikow kannte zum Glück ein paar Schleichwege über wenig befahrene Nebenstraßen. Wie immer kroch er mit zwanzig Stundenkilometern dahin.

Nach einer längeren Pause sagte Natalie plötzlich: »Walnikow.«

»Ja.«

»Es tut mir leid, daß ich Ihnen vorhin so auf den Pelz gerückt bin, daß wir dorthin gefahren sind.«

»Mir auf den Pelz gerückt?«

»Na ja ... wir haben ... ich habe ja nicht ... äh ... Sie haben ...«

»Möchten Sie mal mit ins Kino gehen, Natalie? Natürlich nicht heute abend. Vielleicht nächste Woche mal? Oder in zwei Wochen? Vielleicht gibt es ja irgendeinen neuen Film, den Sie gern sehen möchten. Ich war ja schon nicht mehr im Kino, seit ... ich weiß gar nicht mehr, wie lange das schon her ist.«

»Mehrere Jahre«, half sie seinem Gedächtnis nach, wobei sie durch das Rauchen allmählich ihre zitternden Knie unter Kontrolle brachte. »Seit *Nicholas und Alexandra* rausgekommen ist.«

Dann hatten sie die Wilcox erreicht und näherten sich der Wache. Natalie wußte, daß die Leute von der Tagesschicht mit Ausnahme der Mord-Crew, die wegen des Ablebens von William Allen Livingston noch Überstunden machte, bereits nach Hause gegangen sein würden. Hipless Hooker traf sicherlich schon die nötigen Vorbereitungen für seinen morgigen Ausflug mit Sindbad Cromwell. Aber selbst wenn Captain Hooker noch da gewesen wäre, hätte sie ihm ihre Beschwerden jetzt nicht vortragen können. Nicht heute abend.

Natürlich würde sie unmöglich mit einem Drogensüchtigen

weiter zusammenarbeiten können. Aber zugleich mußte sie immer wieder daran denken, wie er sie durch all diesen Horror und dieses Chaos geführt hatte, als ihre Beine noch zitterten wie ... Und sie konnte nicht vergessen, wie sein breiter Körper sie gegen diese gewaltige Explosion abgeschirmt hatte. Er hatte sich einfach auf sie geworfen. Und diesem Umstand nie auch nur mit einem Wort Erwähnung getragen. Sie hätte wetten können, daß dieser zugekiffte Irre selbst gar nicht einmal mehr wußte, daß er das getan hatte. Aber sie wußte es.

An diesem Abend würde sie das alles Captain Hooker nicht mehr erzählen können. Sie würde sich das Ganze das Wochenende über erst einmal durch den Kopf gehen lassen müssen. Sie mußte dem Captain schonend und überlegt beibringen, daß Walnikow unmöglich weiter wie bisher seinen Dienst tun konnte. Daß sie ihn vielleicht einer Durchsuchung unterziehen sollten. Einer schrecklichen, erniedrigenden, entwürdigenden Durchsuchung. Damit sie diese seltsame Droge finden würden, aufgrund deren er sich so eigenartig benahm, so ... so ...

»Ich denke, ich werde jetzt erst mal nach Hause fahren und mir ein anständiges Weihnachtsessen machen«, verabschiedete sich Walnikow gut gelaunt, als sie vor der Polizeiwache parkten. »Würden Sie mich bitte abmelden, Natalie?«

Genau. *So* ... verrückt.

»Aber Walnikow, wir haben heute bereits den siebten Januar!« Verrückt! Genau, das war es! Verrückt!

»Meine Mutter hat immer besonders leckere Süßigkeiten an Weihnachten gemacht.« Mit diesem Satz schlurfte Walnikow lächelnd in die Dunkelheit davon.

Fröhliche Weihnachten, dachte sie. Am siebten Januar, Verrückt.

7. KAPITEL

Die tragische Muse

Am Samstag, dem 8. Januar, tat Madeline Whitfield etwas, das sie bisher noch nie getan hatte. Sie suchte an einem überfüllten Wochenendtag die Huntington Library auf. Sie mußte etwas unternehmen. Es war ihr einfach unmöglich, untätig zu Hause herumzusitzen, während Chester letzte Hand an Vickie legte. Sie war am Freitag auf der anderen Seite gewesen, wo sie einen kleinen Schaufensterbummel gemacht hatte. Nach Beverly Hills konnte sie also nicht schon wieder fahren. Da im Country Club nicht Damentag war, konnte sie auch nicht Golf spielen. Sie hatte einige alte Freunde, die sie hätte besuchen können, aber die meisten ihrer Kinder waren an den Wochenenden von der Schule zu Hause, und das war immer etwas – peinlich. Für eine alleinstehende Frau war immer alles peinlich. So wenig verlockend diese Vorstellung auch erscheinen mochte, spielte sie dennoch mit dem Gedanken, zum Valley Hunt Club hinauszufahren und dort ein paar gemischte Doppel zu spielen. Aber nein, lieber nicht. An Samstagen hatten dort immer die Männer das Sagen. Eine alleinstehende Frau. Wie peinlich.

Oder sie konnte in den Hunt Room gehen und *trinken*. Aber sie entschied sich schließlich für die Huntington Library. Wenn sie doch nur für immer neununddreißig hätte bleiben können. Wenn die Junior League nur das Höchstalter ihrer *aktiven* Mitglieder heraufsetzen würde. Dort hatte es immer etwas gegeben, womit sie sich hatte beschäftigen können. Dutzende von Wohltätigkeitsveranstaltungen zugunsten förderungswürdiger Bestrebungen, angefangen von Familienplanung bis zur Rehabilitation von Alkoholikern.

Das Bibliotheksgelände war übervölkert; nicht nur von den üblichen Touristenscharen und Wochenendbesuchern, sondern auch von zwei Bussen voller Kinder. Madeline fand erst drei Häuserblocks weiter einen Parkplatz und mußte das ganze Stück zu Fuß zurückgehen.

Zumindest hatte die Junior League ihren ›Inaktiven‹ noch die Führungen in der Huntington Library gelassen. Madeline liebte es, Schüler der Oberstufe durch die Kunstgalerie zu führen, um ihnen die herrliche Sammlung von französischen und englischen Meisterwerken des siebzehnten und achtzehnten Jahrhunderts vorzuführen. Es machte ihr sogar Spaß, dasselbe mit kleineren Kindern zu machen. Zwar kam dies nur äußerst selten vor, aber manchmal wurden doch auch Kinder aus den Ghettos zugelassen, um zum erstenmal mit den idyllischen, engelhaften Kinderporträts aus einer anderen Zeit in Berührung zu kommen. *Die Beckford Kinder* von Romney. *Die junge Wahrsagerin* von Reynolds. Kinder, welche diese englischen Maler in völlig anachronistischer Kleidung und Pose dargestellt hatten, um den extravaganten, manieristischen Stil der italienischen Maler des siebzehnten Jahrhunderts zu kopieren.

Die Jungen und Mädchen aus den Ghettos sahen sich diese unbezahlbaren Kunstschätze an und folgten Madeline durch das herrschaftliche Haus von Henry und Arabella Huntington, vorbei an Houdons großartiger Bronze der *Diana*, welche die Kleinen immer etwas enttäuschte, da die nackte Frau kaum besser gebaut war als die Schrulle, welche die Führung abhielt. Und was sollte dieser ganze Quatsch eigentlich, wenn die Fut dieser Statue ganz anders aussah als all die anderen Futen, die sie bisher gesehen hatten. Und vorbei an der *Venus* von Giovanni Bologna (dieselben Beanstandungen: Arsch in Ordnung, aber keine Fut). Und schließlich durch die Hauptgalerie, wo Madeline, mit vor Ehrfurcht zitternder Stimme, der ausgelassenen Kinderschar das berühmteste und kostbarste Gemälde der Bibliothek zeigen würde, Gainsboroughs *Blue Boy*.

»Wenn das mal kein arschwackelnder Schwuler ist«, bemerkte ein junger Basketball-Star mit einer grün-gelben Mütze.

Und dann zu Madeline Whitfields Lieblingsbild, der bedeutendsten Arbeit Reynolds' und einer unvergänglichen Huldigung an Englands führende Bühnenschauspielerin: *Mrs. Siddons als Tragische Muse*. Madeline würde den Kindern in aller Ausführlichkeit erklären, wie Reynolds durch die Kraft seines Pinsels zum innersten Wesen dieser großen Schauspielerin vorgedrungen war und es sichtbar gemacht hatte. Madeline würde ihnen ihr Dreiviertelprofil zuwenden, wenn sie ihnen die Würde und den natürlichen Adel in diesem berühmten Gesicht vor Augen führte. Mrs. Siddons, die traurigen Augen ins Unendliche schweifend und die Lippen leicht geschürzt, und – ja, Kinder, ein paar Leute haben sogar schon gesagt, daß ich, wenn ich mich so drehe, nun ja (hier errötete Madeline immer), eine *gewisse* Ähnlichkeit mit dieser Dame habe.

»Schon möglich«, nickte die Bohnenstange mit der grüngelben Mütze beiläufig. »Mich erinnert die ein bißchen an die fette, aufgeschwemmte Alte im Spielsalon.«

Aber heute würde es hier für Madeline keine Führungen geben.

Nur ein gemütlicher Spaziergang durch die Anlage, wo einst Henry und Arabella Huntington so prächtig gelebt hatten. Nur um den Tag verstreichen zu lassen. Nur um nicht an den morgigen Tag denken zu müssen, wenn Vickie ein *Champion* werden würde.

Zuerst spazierte Madeline durch den Kakteengarten, dessen 2500 verschiedene Arten sie immer wieder in Erstaunen versetzten, obwohl sie sicher schon tausendmal an diesem Ort gewesen war. Stachlige Kakteen, stachellose Kakteen, Riesenkakteen, kriechende Kakteen. Kakteen, die nachts blühten. *Oser-Echinopsis,* mit Nachtblüten wie Trompeten. *Lebender Fels,* eine stachellose Sorte, deren Schutz ihre perfekte Tarnung darstellt. *Milchfässer, Kuhhörner,* die zerklüfteten *Wüstenfächer,* das wuchtige *Goldfaß,* so alt wie Madeline. Und die herrlichen Yuccas, über sechs Meter hoch.

Es gab keine natürliche Landschaft auf Erden, die so eigenartig wie diese gewesen wäre. Eine außerirdische Landschaft. Als Kind hatte sie sich diesen Garten immer als etwas vorgestellt, das auf dem Mond lag.

Heute war ihr dies jedoch *zu sehr* einer anderen Welt zugehörig. Selbst den Japanischen Garten betrat sie heute nicht, um nur nichts Exotisches, Fremdes an sich herantreten zu lassen. Heute wollte sie sich wohl fühlen. Dazugehören. Sie strebte auf den Shakespeare-Garten zu. Madeline brauchte den Trost elisabethanischer Blumen und den Wald aus Azaleen und Kamelien, der die Nordseite umgab.

Hier fühlte sie sich sicher. Hier hatte sie als Kind auf den einzelnen Wegen Verstecken gespielt und hin und wieder auch gegen die Vorschriften verstoßen, indem sie sich eine rosa Kamelie gepflückt und ins Haar gesteckt hatte. In jenen Tagen hatte sie noch spritzend durch den italienischen Brunnen rennen gedurft, und an jedem Tag des Jahres war ganz deutlich Mount Baldy zu sehen gewesen. So wollte sie sich immer am liebsten an das alte Pasadena erinnern: ein Kind, das im Gras Räder schlug, umgeben von Azaleen und Kamelien, und die Bergspitzen schneebedeckt und smogfrei und ebenso zuversichterweckend wie das alte Pasadena selbst. Vor dem Niedergang.

Heute gab es keinen Platz mehr, um sich zu setzen. Jede Bank war von Touristen belegt. Aber es gab einen Ausweg: Wenige Touristen machten sich die Mühe, den nördlichen Teil der Anlage, hinter den Orangen- und Avocadohainen, aufzusuchen. Dort gab es nicht viel zu sehen. Nur das Mausoleum, das letzte Zeichen, das Henry und Arabella Huntington gesetzt hatten.

Außer ihr hielten sich in diesem Teil nur noch fünf japanische Touristen auf, die ausgiebig fotografierten. Sie setzte sich auf die kühle Marmorbank. Er war immer kühl, der Marmor des Mausoleums, selbst im Sommer. Sie wartete, bis die Touristen gegangen waren, stieg dann die wenigen Stufen hinauf und stellte sich das verkniffene, finstere Gesicht Arabella Huntingtons vor, wie sie, ganz in Schwarz gekleidet, unter einem schwarzen Hut hervor, mit einem Dutzend blitzender Haarnadeln verankert, durch ihre Brille in die Welt hinausstarrte. Madeline stellte sich vor, wie Arabella durch diese herrlichen Anlagen spazierte. Es hieß von ihr, daß sie nie einen Gärtner oder Diener sehen wollte, wenn sie sich in all dieser Pracht bewegte, als wäre es ihr dadurch leichter gefallen zu glauben, all diese Schönheit um sie herum sei ausschließlich das Werk Gottes. Wann haben die Armen dann wohl gearbeitet? Während sie schlief? Und da liegst du nun, Arabella. Und scherst du dich darum, ob Victoria Regina of Pasadena am morgigen Tag in den Rang eines Champion erhoben wird?

Dann setzte sich Madeline auf die Stufen des Mausoleums und wischte sich die Augen, weil diese Ghettokinder nicht eine Spur von Schönheit in Lawrences *Pinckie* sehen konnten. Nicht eine Spur. Und was hätten sie wohl gesagt, wenn sie gewußt hätten, daß sie in der kommenden Nacht, ob nun mit oder ohne sechzig Milligramm Beruhigungsmittel, kein Auge würde zudrücken können, und das alles nur wegen einer Ehrung, die einen *Hund* betraf. Vielleicht verstanden das diese Kinder sogar eher als den Gainsborough oder Reynolds oder Romney oder die anderen Gemälde, die sie ihnen gezeigt hatte.

Sie meinten, daß Constables *Salisbury Cathedral* oder *Blick auf den Stour* einfach nur so Bildchen waren, die irgendein alter, toter, weißer Heini gemalt hatte, damit die Welt einmal so aussah, wie er es sich wünschte. Aber jeder wußte, daß sie nie so ausgesehen hatte.

Würden diese Ghettokinder ihren Traum von Vickie deshalb weniger verstehen können als Constables Traum? Oder den Turners? Oder den Arabella Huntingtons?

Mach dich nicht über meinen Traum lustig, Arabella, und ich werde auch nicht über deinen lachen.

Am Samstag, dem achten Januar, verbrachte Philo Skinner in seinem Zwinger einen hektischen, heimlichen Tag damit, Tutu zu trimmen und sie verzweifelt an einem einzigen Nachmittag auf den großen Wettkampf vorzubereiten. Dabei mußte er jedesmal, wenn das Telefon klingelte, auf die Toilette rennen. Nein, Mavis, ich werde *nicht* früh nach Hause kommen. Nein, verdammt noch mal, hier ist keine von den Kleinen. Du kannst jede einzelne von ihnen anrufen. Ruf doch bei Pattie Mae zu Hause an, wenn du denkst, ich hätte sie hier. Ruf jede einzelne Kleine an, die je für uns gearbeitet hat. Ruf meinetwegen den Polizeichef persönlich an ... Halt, nein, ruf keinen Menschen an! Mein Gott! Ich bin hier ganz allein und erledige den ausstehenden Papierkram! Und putze diesen Scheißzwinger, weil wir uns für Samstag keine Aushilfe leisten können, und ... Nein, bitte bleib zu Hause, ich brauche keine Hilfe. Heute abend komme ich ja nach Hause. Was soll ich denn machen? Mit dir ins Bett gehen, damit du siehst, daß ich am Nachmittag mit niemandem hier rumgevögelt habe? Ja, ganz richtig, zweimal am Tag würde ich es wohl kaum schaffen! Peng! sauste der Hörer auf die Gabel. Er brauchte ein Alka-Seltzer. Dieses Mistvieh! Eine Zunge wie ein Rasiermesser. Philo Skinner steckte sich die neunundvierzigste Zigarette dieses Tages an und begann zu husten.

In Puerto Vallarta soll es noch Kopfsteinpflasterstraßen geben. Und man kann eine blumenbewachsene Brücke sehen, über die Richard nachts zu Liz geschlichen kam, als er noch mit einer anderen Frau verheiratet war. Ein Gringo soll dort unten mit zweihundert Dollar im Monat wie ein Sultan mit einem ganzen Harem voller Nutten leben können.

»Wie viele Monate kann ich dann mit siebzigtausend Dollar wie ein Sultan leben, Tutu?«

Der kleine Hund wedelte jedesmal, wenn er zu ihm sprach, mit dem Schwanz und winselte leise.

»Eines sage ich dir, Tutu«, redete Philo weiter, während er ihre Beine trimmte. »Schön still halten, mein kleiner Liebling. So ist es schön. Eines sage ich dir, mein Kleines. Jedenfalls kann ein Mensch nicht lange genug *leben*, um siebzigtausend steuerfreue, amerikanische grüne Scheinchen ausgeben zu können. So lange ist das.«

Darauf legte er die Schere weg und hielt Tutus Gesicht zwischen seinen tabakgelben Fingern. »Ich würde dich mitnehmen, wenn ich könnte, das weißt du doch, hm?«

Ein übler Hustenanfall ließ ihn im nächsten Moment zum Waschbecken rennen, um einen dicken Schleimbrocken hochzuwürgen. Selbst wenn er nur kurz von der Seite der kleinen Schnauzerhündin wich, fing sie sofort betrübt zu winseln an. Tutu war das einzige Lebewesen auf dieser Welt, das Philo Skinner *liebte*.

Am Samstag, dem achten Januar, betrank sich Walnikow sinnlos mit Stolitschnaja-Wodka. Und saß den größten Teil des Tages und der Nacht vor seiner Stereoanlage und lauschte Fjodor Tschaljapin, der den Abschied aus *Boris Godunow* sang. Als er bereits zu betrunken war, um die Worte noch verstehen zu können, legte er eine Platte des Osipow-Balalaika-Orchesters auf. Als er auch davon genug bekam, tat er das, was er immer tat, bevor er endgültig umkippte. Er hörte sich herzerweichende russische Zigeunerlieder an.

Dann fiel er in tiefen, alkoholschwangeren Schlaf und träumte von dem Kaninchen, das durch den Schnee hoppelte. Er wußte, daß es vor dem Jäger kein Entrinnen gab. Er wußte, daß der Jäger das Kaninchen töten würde, ihm die Kehle durchschneiden, die Kiefer brechen und das Fell über die Ohren ziehen würde, und daß ein leicht zischendes Geräusch entstehen würde, wenn die kräftigen Hände des Jägers die Haut vom Fleisch zogen. Und wie immer schluchzte er, während er träumte.

8. KAPITEL

Die Kathedrale

Am Sonntagmorgen des neunten Januar unterschied sich die Los Angeles Memorial Sports Arena in vielerlei Hinsicht kaum von der russisch-orthodoxen Kathedrale. Dreißig Männer krochen über den Boden der Arena, um tausend Quadratmeter leuchtend roten Teppichs auszubreiten und durch gelbe Bänder verbundene Pfosten aufzustellen. Dazu bunte Sträuße aus Chrysanthemen, Nelken und Gladiolen. Nur der Weihrauch fehlte bei dieser Zeremonie, was man von den Ikonen nicht hätte sagen können – sie waren zu *Tausenden* anwesend.

Die Ikonen trugen die Gesichter von Alaska-Schlittenhunden, Belgischen Schäferhunden, Welsh-Terriern, Dakkeln, Beagles, Samojeden, Chow-Chows, Möpsen und Pekinesen.

Zusätzlich zu den Ikonen gab es Medaillen und Medaillons mit den Gesichtern von Spitzen, Dobermännern, Boxern und Basenjis. Neben den Ikonen und Medaillons waren auch weltlichere Objekte zu sehen, wie zum Beispiel Brieföffner mit den Konterfeis von Vizslas und Cocker Spaniels; Gemälde, Poster und Tafelbilder von Bluthunden, Waschbärhunden, Akitas und Bullenbeißern; T-Shirts, Plakate, im Dunkeln leuchtende Schlüsselanhänger, Tassen und Teller mit den Bildnissen von Collies, Pudeln und Bernhardinern.

Die Andenkenhändler waren also bereit. Ein Händler hatte sogar die Geschmacklosigkeit begangen, pinkfarbene Rosenkränze anzubieten, von denen er auch bereits mehrere verkauft hatte, bis ihm die Veranstalter auf die Schliche kamen und die Lizenz entzogen. An diesem Tag gab es zwei fromme Hundebesitzer, die einen solchen Rosenkranz erstanden hatten und nun das in bonbonfarbenes Plastik gegossene Bildnis eines italienischen Windspiels durch ihre Finger gleiten ließen.

Hier, in der Kathedrale der Hundewelt der Westküste, vor

Anbruch der Dämmerung, allein unter Tausenden anderer Gläubiger, war ein Mann unendlich mehr aufgeregt und nervös als irgendein anderer Hundebesitzer oder ein Spieler der Oakland Raiders oder der Minnesota Vikings. Philo Skinner hatte bereits dreizehn Zigaretten gepafft, wobei er an diesem Tag mit einer Gesamtzahl von einhundertundfünf noch einen neuen Rekord aufstellen sollte.

Philo war einer der ersten gewesen, die in diesen kühlen Morgenstunden vor Tagesanbruch am Schauplatz des Geschehens eingetroffen waren. Aber bereits zehn Minuten nach seiner Ankunft wurden die Wohnwägen, Kombis und Campingautos von einer langen Schlange von Scheinwerferlichtern gefolgt, die von der Westseite des Stadions bis zur Santa Barbara Avenue reichten. Einige der Hundebetreuer in den Lastern unterhielten sich lebhaft über Sprechfunk, andere saßen in ihren Autos, lasen zum Kaffee die *Sunday Times* und bereiteten sich auf einen Tag vor, der für einige hundert Menschen und gut zweitausend Tiere sehr lange und anstrengend werden würde.

Als die Kombis, Camper und Wohnwägen dann dröhnend in das weite Rund der riesigen Halle zu rollen begannen, ließ sich Philo Skinner nur noch von seinen Instinkten leiten. Völlig gewohnheitsmäßig schaltete er das Licht an seinem Wagen aus und fuhr langsam zu seinem Lieblingsplatz an der Seite der Sports Arena, wo die Terrier gezeigt wurden. Seine Hände waren so glitschig, daß er die Übungskäfige aus Stahldraht auf den Betonboden fallen ließ. Ein Betreuer neben ihm bot ihm seine Hilfe an, aber Philo winkte ihm ab, steckte sich eine Zigarette an, setzte sich in einen Regisseurstuhl aus grüner Leinwand und beobachtete die anströmenden Massen. Da waren ganze Bataillone von verschlafenen Aufsehern, die ausschließlich damit beschäftigt waren, Berge von Hundescheiße abzutragen. Aber wo zum Teufel waren die Lebensmittelverkäufer? Philo hätte dringend eine Tasse Kaffee nötig gehabt. Er fror. Einige der Preisrichter kamen bereits an. Er hatte nie verstanden, weshalb sie eigentlich schon so früh auftauchten. Auch die zahllosen Fotografen, die den ganzen Tag für die Hundefachzeitschriften Bilder schießen würden, fehlten nicht. Die Hundebesitzer zahlten dafür, daß ihre Hunde fotografiert wurden, und sie zahlten auch dafür, daß diese Aufnahmen dann in die Zeitung kamen.

Überall waren Betreuer und Gehilfen zu sehen. Um ihn herum schepperten Tische und Käfige gegen den Beton. Dann erhob sich plötzlich wieder ein mächtiges Dröhnen. Die Laster verließen, nachdem sie die Tiere abgeliefert hatten, wieder das Stadion.

Etwas war heute jedoch anders als sonst: Fast alle hatten sich anläßlich der Super Bowl XI tragbare Fernsehgeräte mitgenommen – ein Umstand, auf den Philo gesetzt hatte, wenn sein Plan optimal klappen sollte.

Die Aussteller waren vielleicht wegen einer Art religiösen Rituals an diesem Ort; nicht so jedoch die Betreuer. Viele von ihnen wollten sich auf keinen Fall diese *andere* Zeremonie entgehen lassen, die auf der anderen Seite der Stadt stattfand. Jedenfalls gab es da nicht einen jungen, gesunden, kraftstrotzenden Burschen aus Minnesota oder Oakland, der ebenso aufgeregt, angespannt und erwartungsvoll gewesen wäre wie der staksige Asthmatiker mit dem schwarz gefärbten Haar, der sich mit einer dreiknöpfigen Fischgrätjacke, einer grauen Wollhose und einer Krawatte das für eine solche Veranstaltung gemäße Aussehen zu verleihen suchte. Mit Ausnahme der weißen Slipper blieb die wirkliche Philo-Skinner-Kluft darunter verborgen – die rote Seidenunterwäsche.

Mein Gott, warum hatte er sich nur kein anderes Hemd mitgenommen? Philo Skinner, die Augen von der ganzen Aufregung gerötet und leicht geschwollen, die Lungen rasselnd und pfeifend, strömte einen Geruch aus, der sich selbst mit einer ganzen Dose Körperspray nicht hätte überdecken lassen. Philo Skinner hatte schon zur Genüge seinen Schweiß und den Schweiß anderer Menschen gerochen, aber der Geruch, den er nun absonderte, war etwas anderes – der Schweiß der *Angst*.

Irgendwie schien Philo, wie er so halb betäubt in seinem Regisseurstuhl saß, aufnahmefähiger für das hektische Getriebe um ihn herum, als er dies je gewesen war. Er war teilnahmslos und seltsam abgestumpft, und doch nahmen seine übermüdeten Augen die Umgebung mit ungewohnter Schärfe wahr. Der Betreuer zwei Plätze weiter hatte einen Yorkshire, dessen Fell an ein paar Stellen gefärbt war. Was hätte dieser Bursche wohl erwidert, wenn Philo wie beiläufig bei ihm vorbeigeschlendert wäre und ihm ins Ohr geflüstert hätte: »Na, Kumpel, rück doch mal fünfzig Dollar raus, oder soll ich dem Preisrichter sagen, er soll mal seinen Finger ein bißchen ablecken und dem Vieh da über die Haare fahren. So eine Schweinerei! Du glaubst doch nicht wirklich, du könntest hier mit einem gefärbten Yorkie antanzen? Woanders kannst du das ja vielleicht probieren, aber nicht, wenn Philo Skinner dabei ist. Nicht heute, Freundchen! Philo Skinner kennt sich schließlich in diesem Geschäft aus. Meinst du, er macht das umsonst schon dreißig Jahre?«

Noch besser, laß den Yorkie-Betreuer erst in den Ring treten, und flüstere ihm *dann* erst ins Ohr. »Na, soll ich noch mal den Großzügigen spielen und den Mund halten? Aber mit deinen lausigen fünfzig Dollar ist es da nicht getan. Das wird dich schon mindestens einen Hunderter kosten, du mieser, kleiner, stinkender Haufen Hundescheiße! Dachtest wohl, ich würde das nicht merken, daß du bei dem Hundchen ein bißchen mit Farbe nachgeholfen hast. Ich verstehe was von diesem Geschäft. Ich bin Philo Skinner, der Terrier-King.«

Drei Plätze weiter saß ein Besitzer bei seinem Betreuer und blätterte hektisch durch den Wettbewerbskatalog, womit er in seiner Aufregung und Verzweiflung, wie sie Philo kaum einmal an einem Pferdebesitzer in Santa Anita gesehen hatte, nur den Hund, seinen Betreuer und die Preisrichter behinderte. Und dabei gab es hier für die Hundebesitzer keinen Pfennig Geld zu gewinnen, dafür aber um so stattlichere Summen *auszugeben.*

»Hallo, Mr. Skinner!« rief ihm Pattie Mae zu, während sie halsbrecherisch auf ihn zustöckelte. Herr im Himmel! Sie trug eine bereits etwas fadenscheinige Baumwollbluse, keinen BH und einen verblichenen Wickelrock, der es kaum um ihren fabelhaft runden Arsch schaffte, unbehost zweifellos. Und Plattform-Clogs mit Lederriemen um die Knöchel! Mindestens zwanzig Zentimeter hoch! Dabei hatte er ihr ausdrücklich eingeschärft, für ihre erste Ausstellung keine Jeans zu tragen, etwas *Konservatives* anzuziehen. Meine Güte, und dann hatte sie auch noch ein *Gänseblümchen* in ihrem ungewaschenen Haar stecken.

»Das ist aber aufregend, Mr. Skinner!« sagte sie, noch ganz außer Atem.

»Fahren Sie den Kombi auf den Parkplatz raus, Pattie Mae, und dann kommen Sie wieder hierher. Ich habe alles abgeladen.«

»Wo soll ich den Wagen hinbringen, Mr. ...«

»Fahren Sie diese Scheißkiste schon raus hier und parken Sie irgendwo! Dann schließen Sie ab und kommen schleunigst wieder hierher zurück.«

»Ja, Mr. Skinner«, erwiderte sie mit einem Blick auf seine geweiteten Augen kleinlaut. Möglicherweise konnte sie ihn bereits riechen.

Durch die Angst und Anspannung war Philo Skinner immer noch wie gelähmt. Er zündete sich eine neue Zigarette an. Die Betreuer in seiner Umgebung waren bereits ausnahmslos voll in Aktion. Zusammen mit ihren Gehilfen arbeiteten sie in fieberhafter Eile an den Trimmtischen. Die Hunde wurden mit Cholesterol eingecremt, wobei die mit weißem Fell noch mit Stärke behandelt wurden. Um ihn herum ein einziges Schneiden, Kämmen, Bürsten, untermalt vom Sirren der Haartrockner, dem Summen der elektrischen Haarschneidemaschinen und dem Zischen von Haarspray. (Eigentlich verpönt, aber doch von allen straffrei verwendet.) Das unaufhörliche Klicken der Scheren. Die Hunde wurden für die Elf-Uhr-Show fertig gemacht.

Dann konnte er langsam die Hundescheiße riechen. Auch die Tiere waren nervös, so daß sie hauptsächlich Flüssiges von sich gaben. Wie wohl seine eigene im Moment riechen würde? Zum Glück hatte er schon eineinhalb Tage nichts mehr gegessen.

Dies würde seine letzte Hunde-Ausstellung werden. Spielte vielleicht auch dieser Umstand eine Rolle? Die letzte Fühlungnahme mit einem Leben, dem er durchaus etwas abzugewinnen gewußt hatte. Um die Wahrheit zu sagen, er liebte Hunde. Er hatte diese Tiere immer schon geliebt, sogar als kleiner Knirps in einem Waisenhaus in Tucson, wo es zur Zeit der Wirtschaftskrise dreimal täglich Bohnen gegeben hatte. Und selbst die streunenden Hunde, die er damals heimlich fütterte, bekamen Bohnen.

Von Hundescheiße zum Duft von Rosen – weiß und rot und gelb wie Dotterblumen. Die Santa-Barbara-Hunde-Ausstellung mochte er am meisten. Die Blumen, das Gras und die freundliche Atmosphäre. Sie erinnerte ihn an bestimmte Filme, die er gesehen hatte. Zum Beispiel die Rennen in Ascot aus *My Fair Lady*. Er träumte oft davon, eine reiche Hundebesitzerin zu heiraten und ihre Terrier auf der Santa-Barbara-Show vorzuführen. Dabei würde er einen dunkelblauen Blazer und eine weiße Hose tragen und seinen Kaffee aus einer Mokkatasse aus feinstem Porzellan schlürfen. »Mr. Skinner?«

»Wie – ach ja.«

»Sollten wir nicht allmählich – äh – anfangen, Mr. Skinner? Ich meine, wir haben nicht mehr allzuviel Zeit.«

Mein Gott. Wenigstens die Haare hätte sie sich doch waschen können!

»Na gut.« Er trat seine Zigarette aus. »Machen wir uns also an die Arbeit, Pattie Mae, und heimsen ein paar Punkte ein.«

Madeline Whitfields Blick fiel kurz auf den hageren Hundebetreuer mit den irren Augen, der endlos auf ein nervöses junges Mädchen einredete, das gerade einen Kerry blue trimmte. Ihr Blick ruhte jedoch nicht weiter auf dem seltsamen Paar, als sie durch das Stadion schlenderte, um ihre Spannung etwas abzubauen. Viele Hundebesitzer bekamen ihre Tiere nur bei den großen Ausstellungen, wie diese eine war, zu Gesicht. Sie gaben zwar Tausende von Dollars für ihre Lieblinge aus, sahen sie aber praktisch nie, da die Siegeschancen wesentlich höher waren, wenn die Hunde die ganze Zeit bei ihren Betreuern blieben.

Zu dieser Sorte Hundebesitzer gehörte Madeline Whitfield natürlich nicht. Nicht daß sie deswegen weniger auf den Sieg versessen gewesen wäre – im Augenblick suchte sie übrigens gerade ihren Lieblingsfotografen, dem sie jeden Preis zu zahlen bereit gewesen wäre, wenn Vickies Foto in einer der hundert Hundezeitschriften erschien –, vielmehr konnte sie sich einfach nicht mit dem Gedanken anfreunden, Hunde in einem Zwinger untergebracht zu wissen. Das erinnerte sie zu sehr an Waisenkinder.

Vickie erfuhr all die Liebe und Pflege, wie sie einem richtigen Kind gebührt hätte, und von daher sahen sich auch ihre Siegeschancen nicht beeinträchtigt. Madeline wollte den Beweis erbringen, daß mütterliche Fürsorge und Liebe durchaus die harte Disziplin eines im Zwinger betreuten Champions ersetzen konnten.

Pattie Mae hatte inzwischen den verschreckten Whippet auf dem Trimmtisch. Von der Seite sah sein Schwanz, den er zwischen den Beinen zum Bauch vor eingezogen hatte, wie ein zweiter Penis aus. Das Tier war so zart, daß seine Beine wie Finger wirkten. Die Schlinge um seinen zitternden Hals, an einem Metallarm an der Seite des Trimmtisches befestigt, war vermutlich das einzige, was den kleinen Hund davon abhielt, von dem stählernen Tisch zu springen und durch die Halle und den offenen Eingang nach draußen ins Freie zu rennen – ein Bedürfnis, das Philo Skinner durchaus verstehen konnte. Durch die Angst, die vollends von ihm Besitz ergriffen hatte, wurde seine Stimme, die in dem Lärm um ihn herum fast unterging, zusehends höher und schriller.

»Ein buschiger Hund, Pattie Mae, das ist ein buschiger Hund.«

»Ja, Mr. Skinner. Ich stärke ihm die Vorderläufe und ...«

»Buschig! Genau wie seine verdammte Besitzerin. Ich hätte nie zusagen sollen, heute dieses Vieh hierher zu bringen. Ich hätte mich auf meine Terrier beschränken sollen. Vom Training her ist der arme Kerl mindestens sechs Monate im Rückstand. Sehen Sie nur, wie er sich zusammenkauert. So ein Wahnsinn! Bringen Sie den Hund in seinen Käfig zurück. Das Vieh ist ja völlig wirr im Kopf. Sehen Sie sich nur seine Augen an, Pattie Mae! Sehen Sie sich diese Augen an!«

Aber das Mädchen mußte immer nur Philo Skinners Augen ansehen. Sie unterschieden sich in nichts von denen des

Whippet: rund, geweitet, stechend. So ein Mist. Der alte Knacker hatte genausoviel Schiß wie dieser arme kleine Hund. Und er roch vielleicht. Das darf ja nicht wahr sein! Er *roch*!

Um acht Uhr hatten sie in Ring Nummer eins bereits mit der Beurteilung der Bassets begonnen. Aufgeregt hatten sich die kurzbeinigen Hunde und ihre Betreuer hintereinander aufgereiht, als Philo Skinner eilig in Richtung Toilette an ihnen vorbeihetzte. Plötzlich hatte er ein Gefühl gehabt, als hätte man ihm einen Einlauf verpaßt. Er war sich keineswegs sicher, es bis aufs Klo zu schaffen. Als er merkte, daß er die falsche Richtung eingeschlagen hatte, machte er kehrt und galoppierte staksig auf die Herrentoilette auf der Westseite der Halle zu, die er gerade noch rechtzeitig erreichte, um einen erbärmlichen kleinen Bollen von sich zu geben. Mehr hatte er nicht in sich.

»Laß mich diesen Tag überstehen!« entrichtete Philo dem Gott der Spieler und Hundebetreuer ein Stoßgebet. Ich war mein ganzes Leben lang gut zu Tieren! Für irgend etwas muß das doch gut sein! Mein Gott, wenn man sich um so viele hilflose und ungeliebte Hunde gekümmert hat wie ich, dann muß man doch wenigstens *einmal* im Leben eine Chance bekommen. Eine Chance wenigstens! Darum betete Philo an jenem Sonntagmorgen in dieser Hundekirche.

Er war so verwirrt und durcheinander, daß er, als er aus der Toilette kam, voll gegen einen Trimmtisch rannte und einem überdimensionalen Pudel, der gerade auf europäisch getrimmt wurde, Auge in Auge gegenüberstand. Mit seiner enormen Löwenmähne und den geschorenen Hinterläufen glich er ein wenig einem gähnenden Pavian. Philo versuchte, wieder seine Fassung zurückzugewinnen, als ihm der Pudel mitten ins Gesicht kläffte, womit es um Philo auch schon geschehen war. Mit Mühe und Not schaffte er es gerade noch zurück in die Toilette, um ein weiteres Kügelchen zwischen seinen entzündeten, vor Schmerz aufheulenden Hämorrhoiden hervorzupressen.

Als Philo schließlich wieder an seinen Arbeitsplatz zurückgekehrt war, war Pattie Mae bereits voll zugange. Das

Gänseblümchen war aus ihrem Haar gefallen, und die Vorderseite ihrer durchsichtigen Baumwollbluse war über und über mit Hundehaar bedeckt. Aber sie war Feuer und Flamme. Schließlich war dies auch ihre erste Ausstellung.

»Mr. Skinner!« rief sie Philo entgegen, als dieser blaß und mit geröteten Augen an den Trimmtisch trat.

»Ja, was gibt's?«

»Nichts.« Pattie Mae betupfte gerade den Bart eines drühlenden Dandie Dinmont mit Kreide. »Ich habe da nur eben ein paar Betreuern zugehört. Wußten Sie eigentlich, daß drei von den letzten fünf Beverly-Hills-Winterausstellungen von einem Terrier gewonnen wurden?«

»Na und?« Philo starrte den Dandie an, als sähe er ihn in diesem Augenblick zum erstenmal.

»Na ja, ich meine, das zeigt doch nur, wie beliebt Terrier bei den Preisrichtern und überhaupt bei den Leuten sind. Ich bin richtig froh, daß ich jetzt in einem Zwinger arbeite, wo die meisten Hunde Terrier sind, und ...«

»Wir haben noch eine Menge Zeit, Pattie Mae«, unterbrach sie Philo. »Die Dandies kommen noch ne ganze Weile nicht dran.«

»In welchem Ring werden sie denn vorgeführt?«

»Nummer acht.«

Wirklich erstaunlich, dachte er, wie er selbst jetzt sämtliche Daten, die er für seinen Beruf wissen mußte, parat hatte und herunterrasseln konnte. Obwohl er sich im Augenblick kaum an seine eigene Telefonnummer erinnern konnte, wußte er doch ganz genau, in welchem Ring die jeweils verschiedenen Terriersorten zu welcher Zeit vorgeführt werden würden. Also mit Hunden kannte er sich aus, das mußte man ihm lassen. Ganz entfernt fragte er sich für einen Moment, ob er seine Arbeit wohl vermissen würde. Er sah den Whippet in der Ecke des Trainingsverschlags kauern. Er verspürte den zwanghaften Drang zu reden.

»Ich muß den Hund zustopfen, Pattie Mae. Ich muß das Vieh tatsächlich zustopfen, wenn ich diesen kleinen Scheißer wirklich vorführen will.«

»Wie?«

»Ich werde ihm mit einem Streichholz den Arsch zustopfen!«

»Ach so. Und wofür soll das gut sein?«

»Mein Gott, Pattie Mae, sehen Sie sich diesen Kerl doch an. Der scheißt mir doch glatt mitten in den Ring, während ich ihn vorführe.«

»Aber wie wollen Sie ihm mit einem Streichholz ...«

»Würden Sie denn nicht gern ein Streichholz loswerden, das in Ihrem Arsch steckt, Pattie Mae? Also manchmal denke ich wirklich, Sie haben sie nicht alle.«

Philos verbale Züchtigung seines Lehrmädchens wurde jedoch durch eine keuchende Hundebesitzerin aus Palo Alto unterbrochen, die von einem Trimmtisch zum nächsten hastete, der Ausdruck in ihren Augen noch irrer und wirrer als in denen Philo Skinners. Die Dame war über sechzig, wog zwei Zentner, hatte einen Zobelpelz um ihren fleckigen Hals geschlungen und trug einen blütenverzierten Hut auf dem Kopf, der ihr beim Laufen auf die Nase heruntergerutscht war. Ihre Stimme war nur noch ein schrilles Kreischen, als sie vor Pattie Mae schließlich zum Stillstand gelangte und das Mädchen verzweifelt am Arm packte. Sie trug ein Bichon-Weibchen im Arm, unter dessen buschigem, weißem Schwanz Philo Skinners Kennerauge sofort den winzigen roten Fleck Menstruationsblutes entdeckte, wohingegen Pattie Mae nicht die geringste Ahnung hatte, was das Ganze eigentlich sollte, als die nach Atem ringende Frau losheulte: »Sie müssen mir unbedingt helfen, Schätzchen! Haben Sie ein Tampax? Irgend jemand? HAT IRGEND JEMAND HIER EIN TAMPAX!«

Aber bevor das verdutzte Mädchen noch etwas antworten konnte, war das Frauchen der Bichon-Hündin bereits auf und davon, um anderswo nach der Lösung ihres Problems zu suchen.

»Meine Güte«, meinte Pattie Mae, zu Philo Skinner gewandt, »eine Dame in ihrem Alter? Hat sie denn immer noch ...«

»Machen Sie sich deswegen mal keine Gedanken, Pattie Mae; das ist wirklich nicht nötig. Machen wir lieber mit dem

Kerry blue weiter.« Philo konnte darauf nur noch den Kopf schütteln.

Und so, ihren buschigen Unterleib der Kuppel der Kathedralen-Arena zugewandt, wurde die Bichon-Hündin durch die Menge geschaukelt. Von einem Frauchen, das sie kaum kannte und binnen kurzem zu beißen beabsichtigte. Ein kleines Tier, ursprünglich auf Teneriffa beheimatet, bei Hof sehr beliebt, und eine Rasse, der insgesamt ein recht glückliches Leben beschieden gewesen war, hinter kleinen Holzkugeln herjagend und zum Plaisier der Königsfamilie auf den Vorderpfoten stehend, nur um dann grob auf die Straße hinausgeworfen zu werden und zusammen mit den Köpfen der Kurtisanen die von Blut triefenden Abflußrinnen hinunterzuschwimmen. Aber der Bichon hatte all das überdauert. Dreihundert Jahre Durchhaltevermögen und Entschlossenheit, und jetzt nichts weiter als die Suche nach einem Tampax.

Philo Skinner geriet ins Nachdenken. Würde sich das alles eigentlich lohnen, da unten in Puerto Vallarta? Auf weißem Sand, unter weißer Sonne, in weißen Leinenanzügen? Mit braunhäutigen Mädchen mit blitzend weißen Zähnen?

Mit Philos gelben Fingern und schwarzen Lungen. Er hustete einen beunruhigend umfangreichen Schleimklumpen hoch und spuckte ihn in sein Taschentuch. Pattie Mae mußte bei diesem Anblick fast kotzen. Meine Fresse! Sie machen mich ganz krank, Mr. Skinner. Und Sie bilden sich ein, Sie könnten mich vielleicht rumkriegen. Lieber ließe ich da noch ein ganzes Rudel Dobermänner drüber! Meine Güte!

Dann ertönte über das Lautsprechersystem eine weibliche Stimme, die im Laufe des Tages zunehmend an penetranter Vertrautheit gewinnen würde: »Aufseher, Ring vier. Aufseher, Ring sechs. Aufseher . . .«

Bringt eure Schäufelchen und Besen, Jungs. Die Köter decken diesen roten Teppich mit einem richtigen Meer von Scheiße zu. »Aufseher, Ring zehn. Aufseher . . .«

Dann brach eine Gruppe von Schaulustigen plötzlich in lautes Geschrei aus, und zwei Personen gingen zu Boden. Ein Bullenbeißer hatte mit einemmal, von seinem Geschlechtstrieb übermannt die Umzäunung seines Geheges übersprungen, um eine winzige Norwich-Terrier-Hündin unter sich zu begraben. Durch seinen Übereifer schoß die gewaltige rosa Erektion des Bullenbeißers jedoch um gute zwanzig Zentimeter über ihr Ziel hinaus. Zwei Betreuer versuchten die Norwich-Hündin zu befreien, die jedoch ihrerseits ihr bestes tat, ihr Hinterteil in die Höhe zu recken, damit der Bullenbeißer sich besser an ihr zu schaffen machen konnte. Wenn die kleine Norwich-Hündin sich auf eine Kiste hätte stellen können, hätte das Ganze sicher geklappt.

»Los, zieht schon den Bullenbeißer weg!« brüllte ein Betreuer.

»Das ist nicht mein Bullenbeißer«, schrie einer der Gehilfen zurück, »das ist *Ihre* verdammte Norwich!«

»Wenn dieses Untier meiner kleinen Hündin etwas antut . . .!« drohte der Besitzer.

Eine matronenhafte Hundebesitzerin kam gerade mit einem weißen Spielzeugpudel vorbeigeschlendert, als der lüsterne Bullenbeißer von der aufreizenden kleinen Norwich-Hündin gezerrt wurde. In seiner Frustration sprang er nun die nichts ahnende Frau an und fing an, ihr Bein zu bearbeiten, während sie hysterisch loskreischte und ihren flauschigen Pudel wie einen Fußball in die Luft warf.

»Jetzt nimmt doch endlich einmal einer diesen verdammten Bullenbeißer an die Leine!« brüllte eine Stimme.

»Haltet den Pudel!« riefen andere Umstehende.

»Setzt ihm das Knie auf die Brust«, riet eine Stimme von der Tribüne herunter.

»Bei meinem Mann hilft das immer«, bestätigte eine andere.

Inzwischen beobachtete bereits die gesamte Westtribüne mit wachsendem Interesse und zunehmender Heiterkeit, wie die verwirrte Menge dem nach Sex gierenden Bullenbeißer Herr zu werden versuchte. Die arme Frau saß hilflos auf dem Boden und wehrte inmitten einer Schar von Hundebetreuern verzweifelt das sabbernde Untier ab.

»Setzen Sie ihm aber auf keinen Fall *beide* Knie auf die Brust, Gnädigste«, spöttelte ein Würstchenverkäufer. »Oder ihr nächstes Baby sieht aus wie J. Edgar Hoover.«

Schließlich kapitulierte der erschöpfte Bullenbeißer doch noch vor seinem Herrn, der ihn darauf aus der Arena trug. Dem 150-Pfund-Champion rollten die Augen und hing die Zunge heraus, als er von seinem schwitzenden und keuchenden Betreuer davongeschleppt wurde. Der heutige Wettbewerb war für ihn jedenfalls vorüber. Sein rosafarbener Penis, der schlaff über seinen Bauch hing, entlockte Philo Skinner ein mitfühlendes Kopfschütteln.

»Ich weiß, wie dir zumute ist«, gluckste er.

»Ist es hier eigentlich immer so aufregend, Mr. Skinner?« wollte Pattie Mae wissen, während sie gerade den Kerry fönte. Philo sah auf seine Uhr und steckte sich an dem heruntergerauchten Stummel seiner Zigarette die nächste an.

»Spitzen Sie die Brustbehaarung zu, wie ich es Ihnen gezeigt habe, Pattie Mae. Verdammt noch mal! Sie wollen doch einem Kerry blue keinen Rock verpassen, oder?«

»Jawohl, Mr. Skinner.«

Um zehn Uhr wurde Philo Skinner bewußt, daß er sich allmählich zusammenreißen und konzentrieren mußte, wenn er in einer halben Stunde seinen ersten Hund vorführen wollte.

Um halb elf sagte Pattie Mae mit vor Begeisterung ganz großen Augen: »Wollen Sie den Kerry mit einem Spielzeug locken, Mr. Skinner? Oder mit einem Ball oder etwas Leber?«

»Mit einem Stück Leber«, antwortete Philo und drückte eine Zigarette aus. »Bei diesem Kerry hier klappt es mit einem Stück Leber immer am besten. Moment, ich hätte fast vergessen . . . Sehen Sie mal seine Zähne nach. Diese blöde Kuh kann es ja nicht lassen, jedesmal, wenn sie sich eine von diesen Schokoladekirschen in ihr fettes Maul stopft, auch dem armen Vieh eine zu geben.«

»Jawohl, Mr. Skinner«, antwortete Pattie Mae brav und holte den Zahnreiniger. Dabei beobachtete sie immer wieder ihren Arbeitgeber, wie er sich die schweißnassen Hände an einem Taschentuch abwischte. Unglaublich! Als wäre das auch seine erste Ausstellung!

Philo führte den Kerry wie ein Schlafwandler vor. Er hatte immer schon behauptet, so etwas auch im Schlaf zu können, und nun erbrachte er den endgültigen Beweis.

»Man sollte doch die überschüssige Leine immer zusammenlegen, oder nicht, Mr. Skinner?« fragte Pattie Mae, während Philo seine Krawatte zurechtrückte, den Kerry an der Leber riechen ließ und sich in die Reihe der wartenden Kandidaten vor dem Ring einordnete.

»Was?« Die Stimmen und Geräusche der Hundeausstellung dröhnten in Philo Skinners Ohren. Er wischte sich neuerlich Stirn und Hände ab.

»Ich habe gesagt, man sollte die überschüssige Leine immer zusammen ...«

»Ach so. Ja, ja, natürlich. Die Leine in der linken Hand zusammenlegen. Richtig.«

»Übrigens, Mr. Skinner. Ich wundere mich schon die ganze Zeit. Wo kommt eigentlich dieser Schnauzer her? Ist das ein neuer Hund?«

»Was?«

»Diese Schnauzerhündin.«

»Schnauzerhündin?«

»*Die* da!« Ungeduldig deutete das Mädchen auf Tutu, die verdrossen in ihrem Käfig lag und hoffnungsvoll die große Liebe ihres Lebens anblickte – Philo Skinner.

»Ach so, *dieser* Schnauzer. Ja, ich habe eine neue Klientin. Hat mich überredet – ihren Hund heute vorzuführen. Aber er ist dafür einfach noch nicht geeignet. Nein, das wäre noch zu früh.«

»Ich finde, das ist ein Prachtexemplar von einem Hund, Mr. Skinner. Einer der schönsten, die ich je gesehen habe. Was soll denn damit nicht stimmen? Ist sie denn nicht in Form? Ich meine, ihr Fell ist doch perfekt und ...«

»Sie ist einfach noch nicht so weit«, wich Philo aus. Dann steckte er sich seine letzte Zigarette an, bevor er den Ring betrat. Verdammt noch mal, diese Kleine! Er mußte ihr noch eine plausible Geschichte auftischen. Dummerweise hatte er gar nicht daran gedacht, daß er an diesem Tag ja nicht allein sein würde. Es war alles so seltsam, wie in einem Traum. Dieses Verbrechen. Als gäbe es nur ihn und den Schnauzer und das Ziel!

»Wissen Sie, Pattie Mae«, fing Philo schließlich bedächtig

an. »Manchmal muß man an einem Tag fünfzehn Hunde vorführen. Dabei kommt es gelegentlich zu Überschneidungen, da man ja nicht in zwei Ringen gleichzeitig anwesend sein kann. Man könnte es also ohne weiteres versäumen, in einem der Ringe zu erscheinen, und diese Klientin, eine reiche Frau, würde dann auf dieser verdammten Tribüne sitzen und in ihr Taschentuch weinen und mir möglicherweise mit dem Gericht drohen oder etwas in der Richtung. Und weil das heute meine letzte ... Weil das heute Ihre erste Ausstellung ist, Pattie Mae, zeige ich nicht so viele Hunde, und deshalb führe ich auch diese Schnauzerhündin vor. Wissen Sie, ich tue damit nur jemandem einen Gefallen. Der Hund gehört nämlich ... Los, es ist Zeit in den Ring zu gehen.«

»Ja, Mr. Skinner«, erwiderte das Mädchen ruhig und sah in Philos angstgeweitete Augen. »Ist da noch irgend etwas, was ich tun kann?«

»Vergessen Sie eines nie, Pattie Mae, Sie sind über die Leine mit Ihren Fingern mit dem Hund in Kontakt. Sie müssen mit den Fingern gut sein!« Das sagte er in einem Ton, als ginge er fort, um nie wieder zurückzukehren. »Sie müssen mit den Fingern gut sein!«

Für einen Augenblick geriet Philo fast in Panik. Er konnte das riesige, gelbe Schild mit der roten Ringnummer nicht finden. Es befand sich direkt vor seiner Nase. Fast wäre er über einen Kerry blue gestolpert. Direkt vor ihm stand eine lange Schlange von Kerry blues, und doch konnte er für einen Moment den Ring nicht finden! Er mußte eine kurze Pause machen und dabei gegen die Etikette verstoßen. Er brauchte unmittelbar, bevor er an der Reihe war, noch eine letzte Zigarette.

Ein Betreuer, den er nie zuvor gesehen hatte, drehte sich zu ihm um und tadelte ihn in herablassendem Ton: »Mein Hund muß von dem Rauch immer niesen. Würden Sie bitte Ihre Zigarette ausmachen!«

Philo Skinner hatte sich sein ganzes Leben lang kein einzigesmal auf eine Schlägerei eingelassen. Philo Skinner war zudem gegenwärtig so von Asthma und im Anfangsstadium befindlichen Emphysemen geplagt, daß selbst Pattie

Mae mit ihm fertig geworden wäre. Zu seiner eigenen Verwunderung trat er nun jedoch ganz nahe auf den durchaus gut gebauten Betreuer zu, so daß sein Gesicht ganz nahe an dem seines Gegenüber war, als er ihn anfauchte: »Jetzt hör mal gut zu, Freundchen, wenn deinem Hund der Zigarettenrauch nicht bekommt, dann steig doch auf Zigarren um und gib diesem Miststück den Laufpaß!«

Damit drückte Philo sich an dem rot angelaufenen Betreuer vorbei und war im Ring. Weg da, du Flasche! So ein Wichser! Als erste betreten die *Besten* den Ring. Die Grünschnäbel kommen dann ganz hinten mal. Los, mach schon Platz für Philo Skinner, den Terrier-King!

Und dann überließ er sich nur noch seinem Instinkt. Kaum, daß er den Applaus der Leute um den Terrier-Ring hörte. Er konzentrierte sich voll und ganz auf den Kerry. Das Vieh war nicht aggressiv genug. Wenn es nur ein bißchen geknurrt hätte. Na ja, der Hund wurde eben auch alt. Aber er hatte noch eine schöne stahlblaue Farbe. Wo zum Teufel war eigentlich Pattie Mae? Laß bloß deine Finger von Tutu, du verdammter, blöder, kleiner Hippieschnuckel. Verdammte Scheiße, er ließ den Kerry nicht einmal seinen eigenen Tritt finden, als sie gegen den Uhrzeigersinn um den Ring marschierten. So eine Scheiße! Er ließ den Hund zu schnell gehen. Ein neuerliches Gebet, zu der stahlverstrebten Decke der Hunde-Kathedrale emporgesandt. Mit einem flehenden Blick nach oben dachte Philo bei sich: Laß mich diesen Tag mit heiler Haut überstehen, und ich werde nie mehr in meinem Leben auf etwas wetten! Höchstens vielleicht auf Jai alai, wenn sie da unten in Puerto Vallarta so etwas haben. Wurden eigentlich auf Stierkämpfe auch Wetten abgeschlossen?

Pattie Mae bewunderte inzwischen fasziniert den Zwergschnauzer, der winselte und bettelte, aus dem Käfig und in den Trainingsverschlag gelassen zu werden. Tutu knurrte und wedelte mit dem Schwanz und sprang so wild in ihrem Käfig herum, daß sie sich den Kopf anschlug.

»Du armes Ding!« Mitleidig öffnete Pattie Mae die Käfigtür. »Armes Ding! Du tust dir ja weh.« Und damit nahm Pattie Mae Tutu in ihre Arme und drückte sie gegen ihr

Gesicht. »Du bist der hübscheste Schnauzer, den ich je gesehen habe.«

Darauf setzte sie Tutu in ein Trainingsabteil und gab ihr ein Stück Leber, das Tutu dankbar hinunterschlang.

Die Zuschauermassen in der Mitte der gigantischen Halle fingen allmählich an, in Richtung der Getränke- und Würstchenbuden zu strömen, als die Mittagszeit näher rückte. Philo Skinner war gerade zur Einzelvorführung im Ring – ›geradeaus quer durch den Ring und wieder zurück‹. Er führte den Hund an seiner rechten Seite, um seine leichte Neigung, seitlich abzuschmieren, auszugleichen. Dann brachte er mit einem kaum merkbaren Ziehen an der Leine den Kopf des Kerry von seiner auswärts tendierenden Bewegungsrichtung wieder nach innen. Selbst in einem Zustand der Auflösung und Panik war Philo Skinner noch ein Meister seines Fachs.

Als der Preisrichter hinter dem Kerry einhertrottete, langte Philo, der nie etwas übertrieb, nach unten und ließ seine Hand vorsichtig, ganz vorsichtig, über das Hinterteil des Hundes gleiten, da dieser Kerry von hinten sehr gut aussah. Ihm fiel auf, daß die Betreuerin links von ihm nach dem Preisrichter schielte. So eine dumme Kuh, dachte er. So etwas kann man doch nicht machen. Starren Sie nie einen Preisrichter an – auch nicht, wenn Sie Titten wie Scheinwerfer haben.

Unauffällig köderte Philo den Hund nun mit einem Stück Leber, worauf dieser eine edle Haltung einnahm. Verdammt noch mal, er bekam sich doch tatsächlich wieder in den Griff und würde den Ring als *Sieger* verlassen.

Philo hörte jedoch die plötzlichen Beifallsstürme kaum, als sein Kerry als Gewinner ausgerufen wurde und damit dem Traum seines Besitzers vom Sieg in seiner Gruppe ein Stück näher rückte, was wiederum für Philo mit einer Sonderprämie von zweihundert Dollar verbunden gewesen wäre.

Sieger der Gruppe. Zweihundert Eier. Die kannst du dir in deinen Arsch stecken. Philo Skinner wird diese lumpigen zweihundert jedenfalls nicht mehr brauchen.

Als er zu den Trainingsverschlägen zurückkam, hüpfte Pattie Mae wie eine Verrückte auf ihren Clogs auf und ab.

»Toll, Mr. Skinner! Das haben Sie wirklich großartig gemacht!«

»Ja, klar«, murmelte Philo, kaum auf ihre hüpfenden jungen Brüste achtend und auf den Ausdruck in ihrem Gesicht, der besagte: Sie riechen nicht einmal mehr so übel, Sie alter Fuchs, Sie!

Und dann fiel sein Blick auf den leeren Käfig: »WO ZUM TEUFEL IST DIE SCHNAUZERHÜNDIN?«

Pattie Mae hätte sich fast auf ihren runden Po gesetzt, so schnell wirbelte sie auf ihren Zwanzig-Zentimeter-Clogs herum.

»Dort, Mr. Skinner! Ich habe sie in eine Trainingsbox gegeben. Sie wurde so wepsig und ich dachte einfach ... Dort, Mr. Skinner! Dort drüben ist sie!«

Und dann spürte Philo Skinner, wie sich mit einemmal wieder seine sämtlichen Muskeln entspannten, als er zu Tutu hinüberging, die winselnd hin und her sprang. Er langte zu dem kleinen Hund hinunter und kraulte ihn unter dem Kinn, während dieser begeistert winselte und mit dem Schwanz wedelte.

»Tutu«, seufzte Philo erleichtert, »Tutu, mein Schatz!«

Darauf wandte er sich wieder Pattie Mae zu, die inzwischen vollends durcheinander war. »Nehmen Sie eine Papiertüte, Pattie Mae, und dann gehen Sie zu meinem Kombi nach draußen und holen mir die Flasche Bourbon, die in der Schublade unter der Kochplatte ist. Los, machen Sie schon!«

»Jawohl, Mr. Skinner«, antwortete sie und klapperte auch schon durch die Halle davon. Dieser Mann hat echt einen Schuß! Komplett verrückt!

»Tutu«, säuselte Philo indes. »Wir werden es schon schaffen. Irgendwie werden wir beide es schon schaffen.«

Philo Skinner hatte etwas gelernt, das alle Verbrechensneulinge lernen müssen: Es ist verdammt hart, sein erstes Ding (und auch sein einunddreißigstes) zu drehen, ohne sich etwas Mut zu machen. Als Pattie Mae wieder zurückkam, suchte Philo mit der Papiertüte die Toilette auf, setzte sich auf die Kloschüssel, um einen weiteren, ebenso schmerzhaften wie erlösenden Bollen hervorzuquetschen, und putzte schneller einen Viertelliter Bourbon hinunter, als er das jemals in seinem Leben mit alkoholischen Getränken getan hatte.

Danach stellten sich die Dinge Philo Skinner gleich in einem wesentlich rosigeren Licht dar. Als erstes schlich er sich gleich einmal von hinten an Pattie Mae heran und biß sie in den Hals.

»Mr. Skinner!«

»Na, wie geht's denn unserer heißen, kleinen Zwinger-Mieze?«

»Mr. Skinner!«

»Gehen Sie zur Figueroa rüber und holen Sie mir noch ne Flasche Jim Beam.«

»Aber ich bin doch noch nicht alt genug, um alkoholische Getränke kaufen zu dürfen, Mr. Skinner. Und vor allem sollten Sie jetzt auch nichts trinken – oder?«

»Nicht alt genug ... nicht alt genug«, stöhnte Philo. »Haben Sie eigentlich eine Ahnung, Pattie Mae, wie lange es schon her ist, daß ich für irgend etwas nicht *alt* genug war? Ich bin nicht *alt* genug für die Rente und nicht *alt* genug, um auf die Eintrittskarte zur Rennbahn Seniorenermäßigung zu bekommen; und ich bin auch nicht *alt* genug, um meine Augen vor der Tatsache zu verschließen, daß Sie keinen BH tragen und vermutlich auch kein Höschen, und daß wir beide morgen abendessen gehen könnten. Und was würden Sie davon halten, wenn wir in ein Restaurant gingen, wo wir dann für den Abend einen Hunderter hinblättern können? Hm? Einen Hunderter?«

»Ich weiß nicht, Mr. Skinner – äh, möchten Sie vielleicht einen Kaffee? Ich hol Ihnen gleich mal etwas Kaffee, ja?«

»Zu jung, um Whisky zu kaufen! Stell sich das mal einer vor!«

»Wollen Sie jetzt einen Kaffee, oder nicht?«

»Wie wär's mit ein bißchen Gras?« Er kam sich vor wie eine Boje. Auf, ab, auf, ab. Das Verbrechen war wie ein Lift. Ihr flachbäuchigen jungen Dinger mit euren ungewaschenen Haaren und euren Mordstitten, die ihr euch auch noch Blumen ins Haar steckt, ihr raucht doch alle Gras. »Herr im Himmel, Pattie Mae, irgendwas, um ein bißchen anzutörnen!

Machen Sie mir doch einen Joint. Ich rauche ihn dann auf dem Scheißhaus.«

»Aber ich habe nichts dabei, Mr. Skinner. Wo sollte ich es denn haben?« Nervös sah sich das Mädchen nach dem einsamen Polizisten um, der hin und wieder durch die Menge streifte.

»Jedenfalls nicht im BH, so viel ist sicher«, lallte Philo. »Und auch nicht im Höschen. Also geh schon zu deinem Wagen raus und hol mir nen Joint. Nein, am besten gleich zwei.«

»Ich weiß nicht, Mr. Skinner. Was ist denn plötzlich nur mit Ihnen los, ich ...«

»Los, mach schon, Pattie Mae. Geh zu deinem Wagen raus und sieh unter dem Armaturenbrett nach, oder wo ihr kleinen Grashüpfer das Zeug sonst versteckt, und bring mir was zu rauchen! Hast du gehört?«

»Ja, ist ja schon gut, Mr. Skinner.« Das würde mit Sicherheit ihre letzte Ausstellung mit diesem beknackten alten Kerl sein. Gleich morgen würde sie sich schon mal bei den anderen Zwingern umsehen. Der Terrier-King, meine Fresse! Das Hirn dieses alten Trottels bestand wohl nur noch aus Matsche.

Philo Skinner gelangte zu dem Schluß, daß er noch eine halbe Stunde Zeit hatte, bevor er mit dem nächsten Hund im Ring erscheinen mußte. Vielleicht sogar noch etwas mehr, da sich die Ausstellung in die Länge zog. Die Hände in den Taschen, eine Zigarette von seinen tabakkrümeligen Lippen baumelnd, wandelte Philo schwankend durch die Halle, wobei er jeder Betreuerin, Besitzerin oder Trimmerin unter fünfzig lüstern grinsend zuwinkte und -zwinkerte. Plötzlich war er in einer jovialen, *hilfsbereiten* Stimmung.

Eine dralle Besitzerin und eine zierliche Betreuerin waren an einem Trimmtisch in der Nähe der Tribüne gerade mit einem Malteser Terrier beschäftigt. Philo stand, die Hände in den Hosentaschen, nur da und schüttelte den Kopf.

Der Malteser wurde in Öl und Papiertücher eingewickelt, die mit Gummischnüren befestigt wurden, damit sein langes Haar nicht auf dem Boden schleifte und brach. Allerdings war nicht das Fell des Maltesers das Problem. Das waren seine Eier. Eines fehlte.

»Wie meinen Sie das?« wollte die aufgebrachte Besitzerin wissen, ihre Diamantohrringe hin und her baumelnd. »Wie soll das möglich sein? Ich meine, wie soll der Hund einen Hoden verloren haben?«

»So etwas passiert immer wieder, Mrs. Dilfaunt«, erklärte ihr die Betreuerin gequält, während zwei andere Hundetrimmer an einem Paar gelangweilter Spaniels arbeiteten, die das alles schon zur Genüge kannten, um sich deshalb noch *ihre* Hoden zu kratzen.

»Passiert immer wieder? Daß man einen Hoden verliert?«

»Sie sind ein Neuling auf solchen Ausstellungen, Mrs. Dilfaunt«, bemühte sich die Betreuerin zu erklären. »Ihr Hund ist momentan monorchid.«

»Monorchid?«

»Ja. Er ist aufgeregt, nervös. Es ist seine erste Ausstellung. Er hat einfach nur einen Hodensack eingezogen, nichts weiter. Wir müssen ihm nur helfen, das Ding wieder auszufahren. Die Preisrichter werden dort unten hinlangen und nachfühlen, und dann müssen dort *zwei* sein.«

»Mein Gott!« kreischte die Besitzerin. »Da zahle ich also tausend Dollar für einen Hund mit nur einem Hoden.«

»Mir ging es früher genauso, wenn ich besonders aufgeregt war«, hörte sie plötzlich eine Stimme in ihr Ohr säuseln. Als nächstes roch sie ein Gemisch aus kaltem Schweiß und Tabakatem und starrte in die verschwommenen, trunkenen Augen eines hageren Fremden mit blauschwarzem Haar. »Sie brauchen nur meine Schwanzspitze zu kitzeln, und schon kommt *mein* Säckchen zum Vorschein!«

»Aufseher!« kreischte die Frau, während Philo sich gemächlich durch die Menge davondrückte und dabei vor sich hin kicherte.

Als Pattie Mae zurückkam, steckte sie ihre Hand heimlich in Philos Jackentasche und flüsterte noch ganz außer Atem: »Der eine ist Kolumbia-Gold, der andere Maui Wow-ee.«

»Maui Wow-ee!« brüllte Philo los, so daß der ängstliche Whippet gleich sein drittes Geschäft verrichtete.

Und während in der Los Angeles Memorial Sports Arena Scharen von Gläubigen kamen und gingen, begannen noch größere Massen – wenn auch nicht unbedingt gläubiger – allmählich die unzureichenden Zufahrtsstraßen zur Rose Bowl in Pasadena zu verstopfen. Es war ein strahlender, frischer Football-Tag, wie er perfekter nicht hätte sein können. Und wenn Philo Skinner bis vor kurzem auch zehnmal nervöser gewesen war als die gesamte Angriffslinie der Minnesota Vikings, fühlte er sich doch im Moment ganz gut. Philo überließ die Hunde der Obhut Pattie Maes und schlenderte zwischen den außerhalb der Halle gelegenen Ringen umher, um sich die Hunde näher anzusehen. Er hatte zwei Joints in seiner Tasche.

Er gesellte sich zu einer Gruppe von nägelkauenden Apportierhundbesitzern, um ein kleines Experiment zu versuchen. Absichtlich steckte er sich mit dem heruntergerauchten Stummel seiner Camel einen Joint an. Dann stellte er sich, die Hände in den Hosentaschen, mitten unter sie und rauchte vor sich hin kichernd den Joint bis auf einen winzigen Stummel herunter. Einmal tippte er einem Mann in einer Wildlederjacke auf die Schulter und sagte: »Ihr Betreuer stellt den Hund auf ein kleines Rasenstück. Er sollte ihn aber nicht so schräg stehen lassen. Der Hund hat sowieso eine leicht abfallende Rückenlinie, und das wird, wenn der Hund leicht abschüssig steht, nur noch verstärkt.«

Der Mann in der Wildlederjacke wandte sich Philo zu, sah ihm direkt in die Augen und sagte: »Dieser Hund ist *vollkommen*, mein Herr.« Darauf wirbelte er wieder herum, um mit dem Rest der Nägelkauer die Preisrichter bei ihrer Arbeit zu beobachten. Philo grinste. Der Kolumbia-Gold-Joint hing ihm lässig vom Mundwinkel. Aber niemand merkte etwas. Verdammt, es machte richtig *Spaß*, ein Gesetzesbrecher zu sein.

Seinen Maui Wow-ee paffte Philo, während er die Deutschen Schäferhunde begutachtete. Noch nie hatte er eine Hundeausstellung so komisch gefunden. Eine Preisrichterin, die mindestens so groß war wie Philo, aber wesentlich kräftiger gebaut, heizte den älteren Betreuern ordentlich ein. Es sah ganz so aus, als machte ihr das Ganze ebensoviel Spaß wie Philo. Sie ließ sich einfach nicht zufriedenstellen. Immer und immer wieder hetzten sie um den Ring, so daß die Zungen der Betreuer bald länger waren als die ihrer Schäfer. Philo konnte sich nicht mehr beherrschen. »Bravo, altes Mädel!« brüllte er. »Laß die Burschen mal ein bißchen ins Schwitzen kommen.«

Und dann merkte es zum erstenmal jemand. Ein Halbwüchsiger drehte sich plötzlich in der Menge um, blickte den ausgemergelten Betreuer an und sagte: »Hey, der Typ raucht ja Gras!«

Aber es war bereits zu spät. Unser frischgebackener Outlaw schlängelte sich bereits wieder, den Joint in seiner gewölbten Handfläche versteckt, kichernd durch die Menge davon.

Als Philo sich wieder seinem Platz näherte, sah er eine dicht gedrängte Gruppe von Trimmern und Betreuern, die neben einer heulenden Dänischen Dogge auf dem Boden knieten.

»Das ist *Ihre* Schuld«, schimpfte die Besitzerin.

»Das ist *nicht* meine Schuld, Mrs. von Geldt. *Sie* hatten den Hund die ganze Woche bei sich.«

»Es ist *meine* Schuld«, winselte ein junger Trimmer. »Ich hätte es merken müssen.«

»Ich werde mich nach einem anderen Zwinger umsehen«, drohte die Besitzerin.

»Das ändert doch jetzt nichts mehr. Geben Sie mir doch wenigstens eine Chance ...«

»Gibt es hier irgendwo einen Arzt«, kreischte die Besitzerin.

Einer plötzlichen Laune folgend, trat Philo auf die Gruppe zu und stellte sich vor: »Ich bin Doktor Skinner; was kann ich für Sie ...«

Bevor er jedoch noch zu Ende sprechen konnte, erkannte er den älteren Betreuer, der neben dem anderen kniete.

»Hallo, Philo«, begrüßte ihn der ältere Betreuer, der innerhalb der Hundewelt ein weithin bekannter alter Hase war, womit Philo natürlich der Spaß verdorben war. »Zusammengepreßte Analdrüsen.«

Und dann faltete Philo Skinner, bis oben hin voll mit

Bourbon und Marihuana und auf alles andere scharf, als im Arsch einer Dänischen Dogge herumzufummeln, sein schlaksiges Gestell zusammen und kauerte neben dem riesigen Hund zu Boden. Er konnte einfach kein Tier leiden sehen.

»Ich dachte erst, er hätte Würmer, wie er immer auf seinem Hinterteil herumgerutscht ist«, winselte die Besitzerin.

»Ich glaube, es ist erst heute passiert«, meinte der alte Betreuer. »Seine Augen machen noch einen recht guten Eindruck.«

»Ja«, nickte Philo und machte sich, ohne jemand um sein Einverständnis zu fragen und selbst wie ein Hundearsch stinkend, am After der Dogge zu schaffen. Vorsichtig, ganz vorsichtig tastete er sich mit Daumen und Zeigefinger vor, bis er sich sicher war, hinter die Drüsen vorgedrungen zu sein. Der Hund bellte los, als Philo zudrückte und seine Hand wieder zurückzog, so daß das Sekret wieder durch den Anus fließen konnte. Das Zeug stank schlimmer als Philo Skinners Achselhöhlen.

»Waschen Sie ihn gründlich, dann kommt er wieder ganz in Ordnung«, meinte Philo.

»Geschickte Finger, Philo«, grinste der alte Betreuer, »immer noch die geschickten Finger.«

Aber Philo war bereits wieder aufgestanden und hechtete zur Seite, als finge er einen Kenny-Stabler-Paß. »*Lange* Finger!« rief Philo übermütig. »Pfoten wie Fred Biletnikoff!«

Nachdem er seinen Touchdown erzielt und sich seine tollen Hände gewaschen hatte, kehrte er wieder zu der aufgeregten Gruppe zurück, die den After der Dänischen Dogge säuberte und trockenfrottierte. Die erleichterte Besitzerin, die eine Nelke im Haar trug, hatte ihm den Rücken zugewandt. Ein Hauch von Schweiß und Tabakgeruch streifte ihre Nase, als auch schon eine Stimme loskrächzte: »Falls Sie mal mit *Ihren* Analdrüsen Probleme haben sollten, Gnädigste ...«

Und im nächsten Augenblick war er auch schon auf und davon. Das war vielleicht ein Tag heute. Bei Gott, die Welt der Hundeausstellungen würde Philo Skinner mit Sicherheit vermissen!

»Mr. Skinner«, empfing ihn Pattie Mae kopfschüttelnd, als er wankend an seinen Arbeitsplatz zurückkehrte. »Sie haben wohl das Gold geraucht.«

»Weißt du, Pattie Mae, um einmal die Wahrheit zu sagen: Ich habe bisher eigentlich nie Gras gemocht. Aber vielleicht ändert sich das in Zukunft ein wenig.« Und mit einem herzhaften Klaps auf ihren Hintern fügte er hinzu: »Ich wußte doch, daß du kein Höschen anhast!«

»Mr. Skinner, ich weiß nicht, wie Sie den Dandie vorführen wollen.«

Er sah sich die Hunde in den Trainingsgehegen an. Sie hatte sie hervorragend getrimmt. Philo Skinner war sich im klaren, daß er kaum bessere Arbeit hätte leisten können.

»Du hast es wirklich in den Händen, meine Kleine«, lobte er sie ganz ernsthaft, »das muß man dir wirklich lassen, und Philo Skinner ist nicht gerade der Mann, der ständig mit Komplimenten um sich wirft.«

Darauf setzte er sich in den Regisseurstuhl, rauchte eine Zigarette und lauschte dem summenden Getriebe der Menge und der nie verstummenden Stimme über das Lautsprechersystem: »Aufseher, Ring neun. Aufseher, Ring vier. Aufseher, ...«

Endlos. Es war endlos. Die Welt war ein einziger Haufen Scheiße. Da waren diejenigen, die sie fallen ließen, und diejenigen, die sie wegputzten. Philo Skinner hatte jedenfalls allmählich genügend Scheiße weggeschaufelt, und jetzt war es langsam Zeit, daß jemand anderer darankam. Plötzlich wurde er sehr deprimiert und hätte am liebsten zu weinen begonnen. Diese ganze Scheißwelt. Nichts als ein riesiger Berg Scheiße.

In diesem Augenblick hörte er eine andere Menschenmenge applaudieren. Verdutzt sah er zu dem Betreuer neben sich hinüber, der gerade an seinem Fernsehgerät herumdrehte. Herr im Himmel, für eine Weile hatte er es ganz vergessen. Dieses verdammte Gras brachte einem doch das Hirn ganz schön zum Kochen. Jeden Augenblick würde die Super Bowl beginnen! Philo Skinner schlug das Herz bis zum Hals hinauf. Er steckte sich seine einundsechzigste Zigarette an.

Dank eines unglücklichen Zufalls mußten in Ring acht die Dandies genau fünf Minuten vor dem Anstoß zur Super Bowl XI vorgeführt werden. Philo Skinner stand da wie ein Scheintoter und lugte zwischen den Haaren eines Englischen Schäferhunds auf einem Trimmtisch hindurch, um den Bildschirm des kleinen Fernsehers beobachten zu können.

»Mr. Skinner.« Pattie Mae zupfte ihn am Arm. »Mr. Skinner, es ist Zeit. Sie müssen den Dandie jetzt vorführen.«

»Später«, murmelte er nur, seine Augen wie gebannt auf den Bildschirm geheftet.

»Mr. Skinner! Es ist höchste Zeit!«

Darauf wandte er seine von den Drogen geweiteten Augen dem aufgeregten Mädchen zu und sagte: »Was soll's, Pattie Mae. Wieso nicht gleich. Führ du den Dandie vor.«

»Ich? *Ich* soll den Dandie vorführen?«

»Ja, du.«

»Ich?«

»Jetzt mach nicht so ein Theater. Du warst doch schon auf genügend Ausstellungen.«

»Ja, als Zuschauer.«

»Jetzt stell dich nicht so an und führ schon den Dandie vor!« Philo schwankte unter dem Einfluß des Bourbon und des Marihuana hin und her. »Führ den Köter schon vor, oder mach meinetwegen mit dem Vieh, was du willst. Ist mir völlig egal, was du mit dem Köter machst. Nur laß mich in Frieden.«

»Mr. Skinner, ich gehe morgen. Ich werde nicht mehr für Sie arbeiten.«

»Das ist echt witzig. Meine Herren, ist das witzig«, krächzte Philo und brach dann in einen Lachanfall aus, der mindestens zehn Gramm schwarzen Schleim zutage förderte. Pattie Mae wurde fast übel, als Philo ihn wieder in sein Taschentuch spuckte. »Ich werde morgen auch nicht mehr für mich arbeiten.«

»Wie bitte?«

»Schon gut, schon gut. Los, und jetzt führ diesen Scheiß-Dandie vor. Das ist eine gute Übung für dich.«

Bis zu diesem Zeitpunkt war Mrs. Dexter Berryberry mit dem Verlauf der Ausstellung vollauf zufrieden gewesen. Und nun kam der große Augenblick, auf den sie schon die ganze Zeit gewartet hatte. Sie hatte für sieben Mitglieder ihres Bridge-Clubs Eintrittskarten besorgt. Die standen nun aufgeregt schnatternd auf der Tribüne und warteten, daß der Berryberry-Dandie vorgeführt wurde. Doch mit einemmal breitete sich Besorgnis in Mrs. Berryberrys Miene aus. Wo zum Teufel steckte Philo Skinner? Sie zählte einen, zwei, *acht* Dandies. Und der vierte sah aus wie ihre Pretty Pennie, aber wer zum Teufel war diese Kleine mit diesen Mordstitten, die ihre Pretty Pennie an der Leine führte?

Mrs. Dexter Berryberry war nicht mehr zugegen, als ihr Bridge-Club höflichen Applaus für Pretty Pennie of Hancock Park spendete. Wie von der Tarantel gestochen schoß sie die Aufgangstreppe zur Tribüne hinunter und suchte in der Menge nach diesem miesen, hinterhältigen Dreckskerl von Philo Skinner. Außer in den kleinen Grüppchen von Sportbegeisterten, die sich um die verschiedenen Fernsehgeräte drängten, sah sie überall nach.

Währenddessen sorgte in Ring Nummer acht Pattie Mae für einiges Aufsehen. Vielleicht nicht unbedingt bei allen Anwesenden, aber doch mit Sicherheit bei London McWhorter, dem sechzigjährigen Preisrichter, dem fast die Augen aus den Höhlen traten, als das schmuddelige Mädchen in den Ring gehopst kam. Während er die anderen Betreuer ausnahmslos nur eine Runde drehen ließ, kam die arme Pattie Mae, die auf ihren Zwanzig-Zentimeter-Clogs durch die Gegend joggte, kaum mehr zur Ruhe. Das Grinsen des alten Landon wurde mit jedem Hopser von Philos Lehrmädchen breiter, worauf er Pattie Mae noch ein L gehen ließ, und als auch das noch nicht genug war, ein T. Er hetzte sie dermaßen herum, daß sich ihr Wickelrock schon allmählich aufzuwickeln begann.

Im Gegensatz zu den meisten Preisrichtern blieb er nicht an Ort und Stelle stehen, wenn sie sich von ihm wegbewegte, sondern heftete sich ihr auf die Fersen, wobei er hektisch auf seinem Schreibbrett herumkritzelte. Was dabei herauskam, las sich etwa folgendermaßen: »Bruststück flach und muskulös. Sprunggelenk ausgeprägt und gut geformt. Kniegelenk herrlich!« Und der Hund war auch nicht schlecht.

Mrs. Dexter Berryberry sollte Philo Skinner nie zu Gesicht bekommen, wie er vor einem dieser tragbaren Fernseher auf dem Boden hockte und seine achtundsechzigste Zigarette rauchte. Als sie wieder zu ihrem Platz auf der Tribüne zurückkehrte, war ihr Bridge-Club geschlossen aufgestanden, um ihr zu ihrem Sieg zu gratulieren. Sie nahm die Huldigung gnädig entgegen, wobei sie sich gleichzeitig im Geiste eine Notiz machte, Philo eine Sonderprämie dafür auszuzahlen, daß er ein kleines Täubchen aufgetrieben hatte, dessen Brüste groß genug waren, den alten Landon McWhorter wieder zu neuem Leben erwachen zu lassen.

Um 13.20 Uhr, zu Beginn des ersten Viertels der Super Bowl XI, gelangte Philo Skinner – er wurde allmählich wieder etwas nüchterner – zu dem Schluß, daß er genug von dem Ganzen hatte. Er begann, seine Sympathien den Minnesota Vikings zu schenken! Er wollte nur noch seine Spielschulden begleichen. Er war ein Hundebetreuer, und dazu noch ein Meister seines Fachs. Bei eingehenderer Betrachtung der möglichen Alternativen hatte er gar nicht einmal ein so schlechtes Leben. Er schwor sich, nie wieder auf ein Pferd oder ein Football-Spiel zu setzen, wenn es die Vikings schaffen sollten. Leb wohl, Puerto Vallarta! Mit seinem Pech wäre er wahrscheinlich sowieso schon nach seinem ersten Kopfsalat an Montezumas Rache gestorben. Oder er hätte sich in irgendeinem mexikanischen Puff einen Tripper geholt, so daß ein Schwarm von Streptokokken sein Blut verseucht und sein Gehirn zerfressen und . . . Also, strengt euch mal ein bißchen an, ihr Vikings!

Aber um 13.26 Uhr erzielte Earl Mann für die Oakland Raiders ein Tor.

»Mr. Skinner, wir haben *gewonnen*!« kreischte Pattie Mae und warf sich Philo an den Hals. Zum erstenmal bekam er von ihr einen Kuß auf die Backe. »Wir haben *gewonnen*, Mr. Skinner! Der Dandie hat gewonnen!«

»Großartig, meine Kleine, wirklich toll«, lobte sie Philo.

»Wie wär's, wenn du gleich noch den Bullterrier fertig machen würdest? Er ist als nächster dran.«

»Aber sicher, Mr. Skinner. Ich bin ja so aufgeregt. Am Ende gewinnen wir noch die Rassengruppe. Und das bei meiner ersten Ausstellung!«

»Was hältst du davon, Schätzchen. Willst du nicht auch noch den Bullterrier vorführen?«

»Ob ich das möchte? Und *ob* ich das möchte.«

Und weg war sie. Sie rannte auf den Trimmtisch zu, um dem Hund mit einem bißchen Stärke noch den letzten Schliff zu verpassen.

Um 13.42 Uhr erzielten die Oakland Raiders auf einen Paß von Kenny Stabler ein weiteres Tor.

»Mein Gott«, stöhnte Philo Skinner. Zu seinen Füßen hatte sich inzwischen ein erheblicher Haufen von Zigarettenstummeln angesammelt.

»Aufseher, Ring zehn. Aufseher, Ring fünfzehn, Aufseher ...«

Es lief alles ganz schön beschissen. Er würde von der rechten Bahn abweichen müssen. Und zwar so sicher, wie auf diesen Schaufeln Scheiße lag. Es war Philo Skinners Schicksal. Es gab nichts, was er daran hätte ändern können. Ihm blieb keine Wahl. Das Schicksal hatte es so gewollt. Und Philo Skinner hatte nicht mehr Schwierigkeiten, diese deterministische Philosophie hinzunehmen, wie Tausende von Kriminellen vor ihm. Sein Geschenk lag in Fortunas Händen – oder besser in den Händen dieses bärtigen, linkshändigen Quarterback.

Acht Minuten später stand es 17 : 0 für Oakland, und Philo Skinner nickte grimmig. Es war völlig sinnlos, noch länger zu warten. Die Entscheidung war längst gefallen.

»Aufseher, Ring fünfzehn. Aufseher, Ring acht. Aufseher ...«

Mit dem Staffordshire Bullterrier ging es Pattie Mae weniger gut. Die Preisrichterin, eine sechsundvierzigjährige Schreckschraube, deren Titten dreimal so groß waren wie die von Pattie Mae, zeigte sich nicht im geringsten beeindruckt.

»Die hat uns nicht die geringste Chance gegeben«, schluchzte Pattie Mae, während Philo Skinner mit vor Anspannung weißen Lippen in seinem Regisseurstuhl saß, Kaffee trank und sich innerlich auf die Dinge, die da kommen sollten, vorbereitete.

»Da kann man nichts machen. Das kann jedem mal passieren.«

»Ich hab' mich so bemüht, aber sie hat uns nicht ein einzigesmal angesehen, Mr. Skinner.«

»Schon gut, Pattie Mae, mach dir deswegen mal keine Sorgen«, tröstete sie Philo Skinner.

»In Nummer sieben können jeden Augenblick die Schnauzer drankommen, Mr. Skinner.«

»Die Schnauzer?«

»Ja, die Schnauzer.« Fragend blickte das Mädchen Philo an, der sich gerade mit einem Papiertaschentuch die Augen wischte. Dann deutete sie auf Tutu im Trainingskäfig.

»Ach so, die sind ein bißchen spät dran. Mach den Hund fertig, ich werde dir noch ein bißchen etwas über Zwergschnauzer erzählen. Und mach dir vor allem wegen vorhin keine Sorgen mehr.«

»Ich werd's versuchen«, schniefte sie.

Jetzt war er wieder ganz der alte Philo Skinner, der Terrier-King. Von dem Gras und dem Whisky war er zwar immer noch leicht benommen, aber immerhin bekam er jetzt die Dinge wieder in den Griff. Es gab kein Zurück mehr. Gegen diesen Dreckskerl Kenny Stabler mit seinen verfluchten Pässen war offensichtlich kein Kraut gewachsen. War das Philo Skinners Schuld? War es *seine* Schuld, daß Jim Marshall und Alan Page die Angriffsreihe von Oakland nicht durchbrechen und diesen Scheißtypen mit seinen Koteletten nicht festnageln konnten? Herr im Himmel, die Vikings waren einfach zu alt. Zu *alt!* Diese ganze Scheißwelt war zu alt! War *das* Philo Skinners Schuld?

»Also gut, Pattie Mae, ich werde dir jetzt noch ein bißchen über Schnauzer erzählen, während wir den Hund hier fertig machen.«

»Großartig, Mr. Skinner«, schniefte das Mädchen, das allmählich seiner Enttäuschung wieder Herr wurde. »Übrigens, wem gehört das Tier eigentlich?«

»Was meinst du?« erwiderte er rasch.

»Ich meine, wem gehört der Hund eigentlich? Wie kommt es, daß wir ihn heute vorführen sollen? Er ist doch keiner von unseren Hunden, oder? Wie heißt er denn überhaupt? Und ist er im Ausstellungskatalog aufgeführt?«

»Meine Güte, Pattie Mae, du hast aber viele Fragen«, meinte Philo und steckte sich eine Zigarette an. Allmählich bekam er seine Hände wieder unter Kontrolle. »Ist das nicht ein herrlicher Hund? Ein richtiger kleiner Tiger. Schnauzer sollten nie süß sein. Aggressiv und immer am Knurren, so gehört es sich für einen Spitzenhund. Und weißt du auch warum?«

»Warum, Mr. Skinner?«

»Früher wurden Schnauzer mal als Rattenhunde verwendet. Richtig zähe, kleine Viecher. Über die konnte ein ganzes Bataillon Ratten herfallen, und am Schluß hatten sie doch keine Chance gegen so einen kleinen Teufelskerl. Hast du dich jemals gefragt, weshalb sich diese Viecher eigentlich so kurz scheren lassen? Wir rupfen sie ja wie ein Hühnchen, und es macht ihnen nicht das geringste aus. Die Nervenenden reichen bei diesen Hunden nämlich nicht bis an die Hautoberfläche. Das ist auch der Grund, weshalb man die doppelfelligen Hunde nicht so trimmen kann. Trimm mal das Fell *und* die flauschige Wolle darunter. Probier das mal mit einem Pudel oder Afghanen. Probier das nur mal!«

Philos Hände arbeiteten so rasch und flink wie die eines Berufsspielers beim Kartenausteilen. Er schnitt, trimmte, kämmte. Pattie Mae vergaß fast, daß er nicht eine einzige ihrer Fragen beantwortet hatte.

»Manchmal kriegen diese Schnauzer kein gescheites Fell zusammen«, bemerkte Philo, als er eine fast mikroskopisch kleine Wimper entdeckte, die aus dem Dreieck der zerzausten Augenbrauen hervorragte. »Manchmal wächst ihnen einfach kein anständiges Fell, und dann bleibt einem nichts anderes übrig, als sie, so gut es geht, zurechtzustutzen und bis zum nächstenmal zu warten.«

Tutu zuckte nicht mit einer Wimper als Philos Schere vor ihren herrlichen braunen Augen vorbeifuhr. Tutu vertraute Philo vorbehaltlos.

»Sieh dir mal diese Brauen an, Pattie Mae«, sagte Philo in ehrlicher Bewunderung für den Kopf des kleinen Schnauzers. »Fast wie richtiges Silber. Das wäre doch etwas für deine Aussteuertruhe, Pattie Mae. Hast du überhaupt eine Aussteuertruhe?«

»Was ist denn eine Aussteuertruhe, Mr. Skinner?«

Meine Güte. Diese Dinger sind alle noch so jung. *Jung!*

»Diese verdammten Kerry blues machen den Schnauzern bei den Wettbewerben ganz schön zu schaffen«, bemerkte Philo, während seine Blicke zu dem Ring schweiften, wo er diesen Schnauzer *nicht* vorführen würde. »Manche Leute mögen Kerry blues lieber, aber mir geht einfach nichts über einen Schnauzer. Mit den Tieren kann man wirklich arbeiten, das kannst du mir glauben. Das sind nicht so verwöhnte Schoßhündchen. Die folgen. Aber man muß erst einmal lernen, wie man mit der Leine umgeht, damit diese kleinen Tiger *folgen*. Wie ein kleines Dressurpferd. Sieh dir einmal diese herrliche Hündin an!«

»Das ist der schönste Schnauzer, den ich je gesehen habe, Mr. Skinner.«

Der zweitschönste, dachte Philo. Der *zweit*schönste. Den schönsten wirst du später noch sehen. Etwa zu dem Zeitpunkt, da Fran Tarkenton in der Kabine auf seinem fetten Arsch sitzen und sich fragen würde, wie das alles eigentlich gekommen war. Du wirst den *schönsten* vor dir haben und ihn sogar berühren, ohne es freilich zu merken! Philo ging es inzwischen wieder wesentlich besser, so daß er sogar einen Blick in den Ausschnitt von Pattie Maes Bluse riskierte, als diese sich über den Rücken des Schnauzers beugte, um ihm die Hinterbeine zu kämmen.

»Der Hund hat wirklich herrliche Beine, schnurgerade«, bemerkte das Mädchen voller Bewunderung für die kräftigen, silbrig schimmernden Hinterbeine, die so getrimmt waren, daß die kleinen schwarzen Krallen kaum zu sehen waren. »Ich mag die Schnauzer auch lieber. Die haben einfach . . .«

»Mehr Charakter«, sprach Philo Skinner für sie weiter. »Du magst wohl Hunde mit Charakter und Männer mit Charakter. Keine Schlappschwänze, was, Pattie Mae. Richtige Männer. Na, Pattie Mae?«

»Sicher, Mr. Skinner«, seufzte das Mädchen mit einem genervten Blick auf Philo Skinner. Ein Meter siebenundachtzig, fünfundsechzig Kilo in voller Kleidung. Haare wie ein verwahrloster Otterhund, gefärbt wie bei einem Kerry blue, eine Brust wie ein Cocker Spaniel, Beine wie ein Whippet und Triefaugen wie ein Beagle. Und das alles roch im Moment wie eines von diesen Fässern mit Scheiße, welche die Aufseher in der Arena aufsammelten. Ein *richtiger* Mann, Mr. Skinner. Meine Fresse!

»Aufseher, Ring Nummer eins. Aufseher, Ring Nummer vierzehn. Aufseher ...« Inzwischen war die Stimme bereits am Singen. »Aufseher, Ring Nummer neun.« Es hätte fast in Latein sein können. »Aufseher, Ring Nummer zwölf.« Heil dir, Boxer, voll der Scheiße. Alter und Scheiße! Philo wollte weinen. Eine Kirche, bis zur Kuppel voll Scheiße! Eine Hundekathedrale voll Hundescheiße!

»Wem, haben Sie gesagt, gehört dieser Schnauzer gleich wieder, Mr. Skinner? Wie heißt er? Woher ...?«

»Hier«, sagte Philo und drückte dem Mädchen rasch die Schere in die Hand. »An einem der Hinterbeine ist ein Haar, das einen Millimeter zu lang ist. Sieh mal zu, ob du es findest, und dann schneid es ab. Adlerauge Skinner hat es gesehen.«

Und als sie die Schere nahm, ließ er seine Hand gegen ihre linke Brust fallen, so daß seine Knöchel über ihre Brustwarze glitten.

Herr im Himmel, der und Adlerauge, dachte sie. Dieser muffelnde alte Knacker!

Allmählich durfte er sich wirklich etwas einfallen lassen. Sie hatte ihm bereits genügend auf den Zahn gefühlt, um mißtrauisch zu werden. »Dieser Hund, er, äh, weißt du, ich habe da eine Kundin. Öl. Eine Menge Öl. Sie ist nach Tulsa gezogen, um näher bei ihren verdammten Bohrtürmen zu sein. Habe ich dir je gesagt, wie ein cleverer Betreuer einem reichen Kunden ohne große Schwierigkeiten zu einem Champion verhelfen kann?«

»Nein«, antwortete sie, während sie die Hinterbeine des Schnauzers Zentimeter für Zentimeter nach dem etwas zu langen Haar absuchte, auf das er sie aufmerksam gemacht hatte. Wo war dieses blöde Ding nur?

»Weißt du, Pattie Mae, ich kann einen Hund nehmen und mir ein paar Wettbewerbe in Iowa oder Oklahoma aussuchen, wie ich einmal in Oregon für eine Kundin einen Lakeland Terrier vorgeführt habe. Wir haben in fünf Tagen fünf Wettbewerbe mitgemacht, und ich habe alle fünfzehn Punkte eingeheimst und Mammi einen stolzen Sieger präsentiert. Wir sind in einem Lear Jet nach Hause geflogen! In Mammis eigenem kleinen Privatflugzeug! Weil Daddy so ein knausriger alter Knacker war, steckte sie mir von ihrem eigenen Bankkonto so ganz beiläufig auch noch tausend Dollar zu. Vielleicht sollte ich hinzufügen, daß sie mir auch noch etwas anderes zuzustecken versuchte.« Damit verpaßte Philo Pattie Mae einen weiteren Klaps auf den Hintern.

Sie hat tatsächlich kein Höschen an, dachte Philo mit einem Seufzer.

Abartiges Arschloch! dachte Pattie Mae mit einem Seufzer.

»Ach ja, Pattie Mae«, fuhr Philo fort, »diese Alte, die nach Oklahoma gezogen ist, rief mich also an und fragte mich, ob ich ihren Schnauzer vorführen könnte. Sie hatte ihn bei einer Schwägerin in Malibu. Da sie eine alte Kundin von mir ist, erklärte ich mich einverstanden und fuhr nach Malibu raus, um den Hund abzuholen, und hier ist er jetzt.«

Philo Skinner machte eine Pause, steckte sich eine Zigarette an und trat etwas vom Trimmtisch zurück. Er hielt Tutus Kinn hoch und sagte: »Weißt du was? Ich glaube immer noch nicht, daß man den Hund schon vorführen kann. Sein Fell ist einfach noch nicht ganz in Ordnung. Ich will den Hund heute noch auf keinen Fall vorführen.«

»Mr. Skinner! Ich bin zwar kein Experte, aber ...«

»Vergiß das nicht!« schnauzte Philo sie an.

»Ja, aber ich finde trotzdem, daß das der schönste Zwergschnauzer ist, den ich je gesehen habe! Meiner Ansicht nach ist sein Fell absolut in Ordnung, Mr. Skinner.«

»Für dich, Pattie Mae, für *dich*. Hast du eigentlich dieses Haar an den Hinterbeinen gefunden?«

»Noch nicht«, erwiderte sie und beugte sich tiefer zu dem geduldigen Hund hinab, um ihn an der Vorderpfote zu packen. Tutu hechelte und sah zu Philo auf. Voller Bewunderung.

»Noch nicht«, schnaubte Philo. »Und du denkst, du wüßtest, wann man einen Schnauzer vorführen kann? Gib mal die Schere her!«

Und damit entriß Philo der Hand des Mädchens die Schere und schnippte vom linken Hinterbein ein nichtexistentes Haar ab. »*Deshalb* gehst du bei mir in die Lehre. Um zu lernen. Um vom Terrier-King der Westküste zu lernen. Dieser Schnauzer ist noch *nicht* fertig, und es ist absolut im Interesse meiner Kundin, wenn ich den Hund noch nicht vorführe. Mein Gott, es gibt noch tausend andere Hundeausstellungen, bei denen dieser Schnauzer hier mitmachen kann und die er auch gewinnen kann. *Wenn* er so weit ist.«

»Sie müssen das natürlich am besten wissen, Mr. Skinner.«

»Das kannst du mir allerdings glauben, Kleine«, pflichtete ihr Philo Skinner bei. Er streckte seine Hand nach dem Mädchen aus und kitzelte sie kurz unter dem Kinn, um seine Hand neuerlich herabfallen und über ihre Brust streifen zu lassen. »Du hast deine Sache heute wirklich gut gemacht. Wer weiß? Vielleicht gewinnst du mit dem Kerl sogar noch die Terriergruppe.«

Etwa zum selben Zeitpunkt, da die Zwergschnauzer an jenem Nachmittag in den Ring trotteten, war auch das Schicksal der Minnesota Vikings besiegelt. Pattie Mae stand am Ring direkt neben Philo Skinner, der eine Zwergschnauzerhündin namens Victoria Regina von Pasadena keinen Moment aus den Augen ließ.

»Sieh dir nur diesen Hund einmal an!« stieß Philo Pattie Mae an, deren Füße allmählich ganz schön schmerzten und die nichts sehnlicher wünschte, als endlich nach Hause gehen zu können.

»Ein herrliches Tier!« meinte er. »Gerade Beine. Der Schwanz nicht zu niedrig. Ein herrlicher Hals. Ich möchte wetten, der Hund hat bis zur Nase 34 Zentimeter. Gegen den hätte unser Schnauzer keine Chance gehabt. Das ist ein echter Champion.«

»Kann schon sein«, antwortete das Mädchen, wobei es tunlichst Philos Tabakatem aus dem Weg ging.

»Ich habe noch nie einen schöneren Zwergschnauzer gesehen«, sinnierte Philo. »Schau nur, wie diese zwei ersten Schnauzer paddeln. Allmächtiger, Schnauzer sollten doch wirklich nicht daherpaddeln wie ein bescheuerter Pudel.«

Dann plötzlich Tumult. Jemand schrie nach dem Stock. Hundewettbewerbe sind ein Sport für feine Leute.

»Seht euch diesen Dreckskerl an! Den Stock!«

»So eine Unverschämtheit!«

»Was bildet der sich überhaupt ein!«

»Dem gehört wirklich ein kräftiger Tritt in seinen verschimmelten Arsch. Das ist ja wirklich die Höhe.«

»Den Stock!«

»Was ist denn los, Mr. Skinner?« wollte Pattie Mae wissen.

Die Leute von den umliegenden Trimmtischen stürzten laut lärmend auf den Ring zu. Die Hunde blieben jedoch gelassen sitzen oder versuchten, inmitten all dieses Aufruhrs zu schlafen. Einige nuckelten an ihren Hoden, andere leckten an ihrem Geschlechtsteil oder schnappten nach imaginären Flohbissen. Das Jucken war jedoch auf die Nervosität der menschlichen Wesen zurückzuführen, die auf die Hunde einen ähnlichen Effekt ausübte wie Brennesseln.

Auf der Santa Barbara Avenue war schwach das Geräusch einer Sirene zu hören. Die Polizei jagte einen Betrunkenen aus Minnesota in einem Hertz-Mietwagen. Überzeugt, daß seine Vikings im Los Angeles Coliseum die Scheiße aus diesen Arschlöchern aus Oakland herausprügelten, kurvte er um das Stadion herum. Allerdings hatte er damit das richtige Stadion und den tatsächlichen Spielstand um ganze zwanzig Kilometer und achtzehn Punkte verfehlt. Die Sirenen brachten die Hunde zum Heulen, obwohl Pattie Mae dachte, die

Tiere hätten sich den lauthals nach dem Stock schreienden Menschen angeschlossen. Jedermann fiel in den Gesang ein.

»Er hat nach dem Stock gerufen! Dieser Scheißkerl!«

Selbst Pattie Mae fing zu brüllen an: »Er hat nach dem Stock gerufen, Mr. Skinner!« Sie wurde von der allgemeinen Hysterie mitgerissen. »Dieser miese Dreckskerl hat nach dem Stock gerufen!«

»Weißt du überhaupt, was der Stock ist, Pattie Mae?« fragte Philo.

»Nein.«

»Also dann beruhig dich um Himmels willen erst einmal, damit ich es dir erklären kann.«

Bei dem Lärm war es allerdings gar nicht so einfach, sich zu unterhalten.

Die Leute schrien wie wild durcheinander, die Sirenen heulten, und auch einige der Hunde im Ring fingen an, unruhig zu werden. Insbesondere traf das auf ihre Eingeweide zu.

»Aufseher, Ring Nummer eins. Aufseher, Ring Nummer vier. Sind noch Aufseher beim Mittagessen? Alle Aufseher in die Ringe!«

»Was ist denn nun der Stock, Mr. Skinner?« fragte Pattie Mae, als die Tiere und Menschen allmählich wieder zur Ruhe kamen.

»Siehst du den dritten Mann dort im Ring? Der mit dem rotgefärbten Haar?«

Ja, gefärbtes Haar, dachte Pattie Mae.

»Dieser Typ mit den gefärbten Haaren ist ein Anästhesist aus Laguna Beach. Ein alter Fuchs, dem man nichts vormachen kann. Er hat wegen des Schnauzers, den Billie Jefferson vorführt, nach dem Stock gerufen. Siehst du den Hund? Den dritten rechts vom Preisrichter? Na ja, er könnte vielleicht ganz knapp unter dreißig Zentimeter sein, und dieser Typ, das kannst du mir glauben, hat das absolute Gespür dafür, wenn ein Schnauzer kleiner als dreißig Zentimeter ist. Ich kenne niemanden, der so oft wie er nach dem Stock gerufen hat. Früher haben sie sie unter einem Tor durchgehen lassen wie beim Crocket. Der arme Billie. Der

Hund hat sicher keine dreißig Zentimeter. Er wird sicher disqualifiziert werden, und Billie weiß das. Der arme Teufel. Er ist schon länger als ich in diesem Geschäft. Da hilft er nun ein bißchen nach, um seine Schäfchen ins Trockene zu bringen, und dann kommt so ein reicher Doktor aus Laguna daher und ruft nach dem Stock. Der arme Teufel. Ich möchte wetten, Billie würde am liebsten diesen Scheißdoktor unter das Tor stellen und mit seiner miesen, gefärbten Scheißbirne Crocket spielen. Der arme Billie. In unserem Geschäft sind die Brötchen ja wirklich nicht sehr leicht verdient, Pattie Mae.«

»Aber wenn man Hunde gern mag, Mr. Skinner . . .«

»Hunde gern mag«, wiederholte Philo und blickte sehnsüchtig nach Ring Nummer sieben. Seine *letzte* Hundeausstellung. »Ja, ich habe sie immer gemocht. Das kann man wirklich sagen. So lange ich denken kann. Sogar als ich noch ein windiger, hungriger kleiner Kerl war, der selbst nicht genügend zu essen hatte, habe ich doch immer noch irgend so einem verdammten Hund etwas abgegeben. Heute bin ich ein windiger, hungriger alter Mann und . . . ach, was soll das Ganze.«

In diesem Augenblick sah Pattie Mae diesen alten Knacker zum erstenmal mit etwas anderem als Mißtrauen oder Ekel an. »So windig sind Sie gar nicht, Mr. Skinner«, tröstete ihn das Mädchen. »Sie rauchen nur zu viel. Und vor allem würde ich an Ihrer Stelle von dem Columbia Gold die Finger lassen. Sonst verlieren Sie noch ein paar Ihrer Kunden.«

Der kleine Schnauzer maß genau 29,8 Zentimeter bis zu den Augenbrauen und wurde disqualifiziert. Der Gehilfe des Betreuers schwor sich, diesem Anästhesisten mit einem Rasiermesser das Herz herauszuschneiden. Aber ohne Narkose. Dieses fiese Schwein.

Dann wandte sich Philo Skinner, einen seltsamen Blick in den Augen, der Pattie Mae etwas beunruhigte, dem Mädchen zu und sagte: »Hast du eigentlich eine Ahnung, wozu sich manche Leute hinreißen lassen, um einen Wettbewerb zu gewinnen? Im Madison Square Garden haben sie einmal einem Scottie Augenbrauen und Schnurrhaare gestutzt.«

»Tatsächlich? Das ist ja wirklich die Höhe!« Pattie Mae schnitt eine Grimasse.

»Und einen Collie haben sie sogar vergiftet. Vergiftet!«

»Das ist ja entsetzlich!« entfuhr es Pattie Mae. Es tat ihr schon weh, wenn sie nur hörte, daß jemand seinen Hund nicht *bürstete*. Sie selbst saß oft stundenlang über ihrem eigenen Manchester Terrier, um ihn wie eine Schimpansenmutter nach Flöhen und Zecken abzusuchen.

»Ich würde nie einem Hund etwas zuleide tun«, verkündete Philo Skinner. »Um nichts in der Welt. Eher würde ich einen Mann umbringen, als einem Hund weh zu tun. Kannst du das verstehen?«

Er begann wieder zu schwitzen und zu riechen. Mit einem Blick auf die triefenden Beagleaugen ihres Chefs antwortete das Mädchen brav: »Ja, Mr. Skinner.«

Der Zeitpunkt der Entscheidung rückte näher. Madeline Whitfields Schnauzerhündin würde sicher den ersten Preis in der Terriergruppe gewinnen. Aber ebenso sicher würde sie nicht den Gesamtwettbewerb gewinnen, da Philo Skinner anderes vorhatte.

Madeline Whitfield war völlig außer sich, als Vickies Sieg feststand. Sie tanzte auf den Sitzen der Tribüne herum und klopfte Bekannten und wildfremden Menschen unterschiedslos auf Arme und Schultern. Sie nahm Glückwünsche entgegen, schüttelte unzählige Hände und tupfte sich die Tränen von den Augen.

»Holt den Fotografen!« rief Madeline. »Holt doch jemand den Fotografen!«

Madeline Dills Whitfield war sich absolut sicher, daß dies ihr großer Tag war. Victoria Regina von Pasadena war jetzt ein Champion. Und dabei würde es nicht bleiben; sie würde auch den Gesamtsieg im Wettbewerb erringen. Sollten sie *das* einmal am nächsten Morgen zu ihrem Frühstücksmüsli in der *Los Angeles Times* lesen. Sollten sie doch sehen, wer die Winterausstellung 1977 gewonnen hatte! Madeline Whitfield konnte die Freudentränen nicht zurückhalten. Je mehr man ihr gratulierte, desto stärker flossen sie. Na, Beverly Hills

Kennel Club, seid ihr bereit, die Zahl eurer Mitglieder auf vierundzwanzig zu erhöhen? Nein? Na gut, dann wartet eben noch ein paar Wochen. Wartet, bis Victoria Regina von Pasadena Westminster gewinnt! Wartet, bis sie Madison Square Garden gewonnen hat! Und dann kannst du mich mal, Junior League! In ihrem ganzen Leben war sie noch nie so glücklich gewesen. Die letzten dreiundvierzig Jahre waren nur Vorbereitung auf dieses Ziel hin. So hatte es ihr Schicksal gewollt. All das Leiden, all die Opfer, nichts davon war umsonst gewesen. Sie stand kurz davor, eine Berühmtheit zu werden!

In dreißig Minuten würde sie jedoch eine der bedauernswertesten Frauen von Los Angeles sein. Sie würde unendlich bedauernswerter sein als Fran Tarkenton, der in diesem Augenblick gerade im Fernsehen zu sehen war, wie er auf seinem Helm an der Seitenlinie saß und sich wunderte, wie zum Teufel das alles eigentlich gekommen war.

Eine Ausstellerin, die gerade an Philo Skinners Trimmtisch vorbeikam, sagte zu einem Begleiter: »Unsere Hündin ist gerade läufig. Sie macht keinen besonders guten Eindruck.«

Philo Skinner, der die Frau noch nie zuvor gesehen hatte, rief ihr nach: »Ja, Sie wirken auch ein bißchen nervös. Haben Sie in letzter Zeit mal in Ihrer Unterhose nachgesehen?«

So war er nun einmal. Verängstigt. Frech. Und vorlaut. Fühlten sich Kriminelle tatsächlich so? Es war, als hätten plötzlich all die Konventionen und Regeln des American Kennel Club ihre Bedeutung verloren. Dies waren die Richtlinien, an denen sich bisher sein Leben orientiert hatte, und nun bedeuteten sie absolut nichts mehr. Am liebsten hätte er sein Brooks-Brothers-Jacket und seine Krawatte ausgezogen und gebrüllt: »Aufseher! Aufseher! Zu Philo Skinner!« Er wollte das ganze Zeug in die dampfenden Fässer mit Hundescheiße werfen. So mußte es sein, wenn man einen Safe sprengte, einen Diamanten stahl oder eine Postkutsche ausraubte! Obwohl er es nicht wußte, wurde er von derselben megalomanen Kraft vorangetrieben wie ein elfjähriger Fahrraddieb namens Earl Scheib Lopez. Er war ein gottverdammter Großkotz!

Er trat auf die Trainingsboxen zu und nahm Tutu heraus, die seine Hände und sein Gesicht leckte, als er sie zu ihrem Käfig trug. Er steckte sie hinein und tat zum erstenmal in seinem Leben etwas, das einem Tier großes Unbehagen bereitete – einem Tier, das er liebte – einem Tier, das es ihm ermöglichen würde, den Rest seiner Tage so zu verbringen, wie er es sich immer vorgestellt hatte.

»Pattie Mae, geh doch mal schnell zu den Verkaufsständen rüber und hol mir einen Kaffee. Schwarz.«

»Jawohl, Mr. Skinner.« Und weg war sie.

Er nahm die Spritze aus der Innentasche seines Fischgrätmuster-Jacketts. Zur Sicherheit nahm er sie noch aus dem Lederetui und drückte ein paar Tropfen heraus.

Philo spürte immer noch die Nachwirkungen des Bourbon und des Marihuana. Er drückte die kleine Schnauzerhündin an sein Gesicht und küßte ihre Schnurrhaare. Tutu war außer sich vor Freude, daß sie Philos Gesicht lecken durfte. Sie knurrte und leckte und nuckelte und gab Philo zu verstehen, wie sehr sie ihn liebte.

»Wenn du wüßtest, wie gern ich dich mitnehmen würde, meine Kleine«, flüsterte Philo.

Philo Skinner blickte um sich. Die meisten der Anwesenden waren um den Ring gedrängt. Ein paar Betreuer waren an den Trimmtischen zurückgeblieben, um die Tiere zu beaufsichtigen, die sich nicht in den Trainingsboxen befanden. Kein Mensch achtete auf Philo Skinner.

»Wir beide könnten da unten in Mexiko am Strand herumtollen«, flüsterte Philo weiter. »Wenn es irgendwie möglich wäre, würde ich dich mitnehmen. Ich weiß ganz genau, daß du diese fette, alte Kuh, die jetzt dein Frauchen wird, nicht magst, aber sie kümmert sich wenigstens um dich. Wenn du wüßtest, wie leid es mir tut, Tutu ...«

Und damit stach er ihr die Nadel in die Schulter.

Tutu japste und sah Philo ungläubig an. Das Beruhigungsmittel wirkte sofort. Genau, wie es in den Hundebüchern stand. Die Augen der kleinen Hündin spiegelten erst Schmerz, dann Verwunderung wider. Sie sah Philo Skinner wie einen Fremden an. Das ging so weit, daß sie in ihrer

Verwirrung den Mann anknurrte, den sie abgöttisch liebte. Dann begann sie zu keuchen, die Augen fielen ihr zu, und sie bekamen einen glasigen Ausdruck.

»Mach dir keine Sorgen, mein kleiner Schatz«, flüsterte Philo, als er sich seinen Weg durch die Menge bahnte. »Nicht lange, und es ist alles wieder vorbei, mein Schatz. Es tut Philo wirklich leid.« Er mußte sich richtig zum Gehen zwingen. Und zwar strebte er auf den Arbeitsplatz von Hundebetreuer Chester Biggs zu.

Philo Skinner hatte seine Hand unter das Kinn der kleinen Schnauzerhündin gelegt, um ihren Kopf aufrecht zu halten. Er streichelte das halb bewußtlose Tier unter dem Kinn, heftete seine Augen auf sein Ziel und hoffte, daß er richtig vermutet hatte und daß Chester Biggs, der sich mit Philo Skinner schon oft über Sport unterhalten hatte, vor dem Fernseher hängen würde ...

Und so war es auch! Chester Biggs stand zwanzig Meter von seinen Trainingsboxen entfernt und wohnte der Deklassierung der Minnesota Vikings bei. Sein Gesicht strahlte nur so vor Schadenfreude über die Erniedrigung der Mannschaft aus Minnesota durch das kalifornische Team. Aber bei den Trainingsboxen saß einer seiner Gehilfen, um, in einem Sexheft lesend, über die elf Hunde zu wachen, die Chester Biggs an diesem Tag vorzuführen hatte.

Chester, du solltest dich lieber am Riemen reißen. Immerhin könnte deine Schnauzerhündin den Gesamtsieg erringen. Wenn das mein Hund wäre, würde ich ohne ihn nicht einmal auf die Toilette gehen. Du bist ein dummes Arschloch, Chester Biggs, das es gar nicht anders verdient, als hereingelegt zu werden! Es ist ja nicht das erstemal, daß ein Hund gestohlen wird. Sogar im Madison Square Garden ist das schon vorgekommen. Aber von dem hier wirst du nichts merken, Chester. Absolut nichts!

Der Gehilfe, ein pickliger, erdbeerblonder, sechzehnjähriger Jüngling mit einer halben Erektion, starrte ungläubig auf den enormen Schamhaarwuschel des Mädchens in dem Magazin. Er hatte noch nie einen in Wirklichkeit gesehen. Waren sie wirklich *so* haarig?

Nie sollte er den schwitzenden, ängstlich um sich blickenden Mann mit dem schlaffen Schnauzer unter seinem Arm bemerken, der sich zwischen den Trainingsboxen und Käfigen von Chester Biggs herumtrieb. Und ganz bestimmt nicht sah er, wie der Mann auf den Käfig von Victoria Regina von Pasadena zutrat und für nicht länger als fünfzehn Sekunden dem Jungen seinen Rücken zukehrte. Und ebensowenig bemerkte er, daß Mr. Biggs' siegreiche Schnauzerhündin nun mit heraushängender Zunge, die glasigen Augen halb geschlossen, schwer atmend in ihrem Käfig lag. Der Gehilfe konnte einfach seine Augen nicht von diesem Haarbüschel abwenden, das wie das Krönchen eines Bedlington Terriers gefärbt und zurechtgekämmt war.

Philo Skinner, dieser Ganove. Von diesem Augenblick an galt es Puerto Vallarta – oder ab in den Knast. Er hatte ein Gefühl, als stünde er auf Rollschuhen. Ständig stieß er Leute an, als er sich taumelnd seinen Weg durch die Menge zurück zu seinem Standplatz bahnte. Er versuchte seinem Gang kontrollierte Grazie zu verleihen, wenn nicht sogar Unauffälligkeit. Bemühten Verbrecher sich nicht immer, unauffällig zu erscheinen? Statt dessen verfiel er in einen unkontrollierten Galopp. Philo Skinner galoppierte, nichts als Ellbogen und Knie, durch die Menge. Die Schnauzerhündin in seinem Arm wurde zunehmend nervöser.

»Ist ja schon gut, mein Kleines, ist ja schon gut«, flüsterte Philo und streichelte Vickie unter dem Kinn.

In diesem Moment rannte er gegen einen Betreuer, der gerade mit einem Pudel an der Leine in die andere Richtung ging.

»Passen Sie doch auf!« schimpfte der schwitzende Betreuer.

Philo dachte schon, sein Schicksal wäre besiegelt. Der Betreuer des Pudels kennt den Schnauzer! Wirf den kleinen Hund diesem Idioten mit einem schrillen Kreischen einfach ins Gesicht und lauf, was die Beine hergeben! Und dann schleunigst mit den dreihundert Dollar auf deinem Konto über die Grenze in Tijuana, bevor dieser Nigger und der Jude mit der Trimmschere kommen, um dich zu beschneiden! Gütiger Gott!

Aber der Pudelbetreuer erkannte nicht einmal Philo, geschweige denn den Hund. Wie hätte er auch? Diese verdammten Schnauzer sahen doch alle gleich aus. Jetzt reiß dich zusammen, um Himmels willen. Du bist Philo Skinner, der Terrier-King!

Wamm! Er stieß eine Betreuerin namens Rosi Lutz an, die ihr Haar zu Philos Glück wie ein Sealyham Terrier trug und weder Philo noch Vickie sehen konnte. Aber trotzdem geriet Philo Skinner in Panik. Er rutschte auf dem glatten Boden nur noch herum. Er konnte nicht Fuß fassen. Herr im Himmel, er kam nicht mehr vorwärts! Wie in einem Alptraum! Hat irgend jemand einen Rollschuhschlüssel? Dann endlich merkte er, daß er auf einem enormen Haufen ziemlich dünnflüssiger Hundescheiße herumrutschte, dessen Urheber, ein gigantischer Bernhardiner, gerade von seinem Frauchen gerügt wurde. »Böser Cyril! Du kannst doch Mami nicht so blamieren!«

Als Philo Skinner schließlich wieder Fuß fassen konnte, warf er alle Vorsichtsmaßnahmen über Bord. Er versuchte nicht mehr länger, möglichst unauffällig zu erscheinen, sondern schoß einfach durch die Menge, während Vickie erbittert knurrte. Bis Philo seinen Arbeitsplatz erreichte, hatte der kleine Hund eine zentimetergroße Wunde in Philo Skinners linke Hand gebissen, ohne daß der auch nur das geringste gemerkt hätte.

»Was ist denn los, Mr. Skinner?« begrüßte ihn Pattie Mae mit einem besorgten Blick auf sein leichenblasses Gesicht. »Mein Gott, der Schnauzer beißt Sie ja in die Hand!«

Nun sah Philo an sich hinunter, wo Vickie seine knochige Hand mit einer Erbitterung bearbeitete, wie ihre Vorfahren sich wohl früher in den bayerischen Bergen über die Ratten hergemacht hatten. Das war zwar eine Hundeausstellung, und sie war vielleicht auch gewohnt, sich von allen möglichen Fremden begrabschen und Schnurrhaare, Flanken, Vagina, Anus und selbst die Zähne befühlen zu lassen, aber sie war zugleich auch ein außerordentlich intelligenter und mutiger kleiner Hund, der intuitiv spürte, daß dieser Fremde nichts Gutes mit ihr vorhatte. Sie konnte seine Angst riechen, und sie würde sich auf keinen Fall von jemandem, der so roch, etwas gefallen lassen.

Nun fiel Philo zum erstenmal ihr erbostes Knurren auf. Und dann sah er das Blut sein Handgelenk hinunterlaufen. Und erst in diesem Augenblick kam Philo Skinner wieder zu sich. *Schmerz*.

Mit einem Aufschrei warf Philo Vickie einen Meter hoch in die Luft, worauf diese in den Armen von Pattie Mae landete, welche sie fing wie einen Paß von Kenny Stabler.

Vickie heulte inzwischen aus Leibeskräften los, während Philo auf seinen immer noch glitschigen Sohlen herumrutschte, sich am Handgelenk hielt und mit seinem Getue die Aufmerksamkeit von nicht weniger als fünfzig oder sechzig Umstehenden auf sich zog.

»Diesen Mann hat ein Hund gebissen!« schrie einer.

»Hilfe, er ist verletzt!« rief ein Betreuer.

»Ist da irgendwo ein Arzt?«

»Wo ist das verletzte Tier?« Ein schmächtiger Mann in einem Anzug drängte sich durch die Menge der Schaulustigen.

»Hierher, Herr Doktor!« sagte jemand.

»Ach so, das ist ja ein Mann. Ich bin nämlich Tierarzt.«

»Tja«, brummte Philo Skinner und wickelte sich sein schmutziges Taschentuch um die verletzte Hand, während der Tierarzt wieder ging.

Er hoffte, die Bullen würden so nett sein, ihm die Handschellen vorne anzulegen, wie sie es in diesen alten Filmen immer taten, und nicht hinter dem Rücken, wie er es im wirklichen Leben in den Straßen Hollywoods gesehen hatte. In Gedanken überlegte er sich bereits, was er zu seiner Verteidigung vorbringen wollte: Ich weiß einfach nicht, was da in mich gefahren ist, Herr Inspektor. Ich würde mich gerne schuldig bekennen und ... äh ... für ein Jahr oder so ins Gefängnis gehen, weil ich nämlich fünfzehntausend schuldig bin, und da ist dieser herzlose Jude und ein Nigger mit einem Messer.

Er sah um sich. Keine Bullen zu sehen. Nicht einmal sonderlich viele Leute standen noch herum. Die meisten interessierte das Ganze schon nicht mehr. Außerdem war der Biß ja auch nicht sonderlich schlimm gewesen. Dieser dürre Kerl hätte wegen dieses bißchens Blut an seiner Hand nicht gleich so ein Theater zu machen brauchen. Wozu also die ganze Aufregung? Die Leute wandten sich wieder den verschiedenen Ringen zu, in denen die Hunde vorgeführt wurden, oder lauschten den Kabineninterviews der siegreichen Raiders aus Oakland.

»Alles in Ordnung, Philo?« fragte der andere Betreuer.

»Ja.«

»Laß dir lieber eine Tetanusspritze geben. Man kann nie wissen.«

»Ja, danke«, sagte Philo Skinner, während der Betreuer wieder an seinen Arbeitsplatz zurückging.

Pattie Mae rümpfte die Nase, ging Schritt für Schritt zurück, bis sie gegen den metallenen Trimmtisch stieß.

Dann roch es auch Philo. Seine Schuhe stanken wie die Pest.

Vickie winselte und zitterte in Pattie Maes Armen. Das Mädchen streichelte den kleinen Hund und redete auf ihn ein: »Ist doch gut, mein Schatz. Ist ja schon gut.«

Philo Skinner, seines Zeichens frisch gebackener Krimineller, wünschte plötzlich nichts sehnlicher, als ein kleiner Hund zu sein und von einem Blumenkind gegen die BH-lose Brust gedrückt zu werden und gesagt zu bekommen, daß alles in Ordnung wäre. Er stellte sich vor, wie Chester Biggs bereits mit einem Lynchmob hinter sich die Halle durchstreifte. Philo war schweißgebadet und voller Blut und Hundescheiße. Seine Hand pochte nicht weniger heftig als sein Kopf. Der Whisky, den er in sich hineingekippt hatte, stieg ihm in die Kehle hoch und ließ seinen riesigen Adamsapfel nervös zucken, als er die Flüssigkeit wieder hinunterschluckte. Der kleine Schnauzer starrte ihn mit Angst und Wut in den Augen an. In diesem Augenblick gab es nur eines, das Philo Skinner tun konnte: Er steckte sich die zweiundsiebzigste Zigarette dieses Tages an. Er stand da und rauchte. Verbindet mir bitte die Augen nicht. Und vergrabt mich tief in der Erde, wo kein Hund hinkommt. Ich bin Philo Skinner, der Terrier-King.

Er hatte seine Zigarette halb geraucht, als Pattie Mae sagte: »Was hat der Schnauzer nur auf einmal, Mr. Skinner? Er benimmt sich so komisch. Als ob er uns gar nicht kennen würde. Heute morgen ist er noch vor Freude in seinem Käfig hin und her gesprungen, wenn sie nur in seine Nähe kamen. Was hat der Hund denn nur plötzlich, Mr. Skinner? Warum ist er so hektisch?«

»Hektisch«, sagte Philo nur gedankenverloren, während er rauchend ins Unendliche starrte und sich fragte, ob Häftlinge sich wohl Tiere halten durften. Der Vogelmann von Alcatraz. Vielleicht würden sie auch über ihn einen Film drehen, seine Zelle voller Terrier. So übel wäre das gar nicht gewesen. Ein paar Jahre, wenn er sich schuldig bekannte. Bis dann hatten ihn vielleicht auch sein Gläubiger vergessen. Ja, und vielleicht würde er sogar etwas an dem Film verdienen und ihnen das Geld zurückzahlen können. Und dann würde er entlassen werden und wieder von vorne anfangen. Der Hundemann von San Quentin ...

»Mr. Skinner, Sie sind ja ganz blaß. Sie werden noch ohnmächtig von dem Schock! Setzen Sie sich lieber. Soll ich vielleicht einen Arzt holen? Setzen Sie sich doch, Mr. Skinner.«

Gehorsam stelzte Philo Skinner auf seinen Regisseurstuhl zu und rauchte die Zigarette zu Ende, bis seine schwieligen Finger angesengt wurden. Pattie Mae steckte Vickie in Tutus Käfig und sagte: »Für heute sind wir ja fertig, Mr. Skinner. Glauben Sie nicht, wir sollten zusammenpacken und nach Hause fahren? Ehrlich, ich bin so kaputt, daß ich nicht mal bis zum Ende hierbleiben möchte. Ich hätte nie gedacht, daß mir das passieren könnte, aber ich bin einfach fix und fertig. Das war ja auch wirklich ein verrückter Tag heute!«

»Ein verrückter Tag.«

»Sollen wir nach Hause fahren, Mr. Skinner?«

»Nach Hause fahren.«

»Ja, sollen wir? Wollen Sie, daß ich den Kombi hole?«

Philo Skinner ließ seine Blicke über die sich verlaufende Menge schweifen. Die Verlierer machten sich bereits zum Gehen fertig. Die meisten würden natürlich bis zur Schlußentscheidung bleiben, aber viele der Betreuer, die daran nicht mehr teilnehmen würden, packten bereits ihre Käfige und Arbeitstische zusammen.

»Mr. Skinner, was ist denn mit Ihnen nur los? Also, entweder Sie haben einen Schock von diesem Biß bekommen, oder es ist das Columbia Gold. Und um die Wahrheit zu sagen, ich finde, daß Sie sich wie ein absoluter Idiot aufführen, und mir hängt das allmählich zum Hals heraus! Sie können mich ruhig rausschmeißen, aber ich gehe jetzt nach Hause! Also, zum letztenmal: Möchten Sie jetzt, daß ich den Kombi hole und Ihnen beim Aufladen helfe?«

»Hol den Kombi und hilf mir aufladen«, echote Philo, worauf Pattie Mae auch schon in Richtung Parkplatz davonschoß.

Als sie die Hunde in den Kombi packten, wurde Vickie sichtlich nervös. Sie begann zu winseln, und dann bellte sie. Es war ein kehliges, verängstigtes Bellen, das jedoch rasch in den Bauch hinunterwanderte und wütend wurde.

»Still. Sei doch still!« versuchte Pattie Mae den Hund zu beruhigen, während sie den Trimmtisch, die Käfige und die Tiere verlud. »Jetzt sei endlich still.« Und dann: »Wie heißt dieser Schnauzer eigentlich, Mr. Skinner? Obwohl ich Sie mindestens zehnmal danach gefragt habe, haben Sie es mir immer noch nicht gesagt!«

»Wie er heißt? Ach so, Vic ... Tu ...« Allmächtiger, fast hätte er vergessen, daß er Tutu ja auch geraubt hatte. Tutu auch. Gütiger Gott! »Der Schnauzer heißt Fred.«

»Fred. Eine Hündin, die Fred heißt?«

»Woher zum Teufel soll ich wissen, warum sie diese Hündin ausgerechnet Fred genannt haben?« Philo wachte allmählich wieder aus seiner Starre auf. »Vermutlich ist es die Abkürzung für Frederike. Meine Güte, ich kenne eine Menge Mädchen, die Freddie heißen. Ich kenne auch einen Kerl, der Shirley heißt. Er arbeitet mit Pudeln. Zumindest nennen wir ihn Shirley, diese alte Schwuchtel. Verdammt noch mal, ist es denn meine Schuld, daß der Hund Fred heißt? Sehen wir lieber zu, daß wir hier rauskommen. Ich habe schon genügend Hundeausstellungen gesehen. Also los jetzt!«

Eine Viertelstunde später verabschiedete er sich auf dem Parkplatz von Pattie Mae.

»Du warst wirklich großartig heute«, lobte er sie, als sie aus dem Kombi sprang und auf ihren Volkswagen zutippelte. »Hier hast du eine kleine Anerkennung von Philo. Ich hoffe, du hast das mit dem Kündigen nicht so ernst gemeint. Überleg dir das Ganze lieber noch einmal.«

Bis dahin würde er längst im Süden sein, und sie konnte den Skinnerschen Zwinger haben, sie und Mavis. Und vielleicht würde er es sogar noch schaffen, sie herumzukriegen, bevor er seinen Abgang machte.

Sie bedachte den Fünf-Dollar-Schein mit einem verächtlichen Blick. »Das reicht ja nicht einmal für das Gras, das Sie geraucht haben«, murrte sie. »Vielen Dank.«

»Warte doch noch einen Moment, Pattie Mae«, winselte Philo. »Ich bin momentan nicht flüssig. Warte doch auf deinen nächsten Scheck. Der wird sicher eine kleine Sonderprämie vom Chef enthalten. Ganz bestimmt. Du mußt nur bis nächste Woche warten. Aber vorher werde ich dich noch morgen abend anrufen, wegen des Abendessens, das ich dir versprochen habe.«

»Ja, bis dann«, verabschiedete sie sich und ging auf ihren altersschwachen Volkswagen zu.

»Warte nur, bis du nächste Woche deinen Scheck bekommst!« rief ihr Philo nach.

Ja, warte nur bis nächste Woche, dachte er. Ich werde dir so eine Scheißpostkarte mit einem Hund darauf schicken. Mit einem Chihuahua! Puerto Vallarta, Philo Skinner kommt!

Aber Philo Skinner mußte noch etwas erledigen, bevor das Verbrechen perfekt war – den Brief. Er holte ihn aus dem Handschuhfach und sah ihn sich noch einmal an. Er konnte wirklich stolz auf sich sein. Aus Zeitungen ausgeschnittene Wortfetzen, auf normales Papier geklebt – genau wie im Kino. Das einzige Problem war, daß er in der Zeitung nicht die entsprechenden Namen gefunden hatte. Er war bis drei Uhr nachts aufgesessen und hatte Dutzende von Zigaretten gequalmt, um nach Worten mit der Silbe *Whit* zu suchen. Diese verdammte L.A. *Times* hätte ruhig mehr mit einem

Whit drucken können. Mit dem *field* hatte er dagegen keinerlei Schwierigkeiten. Dann suchte er in einer Familienzeitschrift vergeblich nach dem Wort *Hund*, bis er auf die Idee kam, daß er auch einzelne Buchstaben zusammensetzen konnte.

Philo hatte beim Zusammenstellen des Briefs Gummihandschuhe getragen und kam, nachdem er *Mrs. Whitfield* geschrieben hatte, auch ganz gut voran; nur rauchte er eine Zigarette wie üblich zu weit herunter, so daß seine Hand Feuer fing, da die Handschuhe noch von Alkohol getränkt waren, als er einen Lakeland Terrier mit einer Zecke behandelt hatte. Zu Philo Skinners Glück stand eine Schale mit Seifenwasser direkt neben ihm, so daß der brennende Handschuh kaum seine Finger versengte. Wenigstens einmal hatte sich Mavis' unterentwickelter Ordnungssinn als nützlich erwiesen.

Als er den Brief schließlich fertig hatte, lautete er folgendermaßen:

> Mrs. Whitfield,
> inzwischen wissen Sie bereits, daß Sie nicht Ihren Hund haben. Behalten Sie den Hund, den Sie jetzt haben, bis Sie weiteres von mir hören. Ich werde mich telefonisch mit Ihnen in Verbindung setzen. Ich werde Ihre Telefonnummer erfragen, indem ich morgen in Biggs' Zwinger anrufen werde und mich als Ihr Freund Richard ausgebe. Sorgen Sie dafür, daß man dort Richard Ihre Telefonnummer gibt. Wenn Sie Biggs oder der Polizei mehr als das sagen, werden Sie Ihren Hund nicht lebend wiedersehen.

Philo Skinner hatte sich aus Verehrung für Richard Burton, den er in Puerto Vallarta, so gut es ging, als ergrauter Lebemann zu imitieren gedachte, für den Namen Richard entschieden. Wäre das vielleicht nichts gewesen, wenn er sich auch noch in Richard Burtons Villa eingemietet hätte?

Alles ging bestens, bis er unter die Nachzügler von der Super Bowl geriet, die immer noch die viel zu engen Straßen um die Rose Bowl von Pasadena verstopften. Philo verfiel fast wieder in seinen früheren Starrezustand, als ihn in Arroyo ein Verkehrspolizist an den Straßenrand winkte.

Ein Polizist! Ich werde freiwillig mitkommen, Herr Inspektor! Ich hätte doch wissen müssen, daß sich das Verbrechen nicht lohnt!

»Können Sie nicht außen herum fahren? Wo wollen Sie denn hin? Nach Linda Vista?«

»Wie bitte?«

»Können Sie nicht außen herum fahren, habe ich gesagt. Wollen Sie nach Linda Vista?«

»Linda Vista?«

»Dann fahren Sie doch außen herum! Können Sie denn nicht sehen, daß bis zur Bowl alles verstopft ist? Fahren Sie also außen herum!«

Und Philo fuhr also außen herum und suchte nach der Adresse aus dem Katalog der Hundeausstellung. Er beschrieb einen Halbkreis von fünfzehn Kilometern, bis er schließlich auf dem Ventura Freeway landete. Er bog ab, fuhr wieder zurück, verirrte sich in Glendale und fand sich schließlich neuerlich auf dem Freeway wieder. Er sah die Adresse noch einmal nach und zog dabei seinen Stadtplan von Pasadena zu Rate. Trotzdem fuhr er noch drei weitere Male zu früh vom Freeway ab, bis er die Villa fand.

Etwa hundert Meter weiter die Straße hinunter parkte Philo unter ein paar Fichten. Dann schlich er, nachdem er in beide Richtungen gespäht hatte, an der Wand entlang und an einem dichten Gewirr von Oleanderbüschen vorbei, wobei er alle paar Augenblicke stehenblieb, um nach Stimmen oder Tritten zu lauschen. Nichts als Vögel und Rasensprenger, die ausgedehnte Grünflächen besprühten. Nichts als Eichen, Fichten und Eukalyptusbäume. Dann stand er vor dem eisernen Eingangstor. Philo blieb noch einmal kurz stehen, sah sich vorsichtig um und galoppierte dann keuchend auf die Eingangstüre zu, wo er den Brief halb unter den Türspalt schob. Er hechelte die Auffahrt wieder zurück, blieb aber nach fünfzig Metern stehen, mußte husten, würgte einen Brocken schwarzen Schleims hoch und trottete noch einmal zurück. Er nahm den Brief noch einmal und wischte ihn mit einem ängstlichen Blick über seine Schultern unter seinen verschwitzten Achselhöhlen ab, um Fingerabdrücke zu beseitigen.

Zwei Minuten später keuchte er auf den geparkten Kombi zu, aus dem Vickies Heulen zu vernehmen war, als näherte er sich dem Ziel eines Marathonlaufs. Der kleine Hund wußte, wo er war. Sein Heulen zerriß Philo Skinner fast das Herz.

»Bitte, sei still«, flehte er. »In ein paar Tagen wirst du ja wieder zu Hause sein. Also halt bitte die Klappe. Philo tut dir doch nichts.«

Madeline schwatzte lachend mit ihren Freunden und den zahlreichen Gratulanten, während sie zugleich voller Spannung der Endphase des Wettbewerbs entgegenfieberte.

»Mrs. Whitfield.« Chester Bigg's Gesicht war aschfahl.

»Ja, Chester.«

»Kommen Sie mal. Vickie hat etwas.«

Madeline Whitfields Alptraum nahm seinen Anfang, als sie sich ihre Strumpfhose zerriß, als sie die Stufen der Tribüne hinunterstolperte. Sie konnte sich nicht mehr erinnern, wie sie hinter Chester Biggs herrannte, sich durch die Menge drängte, gegen die verschiedenen Verkaufsstände stieß und fast eine Fotografin umrannte, die im Auftrag einer stolzen Besitzerin, die jeden Preis dafür gezahlt hätte, ihr eigenes Bild – der Hund war dabei völlig uninteressant – in einer Hundezeitschrift veröffentlicht zu sehen, gerade einen Spitz fotografierte. Jeder ist sich selbst der Nächste.

Der kleine Schnauzer sah aus, als würde er jeden Augenblick sterben. Völlig außer sich nahm Madeline den Hund gegen den Rat eines Tierarztes, den Biggs aufgetrieben hatte, vom Trimmtisch auf.

»Vickie, Vickie! Meine kleine Vickie!«

»Ich glaube, der Hund steht unter Drogeneinfluß«, meinte der Tierarzt. Er legte seine Hand auf Madeline Whitfields Arm, als sie das kleine Tier schluchzend gegen ihr Gesicht preßte: »Vickie, meine Vickie!«

»Gnädige Frau, vermutlich hat irgend jemand Ihren Hund betäubt.«

»Das ist doch unmöglich!« entrüstete sich Chester Biggs. »Wie sollte jemand Vickie betäubt haben? Ich war doch hier. Ich war doch die ganze Zeit . . .« Er warf seinem Gehilfen, aus dessen Gesäßtasche das Sexheft hervorlugte, einen vielsagenden Blick zu. »Das ist doch unmöglich!« wiederholte er und dachte dabei bereits an den Prozeß, der ihm möglicherweise drohte. Ich werde diesen pickligen Hundesohn umbringen! fluchte Chester Biggs im stillen.

Die Augen des Schnauzers waren glasig. Mühsam rang das Tier nach Atem. Seine Zunge hing bedenklich weit heraus. Madeline erkannte ihren Liebling kaum wieder.

»Immerhin geht es dem Hund jetzt schon wieder besser als vor fünf Minuten«, warf der Tierarzt ein. »Er wird schon wieder werden.«

Der Zwingergehilfe trat bereits den Rückzug vor Chester Biggs an, der auffällig an eine Bulldogge erinnerte, als er auf das geile Jüngelchen mit dem Magazin zutrat und sagte: »Komm doch mal her, Kleiner, ich möchte mit dir *reden*.«

Fünfzehn Minuten später brachte Chester Biggs den Schnauzer in aller Eile zu Madelines Tierarzt in San Marino, der zu Hause angerufen worden war und bereits in seiner Praxis wartete, um sich des Hundes anzunehmen. Während er über den Pasadena Freeway jagte, schoß Chester Biggs plötzlich ein Gedanke durch den Kopf. Der Schnauzer sah doch etwas anders aus. Es war fast, als wären seine Beine . . . Na ja, das lag möglicherweise an seinem Zustand. Winselnd wand sich das Tier auf dem Boden seines Käfigs.

Der Tierarzt schickte Madeline Whitfield nach Hause, nicht ohne ihr zu raten, sich an ihren Hausarzt zu wenden, damit er ihr ein Beruhigungsmittel verschrieb. Da sie unmöglich hätte selbst fahren können, brachte sie Chester Biggs' pickliger Gehilfe nach Hause. Er fuhr Madelines Cadillac Fleetwood wie einen Leichenwagen und sprach kein Wort.

Der Junge überlegte bereits, ob er nicht am besten den nächsten Bus nehmen und sich über die Grenze aus dem Staub machen sollte. Schließlich war das alles nicht seine Schuld gewesen. Es waren diese einladenden Pelzchen der Miezen in diesem Magazin gewesen! Aber bevor sich der picklige Jüngling aus dem Staub machte, fiel sein Blick auf das Kuvert, das vor der Tür auf dem Treppenabsatz lag. Darauf stand in dick gedruckten Lettern: »Dringend.«

»Mrs. Whitfield«, sagte er, als Madeline sich an ihrem Schlüsselbund zu schaffen machte und ihn fallen ließ.

»Danke. Vielen Dank. Oh, Entschuldigung.« Sie wollte die Schlüssel eben wieder fallen lassen.

»Mrs. Whitfield, dieser Brief muß wohl für Sie sein. Auf dem Umschlag steht, daß er dringend ist.«

»Dringend.«

»Mrs. Whitfield, geben Sie mir die Schlüssel. Ich werde schon aufsperren.«

Drei Minuten später schlich der picklige Junge vorsichtig die Straße hinunter, um jedesmal in die Büsche zu hechten, wenn ein Wagen vorbeikam, in dem sein mordgieriger Arbeitgeber Chester Biggs hätte sitzen können.

Madeline brauchte drei Minuten, um den Brief zu öffnen. Sie war einer Ohnmacht nahe. Es gab zwar in diesem Teil des Hauses eine ganze Reihe von Sitzgelegenheiten der unterschiedlichsten Art, aber Madeline schien trotzdem keinen Platz finden zu können, wo sie sich hätte setzen können. Schließlich ließ sie sich auf dem Küchentisch nieder. Sie hielt den Umschlag in ihrer Hand, war aber völlig unfähig zu entscheiden, was sie nun tun sollte. Wäre da nicht Philo Skinners kriminelle Ausbildung durch die Samstagabend-Vorstellungen gewesen, sie hätte den Umschlag vielleicht nicht einmal geöffnet. Aber die bizarren Druckbuchstaben veranlaßten sie schließlich doch, das Kuvert aufzureißen. Sie mußte das Blatt Papier erst auf dem Küchentisch glätten. Zwei der H's hatten sich gelöst und lagen nun verkehrt herum auf dem Tisch. Zufällig stammten beide H's von dem Wort *Hund*. Der erste Satz lautete nun: »Inzwischen wissen Sie bereits, daß Sie nicht Ihren und haben. Behalten Sie den und, den Sie jetzt haben, bis Sie weiteres von mir hören.«

Madeline fing an, stoßweise zu schluchzen. Sie konnte nicht verstehen, weshalb ihr jemand so einen Blödsinn schrieb.

Bis das Wort *Biggs' Zwinger* in ihre Augen stach. Sie hörte zu schluchzen auf und begann noch einmal von vorne mit dem Lesen. Sie kreischte nur noch und öffnete die Türe nicht, als Chester Biggs kam. Es schien, als drückte er eine Viertelstunde lang auf die Klingel. Kurz darauf klingelte das Telefon.

»Mrs. Whitfield!«

»Ja?«

»Chester am Apparat, Mrs. Whitfield. Ich habe ja fast eine halbe Stunde an Ihrer Tür geklingelt, aber Sie haben nicht aufgemacht.«

»Nein.«

»Mrs. Whitfield, ich muß Sie unbedingt sprechen.«

»Wie geht es Vickie?« Madeline erschien Chester Biggs merkwürdig ruhig, als sie das sagte.

»Es tut mir schrecklich leid, Mrs. Whitfield. Sie ist tot. Vickie ist eben gestorben.«

Nach kurzem Schweigen fuhr Chester fort: »Ich würde gerne bei Ihnen vorbeikommen, Mrs. Whitfield. Und zwar jetzt gleich. Fehlt Ihnen auch nichts? Möchten Sie, daß ...«

»Nein, Chester«, wimmelte sie ihn ab, während sie gleichzeitig mit starrem Blick Wort für Wort Philos Brief las.

»Es wäre auf jeden Fall besser, wenn ich bei Ihnen vorbeikomme, Mrs. Whitfield. Ich ...«

»Nein, Chester, ich möchte alleine sein. Und machen Sie sich meinetwegen keine Sorgen«, versuchte sie ihn zu beruhigen, während sie sich ihre tropfende Nase putzte und den häßlichen Brief sorgfältig wieder in den häßlichen Umschlag zurücksteckte.

»Der Arzt meint, es war ein Beruhigungsmittel. Irgend jemand wollte nicht, daß Vickie gewann. Irgend so ein Schweinehund war so auf den Sieg versessen, daß er ... Vielleicht war es Gift, keine Ahnung. Der Tierarzt wird eine Autopsie vornehmen und Proben an ein Labor schicken. Ich finde, wir sollten die Polizei verständigen.«

»Nein!« schrie Madeline in den Hörer, daß Chester Biggs fast das Trommelfell platzte. Als er sich von seinem Schock wieder einigermaßen erholt hatte, wollte er wissen: »Warum nicht, Mrs. Whitfield?«

»Vickie gehört mir. *Hat* mir gehört. Das geht Sie nichts an, Chester. Ich möchte mit der Polizei nichts zu tun haben. Wenn jemand so sehr gewinnen wollte, daß er Vickie betäubte oder vergiftete oder was auch immer, dann läßt sich daran jetzt nichts mehr ändern. Sie ist ja nicht der erste Hund, der bei einer Hundeausstellung vergiftet worden wäre, und ich sehe keinen Sinn dahinter, mir jetzt noch eine zusätzliche Belastung aufzuhalsen, indem ich mir die Polizei ins Haus hole.«

»Natürlich, ganz wie Sie wollen, Mrs. Whitfield. Aber überschlafen Sie das Ganze lieber noch einmal.«

»Ja, das werde ich tun.«

»Vielleicht denken Sie morgen anders darüber.«

»Ja, vielleicht, aber rufen Sie auf keinen Fall die Polizei.«

»Ist gut, Mrs. Whitfield. Ach ja, und überschlafen Sie das Ganze noch einmal.«

»Chester.«

»Ja?«

»Eines noch. Auf der Ausstellung hat mich jemand angesprochen, der – der ein Bild von Vickie für eine Zeitschrift wollte. Er heißt – Richard und noch irgend etwas. Ich habe vergessen, ihm meine Telefonnummer zu geben, aber er weiß, daß Sie Vickies Betreuer sind. Möglicherweise wird er Sie morgen anrufen. Geben Sie – geben Sie ihm meine Telefonnummer.« Und dann brach sie in lautes Schluchzen aus. Von diesem Augenblick an wußte Chester überhaupt nicht mehr, was er von dem Ganzen halten sollte.

»In Ordnung, Mrs. Whitfield. Ich . . . Also dann, gute Nacht, Mrs. Whitfield. Es tut mir wirklich leid. Der Doktor wird Vickie bei sich behalten, bis Sie sich morgen entschieden haben, was Sie – ob Sie Vickie bestatten lassen wollen oder ob Sie wollen, daß er die ganze Sache in die Hand nimmt. Also dann, gute Nacht, Mrs. Whitfield.«

»Einen Moment noch!«

»Ja, was ist, Mrs. Whitfield?«

»Ich möchte keine Autopsie. Bringen Sie Vickie auf der Stelle hierher.«

»Aber Mrs. Whitfield, das geht doch nicht. Vickie ist tot. Vickie ...«

»Ich möchte sie bei mir haben, Chester. Bringen Sie sie hierher. Ich werde selbst ein Tierbestattungsunternehmen verständigen, damit die sich dann der Sache annehmen. Würden Sie Vickie also bitte zu mir bringen. Jetzt gleich.«

Es war schon fast Mitternacht, als Madeline Whitfield schließlich den erforderlichen Mut aufbrachte, in den Pappkarton zu sehen, den ihr Chester Biggs auf den Tisch im Eßzimmer gestellt hatte.

Der kleine Körper, der in ein weißes Handtuch gewickelt war, war keineswegs so starr und kalt, wie sie angenommen hatte, als sie ihn berührte. Und sie konnte auch fast auf den ersten Blick erkennen, daß der tote Schnauzer nicht Victoria war.

Tutus Herz und Atemorgane waren durch das Beruhigungsmittel zum Erlahmen gebracht worden. Nach Luft japsend, war der kleine Hund einen schmerzhaften Tod gestorben. Seine Augen waren nach unten verdreht, und sein Unterkiefer hatte sich im Todeskampf nach vorne geschoben. Mit den Schnurrhaaren und den Wimpern, feucht an den kleinen Kopf geklatscht, und dem vorspringenden Unterkiefer sah der Hund fast aus wie ein kleiner Bullenbeißer.

9. KAPITEL

Der schwarze Peter

Der Montagmorgen war sehr schlimm für Walnikow, schlimmer noch für Captain Hooker, da er, wie Walnikow, verheerende Kopfschmerzen hatte. Aber während Walnikows Kopfschmerzen von einem üblen Wodkakater herrührten, waren die Captain Hookers auf Probleme mit seinen Truppen zurückzuführen. Und diese Probleme waren es vermutlich auch, die Walnikows Laufbahn bei der Polizei vor einem abrupten Ende bewahrten.

Als Walnikow in den Bereitschaftsraum geschlurft kam, saß Captain Hooker mit Clarence Cromwell in seinem Büro und starrte ungläubig auf Montezuma Montez und Rocco Bambarella. Seit bei einem Überfall auf eine Tankstelle der Räuber acht Schüsse auf Rocco abgefeuert hatte, von denen keiner traf, hieß er Bullets Bambarella. Dafür waren Rocco Bambarellas Umrisse mit Neun-Millimeter-Schußlöchern in die Wand gezeichnet, vor der er gestanden hatte. Es war nur seine lange Leitung gewesen, die ihm das Leben gerettet hatte. Jeder andere Mensch mit normaler Reaktion wäre nach links oder rechts gesprungen und auf der Stelle getötet worden. Rocco Bambarella, der nicht schlechter schoß als irgend jemand sonst in so einer Situation, schoß ebenfalls sein Magazin leer, und obwohl sämtliche sechs Geschosse ihr Ziel verfehlten, überlebte er doch, indem er eine volle Büchse mit 20-W-Motorenöl nach dem Räuber schleuderte und diesen damit außer Gefecht setzte. Diese Großtat trug wesentlich zu Roccos Ruf bei und verhalf ihm vor allem, was für einen Polizisten von wesentlich größerer Bedeutung ist, zu einem Macho-Spitznamen. Er wurde fortan nur noch Bullets Bambarella genannt.

Walnikow brachte ein mühsames Lächeln zustande und sagte: »Guten Morgen, Natalie. Hatten Sie ein schönes Wochenende?«

»Morgen«, erwiderte sie kurz angebunden und senkte nervös ihre Augen.

Walnikow befand sich jedoch nicht in einem Zustand, um auf solche körpersprachlichen Zeichen zu reagieren. Er trottete an seinen Schreibtisch und setzte sich, um den dicken Stapel von Wochenendeinbruchsberichten durchzusehen.

Natalie konnte sie lauthals diskutieren hören, vor allem Bullets, der gerade tönte: »Jetzt hören Sie mal, Captain Hooker, mir ist das scheißegal, ob dieser Chinese Montezuma hier anzeigt ...«

»Mich!« unterbrach ihn der Chicano-Polizist. »Warum eigentlich mich? Ich war doch gar nicht dabei!«

»Du warst nicht dabei?« brauste Bullets Bambarella auf.

»Jetzt reiß dich mal zusammen, Bullets!« fuhr Clarence Cromwell genervt dazwischen. »Er war wirklich nicht dabei. Du warst dort mit zwei Uniformierten, aber ein Detektiv war nicht dabei.«

»Aber von ihm stammt doch der Tip!« warf Bullets ein. »Montezuma, du hast mir doch die Information von deinem Informanten zugesteckt ...«

»Von *meinem* Informanten! Es war ein anonymer Anruf.«

»Du willst doch nur deinen Informanten decken!« schoß Bullets zurück.

»Bitte, bitte!« flehte Captain Hooker, dessen Kopf schrecklich schmerzte. Dann sah er zu dem alternden schwarzen Detektiv auf, der unmittelbar rechts neben ihm stand. »Clarence, Sie sind doch Bullets' Vorgesetzter. Könnten Sie sich vielleicht der Sache annehmen, damit wir nicht schon wieder einen Prozeß auf den Hals bekommen? Der Kommandant meint, er hätte noch nie von einer Detektivabteilung gehört, gegen die so oft gerichtlich vorgegangen wurde.«

»Das hat man von diesen verrückten jungen Kerlen«, schnaubte Clarence. »Nichts als Scherereien. Ich habe dir doch gesagt, Bullets, wenn ihr den großen Supermacker markieren wollt, du und Montezuma und diese ganzen anderen jungen Hitzköpfe, dann macht doch in der U-Bahn Dienst oder geht auf Streife. Aber verschont uns bitte hier in der Detektivabteilung!«

»Meine Fresse, Clarence, versetz dich doch mal in meine Lage«, winselte Bullets, da sie alle wußten, daß Captain

Hooker das Wochenende wieder einmal auf Clarences Jacht verbracht und den Kapitän gespielt hatte, während er hier im Büro inoffiziell lediglich als Bootsmann fungierte. »Weißt du, Clarence«, fuhr Bullets fort, »ich dachte, ich könnte mich auf Montezumas Tip verlassen. Er meinte, dieser Chinese hätte hinten in seinem Restaurant eine Druckerei für falsche Schecks.«

»Falsche Schecks in einem chinesischen Restaurant«, echote Captain Hooker gedankenversunken und fuhr sich mit seinen feingliedrigen Fingern durch sein dünnes, graues Haar. »In Deputy Chief Lichtenwalters *Lieblings*restaurant.«

»Na ja, jedenfalls wollte ich der Sache nachgehen«, sprach Bullets weiter, wobei er hinsichtlich seines letzten Intelligenzbeweises zunehmend unsicherer wurde. »Und ich habe also Verstärkung angefordert.«

»Verstärkung«, wiederholte Captain Hooker vage.

»Wir legten uns also im Hinterhof bei der Küche auf die Lauer. Dort, wo sie immer diese schleimigen Entenhäute zur Tür hinauswerfen. Butch Janowski, der sich hinter einer Mülltonne versteckt hatte, bekam so ein Ding direkt auf die Mütze.« Bei dem Gedanken an die glitschige Entenhaut auf Butch Janowskis Rübe mußte Bullets unwillkürlich lachen. Bis er merkte, daß niemand sonst auch nur lächelte. »Und dann haben wir also gewartet und unsere Ohren aufgesperrt«, fuhr er nüchtern fort.

»Sie arbeiten doch nicht in der Falschgeldabteilung«, erinnerte Captain Hooker Bullets, der allmählich ins Schwitzen geriet.

»Ich weiß, Captain, aber ich dachte, meine Fresse, der Chinamann würde da in seiner Küche heiße Schecks drucken. Und das Ganze sah mir auch nach einer Mordssache aus. Also habe ich schön die Ohren aufgesperrt, und was habe ich gehört? Klick, klick, klick.«

»Klick, klick, klick!« wiederholte Captain Hooker gequält.

»Genau!« stimmte Bullets zu. »Wissen Sie, ich dachte, das wäre eine Druckerpresse, in der sie gerade ein paar falsche Schecks druckten. Klick, klick, klick. Und dann, peng!«

»Peng«, nickte Captain Hooker.

»Und dann bin ich eben in Aktion getreten und – ich habe die Türe eingetreten, die dann auch prompt auf diesen Tellerwäscher gefallen ist, worauf der Bursche einen Kopfsprung in die Spüle macht, und dabei sind dann ein paar – na ja, *mehrere* Teller zu Bruch gegangen. Und dann flogen plötzlich Frühlingsrollen und Glücksplätzchen durch die Gegend, und was weiß ich noch alles, und äh, dieser alte Chinese, dem der Laden gehört, fängt plötzlich zu brüllen an und faßt sich an die Brust, als bekäme er einen Anfall . . .«

»Oder einen Herzinfarkt«, ergänzte Captain Hooker.

»Ja, aber einen Herzinfarkt hat er nicht bekommen, Chef«, rechtfertigte sich Bullets. »Eher würde ich sagen, einen Anfall.«

»Und eben hat sein Anwalt angerufen«, sagte Captain Hooker ruhig, dabei mehr denn je wie ein blasser, viktorianischer Schulmeister aussehend. »Und sein Anwalt meint, zwei Millionen Dollar.«

»Zwei Millionen?« wiederholte Bullets blöde. »Was soll das heißen?«

»Das heißt, er verklagt die Stadt auf zwei Millionen Dollar«, erklärte Captain Hooker geduldig, worauf er plötzlich alle Anwesenden aus ihrer Lethargie riß, indem er aufsprang und Bullets mit zornfunkelnden Augen anbrüllte: »WEIL SIE DIESEN ALTEN CHINESEN BUCHSTÄBLICH ZU TODE ERSCHRECKT HABEN!«

»Jetzt beruhigen Sie sich erst mal wieder, Captain.« Clarence Cromwell drückte Captain Hooker sanft wieder in seinen Stuhl zurück und klopfte ihm begütigend auf die Schultern. »Regen Sie sich doch nicht so auf, Chef. So schlimm ist das alles doch auch wieder nicht.«

»Aber meine Pensionierung ist doch nur noch eine Frage von Wochen!« heulte Captain Hooker. »Sie wissen doch ganz genau, Clarence, wie ich unter so etwas leide!«

»Ist ja schon gut, Chef, beruhigen Sie sich nur mal«, redete Clarence auf Hooker ein und massierte ihm die Schultern, was sich zumindest auf seine Kopfschmerzen positiv auswirkte. Dann wandte sich Clarence an Bullets: »Wie ich gehört habe, waren die alten Seidenunterhosen, die dieser

Chinese anhatte, tatsächlich voller Scheiße, Bullets. Das hat jedenfalls Butch Janowski gesagt.«

»Und ob. Bis zu seinen Knien hinunter«, verkündete Bullets stolz – bis sein Blick wieder auf Captain Hookers beunruhigendes Starren fiel.

»Dann erzähl doch mal, Bullets«, erkundigte sich Clarence Cromwell. »Woher kam denn dann dieses Klick-Geräusch, wenn nicht von einer Druckerpresse?«

»Es war gerade Mittagspause«, antwortete der muskulöse junge Detektiv einfältig.

»Mittagspause.«

»Diese Chinesen waren gerade beim Essen und klapperten mit ihren Stäbchen in ihren Reisschalen herum. Tja, und das klang *haargenau* wie eine Druckerpresse, in der sie falsche Schecks ...«

»Ich würde mich lieber mal aus dem Staub machen, Bullets«, warnte ihn Clarence Cromwell. Der starre Blick in Captain Hookers Augen beunruhigte ihn zusehends.

»Geht das dann in Ordnung?« winselte Bullets.

»Geht erst mal wieder an die Arbeit, Jungs«, entließ sie Clarence Cromwell mit einem heimlichen Zwinkern, das Bullets einen Seufzer der Erleichterung entlockte. Er stürmte aus dem Büro.

Als Natalie Zimmerman Bullets Bambarella so aus Hookers Büro kommen sah, wobei ihm Montezuma Montez einen vielsagenden Blick zuwarf, dachte sie, nun wäre sie an der Reihe.

Bullets Bambarella sagte plötzlich eisig: »Ich habe gehört, du hättest dich neulich beim Hanteln großgetan, du könntest das ganze Revier hier hochstemmen.«

»Das hast du also gehört, wie?« erwiderte Montezuma nicht weniger eisig.

»Ich habe gewettet, du würdest nicht einmal dein eigenes Gewicht hochbekommen«, stichelte Bullets.

»Und hast du deine fünf Dollar gekriegt?« erkundigte sich Montezuma Montez und lenkte damit die Aufmerksamkeit aller Anwesenden auf sich, die für derartiges Mackergehabe etwas übrig hatten.

»Ich habe *zehn* Dollar gekriegt, was heißt, daß *ich* mein Gewicht hochgekriegt habe«, prahlte Bullets.

»Bei all den Makkaroni, die du verdrückst? Da sollte ich ja fast auf fünfzehn erhöhen«, ginste Montezuma Dudley Knebel von der Abteilung für Raubüberfälle zu.

»Und was ist mit den Tortillas, die du dir immer hineinschiebst? Da sollte ich ja auf *zwanzig* erhöhen«, grinste Bullets Bambarella Walnikow zu, dessen Kater so schlimm war, daß er nicht im geringsten verstand, wovon die beiden jungen Detektive eigentlich redeten.

Während also der halbe Bereitschaftsraum sich von seinen Sitzen erhob und den beiden Streithammeln in die Kabine folgte, betrat Natalie Zimmerman Hipless Hookers Büro, um ihm mitzuteilen, was sie am Freitag entdeckt hatte.

Über der Frage, ob sie ihm davon nun erzählen sollte oder nicht, hatte sie die ganze letzte Nacht kein Auge zugekriegt. Schließlich war sie aber doch zu dem Entschluß gelangt, daß sie auf keinen Fall schweigen durfte. Selbst wenn Walnikow nicht ihr Partner gewesen wäre, hätte sie Meldung erstatten müssen. Selbst wenn ihm jemand anderer zugeteilt wurde und sie wieder erlöst werden sollte. Er hatte nämlich ein Dienstabzeichen. Und er hatte eine Waffe. Er war Sergeant bei der Polizei von Los Angeles. Und er war verrückt.

»Sie sind jetzt dran, Natalie«, empfing sie Clarence Cromwell.

Das durfte doch nicht wahr sein! Clarence Cromwell massierte doch tatsächlich Hookers Hals, als sie das Büro betrat.

»Was haben Sie denn heute auf dem Herzen, Natalie?« stöhnte Captain Hooker. Und als Natalie Hipless Hooker sah, der sich unter den Händen Clarence Cromwells entspannte, wurde ihr mit einem Schlag bewußt, daß sie keine Chance haben würde. Sie versuchte es trotzdem. »Könnte ich Sie in einer Privatangelegenheit sprechen?«

»Muß das sein, Natalie?« stöhnte Captain Hooker, ohne seine Augen zu öffnen. »Sie werden mir doch nicht auch schon wieder mit einem Problem kommen? Wissen Sie eigentlich, wie wenig Zeit noch bis zu meiner Pensionierung bleibt und wie viele Probleme es bis dahin noch zu lösen gibt? Ein bißchen mehr nach links, Clarence.«

»Es ist wegen Walnikow, Captain«, fing Natalie an, wobei sie auf Clarence Cromwell starrte. »Ihr kleines Experiment, ihn mit einer weiblichen Beamtin arbeiten zu lassen, wird wohl nicht vom Erfolg gekrönt werden. Im Gegenteil . . .«

»Mensch, Natalie!« schnitt Clarence ihr das Wort ab und hörte mit dem Massieren auf, worauf Hipless Hooker die Augen aufschlug, an seinem Kaffee schlürfte und davon träumte, auf Clarences Jacht in den Avalon Harbor einzufahren und fette Seebrassen und Barracudas zu angeln. Die Channel Islands. Der lichte Pazifik. Vielleicht auch ein Schwertfisch. Seine Frau Hunderte von Meilen entfernt in Van Nuys. Auf dem Festland gefangen!

»Ich habe es ja versucht, Captain«, setzte Natalie an, »aber das Ganze haut einfach unmöglich hin, und außerdem muß ich Ihnen etwas Wichtiges mitteilen. Wegen Walnikow.«

»Aha, und was wäre das?« erkundigte sich Hooker, während er sich an den Papieren auf seinem Schreibtisch zu schaffen machte.

»Er ist verrückt«, sagte sie einfach.

»Ja, und was sonst noch?« entgegnete Captain Hooker abwesend.

»Was sonst noch?«

»Um Himmels willen, wo ist das Problem?« erkundigte sich Captain Hooker schließlich mit Nachdruck.

»Das habe ich Ihnen doch eben gesagt. Er ist verrückt. Plemplem. Meschugge. Haben Sie mich verstanden? Ich meine nicht, ein bißchen komisch oder eigenartig. Ich will damit sagen, daß er geistesgestört ist. Ein Fall für den Psychiater. Absolut neben der Kappe. Ein Kandidat für eine Pension, und zum Abschied vielleicht noch einen kleinen Orden oder irgendeine andere Auszeichnung. Und dann stecken Sie ihn am besten in so eine weiße Jacke, deren Ärmel sich hinten zusammenbinden lassen.«

»Das ist doch wirklich das Blödeste, was ich Sie je habe sagen hören, Natalie«, brummte Clarence Cromwell, der nun vor Hookers Schreibtisch trat und sich so darauf setzte, daß der Captain völlig hinter seiner massigen Gestalt verschwand. Natalie bekam auf diese Weise eindrucksvoll demonstriert, wer in diesem Büro das Sagen hatte.

»Sie kennen Walnikow gar nicht richtig, Clarence!«

»Was soll das denn nun wieder? Ich habe schließlich jahrelang mit ihm zusammengearbeitet und ...«

»Sie wissen absolut nicht, wie er *jetzt* ist. Ich sage Ihnen doch, daß er sie nicht mehr alle beisammen hat. *Wirklich.*«

Captain Hooker versuchte zwar, der Unterhaltung zu folgen, fand aber auf seinem Schreibtisch plötzlich ein Dokument, das aufs höchste sein Mißfallen erregte. »Bambarella!« brüllte er los, ohne daran zu denken, daß die Tür des Büros geschlossen war. Clarence Cromwell wäre fast vom Schreibtisch gefallen.

»Was ist denn, Captain?«

»Bullets ist mit einem unserer Wagen hundert gefahren.«

»Aber Chef«, beruhigte ihn Clarence. »Die Geschwindigkeitsbegrenzung liegt doch bei neunzig. Das sind nur zehn drüber. Also hundert sind doch wirklich nicht schlimm.«

»In einer Tiefgarage?«

»Entschuldigen Sie mal, Captain«, schaltete sich Natalie Zimmerman ein. »Sie wollten mich doch in der Sache Walnikow anhören.«

»Natalie, bitte!« stöhnte Captain Hooker. »Kommen Sie endlich zur Sache.«

»Sie haben doch erst einen Tag mit ihm gearbeitet«, warf Clarence Cromwell ein. »Er mag ja ein bißchen seltsam sein, aber gleich verrückt? Was hat er denn Verrücktes getan?«

»Das ist gar nicht so einfach, Clarence. Das sind immer mehrere ...«

»Nur *ein* Beispiel«, drängte Clarence. »Mehr verlange ich gar nicht.«

»Ein Beispiel?«

»Genau, *ein* Beispiel.«

»Na gut, er hat zum Beispiel gesagt, als er am Freitag nach Hause ging, er würde sich ein Weihnachtsessen kochen. Ich hoffe, Sie sind sich darüber im klaren, daß wir heute den zehnten Januar schreiben.«

Das gab Clarence Cromwell einen Augenblick zu denken, bis er plötzlich zu kichern anfing. »Das darf doch nicht wahr sein! Ist das wirklich alles? Warten Sie doch mal einen Augenblick, Natalie. Ich möchte mich nur schnell vergewissern.«

Zu Natalies Erleichterung schoß Clarence Cromwell aus dem Büro. Endlich war ihre Chance gekommen, mit Hooker unter vier Augen zu sprechen, falls sie es zumindest schaffen sollte, ihn beim Lesen der Berichte auf seinem Schreibtisch zu unterbrechen.

»Captain, da waren eine Menge Dinge. Alles mögliche. Im einzelnen ist das schwer zu erklären, aber man braucht sie nur alle zusammenzunehmen, und heraus kommt dabei nur eines: verrückt!«

»Ja«, pflichtete er ihr bei und blickte sogar für den Bruchteil einer Sekunde auf. »Ich weiß, daß Walnikow etwas eigenartig ist. Deswegen haben wir Sie beide ja zusammengesteckt. Meinen Sie denn nicht, Natalie, daß Sie noch etwas länger mit ihm zusammenarbeiten könnten ... Gütiger Gott, hören Sie sich das mal an! Bambarella wird von einem Parkwächter angehalten, während er in der Tiefgarage eines Apartmenthauses hinter so einer Blondine in einem Cabrio herjagt, und der Parkwächter sieht sein Schulterhalfter und meint, ob er ein Polizist ist, worauf Bambarella nichts Besseres zu sagen weiß als, Zitat Anfang, nein, du Arschloch, ich bin von der Cosa nostra! Zitat Ende. Herr im Himmel! Von der Cosa nostra!«

»Captain, jetzt hören Sie doch endlich einmal ...«

Aber es war bereits zu spät. Sein Kopf schmerzte einfach zu sehr. Und Clarence Cromwell kam mit triumphierender Miene wieder in den Raum geschossen. Er knallte die Tür hinter sich zu und verkündete siegessicher: »Wissen Sie, was letzten Freitag war, Natalie?«

»Der siebte Januar. Was soll das denn nun wieder?«

»Ja, für *Sie* war es nur der siebte Januar! Aber für ihn war Weihnachten! Russisches Weihnachten! Na, was sagen Sie jetzt?«

»Na also«, meinte Captain Hooker mit einem schwachen

Lächeln; immerhin war eben eine potentielle Krisensituation bereinigt worden. »Wenn es weiter nichts war, warum gehen Sie dann nicht einfach wieder an Ihre Arbeit, Natalie, und ...«

»Mir ist völlig egal, ob letzten Freitag russisches Weihnachten war. Das war ja nicht das einzige.«

»Ja, also wissen Sie, Natalie, für eine Beamtin Ihres Alters und Ihrer Erfahrung ist das doch wirklich etwas kindisch. Ich würde ... Guter Gott, habe ich Kopfschmerzen. Clarence!«

»Ich hol Ihnen ein paar Aspirin, Captain«, sagte Clarence mit einem wütenden Seitenblick auf Natalie Zimmerman, die auf ihre widerspenstige Haarlocke starrte und ihre überdimensionale Brille zurechtrückte. »Ich bringe Ihnen ein paar Aspirin, Captain, und Natalie geht wieder an die Arbeit. Und zwar *mit* ihrem Partner Walnikow.«

»Genau, genau«, nickte Captain Hooker. »Ich weiß zwar, daß Sie sich nicht gern mit Einbrüchen befassen und Walnikow nicht mögen, aber versuchen Sie es trotzdem – zumindest eine Weile. Und falls da irgendwelche Anzeichen von, äh, ungewöhnlichem Verhalten sein sollten, erstatten Sie Meldung, dann werden wir weitersehen. Aber sehen Sie zu, daß Sie sich erst mit ein paar Fällen befassen, Natalie. Russisches Weihnachten. Gütiger Gott! Und machen Sie bitte in Zukunft keine voreiligen Anschuldigungen! Ich habe bereits *genügend* Scherereien.«

Clarence Cromwell fing wieder an, Hookers Hals zu massieren, und starrte Natalie Zimmerman aus dem Büro hinaus.

Als Natalie den Bereitschaftsraum betrat, saß Walnikow hinter seinem Schreibtisch und schlürfte seine dritte Tasse Tee. Warum mußte der Kerl Tee trinken? Warum konnte er nicht wie jeder andere hier auf der Wache Kaffee trinken? Frustriert ließ sie sich auf den Stuhl neben ihm plumpsen und stierte auf den Teebeutel auf der Untertasse. Dann sah sie Walnikow an. Seine Augen waren rot und wäßrig. Er trug dieselbe Krawatte, die ihm Clarence Cromwell letzten Freitag geliehen hatte. Seinen Anzug hatte er jedoch gewechselt. Dieser war grau, sah aber genauso aus wie der andere. Er sah immer gleich aus. Wäßrige, blutunterlaufene Augen. Schon am Morgen ein schwacher Alkoholgeruch. Das Haar in allen Richtungen davonstehend, an manchen Stellen naß an den Kopf geklatscht, an anderen büschelweise in zimtfarbenen Strähnen abstehend. Er lächelte freundlich, dieses blöde, geduldige Lächeln. Natalie konnte im Moment nur an eines denken. »Würde es Ihnen etwas ausmachen, Ihre Jacke aufzumachen, Walnikow?«

»Wie bitte, Natalie?«

»Ich sagte, würden Sie bitte Ihre Jacke aufknöpfen und aufhalten?«

»Natürlich.« Er zuckte mit den Achseln. »Falls Sie Angst haben, ich könnte meinen Revolver vergessen haben, dann machen Sie sich deswegen mal keine Sorgen. In solchen Dingen bin ich immer sehr vorsichtig.«

Sie streckte ihren Arm aus und klappte seine Jacke auf. Wie sie vermutet hatte, war auch die Innentasche dieses Anzugs nicht mit Nadel und Faden ausgebessert, sondern mit Büroklammern.

»Dachte ich mir's doch.«

»Was?«

»Daß Sie alle Ihre Näharbeiten mit dem Bürohefter hier machen.«

»Ich werde es schon noch nähen. Ich hatte das wirklich vor.«

»Ist doch auch völlig egal«, seufzte sie. »Höchstens, wenn Sie am Flughafen durch die Kontrolle müßten, würden Sie vielleicht Schwierigkeiten bekommen mit all dem Metall, mit dem Sie Ihre Sachen zusammengeflickt haben.«

»Sollen wir denn irgendwohin fliegen?« fragte der Detektiv, mit seinen wäßrigen Augen verwirrt blinzelnd. »Irgendein Sonderauftrag?«

Ich werde gleich fliegen, du Blödmann, dachte Natalie Zimmerman. Ich werde gleich über Hookers Kopf hinweg zum Bezirkskommandanten fliegen, wenn es sein muß. Und du wirst dann von deinem Posten fliegen. Gleich darauf verspürte sie jedoch einen heftigen Gewissensbiß, als sie daran dachte, wie er sie mit seinem massigen Körper gegen mögliche Querschläger abgeschirmt hatte, als sie William Allen Livingstone den Garaus machten. Verdammt noch mal, aber er ist trotzdem verrückt!

»Ich habe schon alle Ihre Berichte erledigt, Natalie«, lächelte Walnikow in der etwas verspäteten Erkenntnis, daß das mit dem Flugzeug ein Witz gewesen war. »Ich habe gesehen, daß Sie mit dem Captain etwas zu besprechen hatten. Deshalb habe ich gleich alles für Sie erledigt. Wenn Sie wollen, können wir gleich losfahren. Wir haben nur einen Täter im Gefängnis.«

»Sehen wir uns den Burschen mal an, und bringen wir die Sache hinter uns«, seufzte sie.

»Also gut, an die Arbeit«, lächelte er.

Mach du dich mal an *deine* Arbeit. Ich werde mich mit etwas anderem befassen, dachte sie. Und von diesem Augenblick an – Walnikow stand kurz vor der Aufklärung seines bedeutendsten Falles – gelangte Natalie Zimmerman zu dem Schluß, daß *ihr* Fall, der einzige Fall, der sie im Augenblick interessierte, der Fall Sergeant A. M. Walnikow war. Sie stellte ihre eigenen Nachforschungen an. Und sie würde ihnen unwiderlegbare Beweise vorlegen. Dieser Detektiv war keineswegs nur ein bißchen exzentrisch oder ›seltsam‹. Dieser Detektiv war *verrückt*.

Gerade bevor sie nach draußen gingen, kam Clarence Cromwell lachend aus Hookers Büro und reichte Natalie Zimmerman eine Einbruchsmeldung. »Hier ist noch eine, Nat. Eben reingekommen. Irgend jemand hat aus einem Laden in unserem Revier dreiundachtzig Pfund Fledermausguano gestohlen.«

»Was soll daran so komisch sein?«

»Der Captain hat gemeint: Gibt es in Hollywood tatsächlich so ein großes Düngergeschäft, Clarence? Das waren immerhin dreiundachtzig Pfund. Nee, Captain, sage ich, das ist keine große Firma oder so etwas. Das war wieder einmal nur so eine Deckadresse von einem Betrugsunternehmen!«

Clarence mußte sich gegen die Türe lehnen, um nicht umzukippen. Selbst Hooker hielt sich vor Lachen den Bauch. Nachdem sie ihre Fahrt zur Channel Island für nächstes

Wochenende geplant hatten, war ihre Stimmung wieder wesentlich besser.

Walnikow begriff nicht, worum es ging, bis Clarence sich ihm zuwandte und herausplatzte: »Fledermausguano! Betrugsunternehmen! Hast du es jetzt kapiert?«

Und dann verstand Walnikow endlich, und während Natalie Zimmerman auf ihre widerspenstige Haarlocke einredete, kicherte er höflich.

Der Mann, den sie im Central Jail aufsuchten, war Bernie Mitchell, besser bekannt als ›Itchy Mitch‹. Dieser Name rührte daher, daß er jedesmal, wenn er wegen irgendeiner Schurkerei geschnappt wurde, was – so hieß es zumindest – nur in Monaten mit einem ›r‹ vorkam, das Nesselfieber bekam. Itchy Mitch wanderte recht häufig in den Knast, aber da er nur Autos stahl, bekam er selten mehr als ein paar Monate aufgebrummt. Im übrigen hatte sich Itchy Mitch nur aus dem Grund entschlossen, auf Einbruch umzusteigen, da er Angst hatte, irgendein Richter könnte allmählich genug von seiner Autoknackerei bekommen und ihn in ein Staatsgefängnis stecken. Er hatte sich sagen lassen, daß man wegen Einbruchs, ähnlich wie auch bei Autodiebstahl, nur in den seltensten Fällen in ein Staatsgefängnis kam, es sei denn, man hatte bereits eine Menge ähnlicher Vergehen auf dem Kerbholz. Und da Itchy Mitch noch nie wegen Einbruchs geschnappt worden war, rechnete er sich aus, er könnte sich zumindest vier- bis fünfmal schnappen lassen, ohne daß einem Richter die Galle überlief.

Natalie brauchte ihn nur über den Tisch im Gefängnisverhörraum hinweg anzusehen, und es begann sie bereits zu jucken. Mitch war einen Meter fünfundachtzig groß und wog weniger als Natalie, die für ihre einsdreiundsiebzig ein recht passables Gewicht hatte. Er hatte einen Kranz langen, braunen Haares, während die Schädeldecke bereits halb kahl war. Das Nesselfieber hatte Arme, Hals und Schädel befallen. Er hatte sich, um sich besser kratzen zu können, sein schmutziges weißes Hemd aufgerissen. Und während er nun an dem Tisch Walnikow und Natalie gegenübersaß und ständig von einem zum anderen sah, waren seine Hände ununterbrochen in Bewegung.

Itchy Mitch kratzte seinen Hals, seinen eingefallenen Brustkasten, seinen Rücken, so weit seine Arme reichten, seine Achselhöhlen und seine Beine. Liebend gern hätte er sich auch am Sack gekratzt, was er jedoch mit Rücksicht auf Natalie unterließ. Dann begann er wieder von vorne: den Hals, die Brust, die Achselhöhlen ...

»Ich hätte mich nie mit dieser Alten einlassen sollen, Sergeant«, winselte Itchy Mitch, nachdem sie ihn – vielleicht zum dreiundachtzigstenmal in seinem Leben – auf seine staatsbürgerlichen Rechte aufmerksam gemacht hatten.

»Auf was für eine Alte?« fragte Natalie mechanisch, ohne sich wirklich dafür zu interessieren. Wenn Walnikow seinen Fall hatte, an dem er arbeitete, hatte sie den ihren.

»Es sind immer die Weiber, Sergeant, die einen anständigen Mann in Schwierigkeiten bringen. Immer die Weiber.« Itchy Mitch kratzte sich ausgiebig.

»Sollten wir uns nicht lieber über das Kaufhaus unterhalten, in dem Sie verhaftet wurden?« versuchte Walnikow zum Thema zu kommen.

»Ich hätte doch bei meinen Gebrauchtwagen bleiben sollen, Sergeant«, sinnierte Itchy Mitch, während er gerade seine Fußgelenke bearbeitete. »Wirklich ein toller Job. Bis mir dann eines Tages diese Kuh in die Augen sticht. Und dann habe ich zugeschlagen.«

»Eine Kuh?« fragte Natalie und kratzte sich ebenfalls.

»Wissen Sie, so eine Scheißkiste, die wir für einen Buick in Zahlung genommen haben. Ich denke mir, wer würde das schon merken? Ofen und Orgel kaputt, und außerdem noch falsche weiße Schuhe.«

»Ich verstehe Sie wirklich nicht ganz, Mitch«, meinte Walnikow, der sich inzwischen ebenfalls kratzte.

»Was?«

»Ofen und Orgel? Weiße Schuhe?«

»Ach so, Sergeant, Heizung, Radio und Weißwandreifen!«

»Das wußte ich nicht, Mitch, ich hatte nie mit Autodiebstahl zu tun«, entschuldigte sich Walnikow.

»Bin ich also mit der Kiste nach Arizona, wo ich aber nie angekommen bin. Ich hatte wieder mal den schwarzen Peter erwischt. Mein ganzes Leben lang erwische ich immer nur den schwarzen Peter. Warum ausgerechnet ich?« quengelte er, wobei Walnikow die Art, wie er die Augen zur Decke hob, an Natalie erinnerte. »Warum ausgerechnet ich?«

»Was ist mit dem Kaufhaus, Mitch?« drängelte Natalie.

»War ich also unterwegs, um diese Kiste nach Arizona zu bringen, und dann denke ich, läßt du das Ding mal durch ne Waschanlage laufen. Ich hatte nämlich meine Freundin dabei, und da wollte ich sie nicht in so nem dreckigen Schlitten herumkutschieren. Stellen Sie sich das mal vor! Sadie ist so ne Schlampe, daß ich erst mal sie in die Badewanne hätte stecken sollen, anstatt mir wegen des bißchens Dreck auf diesen falschen Weißwandreifen Gedanken zu machen. Kommt da also so 'n Typ auf mich zu, so einsneunzig oder um den Dreh rum, mit nem Mordsschnauzer, der ihm über die Mundwinkel runterhing. Wer ist das denn, sage ich noch – Dschingis Khan? Und er sagt es mir dann auch gleich, wer er ist. 'N Bulle! So 'n Scheißdetektiv, der hauptsächlich Autodiebstähle macht. Legt er mir also den Arm auf die Schulter, und schon ist die Scheiße perfekt, und mein Boß wollte natürlich nicht glauben, daß ich nur so ne kleine Probefahrt machen wollte. Wirklich 'n feiner Kerl, mein Boß. Diese Kuh war, wenn es hoch kommt, vielleicht ihre fünfhundert Eier wert!«

»Könnten Sie mir – äh – vielleicht sagen, was das mit diesem Einbruch zu tun hat?« erkundigte sich Walnikow.

»Wie? Verstehen Sie denn nicht?« Mitch war nach wie vor mit Kratzen beschäftigt.

»Nein, das verstehe ich nicht.« Walnikow kratzte sich ebenfalls.

»Ich brauchte doch etwas Geld, Sergeant, um die Strafe für diesen Autodiebstahl zu zahlen. Was hätte ich denn tun sollen? Und dann werde ich gleich bei meinem ersten Bruch in diesem Kaufhaus geschnappt. Das zeigt doch nur, daß ich in diesem Geschäft kein Profi bin. So 'n Kaufhaus räumt doch jeder andere mit links aus, meine Fresse! Kommen Einbrecher eigentlich auch ins Staatsgefängnis?«

»Nicht sehr häufig, Mitch«, beruhigte ihn Walnikow, während er sich seine letzten Notizen zu Itchy Mitchs Geständnis machte.

»Das ist ja immerhin mal schon 'n schwacher Trost«, wandte sich Mitch an Natalie, die es unter dem Träger ihres Büstenhalters fürchterlich juckte.

Als sie Itchy Mitch dann zu dem Gefängniswärter zurückeskortierten, drehte er sich kratzend noch einmal zu ihnen um und sagte: »Eines noch, Sergeant, Sie haben ja auch schon einiges gesehen auf dieser Welt. Könnten Sie mir vielleicht eine Frage beantworten?«

»Mal sehen«, antwortete Walnikow, der sich gerade seinen Hemdkragen aufknöpfte und seine Krawatte löste, um an eine schrecklich juckende Stelle am Schlüsselbein zu kommen.

»Warum kriegen manche Leute *immer* den schwarzen Peter?«

Im Gegensatz zu letztem Freitag, der recht gewalttätig verlaufen war, erschien Natalie Zimmerman dieser Montag ebenso typisch wie langweilig. Das heißt, sie verbrachten neunzig Prozent ihrer Zeit damit, wie brave Bürokraten Berichte zu verfassen. So dauerte es zum Beispiel allein vier Stunden, bis sie die Formalitäten für Itchy Mitchs Einbruchsfall erledigt hatten. Einen recht beträchtlichen Teil dieser Zeit verbrachten sie zusammen mit zwanzig anderen Detektiven im Wartezimmer des Staatsanwalts in der Innenstadt. Walnikow verstand sich aufs Warten. Ganz anders Natalie. Sie las die Zeitung von vorne bis hinten durch. Sie las jede blöde Illustrierte, die herumlag, und selbst die Sportzeitschriften und Sexhefte, die einer dieser Dreckskerle in seiner Aktentasche dabeihatte. Sie schritt auf dem Gang auf und ab, rauchte und unterhielt sich eine Weile mit einer anderen Polizistin von der Hollenbeck-Abteilung.

Jedesmal, wenn sie wieder ins Wartezimmer sah, saß Walnikow wie ein dösender Grizzly einfach nur da. Von Zeit zu Zeit schlug er seine Augen auf, um einen Detektiv, der gerade etwas zu ihm sagte, mit einem freundlichen Kopfnicken und einem ›Guten Morgen‹ zu bedenken und dann wieder in seinen Winterschlaf zu verfallen.

Als es im Wartezimmer allmählich leerer wurde und schließlich außer ihnen nur noch zwei andere Detektive anwesend waren, die beide in ihren Stühlen vor sich hin dösten, begann Walnikow im Schlaf zu wimmern. Natalie sah von ihrer Zeitung auf. Walnikow schwitzte. Schließlich wurde sein Wimmern so laut, daß er einen der beiden anderen Detektive aufweckte, worauf dieser erst Walnikow und dann Natalie einen fragenden Blick zuwarf und dann mit den Achseln zuckte. Als nächstes begann Walnikow zu *schluchzen*.

Es war das Kaninchen. Das verwundete Kaninchen, das sich im Schnee wand. Der Schnee, das Land, sich ins Endlose erstreckend. Sibirien. Die sehnigen Hände des Jägers durchschnitten die Kehle des Kaninchens, und dann weidete er es mit zwei Schlitzern seines Hirschfängers aus, der in dem frostigen Sonnenlicht aufblitzte. Der Körper des Kaninchens zuckte noch, als ihm der Jäger die Eingeweide herauszog, die Kieferknochen brach und das Fell über die Ohren zog. Laut zischte das reißende Gewebe unter den kräftigen Händen des Jägers.

»Walnikow!« Sie schüttelte ihn.

»Das Kaninchen!«

»Was?«

»Natalie.«

»Ja, Sie haben geschlafen. Sie hatten wohl einen Alptraum oder so etwas.«

»Ja?« Die beiden anderen Detektive, die Walnikow nicht kannte, saßen inzwischen kerzengerade auf ihren Stühlen und starrten ihn an.

»Ja, Sie haben . . . Na ja, Sie haben geweint.«

»Das ist doch nicht möglich«, schüttelte Walnikow den Kopf und griff mit zitternden Händen nach seinem Taschentuch. »Ausgeschlossen.«

Er wischte sich damit über sein Gesicht und nahm dankbar

die Tatsache zur Kenntnis, daß die Sekretärin nun sie aufrief. »Walnikow und Zimmerman, kommen Sie bitte zu Mr. Holman.«

Als sie wieder in ihrem Wagen saßen und nach Hollywood zurückfuhren, merkte Walnikow, daß gerade Mittagszeit war. »Wo würden Sie denn heute gerne essen, Natalie?« fragte er mit einem Lächeln.

»Das ist mir egal«, erwiderte sie.

Die Fahrt über waren sie beide sehr still. Dieses Schluchzen. Er war verrückt und durfte auf keinen Fall mehr frei herumlaufen. Aber bei Gott, wie er im Schlaf geschluchzt hatte. »Wo Sie wollen, Walnikow. Ich überlasse das ganz Ihnen.«

»Wirklich?« Er lächelte. So nett war sie noch nie zu ihm gewesen, seit sie zusammen waren. Wie lange war das eigentlich schon her? Er mußte kurz überlegen. Eine Woche? Dann fiel ihm ein, daß ihm die Zeit nur deshalb so lang erschienen war, weil Freitag ihr erster gemeinsamer Tag gewesen war und das Wochenende dazwischen lag. Das Wochenende. Er hatte dieses Wochenende eine Menge getrunken. Stolitschnaja. Er mußte wirklich aufpassen, sonst dachten manche Leute vielleicht noch, er wäre Alkoholiker.

»Wo wollen Sie denn jetzt hin?« fragte Natalie, als er plötzlich, stadtauswärts fahrend, vom Hollywood Freeway abbog und wieder in Richtung Stadtmitte zurückfuhr.

»Sie haben gesagt, es wäre Ihnen gleich, wo wir heute essen«, lächelte Walnikow. »Wenn es Ihnen nichts ausmacht, bringe ich Sie heute einmal ein bißchen woanders hin.«

»Woanders?«

»Vielleicht gefällt es Ihnen.« Walnikows Miene nahm einen leicht sorgenvollen Ausdruck an. »Aber erwarten Sie sich nicht zu viel. Nichts Großartiges. Nur einfach etwas, das ich mir manchmal genehmige.«

»Schon gut, Walnikow, schon gut«, seufzte Natalie. »So lange es nur kein McDonald's ist. Diese Big Macs kann ich allmählich wirklich nicht mehr sehen.«

»Charlie Lightfoot«, murmelte Walnikow. Sie sagten immer, der alte Charlie Lightfoot wäre morgens ausnahmslos so übel gelaunt gewesen, daß das einzige auf der ganzen Welt, das er nicht haßte, ein Egg McMuffin war. Charlie Lightfoot.

»Wer ist denn Charlie Lightfoot?« wollte Natalie wissen.

»Warum haben Sie das eben gesagt, Natalie?« Walnikow sah sie verdutzt an.

»Warum soll ich was gesagt haben?«

»Ich habe eben an Charlie Lightfoot gedacht, und im selben Augenblick haben Sie seinen Namen gesagt! Das ist doch höchst ungewöhnlich! Wie bei einem Medium ...«

»Sie haben doch selbst seinen Namen genannt, Walnikow!«

»Nein, ich habe nur an Charlie Lightfoot *gedacht* und ...«

»Und dabei Charlie Lightfoot gemurmelt. Meine Güte!«

»Habe ich das wirklich getan?«

In diesem Augenblick breitete sich echte Beunruhigung auf seinem Gesicht aus. Als hätte man ihn aus seinem Traum aufgeweckt. So ein Bulle von einem Mann wie er. Völlig verängstigt.

Sie brauchte unbedingt Beweise. Sowohl zu seinem Besten wie zu dem der Polizei. Es ging dabei keineswegs mehr nur um sie selbst. »Ich murmle manchmal auch einfach so vor mich hin, wenn ich angestrengt über etwas nachdenke«, beruhigte sie ihn. »Das ist keineswegs ungewöhnlich.«

»Aber ich habe doch gar nicht angestrengt nachgedacht«, warf er ein, als er in die Spring Street einbog. »Ich mußte nur eben an Charlie Lightfoot denken. Wir haben in der Mordkommission jahrelang zusammengearbeitet.«

»Hat es Ihnen dort gefallen, Walnikow?« fragte sie und bot ihm eine Zigarette an, während er mit der gewohnten Vorsicht im dichten Innenstadtverkehr dahinfuhr und in den smoggefilterten Sonnenschein hinausblinzelte.

»Ich rauche nur ganz wenig«, entgegnete er. Dann fiel ihm wieder ihre Frage ein, und er sagte: »Ja, die Arbeit bei der Mordkommission hat mir gefallen. Das kann man schon sagen. Wissen Sie, jeder denkt, es wäre etwas Besonderes, wenn man bei der Mordkommission im Zentrum ist. Das ist mit ner Menge Prestige verbunden. Und es hat mir auch ganz gut gefallen. Charlie Lightfoot war der beste Partner, den ich je hatte.« Und dann fügte er hinzu: »Natürlich werden auch wir uns gut verstehen, Natalie, dessen bin ich mir ganz sicher.«

»Warum hat man – haben Sie sich entschlossen, sich nach Hollywood versetzen zu lassen?« fragte sie plötzlich.

»Na ja, ich . . . ich . . .« Diese Frage gefiel ihm gar nicht. Das war etwas, was ihn in letzter Zeit beunruhigte. Wenn ihm eine Frage nicht paßte, wenn sie ihm ungelegen kam, verlor er plötzlich die Kontrolle über die Situation. Er war sich nicht einmal sicher, was sie gesagt hatte. Da war plötzlich wieder dieses verschwommene Bild. All diese flimmernden Gestalten, wie bei einem Déjà-vu-Erlebnis. Etwas – etwas war da! Wenn es nur zwischen den flimmernden Punkten der Blitzlichter Gestalt annähme. Wenn er es nur einmal richtig sehen könnte. Und dann fing es wie immer an zu verblassen. Komm doch zurück! Diesmal hätte ich dich fast gehabt!

Charlie Lightfoot. Er war ein guter Partner gewesen. Der beste. Ein stiller Mensch wie Walnikow. Wie Walnikow hatte auch er jahrelang in einer unglücklichen Ehe gelebt. Allerdings mit einer Frau, die ihn haßte, anstatt mit einer, die trank und spielte. Und er hatte ein Kind, das sich zunehmend von ihm entfernte. Seltsam, wie sie heranwachsen und allmählich immer mehr jeden Respekt vor ihren Vätern verlieren. Der uralte Generationskonflikt. Ein guter Partner. Das war vielleicht überhaupt das schwierigste Problem bei der Polizeiarbeit. Finde erst einmal diesen Partner. Mit dem du auskommst. Und dann sieh zu, daß er dir bleibt. Speziell wenn es ein Detektiv von der Mordkommission ist.

Er hatte ihre Frage hinsichtlich seiner Versetzung noch nicht beantwortet. Natalie hatte sich ihm zugewandt und starrte ihn an. Sie wußte, daß er völlig den Faden verloren hatte. Sie spürte, daß er ganz woanders war. Er fuhr einfach nur dahin. »Treffen Sie sich noch manchmal mit Charlie Lightfoot?« fragte Natalie ruhig. Wie sollte man über so etwas einen Bericht schreiben? Was sollte sie dem Captain erzählen? Mußte Walnikow erst komplett durchdrehen, bevor sie ihr glauben würden?

Er fuhr ziellos dahin. Er hatte jedes Richtungsgefühl verloren. Sein ganzes Leben lang hatte er in dieser Stadt gewohnt, und nun kannte er sich nicht mehr aus.

»Erzählen Sie mir doch etwas mehr über Charlie Lightfoot«, tastete sie sich vorsichtig weiter.

Als er an der Fifth Street in Richtung Osten fuhr, glotzte er auf das Straßenschild, als käme er hier zum erstenmal vorbei. Dann fing er zu erzählen an: »Für sein Alter hatte Charlie wirklich etwas auf dem Kasten. Er war sechsundzwanzig Jahre bei der Mordkommission, als er alles hinschmiß und nach Arizona ging. Dort hat er sich dann einen Wohnwagen gekauft. Charlie war wirklich ein Detektiv, das kann man wohl sagen.«

»Wie war er denn, Walnikow? Erzählen Sie mir doch von ihm. Was war denn an ihm, das Sie so bewundert haben?«

»Bewundert?« Walnikow machte einen abwesenden und verwirrten Eindruck, als wäre er von seinem Traum erwacht. Natalie fiel auf, daß er zu schwitzen begann. Das durfte sie nicht vergessen, wenn sie den Kommandanten aufsuchte und wenn sie dem Polizeipsychologen seine Symptome beschreiben würde.

»Charlie kam mit allem besser zurecht als irgend jemand sonst, den ich kenne«, sprach Walnikow weiter. »Auch besser als ich. Haben Sie eigentlich eine Ahnung, wie viele Meldungen da täglich eingehen? Sowohl von den Uniformierten, wie auch von den Zivilstreifen. Sie können sich keine Vorstellung machen, wie viele Morde die melden, die gar keine sind.«

»Ja, tatsächlich? Sind das wirklich so viele?«

»Das kann man wohl sagen. Da findet zum Beispiel ein Typ von der Sitte, während sie gerade eine Nutte überwachen, einen Lexikonvertreter tot in seinem Hotelzimmer. Er liegt auf dem Rücken quer über dem Bett. Sein Kopf hängt zum Boden runter, und darunter ist ein Riesenbluthaufen zu sehen. Der Teppich konnte das ganze Schlamassel gar nicht aufsaugen.«

»Ein Riesenbluthaufen«, wiederholte Natalie leise.

An der Wall Street fuhr Walnikow dann nach Süden und knöpfte seinen Hemdkragen auf.

*Ein Blut*haufen *also. Es gerinnt, und man bräuchte eine Schaufel, um es wegzumachen. Da wächst ein karmesinroter Stalaktit von seiner Nase zu der Schaufel voll Blut unter seinem Kopf. Der Mann von der Sitte ist ganz außer sich vor Aufregung. Er hat ein Mordopfer entdeckt. Sollen wir die Presse benachrichtigen, Sergeant? Die Fingerabdruckspezialisten? Den Captain?*

Nein. Keine Presse. Keine Fingerabdruckspezialisten. Kein Captain. Kein Mord.

Kein Mord? Aber Sergeant. Das Blut! Man hat ihn erschlagen! Oder erschossen! Ich habe ihn bis jetzt nicht angerührt. Da muß bestimmt irgendwo eine Schußwunde sein!

Keine Schußwunde. Kein Schuß. Kein Mord. Und dann fand Charlie Lightfoot die leere Ampulle unter dem Bett. Wahrscheinlich hatte er den Doktor um ein Medikament für seine Nerven gebeten. Das Rezept war einen Tag alt. Seine Nerven würden ihm jetzt keine Schwierigkeiten mehr machen. Er hatte – sehen wir mal kurz nach – vierzig Tabletten geschluckt. Das waren fast zweihundert Milligramm, nicht wahr? Und womit hat er das Zeug hinuntergespült? Ach ja. Da haben wir es schon, Charlie. Das Glas ist unter dem Kopfkissen.

Aber das Blut! Sergeant, das Blut . . .

. . . kommt aus seiner Nase. Sehen Sie den roten Stalaktiten? Sehen Sie ihn im Lichtkegel der Taschenlampe schimmern und schwitzen? Da. Er ist von seiner Nase bis zu der Schaufel voll wachsigen Bluts auf dem Boden geronnen. Er ist zurückgefallen, als er das Bewußtsein verlor. Sein Kopf berührt gerade noch den Boden. Das Blut beginnt in seinen Kopf zu steigen. Er ist zwar ein Weißer, aber sein Gesicht wird langsam schwarz. Das Blut kann nirgendwo hin. Es staut sich immer mehr in seinem Kopf an. Schließlich tut es das, was es tun muß; es bricht durch seine Nase aus.

Aber Sergeant! Sein Gesicht ist doch ganz dunkel ange-

laufen und geschwollen. Ich habe ihn mit dem Bauch nach oben gefunden. Er sieht aus wie ein . . . wie . . .

Der Lexikonvertreter ging mit dem Gesicht einer Schildkröte in die Ewigkeit ein.

Sind Sie sicher, Sergeant, daß es kein Mord war? Dieser Bluthaufen?

Nein, mein Guter, das ist nichts anderes als das Gesetz der Schwerkraft.

»Sie haben von einem Bluthaufen gesprochen«, meldete sich Natalie wieder zu Wort.

Er hatte zwei Minuten nichts gesagt, obgleich er dachte, er hätte das mit dem Bluthaufen erklärt. Deshalb ging er dazu über, weiter über Charlie Lightfoot zu erzählen.

»Ja, wissen Sie, Charlie hatte für so etwas echt einen Riecher. Das erleichtert einem die Arbeit ungemein. Diese Uniformierten rufen einen oft aus den verrücktesten Gründen. Selbst die alten Hasen. Die haben einfach keine Ahnung. Aber Charlie weiß echt Bescheid. Wußte Bescheid.«

»Worüber?« fragte Natalie.

Charlie wußte Bescheid. Wie viele bringen sich selbst um. Mein Gott, wie viele!

Das erste, wonach man sieht; hat das Opfer Selbstmord begangen?

Selbstmord? Das soll wohl ein Witz sein, Sergeant? Wir haben da drin eine alte Frau in ihrem Kleiderschrank gefunden. Sie haben ihr die Unterhose auf die Knöchel herabgezogen! Man hat sie vergewaltigt und ermordet! Sollen wir die Fingerabdruckspezialisten verständigen? Die Presse? Den Captain?

Nein, ich sage Ihnen doch, es ist ein Selbstmord.

Ein Selbstmord! Jetzt hören Sie aber mal, ich bin schon zwölf Jahre bei der Polizei!

Hast du es schon gefunden, Charlie?

Ja, hier. Sie hat eine ganze Flasche Drano getrunken. Die hat ihr den Darm tüchtig durchgeräumt, das kann man wohl sagen.

Aber sehen Sie doch, sie ist vergewaltigt worden. Jemand hat sie vergewaltigt. Ein . . .

Jetzt beruhigen Sie sich mal, sie hat nur Durchfall gekriegt. Sie hätte wohl auch nie gedacht, wie schnell einem dieses Zeug den Darm durchräumt. Natürlich wollte sie sich nicht den Darm durchräumen; die wollte sich schon selbst die Toilette runterspülen. Und zwar gründlich. Und wie Sie sehen, ist ihr das ja auch geglückt. Aber vorher sind ihre Eingeweide noch ein bißchen in Bewegung gekommen. Und sie ist fünfundsechzig. Und fünfundsechzigjährige Damen machen nicht gerne in die Hosen, auch wenn sie sich selber schon die Toilette runterspülen wollen. Sie ist also noch aufs Klo gerannt, hat es aber nicht mehr geschafft. Dabei ist sie seitlich in diesen Wandschrank gefallen, und das Blut und die Galle, die Sie da sehen, kommt aus ihrem Rektum. Es hat sie also niemand vergewaltigt, und umgebracht auch nicht.

Aber Sergeant Lightfoot. Sergeant Walnikow. Ich hätte schwören können. Ihr Gesicht! Ich hätte schwören können, daß sie vergewaltigt und erwürgt wurde. Ihre Backen sind doch aufgeblasen wie bei einem ... bei einem ...

Die alte Frau mit dem durchgeräumten Darm war mit dem Gesicht eines Ballonfisches in die Ewigkeit eingegangen.

»Wo fahren wir eigentlich hin, Walnikow?« fragte Natalie nervös.

»Charlie Lightfoot konnte einen von den Kerlen von der Fingerabdruckabteilung nicht ausstehen«, erzählte Walnikow weiter, als er in die East Sixth Street einbog und an den Grüppchen von Pennern und Säufern vorbeifuhr. Es war eine ziellose Tour durch die Skid Row. Vorbei am Sklavenmarkt, wo acht armselige Gestalten auf einer Bank an einer Bushaltestelle saßen. Sie warteten jedoch nicht auf einen Bus, sondern sprachen verschiedene Autofahrer an, die vor ihnen hielten. Möchten Sie einen Sklaven, Mister? Keine Schwulitäten. Nur einen Tag ehrliche Arbeit. Wenn's sein muß, auch nur einen halben Tag. Ich mähe Ihren Rasen, streiche Ihr Büro oder bringe Ihren Müll weg. Aber Schwulitäten mache ich keine. Und auch nichts mit Peitschen. Dafür bin ich nicht zu haben. Ich mache nur ehrliche Arbeit. Fünfzehn Dollar? Na ja, ich weiß nicht. Vielleicht noch zwei Flaschen Bourbon? Also gut, abgemacht!

»Was für einen Typen von der Fingerabdruckabteilung?« drang Natalie in ihn.

»Diesen Polizisten. Wir nannten ihn immer Goremore. Er nahm den Leichen immer für uns die Fingerabdrücke ab, und besonders gern tat er das, wenn er irgendeinen Vorwand fand, den Bolzenschneider zu verwenden.«

»Den Bolzenschneider?«

»Goremore liebte es, ihnen die Finger abzuschneiden. Die hat er dann in Plastiktüten gepackt, um dann in seinem Büro davon die Fingerabdrücke zu machen. Er war richtig scharf darauf, ins Leichenschauhaus zu gehen und diese Finger abzuschneiden. Er behauptete sogar immer, er würde seiner Frau zum Geburtstag eine dreifache Halskette aus lauter Fingern schenken. Ein paar Leute, ein paar Typen aus dem Leichenschauhaus, mochten offensichtlich Goremores makabren Humor. Am vierten Juli haben sie einmal einem Toten eine winzige amerikanische Flagge an einem Zahnstocher in den Penis gesteckt. Davon hat Goremore ein Foto gemacht, und ich möchte wetten, daß er das heute noch in seiner Brieftasche mit sich herumträgt.«

»Walnikow ...«

»Charlie war wirklich ein guter Detektiv. Einmal hat er einen Kerl geschnappt, der immer Gummihandschuhe trug, wenn er sich an kleinen Kindern verging. Das einzige, woran wir uns in diesem Fall halten konnten, war ein Gummihandschuh von seinem vierten Mord. Als wir den Kerl dann schließlich geschnappt haben, hatte er ein Schulbuch bei sich, das dem kleinen Mädchen gehört hatte. Es war in Blindenschrift, für die zweite Klasse. Ich werde seinen Titel nie vergessen. Er lautete *Glückliche Zeiten*. Das war einfach zu viel für Charlie: ein Buch in Blindenschrift mit dem Titel *Glückliche Zeiten*.«

»Walnikow, ich dachte, Sie ...«

»Charlie kam schließlich auf die Idee, die Handschuhe umzudrehen, und sie haben dann auch tatsächlich auf der Innenseite der Gummihandschuhe ein Stück von einem Fingerabdruck entdeckt, so daß der Kerl überführt werden konnte.«

Walnikow war inzwischen ins Schwitzen geraten und fuhr dieselbe Straße wieder zurück. Nichts als Bars, Schnapsläden, heruntergekommene Hotels, Blutbanken und Missionen. Das Treibgut, das es noch nicht ganz mit Archie, dem Alligator, in die Große Kloake geschafft hatte.

»Wo wollen Sie denn eigentlich hin, Walnikow? Wissen Sie überhaupt, wohin Sie fahren?«

Er hielt an einem Rotlicht, wischte sich an seinem Jackenärmel sein Gesicht ab und sagte: »Natürlich, zum Mittagessen.«

Natalie war klar, daß er keine Ahnung hatte, daß sie eben eine halbe Stunde ziellos durch die Gegend gefahren waren. »Sehen Sie Charlie Lightfoot noch ab und zu?«

»Wie? Das habe ich Ihnen doch vorhin schon gesagt.«

»Mir gesagt?«

»Charlie ist tot. Er ist sechs Monate nach seiner Pensionierung gestorben. Das habe ich Ihnen doch erzählt, oder nicht? Am Colorado River, sagt man. Es war ein Jagdunfall, sagt man. Aber Charlie war eigentlich Angler. Man nimmt an, daß er auf einem umgestürzten Baumstamm saß. Man nimmt an, daß er sein Gewehr gereinigt hat. Dabei ist wohl etwas schiefgegangen. Eine Ladung Schrot mitten ins Gesicht. Ein Jagdunfall, nimmt man an.«

Charlie Lightfoot ist mit dem Gesicht eines Schwamms in die Ewigkeit eingegangen.

»Ich glaube, mir ist heute der Appetit vergangen, Walnikow. Fahren wir lieber wieder nach Hollywood zurück.«

»Wirklich? Na gut, wenn Sie meinen.« Und dann saß er vor dieser Kreuzung in seinem Wagen und blickte verzweifelt um sich. Sie spürte, daß er für einen Augenblick nicht mehr weiter wußte. Dann wischte er sich neuerlich über das Gesicht und schlug freundlich vor: »Gehen wir doch mittagessen, Natalie. Ich habe eine Überraschung für Sie.« Dabei lächelte er dieses breite, blöde, aufrichtige Lächeln, das ihr binnen dieser zwei Tage schon richtig vertraut geworden war.

»Ich glaube, ich möchte aber lieber auf die Wache zurückfahren, Walnikow.«

»Auf die Wache? Wir waren doch noch bei keinem einzigen Einbruchsopfer.«

»Fahren Sie mich bitte auf die Wache zurück, Walnikow.«

»Wenn Sie meinen«, erwiderte er.

Jetzt reichte es ihr. Sie hatte einen Entschluß gefaßt. Sie hatte zwar keinen handfesten Beweis, daß ihr Partner verrückt war, aber sie war sich sicher, daß dies für jeden, der sich eine Stunde mit ihm unterhielt, eindeutig zu sehen sein mußte. Das Maß war voll. Der Würfel war gefallen. Nur war er doch noch nicht gefallen. Wie so oft im Leben hatte das Schicksal andere Pläne. In diesem Fall war das Schicksal in ein paar Luxuswohnwägen in die Skid Row gekarrt worden. Die Wohnwägen beherbergten zwei extrem verwöhnte Filmstars mit einem ausgeprägten Macker-Gehabe, die zwei Detektive auf den Spuren einer Nutte darstellten, die in der Skid Row von Los Angeles untergetaucht war. Jedesmal, wenn der Regisseur eine Szene probte, fingen die Scharen von Pennern, die am Randstein saßen und an ihren Weinflaschen nuckelten, zu johlen und zu pfeifen an: »Quatsch! Das ist doch alles Quatsch! Die echten Bullen machen das ganz anders. Alles Quatsch!«

Schließlich kam einem Regieassistenten eine Idee. Er kaufte im nächsten Schnapsladen zehn Flaschen Burgunder, um sie unter die durstige Menge zu verteilen, worauf diese der verfälschten Darstellung ihrer Realität bereitwillig ihren Segen erteilte.

Walnikow und Natalie waren bei dem Versuch, sich durch das Gewirr von Studiolastern, Wägen, Kombis und Bussen einen Weg zu bahnen, auf der Kreuzung steckengeblieben, als plötzlich etwas ihre Aufmerksamkeit fesselte. Ein junger Bursche, vielleicht vierzehn Jahre alt, mit teuren Nietenjeans und einem T-Shirt, dessen Brust und Rücken der berühmte Schriftzug einer berühmten Filmgesellschaft zierte, stiefelte zwischen einer Gruppe von halb bewußtlosen Säufern auf einem unbebauten Grundstück umher.

»Warum ist dieser Bengel eigentlich nicht in der Schule?« meinte Natalie.

Der Bengel war aus genau dem Grund nicht in der Schule, weil sein Produzentenvater für dieses Semester keine mehr hatte finden können, die ihn aufgenommen hätte. Also war der geplagte Vater auf die Idee gekommen, Elliott jr. anzustellen, damit er für ein paar Wochen bei der Entstehung seines jüngsten Zelluloid-Epos mitwirkte. Und um sich den Bengel vom Leib zu halten, hatte ihm der Regisseur fünfzig Dollar versprochen, wenn er dafür sorgte, daß der Drehort besonders authentisch wirkte.

Das Bürschchen leistete ganze Arbeit. Im Handumdrehen hatte er Säufer, Müll und Nutten über das leere Grundstück verteilt. Natürlich hatte er jeder der Elendsgestalten eine doppelte Ration Schnaps versprochen, was dem Aufnahmeleiter natürlich ein beträchtliches Loch in sein Budget riß. Aber das würde er sowieso erst später merken. Und was sollte es auch schon. Wie sein Vater hatte auch Elliott jr. einen Hang zum Realismus.

»Wie diese Penner hier auf den Straßen herumhängen«, murmelte Natalie angewidert.

»Wo sollten sie denn schon anders hin?« entgegnete Walnikow. »Nach Beverly Hills? Sie haben ja nichts, wo sie hingehen könnten.«

Natalie warf ihm einen kurzen Blick zu, da ihr zum erstenmal, seit sie ihn kannte, ein leicht schneidender Ton in seiner Stimme aufgefallen war. Dann folgten ihre Augen seinen Blicken, die auf Elliott jr. gerichtet waren. Der junge Bursche hatte gerade einen weiteren Beitrag zur Authentizität der Szenerie geleistet, indem er an die Seitenmauer eines heruntergekommenen Hotels sprühte: »Santa Claus fickt Rudolf, das rotnäsige Rentier.«

»Wie nett«, meinte Natalie. »Am liebsten würde ich diesem Rotzlöffel seinen verdammten Kopf einsprühen.«

»Das finde ich auch«, pflichtete ihr Walnikow bei und riß den Wagen so plötzlich herum, daß Natalie gegen das Armaturenbrett geschleudert wurde. Als nächstes fuhr er an den Straßenrand, stieg auf die Bremse und war aus dem Wagen, noch bevor Natalie nach ihrer überdimensionalen Brille greifen konnte.

Bis Natalie dann auf das leere Grundstück gerannt war, hatte Walnikow bereits mit einer Hand Elliott jr. am Kragen und die Sprühdose in der anderen. Zu Natalie Zimmermans Verwunderung, zum Unbehagen von Elliott jr. und zur Freude von drei Säufern, die noch nicht ganz bewußtlos waren, richtete Walnikow die Sprühdose auf Elliotts Fünfzehn-Dollar-Frisur und ließ ihn nicht eher los, bis die Sprühdose mit Silberfarbe nur noch schwach spuckte und spotzte.

Natalie am Steuer, waren sie bereits drei Häuserblocks weiter, bevor Elliott jr., frisch eingesprüht und nach seinem Vater jammernd, den Garderobenlaster erreichte. Für zwei Wochen würde Elliott jr. in Beverly Hills der einzige Vierzehnjährige mit grauem Haar sein.

»Wow!« rief Natalie Zimmerman mit hochrotem Kopf, als sie die Spring Street hinunterrasten.

»Nicht wenden, Natalie«, sagte Walnikow. »Fahren Sie einfach weiter.«

»Wow, Walnikow!« rief sie. »Ich hoffe nur, daß sich niemand unsere Autonummer gemerkt hat. Glauben Sie, dieser kleine Rotzlöffel hat gemerkt, daß Sie von der Polizei sind?«

»Ich glaube nicht.« Walnikow zuckte mit den Achseln.

Ihre Brille war verrutscht, und ihre rehbraune Locke hing ihr auf die Nase herunter. Sie brachte beides wieder an seinen richtigen Platz zurück und sagte: »Wissen Sie eigentlich, was Sie da eben getan haben?«

»Ich habe ihm seinen Kopf eingesprüht«, antwortete Walnikow.

»Sie – ich – ich habe eben meine Fantasie ausgelebt! Sind Sie sich eigentlich im klaren, Walnikow, wie selten so etwas im Leben eines Menschen vorkommt? Ich hatte einen Traum. Ich habe Ihnen davon erzählt und dann haben *Sie* ihn mich ausleben lassen!«

»Warum nicht?« entgegnete Walnikow trocken.

»Wow!«

»Natalie, wollen Sie immer noch zur Wache zurück? Oder sollten wir erst noch ein paar Besuche erledigen? Was meinen Sie?«

Sie sah ihn kurz an und sagte dann: »Gehen wir erst mal wieder an die Arbeit. Ich glaube, daß ich jetzt doch nicht mehr so dringend zurück will.«

Kurz darauf fuhren sie wieder auf dem Hollywood Freeway. Gelegentlich warf Walnikow den einen oder anderen verstohlenen Blick auf Natalie Zimmermans Beine. Sie sah verdammt gut aus, dachte er. Selbst mit ihrer komischen Brille und ihrer verrückten Frisur war sie eine attraktive Frau. Walnikow fragte sich, ob sie jetzt wohl mit ihm ins Kino gehen würde, nachdem er diesem jungen Burschen die Haare silbern eingesprüht hatte.

Während Walnikow gerade dabei war, all seinen Mut zusammenzunehmen, um Natalie Zimmerman neuerlich ins Kino einzuladen, saß Madeline Dills Whitfield in ihrem Wohnzimmer neben dem Telefon und trank am hellichten Mittag Scotch mit Wasser.

Die Leute vom Tierbestattungsinstitut waren bereits gekommen und hatten Tutu weggeschafft.

»Wir haben mit dem größten Bedauern von Ihrer lieben Victoria gehört«, kondolierte der Bestattungsunternehmer, dessen Haar sich merklich lichtete.

»Ja, und sehen Sie bitte zu, daß es eine angemessene Bestattung wird. Die Rechnung können Sie an mich schikken.«

»Aber Mrs. Whitfield, Ihr Betreuer, Mr. Biggs, meinte, Sie möchten den Sarg vielleicht selbst aussuchen und ...«

»Etwas in mittlerer Preisklasse«, ordnete Madeline an, ohne dabei den doppelten Scotch zu verbergen. »Etwas in mittlerer Preisklasse, wie gesagt.«

»Wir haben einige sehr schöne Särge, die auch nicht zu teuer sind und ...«

»Ja, das ist genau richtig. Ja.«

»Was die Bestattung betrifft, legen Sie dabei auf irgendwelche ...«

»Nein, nein. Ich möchte keine Feier. Begraben Sie Victoria einfach.«

»Aber die Grabstätte, Mrs. Whitfield. Sie sollten doch die

Grabstätte aussuchen, und außerdem müssen wir die Leiche von Victoria Regina doch noch ...«

»Ich will, daß Sie sie sofort bestatten! Haben Sie mich verstanden? Und zwar heute noch. Wählen Sie selbst eine Grabstätte aus. Und einen nicht zu teuren Sarg. Und jetzt schaffen Sie sie fort und erledigen Sie alles, wie ich Ihnen gesagt habe.«

»Jawohl, Mrs. Whitfield, selbstverständlich. Ganz wie Sie wünschen. Ich werde umgehend alles Nötige in die Wege leiten. Und was die Rechnung betrifft, möchten Sie ...«

»Schicken Sie die Rechnung an diese Adresse. Und jetzt bitte, es geht mir gar nicht gut.«

»Unser herzlichstes Beileid, Mrs. Whitfield, und seien Sie unbesorgt, daß Victoria Regina ...«

»Ja, ja, ja.«

Und nun saß sie neben dem Telefon und wartete. Schließlich rief sie im Zwinger von Chester Biggs an.

»Chester?«

»Ja, Mrs. Whitfield?«

»Hat dieser – dieser Mann angerufen? Dieser Mann, von dem ich gestern gesprochen habe? Richard?«

»Einen Augenblick bitte, Mrs. Whitfield.«

Endloses Warten und dann: »Mrs. Whitfield, meine Frau meint, ein Mann hätte angerufen und sie hätte ihm Ihre Nummer gegeben, wie Sie gesagt haben.«

»Wie lange ist das etwa her?«

»Eine Stunde, Mrs. Whitfield.«

»Danke, Chester. Vielen Dank und Wiedersehen.«

Eine Stunde schon! Warum hatte er nicht angerufen? Warum? Wollte er sie quälen? War das der Grund? Sind Leute, die so etwas tun, nicht nur gewöhnliche Verbrecher, sondern auch Sadisten? Macht es ihnen Spaß, ihre Opfer zu quälen? Würde er Vickie aus perverser Lust foltern? Wurde Vickie gepeitscht? Oder mit Zigaretten verbrannt? Mein Gott!

Madeline Whitfield verschüttete das Glas Scotch auf dem Teppich und beugte sich weinend über die Lehne eines alten Ohrensessels.

In diesem Augenblick nahm Victoria Regina von Pasadena gerade aus den tabakgelben Fingern von Philo Skinner, der schon zwei Stunden versucht hatte, sie zu füttern, widerstrebend einen Bissen gekochten Pferdefleisches zu sich.

»So ist es brav, mein kleiner Liebling«, redete Philo auf sie ein. »Philo tut dir doch nichts. Philo liebt dich. Philo liebt alle kleinen Terrier, und vor allem, wenn sie so hübsch sind wie du.«

Er befand sich am Ende des fünfzig Meter langen Ganges, der den Zwinger in zwei Hälften unterteilte. Der letzte der zweiunddreißig Käfige, die sich an den Wänden des langen, flachen Baus entlangzogen, war für Vickie reserviert worden, die seit der Entwöhnung von ihrer Mutter die erste Nacht ihres Lebens außerhalb des Schlafzimmers ihres Frauchens verbrachte.

»Philo liebt dich, meine Süße«, schmeichelte er der kleinen Schnauzerhündin und lockte sie mit einem Stück gekochter Leber. Vorsichtig näherte sie sich ihm, als er vor dem Käfig kauerte und das Fleisch durch das Drahtgitter steckte.

»Das ist aber fein«, lobte Philo, als Vickie ihr zweites Stück Fleisch annahm, wenn sie auch wegen des Geruchs von Philos Tabakfingern die Nase rümpfte. »So ist es schön. Hier ist noch einmal so ein feines Happie, und dann wird Philo dein Frauchen anrufen, und dein Frauchen wird Philo fünfundachtzig Riesen geben, und dann wird dich Philo nach Hause schicken. Na, was sagst denn du dazu, mein kleiner Liebling?«

Nachdem Philo sich überzeugt hatte, daß Vickie anständig fraß, ging er ins Büro, um einen Anruf zu machen. Es war ihm nicht leichtgefallen, sich an diesem Tag Mavis vom Leib zu halten.

»Philo, ich weiß zwar, daß wir dem Bankrott nahe sind, aber ich verstehe trotzdem nicht, warum du dieser Pattie Mae heute freigeben mußtest. Schließlich haben wir immer noch fünfundzwanzig Hunde in unseren sechzig Käfigen. Das weißt du doch.«

»Nur fünfundzwanzig Hunde«, seufzte Philo und gab sich alle Mühe, nicht zu lachen. »So schlecht ist das Geschäft noch nie gegangen. Ich will einfach nur ein paar Dollar einsparen, meine Liebe.«

»*Du* und Geld sparen?«

»Wir stehen ganz schön schlecht da, meine Liebe, und mit fünfundzwanzig Hunden werde ich spielend allein fertig.«

»Das ist doch sonst nicht deine Art, Philo«, argwöhnte sie. »Daß du dich mal richtig um die Arbeit reißt. Hast du denn irgend etwas vor? Kommt Pattie Mae vielleicht am Nachmittag noch vorbei, und du willst nur nicht, daß ich auch da bin?«

»Also Mavis, ich bitte dich!« winselte Philo und steckte sich an seinem Stummel eine neue Zigarette an. »Ich habe im Augenblick wirklich etwas anderes zu tun, als hinter dieser Pattie Mae herzusein, verdammt noch mal!« Und zumindest *das* stimmte auch wirklich.

»Na gut, aber wenn ich dich je erwischen sollte, Philo, dann ist es aus. Hast du das verstanden? Hörst du mir eigentlich zu, Philo?«

Dieses ewige Genörgle. Konnte sie denn nie damit aufhören? Na ja, zwei Tage noch. Mittwoch müßte eigentlich ausreichen. Und mit dem Donnerstagflug würde er dann gerade noch rechtzeitig nach Puerto Vallarta kommen, um sich zum Sonnenuntergang einen Marguerita zu genehmigen.

Um zwei Uhr fünfzig bekam sie den Anruf. Er sprach leise, und wie im Kino war seine Stimme gedämpft.

»Richard am Apparat.« Burton natürlich, verstanden? Er war so aufgeregt, daß er am liebsten hysterisch drauflos gekichert hätte.

»Ja? Ja?«

»Haben Sie auch niemandem etwas gesagt? Auch nicht der Polizei?«

»Niemandem, das schwöre ich Ihnen.« Madeline, die ziemlich betrunken war, wurde schlagartig wieder nüchtern.

»Ich will fünfundachtzigtausend Dollar.«

Die Summe war so hoch, daß sie sich sicher war, er hätte eine Null weniger gemeint. Da sie erwartet hatte, daß er mehr als fünftausend verlangen würde, war sie nicht sonderlich überrascht. »Ja, ja«, antwortete sie beflissen. »Ich kann das Geld bis morgen beschaffen. Vielleicht sogar bis heute abend, wenn ich ...«

»Jetzt sind Sie erst einmal still und hören mir zu«, wies sie Philo nervös zurecht. Er hatte eine Papierserviette um den Hörer gewickelt. Er rief von einer Bar an, die zwei Blocks die Straße hinunter von seinem Zwinger lag. Obwohl er praktisch der einzige Gast war, machte er doch bei jedem Geräusch, das der Barkeeper machte, einen Luftsprung.

»Also gut, ich höre«, sagte sie.

»Ich will das Geld in Zehnern und Zwanzigern und nicht mehr als zwei Päckchen Fünfziger.«

»Wie geht es Vickie? Fehlt ihr auch nichts?«

»Jetzt hören Sie mir erst mal zu, verdammt noch mal, wenn Sie Ihre Vickie je wiedersehen wollen.«

Als Madeline daraufhin zu weinen begann, wurde Philo Skinner klar, daß er anders vorgehen mußte. »Verdammt noch mal, jetzt beruhigen Sie sich doch. Hören Sie zu und reißen Sie sich zusammen. Ihrem Hund geht es gut. Es ist alles in Ordnung. Also lassen Sie um Gottes willen dieses Geheule!«

»Ja ... ich bin ... ich ... ja ... bitte ... tun Sie ihr nichts. *Bitte!*«

»Ihr etwas tun! Jetzt hören Sie aber mal, ich bin doch nicht irgendein dahergelaufener Krimineller! Was haben Sie denn nur? Ich habe in meinem ganzen Leben noch keinem Hund etwas zuleide getan. Jetzt reißen Sie sich doch zusammen.«

»Ja ... Entschuldigung. Also gut. Ich werde die fünftausendachthundert besorgen, und wo soll ich sie dann hinbringen?«

Darauf trat kurzes Schweigen ein, bis Philo Skinner sagte: »Fünfundachtzigtausend habe ich gesagt, gnädige Frau. *Fünfundachtzigtausend!*«

»Mein Gott!« entfuhr es ihr. »Das ist doch unmöglich. *Fünfundachtzigtausend?* Ich habe keine fünfundachtzigtausend Dollar! Ich wüßte auch gar nicht, woher ich fünfundachtzigtausend Dollar nehmen sollte. Ich bitte Sie ...«

»Sie lügen!« kreischte Philo los, bekam sich aber sofort

wieder unter Kontrolle und öffnete die Tür der Telefonzelle, um nach dem Barkeeper zu schielen. »Sie lügen«, flüsterte er. »Ich weiß doch Bescheid über Sie. Sie haben doch Geld, verdammt noch mal. Erzählen Sie mir also bloß nicht solchen Blödsinn, wenn Sie Ihren verdammten Schnauzer jemals lebend wiedersehen wollen.«

»Ich bitte Sie, bitte ...« Sie begann neuerlich zu weinen. »Mein Gott, ich bitte Sie ... ich flehe Sie an ...«

Philo Skinner fing in der Zelle zu schwitzen an. Er wagte zwar nicht, die Tür zu öffnen, steckte sich aber eine Zigarette an. Allmählich erstickte er sich selbst. Bis Madeline endlich wieder zu schluchzen aufhörte und in der Lage war zu sprechen, schmerzten seine Augen von dem vielen Rauch.

»Also jetzt hören Sie mal. Ich weiß sehr wohl, daß Sie nicht am Hungertuch nagen. Ich habe doch Ihr Haus gesehen. Ich weiß, daß Sie reich sind. Reich! Diese fünfundachtzigtausend treiben Sie doch im Handumdrehen auf. Wenn Ihnen also das Leben Ihres Hundes lieb ist, dann tun Sie gefälligst, was ich Ihnen sage.«

»Jetzt hören Sie mir doch erst einmal zu«, flehte Madeline. »Ich würde Ihnen alles geben. Das schwöre ich Ihnen. Alles! Aber Sie müssen mir glauben. Ich habe keine fünfundachtzigtausend Dollar. Dieses ... dieses riesige Haus ... der obere Stock ist ja gar nicht eingerichtet. Ich habe die Zimmer abgeschlossen. Letztes Jahr habe ich eine Hypothek aufgenommen. Ich lebe von einem kleinen Treuhandfond. Bitte, verstehen Sie doch ...«

»Sie verdammte Nobelschlampe!« kreischte Philo. »Was bilden Sie sich eigentlich ein? Bis morgen mittag will ich das Geld sehen. Sonst muß Ihr Hund dran glauben. Ich rufe Sie heute abend um sechs Uhr an. Hoffentlich haben Sie sich bis dahin etwas einfallen lassen. Haben Sie mich verstanden?«

»Ja!« winselte Madeline. »Ja!«

»Und noch etwas. Passen Sie gut auf diesen kleinen Schnauzer auf, den Sie jetzt haben. Lassen Sie vor allem Ihren Betreuer nicht in seine Nähe, damit er nicht merkt, daß der Hund nicht Ihre Victoria ist. Wenn ich heute abend anrufe, werde ich Ihnen alles weitere sagen, was Sie mit dem Hund zu tun haben.«

Bevor Madeline ihm noch sagen konnte, daß der Schnauzer tot war, hatte er bereits aufgelegt.

Selbst als er bereits wieder im Zwinger zurück war, zitterte Philo Skinner noch vor Wut und Frustration. Diese Schlampe. Diese miese, verlogene, knausrige, *reiche* Schlampe. Versuchte die doch glatt, Philo Skinner hereinzulegen. Diese reichen alten Hexen waren alle gleich – knausrig. Fünfundzwanzig Jahre lang hatte Philo ihre verdammten Hunde gehätschelt, und sie waren alle gleich gewesen. Nur um einen einzigen Hund auf den verschiedenen Ausstellungen vorzustellen, zahlten sie, ohne mit der Wimper zu zucken, zwanzigtausend Dollar, wobei jedoch für den Betreuer immer nur ein paar Hunderter abfielen. Na ja, so billig würde diese alte Nutte diesmal nicht davonkommen.

Philo Skinner setzte sich und probte in Gedanken bereits seinen nächsten Anruf. Stell sich das einmal einer vor, Philo Skinner, den Terrier-King, aufs Kreuz legen zu wollen!

Madeline war völlig fertig, als der Erpresser aufgehängt hatte. Es dauerte eine geschlagene Stunde, bis sie endlich von dem Sofa hochkam, auf dem sie, abwechselnd weinend und trinkend, lag.

Sie schenkte sich keinen zweiten Drink ein. Statt dessen begann sie nachzudenken. Zu ihrer Überraschung fing sie an, einen Plan zu entwerfen. Obwohl sie vor Angst fast außer sich war, begann sie doch, einen Plan zu schmieden, wie sie dem Erpresser das Handwerk legen könnte. Dabei stieß sie auf ungeahnte Energien. Daß sie das Geld zahlen würde, kam überhaupt nicht in Frage. Von ihrer letzten Jahresaufstellung wußte sie, daß sich ihr Vermögen auf etwa vierzigtausend Dollar belief. Darin waren aber schon eingeschlossen: der Wert ihrer Lebensversicherung, eine Zweitfond-Urkunde, der Wert der wenigen ihr noch verbliebenen Antiquitäten, ihr Wagen, der Wert des Hauses abzüglich der Hypothek, und das Wenige, was ihr Treuhandfond noch abwarf. Bis jetzt hatte sie immer noch davon geträumt, daß ein Mann sie nach Vickies Sieg im Madison Square Garden aus dieser mißlichen

Lage retten würde, vielleicht ein Witwer mit einem stattlichen Vermögen. Sie würden sich im *The Sign of the Dove* treffen, einem der vornehmsten Restaurants New Yorks ...

Es würde Wochen dauern, all dies in bare Münze umzuwandeln. Sie würde das dem Erpresser erklären, wenn er wieder anrief. Das mußte er doch verstehen. Vielleicht konnte sie sich neuntausend leihen. Wenn sie Glück hatte, unter Umständen auch zehntausend. Da war Ariel Wentworth. Ihr Mann war Aufsichtsratsvorsitzender bei ... Was für eine Bank war das doch gleich wieder? Vielleicht konnte ihr Ariel zu einem Kredit verhelfen, zu einem sehr schnellen Kredit von zehntausend Dollar.

Eine andere Möglichkeit war die Polizei. Sie war versucht, sie anzurufen. Dreimal war sie bereits zum Telefon gegangen, um sich jedoch jedesmal wieder auf ihren ursprünglichen Plan zu besinnen. Den Kredit. Sie wollte eben Ariel anrufen. Nein, erst mußte sie mit dem Mann sprechen, der Vickie in seiner Gewalt hatte, um ihm alles zu erklären. Und er würde es auch verstehen. Dieser Mann war doch kein Monster. Er hatte sein ganzes Leben lang keinem Tier etwas zuleide getan. Sie konnte sich erinnern, daß er das gesagt hatte. Sonst hatte sie alles vergessen, aber *daran* konnte sie sich noch erinnern. Von nun an trank sie nichts mehr. Sie saß im Wohnzimmer und wartete, bis es sechs Uhr wurde. Sie wartete auf den Sonnenuntergang, auf den *Anruf*.

Für Natalie Zimmerman bedeutete der Rest des Tages die übliche Einbruchsermittlungsarbeit, im Grunde genommen also reine Public Relations. Ein paar Sympathiebekundungen für die Betroffenen, die nicht wirklich daran glaubten, von dem gestohlenen Gut je etwas wiederzusehen. Ein paar gut gemeinte Ratschläge, um künftigen Einbrüchen vorzubeugen. Eine Tagebuchnummer, um den Verlust steuerlich absetzen zu können oder ihn der Versicherung melden zu können. War schon jemand von der Fingerabdrucksabteilung dagewesen? Er hat gesagt, er hätte keine Abdrücke gefunden? Ja, sie hinterlassen selten Abdrücke, selbst wenn sie *keine* Handschuhe tragen. Leider ist es außerordentlich schwierig, einen guten Abdruck zu bekommen, wenn es sich nicht gerade um eine harte, glatte und saubere Oberfläche handelt. Ich weiß natürlich, daß sie im Kino sogar an Taschentüchern Fingerabdrücke feststellen. Ja, und ich weiß auch, daß im Kino ein Detektiv einen Mann überführt hat, der eine Frau vergewaltigt hatte, indem er einen Fingerabdruck auf . . . Was? Auf der Brust der Frau? Das ist doch absurd!

Ein Tag, wie er für die Detektive der Einbruchsabteilung nicht typischer hätte sein können. Sie suchten sechs Einbruchsopfer auf, ohne einen einzigen Anhaltspunkt zu bekommen.

»Keine Anhaltspunkte für unsere Anhaltspunktekiste«, feixte Natalie Zimmerman, nachdem sie mit dem vierten Einbruchsopfer fertig waren.

»Sollen wir jetzt irgendwo essen gehen?« erkundigte sich Walnikow.

»Ich habe keinen Hunger«, erwiderte sie. Wie hätte sie jetzt Hunger haben können? Wie konnte sie Clarence Cromwell nur lange genug von Captain Hooker fernhalten, um diesem über die Ereignisse dieses Tages Bericht zu erstatten? Walnikow hatte eine Meise. Meschugge. Dann lassen Sie ihn doch mal von seinen alten Mordfällen erzählen, Captain, wenn Sie mir nicht glauben. Sehen Sie nur einmal, wie er ist, wenn er *darüber* zu erzählen beginnt.

Aber was war, wenn er nicht immer so reagierte, wie er das heute getan hatte? Ein Buch in Blindenschrift. Charlie Lightfoot. Dieses Schluchzen, als er von einem Kaninchen geträumt hatte. Was war, wenn er Hooker täuschen konnte, der seine Aufmerksamkeit auf nichts anderes länger als drei Minuten lenken konnte als auf Cromwells verdammtes Boot? Was war, wenn er nicht immer ausklinkte, wenn man ihn an seine alten Tage erinnerte?

»Walnikow?«

»Ja?«

»Halten wir einfach irgendwo; ganz gleich wo. Nur für eine Tasse Kaffee und einen Krapfen oder sowas.«

»Wie wär's mit einem Delikatessenshop auf der Fairfax? Ich hätte Lust auf einen Zwiebeltoast«, schlug Walnikow vor.

Seine Augen wurden allmählich wieder klarer, und ihr Weiß war nicht länger mehr von roten Äderchen durchzogen.

»Einverstanden«, stimmte Natalie zu, um dann hinzuzufügen: »Walnikow, können Sie sich noch erinnern, worüber wir heute morgen gesprochen haben?«

»Was war das, Natalie?« Er lächelte.

Sie zögerte einen Augenblick, holte dann aber tief Atem und biß in den sauren Apfel. »Wir haben uns über Charlie Lightfoot unterhalten. Über Ihre Arbeit bei der Mordkommission. Über Leichen und tote Kinder.«

Leichen. Im Leichenschauhaus gab es Unmengen von Leichen. Überall Leichen. In den Autopsiesälen. In den Kühlräumen. Auf den Gängen. Ein Zettel an den Zehen befestigt. Nichts als grobe Körperumrisse unter Leintüchern.

Das da ist eine Frau. Silikon. Sieh dir mal ihre Titten an. Wie zwei Everests. Ruhe sanft, Schätzchen. Wofür war dieses ganze Silikon letztlich gut? Und der da. Unter dem Leintuch und steif wie ein Fisch. Dem steht er ja mehr als uns in voller Blüte, was Walnikow? Und da. Die Leiche ist höchstens einen Meter zwanzig groß. Ein Junge oder ein Mädchen? Ist das die, über die sie uns aus West L.A. einen Bericht rübergeschickt haben? Du weißt schon, dieses kleine Mädchen. Ihre Mutter hat gefixt. Weißt du, welche ich meine? Die Kleine, die Mammi immer an den Dealer ausgeliehen hat. Weißt du, wen ich meine? Die Kleine, die mit diesem Dealer schon mit sechs Jahren ins Bett ging, und als der Kerl dann genug von ihr bekam, guckte ihre saubere Mutter ganz schön dumm aus der Wäsche. Sie haben auch Fotos von ihr gemacht, wie sie von den Kunden dieses Dealers gevögelt wurde. Ihre Mutter hat dem kleinen Ding ihre leere Spritze (Kein Heroin heute, du kleines Miststück. Das ist alles nur deine Schuld. Es könnte mir jetzt viel besser gehen, wenn du nur gewollt hättest.) immer unter die Zehennägel und durch die Trommelfelle gestochen. Weißt du, wen ich meine?

Die toten Körper im Leichenschauhaus. Ein Krankenwärter, der eine Klasse von Schwesternschülerinnen durch die Räume führt und sich an ihrem Schrecken ergötzt. Goremore ist wieder einmal da und schneidet den Leichen die Finger ab.

Ein bißchen zittrig in den Knien, was Mädels? Legt euch lieber nicht auf diese Tische, meine Süßen, wenn ihr euch ein bißchen ausruhen wollt.

Natürlich bringt er sie auch zu einer Autopsie, mit der sie gerade anfangen. Eine, von der er weiß. Dieser Kerl genießt seine Arbeit richtig. Es macht ihm richtig Spaß, die Schwesternschülerinnen herumzuführen. Seht euch den mal an. Ein Lumpensammler, den die Polizei gefunden hat, nachdem er bereits drei Wochen tot in einem Güterwaggon gelegen hatte.

Goremore winkt ihnen zu. Kommt doch her, Mädels. Schaut mal, was ich hier habe. Einen Schwarzen mit einem weißen Gesicht.

Sein Gesicht! Sein Gesicht bewegt sich!

Nein, es bewegt sich nicht, Mädels. Es ist nur über und über von Maden bedeckt. Was sich bewegt, sind die Maden, Mädels. Die können sich jetzt mal richtig sattfressen.

Haltet dieses Mädchen! Verdammte Scheiße, Goremore, sie ist auf den Kopf gefallen, du blöder Socken!

Worauf Goremore nur sagt: Leck mich doch; ich mache doch hier keine Führungen. Und in diesem Augenblick stürzen sich die Maden auf das Kinn, um zu sehen, ob seine Kehle aufgeschlitzt ist, und dabei löst sich der Unterkiefer. Ein halbes Pfund Maden segelt in einem Haufen durch die Luft und landet klatschend auf dem gekachelten Fußboden. Eine zweite Schwesternschülerin geht neben den Maden zu Boden, die sie neugierig beäugen. Aber sie treten in ihren dumpfen Madengehirnen den Rückzug an und verknäueln sich wieder miteinander, so daß sie wieder einen einzigen wimmelnden, sich windenden Madenhaufen bilden. Selbst Maden brauchten anscheinend Maden. Der Schwarze mit dem weißen Gesicht ging also mit gar keinem Gesicht in die Ewigkeit ein.

Und dann, aufpassen, Walnikow, hier sind sie wieder. Die flimmernden Lichtblitze. Es ist das Leichenschauhaus. Da. Diesmal wird es nicht so schnell wieder verschwinden. Déjà vu. Ein Bild *entsteht*. Fast hat er es! Es ist ein Pathologe und ein . . .

»Walnikow.«

O nein, es ist das *Kaninchen*! Er stapft durch den Schnee!

»Walnikow. Walnikow!«

»Was?«

»Walnikow, die Ampel steht jetzt schon zum zweitenmal auf Grün. Hören Sie denn das Hupen nicht?«

»Was?«

In diesem Augenblick bekam Natalie Zimmerman es mit der Angst zu tun. »Ist schon gut, Walnikow. Erzählen Sie mir lieber nichts von Charlie Lightfoot. Keine Morde. Keine Leichen. Ist schon gut, Walnikow, ist schon gut!«

»Was?« Ohne auf die erbosten Autofahrer hinter ihm zu achten, fuhr Walnikow endlich los.

»Was haben Sie gesagt, Natalie?«

»Ich habe gesagt, Sie sollen mir über Einbrüche erzählen, Walnikow«, plapperte sie drauflos. »Erzählen Sie mir etwas über Einbrüche. Ich habe auf diesem Gebiet so wenig Erfahrung.«

Das Bild war weg. Wieder einmal. Walnikow schwitzte und zitterte.

»Über Einbrüche soll ich Ihnen was erzählen? Ja, wissen Sie, Natalie, ich arbeite auch noch nicht lange in dieser Sparte; ich bin ein alter Morddetektiv ...«

»Von Morden will ich jetzt aber nichts wissen, Walnikow«, wehrte Natalie Zimmerman ab, die Augen hinter ihrer riesigen Brille schreckgeweitet. »Erzählen Sie mir lieber über Einbrüche. Was wissen Sie alles über Einbrüche? Ich möchte mich einarbeiten.«

»Ach so«, seufzte Walnikow und wischte sich den Schweiß von der Stirn. »Na ja, ich habe zum Beispiel festgestellt, daß ein geschickter Einbrecher durch jede Öffnung kommt, wenn sie groß genug ist, daß sein Kopf hindurchgeht. Das ist doch ganz interessant, oder nicht?«

»Das ist allerdings wirklich interessant. Sehr interessant sogar. Ich würde sagen, wir holen uns jetzt etwas zu essen, Walnikow. Dann sind wir für heute sowieso schon fast fertig.«

»Gut«, lächelte Walnikow. Sein Zittern hatte fast aufgehört.

Wenn sie nur ein Tonbandgerät gehabt hätte. Es würde

sicher schwer sein, Hooker die Sache zu erklären. Wie wollte man so etwas auch jemandem erklären, der es nicht selbst miterlebte. Aber wenn er sich nicht einsichtig zeigte, würde sie zum Bezirkskommandanten gehen. Genau das würde sie tun, verdammt noch mal!

Selbst um diese Zeit herrschte in dem Delikatessenladen Hochbetrieb. Es war einer der ältesten in Los Angeles.

Einer der Angestellten kannte Walnikow. Er hatte die Whiskystimme und die verquollenen Augen eines altgedienten Alkoholikers. Gleich und gleich gesellt sich gern, dachte Natalie, als er und Walnikow sich herzlich begrüßten.

»Hallo, Sergeant«, strahlte der alte Mann mit einem breiten, zahnlückigen Grinsen.

Was fanden all diese alten Leute nur an Walnikow? Wie alt war er doch gleich wieder? Doch erst vierundvierzig. Warum behandelten ihn alte Menschen, als wäre er ihresgleichen?

»He, Solly«, streckte Walnikow dem Mann seine Rechte entgegen, während dieser sich noch seine faltigen Hände an seiner Schürze abtrocknete.

»Ich weiß gar nicht, wie lange ich Sie schon nicht mehr gesehen habe, Sergeant«, sagte der Mann hinter dem Ladentisch. Sein glattes weißes Haar war nach hinten gekämmt. »Das mit Sergeant Lightfoot finde ich ja wirklich schrecklich. Ich habe erst vor kurzem davon erfahren.«

»Ja«, erwiderte Walnikow. »Das ist meine neue Partnerin. Ich bin jetzt in Hollywood.«

»Sie arbeiten jetzt mit einer Frau?« meinte der Verkäufer. »Und hübsch ist sie auch noch. Da können Sie ja wirklich von Glück reden, Sergeant.«

In diesem Augenblick kam ein fünfzigjähriger Gehilfe mit einem Tablett voller Sandwiches aus der Küche. Er hatte dunkle Haut, eine platte Nase und glänzendes schwarzes Haar, an das selbst Philo Skinner mit seinem Färbemittel nicht herankam. Er war klein und gedrungen und hatte breite Hüften, keinen Hintern und dürre Beine. Er stammte aus den Urwäldern von Sinaloa in der Nähe von Mazatlan und war allgemein unter dem Namen Indio bekannt.

Walnikow begrüßte ihn mit einem Lächeln: »Hallo, Indio!«

»Sargento«, grinste der Indianer, so daß seine blitzende Tijuana-Goldbrücke zum Vorschein kam.

»Ich habe jetzt richtig Lust auf einen Zwiebeltoast, Solly. Was hätten Sie gerne, Natalie?«

»Auch einen Zwiebeltoast, bitte«, sagte sie.

»Sofort, Sergeant«, grinste der alte Mann. »Mit Cream Cheese?«

»Klar.«

»Kabeljau oder Hering?«

»Für mich Kabeljau, Solly.«

»Ach ja, stimmt. Es war Sergeant Lightfoot, der immer Hering bestellte.«

»Ja, das war Lightfoot«, wiederholte Walnikow.

Dann versuchte er Natalie Feuer zu geben. »Was halten Sie von dem Geruch hier, Natalie?«

»Es riecht gut hier«, antwortete sie.

»Ich bin drüben in Russian Flats aufgewachsen«, fing Walnikow zu erzählen an. »Das ist nicht weit von Boyle Heights. Dort gab es damals hauptsächlich Russen, Juden und Mexikaner. Ich kannte Sollys Bruder. Er hatte früher in der Brooklyn Avenue eine Bierbar.«

»Ja?« sagte Natalie Zimmerman.

»Wissen Sie eigentlich, warum die alten Russen und Juden in Boyle Heights so gut miteinander auskamen?«

»Nein.«

»Weil die Russen, zum Beispiel auch meine Eltern, sich noch erinnern konnten, wie es war, als sie vor den Bolschewiken flohen. Wie ihnen die Juden zu essen gegeben haben. Nicht, daß die Juden Zaristen gewesen wären, aber sie wußten, daß einige von den Weißrussen in das Wunderland Amerika wollten. Als ich ein kleiner Junge war, dachten die jüdischen Kinder in Boyle Heights, Borscht wäre *ihr* Essen. Können Sie sich so etwas vorstellen?«

»Tatsächlich?« tat Natalie Zimmerman interessiert, während sie ihren Kaffee trank und in Gedanken ihre Rede vor Captain Hooker aufsetzte. Sehen Sie, Captain, wenn Sie absolut nicht hören wollen, dann ist da immer noch der Bezirkskommandant. Ich möchte Ihnen zwar nicht in den Rücken fallen, aber ...

In diesem Augenblick brachte Solly Walnikow seinen Tee. In einem Glas, nach russischer Art. Er hatte die alten Zeiten nicht vergessen.

»Ich vermisse Sergeant Lightfoot sehr«, sagte Solly. »Erinnern Sie sich noch an meinen Enkel? Dessentwegen ich mir immer solche Sorgen gemacht habe, wissen Sie noch?«

»Ja«, nickte Walnikow.

»Er hat inzwischen einen tollen Job. Er ist Kesselflikker.«

»Kesselflicker?« runzelte Natalie Zimmerman die Stirn.

»Ja, Kesselflicker«, nickte Solly. »Wissen Sie, er repariert Kessel.«

»Aha?«

»Er hat sich schwer gebessert, nachdem Sie und Sergeant Lightfoot ihn verhaftet haben«, meinte Solly. »Entschuldigen Sie mich bitte. Ich muß wieder in die Küche zurück. Wir haben nämlich heute nur einen Tellerwäscher.«

»Aber selbstverständlich, Solly«, nickte Walnikow.

In diesem Augenblick meldete sich ein anderer Kunde an der Theke zu Wort: »Mein Toast ist zu wenig gebräunt. Nehmen Sie ihn zurück.« Er hatte sich an Indio gewandt, der am Tonfall merkte, was der Mann wollte. Obwohl der Mann älter war als Indio, trug er ein regenbogenfarbenes T-Shirt, eine Safarijacke und eine sorgfältig mit Farbe besprühte Hose. Damit war er der neuesten Mode zwar fünf Jahre hinterher, was ihn aber nicht daran hindern sollte, sich enorm schick zu finden. »Nehmen Sie diesen Toast zurück. Er ist nicht braun genug.«

Indio nahm den Teller und strebte auf die Küche zu.

Der Mann wandte sich nun an seine zweiundzwanzigjährige Begleiterin: »Das ist das Problem mit diesen Schmalzköpfen. Was soll man auch schon anderes erwarten, wenn man sie in einem solchen Laden arbeiten läßt?«

Natalie hörte das und ignorierte es. Indio verstand es nicht. Walnikow machte einen aufgebrachten Eindruck. Wenige

Minuten später brachte Indio den Toast zurück und stellte den Teller vor den alternden Hippie auf die Theke.

»Er ist immer noch nicht richtig getoastet«, nörgelte dieser weiter. »Was soll das eigentlich? Sie sprechen doch nicht mal Englisch, oder? Ich frage mich wirklich, was *Sie* in so einem Laden zu suchen haben?«

Walnikow stellte sein Glas Tee ab und trat auf den Mann mit der Safarijacke zu. »Was soll denn mit diesem Toast nicht stimmen? Haben Sie vielleicht einen Farbstreifen dabei, mit dem Sie die richtige Bräune kontrollieren?«

Der Mann sah zu dem massigen Detektiv mit den blitzenden wäßrigen Augen auf und flüsterte seiner kleinen Begleiterin, die gerade in einer Nummer von *Variety* blätterte, etwas Unverständliches zu. Insgesamt erweckte sie den Eindruck, als fragte sie sich, wie sie eigentlich dazu gekommen war, sich mit diesem Heini einzulassen.

Als Indio schüchtern das schmutzige Geschirr abtrug und dabei an Walnikow vorbeikam, ergriff der Detektiv den Indianer am Arm. »Solly«, wandte er sich an den alten Mann, der sämtliche Sprachen von Boyle Heights beherrschte: Englisch, Jiddisch und Spanisch. »Sagen Sie Indio von mir, daß Cortez, als er in die Neue Welt kam, vom Aztekenkaiser eine goldene Fingerschüssel vorgesetzt bekam, aus welcher dieser ignorante weiße Mann dann *getrunken* hat. Sagen Sie ihm das bitte.«

Natalie Zimmermans Kopf war fieberhaft am Arbeiten, als sie zur Hollywood Station zurückfuhren. Ich habe da etwas Wichtiges für Sie, Captain . . . etwas höchst Bedeutsames . . . etwas . . . Captain, könnte ich Sie bitte unter vier Augen sprechen. Es handelt sich um eine streng vertrauliche Sache. Ich werde zum Bezirkskommandanten gehen, wenn Sie mich nicht anhören, Captain . . . Setzen Sie sich doch. Ich weiß, daß Sie in wenigen Wochen in den Ruhestand treten, aber das ist eine Angelegenheit, vor der Sie nicht einfach die Augen verschließen können. Captain, Sergeant Walnikow ist vollkommen verrückt!

Nur wurden in diesem Augenblick Natalie Zimmermans

Pläne durch niemanden anderen vereitelt als Bullets Bambarella, der nichts weiter tat, als ganz er selbst zu sein. Und zwar hatte er gerade mit einem sehr wütenden und sehr berühmten Filmstar zu tun, der auf die Wache gekommen war, um sich über die Verhaftung seines siebzehnjährigen Neffen in einer Drogensache zu beschweren.

»Die Detektive für unsere Kleinen sind nicht da«, brummte Bullets Bambarella und sah kaum von seinem *Playboy* auf, den er zur Tarnung in eine Ausgabe des Polizeihandbuchs gesteckt hatte, welches er angeblich zu Weiterbildungszwekken studierte.

»Dann hätte ich eben gerne den Boß gesehen, wer auch immer das ist.« Der berühmte Filmstar ließ sich nicht abwimmeln. Er hatte dunkles, gelocktes Haar und natürlich ein makelloses Gebiß. Auf die Brusttasche seines rot-weißen Hemdanzugs waren seine Initialen gestickt. Seine ausgestellten Hosenbeine waren kalkweiß paspeliert. Dazu trug er Känguruhstiefel mit zwölf Zentimeter hohen Absätzen. Kurz gesagt – für den Sunset Boulevard war er konservativ gekleidet.

Der halbwüchsige Bursche in seiner Begleitung hatte blitzende echte Zähne und trug zu seinem Safarihemd eine ausgewaschene Worker-Jeans, die hundertdreißig Dollar kostete und daher in Bagdad momentan das beliebteste Jeansmodell war. Am anderen Arm des Stars hing, um das Trio komplett zu machen, eine knackige Mieze mit einem roten Kopftuch über ihrem dunkelblonden Haar. Nervös fummelte sie an ihrer Sonnenbrille herum, die sie sich natürlich nach oben übers Haar geschoben hatte.

»Also, an wen soll ich mich nun wegen dieser blöden Verhaftung wenden?« wollte der Filmstar von Bullets wissen. »Mein Neffe hatte ein bißchen Koks. Das war alles.«

»An mich können Sie sich wenden«, seufzte Bullets Bambarella und klappte sein Buch zu.

»Mein Neffe wurde vor ungefähr zwei Stunden verhaftet und . . .«

»Ja, das haben Sie bereits gesagt«, gähnte Bullets. »Und ich habe Ihnen gesagt, daß die zuständigen Detektive im Moment nicht hier sind. Und Ihr Neffe ist auch nicht da. Also gibt es vermutlich nicht allzuviel, was ich für Sie tun könnte.«

»Jetzt hören Sie mal gut zu«, knurrte der berühmte Filmstar. »Mein Neffe wurde verhaftet, weil er dieses Zeug für jemanden anderen aufbewahrt hat. Eigentlich sollte sich mein Manager um diese Angelegenheit kümmern, und wenn dieser Kerl nicht bald hier auftaucht ... Margo, nimm meinen Wagen und versuch, diesen Blödmann aufzutreiben.«

Bullets beobachtete die knackige Mieze und den Filmstar bei einem flüchtigen Abschiedskuß. Dann wackelte sie davon, um zum Sunset Strip zu fahren und den Blödmann zu suchen.

»Ich habe einen Onkel, der mit dem Oberstaatsanwalt und dem Polizeichef befreundet ist«, drohte der Filmstar.

»Ich habe einen Onkel, der Notar ist«, erwiderte Bullets Bambarella. »Wie wäre es also, wenn Sie mich jetzt in Ruhe lassen würden. Kommen Sie doch später wieder. Ihr Neffe ist nicht da.«

»Wissen Sie eigentlich, wen Sie vor sich haben?« meldete sich der jugendliche Begleiter mit blitzenden Zähnen zu Wort.

»Nein«, brummte Bullets Bambarella, der allmählich genauso sauer wurde wie der berühmte Filmstar.

»Das ist doch nicht zu fassen«, wandte sich der junge Bursche an den Filmstar. »Hast du das gehört? Hast du das gehört?« Und dann zu Bullets: »Waren Sie eigentlich schon mal im Kino?«

»Nichts sagen«, unterbrach ihn Bullets. »Er ist *Schauspieler.* Das hätte ich mir doch eigentlich gleich denken können.«

»Ich habe nicht die Absicht, noch länger mit Ihnen hier meine Zeit zu vergeuden. Holen Sie mir Ihren Chef her«, knurrte der Filmstar.

»Er ist nicht hier«, sagte Bullets.

»Und wo ist der Herr?«

»Captain Hooker kauft sich gerade einen Südwester«, grunzte Bullets.

»Ist er eigentlich Captain bei der Polizei oder zur See?« stichelte der Filmstar. Sein jugendlicher Begleiter stieß kichernd gegen seine Seite.

»Sind Sie auch Schauspieler?« fragte Bullets den jungen Mann.

»Allerdings ist er das«, bestätigte ihm der Filmstar.

Bullets begutachtete die schmalen Hüften des jungen Burschen, dessen Hand immer noch auf dem Arm des Filmstars ruhte. Der Junge hatte einen großen Kopf und ein kleines, feingeschnittenes Gesicht.

»Klar, jetzt weiß ich, wer Sie sind«, dröhnte Bullets los. »Sie sind einer von Charlies Angels, oder nicht?«

Das brachte den Teenager sichtlich auf hundertachtzig, und er sah aus, als würde er jeden Augenblick über Bullets Bambarella herfallen. »Sie Dreckskerl!« zischte er. »Sie blöder Ignorant! Ich will Ihre Dienstnummer!«

Bullets ballte seine mächtige Faust und schoß zurück: »Na, wie wär's? Soll ich mal eben einen Charakterdarsteller aus Ihnen machen?«

»Sie miese Ratte!« kreischte der junge Mann, daß Clarence Cromwell vom Nachbarbüro herbeieilte.

»Verdammt noch mal, Bullets, was ist denn hier los?« wollte Clarence wissen.

»So eine Unverschämtheit!« quietschte der junge Bursche, während der Filmstar begütigend auf ihn einredete: »Jetzt beruhige dich doch, Buddy. Laß diesen Idioten doch. Schließlich ...«

»Was sind das für Leute?« wandte sich Clarence an Bullets.

»Keine Ahnung. Sie behaupten, sie wären Filmschauspieler. Mir sehen sie eher wie ein paar schwule Friseure aus.«

»Seine Dienstnummer, seine Dienstnummer!« spuckte der junge Mann.

»Beruhigen Sie sich erst einmal!« griff Clarence Cromwell beschwichtigend ein, nachdem er den Schauspieler schließlich doch noch erkannt hatte. »Und du auch, Bullets!«

Aber es war bereits zu spät. Bullets war nicht mehr zu bremsen, und er tat gerade das, was er am besten konnte – einen Aufstand zu versuchen.

»Hey, Clarence, mir ist gerade etwas eingefallen«, kicherte Bullets. Dann deutete er auf den Filmstar und sagte: »Wir sollten diesen Mann wegen Einbruchs einbuchten. Sieh dir doch mal das Alter seines Spielgefährten an. Das ist doch unbefugter Zutritt.«

Captain Hooker kam gerade rechtzeitig auf die Wache zurück, um die zwei Schauspieler an der Rezeption toben zu sehen, während Clarence Cromwell sein Bestes tat, um jedermann zu beruhigen. Er hatte einen anstrengenden Tag hinter sich und verfiel in Panik, da er den Schauspieler sofort erkannte. Und unmittelbar darauf setzten bei dem Gedanken an die Scherereien, die das nach sich ziehen würde, seine Kopfschmerzen ein. Mein Gott, war er nicht für einen Academy Award nominiert worden?

Als nun also Natalie Zimmerman ankam und schnurstracks in Richtung von Hookers Büro schoß, sah sie niemanden außer Bullets Bambarella, der dumpf vor sich hinbrütend auf Clarence Cromwell wartete. Und als Clarence schließlich in das Büro seines Captain gestürmt kam und seinen Zeigefinger auf Bullets Bambarella richtete, stand für Natalie fest, daß sie diesen Tag wieder einmal vergessen konnte.

Durch die offene Tür konnte sie Bullets sagen hören: »Aber Clarence, manchen Leuten kann man es doch nie recht machen! Diese zwei Torten kamen hier einfach rein und fingen an, an mir rumzunörgeln!«

»HALT DIE KLAPPE, BULLETS!« brüllte Clarence los, während die anderen sich still fertig machten, um nach Hause zu gehen. Unter ihnen war auch Natalie Zimmerman, die ihre Gedanken wieder einmal nur ihrer widerspenstigen Haarlocke mitteilen konnte.

Und Sergeant Walnikows Polizeikarriere war wieder einmal für einen weiteren Tag gerettet.

Der Anruf kam spät – gegen 18.45 Uhr. Madeline Whitfield hatte sieben Tassen Kaffee getrunken und seit dem frühen Nachmittag keinen Tropfen Scotch angerührt. Sie war selbst über ihre Kräftereserven verblüfft, und sie fühlte sich stocknüchtern.

»Hier ist Richard«, meldete sich die Stimme. Philo Skinner sprach wieder durch ein Papiertaschentuch. Diesmal rief er jedoch von einer Tankstelle an, die etwa drei Häuserblocks von seinem Zwinger entfernt lag.

»Ja. Ja! Wie geht es Vickie?«

»Bestens. Wann bekomme ich das Geld?«

»Bitte, Sie müssen etwas Geduld haben. Wissen Sie, ich ...«

»Wann bekomme ich das Geld?«

»Ich bitte Sie. Ich habe den ganzen Nachmittag nachgedacht, wie ich Ihnen den Sachverhalt erklären könnte. Es bleibt mir leider nichts anderes übrig, als Ihnen die nackte Wahrheit zu sagen. Eine Menge von diesen Leuten, die in diesen vornehmen Villen wohnen, haben kaum genügend ...«

»Wann kriege ich das Geld, Sie alte Schwätzerin!« kreischte Philo in den Hörer, bekam sich aber sofort wieder unter Kontrolle, um sich vorsichtig nach allen Seiten umzublicken, als könnte er von den in den frühen Abendstunden vorbeigleitenden Wagen gehört werden.

Madeline war entschlossen, sich auf keinen Fall aus der Ruhe bringen zu lassen, wie sehr sie der Mann auch einschüchtern sollte. »Wenn Sie vielleicht zu mir kommen und sich unter vier Augen mit mir unterhalten wollten, könnte ich Ihnen alles erklären. Ich könnte Ihnen die entsprechenden Unterlagen zeigen, damit Sie sich selbst von meiner mißlichen finanziellen Lage überzeugen können. Dann würden Sie vielleicht besser verstehen. Fünfundachtzigtausend Dollar! Das ist einfach ...«

»Sie verdammte Schlampe!« Philo Skinner war inzwischen völlig außer sich, was für Madeline ziemlich unverständlich war. »Sie wollen Ihren Hund doch mit heiler Haut wieder? Mit heiler Haut und lebendig? Sie ... Sie ... kommen Sie mir bloß nicht auf diese Tour. Sie lügen doch wie gedruckt.«

Madeline war nahe daran, zusammenzubrechen. Woher kamen plötzlich diese Kraftreserven? Sonst reichte schon ein einziges Wort von Edna Lofton im Valley Hunt Club aus, um sie in ein dreitägiges Besäufnis zu stürzen, und dennoch war sie in eben diesem Augenblick – Vickies Leben stand auf dem Spiel – in der Lage, mit diesem Verrückten, diesem Verbrecher zu verhandeln. Madeline hatte mit einemmal so etwas wie *Persönlichkeit*. Madeline Whitfield war im Begriff, so etwas wie Selbstachtung zu verspüren.

»Jetzt hören Sie mir doch bitte erst einmal zu«, begann Madeline wieder. »Ich bin mir ... ich bin mir sicher, daß ich etwas Geld für Sie auftreiben kann. Ich kann mir bestimmt zehntausend Dollar leihen. Sie müssen mir einfach glauben, daß ich höchstens fünftausend Dollar sofort auftreiben kann. Zehntausend kann ich mir borgen. Das wären immerhin schon fünfzehntausend Dollar. Die könnte ich bis morgen beschaffen. Bis morgen nachmittag die Banken schließen, könnten Sie das Geld haben. Ich könnte ...«

»Also, jetzt hören Sie mal *mir* zu.« Philo hatte das Papiertaschentuch fallen lassen und krächzte unverstellt in den Hörer. »Ich gebe Ihnen bis morgen, drei Uhr Nachmittag, Zeit. Wenn die Banken schließen, werde ich Sie anrufen. Und Sie werden mir dann sagen, wo ich die fünfundachtzigtausend abholen kann ...«

»Bitte! Sie müssen mir glauben ...«

»Halten Sie den Mund!« kreischte Philo. »Halten Sie, verdammt noch mal, Ihren Mund!«

Als nun Stille eintrat, verfiel Philo in einen Hustenanfall. Madeline konnte hören, wie der Erpresser einen Schleimklumpen ausspuckte. Dann kam er hechelnd wieder an den Apparat und sagte: »Falls Sie morgen nicht mit guten Nachrichten aufwarten, werde ich Ihrem Liebling eine Zehe abschneiden und Ihnen mit der Post zuschicken.« Das hatte Philo in einem Film gesehen. »Jedesmal eine Zehe.«

»Bitte nicht!« Madeline war einer Ohnmacht nahe. Aber nur fast. Sie setzte sich, um ihre Fassung wiederzuerlangen, und schlug dann in sachlichem Ton vor: »Ich werde tun, was ich tun kann. Ich werde versuchen, meinen Besitz so rasch wie möglich zu liquidieren. Morgen sehen wir dann weiter.«

»Wenn Sie auch nur daran *denken* sollten, die Polizei zu verständigen ...«

»Das werde ich ganz bestimmt nicht tun. Darauf gebe ich Ihnen mein Wort. Aber bitte, tun Sie Vickie nichts zuleide.«

Philo war mit den Nerven vollkommen herunter, als er wieder in den Zwinger zurückkehrte. Die Tiere hätten schon längst gefüttert werden sollen. Als er deshalb die Tür zu dem Raum mit den langen Reihen von Käfigen öffnete, gellte ihm aufgeregtes Kläffen entgegen.

Mein Gott. Nur fünfundzwanzig Hunde. War es da seine Schuld, daß er zum Verbrecher werden mußte? Nicht einmal bei der Einkommensteuererklärung hatte er bislang geschwindelt. Na ja, ein ganz kleines bißchen vielleicht. Aber er war mit Sicherheit kein Verbrecher. Was blieb einem denn schon anderes übrig? Was blieb einem unter diesen Umständen schon anderes übrig? Nein, seine Schuld war das bestimmt nicht.

Dann richtete Philo Skinner das Fressen für die Hunde her. Diese Viecher aßen doch tatsächlich besser als er in letzter Zeit. Diese verdammte reiche Schlampe. Wohnt in einer Villa über der Rose Bowl. Der Angestelltentrakt war vermutlich größer als das Haus, in dem Philo mit allen seinen Brüdern und Schwestern gelebt hatte, als er noch ein kleiner Junge gewesen war. Ich habe das Geld nicht. Diese miese Votze! Leute wie diese Frau machten Philo Skinner zu dem, was er war. Philo Skinner war ein anständiger Mensch, der sein ganzes Leben lang keinem Tier etwas zuleide getan hatte.

Dann fiel ihm plötzlich ein, daß er in seiner Aufregung ganz vergessen hatte, dieser reichen Votze wegen Tutu Anweisungen zu geben. Ob es wohl eine Möglichkeit gab, Tutu für sich zu behalten. Nein, das wäre dumm gewesen. Das konnte er auf keinen Fall riskieren. Fünfundachtzigtausend Dollar zu übergeben, war kein sonderlich großes Problem. Aber einen Schnauzer? Tutu würde wieder zu dieser geilen, gewöhnlichen Schlampe von Millie Muldoon Gharoujian zurückkommen. Schade, Tutu. Wie gerne wäre er, um einige Jahre jünger, mit Tutu an seiner Seite über den Strand von Puerto Vallarta getollt.

Als Philo Skinner in dieser Nacht endlich Schlaf fand, hatte er einen Traum. In diesem Traum schlich Philo Skinner unter einem subtropischen Mond auf Zehenspitzen über eine blumengeschmückte Regenbogenbrücke. Und in diesem Traum sah Philo Skinner *genau* aus wie Richard Burton.

10. KAPITEL

Der Fiedler

Am Dienstagmorgen kam Hipless Hooker sehr spät zum Dienst. Er wußte, daß sicher wieder irgendwelche Beschwerden auf seinem Schreibtisch seiner harren würden. Er hatte sich mit seiner Frau unterhalten, die zwar Boote haßte, aber Filme dafür um so mehr *liebte*, und dabei herausgefunden, daß der berühmte Filmstar, der sich am Abend zuvor mit Bullets Bambarella angelegt hatte, nicht, wie er befürchtet hatte, für einen Academy Award nominiert war. Zumindest *ein* Trost. Möglicherweise konnte ihm ein Schauspieler, der keine Aussichten auf den Oscar hatte, doch nicht ganz so viele Schwierigkeiten machen wie einer, der dafür in Frage kam. Hooker probierte es mit einem Glas Milch, was aber nichts half. Er war sich sicher, daß der Star bereits mit seinem Anwalt auf ihn warten würde, und das war auch der Grund, weshalb er zu spät kam.

Hooker ging, ohne nach links oder rechts zu blicken, schnurstracks auf sein Büro zu und hoffte, niemand würde auf ihn aufmerksam werden. Natalie Zimmerman sprang jedoch sofort von ihrem Sitz auf und schoß quer durch den Bereitschaftsraum. Trotzdem kam ihr Clarence Cromwell zuvor. Er schaffte es vor ihr in Hookers Büro und knallte Natalie vor ihrer Nase die Tür zu.

»Hat dieser Filmstar gestern abend die Presse benachrichtigt, Clarence?« erkundigte sich Hooker und schnitt eine Grimasse, als Clarence ihm eine Tasse Kaffee entgegenhielt.

»Heute keinen Kaffee, Käptn?«

»Meine Verdauung spielt komplett verrückt«, stöhnte Hooker.

»Ich habe mich um beide Schauspieler gekümmert«, grinste Clarence. »Ich habe sie zu einem Kaffee eingeladen und ihnen versichert, Bullets persönlich durch die ganze Wache zu prügeln. Und als sie dann gegangen sind, waren sie so angetan von mir, daß sie mir zwei Eintrittskarten für eine

Sondervorstellung ihres neuen Films in der Director's Guild gegeben haben!«

»Das ist ja großartig, Clarence!« jubelte Hooker.

»Hätten Sie einen Augenblick Zeit, Captain?« Natalie streckte ihren Kopf, die Locke weit über ihre mächtige Brille hereinhängend, durch die Tür.

»Was ist denn los, Natalie?« brummte Clarence übel gelaunt.

»Ich muß einfach mit Ihnen über Walnikow sprechen, Captain!«

Als daraufhin sowohl Clarence Cromwell wie Hipless Hooker einstimmig zu stöhnen begannen, stand Natalie hilflos im Raum. »Oooooohhhhh.«

»Captain ...« Sie kam jedoch nicht zu Wort. Also stand Natalie Zimmerman nur da und schielte zu ihrer Locke hoch, bis die beiden Männer schließlich ihr Geheul aufgaben und Clarence Cromwell wieder in normalem Tonfall sagte: »Sie haben doch gesagt, Natalie, Sie würden eine Zeitlang mit Walnikow arbeiten und zumindest versuchen, mit ihm auszukommen.«

»Sie können mir wirklich glauben, Clarence, daß ich es versucht ...«

In diesem Augenblick brach Hooker neuerlich in ein Stöhnen aus. Diesmal lagen dem allerdings nicht nur *psychische* Qualen zugrunde. Er spürte ein Brennen in seinem Bauch, das bis zu einer Kehle emporstieg.

»Nennen Sie zwei Tage vielleicht eine Zeitlang, verdammt noch mal?« schimpfte Clarence.

»Oooooohhhhh!« stöhnte Hooker.

Sie hörten beide zu sprechen auf und starrten ihren leidgeplagten Vorgesetzten verdutzt an.

»Was haben Sie denn?« erkundigte sich Clarence.

»Mein Magen!« wimmerte Hooker. »Auuuuuuu!«

»Alles nur halb so schlimm, Captain. Machen Sie sich mal keine Sorgen«, versuchte Clarence ihn zu trösten. »Bringen Sie mir doch bitte die Ersatzschlüssel, Natalie. Dann bringe ich den Chef ins Krankenhaus. Was ist es denn, Captain? Ein Geschwür?«

»Ich weiß nicht!« winselte Hooker. »Jedenfalls tut es schrecklich weeeeeeh!«

Es sollte sogar noch mehr weh tun, als sich herausstellte, daß Bullets Bambarella derjenige war, der Captain Hooker nach draußen half und ihn schon halb zu dem Wagen trug, in dem Clarence Cromwell bereits wartete. »Bitte, Bullets«, flehte Hooker, »machen Sie mir keine neuen Scherereien, so lange ich weg bin!«

»Natürlich nicht!« bekräftigte ihm Bullets. Wie konnte Hooker so etwas auch nur von ihm denken!

»Ich verlasse mich auf Sie«, schärfte ihm Hooker ein. »Ab jetzt keine Scherereien mehr. Darauf verlasse ich mich!«

»Sie können sich voll und ganz auf mich verlassen, Captain«, versprach Bullets Bambarella. Er war gerührt.

»Auuuuuu!« stöhnte Hooker, als Bullets ihn schließlich in Clarences Wagen hievte und sie in Richtung Krankenhaus davonfuhren.

Wie Philo Skinner glaubte auch Natalie Zimmerman nicht an einen Gott, der nicht in die Geschicke der Menschen eingreift. Sie war zu der Überzeugung gelangt, daß das Schicksal in der Sache Walnikow sich gegen sie verschworen hatte. Das Schicksal hatte seine Fittiche schützend über Sergeant A. M. Walnikow ausgebreitet. Irgend etwas ging da nicht mit rechten Dingen vor.

»Es sieht gut aus, Natalie«, empfing Walnikow sie mit einem Lächeln, als sie an seinen Schreibtisch trat. »Heute haben wir nicht sonderlich viel zu tun.«

Sie sah ihn an. Seine Augen waren wie immer wäßrig. Und wie immer sonderte er einen leichten Alkoholgeruch ab. Er trug einen neuen Anzug, die Etiketten von der Reinigung – wie immer – in die Innentasche geheftet. Wenn die Jacke aufstand, war außerdem, wie immer, seine gekonnte Reparaturarbeit mit dem Bürohefter zu bewundern. Er trug eine blaue Krawatte mit weißen Tupfen, und sein weißes Hemd war mehr oder weniger gebügelt. Wie die anderen zwar etwas abgewetzt, aber immerhin gebügelt. Er sah also aus unerfindlichen Gründen besser aus denn je.

Die unerfindlichen Gründe waren im übrigen Natalie.

Walnikow hatte sie keinen Moment aus den Augen gelassen, als sie durch den hektischen und überfüllten Bereitschaftsraum geschossen war. Er hatte sie beobachtet, wie sie rauchend vor Hookers Büro auf und ab geschritten war, bis sie schließlich eingelassen worden war. Und er beobachtete sie, wie sie langsam wieder zu ihrem Schreibtisch zurückging und auf die gewohnte Weise ihre Haarlocke anstarrte. Walnikow fand sie trotz ihrer komischen Frisur und trotz dieser riesigen, blöden Brille hübsch.

Am Abend zuvor hatte Walnikow absichtlich seinen Wodkakonsum eingeschränkt und infolgedessen auch besser geschlafen. Er hätte nicht einmal sagen können, ob er überhaupt von dem Kaninchen geträumt hatte, wenn er auch stillschweigend einmal davon ausging. Die Laken waren jedenfalls schweißdurchnäßt gewesen. Trotzdem fühlte er sich richtig gut an diesem Tag. Er schlürfte seinen Tee und lächelte Natalie an.

»Ich brauche erst noch mal eine Tasse Kaffee, um in Fahrt zu kommen«, seufzte Natalie, als sie sich neben ihm auf ihren Stuhl plumpsen ließ.

»Warten Sie, ich hole Ihnen eine«, erbot sich Walnikow und griff nach ihrer Tasse.

»Na gut«, erwiderte Natalie. »Vielen Dank.«

»Gern geschehen«, meinte Walnikow und wischte sich die Augen. Das war das erstemal, daß sie ihn etwas für sich hatte tun lassen. Er fragte sich, ob das wohl auf seine getüpfelte Krawatte und das neue Rasierwasser zurückzuführen war. Sogar gekämmt hatte er sich heute. Und er fand, daß er ganz passabel aussah.

Natalie fand dagegen, daß er fürchterlich aussah. Bemitleidenswert. Warum machte er es ihr eigentlich nicht leichter und flippte vor jemand anderem auch mal aus? Wie zum Beispiel jetzt, vor dreißig Zeugen? Warum legte er sich nicht einfach mit der Sekretärin an, weil der Kaffee zu bitter war, oder etwas in der Art? Aber wie hätte das gehen sollen? Er trank ja Tee. Ein Polizist, der Tee trinkt?

»Hört euch das einmal an!« verkündete Lieutenant Holzlippe Mockett lauthals. Er wurde jedoch mit Ausnahme

Walnikows, der Vorgesetzten immer den gebührenden Respekt erwies, von der gesamten versammelten Mannschaft ignoriert. Walnikow stellte die Kaffeetasse vor Natalie ab und wandte sich dann Mockett zu.

»Sergeant Ballew wurde vier Tage vom Dienst suspendiert, weil er aus Unachtsamkeit einen Schuß abgefeuert hat.«

»In diesem Alter schießen sie alle aus Unachtsamkeit«, bemerkte Fuzzy Spinks von Autodiebstahl, der älter als Sergeant Ballew war und deshalb wußte, wovon er sprach.

»Sergeant Ballew feuerte aus seiner Ithaca versehentlich eine Salve ab, und sie ging mitten durch den Wagen von Deputy Chief Digby Bates.«

»Tatsächlich?« interessierte sich Dudley Knebel von Raubüberfällen plötzlich, da er den Deputy Chief nicht ausstehen konnte. »Ist Bates denn auch wenigstens dringesessen?«

»Natürlich nicht!« entrüstete sich Holzlippe Mockett. »Ballew hat doch auch nur vier Tage gekriegt.«

»Nur vier Tage«, warf Dudley Knebel ein. »Für eine lausige Gewehrsalve ist das meiner Ansicht nach ne ganze Menge.«

»Und wenn Bates nun doch in dem Wagen gesessen wäre . . .« sinnierte Max Haffenkamp.

»Dann hätte ich Ballew vier Tage aus meiner eigenen Tasche bezahlt«, wieherte Dudley Knebel los.

»Ihr nehmt das alles einfach nicht richtig ernst«, empörte sich Holzlippe Mockett.

»Der gute Ballew«, grinste Fuzzy Spinks. »Letztes Jahr haben sie ihm zehn Tage aufgebrummt, weil er sich einen angesoffen und im Dienst seine Freundin genagelt hat.«

»Im Dienst!« entfuhr es Holzlippe Mockett. »*Entlassen* hätte man ihn dafür sollen! Und er hat tatsächlich nur zehn Tage gekriegt?«

»Na ja, wenn man bedenkt, daß der ganze Fall nur auf Indizien beruhte, war es sowieso ganz schön hart«, warf Fuzzy ein. »Eigentlich haben sie ihn ja auf dem Heimweg wegen Trunkenheit am Steuer geschnappt.«

»Dann war er doch gar nicht im Dienst«, meinte Mockett.

»Natürlich nicht«, pflichtete ihm Fuzzy Spinks bei. »Aber das Ganze war eine Viertelstunde nach Dienstschluß, und da er eins Komma fünfundzwanzig Promille hatte, haben sie es einfach angenommen.«

»Und das mit seiner Freundin, haben sie das auch einfach nur angenommen?« zischte Holzlippe Mockett, wie Natalie Zimmerman es nicht besser gekonnt hätte.

»Auch das beruhte nur auf Indizien«, kicherte Fuzzy voller Sympathie für den armen Sergeant Ballew. »Bevor sie ihn wegen Trunkenheit am Steuer eingelocht haben, ist er am Sunset, Ecke Gower, gegen einen Telegrafenmasten gefahren. Und als ihm diese Heuler im Krankenhaus dann seine Sachen ausgezogen haben, haben sie einen Pariser gefunden.«

»Einen Pariser!« platzte Nate Farmer von der Abteilung Sexualvergehen heraus. »Das beweist doch noch gar nichts.«

»Er hatte ihn aber noch übergestülpt!« berichtigte ihn Fuzzy Spinks.

»Das hat aber immer noch nichts zu besagen«, grunzte Nate Farmer. »Wahrscheinlich haben sie das Ding noch nach den Fingerabdrücken seiner Freundin abgesucht, wie?«

»Zuzutrauen wäre es diesen Idioten durchaus«, meldete sich Montezuma Montez zu Wort.

Holzlippe fühlte sich wieder einmal eindeutig überfordert und gab schließlich auf. Sollten die anderen denken, was sie wollten.

»Ich habe gehört, du spielst Golf«, wandte sich Bullets plötzlich an Montezuma Montez.

»Na ja, ein bißchen«, erwiderte dieser, ohne aufzublicken.

»Ein richtiger Idiotensport«, stichelte Bullets. »Ich habe in meinem ganzen Leben noch kein einzigesmal Golf gespielt.«

»Du bist dafür wohl auch ein bißchen zu unbeholfen, was?« schoß Monetzuma Montez zurück und legte seinen Stift weg.

»Golf kann doch jeder alte Knacker noch spielen, auch wenn er sich nur noch mit zwei Krücken fortbewegen kann.«

»Was wetten wir denn, daß du einen Golfball keine fünfzig Meter weit schlagen kannst«, konterte Montezuma Montez.

»Fünfzig Meter«, witzelte Bullets. Jetzt *hatte* er diesen Mexikali. »Hast du das gehört, Fuzzy? Er hat gesagt, ich könnte einen Golfball keine fünfzig Meter schlagen!«

»Wenn du noch nie Golf gespielt hast, dann ist für mich absolut klar, daß du keine fünfzig Meter schaffst, Bullets«, schaltete sich Fuzzy Spinks ein. »Jedenfalls nicht mit einem Schlag.«

Und dann segelten die Geldscheine nur so durch den Bereitschaftsraum. Bullets nahm die Wetten entgegen. Holzlippe Mockett jammerte zwar etwas von wegen spielen auf einer Polizeiwache, aber alle schrien wie wild durcheinander, bis sich Bullet's Wetteingänge schließlich auf dreißig Dollar beliefen. Fünf Minuten später jagten ein paar Dienstwägen mit quietschenden Reifen in Richtung Los Angeles Country Club davon, wo Inspektor Nate Farmer allerdings kaum hätte Mitglied werden können. Aber wenigstens konnte er Bullets die Möglichkeit verschaffen, dort einen Ball zu schlagen, da sein Cousin auf diesem Golfplatz als Caddy arbeitete.

Während nun die halbe Detektivmannschaft der Hollywood Station im Los Angeles Country Club versammelt war, um Zeuge zu werden, wie Bullets Bambarella sich selbst zum Narren machte, indem er seinen Golfschläger schwang, als wollte er damit Baseball spielen, und dabei das seit langem größte Stück des geheiligten Rasens in die Luft wirbelte, und während die restlichen Detektive, darunter Walnikow und Natalie Zimmerman, ihrer üblichen Ermittlungsarbeit nachgingen, stellte eine ›inaktive‹ Pasadena Junior Leaguerin auf eigene Faust detektivische Nachforschungen an. Und zu ihrer Überraschung kam sie dabei auch recht gut voran.

Madeline Whitfield hatte zwar die ganze Nacht kein Auge zugedrückt, aber über ihrem Morgenkaffee hatte sie sich doch geschworen, so lange keinen Tropfen Alkohol mehr zu sich zu nehmen, bis Vickie wieder zu ihr zurückgekehrt war. Und sie war keineswegs gewillt, nur einfach untätig dazusitzen und zu warten, bis dieser Mann wieder anrief.

Sie las die Verlustanzeigen in der *Times* durch und stellte dabei fest, daß zwei Schnauzer als vermißt gemeldet wurden. Der erste gehörte zu einer Redondo-Beach-Telefonnummer. Der zweite war in San Gabriel abhanden gekommen, das immerhin nahe genug an Pasadena lag, daß Madeline hoffen konnte, daß es sich dabei möglicherweise um die vermeintliche tote Vickie handelte. Vielleicht bekam sie auf diese Weise irgendeinen Anhaltspunkt, der sie weiterbrachte. Madeline Whitfield ging ans Telefon und bereitete sich schon darauf vor, sich umfangreiche Notizen zu machen. Allerdings hatte der erste Schnauzer nicht einmal gestutzte Ohren gehabt. Und der zweite war schwanger gewesen. Madeline Whitfield dachte schon, sie wäre mit ihrem Enthaltsamkeitsgelübde vielleicht etwas zu voreilig gewesen. Sie spielte bereits mit dem Gedanken an einen doppelten Scotch, als ihr eine neue Idee kam. Sie rief bei der Polizei von Pasadena, beim Los Angeles County Sheriff's Office und beim Los Angeles Police Department an und erkundigte sich nach verlorenen oder gestohlenen Schnauzern.

»Wir führen leider keine Aufzeichnungen über vermißte Hunde«, klärte sie der Mann am Telefon des Los Angeles Police Department mit einer Lethargie auf, die der von Officer Leonard Leggett in nichts nachstand.

»Ja, natürlich, ich verstehe«, entschuldigte sich Madeline Whitfield. »Aber vielleicht ist jemandem ein Schnauzer *gestohlen* worden. Wissen Sie, das ist ein sehr wertvoller Hund. Möglicherweise ein Champion, auf jeden Fall ausstellungsreif. Haben Sie nicht vielleicht eine Meldung, daß ein solcher Hund *gestohlen* worden ist?«

»Einen Augenblick bitte«, antwortete der lethargische Beamte mürrisch, um ihr, als er wieder an den Apparat zurückkam, mitzuteilen: »Wir haben tatsächlich eine Meldung über einen gestohlenen Schnauzer.«

»Ja?«

»In Hollywood. Am achten Januar wurde auf der dortigen Polizeiwache der Diebstahl eines Schnauzers gemeldet.«

»Ja, ja!« Madeline war ganz aufgeregt.

»Hätten Sie gern die Nummer des Protokolls?«

Um elf Uhr bekam dann Holzlippe Mockett einen Anruf.

»Mein Name ist Madeline Whitfield.«

»Ja«, erwiderte Holzlippe Mockett kurz angebunden, während er insgeheim hoffte, Captain Hooker würde baldmöglichst wieder aus dem Krankenhaus zurückkommen. Angesichts der Tatsache, daß ihm Clarence Cromwell dort das Händchen hielt und der Rest der Mannschaft sich auf so einem verfluchten Golfplatz herumtrieb, um Bullets Bambarellas Golfkünste zu bewundern, fühlte Mockett sich eindeutig überfordert. Bisher hatte er eine Kanne Kaffee kochen und zwei Anrufe entgegennehmen müssen.

»Ich hätte gerne über einen gestohlenen Schnauzer ein paar Erkundigungen eingezogen«, sagte die Frauenstimme. »Ich habe die Protokollnummer.«

»Wo ist der Hund gestohlen worden, gnädige Frau?« Diese Art von Arbeit war für einen Lieutenant einfach entwürdigend. Ja, entwürdigend!

»In der Vine Street, vor dem Brown Derby.«

»Aha«, seufzte Holzlippe Mockett. »Ich sehe mal nach.«

Er fand die Diebstahlsmeldung in einer Akte von Walnikow und Natalie Zimmerman. »Ja, und was hätten Sie nun gerne gewußt?« Als Entschädigung für all diese Mühsal versprach Holzlippe Mockett sich insgeheim bereits eine extra lange Mittagspause.

»Ich hätte gern mit dem Beamten gesprochen, der diesen Fall bearbeitet«, sagte Madeline. »Ist er im Augenblick gerade da?«

»Nein. Sein Name ist Sergeant Walnikow. Er wird erst am späten Nachmittag wieder zurückkommen.«

»Ich hätte gern mit ihm gesprochen, wenn das überhaupt möglich ist. Die Angelegenheit ist sehr wichtig.«

»Wo wohnen Sie denn?«

»In Pasadena.«

»In Pasadena! Entschuldigen Sie, gnädige Frau, aber das liegt etwas außerhalb unseres Zuständigkeitsbereichs. Lassen Sie mir Ihre Telefonnummer hier. Ich werde dafür sorgen, daß Sergeant Walnikow sich dann telefonisch mit Ihnen in Verbindung setzt.«

»Könnten Sie ihm bitte sagen, er soll mich so bald wie möglich anrufen? Ich bin den ganzen Tag zu Hause, und ich erwarte seinen Anruf *dringend.*«

»Wie Sie wünschen, gnädige Frau«, seufzte Mockett. »Geben Sie mir bitte Ihre Nummer.«

Zehn Minuten später sagte Walnikow zu Natalie, während sie gerade auf dem Hollywood Boulevard fuhren: »Haben Sie das gehört, Natalie?«

»Was soll ich gehört haben?« Sie heckte in Gedanken gerade einen aberwitzigen Plan aus, direkt zu Deputy Chief Digby Bates zu gehen, wenn man ihr keine andere Wahl ließ. Mein Gott, was sollte werden, wenn Hipless Hooker im Krankenhaus bleiben mußte? Sie würde Clarence Cromwell auf jeden Fall übergehen *müssen*.

»Eben ist ein Funkspruch reingekommen, wir sollen die Wache anrufen.« Walnikow fuhr zur nächsten Telefonzelle auf dem Sunset Boulevard.

Wenige Minuten später hatte Walnikow dann Holzlippe an der Strippe, der sich allmählich wieder etwas zu beruhigen begann, da inzwischen drei Teams von Detektiven zurückgekehrt waren und sich königlich über das ganze Geld freuten, das sie von Bullets Bambarella gewonnen hatten.

»Irgend so eine Alte aus Pasadena hat mir ihre Telefonnummer dagelassen«, meinte der Lieutenant. »Sie weiß anscheinend etwas über einen Fall, den Sie bearbeiten. Einen Hundediebstahl vor dem Brown Derby.«

»Ach so«, erwiderte Walnikow. »Ich dachte, der Hund wäre möglicherweise einfach nur entlaufen. Dem Bericht nach handelt es sich um einen ziemlich wertvollen Hund, und ...«

»Ja, genau, das ist er«, nickte Holzlippe Mockett. »Rufen Sie doch bei der Frau mal an, ja? Halten Sie sie jedenfalls mir vom Leib. Ich habe im Augenblick genug zu tun.«

Den Rest konnte Walnikow leider nicht mehr verstehen, da Bullets Bambarella Montezuma Montez durch den ganzen Bereitschaftsraum zubrüllte:

»Du willst Tennis spielen können? Daß ich nicht lache.«

»Bitte, Bambarella«, wimmerte Lieutenant Mockett. »Ich kann ja mein eigenes Wort nicht hören. Haben Sie alles verstanden, Walnikow? Rufen Sie diesen verrückten Hund wegen dieser verdammten Alten an!«

»Das ergibt aber nicht sonderlich viel Sinn, Lieutenant«, warf Walnikow vorsichtig ein.

»Denken Sie, hier ergibt irgend etwas viel Sinn?« heulte Lieutenant Mockett. »Was würden Sie davon halten, hier die ganze Arbeit zu machen, weil Captain Hooker wegen einem bißchen Bauchweh ins Krankenhaus muß? Na?«

»Ist ja schon gut, Lieutenant«, lenkte Walnikow begütigend ein. »Ich werde sie anrufen. Und regen Sie sich mal nicht zu sehr auf.«

Als Walnikow zum Wagen zurückkehrte, sah er wie Natalie hastig ein paar Notizen auf einen Block kritzelte. Beobachtungen. Über ihn.

»Natalie«, sprach er sie an, worauf sie so erschreckt zusammenzuckte, daß ihre widerspenstige Haarlocke zu ihrem Scheitel hochwippte und wieder zurückfiel.

»Ja?«

»Ein komischer Auftrag war das eben. Wir sollen eine Frau in Pasadena anrufen, und zwar wegen des Hunds, der vor dem Brown Derby gestohlen wurde.«

»Was für ein Hund?«

»Diese Diebstahlsmeldung. Können Sie sich nicht mehr erinnern? Sie ist gestern früh reingekommen.«

»Meine Güte, Walnikow. Sie haben noch die Zeit, die Diebstahlsmeldungen zu lesen? Ich denke, Sie kriegen so viele Einbruchsmeldungen, daß Sie sie schon wiegen müssen, weil Sie mit dem Zählen nicht mehr nachkommen. Und dann nehmen Sie sich noch die Zeit, die Diebstahlsmeldungen zu lesen?«

»Ich lese *alle* eingehenden Meldungen.« Walnikow zuckte mit den Achseln.

»Und Sie können sich auch an alle erinnern?«

»Das ist nun eben mal so. Die Dinge, die meine Arbeit betreffen, kann ich mir einfach merken. Sie ... Mir geht das Zeug einfach nicht mehr aus dem Kopf. Wissen Sie, was ich meine?«

»Sicher! Aber jetzt zurück zu unserem großen Fall. Da hat also jemand einen Hund gestohlen?«

Walnikow zuckte neuerlich mit den Achseln. »Ich werde die Frau jetzt gleich mal anrufen. Dann werden wir ja weitersehen.«

Und während Natalie Zimmerman hastig weiterzukritzeln begann und dabei alle paar Sekunden einhielt, um sich ihre Haarlocke von ihrer Brille zu blasen, kramte Walnikow in seinen Taschen nach ein paar Münzen, um einen Anruf zu machen, der sein künftiges Leben entscheidend beeinflussen sollte.

»Hallo, ist hier Mrs. Whitfield?« meldete er sich.

Für einen Moment stand Madeline das Herz still. Nein, das war er nicht. Richards Stimme war wesentlich höher. »Ja«, sagte sie. »Madeline Whitfield am Apparat.«

»Hier spricht Sergeant Walnikow, gnädige Frau. Vom Los Angeles Police Department. Sie haben nach mir verlangt?«

»Ach ja, natürlich. Ich lebe in Pasadena, Sergeant. Und ich habe – ich habe einen kleinen Schnauzer gefunden. Das arme Ding war im Sterben. Und kurz nachdem ich es gefunden hatte, ist es dann auch tatsächlich gestorben. Ich – äh, ich habe in der *Times* nachgesehen und bei verschiedenen Polizeistationen angerufen, und in diesem Zusammenhang hat man mir gesagt, daß Sie in einem Fall ermitteln, in dem ein Schnauzer gestohlen wurde.«

»Das stimmt.« Walnikow zögerte einen Moment. »Wir haben uns mit der betroffenen Person bis jetzt allerdings noch nicht in Verbindung gesetzt. Um Ihnen die Wahrheit zu sagen: Ich dachte eigentlich, der Hund wäre weggelaufen oder sonst irgendwie verloren gegangen. So ist das ja meistens, und ...«

»Können Sie mir Näheres über den Schnauzer sagen, Sergeant?« unterbrach ihn Madeline Whitfield. »Ich weiß, daß es ein Weibchen war. Ist der Hund in Ihrem Bericht näher beschrieben?«

»Nein, eigentlich nicht, gnädige Frau. Und um einmal ganz ehrlich zu sein, weiß ich nicht einmal, wie ein Schnauzer aussieht.«

»Steht in der Meldung irgend etwas, daß der Hund ausstellungsreif war? Vielleicht sogar ein Champion?«

»Ja«, bestätigte ihr Walnikow. »In dem Bericht stand, daß der Hund sehr wertvoll ist und bereits auf zahlreichen Ausstellungen vorgeführt wurde.«

Und dann wurde es für einen Augenblick still in der Leitung, während Madeline sich bemühte, unbeteiligt zu klingen. »Ja, ein Hund, der schon mehrere Ausstellungen mitgemacht hat. Das würde durchaus zu dem armen Tier passen, das mir zugelaufen ist. Sagen Sie, Sergeant, wer ist denn ... Entschuldigung, wer war denn der Besitzer des Hundes?«

»Ich sehe mal nach, Madam. Der Bericht ist im Wagen. Es ist eine Frau aus Trousdale Estates. Das liegt in Beverly Hills.«

»Könnten Sie mir vielleicht ihren Namen und ihre Telefonnummer geben, Sergeant? Ich hätte ihr gern ein paar Fragen gestellt.«

»Es ist besser, wenn ich dafür sorge, daß die Dame sich mit Ihnen in Verbindung setzt«, schlug Walnikow vor. »Wir sind leider nicht berechtigt, irgendwelche Auskünfte über Adresse oder Telefonnummer geschädigter Personen zu geben. Das werden Sie doch sicher verstehen. Hatte der Hund denn kein Halsband?«

»Nein«, antwortete Madeline. »Aber vielleicht könnte die Besitzerin den Hund beschreiben. Ich kenne mich nämlich gerade mit dieser Rasse sehr gut aus, weil ich selbst einen Zwergschnauzer habe.«

»Na gut, Madam, ich werde dafür sorgen, daß die Besitzerin Sie noch heute nachmittag anruft. Ich werde gegen vier Uhr wieder auf der Polizeistation sein und dann ...«

»Nein!« entfuhr es Madeline. Sie bekam sich jedoch sofort wieder unter Kontrolle und fuhr dann ruhig fort: »Nein, Sergeant. Ich bitte Sie. Könnten Sie diese Dame nicht jetzt sofort anrufen, damit sie sich mit mir in Verbindung setzt. Es ist sehr dringend. Ich – ich habe selbst einen Hund und weiß deshalb, wie so etwas ist. Bitte.«

»Gut, ich rufe sie sofort an«, gab Walnikow nach.

»Vielen Dank, Sergeant.«

»Bitte.«

Walnikow war inzwischen fast das Kleingeld ausgegangen, aber schließlich bekam er doch noch genügend Münzen für den zweiten Anruf zusammen. Das Telefon klingelte siebenmal. Er wollte schon wieder einhängen, als sich ein junger Mann meldete. »Ja?«

»Hier spricht Sergeant Walnikow vom Los Angeles Police Department.«

»Ja?«

»Ich ermittle im Augenblick gerade wegen eines gestohlenen Hundes. Bin ich hier mit dem Haus von Millie M. Gharoujian verbunden?«

»Einen Augenblick bitte.« Darauf trat einen Moment Stille ein, bis eine gedämpfte Stimme sagte: »Für dich, Millie. Es ist jemand von der Polizei wegen Tutu.«

»Hallo«, hauchte eine rauchige Stimme in den Hörer.

»Hier spricht Sergeant Walnikow vom Los Angeles ...«

»Schon gut, Sergeant«, schnitt ihm Millie das Wort ab. »Haben Sie Tutu gefunden?«

»Na ja, eine Dame in Pasadena glaubt, ihr sei vielleicht Ihr Hund zugelaufen, Madam. Zu meinem Bedauern muß ich Ihnen jedoch mitteilen, daß das Tier gestorben ist und ...«

»Wirklich? Und es war meine Tutu?«

»Das weiß ich nicht, Madam. Die Dame hat mir ihre Adresse und Telefonnummer hinterlassen, falls Sie sich mit ihr in Verbindung setzen wollen.«

»Jetzt hören Sie mal, mein Freund. Wie heißen Sie?«

»Walnikow, gnädige Frau.«

»Ja. Hören Sie, ich bin sechsundsiebzig Jahre alt.«

»Jawohl, Madam.«

»Ja, und Sie haben mich gerade bei meinem besten ... Wissen Sie, ich hatte hier eben eine Menge Spaß, und Sie haben mich dabei gestört. Zahle ich eigentlich *dafür* meine Steuern?«

»Nein, Madam.«

»Wunderbar. Und jetzt hören Sie mir gut zu. Mein Hund wurde letzte Woche gestohlen, oder vielleicht ist er auch einfach weggelaufen. Es war ein drei Jahre altes Schnauzerweibchen, das mich sicher zwanzigtausend Dollar gekostet hat, bis ich mir eines Tages gesagt habe: Millie, warum wirfst du eigentlich für diesen kleinen Köter dein ganzes Geld zum Fenster hinaus? Haben Sie mich verstanden?«

»Jawohl, Madam.«

»Also sehen Sie. Ich habe meine Versicherung bereits verständigt. Wenn der Hund tot ist, was soll ich daran noch ändern, Sergeant?«

»Ich weiß nicht, Madam«, erwiderte Walnikow betreten. »Könnten Sie Ihren Hund vielleicht beschreiben? Diese Dame schien sich schrecklich Sorgen zu machen und . . .«

»Herr im Himmel!« kreischte Millie Muldoon Gharoujian. »Ich habe hier zwei junge Burschen bei mir, die aussehen, als hätte sie Michelangelo geschaffen, und Sie verlangen von mir, ich sollte mir wegen eines *Hundes* Gedanken machen!«

»Ihr Hund hatte demnach keinerlei besondere Kennzeichen?« beharrte Walnikow.

»Doch. Tutu hatte am linken Hinterfuß eine weiße Kralle«, gab Millie mürrisch Auskunft. »Mein ehemaliger Hundebetreuer, ein gewisser Philo Skinner, hat sie vor Ausstellungen immer schwarz überpinselt. Und jetzt bitte, Sergeant, ich weiß zwar Ihren Eifer zu würdigen, aber könnten Sie mich jetzt wieder mit diesen beiden Jungs allein lassen? Haben Sie denn gar keinen Respekt vor älteren Menschen?«

»Selbstverständlich, gnädige Frau«, verabschiedete sich Walnikow. »Selbstverständlich.«

»Das hat aber lange gedauert«, nörgelte Natalie Zimmerman, als Walnikow zum Wagen zurückkehrte.

»Würde es Ihnen etwas ausmachen, wenn wir auf die Wache zurückfahren? Ich muß diese Dame aus Pasadena noch einmal anrufen, und mir ist das Kleingeld ausgegangen.«

Während Walnikow also von der Hollywood Station aus Madeline Whitfield anrief, ließ Natalie Zimmerman sich in der Zwischenzeit mit dem Krankenhaus verbinden. Dort teilte man ihr mit, daß Captain Hooker unter akuten Blähungen litt. Sergeant Cromwell war bei ihm, und es ging ihm gut. Darauf meldete Natalie Zimmerman ein Gespräch mit dem Bezirkskommandanten an, der allerdings gerade beim Mittagessen war. Als sie schließlich wieder an ihren Schreibtisch zurückkehrte, unterhielt sich Walnikow noch mit Madeline Whitfield.

»Ganz richtig«, sprach Walnikow in den Hörer. »Der Hund hatte am linken Hinterfuß eine weiße Kralle. Was für eine Farbe haben sie normalerweise? Schwarz? Ja. Haben Sie vielleicht bemerkt, ob der Hund eine weiße Kralle hatte? Ihnen ist nichts aufgefallen. Schade. Wo ist der Hund denn jetzt? Wo? In einem Tierbestattungsinstitut. Ja, ich weiß, wo das ist. Verbrennt man sie dort, oder werden sie bestattet, oder was macht man mit den toten Tieren? Sie werden *einbalsamiert*? Hunde? Tatsächlich? Na ja, die Dame, welcher der gestohlene Schnauzer gehört, scheint sich nicht allzu große Sorgen zu machen, ob das nun ihr Hund war oder nicht. Ganz genau. Sie hat keinerlei Interesse gezeigt, und ich glaube nicht, daß sie sich mit Ihnen in Verbindung setzen wird. Das kann ich auch nicht verstehen. Ja, ich habe auch Tiere. Einen Wellensittich und einen Hamster. Ja, einen Hamster. Einen südrussischen Hamster. Ich weiß im Augenblick leider nicht, was ich noch mehr für Sie tun könnte. Ja, schon gut, Madam. Ja. Wiedersehen.«

Nachdem er den Hörer aufgelegt hatte, fiel sein Blick auf eine total frustrierte Natalie Zimmerman.

»Möchten Sie vielleicht jetzt zum Essen gehen?« fragte er sie. »Ich habe eine kleine Überraschung für Sie. Ein ganz ungewöhnliches Lokal.«

»Was soll's schon«, feixte sie ihre Locke an. »Fahren wir, Walnikow. Wahrscheinlich bekomme ich eine Fleischvergiftung. Warum muß ich eigentlich *immer* den Schwarzen Peter bekommen?«

Walnikow fuhr über den Pico Boulevard, eine Gegend, die Natalie nicht sonderlich gut kannte. In Vermont war er dann nach Westen abgebogen. Kubanische Läden säumten die Straße. Da war Rosarios Boutique. Nicht wie die Boutiquen in Beverly Hills. Der Laden war im Höchstfall drei Meter breit. Der teuerste Gegenstand kostete 13,95 Dollar, und Rosario nahm auch keine Kreditkarten. Sie fuhren an einem Schnapsladen vorbei, in dessen Schaufenster ein riesiges Plakat mit folgender Aufschrift hing: SILOX SUPER-X, ÜBER NACHT FREI VON UNGEZIEFER. MIT ERFOLGS-

GARANTIE! Ein paar Meter weiter wurde *Consulto Espiritual* angeboten; für den Fall, man wollte über die Geheimnisse der Vergangenheit und der Zukunft Bescheid wissen. Für die Gegenwart hatten Spiritisten ja noch nie sonderlich viel übrig gehabt.

Dann Billigläden und Baracken aus Holz, die längst abgerissen sein sollten. Unbebaute Grundstücke. Schließlich ein weiterer kubanischer Spiritist, der, man höre und staune, neben Kräutern und allen möglichen Wunderheilmitteln auch Religion in seinem Programm hatte. Auf dem Schild stand einfach geschrieben: *Martas Religion*. Natalie Zimmerman fand, daß das wenigstens ehrlich war.

Dann vorbei an einem riesigen Wandgemälde mit dunklen lateinamerikanischen Gesichtern unter mexikanischen Sombreros, mit Augen wie russische Ikonen; und darunter stand in großen Lettern: TIERRA Y LIBERTAD! Angesichts dieser Aufschrift fragte sich Walnikow immer wieder, ob dieses *Tierra y libertad* nun der Traum der Kubaner war, die hier wohnten, oder der auf dem Bild dargestellten Mexikaner. Aber das war letztlich egal. Alle Lateinamerikaner träumten, ungeachtet ihres Heimatlandes, von *Tierra y libertad*, wobei sie davon, nicht unähnlich den Russen, im Lauf der Geschichte herzlich wenig zu sehen bekommen hatten.

Und dann, zwischen Mariposa und Normandie, die Importläden, die ihre Waren in Griechisch, Arabisch, Armenisch, Persisch, Türkisch, Italienisch und Russisch anpriesen. Diese Geschäfte befanden sich in strategisch günstiger Lage im Umkreis der St. Sophia, der gewaltigen Kathedrale der Griechisch-Orthodoxen von Los Angeles. Unter all den Lebensmittelgeschäften gab es auch einen internationalen Plattenladen mit einem reichhaltigen und bunt gemischten Angebot.

Als Walnikow schließlich an den Randstein fuhr und parkte, konnte Natalie die exotischen Klänge und Gerüche wahrnehmen.

»Hier kaufe ich mir meine Platten«, deutete Walnikow auf den Plattenladen, aus dem wehmütige Balalaikaklänge drangen. Walnikow strahlte. Normalerweise spielten sie hier nämlich Buzuki-Musik, da die Griechen eindeutig in der Überzahl waren.

»Soll das ein Restaurant sein?« fragte Natalie, als Walnikow sie in das kleinste der zahlreichen Geschäfte führte. Aus dem Innern drang ihnen der kräftige Geruch von grünen und schwarzen Oliven entgegen, von Ziegenkäsesorten aus fünf verschiedenen Ländern, von Ölen und Weinen, Gebäck und Brot, Fleisch und Gewürzen aus allen Mittelmeerländern. Und zusätzlich gab es in diesem Laden auch noch einige Spezialitäten, Weine und Wodka aus nördlicheren Gefilden.

»Andrej Michailowitsch!« dröhnte ein Mann hinter dem Ladentisch hervor. Er trug eine Schürze mit Fleischflecken und einen Kittel, der ihn für diejenigen, die sich in solchen Dingen auskannten, als Molokan kennzeichneten.

»Iosif!« grinste Walnikow, und dann kam ein hünenhafter Mann aus dem Hinterzimmer. Er trug einen blauen Pullover und sprach akzentfreies Englisch. Er wog an die zwei Zentner zwanzig und ragte zu stattlichen einsfünfundachtzig auf. Sein Haar war fast weiß, aber er hatte dieselbe breite slawische Stirn wie Walnikow und dasselbe offene Grinsen, das Natalie eher kindlich als einfältig vorkam.

Er sagte: »Wo warst du denn die letzten drei Wochen, du kleiner Scheißer?« Und damit packte er Walnikow, drückte ihn an sich und küßte ihn laut schmatzend auf den Mund. In dieser innigen Umarmung verschlungen, hopsten sie ein paar Sekunden hin und her. Tanzbären.

Dann schlug er Walnikow klatschend auf die Schulter, streckte seinen enormen Arm nach Natalie Zimmerman aus, zog sie an sich, daß sie bereits um ihr Leben zu bangen begann, und küßte auch *sie* mit einem lauten Schmatz auf den Mund. »Einen wunderschönen guten Tag, mein schöner Engel«, strahlte er sie an. »Sie riechen mir ja ganz nach Polizei. Aber ich finde das einen höchst aufregenden Geruch.«

»Du alter Gauner«, kicherte Walnikow.

Der gewaltige Mann ließ Natalie Zimmerman los und sagte: »Da wir nun also Bekanntschaft gemacht haben, wie wäre es mit einer tüchtigen Portion Borscht?«

»Das ist übrigens mein Bruder Alex«, stellte Walnikow den Hünen vor, während Natalie noch vollauf damit beschäftigt war, dafür zu sorgen, daß ihr Revolver nicht aus ihrer Handtasche fiel, ihre überdimensionale Brille nicht von ihrer Nase rutschte und ihr Büstenhalter nicht über ihre Brustwarzen glitt. Mit solcher Geschwindigkeit und Heftigkeit war Walnikow der Ältere über sie hergefallen. Der Schlachter schüttelte sich vor Lachen, während er einen Lammknochen durchtrennte, als wäre er ein Stück Salami.

»Meine Mitarbeiterin, Natalie Zimmerman«, stellte Walnikow Natalie seinem Bruder vor.

»Ahaaa!« erwiderte der ältere Walnikow. »Wußte ich's doch, daß sie von der Polizei ist. Aber eine Waffe trägt sie nicht an ihrem Körper; das kann ich dir sagen.«

Dieser Ausspruch stürzte den Schlachter in einen weiteren Lachanfall.

»Wir können nicht bleiben, Alex«, fing Walnikow an. »Wir haben heute noch bei keinem einzigen Einbruchsopfer vorgesprochen und . . .«

»Quatsch! Du kommst vielleicht einmal im Monat hier vorbei, und deine Neffen und Nichten siehst du praktisch sowieso nie, und dann kannst du nicht bleiben. So ein Blödsinn!«

»Wie wär's dann vielleicht mit einem Schluck Tee, Alex?« schlug Walnikow verlegen vor, als wäre der gigantische Mann sein Vater gewesen, was auch durchaus möglich gewesen wäre, dachte Natalie Zimmerman. Er war wesentlich älter als Walnikow.

»Ja, einen Schluck Tee *mit* einem bißchen zu essen!« nickte Alex Walnikow.

»Ehrlich, wir müssen gleich wieder weg«, erhob Walnikow Einspruch. »Wie wär's, wenn du uns was einpacken würdest? Zum Mitnehmen. Wir haben nur ein paar Minuten Zeit.«

»Weißt du, du bist mir vielleicht einer, Kleiner«, rügte Alex Walnikow seinen Bruder kopfschüttelnd und klappte den Fleischbehälter auf, während Natalie verstohlen ihren Büstenhalter wieder zurechtrückte. Der Schlachter tat so, als merkte er von all dem nichts. »Du bist mir vielleicht eine Marke,

Junge. Eine Stunde wirst du doch mal Zeit haben. In einem ganzen Jahr!«

»Na ja, ich nehme mir ja auch immer vor, vorbeizukommen«, entschuldigte sich Walnikow. »Aber du weißt ja, wie beschäftigt wir von der Polizei immer sind ...«

»Ja, ja, sicher. Spar dir das für die Idioten auf, die keine Ahnung haben. Mir brauchst du ja nun wirklich nicht so einen Blödsinn zu erzählen.« Dann wandte er sich mit zusammengekniffenen Augen – sie waren ebenso blau wie die von Walnikow – Natalie zu und sagte: »Jetzt haben Sie Walnikow, den Schüchternen, kennengelernt. Das bin ich.«

»Ich bin – überwältigt«, entgegnete Natalie, während der Schlachter eine weitere Lammkeule durchtrennte.

»Nicht einmal am Donnerstagabend bist du gekommen«, tadelte Alex Walnikow seinen Bruder. »Wir dachten, du würdest zumindest zum Gottesdienst kommen.«

»Ich war ja auch in der Kirche, Alex«, rechtfertigte sich Walnikow, der unter dieser Standpauke tatsächlich seine Augen zu Boden senkte. »Ich war in der Kathedrale. Deshalb habt ihr mich nicht gesehen. Wie sollte ich Weihnachten nicht in die Kirche gehen?«

»Bleibt ihr dann also zum Mittagessen?«

»Auf einen Tee, Alex«, wehrte Walnikow ab. »Aber wenn es dir nicht allzuviel ausmacht, könntest du uns ja etwas zum Mitnehmen einpacken.«

»Wenn es mir nichts *ausmacht*«, äffte ihn der ältere Walnikow nach. »Hör dir das mal an. Wenn es mir nichts *ausmacht*.«

Walnikow wurden weitere Vorwürfe erspart, als eine alte Frau mit dünnen Beinen in den Laden gehumpelt kam. Sie sah erst den Schlachter und dann Alex Walnikow an. Und dann erkannte sie den Detektiv.

»Sergeant Walnikow!« rief sie.

»Guten Tag, Mrs. Rosenfeldt«, begrüßte Walnikow die alte Frau und fuhr sich mit der Hand durch sein zerzaustes, zimtfarbenes Haar.

»Ich habe mich schon die ganze Zeit gefragt, wann Sie wohl mal wieder hier im Laden Ihres Bruders auftauchen würden.

Erst kürzlich haben wir noch von Ihnen gesprochen, nicht wahr, Alex?«

»Das tun wir jeden Tag, Mrs. Rosenfeldt«, nickte der ältere Walnikow.

»Ich sagte noch, wie sehr wir hier in der Gegend einen tüchtigen Polizisten wie Alex' Bruder bräuchten. Habe ich das nicht gesagt, Alex?«

»Allerdings, Mrs. Rosenfeldt«, stimmte ihr Alex bei. »Und zwar jeden Tag.«

»Kommen Sie doch mal her, Sergeant. Ich muß Ihnen unbedingt erzählen, was sie neuerdings im Schilde führen. Kommen Sie doch her.«

»Jawohl, Mrs. Rosenfeldt.« Gehorsam trat Walnikow an dem beilschwingenden Schlachter vorbei auf die alte Frau zu.

»Sergeant Walnikow.« Sie zog den Detektiv zu sich herab und flüsterte ihm ins Ohr. Sie war zahnlos, und roch nach Fisch. »Es ist Myer.«

»Ihr Mann«, wisperte Walnikow.

»Ja, es geht schon wieder los. Ich habe ihn in diesem Altersheim in Boyle Heights besucht. Sie wissen doch, wo das ist?«

»Aber sicher, Mrs. Rosenfeldt«, nickte Walnikow geduldig und blinzelte mit seinen wäßrigen Augen.

»Er hat sich dort mit so einem Flittchen zusammengetan. Ida Schwartz heißt sie. Man möchte es ja nicht für möglich halten, daß sie selbst dort vom Sex noch nicht genug haben. Es ist wirklich eine Schande. Natürlich ist Myer eben nur ein Mann. Ihm kann ich das nicht zum Vorwurf machen. Aber diese Ida Schwartz? Also ich finde, diese Frau gehört nach San Quentin.«

»Ja, natürlich«, pflichtete ihr Walnikow bei. »Wie alt ist Mrs. Schwartz denn jetzt? Achtzig?«

»Sie ist dreiundachtzig, diese dreckige Hure!« schimpfte Mrs. Rosenfeldt. »Myer kann man das ja nicht zum Vorwurf machen. Schließlich ist er ja nur ein Mann. Und es gibt einfach nur ein gewisses Maß an Versuchung, dem ein Mann widerstehen kann.«

»Ganz richtig, Mrs. Rosenfeldt«, nickte Walnikow ernst.

Seine triefenden, blauen Augen waren traurig. Earl Scheib Lopez, elf Jahre alt, und Ida Schwartz, dreiundachtzig Jahre alt, zusammen in einer Zelle in San Quentin.

»Was meinen Sie, Sergeant Walnikow? Was soll man bei so etwas machen?« fragte die alte Frau.

»Es ist sehr schwierig, jemanden in ein Staatsgefängnis bringen zu lassen«, erklärte ihr Walnikow. »Und es gilt vor allem dann ...«

»Wenn jemand Ehebruch begeht!« fiel ihm Mrs. Rosenfeldt heftig ins Wort.

»Ja, genau. Vor allem, wenn jemand Ehebruch begangen hat. Das gilt nämlich nicht als Verbrechen, wissen Sie.«

»Wohin soll das alles nur noch führen, Sergeant?« jammerte die alte Frau.

»So schlimm ist es nun auch wieder nicht, Mrs. Rosenfeldt«, versuchte Walnikow, die alte Frau zu trösten, und geleitete sie zu einem der drei Klappstühle, die im Laden eigens wegen der älteren Kunden aufgestellt waren. »Setzen Sie sich erst einmal. Dann wird Ihnen mein Bruder eine gute Tasse Tee machen.«

»Einen Tee. Ja, das wäre jetzt genau das Richtige, Sergeant«, bedankte sich Mrs. Rosenfeldt mit einem zahnlosen Lächeln. Ein feucht schimmernder Stern glitt von ihren wimpernlosen Augen und bahnte sich seinen Weg über ihre gefurchten Wangen.

»Habe ich Ihnen eigentlich je von dem Samowar erzählt, den wir in meiner Kindheit hatten, Mrs. Rosenfeldt?« Walnikow setzte sich auf einen Stuhl neben die zerbrechliche, alte Frau. »Wissen Sie, meine Eltern haben diesen Samowar zusammen mit einer Ikone des Heiligen Sergius und einem Bild von Nikolaus dem Zweiten durch ganz Sibirien bis nach Wladiwostok mitgeschleppt. Das ist immerhin ein Viertel des Erdumfangs, Mrs. Rosenfeldt!«

»Stellen Sie sich das einmal vor«, nickte Mrs. Rosenfeldt und vergaß dabei völlig diesen Dreckskerl Myer mit seiner schamlosen Metze, dieser Ida Schwartz.

»Schließlich haben sie dann auch das Meer erreicht. Können Sie sich vorstellen, wie das damals war? All die Weißen, mit ihren Familien auf der Flucht? Und schließlich sind sie dann durch die Hilfe anderer Offiziere und vor allem eines Adligen, mit dem sich mein Vater auf der Flucht angefreundet hatte, über den immensen Pazifik entkommen ...«

»Auf einem kanadischen Schiff!« fiel sie triumphierend ein.

»Ganz genau.« Walnikow lächelte mit traurigen Augen, deren feuchter Schimmer jedoch nicht auf etwaige Tränen zurückzuführen war, sondern auf seinen reichlichen Stolitschnaja-Genuß. Seinem gestrigen Quantum nach zu schließen, würden sie sich seinen Berechnungen zufolge etwa gegen zwei Uhr allmählich klären.

»Und in Seattle sind sie dann gelandet!« erinnerte ihn Mrs. Rosenfeldt.

»Ja, ganz richtig«, nickte Walnikow.

»Stimmt das alles tatsächlich?« fragte Natalie Zimmerman Alex Walnikow, während Mrs. Rosenfeldt Walnikow die Geschichte seiner Odyssee zu erzählen begann, als hätte sie diese selbst miterlebt.

»Natürlich«, grinste Alex Walnikow. »Außer der Ikone und dem Samowar und dem Bild von Nikolaus Romanow hatten sie nur noch eines dabei. Und das war *ich*. Als wir 1922 von Wladiwostok losfuhren, war ich gerade zwei Jahre alt. Und als dieses Baby dann während der Wirtschaftskrise geboren wurde, war ich bereits ein waschechter, kaugummikauender Los-Angeles-Teenager. Mrs. Rosenfeldt hat die ganze Geschichte sicher schon an die hundertmal gehört. Deshalb kennt sie sie vermutlich auch schon besser als wir selbst. Auf diese Weise wird sie zumindest ein wenig von ihren sexuellen Problemen mit Myer abgelenkt, der übrigens schon seit fünf Jahren tot ist.«

»Wollen Sie damit sagen, daß sie sich noch immer nicht mit der Tatsache abfinden kann, daß er tot ist?«

»Wie soll man das sagen?« Alex Walnikow zuckte mit den Achseln. »Manchmal scheint sie sich darüber völlig im klaren zu sein, und dann gibt es wieder Zeiten ...«

»Kommt sie eigentlich jeden Tag hierher?«

»So ziemlich. Und jedesmal, wenn sie meinen Bruder sieht, fängt sie damit an, ihm zu erzählen, daß Ida Schwartz verhaftet werden sollte. Vermutlich ist inzwischen auch Ida

Schwartz längst tot. Aber uns macht das nichts weiter aus. Josif ist sogar immer schon richtig gespannt, was sie für neue Geschichten zu erzählen weiß.«

Der Schlachter hörte seinen Namen und grinste. Ihm fehlte ein Vorderzahn. Zack! sauste sein Beil nieder.

»Das Ganze ist so eine Art endloses Melodram«, fuhr Alex Walnikow fort. »Mein Bruder kann einfach mit alten Leuten umgehen. Sehen Sie sich die beiden doch an. Jetzt erzählt sie ihm von seiner eigenen Familie, die sie nie auch nur im entferntesten kennengelernt hat. Wie wär's mit einem Schluck Tee?« Er servierte den Tee in einem Glas. »So ist es in Rußland üblich«, erklärte er.

»Schmeckt gut«, lobte Natalie Zimmerman und nippte vorsichtig an dem heißen Glas.

Der hünenhafte Mann senkte seine Stimme und sagte: »Wie lange arbeiten Sie schon mit meinem Bruder zusammen?«

»Nicht lange.«

»Was glauben Sie?«

»Wie meinen Sie das?«

»Mein Bruder trinkt die ganze Zeit. Das hat er früher nie getan. Selbst nach seiner Scheidung nicht. Selbst nach seiner Scheidung hat er nichts getrunken. Aber jetzt ist er ein echter Säufer. Reden die Kollegen eigentlich schon über ihn?«

»Nein, das glaube ich nicht«, erwiderte Natalie Zimmerman und stellte ihr Glas auf dem Ladentisch ab. »Eine Menge der älteren Detektive schauen ab und zu mal zu tief ins Glas. So weit ich weiß, gilt er jedenfalls nicht als Trinker.«

»Vor ein paar Monaten hat sich mein Bruder plötzlich so seltsam verändert.« Inzwischen flüsterte Alex Walnikow nur noch. »Er hatte damals einen Partner, Charlie Lightfoot.«

»Ja, ich weiß.« Natalie nickte.

»Und seit der Zeit, da Charlie gestorben ist, fing er plötzlich an, sich etwas – eigenartig zu benehmen. Irgendwie geistesabwesend. Als wäre er mit seinen Gedanken ständig woanders. Und dann fing er mit dem Saufen an. Er läßt sich überhaupt nicht mehr blicken! Ich bin nicht seine einzige Verwandtschaft. Wir haben noch zwei Cousins; der eine lebt in San Pedro, der andere in Sylmar. Aber bei keinem läßt er sich mal sehen. Wissen Sie, wir haben immer sehr zusammengehalten, und ich mache mir echt Sorgen wegen meines Bruders. Ich habe zwar vier Kinder, die einem problemlos eine schlaflose Nacht nach der anderen bereiten, aber momentan mache ich mir die meisten Sorgen wegen meines Bruders.«

»Ich glaube gar nicht, daß er so viel trinkt«, log Natalie Zimmerman, unfähig, in die mitfühlenden, blauen Augen von Walnikow dem Älteren zu sehen. Nein, so viel trinkt er gar nicht. Er ist nur ein vierzehnkarätiger Alkoholiker – und ein eindundzwanzigkarätiger Verrückter. Und *ich* bin es, die das Schicksal dazu ausersehen hat, diesen Clown vom Dienst suspendieren zu lassen.

»Komm schon, dein Tee wird kalt«, rief Alex Walnikow seinem Bruder zu, worauf dieser aufstand. Mrs. Rosenfeldt die Hand tätschelte und wieder zu ihnen trat.

»Ist das nicht schrecklich?« meinte Natalie Zimmerman mit einem Blick auf die alte Frau, die nun dem Schlachter über diesen Hurenbock Myer erzählte. Das war es, was Ehebrecher verdienten. Ein Hackebeil. Zack!

»Ach, uns macht das Traurigsein nichts aus«, grinste Alex Walnikow. »Haben Sie schon mal ein russisches Theaterstück gesehen? Wir sind erst glücklich, wenn wir traurig sind.« Er wandte sich seinem Bruder zu. »Hast du's dir doch anders überlegt? Bleibst du doch noch auf einen Teller Borscht?«

Walnikow lächelte verlegen und nippte an seinem Tee, worauf sein Bruder mit einem Seufzer Natalie Zimmerman die schwere Papiertüte mit ihrem Mittagessen reichte.

»Hat mich gefreut, Sie kennenzulernen«, verabschiedete sich Alex Walnikow, wobei er sich diesmal mit einem freundschaftlichen Schlag auf Natalies Arm begnügte und nicht wieder ihren Büstenhalter in Unordnung brachte.

»Bis dann, Josif«, wandte Walnikow sich an den Schlachter, der inzwischen von Mrs. Rosenfeldts Schauergeschichten über die verwerflichen Vorgänge im Jüdischen Altersheim völlig gefangen war.

»Bis zum nächstenmal, Andrej Michailowitsch!« rief ihm der Schlachter nach und schwenkte dazu sein Beil durch die Luft.

Als Natalie am Ausgang stehenblieb und ihre Geldbörse zückte, um an der Kasse zu zahlen, wandte Walnikow sich zu ihr um.

»Also, das lassen Sie jetzt aber wirklich mal bleiben«, winkte ihr der ältere Walnikow ab, und an seinen Bruder gewandt: »Komm doch mal zum Abendessen. Und zwar bald. Ich weiß schon gar nicht mehr, wie lange es her ist, daß wir beide uns mal länger als fünf Minuten unterhalten haben.«

»Wiedersehen, Alex. Und danke für die Sachen.« Walnikow legte einen Arm um seinen Bruder. Dann tanzten die Bären wieder für einen Augenblick, und der ältere Walnikow küßte seinen Bruder auf den Mund. »Paß gut auf dich auf, Andruschka. Hast du gehört?«

Als sie wieder im Auto saßen, fuhr Walnikow in Richtung Innenstadt los. »Jetzt kommt das Beste«, wandte er sich an Natalie Zimmerman, die gerade damit beschäftigt war, zusammenzurechnen, wie oft ihr bereits der Schwarze Peter geblieben war.

Zu ihrer Überraschung hielt er vor dem Music Center. »Kommen Sie«, forderte er sie mit seinem typischen Grinsen auf. Nach dem Besuch bei seinem Bruder war sie sich nun sicher: Es war kindlich. An Alex Walnikow sah dieses breite Grinsen lange nicht so einfältig aus.

Heute, an ihrem letzten Tag, würde sie alles mitmachen. Was hätte sie auch sonst tun sollen, bevor – bevor sie neuerlich Hipless Hooker aufsuchte.

Er parkte in der Hope Street und ging mit ihr die Treppe zwischen dem Dorothy Chandler Pavillon und dem Mark Taper Forum hinauf. Die paar Leute, die noch zugegen waren, kamen hauptsächlich aus dem Restaurant auf der Höhe der Grand Avenue. Verschiedene Touristen fotografierten die drei neoklassizistischen Bauten, die den Music-Center-Komplex bilden, und die gigantische moderne Skulptur, die den Titel *Frieden auf Erden* trägt. Für manche war dieses Bildwerk ein Totem, nein, eine *Pyramide* von Körpern – Tieren und Menschen –, die sich wie in einer Hollywood-Orgie übereinandertürmten.

Walnikow führte Natalie vorbei am Mark Taper Forum mit seinem stillen Wasserbecken. Es war ein windiger Tag, so daß man von Bunker Hill aus die schneebedeckten Spitzen der San Gabriel Berge sehen konnte. Auf der anderen Seite der Avenue war der Landesgerichtshof und ein Relief eines hoffnungsvollen Ritters in Rüstung zu sehen, der die Magna Charta in seiner Hand schwang.

Walnikow winkte Natalie auf eine kleine Menschengruppe zu – Touristen, Angestellte, Pensionäre, Studenten –, die sich um einen jungen Mann mit einem üppigen, schwarzen Vollbart in einer dunkelblauen Matrosenjacke geschart hatten, der gerade ›midnight in Moscow‹ spielte.

»Sie nennen ihn Horst«, flüsterte Walnikow, als sie sich auf den Stufen niederließen. »Er ist ein ausgezeichneter Musiker. Er kommt fast jeden Nachmittag hierher, um zu spielen. Ich habe gehört, er studiert Medizin.«

Vor dem bärtigen, jungen Geiger lag ein alter Zylinder umgedreht auf dem Boden. Er enthielt zwar ein paar Dollarscheine und Münzen, aber insgesamt hatte sich das heutige Konzert als nicht sonderlich einträglich erwiesen. Horst Vanderhoof wollte sich bereits auf den Heimweg machen, als er plötzlich merkte, daß sich der kleine Zuhörerkreis um zwei Personen erweitert hatte.

»Charlie und ich haben ihm hier ab und zu zugehört und dabei mittaggegessen. Charlie hat sich nämlich eine Weile für Musik interessiert.«

Walnikow packte eine gewaltige Portion heißer Krautwickel aus und breitete Pappteller, Plastikbesteck und Papierservietten vor Natalie auf den Betonstufen aus, als wäre er ein Ober in einem vornehmen Restaurant.

»Hat Ihr Bruder eigentlich auch einen Party-Service?« fragte Natalie.

»Und ob«, lächelte Walnikow. »Damit macht er ein riesiges Geschäft. Er beliefert russische Hochzeiten und Feste. Wir finden ja immer einen Grund zum Feiern. Wenn es nicht Puschkins Geburtstag ist, dann eben Tolstois. Oder das Gründungsjubiläum des Bolschoi-Balletts. Oder der Jahrestag, an dem irgend jemands Cousin amerikanischer Staatsbürger wurde. Oder jemand hat die Gesellenprüfung als Friseur bestanden. Was Sie sich nur denken können.«

»Krautwickel«, sagte Natalie Zimmerman mit einem Kopfschütteln. »Ich hatte eine polnische Großmutter; die hat oft Krautwickel gemacht.«

»Ach ja, sind Sie polnischer Abstammung?« erkundigte sich Walnikow, während er Schwarzbrot und Butter auspackte.

»Ich hatte eine Großmutter aus Polen und einen Urgroßvater, glaube ich, aus Deutschland. Aber was soll das schon. Ich bin doch Amerikanerin. Was ist das denn?«

Walnikow hatte einen Pappteller mit goldgelbem Gebäck in der Hand und sagte: »Piroschki. Sie sind sehr leicht und mit Käse oder Fleisch gefüllt. Mein Bruder macht in der Regel beide Sorten. Und das hier sind kleine Obstkuchen.«

»Sieht gut aus«, lobte Natalie, während Walnikow die verschiedenen russischen Leckereien vor ihr ausbreitete.

»Dieses Schwarzbrot wird Ihnen sicher schmecken, Natalie. Weißbrot hat meine Mutter immer nur an Weihnachten und Ostern gemacht. Irgendwann werde ich einmal ein paar Plastikbehälter mitnehmen, damit wir uns Borscht holen können. Mein Bruder macht den besten Borscht, den Sie sich vorstellen können. Das Geheimnis ist, das Fleisch schon vorher zu kochen. Und *Duscha* gibt man erst ganz zum Schluß dazu. Das bedeutet übrigens Seele. Ach ja, und das hier ist Lammfleisch, mariniert und gegrillt. Das gibt es nicht jeden Tag. Wir haben Glück gehabt.«

»Das riecht ja wirklich großartig«, schwelgte Natalie Zimmerman.

In diesem Augenblick merkte Walnikow, daß die Musik aufgehört hatte. Horst packte seine Geige ein und leerte das Geld aus dem Zylinder. Die meisten Zuhörer waren bereits weitergegangen.

»Halt, halt!« rief Walnikow. Er stellte seinen Teller ab und rannte die Treppe zu dem Wasserbecken hinauf.

Dann sah Natalie Zimmerman, wie er in seine Tasche griff und Horst etwas Geld gab. Der junge Bursche nickte, nahm seinen Zylinder wieder ab, stellte den Geigenkasten auf den Boden und öffnete ihn.

Als Walnikow wieder zu Natalie zurückkam, sagte er: »Das Schönste ist, bei Musik zu essen.«

Und dann kam das *pièce de résistance*. Walnikow nahm eine Flasche mit bulgarischem Wein aus der Tüte. Alex hatte sie bereits entkorkt und provisorisch wieder verschlossen.

»Wein auch? Das ist ja nicht zu glauben!« staunte Natalie, als Walnikow kichernd in zwei Plastikbecher ausschenkte.

»Es gibt einen russischen Trinkspruch, der lautet: ›Wenn wir schon sterben müssen, dann wenigstens mit Musik.‹« Und dann legte Horst los. Er spielte Rimskij-Korsakow.

Und dann sagte Walnikow schüchtern: »Ja, das wäre also die Überraschung. Gefällt es Ihnen?«

Natalie Zimmerman verbannte all die schrecklichen Gedanken aus ihrem Kopf und konzentrierte sich ganz auf das herrliche Essen und das klare Wasserbecken, auf den blauen Himmel und die Berge in der Ferne. Und sie sagte: »Das ist das schönste Mittagessen, das ich je gehabt habe.«

»Na sdarowje!« prostete ihr Walnikow mit seinem Pappbecher mit einem glücklichen Lächeln zu.

Mein Gott, er hatte wirklich Tischmanieren. Dieses arme, kaputte Schwein. Und dann wurde ihr zum erstenmal bewußt, daß sie ihn noch nie beim Vornamen genannt hatte. Sie *wußte* seinen Vornamen nicht einmal! Sergeant A. M. Walnikow. Wal.

»Der Schlachter hat Sie doch Andrej und noch was genannt.«

»Andrej Michailowitsch«, antwortete er, nicht ohne zuvor hinunterzuschlucken zu sich mit der Papierserviette die Lippen abzutupfen.

»Aber wie hat Ihr Bruder zu Ihnen gesagt, als Sie sich zum Abschied geküßt haben?«

»Das ist schon komisch, oder nicht? Sich so zu küssen? Mein Bruder hat noch viele der alten Bräuche und Gewohnheiten beibehalten. Im Innersten seines Herzens ist er immer noch ein *émigré*. Er spart darauf, sich eines Tages einen langen Urlaub in Leningrad leisten zu können. Vielleicht schafft er es sogar schon dieses Jahr. Das Geschäft geht im Augenblick ziemlich gut.«

»Aber wie hat er Sie genannt?«

»Andruschka«, sagte Walnikow leise. »So hat mich meine Mutter immer genannt.«

»Das ist ein hübscher Name«, meinte Natalie und beobachtete dabei Horst, den Fiedler, der sich nach einigen Anfangsschwierigkeiten an Tschaikowski emporrankte.

»Finden Sie wirklich?«

»Sicher. Wie würde man denn in Russisch für Natalie sagen?«

Walnikow stellte seinen Becher ab und lauschte einen Augenblick der Musik. »In Russisch würde man Natalia sagen.«

»Natalia«, wiederholte sie. »Mir hat Natalie nie gefallen.«

»Wie wär's mit Natascha?« schlug er vor und blickte tief in ihre Augen. »Das klingt liebevoller. Wie Andruschka.«

»Natascha«, wiederholte sie und schob sich ihre Brille auf die Nase zurück. »Das gefällt mir schon besser.«

»Natascha«, flüsterte er noch einmal, um sich dann auf seine Scheibe Schwarzbrot zu konzentrieren, die er eben mit Butter bestrich. Sein russisches Herz schlug jedoch mit Sicherheit fünfzehn Schläge pro Minute schneller.

Während also Natalie Zimmerman und Walnikow dieses denkwürdige Mittagessen einnahmen, führten Madeline Whitfield und Philo Skinner ein denkwürdiges Telefongespräch.

»Richard am Apparat«, flüsterte Philo in den Hörer. Er befand sich in der drückenden Nachmittagshitze in einer Telefonzelle vor einem Motel, das fünf Blocks von seinem Geschäft lag, und erstickte beinahe in seinem eigenen Rauch. Es war das Motel, in dem er sich mit Pattie Mae zu treffen geträumt hatte, bevor sie ihm nach der Ausstellung am Sonntag gekündigt hatte. Diese miese, kleine Votze!

»Ja, ich habe auf Ihren Anruf gewartet«, meldete sich Madeline. Sie gab sich alle Mühe, ihre Stimme kühl und geschäftsmäßig klingen zu lassen.

»Wann bekomme ich jetzt das Geld?« krächzte Philo.

»Jetzt reißen Sie sich bitte einmal zusammen, Richard, und

lassen mich gefälligst ausreden«, begann Madeline. Sie hatte alles dutzende Male geprobt und wollte sich weder durch die Drohungen noch durch die Obszönitäten des Anrufers einschüchtern lassen.

»Dann machen Sie aber schnell.«

»Ich habe den ganzen Tag mit meinem Anwalt und meiner Bank telefoniert, und ...«

»Sie haben doch nicht etwa jemandem von dieser Sache erzählt?«

»Nein, nein. Natürlich nicht«, beeilte Madeline sich, einzuwerfen. »Nur, daß ich Geld brauche. Ich habe nur gesagt, ich bräuchte im Augenblick so viel Geld wie möglich, und zwar dringend. Ich habe sogar eine ehemalige Klassenkameradin angerufen, deren Mann in leitender Position bei einer Bank ist.«

»Und was wollen Sie damit eigentlich sagen?« knurrte Philo.

»Ich kann bis morgen mittag zwölftausend Dollar auftreiben.« Trotz aller guten Vorsätze versagte Madeline beim Nennen der Summe die Stimme.

»Was haben Sie da eben gesagt? WAS HABEN SIE DA EBEN GESAGT?« Philo begannen mit einemmal wieder seine Schleimbrocken zu schaffen zu machen.

Madeline wartete, bis er zu husten aufhörte. Völlig außer Atem keuchte er schließlich in den Hörer: »Jetzt ... jetzt ...« und dann stieß er atemlos hervor: »Sie miese Votze!«

»Richard, bitte!« flehte Madeline.

»Sie ... Sie miese Votze. Zwölftausend!«

»Jetzt hören Sie mir doch endlich einmal zu«, redete Madeline auf ihn ein. »Das ist nicht nur alles, was ich besitze. Zum Teil ist es sogar geliehenes Geld. Ich bin auf der Suche nach einer *Arbeit*. Ich habe noch nie in meinem Leben gearbeitet. Ich habe keinerlei berufliche Qualifikationen, aber ich bin auf der Suche nach einem Job. Und auf dem Haus ist eine Hypothek, und ich habe kein Geld mehr. Meine Mutter war vier Jahre lang krank, bevor sie gestorben ist. Haben Sie eigentlich eine Ahnung, welche Summen so etwas verschlingt. Haben Sie eine Ahnung, wie hoch diese Krankenhausrechnungen sind? Bitte, Richard. Bitte!«

Er hörte keinen vollständigen Satz von dem, was sie sagte. Zwölftausend. Damit konnte er nicht einmal seine Spielschulden bei Arnold zurückzahlen. Es gab kein Entrinnen vor dem Juden und dem Nigger. Er hatte Arnold das Geld bis Donnerstag versprochen, plus dreihundert Dollar extra, daß er ihm so lange Aufschub gewährt hatte. *Zwölf*tausend?

»Zwölftausend«, wiederholte Philo apathisch. Und dann spürte er plötzlich, wie es in seinem Innern zu kochen begann. Philo Skinner hatte fast sein ganzes Leben lang vor irgend etwas Angst gehabt. Und auch jetzt überkam ihn bei dem Gedanken, was die Buchmacher mit ihm anstellen würden, schreckliche Angst, die jedoch einer unbändigen Wut Platz machte. Zwölftausend!

»Ich schneide Ihrem Hund auf der Stelle eine Zehe ab. Bleiben Sie am Apparat, Sie miese Votze, damit Sie ihn auch winseln hören können!«

»Neieieiein!« Es war Madeline Whitfield, die winselte.

»Wollen Sie ihn winseln hören, Sie Votze!« brüllte Philo in den Hörer. »Sie miese, verlogene, *reiche* Votze!«

»Könnten wir uns nicht unter vier Augen unterhalten, Richard«, plapperte Madeline los. »Ich schwöre Ihnen, daß ich nicht die Polizei rufen werde. Ich treffe mich mit Ihnen, wo Sie wollen. Ich werde alles tun, was Sie verlangen. Aber bitte, tun Sie Vickie nichts.«

»Na, wie wird sie denn bei der nächsten Ausstellung abschneiden, Sie Votze!«

»Bitte, bitte, bitte. Ich werde mehr Geld auftreiben. Ich schwöre es! Lassen Sie mir noch einen Tag Zeit. Nur noch einen Tag.«

»Ich habe Ihnen gesagt, daß ich fünfundachtzigtausend will, Sie . . . Sie . . .«

»Ich werde sogar mehr auftreiben. Ich kann mehr auftreiben. Wenn . . . wenn Sie mir nur meine Vickie wieder zurückbringen. Ich kann . . . ich kann Ihnen jeden Monat fünfhundert Dollar überweisen, bis ich alles bezahlt habe. Ich werde mir eine . . .«, Madeline brach in ein Schluchzen aus, ». . . eine Arbeit besorgen. Aber bitte haben Sie Geduld.«

»Das ist doch nicht zu fassen!« Philo ließ das Papiertaschentuch fallen, das er um den Hörer gewickelt hatte. »Das ist doch nicht zu fassen!« So etwas hatte er noch in keinem Film gesehen. Sie wollte, daß er ihren Hund zurückgab, um das Lösegeld dann in Raten abzustottern. »Ich werde Ihrem Hund leider eine Zehe abschneiden müssen«, krächzte Philo heiser, bevor ihn ein neuerlicher Hustenanfall die Tür der Telefonzelle aufreißen und würgend auf den Parkplatz des Motels hinausspucken ließ.

Im selben Moment riß die Eigentümerin besagten Motels, Bessie Callahan, eine Frau in Philos Alter mit einem mürrischen, roten Gesicht und schlechten Zähnen, die Drahtmaschentür des Büros auf und brüllte: »Hey, Sie da, rotzen Sie ihre Heringe verdammt noch mal woanders hin und nicht auf meinen Grund und Boden!«

»Du hast mir gerade noch gefehlt, du miese, alte Votze«, fauchte Philo zurück, woraus ein weiterer Hustenanfall und ein weiterer Hering auf ihrem Asphalt resultierte.

»Was haben Sie da eben gesagt, Sie räudiger Kojote?« schoß Bessie Callahan zurück. »Wenn mein Mann hier wäre, könnten Sie was erleben, Sie Drecksack!«

Und dann, vor Schmerz gepeinigt und mühsam nach Atem ringend, dazu voller Frustration, Wut und Ärger, ließ Philo Skinner den Hörer los, um die Telefonzelle zu verlassen und zum erstenmal in seinem Leben jemanden zum Kampf herauszufordern. »Komm doch raus aus deinem Loch, du fette Votze«, hechelte Philo. »Komm doch raus da, damit ich dir deine feiste Fresse polieren kann, du fette Votze!«

»Arschloch!« schrie Bessie Callahan. »Sie mickriges Arschloch! Wie können Sie es wagen, mit einer Dame so zu reden!«

Und während ein zitternder Philo Skinner allmählich wieder die Kontrolle über sich zurückgewann und sich die siebenundvierzigste Zigarette des Tages ansteckte und wieder ans Telefon ging, um dort eine dem Überschnappen nahe Madeline Whitfield vorzufinden, die dachte, er hätte inzwischen bereits Vickies Zehe abgeschnitten, hatte Bessie Callahan eine kleine Überraschung für Philo Skinner bereit.

»Jetzt reißen Sie sich doch mal zusammen«, schnaubte er

Madeline Whitfield an. »Reißen Sie sich, verdammt noch mal, zusammen, und hören Sie mir endlich zu!«

»Bitte ... mein Herr ... bitte, tun Sie es nicht!« flehte Madeline.

»Ich rufe Sie um sechs Uhr noch einmal an«, keuchte Philo Skinner. »Aber sehen Sie auch zu, daß Sie dann etwas bessere Nachrichten für mich haben. Ich werde Ihrem Hund nichts zuleide tun, bis ich Sie wieder anrufe. Haben Sie mich verstanden? Ich werde ihm keine Zehe abschneiden. Zumindest jetzt noch nicht.«

»Danke ... vielen Dank ... wie soll ich Ihnen nur danken«, schluchzte Madeline haltlos.

»Ich werde um sechs Uhr wieder anrufen. Vergessen Sie das nicht! Um sechs U ...« Er sollte den Satz jedoch nie zu Ende sprechen. Er dachte, er hörte das Geräusch fließenden Wassers. Und dann schwang die Tür der Telefonzelle auf, und Philo Skinner war am Ertrinken! Er hatte nicht einmal mehr Zeit zu schreien. Zusammen mit einer gehörigen Portion Wasser verschluckte er auch noch seine Zigarette. Er rang japsend nach Atem, bekam aber nur Wasser in seine Lungen. Er riß seine Arme schützend hoch und fiel in der Zelle zu Boden. Er ertrank.

Wie der Kanalisationsarbeiter Tyrone McGee hatte sich auch Bessie Callahan in ihrem bisherigen Leben einiges gefallen lassen müssen, wenn auch nicht von Alligatoren. Und schon gar nicht von räudigen Kojoten, die ihr Telefon benutzten und auf ihren Parkplatz rotzten. Zuerst hatte sie eigentlich nur beabsichtigt, mit dem Feuerlöschschlauch des Motels die häßlichen Schleimbrocken wegzuwaschen, die Philo auf den Asphalt ihres Parkplatzes gespuckt hatte, aber je mehr sie sich dann überlegte, wie dieser Dreckskerl ihr damit gedroht hatte, ihr die Fresse zu polieren, und sie eine fette Votze genannt hatte – und am Telefon hatte er brüllend ständig auch noch eine andere Frau eine Votze geschimpft –, desto mehr gelangte sie zu dem Entschluß, daß sie ihm das auf keinen Fall durchgehen lassen konnte. Wie wäre es mit einem bißchen Wasser für dein dreckiges Maul, du miese Chauvinistensau!

Ihre blaßblauen Augen vor Aufregung weit vortretend, hatte Bessie Philo bereits hilflos vor sich auf dem Boden der Telefonzelle liegen, als ihr endlich bewußt wurde, was sie eigentlich tat. Trotzdem richtete sie den Schlauch weiterhin auf sein Gesicht. Philo wälzte sich auf den Bauch, um Luft holen zu können. Schließlich war er auch in der Lage zu schreien, aber Bessie hatte noch immer nicht genug. Es dauerte noch eine ganze Weile, bis sie schließlich den kräftigen Wasserstrahl abstellte und, den Schlauch hinter sich herziehend, zu ihrem Büro zurückwatschelte.

»Das ... das werden Sie mir büßen«, krächzte ihr Philo hinterher und hustete all das Wasser aus seinen Lungen hoch. Dabei blieb ihm die durchgeweichte Zigarette in seiner Kehle stecken. Er schluckte sie wieder hinunter, was jedoch zur Folge hatte, daß sie zusammen mit seinem ganzen Frühstück wieder hochkam. Jetzt hatte Bessie noch etwas, das sie mit ihrem Schlauch wegwaschen konnte.

»Ich werde die Polizei rufen, Sie Dreckskerl!« kreischte Bessie durch die verschlossene Drahtmaschentür. »Was bilden Sie sich eigentlich ein! Mit mir können Sie so etwas nicht machen. Ich hole die Polizei!«

»Die Polizei«, keuchte Philo. »Die Polizei.« Er versuchte aufzustehen, sank aber, neuerlich kotzend, wieder auf die Knie. Der zweite seiner drei Polyester-Freizeitanzüge – dieser war kobaltblau – war klitschnaß. Philos Schuhe schmatzten geräuschvoll, als er sich schließlich, gegen die Wand der Telefonzelle gestützt, langsam aufrichtete.

»Da kommen sie schon!« log Bessie. »Ich kann die Sirenen schon hören. Jetzt werden wir ja mal sehen, was die Polizei mit Kerlen macht, die sich Damen gegenüber nicht zu benehmen wissen!«

»Die Polizei«, murmelte Philo Skinner. Und im nächsten Augenblick schoß er auch schon in triefendem Galopp auf seinen El Dorado zu, der in der Nähe geparkt war.

Philo Skinner war bereits zwei Häuserblocks weiter, als er merkte, daß in seinem Rückspiegel gar keine Blaulichter zu sehen waren. Er fuhr an den Straßenrand und beugte sich zum Fenster hinaus. Seine geplagten Lungen waren noch halb voll

Wasser. Er lehnte sich in die Ledersitze seines Cadillac zurück und drückte gegen seinen hageren Brustkorb, um seiner Atmung etwas nachzuhelfen. Dann beugte er sich auf der Beifahrerseite zur Tür hinaus und hoffte, das Wasser würde ihm aus dem Mund tröpfeln.

Ein alter Rentner schob gerade einen Einkaufswagen voller Lebensmittel nach Hause, als er einen halb ertrunkenen Mann sich aus seinem El Dorado beugen sah. Der Rentner ließ seinen Einkaufswagen stehen, schlurfte auf Philo zu und sah neugierig zu ihm hinab. Der Cadillac war völlig trocken, aber der Fahrer war tropfnaß.

»Sieht ganz so aus, als wären Sie selbst durch die Waschanlage gelaufen, junger Mann«, bemerkte der alte Mann. »Aber Sie sollten Ihren *Wagen* waschen, nicht sich selbst!«

»Aaaaaaauuuuuu«, stöhnte Philo Skinner und hörte sich dabei an wie Hipless Hooker mit enormen Bauchschmerzen.

»Was haben Sie denn, mein Junge?« erkundigte sich der Rentner.

»Aaaaaaaaaauuuuuuuuuuu«, erwiderte Philo.

»Tja, ich muß leider gehen, junger Mann«, verabschiedete sich der alte Mann. »An Ihrer Stelle würde ich mir das nächstemal, wenn Sie durch die Waschanlage fahren, einen Rettungsring mitnehmen.«

Und während Philo Skinner sich gerade wünschte, die Kraft zu haben, seinen Cadillac anzulassen und diesen vorwitzigen Tattergreis über den Haufen zu fahren, stellte Mavis Skinner auf eigene Faust ein paar Nachforschungen an.

In letzter Zeit hatte sich Philo immer so eigenartig benommen. Sie hätte wetten können, daß er sich mit irgendeinem kleinen Mäuschen im Zwinger herumtrieb. Vielleicht bestellte er sich Pattie Mae dort immer hin. Womöglich erwies er ihr mit dem wenigen Geld, das der Zwinger einbrachte, auch noch irgendwelche kostspieligen Gefälligkeiten. Mavis Skinner war jedenfalls keineswegs gewillt, irgendwelche kleinen Mäuschen in ihrer Umgebung zu dulden. Und deshalb entschloß sie sich, Philo unangemeldet einen kleinen Besuch abzustatten.

Zu ihrer Enttäuschung war sein Wagen nicht da. Sie schloß das Büro auf, und es waren auch keine kleinen Mäuschen da. Mit Ausnahme des penetranten Gestanks, der aus dem Raum drang, in dem die Hunde untergebracht waren, fiel ihr nichts Ungewöhnliches auf. Die Käfige hatte Philo also jedenfalls nicht gesäubert, wie er behauptet hatte. Dieses faule Arschloch!

In diesem Augenblick hielt ein Kombi auf dem Parkplatz vor dem Zwinger. Einen imposanten Schäferhund an der Leine, stiegen ein Mann und eine Frau aus. Den Hund hinter sich herziehend, betraten sie das Büro. Das Tier hatte die Ohren zurückgelegt und den Schwanz eingezogen. Über seinem rechten Auge war eine große, L-förmige Narbe zu sehen. Eine weitere Narbe verlief in Form einer blauen Linie von seinem Auge zu seinen Lefzen. Der riesige Hund hatte wachsame, bernsteinfarbene Augen. Und Mavis konnte ihn absolut nicht ausstehen.

»Ja?« trat sie dem lächelnden Paar entgegen, das gekleidet war, als befände es sich gerade in Hawaii auf Urlaub.

»Wir hätten Ihnen gerne unseren Walter für zwei Wochen dagelassen«, sagte der Mann. »Wir machen eine Kreuzfahrt in der Karibik. Die ganze Familie.« Diese Vorstellung ließ ihn noch breiter lächeln.

»Nun ja«, warf Mavis mit einem Blick auf das furchteinflößende Tier ein, »wir sind hier eigentlich auf Terrier spezialisiert.«

»Sie nehmen nur Terrier auf?«

»Nein, wir nehmen selbstverständlich alle Rassen auf, aber um Ihnen die Wahrheit zu sagen, Ihr Hund sieht mir recht aggressiv aus.«

Darauf verging der Frau das Lächeln. »Aber Walter ist doch rehabilitiert«, wies sie Mavis mit schriller Stimme zurecht.

»Rehabilitiert?«

»Er *war* einmal ein Wachhund, aber das ist nun schon Jahre her. Jetzt ist er ein richtiger Familienhund. Unsere Kinder reiten auf ihm wie auf einem Pony; sie zwicken ihn in die Nase, knuffen ihn ...«

»Jedenfalls ist der Hund mißhandelt worden.« Mavis deutete auf die Narben. »Ich weiß wirklich nicht ...«

»Sie können mir wirklich glauben«, versuchte der Mann, Mavis' Zweifel auszuräumen, und ließ Walters Leine los. »Der Hund ist absolut zahm. Wir haben vier Tiere aus dem Tierasyl. Walter ist unser ganzer Stolz. Wir haben ihn mit Liebe gezähmt, und er ist wirklich zahm wie ein Schoßhund.«

Aber Walter war nicht immer zahm wie ein Schoßhund gewesen, und um das zu wissen, brauchte Mavis ihn nur anzusehen. Walter war vor fünf Jahren auf eine gerichtliche Verfügung hin mit dreizehn anderen halb wahnsinnigen Monstren konfisziert worden, die alle einem weiteren halb wahnsinnigen Untier gehörten, das einen Wachhund-Service sein eigen nannte und seine Hunde mit einem Ein-Meter-Stück ganz normalen Gartenschlauchs ›trainierte‹, das mit kleinen Bleiklumpen gefüllt war. Walter hatte eine ebenso kurze wie unglückliche Karriere als Wachhund auf Großbaustellen hinter sich, als er auf den Gerichtsbeschluß hin in ein Tierheim eingeliefert wurde. Und von dort kam er schließlich zu seinen jetzigen ›Pflegeeltern‹, die sich mit aller Entschlossenheit vorgenommen hatten, ein zähnefletschendes Monster in einen zahmen Schoßhund zu verwandeln. Und es war ihnen auch tatsächlich gelungen. Walter war inzwischen sieben Jahre alt, und dies war das erstemal, daß er von seinen Pflegeeltern getrennt wurde. Dies war auch das erstemal, daß er seit seiner unheilvollen Phase als Wachhund wieder in einen Käfig gesperrt werden sollte. Mavis war Walter egal, aber gegen Käfige hatte er eindeutig etwas. Und zwar eine ganze Menge. Die schlechten, alten Zeiten.

»Wir würden natürlich auch selbstverständlich eine Zusatzprämie zahlen, wenn Sie Walter nehmen könnten«, lockte der Mann. »Obwohl Walter ganz bestimmt keine Schwierigkeiten machen wird.«

»Eine Zusatzprämie«, echote Mavis. Ein Zauberwort, das seine Wirkung selten verfehlte.

Also wurde Walter vorübergehend ein neues Heim zugewiesen. Und dieser Umstand sollte entscheidenden Einfluß auf Philo Skinners Zukunft ausüben. Schicksal.

Als Horst mit einem sehr mittelmäßigen ›Tanz der Komödianten‹ fertig war, räusperte er sich geräuschvoll, worauf Walnikow in seine Tasche griff.

»Warten Sie«, hielt ihn Natalie zurück. »Will er mehr Geld?«

»Ist schon gut«, wehrte Walnikow sie ab. »Er hat es verdient.«

Aber sie legte ihre Hand auf seinen Arm und sagte: »Wir haben genug Musik gehört. Geben Sie nicht Ihr ganzes Geld aus.« Und dann wandte sie sich an den Fiedler. »Vielen Dank, junger Mann. Das war großartig.«

Der bärtige Bursche zuckte mit den Achseln und machte sich daran, sein Instrument wegzupacken.

»Spielt er eigentlich auch mal umsonst?« erkundigte sich Natalie und verschlang gerade ihren vierten Krautwickel. Zusammen mit der Butter und den Krautwickeln war das Schwarzbrot fantastisch.

»Nein, eigentlich nicht; aber was soll's?«

»Ein Medizinstudent also? Ein Chirurg in spe, wie? Die Rechnung kommt immer schon vor der Operation, in dem Stil? Na ja, Musik hin oder her; es war jedenfalls ein denkwürdiges Mittagessen.«

»Freut mich, daß es Ihnen gefallen hat, Natalie«, lächelte Walnikow und machte sich daran, die Reste ihres Mahls zusammenzupacken. »Wissen Sie eigentlich, daß schon fast Feierabend ist. Die Zeit ist heute ganz schön schnell vergangen!«

Als sie dann auf die Wache zurückfuhren, fühlte sich Natalie nur noch um so elender. Mein Gott, sie *mußte* es tun! Nichts gegen Sie, Walnikow. Sie sind ein netter Mensch. Aber Sie sind einfach nicht ganz richtig im Kopf. Drehen Sie sich doch bitte um und lassen sich von Natalie Zimmerman mit einem Hackbeil den Schädel spalten. Zack! Lassen Sie es Ihren *Partner* doch tun. Es ist nur zum besten der Polizei, Captain. Walnikow ist verrückt, und das wird für jeden außer Zweifel stehen, der einmal mehr als eine Stunde mit ihm zusammen verbracht hat. Aber Sie sehen ja, Captain, daß sich kein Mensch länger mit diesem armen Teufel abgibt. Er ist ein

Einzelgänger. Nicht einmal sein Bruder kommt mit ihm klar. Er windet sich natürlich immer wieder heraus, aber wenn Sie ihn einmal in die Enge drängen, ihn vor Ihrem Schreibtisch sitzen haben und ihm von einem Doktor ein paar Fragen stellen lassen, dann werden Sie schon sehen. Er steht kurz vor einem Nervenzusammenbruch. Nein, eigentlich hat er schon einen Zusammenbruch hinter sich. Er ist . . . ich weiß nicht . . . er schleppt sich eben so dahin, Captain.

Manchmal versteht er es, einen zu täuschen. Weil er rücksichtsvoll und zuvorkommend ist. Ja, das stimmt durchaus, er ist ein Gentleman, und nein, ich kann wirklich nicht behaupten, daß viele meiner bisherigen Partner Gentlemen gewesen wären, und . . . mein Gott! Sie mußte an Walnikow denken, wie er mit alten Menschen umging. Nein, sie konnte unmöglich erzählen, wie er diesen Rotzlöffel silbern eingesprüht hatte, weil – und das stand außer Zweifel – weil ihr das *gefallen* hatte. Genau das war es. Manchmal steckt ein Verrückter andere mit seiner Verrücktheit an, wenn sie nur lange genug mit ihm zu tun gehabt haben. Man wird auf diese Weise selbst ein wenig verrückt. Genau das war es!

»Genau, das ist der springende Punkt!« sprach Natalie ihre Gedanken aus. Verdammt! Da haben wir es schon. Jetzt hatte er sie schon dazu gebracht, daß sie Selbstgespräche führte.

»Was ist der springende Punkt, Natalie?« fragte Walnikow freundlich, während er die Fountain Avenue hinunter in den Sonnenuntergang hineinfuhr.

»Wer weiß«, murmelte sie betreten. »Was der springende Punkt ist? Haben Sie das je herausgefunden, Walnikow?« Inzwischen war Natalie Zimmerman zum Weinen zumute, weil sie es nicht tun wollte und doch wußte, daß sie es tun mußte. »Was der springende Punkt ist, Walnikow? All diese Dinge, von denen Sie erzählt haben; all die Mörder, hinter denen Sie und Charlie Lightfoot herwaren. All diese ermordeten Kinder. Ein Buch in Blindenschrift. Hat es da irgendeinen *springenden Punkt* gegeben, Walnikow?«

»Es gibt keinen springenden Punkt, Natalie«, erwiderte Walnikow darauf gelassen. Er hielt mit beiden Händen das Lenkrad und steuerte wie immer mit zwanzig Stundenkilometern durch den Verkehr. »Es gibt keinen springenden Punkt, und genau das ist der springende Punkt.«

»Was ist der springende Punkt?«

»Daß es keinen springenden Punkt gibt, Natalie. Das ist der springende Punkt.«

»Also, jetzt machen Sie aber einen Punkt, Walnikow. Fahren wir lieber mal nach Hause.«

»In Ordnung, Natalie; wir sind bereits zu Hause.« Und damit lenkte er den Wagen auf den Polizeiparkplatz an der Fountain, Ecke Wilcox.

Walnikow war gerade so weit, Natalie neuerlich zu fragen, ob sie mit ihm ins Kino gehen wollte, als ein Mann in einer Kordjacke mit Lederflicken an den Ellbogen auf sie zukam.

Er war größer und jünger als Walnikow. Er sah aus wie eine in die Jahre gekommene Sportskanone, vielleicht auch ein College-Footballtrainer. Er trug ein blaues Hemd mit einer strengen Krawatte, und er hatte eine Menge Zähne.

»Jack!« begrüßte ihn Natalie. »Was machst du denn hier?«

»Du wolltest doch dieses Musical im Shubert sehen. Und wer, glaubst du, hat wohl ein paar Karten in der ersten Reihe? Aber wir müssen uns mit dem Abendessen beeilen. Also fahren wir am besten gleich los.«

Er umarmte sie und küßte sie auf die Wange.

»Captain Packerton, darf ich Ihnen meinen Mitarbeiter vorstellen, Sergeant Walnikow«, stotterte Natalie leicht verlegen. »Captain Packerton ... äh ... ist der Leiter der West Valley Station.«

»Freut mich, Captain«, erwiderte Walnikow mit einem sehr traurigen Lächeln.

»Walnikow«, nickte Packerton und streckte ihm nachlässig seine Hand entgegen. »Los, gehen wir, Natalie. Abmelden kann dich ja dein Partner.«

»Ich muß erst noch mit Captain Hooker sprechen, Jack. Ich kann nicht gleich weg.«

»Und ob du das kannst, Natalie«, entgegnete Captain Packerton bestimmt, um sie diesmal ohne Umschweife an sich zu ziehen. »Ich habe bereits mit deinem Lieutenant gesprochen. Er weiß, daß du eine wichtige Verabredung hast.

Balnikow wird sicher gern deinen Papierkram erledigen, oder nicht, Balnikow?«

»Jawohl, Captain, selbstverständlich.« Und damit packte Walnikow die Papiere und Heftordner zusammen, die ihm aus seiner billigen Kunstlederaktentasche gefallen waren. Dann kehrte ihnen der untersetzte Detektiv den Rücken zu und trottete auf den Eingang der Polizeistation zu. Der Schlitz seines alten Jackets war eingerissen, so daß seine Handschellen darunter zum Vorschein kamen. Der fadenscheinige Anzug sah jetzt aus, als hätte er ihn eben aus der Waschmaschine genommen.

»Jack, ich muß unbedingt mit Captain Hooker sprechen. Es ist dringend.«

»Ja? Was ist denn los?«

»Darüber kann ich jetzt nicht sprechen. Ein persönliches Problem.«

»Ja? Aber es wird sowieso nicht gehen. Er ist zusammen mit einem schwarzen Detektiv fort; seinen Namen habe ich vergessen.«

»Clarence Cromwell.«

»Ja, genau. Irgend etwas mit einer besonders günstigen Angelausrüstung in einem Sportgeschäft.«

»Verdammter Mist!«

»Sprich doch morgen mit ihm. Und jetzt gehen wir lieber abendessen, damit wir nicht zu spät ins Theater kommen. Und dann können wir ja vielleicht zu *dir* gehen«, schlug er grinsend vor.

Er bugsierte sie auf seinen Wagen zu, der vor dem Polizeigebäude in der Fountain Avenue geparkt war. Dabei kamen sie an Walnikow vorbei, der traurig dahinschlurfte und daran dachte, sich eine Flasche Stolitschnaja und einen Hamburger zu kaufen und sich dann den Rest des Abends ein paar Platten anzuhören. Wie alle anderen Abende auch. Vielleicht würde er sich die Todesszene aus *Boris Godunow*, gesungen von Tschaljapin, anhören.

»Bis dann, Balinkow«, grüßte ihn Captain Packerton, als sie an ihm vorbeihuschten. Er hatte seinen Arm um Natalies Hüfte gelegt, und sie hatte Mühe, mit ihm Schritt zu halten.

Sie drehte sich um und sah Walnikow an, der sein einfältiges Kinderlächeln lächelte und mit seiner Kunstlederaktentasche winkte. Er blickte zu Boden, als er die Wache betrat.

»Da war ein Anruf für Sie, Wal«, teilte ihm Max Haffenkamp mit, als er sich schwer auf den Stuhl hinter seinem Schreibtisch plumpsen ließ. Der leere Stuhl daneben gehörte Natalie Zimmerman.

»Danke, Max.« Walnikow warf einen kurzen Blick auf die Nummer, die ihm irgendwie bekannt vorkam. Natürlich. Es war diese Nummer in Pasadena, die er vor ein paar Stunden angerufen hatte.

»Diese Alte klang, als würde sie jeden Augenblick zu flennen anfangen«, instruierte ihn Max Haffenkamp weiter.

»Flennen«, murmelte Walnikow gedankenverloren. Ein bißchen Wodka heute abend. Ein bißchen Musik. Der Tod von *Boris Godunow*. Natalie schien die Musik heute wirklich gefallen zu haben. Sie hatte offensichtlich ein gutes Musikverständnis. Sie war intelligent und ein netter Mensch, das mußte man ihr lassen. Sie und Captain Packerton waren ein nettes Paar. Wahrscheinlich würden sie über kurz oder lang heiraten. Stolitschnaja.

»Sie hat gemeint, die Sache wäre sehr dringend, Wal«, riß ihn Max Haffenkamp aus seinen Träumen.

»Natürlich«, erwiderte Walnikow. »Ich werde sie sofort anrufen.« Er verwählte sich zweimal. Er mußte einfach immer wieder daran denken, wie Natalie aussah, wenn sie lächelte. Und sie hatte während der drei Tage, seit sie Partner waren, erst zweimal gelächelt. Sie lächelte nicht gerade viel, aber wenn sie es dann einmal tat . . .

»Hallo?« meldete sich eine aufgeregte Stimme.

»Hier spricht Sergeant Walnikow, Madam.«

»Sergeant!«

»Ja.«

»Ich muß Sie sofort sprechen!«

»Sofort?«

»Sergeant, es ist schrecklich. Meine Lage ist entsetzlich. Ich habe Ihnen nicht die Wahrheit gesagt. Oh, mein Gott!«

»Was ist denn passiert?«

»Sergeant, Sie müssen sofort hierher kommen. Ich habe Sie belogen. Am Sonntag wurde mir mein Schnauzer, meine Vickie, bei der Hundeausstellung gestohlen. Und dann hat mich ein Mann angerufen. Er verlangt eine Menge Geld, wenn ich Vickie wieder zurückbekommen will. Bitte, kommen Sie doch!«

»Wieviel will er denn?«

»Fünfundachtzigtausend Dollar!« schluchzte sie.

»Für einen *Hund*?«

»Ja«, wimmerte sie. »Es ist schrecklich. Ich meine, ich habe nicht so viel. Aber wenn ich das Geld hätte, würde ich es ihm geben.«

»Sie würden ihm fünfundachtzigtausend *Dollar* geben?«

»Ja! Ja! Natürlich! Aber ich habe nicht so viel Geld. Ich ...«

»Einen Augenblick, bitte.« Walnikow suchte die Diebstahlsmeldung aus dem Brown Derby unter seinen Akten heraus. Irgend etwas paßte da doch nicht zusammen. »Entschuldigen Sie, Madam«, meldete er sich wieder. »Ich habe da eine Diebstahlanzeige von einem Restaurant in Hollywood. Aber Sie haben doch eben gesagt, Ihr Hund wäre auf einer Ausstellung gestohlen worden?«

»Ja.«

»Wo war diese Ausstellung?«

»In der Sports Arena!«

»Aber das fällt in den Zuständigkeitsbereich der Southwest Division, Madam.«

»Davon verstehe ich nichts«, schluchzte sie. »Aber bitte, helfen Sie mir doch!«

»Also gut«, beruhigte sie Walnikow. »Ich werde dafür sorgen, daß man Ihnen hilft, aber erst muß ich wissen, wen ich verständigen muß. Ihr Hund wurde also in Southwest Los Angeles gestohlen. Und dieser Mann erpreßt Sie telefonisch in Ihrem Haus?«

»Vielleicht sollte man das FBI verständigen, Sergeant.«

»Ja, die befassen sich dort zwar mit Entführungen, Madam, aber ich glaube nicht, daß sie sich auch mit Dackeln beschäftigen.«

»Schnauzer«, verbesserte ihn Madeline Whitfield.

»Auch nicht mit Schnauzern, Madam«, erklärte Walnikow geduldig.

»ICH BRAUCHE HILFE!« schluchzte Madeline.

»Ich rufe Sie sofort zurück, Mrs. Whitfield«, verabschiedete sich Walnikow. »Beruhigen Sie sich erst einmal wieder; ich rufe Sie sofort zurück.«

Als Walnikow sein Bestes tat, Madeline Whitfields kompliziertes Problem Holzlippe Mockett darzulegen, begann der Lieutenant bereits ähnlich Captain Hooker Bauchschmerzen zu bekommen.

»Könnten Sie vielleicht noch einmal von vorne anfangen, Walnikow?« bat Mockett, dessen Bauchschmerzen sich sichtlich verschlimmerten. »Am besten bei dem Hundediebstahl im Brown Derby.«

Und Walnikow kam seinem Wunsch auch nach. Als er mit seiner Geschichte schließlich fertig war, konnte Lieutenant Mockett seine lange Erfahrung im Öffentlichen Dienst wieder einmal voll zur Geltung bringen. Er brauchte das faule Ei nur weiterzureichen.

»Das ist doch gar kein Problem. Die Sache geht uns ja überhaupt nichts an!« frohlockte Lieutenant Mockett, und seine Holzlippen verzerrten sich zu so etwas wie einem triumphierenden Lächeln.

»Mir ist durchaus klar, Lieutenant, daß der Hund in der Sports Arena gestohlen wurde«, warf Walnikow vorsichtig ein.

»Das betrifft die Southwest Division. Sollen sich also die darum kümmern«, beeilte Lieutenant Mockett sich, zu sagen.

»Aber die Erpressung hat in Pasadena stattgefunden. Zumindest wurden in Pasadena die Anrufe entgegengenommen.«

»Dann soll sich doch die Polizei von Pasadena um die Sache kümmern«, schlug Lieutenant Mockett rasch vor.

»Nur sollte sich doch eigentlich die Behörde eines Falls annehmen, in deren Zuständigkeitsbereich das Verbrechen seinen Ausgang genommen hat«, beharrte Walnikow.

»Also die Detektive von der Southwest Division. Das fällt doch eindeutig in ihren Zuständigkeitsbereich!« schrie Lieutenant Mockett inzwischen schon fast. »Der Hund wurde doch aus der Sports Arena entführt!«

»Jawohl, Sir«, antwortete Walnikow mit einem geduldigen Blinzeln. »Aber diese Dame scheint offensichtlich der Ansicht zu sein, daß der Hund, den man gegen den ihren ausgetauscht hat, eindeutig das Zeug zu einem Champion hatte. Und so ein Hund wurde in ganz Los Angeles nur in einem Fall gestohlen gemeldet, und das ist der Hund, der im Brown Derby abhanden gekommen ist. Mrs. Whitfield hat da also möglicherweise bereits eine Spur. Vielleicht hat der Erpresser als ersten Schritt seines Plans Mrs. Gharoujians Schnauzer gestohlen. Wenn dem tatsächlich so sein sollte, fiele es uns hier in Hollywood zu, in dieser Sache zu ermitteln. Und was den Hundediebstahl im Brown Derby betrifft, ist das meine Sache.«

Lieutenant Mocketts psychosomatische Bauchschmerzen verschlimmerten sich weiter, so daß er erst einmal eine Minute schwieg. Schließlich ergriff er wieder das Wort: »Sie wollen diesen Fall also wirklich übernehmen, Walnikow? Eine Hundeentführung? Haben Sie denn nicht schon genug zu tun?«

»Nun ja, ein wenig bin ich in die Sache ja schon verwickelt und – na ja, die arme Frau macht einen richtig verzweifelten Eindruck.«

»Eine Hundeentführung. Und Sie wollen diesen Fall auch noch übernehmen«, schüttelte Lieutenant Mockett den Kopf. Er konnte absolut nicht verstehen, wie jemand auf die Idee kommen konnte, sich etwas aufhalsen zu lassen, wozu er nicht im geringsten verpflichtet war. »Sie müssen echt eine Meise haben, Walnikow.«

Zumindest eine Person stimmte in dieser Hinsicht also mit Natalie Zimmerman überein, die allerdings leider nicht zugegen war, um dies mitzubekommen.

»Ach ja, Lieutenant, wissen Sie, ich habe heute abend sowieso nichts zu tun.«

»Keine Überstunden, Walnikow«, warnte ihn Holzlippe Mockett. »Wir haben strikte Anweisungen von oben, daß keine Überstunden bezahlt werden. Also keine Überstunden. Das kommt nicht in Frage.«

»Ich werde schon keine Überstunden in Anspruch nehmen, Lieutenant«, versprach Walnikow.

»Sie wollen keine Überstunden in Anspruch nehmen?« wiederholte Holzlippe Mockett entsetzt. »Dann haben Sie wirklich eine Meise, Walnikow!«

»Wie Sie meinen, Sir«, antwortete Walnikow ungerührt. »Wenn Sie also nichts dagegen haben, fahre ich jetzt nach Pasadena, damit ich da bin, wenn der Erpresser wieder anruft.«

»Ich kann mich nicht so ganz des Gefühls erwehren, daß wir von dieser Sache lieber unsere Finger lassen sollten. Es ist immer besser, sich auf nichts einzulassen, es sei denn, es ist absolut klar, daß kein Weg an der Sache vorbeiführt. Ich hätte nur gern die Gewißheit, daß der tote Hund auch tatsächlich der ist, der in Hollywood gestohlen wurde.«

»Wissen Sie was, Lieutenant. Das werde ich schon irgendwie herausbekommen. Und falls sich herausstellen sollte, daß der tote Hund nicht Mrs. Gharoujian gehört hat, gebe ich den Fall an die Detektive von Southwest weiter.«

»Also gut«, nickte Lieutenant Mockett und hielt sich seinen geplagten Bauch. »Haben Sie vielleicht ein Alka-Seltzer? Hat *irgend jemand* ein Alka-Seltzer? Auuuuu!«

Dies war das erste Mal, daß Walnikow während der Hauptverkehrszeit über den Pasadena Freeway fuhr. Es war der älteste Freeway in Los Angeles, was auch durchaus spürbar war, da er den Anforderungen des Verkehrs von 1977 absolut nicht mehr gewachsen war. Ein stehengebliebener Wagen konnte oft kilometerlange Staus zur Folge haben. Walnikow vertrieb sich die Zeit in dem zähflüssigen Verkehr damit, ringsum von anderen Wagen umgeben und von Auspuffgasen beweihräuchert, über den vergangenen Tag nachzudenken.

Es war in letzter Zeit eindeutig sein schönster Tag gewesen. Als er noch mit Charlie Lightfoot gearbeitet hatte, hatte es auch manchmal solche Tage gegeben. Aber heute – heute war der schönste Tag seit Jahren gewesen. Er dachte an Natalies braune Augen, wie sie ihn durch ihre riesige Brille angelächelt hatten, als sie von dem Rotwein getrunken hatte. Ob sie heute abend wohl wieder Wein trank? Französischen Wein aus einem richtigen Glas, und nicht aus einem Plastikbecher? Die beiden waren ein nettes Paar, daran bestand kein Zweifel. *Na sdarowje,* Natalie. Aber schließlich konnte es doch nicht schaden, zu träumen. So zu tun. Es schien ihm, als hätte er sein ganzes Leben lang allein gelebt. Plötzlich wollte er anhalten und sich eine Flasche Wodka kaufen. Allerdings führten nur bessere Geschäfte russischen Wodka, und amerikanischen Wodka vertrug sein Magen nicht. Dann dachte er jedoch an Madeline Whitfield. Das hatte sie nicht verdient. Sie befand sich in einer schrecklichen Lage und hatte es verdient, von einem Polizisten Hilfe zu erhalten, der einen klaren Kopf hatte. Den Wodka konnte er sich für später aufsparen.

Er sah auf seinem Stadtplan nach, worauf er das Haus ohne Schwierigkeiten fand. Es war schöner als die alten spanischen Häuser im Bezirk Los Feliz. Besonders die vielen alten Eichen hatten es Walnikow angetan. Die Bäume waren ausnahmslos über ein Jahrhundert alt. Und überall standen Kamelien. Und Eukalyptus, Fichten und Azaleen. Die Auffahrt zum Haus beschrieb einen Halbkreis. Wie es wohl sein würde, in einem Haus wie diesem zu wohnen? Walnikow war sich sicher, daß ihm ein livrierter Butler die Tür öffnen würde. Er war richtig aufgeregt. Die Große Gatsby.

Die Tür wurde jedoch von Madeline Whitfield geöffnet. Sie hatte ihr Make-up erneuert und ihr Haar frisch gekämmt und nichts getrunken, und sie sah schrecklich aus. Ihre Augen waren verquollen und ganz wund vom Weinen. Sie trug eine weiße Bluse und einen wollenen Schottenrock. Auf der Bluse waren mehrere Kaffeeflecken zu sehen. Man konnte sich unschwer vorstellen, daß diese Hände Mühe hatten, irgendeinen Gegenstand zu halten.

»Ich bin Sergeant Walnikow«, stellte der Detektiv sich vor. Er schätzte die Frau ungefähr auf sein Alter. Sie war ein bißchen zu dick, sah aber sonst nicht übel aus, wenn man von dem relativ deutlich sichtbaren Flaum auf ihrer Oberlippe absah.

»Er wollte um sechs Uhr noch einmal anrufen, Sergeant.« Madeline Whitfield konnte sich nur mit größter Mühe unter

Kontrolle halten. »Normalerweise ist er sehr pünktlich. Hätten Sie inzwischen vielleicht gerne eine Tasse Kaffee?«

»Nein, danke, Madam.« Walnikow stand inzwischen in dem geräumigen Foyer.

»Oder vielleicht einen Tee?«

»Oh, gegen einen Tee hätte ich nichts einzuwenden. Vielen Dank.«

»Ich habe Ihnen zu danken, Sergeant. Bitte setzen Sie sich doch, und entschuldigen Sie mich bitte einen Augenblick.«

»Ich hoffe nur, daß wir Ihnen helfen können«, murmelte Walnikow. Seine Blicke wanderten über den herrlichen Steinfußboden, der sicher schon fünfzig Jahre alt war, als den Handwerkern ihre Arbeit noch etwas bedeutet hatte. Und an der Balkendecke fiel ihm etwas auf, was er noch nie zuvor gesehen hatte: Die Zwischenbretter waren in orientalischen Mustern und mit mexikanischen Farben bemalt. Noch in keinem Wohnhaus hatte er eine so schöne Decke gesehen. Und das Ganze war mit nichts anderem als Leinöl eingelassen. Da war ein zurückversetzter Wohnraum aus der Zeit, als die südkalifornische Architektur in Pasadena und Beverly Hills ihre Blütezeit gehabt hatte. Die Fenster waren zu klein, wie es damals Mode war. Aber sie waren bleiverglast und hatten Rahmen aus Mahagony. 1927 hatte man noch größeren Wert auf Abgeschiedenheit gelegt als auf eine gute Aussicht. Auf der Talseite waren die Fenster im Lauf der Jahre sowieso vergrößert worden, und man hatte einen herrlichen Panoramablick auf die Rose Bowl und das Vista del Royal Hotel, das in der untergehenden Sonne lila und mattgolden schimmerte. Und im Vordergrund die berüchtigte Selbstmörderbrücke, von der sich schon so manche gemarterte Seele vor dem Hintergrund der bezaubernden San Gabriel Berge in den Tod gestürzt hatte. Und überall leuchtete zwischen den von Fichten und Kamelien bestandenen Hügeln das strahlende Weiß der zahlreichen alten Herrschaftshäuser hervor.

Als Madeline Whitfield zurückkam, war ihr Gesicht noch feucht, wo sie sich ihre geschwollenen Augen mit einem feuchten Tuch abgetupft hatte. Sie trug ein Tablett mit einem silbernen Teeservice, das ihre Großmutter zur Hochzeit bekommen hatte. Dies war eines von den wenigen Familienstücken, die ihr noch geblieben waren.

»Hier herein, bitte«, forderte sie Walnikow auf und stellte das Tablett auf dem Tisch in der Bibliothek ab. Es war eine sehr maskuline, schwere und düstere Bibliothek, die nur spärlich möbliert war. Sie war sich im klaren, welchen Eindruck dieser Raum auf den Detektiv machen mußte.

»Ein herrliches altes Haus, nicht wahr?«

»Allerdings«, nickte Walnikow. Er wünschte, Natalie wäre hier gewesen, damit auch sie diese Pracht hätte sehen können.

»Ich habe keine Angestellten, nur ein Mädchen, das mir zweimal wöchentlich halbtags hilft.«

Kein livrierter Butler? Kein Dienstmädchen? Kein Gärtner?

Sie konnte seine Gedanken lesen und lächelte: »Ich bin am Ende, Sergeant. Noch nicht ganz, aber fast. Und ich könnte diesen Unmenschen unmöglich bezahlen, selbst wenn ich wollte. Und ich *will* ihn bezahlen. Aber ich kann es nicht. Deshalb habe ich auch keine andere Wahl, als die Polizei um Hilfe zu bitten.«

»Es tut mir leid, daß Sie finanziell so schlecht stehen, und es tut mir natürlich auch leid, daß Sie in diese schreckliche Situation geraten sind. Aber ich bin doch froh, daß Sie die Polizei verständigt haben. Ich trinke meinen Tee ohne alles, danke.«

»Sie glauben gar nicht, hinter wie vielen dieser elegant geschwungenen Auffahrten und Eichentüren es ähnlich aussieht, Sergeant«, erzählte Madeline weiter. »Nichts vom Glanz althergebrachten Reichtums. Nur Leute wie ich, die sich eben noch so über Wasser halten.«

»Tatsächlich, Madam?« erwiderte Walnikow und trank geräuschlos seinen Tee.

Die Dämmerung brach rasch herein. Es war bereits zwanzig Minuten nach sechs Uhr. »Würde es Ihnen etwas ausmachen, wenn ich das Licht noch nicht anmache?« fragte Madeline. »Ich habe schreckliche Kopfschmerzen, und die Dunkelheit hilft mir dabei manchmal.«

»Aber selbstverständlich habe ich nichts dagegen, Mrs. Whitfield. Mir geht es da ähnlich.«

»Was soll ich denn eigentlich sagen, wenn er wieder anruft?«

»Wenn ich das nur wüßte, Mrs. Whitfield. Das hängt ganz vom Erpresser ab. Lassen Sie ihn einfach nur reden. Die Hauptsache ist, daß wir beide gleichzeitig den Hörer abnehmen und Sie ihn mindestens noch einmal einen Tag hinhalten können.«

»Soll ich ihm eigentlich erzählen, daß der Schnauzer tot ist?«

»Nein. Ich glaube, besser nicht.«

»Warum?«

»Es geht nicht darum, daß wir *ihm* irgendwelche Informationen geben. Lieber soll er *uns* Informationen geben.«

»Soll ich ihm die fünfundachtzigtausend für morgen versprechen?«

»Ich glaube nicht«, riet ihr Walnikow. »Sagen Sie ihm nur, daß für morgen die Aussichten besser stehen. Daß Sie das Geld bald bekommen werden. Wir brauchen etwas Zeit, um etwas unternehmen zu können.«

»Natürlich. Ich habe mir schon die ganze Zeit den Kopf zerbrochen. Ich denke schon, daß ich noch ein paar tausend mehr auftreiben kann. Ich denke, daß ich bis morgen nachmittag siebzehntausend habe.«

»Ich fände es aber besser, wenn Sie gar nichts zahlen würden, Mrs. Whitfield, obwohl ich diese Entscheidung natürlich letztendlich Ihnen überlassen muß.«

»Vickie ist wie ein Kind für mich, Sergeant. Sehen Sie sich doch um hier. Ich lebe völlig allein in diesem Haus. Ich habe nur Vickie.«

»Sie leben allein hier. Ja. Ich kann verstehen, wie Ihnen zumute ist. Ja, das kann ich, glaube ich, wirklich.«

»Ich begreife einfach nicht, wie das alles dieser Frau, der ihr Hund aus dem Restaurant gestohlen wurde, so völlig gleichgültig sein kann. Hat sie denn eine große Familie?«

»Das bezweifle ich«, erwiderte Walnikow und nippte an seinem Tee. »Sie sagte, sie wäre sechsundsiebzig.«

»Und sie macht sich wegen ihres herrlichen Schnauzers keine Sorgen? Hat sie denn noch andere Haustiere?«

»Man könnte es vielleicht so nennen, ja«, entgegnete Walnikow errötend.

»Erst war Vickie für mich auch nur ein Haustier. Ich habe mich einsam gefühlt. Und dann haben mir verschiedene Leute, die sich mit so etwas auskennen, gesagt, was für ein außergewöhnlicher Hund sie ist. Und dadurch habe ich begonnen, sie auf Ausstellungen vorzuführen. Für mich war das eine völlig neue Welt. Die Wettbewerbe. Die Partys. Die Preise. Einmal war sogar ein Foto von uns in der *Times*. Wissen Sie, Vickie hat mein Leben enorm bereichert.«

»Ich verstehe, Madam.«

»Und sie ist wirklich wie mein ... ich weiß, das klingt komisch ... wie mein Kind. Dieser Mann hat gesagt, er ... er würde ihr eine Zehe abschneiden. Vielleicht ist er im Moment gerade dabei.«

»Das glaube ich nicht, Madam«, beruhigte sie nun Walnikow.

»Am Telefon klang er aber ganz so, als meinte er es ernst«, fing Madeline zu schluchzen an. »Er klang so böse. Ich weiß nicht. Ich habe so eine schreckliche Vorahnung von diesem Mann, wie er Vickie auf einem Tisch festhält. Mit einem Messer!«

Ein Messer. Walnikow war plötzlich mit seinen Gedanken ganz woanders. Er ließ sich einfach treiben. Da war es! Ein kleiner Schnauzer. Die großen, kräftigen Hände des Jägers. Nein! Der *Erpresser* mit einem Messer. Er machte sich gerade daran, den kleinen Hund auszunehmen. Das Bild war im Dunkel deutlich erkennbar. Nur das Mondlicht erhellte die Szenerie ganz schwach, und fast konnte er den Arzt in dem blutigen Kittel erkennen, der dem Kaninchen die Kehle durchschnitt. Fast hatte er es! Dann eine Stimme. Walnikows eigene Stimme hatte geschrien, und das Kaninchen hoppelte durch den Schnee davon und entkam.

Zitternd saß der Detektiv auf dem damastbespannten Lehnsessel im Dunkel. Er hatte etwas Tee auf seine Hose verschüttet, was er jedoch nicht merkte. Auch Madeline Whitfield merkte es nicht. Sie lag über das Sofa gebreitet und schluchzte so heftig, daß sie kaum mehr Luft bekam. Dieses mitleiderweckende Schluchzen holte Walnikow aus Sibirien wieder in die Gegenwart zurück.

»Tun Sie sich keinen Zwang an, Mrs. Whitfield«, sprach er begütigend auf sie ein, nachdem sein eigenes Entsetzen nachgelassen hatte. »Weinen Sie sich ruhig aus. Das tut Ihnen gut.«

Madeline Whitfield weinte lange. Jedesmal, wenn sie aufzuhören versuchte, brach sie erneut in Tränen aus. Walnikow saß still in dem dämmrigen Dunkel in seinem einsamen Lehnsessel, umgeben von ledergebundenen Büchern und matt schimmerndem altem Holz. Er betrachtete die auf dem Sofa weinende Frau. Es war lange her, daß er solch leidvolle Geräusche vernommen hatte. Walnikow saß in der brütenden Finsternis und schwor sich, ihren kleinen Hund aufzutreiben. Nichts sollte ihn daran hindern.

Philo Skinner war nicht pünktlich. Er hatte bis sechs Uhr fünfzehn immer noch nicht angerufen. Er war nach Hause gefahren und hatte sich umgezogen. Ohne einen Grund hierfür angeben zu können, hatte er das ausgeprägte Bedürfnis, anständig gekleidet zu sein, während er sein Verbrechen beging. Selbst wenn ihn niemand sah, wollte er doch nicht wie der letzte Penner aussehen. Er wollte nie wieder wie ein Penner aussehen. Als er deshalb den durchnäßten Freizeitanzug auszog, warf er ihn sofort in den Abfalleimer. Als nächstes ging er in den Zwinger zurück, um die Hunde zu füttern. Es wurde immer schwieriger, Mavis vom Zwinger fernzuhalten. Spätestens am nächsten Tag würde sie sicher darauf bestehen, herzukommen; und dann sah sie vielleicht das kleine Schnauzerweibchen. Er mußte unbedingt das Geld bekommen, damit er den Hund noch heute abend los wurde. Und dann fiel es ihm plötzlich ein: Er hatte dieser reichen Schlampe ja gar nicht gesagt, was sie mit Tutu tun sollte. Na ja, wahrscheinlich ging es Tutu in dieser Villa in Pasadena wesentlich besser, als es ihr bei dieser nymphomanischen alten Hexe von Millie Muldoon Gharoujian je gegangen war.

Er fragte sich, ob die gute alte Millie immer noch ihre Macker und diese Kobra – oder war es ein Mungo? – hatte. Zu der Zeit, da sich Millie noch für Hundeausstellungen interessiert hatte, war er einmal etwas zu früh bei ihr aufgetaucht. Die Tür war offengestanden, und da lagen sie – ein Gewirr aus Körpern, die auf Millies Wasserbett genüßlich vor sich hin schnarchten. Das Gewirr setzte sich zusammen aus Millie, zwei oder drei jungen Burschen, einem Leoparden und – Philo traute kaum seinen Augen – so einem gottverdammten kleinen Alligator! Diese perverse, alte Votze!

Walnikow wartete an dem Apparat in der Bibliothek. Madeline hatte sich im Wohnzimmer postiert. Sie hatte inzwischen doch das Licht eingeschaltet, und obwohl sie sichtlich zitterte, hatte sie sich doch unter Kontrolle. Nach dem zweiten Läuten nickte Walnikow, und sie nahmen gleichzeitig den Hörer ab. »Hallo.«

»Richard am Apparat.« Diesmal machte er sich nicht mehr die Mühe, ein Papiertaschentuch um den Hörer zu wickeln. Er telefonierte von der Bar aus, in der er auch das erstemal angerufen hatte. Philo wurde immer frecher – und verzweifelter.

»Ja?« meldete sich Madeline.

»Haben Sie das Geld?«

»Noch nicht alles.«

»Wieviel haben Sie?«

»Morgen werde ich mehr haben.«

»Wieviel haben Sie?«

»Morgen werde ich siebzehn ... nein«, log sie, »morgen werde ich zwanzigtausend haben.«

»Sie miese Votze!« kreischte Philo. »Sie schulden mir fünfundachtzigtausend. Sie stinkende, miese Votze!«

»Richard, bitte, warten Sie!« In Walnikows Anwesenheit fiel ihr alles wesentlich leichter. Sie hatte nicht mehr so viel Angst vor dem Erpresser.

»Nichts da mit Richard, Sie Votze«, knurrte Philo. »Mit mir können Sie das nicht machen. Nicht, wenn Sie Ihren Hund lebend wiedersehen wollen. Ich habe es satt, mich von Ihnen an der Nase herumführen zu lassen. Ich war schon die ganze Zeit viel zu gutmütig mit Ihnen, das ist das Problem. Also nichts mehr von wegen diesem stinkfreundlichen Getue.«

»Bitte Richard, zwanzigtausend Dollar sind eine Menge Geld. So viel kann ich bis morgen beschaffen. Das ist doch wirklich eine Menge Geld, Richard.«

Für einen Moment wurde es still in der Leitung. Zwanzigtausend. Aber er schuldete Arnold ja bereits 15 200 Dollar, und morgen würden es noch einmal hundert mehr sein. Puerto Vallarta auf Lebzeiten, und das mit fünftausend Dollar? Sagte sie tatsächlich die Wahrheit? Aber wie hätte das sein können? Bei dieser Villa, in der sie wohnte? Sie mußte das Geld doch haben, diese Votze!

»Ich hole jetzt Ihren Hund«, drohte er schließlich. »Und in fünf Minuten rufe ich Sie noch einmal an. Und dann schneide ich Ihrer Vickie eine Zehe ab, während Sie zuhören können, wie sie jault. Was halten Sie davon?«

Madeline fiel fast der Hörer aus der Hand. Fast wäre sie zu Boden gesunken. Aber statt dessen sah sie zu Walnikow hinüber, der nur langsam den Kopf schüttelte. Der untersetzte Detektiv stand da wie ein Fels, das zimtfarbene Haar zerzaust, die Krawatte schief. Ein vornüber geneigter Mann, der vielleicht sein ganzes Leben lang nicht aufrecht gestanden war. Aber er hatte ein breites, erdiges, zuversichtliches Gesicht. Und er richtete sie auf, indem er nur langsam seinen Kopf schüttelte und ihr damit zu verstehen gab, sie sollte nicht nachgeben. Und sie gab nicht nach.

»Damit werden Sie nicht weit kommen, Richard«, konterte sie. Dabei klang ihre Stimme so fest und beherrscht, daß sie selbst überrascht war. »Wenn Sie Vickie etwas tun, wird sie bei einem Wettbewerb keine Chance mehr haben. Und das ist das einzige, was mich interessiert. Wissen Sie, ich bin nur daran interessiert, sie auf Ausstellungen zu zeigen und zu gewinnen. Aber mit einer fehlenden Zehe hat sie für mich absolut keinen Wert mehr. Tun Sie ihr irgend etwas an, und sie ist absolut nichts mehr wert.« Es kostete sie ihre letzten Kraftreserven, dieses Spiel bis zum Ende durchzuhalten. Sie hatte die Augen geschlossen. Als sie sie wieder aufschlug, nickte ihr Walnikow zu. Er schien stolz auf sie zu sein.

Philo war völlig außer sich. Er fing so laut zu brüllen an, daß der Barkeeper hinter dem Tresen hervorkam und gegen die Tür der Telefonzelle klopfte: »Reißen Sie sich gefälligst ein bißchen zusammen! Wir haben auch ein paar Damen als Gäste! Also halten Sie gefälligst Ihre Zunge in Zaum, ja!«

Und Philo wollte schon fast auf den Barkeeper losgehen, als ihm gerade noch rechtzeitig einfiel, wie es ihm vor kurzem ergangen war, als er sich in einer Telefonzelle nicht zu benehmen gewußt hatte. Also biß er sich auf die Lippe und hielt den Mund. Als er schließlich wieder an den Apparat kam, sagte er: »Morgen abend um dieselbe Zeit haben Sie fünfunddreißigtausend für mich. *Fünfunddreißigtausend!* Haben Sie mich verstanden? Und das ist mein letztes Angebot. Ich rufe Sie morgen abend um sechs Uhr an, und dann will ich von Ihnen hören, daß Sie das Geld haben, oder Ihr Hund wird dranglauben müssen. Ich habe zwar noch nie einem Tier etwas zuleide getan, aber ich verspreche Ihnen, daß ich bei ihrer Hündin zum erstenmal eine Ausnahme machen werde, wenn Sie nicht bis morgen abend mit der Knete anrücken.«

»Also gut, Richard, ich werde das Geld besorgen. Wiedersehen.« Damit hängte sie auf, ging in die Bibliothek zurück, warf sich dort auf die Couch und weinte.

Walnikow saß ruhig da und ließ sie weinen. Ab und zu blinzelte er geduldig.

Nach einiger Zeit stotterte sie schließlich los. »Ich ... ich habe ver ... versucht, einen ... Job zu bekommen. Ich habe noch nie ... gearbeitet. Dieses Haus ... dieses ... in einem Jahr spätestens werde ich ausziehen müssen. Mein Treuhand ... mein Treuhandfonds ... reicht gerade noch so lange. Aber ich kriege es nicht zusammen! Ich würde ihm alles geben. Aber ich kriege es nicht zusammen. Ich mußte gerichtliche Maßnahmen ergreifen, um ... um für meine Mutter ... an das Geld heranzukommen ... für die Krankenhauskosten. Für ihr Begräbnis. Ich kriege es ...«

»Ist doch schon gut, Mrs. Whitfield«, versuchte Walnikow sie mit einem tiefen Seufzer zu trösten. Seine Augen waren rot und traurig. »Beruhigen Sie sich erst einmal wieder.«

»Wie bekommt man denn einen Job, Sergeant? Können ... können Sie mir das nicht sagen? Wo ... was soll ich ... was ...«

»Ist doch schon gut, Mrs. Whitfield«, redete Walnikow leise auf sie ein.

Dann schaltete er das Licht aus, schlurfte wieder zur Couch zurück und setzte sich. Er klopfte ihr sanft auf den Rücken. Ist doch schon gut, Mrs. Whitfield, ist doch schon gut.

Erst spürte sie seine Hand gar nicht, obwohl es eine kräftige Hand war. Und als ihr dann bewußt wurde, was mit ihr geschah, setzte sie sich auf, ohne jedoch ihre Tränen stoppen zu können.

Dann legte Walnikow seinen Arm um sie, was sie leicht erschreckte. Sie konnte jedoch trotzdem nicht zu weinen aufhören. Als nächstes legte Walnikow beide Arme um sie, so daß sie an seiner Brust weinte. Er klopfte ihr weiterhin relativ kräftig auf den Rücken, als wollte er sie zum Aufstoßen bringen. Als ihre Anspannung allmählich nachließ, wurde auch sein Klopfen sanfter. Er hielt sie, wiegte sie und tätschelte ihr immer sanfter den Rücken, bis sie schließlich wieder zu Atem kam.

Dann legte sie Walnikow beide Arme um den Hals und saß leise weinend im Dunkel. Walnikow wirkte fast genauso betrübt wie sie. Ist doch schon gut, Mrs. Whitfield. Ist doch schon gut.

Und dann begann Walnikow instinktiv, Madeline Whitfield auf ihre salzige Wange zu küssen. Ist doch schon gut, ist doch schon gut. Und sie klammerte sich fester an seinen Hals und ließ ihn gewähren.

Natürlich konnte Walnikow nicht wissen, daß diese Frau fünf Jahre keinen männlichen Körper mehr gespürt hatte. Er selbst war sich nur vage bewußt, daß er seit Thanksgiving keine Frau mehr gespürt hatte, als er sich in einer Bar in Chinatown betrunken an eine Sekretärin von der Polizei-Akademie angemacht hatte. Madeline wandte ihr tränenüberströmtes Gesicht dem Detektiv zu und küßte ihn auf den Mund. Walnikow erwiderte ihre Zärtlichkeiten. Und dann tasteten sie im Dunkel auf dem Damastsofa herum, und sie flüsterte: »Sergeant, Sergeant!« Und Walnikow erwiderte: »Mrs. Whitfield, Mrs. Whitfield!«

»Sergeant! Ach, Sergeant!« wiederholte sie schluchzend.

»Mrs. Whitfield«, flüsterte er. »Ich werde Ihren Hund finden. Das schwöre ich Ihnen!«

»Sergeant!« Madelines Stimme zitterte, und sie löste seinen Gürtel.

Als Walnikow eine Stunde später ging, war er voller Mitleid für diese Frau. Zum erstenmal seit Tagen schlief sie ruhig und fest in ihrem Bett. Er drehte sich in der Tür noch einmal um, um ihren nackten Körper zu betrachten. Sie war eine schöne Frau. Er wünschte ihr, daß sie jemanden fand, der sein Leben mit ihr teilte. Sie brauchte jemanden, um den sie sich kümmern konnte. Sie brauchte eine sinnvolle Beschäftigung.

Walnikow fuhr nach Hause und erneuerte, bevor er schlafen ging, seinen Schwur, den Hund dieser einsamen Frau zu finden. Dann schlief er ein und träumte von dem Kaninchen.

11. KAPITEL

Der Hundeliebhaber

Walnikow fühlte sich sehr eigenartig, als er am Mittwochmorgen aufwachte. Erst wußte er nicht, was es war. Er stand auf, kochte Tee, fütterte Mischa und Grischa und säuberte ihren Käfig. Er holte die Zeitung und setzte sich, um sie zu lesen. Dann sah er sich in seiner Junggesellenwohnung um. Nichts hatte sich verändert. Da war immer noch dieselbe Wäscheleine, die von Mischas und Grischas Käfig zu dem Nagel über der Tür führte. Immer noch baumelten ein paar Socken und Unterhosen davon herab. In der Spüle war immer noch der Stapel schmutzigen Geschirrs, von dem er jeweils einen Teller wusch, wenn er gerade hungrig war. Da waren immer noch die Platten und Plattenhüllen, die über die ganze Wohnung verstreut herumlagen. Aber irgend etwas war verändert. Und dann dämmerte es ihm. Da war weder auf dem Küchentisch noch auf dem walnußfurnierten Couchtisch eine leere Flasche Stolitschnaja. Und dieser Umstand half ihm auch auf die Sprünge, was an diesem Morgen so anders war als sonst: Er hatte keinen Kater!

Er hatte gearbeitet und Madeline Whitfield bis Mitternacht Gesellschaft geleistet. Dann war er nach Hause gekommen und war zu Bett gegangen. Er hatte kein einziges Glas Wodka getrunken. Enorm! Er stand auf, ging ins Bad und zog zwei Handtücher von dem Metallbügel, der neben dem Spiegelschränkchen über dem Waschbecken angebracht war. Er begutachtete seine Augen. Sie waren zwar leicht gerötet, aber *trocken*. Er sah gut aus. Er fühlte sich gut. Das feierte er mit einer Portion Rühreier mit Roggentoast. Er trank drei Tassen Tee und ein Glas Orangensaft. Dann duschte er und bügelte ein sauberes Hemd. Sorgfältig band er sich seine Krawatte, so daß der Kragenknopf nicht zu sehen war. Er machte sich etwas Haarwasser auf den Kopf und kämmte sich, sorgfältig darauf bedacht, einen geraden Scheitel hinzukriegen.

Er fühlte sich wie ein neuer Mensch, als er außer Haus ging.

Er konnte es gar nicht erwarten, Natalie alles zu erzählen. Sie würden einen *Verbrecher* fangen.

Als Walnikow auf der Polizeistation ankam, spitzte sich dort die Lage gerade bedenklich zu. Bullets Bambarella hatte während der letzten zwei Tage aufgrund seiner Wetten mit Montezuma Montez einen halben Monatsgehalt verloren. Abgesehen davon hatte er eine nicht sonderlich erfreuliche Nacht mit einem Polizeigroupie aus der Innenstadt hinter sich.

Bullets hatte gerade Clarence Cromwell am Schreibtisch der Einbruchsabteilung in die Enge getrieben, als sich Walnikow eine Tasse Tee holte. Bullets erzählte gerade: ». . . ich nehme diese Alte also mit nach Hause. Kennst du die eigentlich, Clarence?«

»Ja, sicher. Sie arbeitet im Büro des D.A.«, seufzte Clarence. Alle diese jungen Spritzer hatten Schwierigkeiten mit den Frauen, und wer sollte sich dann all das Leid anhören? Clarence Cromwell natürlich, wer denn sonst. »Hör mal, Bullets, sehe ich aus wie so ne Art Frau Herta der Hollywood Division, oder was soll das Ganze eigentlich!«

»Aber laß mich doch erst einmal ausreden, Clarence! Die hat sie nicht alle. Das ist vielleicht eine Torte, das kann ich dir sagen. Spielt die doch dauernd an ihrer Klit rum, während ich auf ihr rumschnuppere. Kannst du dir das vorstellen? Und dann – das ist noch nicht alles – fängt sie auch noch an, an ihren eigenen Riesentitten rumzulutschen! Sage ich also zu ihr: ›Hey, wozu brauchst du eigentlich mich noch?‹ Und darauf sie: ›Wenn ich mir's so recht überlege, du Armleuchter, eigentlich überhaupt nicht.‹«

»Tja, das ist natürlich höchst interessant, Bullets. Ich meine, es gibt natürlich nichts, das ich lieber täte, als mich über dein Liebesleben zu unterhalten, aber . . .«

»Und dann habe ich es einfach getan!«

Plötzlich zuckte der verärgerte schwarze Detektiv sichtlich zusammen und fragte mit einemmal wirklich interessiert: »Was hast du getan?«

»Ach, eigentlich nichts. Ich bin einfach nur ausgeflippt. Ich hab' sie in den Swimming-pool geworfen, sonst nichts.«

»Gütiger Gott! Einen Moment hast du mir wirklich einen ganz schönen Schreck eingejagt. Du weißt ja, daß ich dich inzwischen unmöglich wieder decken kann, wenn du irgend etwas ausfrißt. Ist dir das eigentlich klar, Bullets?«

»Ich weiß, Clarence. Ich wollte dir nur erzählen, wie es war.«

»So schlimm kann sie doch gar nicht gewesen sein, wenn du sie nur in den Swimming-pool geworfen hast.«

»Oh, vielen Dank für dein Verständnis, Clarence«, zischte Bullets leise zurück.

»In Hollywood laufen ja sowieso nur blöde Schicksen rum«, schaltete sich Montezuma Montez in die Unterhaltung der beiden ein. »Drüben in Ost-L.A. nimmst du dir so eine kleine Mexikanerin, und dann kaufst du dir ein paar Flaschen Bier und machst dir in irgendeinem Autokino einen richtig altmodischen, gemütlichen Abend. Hier in Hollywood kannst du erst einmal dreißig Eier für irgend so ein lausiges Abendessen auf den Tisch blättern, damit sie dich überhaupt mal ansieht, und dann darfst du dir in irgendeinem Kostümverleih ne Werwolfmaske ausleihen und die Nacht damit verbringen, sich mit lebenden kleinen Kätzchen gegenseitig einen über die Rübe zu ziehen. Ich würde mich liebend gern wieder zu Hollenbeck versetzen lassen.«

Aber Bullets war streitlustiger denn je. »Ja, das sieht dir ähnlich«, knurrte er Montezuma an. »Bei diesen mexikanischen Schicksen brauchst du nur das falsche Loch zu erwischen, und schon holst du dir ein paar anständige Blasen auf deinem Pimmel – bei den Chili-Mengen, die die immer verdrücken. Da sind mir die Hollywood-Weiber doch noch zehnmal lieber.«

»Ach ja?« schoß Montezuma zurück. »Dann laß dir doch mal von dieser *Hollywood-Dame* erzählen, die ich vor ein paar Tagen aufgerissen habe. Sie hat gemeint, sie wäre aus Venice. Aber nicht Venice in Kalifornien. Venice, Venedig, in *Italien*. Und dann saß ihr kleiner, zweijähriger Spumoni-Lutscher im *Auto*, als ich sie vom Tennisspielen abgeholt habe.«

»Das ist doch eine ganz primitive Lüge«, schoß Bullets Bambarella zurück, bis es Clarence Cromwell schließlich zu dumm wurde: »Jetzt haltet endlich die Klappe, ihr zwei!«

»Es *muß* doch eine Lüge sein, Clarence«, warf Bullets ein. »Oder kannst du dir vorstellen, ein Mexikaner kann Tennis spielen?«

»Besser als jeder lausige Itaker immer noch, den ich bis jetzt gesehen habe«, verteidigte sich Montezuma Montez.

Darauf wandte Bullets sich wieder Montezuma zu. »Ich habe in meinem Leben noch kein einzigesmal Tennis gespielt, aber gegen dich würde ich immer noch gewinnen.«

»Dich schlage ich doch mit links«, konterte Montezuma Montez.

»Angenommen, du Saftsack!« triumphierte Bullets, während Montezuma plötzlich vierzig gepumpte Dollar vor sich auf dem Schreibtisch liegen sah und bereits dachte, er wäre diesmal zu weit gegangen.

Und dann segelten die Geldscheine nur so durch den Bereitschaftsraum, während der Lieutenant vergeblich etwas winselte, von wegen das Abschließen von Wetten im Dienst sei verboten. Als nächstes schossen vier Dienstwagen voller Detektive auf den Sportplatz der Hollywood High School davon, um ein bizarres Tennismatch zwischen zwei bulligen Detektiven in Anzug und Krawatte und Socken zu inszenieren, wobei der eine der beiden Kontrahenten auch noch mit dem falschen Arm spielte.

Natalie Zimmerman, die an diesem Tag einen neuen, an der Seite plissierten Rock und eine dazu passende Strickjacke trug, kam fünf Minuten zu spät zum Dienst und wurde von der stampfenden Meute, die gerade wegen besagten Tennismatchs aus der Polizeistation stürmte, um ein Haar niedergewalzt.

Zu Natalies Erleichterung hatte sich auch Hipless Hooker verspätet. Heute würde sie sich nicht unterkriegen lassen. Sie würde ihm sogar an seine gottverdammte Gurgel gehen, wenn er sie dazu zwang. Und vor allem würde sie ihn in sein Büro schleppen und sofort einen Stuhl unter die Türklinke klemmen, um sich Clarence Cromwell vom Leibe zu halten. Und dann würden sie sich über Walnikow unterhalten.

Sie war aus keinem anderen Grund zu spät gekommen, als daß sie die Nacht zuvor nur drei Stunden geschlafen hatte, nachdem Captain Jack Packerton alle zwei Stunden über sie hergefallen war, um ihr zu beweisen, daß er mit seinen vierzig Jahren noch keineswegs zum alten Eisen gehörte. Am liebsten hätte sie ihm gesagt, sie hätte ein für allemal genug von diesen gemeinsamen Abenden, beziehungsweise Nächten, solange er sich nicht eingestand, daß er nun eben einmal in die mittleren Jahre kam. Und natürlich hatte er die ganze Zeit nicht gewußt, daß Natalie Zimmerman durchaus von ähnlichen Ängsten geplagt wurde, daß sie nämlich die letzten *fünf* Male keinen Orgasmus bekommen hatte.

Was soll das Ganze eigentlich, Jack? Ziehen wir doch einfach zusammen. Ich bin zweimal geschieden, und weshalb sollte ich jetzt ... Zusammenziehen? Natalie, du hast vielleicht vergessen, daß ich Captain bin! Hast du denn nicht Deputy Chief Digby Bates' letztes Rundschreiben hinsichtlich der moralischen Aufrüstung gelesen? Bist du dir überhaupt bewußt, welche Folgen es für einen Captain haben könnte, wenn sich herausstellt, daß er in wilder Ehe lebt? Herr im Himmel, lieber riskiere ich eine weitere Scheidung, als dem ins Auge zu sehen. Bist du dir eigentlich bewußt, daß ich durchaus berechtigte Aussichten auf den Posten eines Deputy Chief habe? Was hast du also mit meiner Karriere vor? Zusammenziehen? Ohne kirchliche Sanktionierung? ICH MÖCHTE DEPUTY CHIEF WERDEN!

Und sie wollte nichts weiter sein als eine Inspektorin, Rangstufe III, die sich nicht allein fühlte und ab und zu vielleicht auch zu dem einen oder anderen Orgasmus kam. Momentan war sie noch Inspektorin, Rangstufe II, und hatte schon einige Zeit keinen Orgasmus mehr gehabt. Außerdem hatte sie einen Verrückten als Partner, und momentan bestand noch keine Aussicht auf Besserung ihrer Lage.

Das alles erzählte sie stillschweigend ihrer widerspenstigen Haarlocke, als Walnikow eine Tasse Kaffee vor sie stellte. Aus irgendeinem Grund wirkte er heute richtig adrett. Wer hatte da etwas von ihrem sprichwörtlichen Glück gesagt. Genau an dem Tag, den sie dazu ausersehen hatte, ihm endgültig das Handwerk zu legen, kam Walnikow richtig geschniegelt – er hatte sich sogar gekämmt – zum Dienst. Aber letztlich war es doch völlig egal, ob er nun wie ein Verrückter aussah oder nicht. Wenn man nur seine wunden Punkte antippte, konnte er niemanden mehr täuschen. Erzählen Sie doch von Ihrem Traum, Walnikow. Ist das Bugs Bunny? Oder der Osterhase? Erzählen Sie doch von diesem Kaninchen, das Sie immer zum Weinen bringt. Mein Gott, er lächelte wieder dieses entwaffnende kindliche Lächeln.

»Heute haben wir einen richtigen Fall zu bearbeiten, Natalie«, erzählte er ihr aufgekratzt. »Möchten Sie etwas Sahne oder Zucker?«

»Nein.«

»Ich habe eben Clarence alles erzählt.«

Als er seinen Namen hörte, kam Clarence Cromwell zu ihnen herüber und setzte sich auf Walnikows Schreibtisch. »Mockett hätte gerne gewußt, ob du dir für gestern abend Überstunden eintragen lassen willst?«

»Nein«, erwiderte Walnikow.

»Na gut, das wird ihn sicher freuen. Ich werde dafür sorgen, daß für heute und vielleicht auch morgen Max Haffenkamp deine Arbeit übernimmt. Vielleicht komme ich sogar selbst mit und helfe ihm. Aber mehr ist auf keinen Fall drin. Schließlich können wir aus dieser Erpressung kein Riesending machen.«

»Was für eine Erpressung?« merkte Natalie plötzlich auf.

»Ich werde Ihnen gleich alles Nähere darüber erzählen«, erbot sich Walnikow. »Es geht dabei um eine ganz schöne Stange Geld. Fünfundachtzigtausend Dollar.«

»Ja, aber für einen Hund, Wal. Vergiß das nicht. Alles nur wegen so eines gottverdammten, verhätschelten kleinen Schoßhündchens.«

»Ich bin dir sehr dankbar, daß du mir meine regulären Fälle abnimmst, Clarence«, wandte Walnikow sich wieder dem schwarzen Detektiv zu. Zu ihrem Entsetzen mußte Natalie feststellen, daß heute selbst seine blauen Augen kein bißchen trüb waren.

»Zuerst mußt du aber auf jeden Fall sicherstellen, daß der tote Hund auch tatsächlich der aus dem Brown Derby ist«, schärfte Clarence Walnikow ein. »Das hat Mockett ausdrücklich verlangt. Schau also mal in diesem Tierbestattungsinstitut vorbei, ob sie dort den Hund noch irgendwo herumliegen haben. Und dann sorg dafür, daß diese Alte aus Trousdale ... wie heißt sie doch gleich wieder?«

»Millie Gharoujian.«

»Ja, sieh zu, daß sie oder sonst irgend jemand den toten Hund identifiziert. Und wenn es nicht der aus dem Brown Derby ist, dann übergib den Fall auf der Stelle der Southwest Division oder der Polizei von Pasadena. Ausdrücklicher Befehl von Mockett. Übrigens der erste, den er diesen Monat gegeben hat. Das heißt ja direkt, daß wir ihn uns ein bißchen bei Laune halten müssen.«

»In Ordnung, Clarence, und noch mal vielen Dank«, nickte Walnikow, und dann an Natalie gewandt: »Los, gehen wir!«

»Halt, einen Augenblick noch.« Sie wischte sich mit einer heftigen Handbewegung ihre Locke aus der Stirn. »Wo ist der Captain, Clarence? Ich muß ihn unbedingt sprechen, und ich werde mich nicht von der Stelle rühren, bis ich das nicht getan habe!«

»Verdammt noch mal, Natalie!« schimpfte Clarence und stemmte im Aufstehen die Fäuste in die Hüften. Die beiden Magnums baumelten impotent zu beiden Seiten seines mächtigen Brustkastens herab.

»Was verdammt noch mal?« knurrte sie zurück. Ein schwarzer General Patton!

»Ist es immer noch wegen dieser selben Sache, wegen der Sie uns schon seit drei Tagen in den Ohren liegen?«

»Allerdings. Genau deswegen.« Dabei sah sie unwillkürlich Walnikow an, der sich, zu höflich, um ihre Unterhaltung zu belauschen, mit dem riesigen Stapel von Einbruchsmeldungen auf seinem Schreibtisch beschäftigte.

»Können Sie sich denn nicht wenigstens noch ein paar Tage Zeit lassen, Natalie«, schnaubte Clarence. »Sie haben da eben einen Erpressungsfall, und jetzt wollen Sie schon wieder ...«

Er wurde unterbrochen, da Natalie plötzlich aufsprang. Der Grund hierfür war Hipless Hooker, der durch die Tür geschossen kam und quer durch den Bereitschaftsraum hetzte. Er hielt sich seinen Bauch und wurde von einer jungen Frau in einem gelben Hosenanzug und einem Gips um den Hals verfolgt, deren Gang an einen Roboter erinnerte.

»Clarence!« heulte Hooker, aber Natalie Zimmerman schaffte es vor Clarence in das Büro des Captains.

»Ich muß endlich einmal mit Ihnen sprechen, Captain!« forderte Natalie forsch.

»Nicht jetzt, Natalie«, wehrte Hooker ab. »Clarence, diese Dame hat an der Rezeption auf mich gewartet, als ich hereinkam. Sie behauptet, gestern abend mit Bullets Bambarella verabredet gewesen zu sein. Sie arbeitet bei der Staatsanwaltschaft, und sie will uns auf eine halbe Million Dollar verklagen!«

»Gehen wir doch erst mal nach drinnen und beruhigen uns«, schlug Clarence vor und lächelte die Frau mit dem Gips um den Hals galant an.

»Bullets hat mir bereits alles erzählt, Miß«, redete Clarence begütigend auf sie ein, »aber ich wußte nicht, daß er Sie verletzt hat. Er sagte nur, er hätte Sie in einen Swimming-pool gestoßen.«

»Das hat er allerdings!« platzte Hooker heraus. »Aber ihre Wohnung liegt im zweiten Stock!«

»Ich habe diesen Dreckskerl maustot an der Leine«, zischte die junge Frau. »Und Bullets wird mir nicht ungeschoren davonkommen, das kann ich Ihnen versprechen.«

»Aaaaaaaauuuuuuu, mein Bauch«, stöhnte Hooker plötzlich los.

»Und außerdem hatte ich eine teure Armbanduhr um und habe meine Kontaktlinsen getragen«, beschwerte sich das Mädchen weiter und nahm vorsichtig Platz.

»Na ja, ich denke, irgendwie wird sich das Ganze schon bereinigen lassen«, brummte Clarence und schloß vor Natalies Nase die Tür zu Hookers Büro. »Sie müssen wissen, daß Bullets sehr viel an Ihnen gelegen ist. Das hat er mir selbst gesagt.«

Allmählich kam das alles Natalie wie ein Traum vor. Das Schicksal und Bullets Bambarella hatten sich offensichtlich zusammengetan, um Walnikow vor dem sicheren Untergang zu bewahren. Und nun fuhren sie also nach Trousdale Estates hinauf, von wo aus man ganz Hollywood und Beverly Hills überblicken konnte. Natalie Zimmerman fing bereits an zu glauben, sie würde diesen Mann neben ihr, der gerade wieder einmal volle zwanzig Stundenkilometer fuhr, nie mehr loswerden.

»Schön ist es hier oben über dem Smog, nicht?« stellte er mit einem freundlichen Lächeln fest, während Natalie rauchend neben ihm saß und über Sex ohne Orgasmus nachdachte. Und über den Schwarzen Peter.

»Ja, herrlich.«

»Mrs. Gharoujian muß sehr reich sein.«

»Allmächtiger!« platzte Natalie heraus, als sie durch den Anblick von Millie Muldoon Gharoujians gegenwärtiger Bleibe aus ihren Träumen gerissen wurde. Der Prachtbau lag am Ende einer Sackgasse an einem Hügelabhang, von wo aus man ganz Bagdad überblicken konnte. In der Auffahrt stand ein Rolls Royce Silver Shadow geparkt. Der Chauffeur trug eine schwarze Mütze und saß im Wagen. Er war neunzehn Jahre alt und hatte schulterlanges, blondes Haar, das fröhlich unter seiner Mütze hervorwucherte. Er stieg aus dem Wagen, als Walnikow vor dem Tor hielt.

Der Detektiv reckte seine Dienstmarke aus dem Fenster, worauf der Chauffeur nickte und das Tor öffnete. Im Zentrum des Halbkreises, den die Auffahrt beschrieb, befand sich ein Granitbrunnen. In seiner Mitte stand eine Gipsskulptur eines David. Mit einer Erektion. Aus der Erektion ergoß sich ein Wasserstrahl. Im Becken selbst räkelte sich eine Boa constrictor. Sie rieb ihre Schuppen an dem harten Granit und bräunte sich in der Sonne. Millie Muldoon Gharoujian heißt Sie willkommen.

Als Natalie auf den Klingelknopf drückte, ertönte im Innern ein Motiv aus ›Roll Out the Barrel‹. Darauf wurde die Tür geöffnet – von einem Hausboy mit einer Siebzig-Zentimeter-Taille und einem halben Meter Armumfang. Der Hausboy war schätzungsweise achtzehn Jahre alt und ein aussichtsreicher Bewerber auf den Titel des Mr. California.

»Mrs. Gharoujian erwartet Sie bereits«, ließ er sie ein. Er führte sie in den Wohnraum, von dem man auf den freitragenden, kleeblattförmigen Swimming-pool hinausblickte.

Das Wohnzimmer war weiß. Siebzig Quadratmeter, angefüllt mit weißen Sofas. Natalies Absätze versanken richtig in dem weißen Teppichboden. Der Kamin aus weißem Bruchsteinmauerwerk. In einer Ecke ein weißer Stutzflügel, der einem normalen mechanischen Klavier in nichts nachstand, wenn Millie nur nicht zu müde war, in die weißen Emaillepedale zu treten.

An den weiß getünchten Wänden des Wohnraums hingen vergoldete antike Spiegel und Aktgemälde von Männern und Frauen. Über dem Kamin prangte ein riesiges Bildnis einer lasziv zurückgelehnten Millie Gharoujian, als sie noch dreißig war und aussah wie Jean Harlow. Das Gemälde stammte aus dem Jahr 1932.

Und dann öffnete sich die Ostwand, die aus einem einzigen Spiegel zu bestehen schien. Und durch die verspiegelte Tür trat Millie Gharoujian. Sie hatte während der letzten fünfundzwanzig Jahre fünfmal ihr Gesicht liften lassen und sah in dem riesigen Seidenkimono, der kaum ihre Brüste bedeckte, die ihr wie zwei Punching-Säcke herunterhingen, nicht einen Tag älter als zweiundsiebzig aus. Sie schwitzte, hatte einen roten Kopf und war sichtlich gereizt.

»Ich habe Ihnen doch bereits am Telefon gesagt, Sergeant, daß ich den Verlust meines Schnauzers bereits der Versicherung gemeldet habe. Was mich betrifft, ist der Fall also erledigt. Ich weiß Ihren Eifer durchaus zu schätzen, und ich finde auch, daß Sie Ihre Sache als Polizist gut machen, aber warum verschonen Sie dabei um Himmels willen nicht mich? Ich habe da eben einen Besuch, der selbst ...«

»Ja, ja, natürlich, Mrs. Gharoujian!« fiel ihr Walnikow aufgeregt ins Wort, da er auf jeden Fall vermeiden wollte, daß Natalie eine ausführliche Schilderung von ein paar Penissen mitanhören mußte, die Michelangelo alle Ehre gemacht hätten. »Aber könnten Sie nicht vielleicht doch kurz mit uns kommen, Mrs. Gharoujian. Das Tierbestattungsinstitut liegt nur zwanzig Minuten von hier, und wir würden Sie ja auch sofort wieder nach Hause bringen, wenn Sie uns gesagt haben, ob es sich bei dem toten Hund um Ihre Tutu handelt oder nicht. Und ...«

»Mit Ihnen kommen? Jetzt? Das soll wohl ein Witz sein, Sergeant! Wenn Sie wüßten, wer dort drinnen auf meinem Wasserbett auf mich wartet.«

»Ach so, natürlich, ich verstehe, Madam«, beeilte Walnikow sich zu bemerken, während Natalie sich unauffällig ein paar Schritte zur Seite bewegte, um sehen zu können, was Millie auf ihrem Wasserbett Schönes hatte.

»Sie sind ja wirklich eine ganz harte Nuß, Sergeant«, seufzte Millie. Dann nahm sie sich eine Zigarette und steckte sie in eine rubinbesetzte Spitze. »Sind Sie verheiratet, Sergeant?«

»Nein, Madam«, erwiderte Walnikow.

»Hmmmm«, meinte Millie. »Na ja, dann vielleicht ein andermal. Im Augenblick habe ich leider keine Zeit.«

»Ist vielleicht sonst noch jemand hier . . .«

»Sonst noch jemand hier! Das soll wohl ein Witz sein! Ich habe hier zwei Burschen drinnen, die . . .«

»Natürlich, Madam, aber ich meinte nur, ob vielleicht sonst noch jemand hier ist, der mit uns kommen könnte, um den toten Schnauzer zu identifizieren«, erklärte ihr Walnikow hastig. »Auf diese Weise blieben sowohl uns wie Ihnen eine Menge Unannehmlichkeiten erspart.«

»Hey, Twinkles!« brüllte Millie plötzlich durch den Raum, worauf der Hausboy mit einem Plastikshaker voller Bananen-Daiquiris aus der Küche kam.

»Was ist, Millie?«

Sie tätschelte seinen Hintern und seufzte: »Wenn du nur Japaner wärst, mein Süßer. Aber vielleicht läßt sich an deinen Augen etwas machen. Hör zu, fahr doch mal eben mit diesen beiden Leutchen von der Polizei mit, ja? Laß dich von Buttons im Rolls fahren. Sieh dir diesen toten Hund an, den sie identifiziert haben wollen, und sag ihnen, ob es Tutu ist oder nicht. Und dann komm auf der Stelle wieder hierher zurück. Diese zwei Jungs im Schlafzimmer sind schon etwas am Abschlaffen.« Und dann an Walnikow gewandt: »Die Jugend Amerikas ist auch nicht mehr das, was sie einmal war, Sergeant. Dieser Ausschuß, der die Untersuchungen hinsichtlich der Volksgesundheit leitet, sollte mal mich zu Rate ziehen. Ich könnte denen wirklich was erzählen.«

»Jawohl, Madam, und vielen Dank«, verabschiedete sich Walnikow, um zusammen mit Natalie Twinkles aus dem Haus zu folgen. Auf dem Weg zur Haustür fiel ihr Blick in Millies Boudoir, wo ein haariges Wesen auf dem Boden lag. Es war ziemlich groß und lebte!

»Da drinnen ist eine Ziege, Walnikow!« stupste Natalie Walnikow an, als sie über die Einfahrt auf ihren Wagen zugingen.

»Das ist ein junges Lama«, verbesserte sie Twinkles. »Millie hält sich das Vieh als Haustier, und mir steht es allmählich bis hier oben, jeden Tag diese verdammte Lamascheiße wegzuräumen, das können Sie mir glauben.« Twinkles streifte seine Livree ab, und dabei kam ein Oberkörper zum Vorschein, der buchstäblich die Schulternähte seines gestärkten, weißen Hemds sprengte. Er krempelte sich die Ärmel über seine muskelstrotzenden Arme hoch, an denen die Adern bleistiftdick hervortraten. »Wir fahren im Rolls hinterher«, sagte er. »Und wenn es wirklich Tutu ist, werde ich sie auf jeden Fall erkennen.«

Als sie im Tierbestattungsinstitut ankamen, fand dort gerade eine Trauerfeier statt. Drei Frauen und zwei Männer verabschiedeten sich haltlos schluchzend von einem Waschbären, der in einem winzigen Walnußsarg aufgebahrt lag. Die schwarz gefältelte, rehbraune Satinauskleidung paßte genau zu dem gestreiften Schwanz und der Augenmaske des toten Tieres. Der Sarg verfügte über einen zweigeteilten Deckel, dessen untere Hälfte geschlossen war, so daß lediglich Kopf und Oberkörper des Verstorbenen zu sehen waren. Über die Lautsprecheranlage ertönte leise Musik – eine Streicherversion von ›Ich hatt einen Kameraden‹. Das verblichene Tier hatte noch nie besser ausgesehen. Sein Fell war mit Lanolin eingerieben worden. Die schwarze Waschbärenmaske war mit Schuhcreme nachgezogen worden. Die kleinen Waschbärenpfoten hatte man ihm wie im Gebet über der Brust verschränkt; um zu verhindern, daß sie ihre Position veränderten, hatte man sie mit einer langen Schusterahle kunstvoll an seiner Brust festgenäht. In dieser frommen Haltung sah der

Waschbär alles andere als tot aus. Fast hätte man glauben können, er spielte den Anwesenden lediglich einen Streich und hätte sich nur tot gestellt.

Sie wurden von einem kahlen Mann in einem feierlichen grauen Anzug mit einer weißen Nelke im Knopfloch begrüßt.

»Womit kann ich Ihnen dienen?« erkundigte er sich.

»Sind Sie Mr. Limpwood?«

»Nein, Mr. Limpwood wohnt eben einer Trauerfeier bei.«

»Ich habe vor kurzem mit ihm telefoniert. Ich bin Sergeant Walnikow vom Los Angeles Police Department.«

»Ja, natürlich. Er hat mir gesagt, ich sollte sie auf den Friedhof bringen. Er wird gleich zu Ihrer Verfügung stehen. Wissen Sie, er ist eben noch bei einem privaten Begräbnis für die nächsten Angehörigen.«

Als Walnikow und Natalie ins Freie traten, sahen sie Mr. Limpwood, der gerade einem geknickten Paar Trost zusprach. Vergeblich bemühte er sich jedoch, die aufgestellten Rücken der nächsten Angehörigen – einer Familie von Siamkatzen – zu streicheln. Und dann schritt er munter über den gepflasterten Weg, der zwischen Grabsteinen und Granitskulpturen in allen Formen und Größen hindurchführte, auf denen Abschiedsworte standen wie: ›Unsere geliebte Herzogin, nie werden wir sie vergessen!‹ oder: ›Leb wohl, Glücklicher Oliver! Auf ein Wiedersehen im Ewigen Jenseits!‹

Er war ähnlich gekleidet wie sein Kollege, war jedoch wesentlich kleiner und noch kahler. Auch er trug eine weiße Nelke im Knopfloch. »Womit kann ich Ihnen dienen?«

Walnikow zeigte seine Dienstmarke, deren Anblick Mr. Limpwood sichtlich enttäuschte. Dies war die beste Woche, seit er in diesem Geschäft tätig war. Vierzehn Hunde, zehn Katzen, ein Schimpanse, zwei Ozelots, ein Piranha aus Pomona – nicht alle Irren wohnten in Hollywood – und ein Waschbär. Außerdem ging ein Gerücht um, daß sie einen arabischen Wallach bekommen sollten, was sie natürlich in einige Aufregung versetzte. (Um diesen Schatz unter die Erde zu bringen, würden sie mindestens elf Grabstätten brauchen. Elf! Ganz zu schweigen natürlich von den Einbalsamierungskosten!) Aber diese Leute hier waren ja nur von der Polizei, und keine Kunden.

»Ach, wissen Sie, Sergeant, ich wollte Sie heute morgen noch anrufen, aber Sie waren bereits weg. Es tut mir schrecklich leid, aber die Verstorbene ist bereits gestern abend bestattet worden. Ich dachte erst, wir hätten die Beerdigung erst für heute vormittag angesetzt, aber wie Sie wissen, waren da keine Hinterbliebenen, nur unsere liebe Mrs. Whitfield, die freundlicherweise alles Nötige für das Begräbnis angeordnet hat, gepriesen sei ihr gutes Herz.«

»Wo liegt der Hund begraben? Graben wir ihn schnell aus«, schlug Walnikow vor.

»Ihn ausgraben? Sergeant! Eine Leiche exhumieren? So etwas hat man noch nie von mir verlangt ...«

»Wenn ich recht informiert bin, trifft das doch nur auf menschliche Leichen zu«, entgegnete Walnikow. »Ist es das frische Grab da drüben? Wo die Schaufel steckt?«

»Ja, aber ich weiß wirklich nicht! Nicht, daß das irgendwelche rechtlichen Folgen für mich hat, Sergeant!«

»Wir können leider auf keinen Fall weitermachen, solange wir uns den Hund nicht angesehen haben«, beharrte Walnikow.

»Millie wollte, daß ich sofort wieder zurückkomme, und wenn sie so etwas sagt, dann meint sie es auch so«, schaltete sich plötzlich Twinkles in die Unterhaltung ein, und Walnikow bezweifelte das nicht im geringsten. Darauf schritt der hünenhafte Kerl auf das halb gefüllte Grab zu, streifte sein weißes Hemd ab, so daß ein Bodyshirt aus schwarzer Seide zum Vorschein kam, das Millie ihm gekauft hatte, und fing an, wie ein Radbagger loszuschaufeln. Er hatte das kleine Grab in fünfzehn Minuten freigelegt.

»Also, ich übernehme keine Verantwortung«, wimmerte Mr. Limpwood. »Ich will mit dem Ganzen nichts zu tun haben.« Und damit machte er sich hastig aus dem Staub, während Twinkles die Sargkiste mit einer Hand aus dem lockeren Erdreich zog. (Es war ein billiger Fichtensarg und kein Walnußsarg, für den Madeline eigentlich bezahlt hatte.)

Problemlos brach der junge Bursche mit dem Schaufelblatt

die Kiste auf und verzog dann das Gesicht. »Also . . .« stieß er leicht verwirrt hervor, »also, ich glaube nicht, daß das ein Schnauzer ist!«

»Doch, doch. Das ist schon ein Schnauzer«, nickte Walnikow mit wenig Anerkennung für Mr. Limpwoods Können. (Spare an allen Ecken und Enden, wenn es keine Hinterbliebenen gibt, lautete wohl seine Devise.)

Offensichtlich war der junge Hüne mit dem Tod, ganz gleich in welcher Form, noch nicht vertraut. »Tutu war so ein schöner Hund!« klagte er enttäuscht. »Also ich weiß wirklich nicht!«

»Mrs. Gharoujian hat irgend etwas gesagt, daß ihr Hund an seinem Hinterfuß eine weiße Kralle gehabt hätte. Können Sie sich daran erinnern?«

»Sehen tote Dinge immer so . . .«

»Ja, das tun sie allerdings«, bestätigte ihm Walnikow. »Und jetzt sehen Sie sich mal den Hinterfuß an. Sie brauchen ja nur kurz in die Kiste da reinfassen.«

»Nein, das kann ich unmöglich«, weigerte sich der junge Bursche. Sein Gesicht wurde merklich blasser. »Ist Tutus Körper schon starr?«

»Sicher ist die Totenstarre schon eingetreten. Dann sehe *ich* eben mal nach.« Damit griff Walnikow in den Sarg. »Ja. Der Hund *hat* eine weißliche Kralle. Es ist also offenbar tatsächlich Mrs. Gharoujians Tutu.«

»Aber das Gesicht!« schluchzte der junge Mann plötzlich los. Er setzte sich neben dem Grab auf den Boden und ließ seinen Kopf hängen. »Ich habe Tutu richtig gemocht.« Seine Augen füllten sich mit Tränen. »Millie hat sich nie um sie gekümmert.«

»Hören Sie mal«, sagte Walnikow leise und kauerte sich neben dem weinenden Muskelprotz nieder, »wer könnte denn diesen Schnauzer aufgrund seiner besonderen Kennzeichen positiv identifizieren? Wer hat den Hund denn am besten gekannt?«

»Wissen Sie, bei Millie gehen so viele Typen aus und ein«, erwiderte der junge Mann. »Und jeder hat ein bißchen mit Tutu gespielt. Aber das waren so viele.«

»Mrs. Gharoujian hat ihren ehemaligen Hundebetreuer erwähnt. Denken Sie, er könnte den Hund vielleicht identifizieren?«

»Schon möglich«, nickte der junge Bursche und warf noch einmal einen vorsichtigen Blick auf das verzerrte Bulldoggengesicht des toten Tiers. »Das kann doch unmöglich Tutu sein! Entstellt der Tod wirklich so?«

»Manchmal schon«, erwiderte Walnikow. »Wie war denn der Name dieses Hundebetreuers?«

»Philo Skinner«, antwortete der junge Kraftprotz und blickte geknickt in das offene Grab. »Sie hat die Hundausstellungen plötzlich satt bekommen. Irgendwann bekommt Millie ja alles einmal satt. Vielleicht ist dieser Hund tatsächlich Tutu. Aber ich könnte es unmöglich mit Sicherheit sagen. Ich hatte keine Ahnung, daß das so schrecklich aussieht. Mein Gott, das ist ja entsetzlich!«

»Ist schon gut, mein Junge«, tätschelte Walnikow dem jungen Burschen die muskulöse Schulter. »Jedenfalls vielen Dank für Ihre Hilfe.«

»Vielleicht ist es *tatsächlich* Tutu«, flüsterte Twinkles und warf einen letzten verstohlenen Blick auf die verzerrte Bulldoggenschnauze in dem billigen Fichtensarg.

Tutu ging mit dem Gesicht von J. Edgar Hoover in die Ewigkeit ein.

Als sie zu dem wartenden Rolls zurückkamen, sagte Natalie Zimmerman zu dem Chauffeur: »Lassen Sie Twinkles erst noch ein bißchen Zeit, Buttons. Er muß erst seine Fassung wiedergewinnen. Er wird gleich kommen.«

»Ich habe es nicht eilig, zurückzufahren«, zuckte der junge Blondschopf mit den Achseln. »Überhaupt nicht.«

Kein Wunder, dachte Natalie Zimmerman, während sie und Walnikow gerade Mr. Limpwood zuwinkten, der eben seinen Anwalt anrief, um sich zu vergewissern, daß man ihn nicht gerichtlich belangen konnte, weil er zugelassen hatte, daß ein toter Schnauzer exhumiert wurde. Sein Anwalt war jedoch gerade nicht da, so daß er sich Walnikows Dienstausweis zeigen ließ und in der Hollywood Station anrief, um sich dort bestätigen zu lassen, daß es sich hierbei tatsächlich um eine offizielle polizeiliche Ermittlungsaktion handelte.

Sein Anruf wurde von Bullets Bambarella entgegengenommen, der – total pleite – gerade von seinem Tennismatch zurückgekommen war.

»Guten Morgen. Inspektor Bambarella am Apparat. Womit kann ich Ihnen helfen?« leierte Bullets die stereotype Grußformel lustlos herunter, um dann nur mit halbem Ohr hinzuhören, was der Anrufer zu sagen hatte. Er fühlte sich alles andere als wohl in seiner Haut. Er warf einen kurzen Blick auf die Tür zum Büro des Captain. Gott sei Dank war diese Emmi mit dem Gips um den Hals endlich abgezogen. Ihm war klar, daß Clarence Cromwells Zorn wegen dieser Sache noch früh genug über ihn hereinbrechen würde. Meine Fresse, Clarence, was soll ich denn tun? Diese Alte vielleicht heiraten, oder was hast du dir eigentlich gedacht?

Und dann hörte Bullets plötzlich etwas, das ihm die Augen ein beträchtliches Stück aus den Höhlen trieb. »Einen Augenblick nur, bitte, Mr. Limpwood!« brüllte Bullets in den Hörer und drückte auf den Durchstellknopf an seinem Apparat. Da hatte jemand eine ganze Menge mehr Scherereien am Hals als er! Bullets rannte zur Tür von Hookers Büro, klopfte und riß sie, ohne auf eine Antwort zu warten, auch schon im nächsten Augenblick auf.

»Ich kann mich nicht erinnern, bereits nach dir gerufen zu haben, Bullets«, begrüßte ihn Clarence Cromwell mit einem mörderischen Gesichtsausdruck.

»Aber das ist wichtig, Clarence!« winselte Bullets aufgeregt. »Captain! Da ist ein Kerl am Telefon. Von einem Friedhof! Stellen Sie sich vor, was Walnikow getan hat! Er hat ein Grab ausgehoben! Irgend so einen Toten namens Schnauzler! Und der Bestattungsunternehmer möchte auf der Stelle mit Ihnen sprechen!«

Die in diesem Augenblick anwesenden Detektive bestätigten ausnahmslos, daß Captain Hooker mit dem Stöhnen, in das er auf diese Nachricht hin ausbrach, einen neuen polizeiinternen Rekord aufstellte. Er bekam immerhin so heftige Blähungen, daß er mit einem Krankenwagen ins Krankenhaus gebracht werden mußte. Bullets Bambarella, der seinen Vorgesetzten getreulich zu dem wartenden Krankenwagen begleitete, tröstete ihn mit den Worten: »Meine Güte, Captain, wenn Sie sich nur ein wenig entspannen könnten und richtig losfurzen würden, ginge es Ihnen sicher gleich besser.«

»Aaaaaaaaaauuuuuuuuu«, stöhnte Hipless Hooker.

Als Clarence Cromwell später an diesem Nachmittag im Krankenhaus anrief und Hooker mitteilen ließ, daß von dieser Exhumierung lediglich ein toter Hund betroffen gewesen war, trug dies jedoch nicht im geringsten zu einer Besserung von Hookers Zustand bei. Die Medikamente, die man ihm gegeben hatte, hielten ihn für den Nachmittag so mit Rülpsen und Furzen beschäftigt, daß er für diesen Tag nicht mehr zum Dienst zurückkehren konnte.

Und dies wiederum bedeutete, daß Walnikow ein weiterer Tag bei der Polizei sicher war.

»Was wollen Sie jetzt eigentlich tun, Walnikow?« erkundigte sich Natalie, als sie auf dem Freeway wieder in Richtung Pasadena zurückfuhren.

»Ich würde sagen, wir legen unserem weiteren Vorgehen die stillschweigende Annahme zugrunde, daß der tote Hund tatsächlich Tutu ist.«

»Und in welcher Hinsicht soll uns das weiterbringen?«

»Daß wir für diesen Fall weiter verantwortlich sind«, erwiderte Walnikow. »Es ist *unsere* Erpressung. Als erstes sollten wir auf jeden Fall da sein, wenn der Kerl um drei Uhr wieder anruft. Was denken Sie?«

»Ich weiß nicht recht, was ich von dem Ganzen halten soll«, seufzte Natalie. »Vielleicht sollten wir den Fall doch lieber der Polizei von Pasadena übergeben.«

»Ich fühle mich aber in dieser Sache irgendwie ... äh ... verantwortlich«, entgegnete Walnikow. »Ich würde Mrs. Whitfield gern helfen.«

»Aber es geht doch hier nur um einen Hund, Walnikow.«

»Der Erpresser spricht aber immer von einer Hündin«, sinnierte Walnikow.

»Von Mrs. Whitfield?«

»Nein, von dem Schnauzer. Er sagt meistens Hündin und nicht Hund, wie Sie das eben getan haben.«

»Na und?«

»Das heißt, daß der Mann etwas von Hunden versteht. Er bedient sich der korrekten Terminologie, wenn er von Vickie spricht. Und er wußte auch, daß er sie mit Tutu lange genug würde täuschen können, um sich mit Vickie aus dem Staub machen zu können, bevor jemand etwas merkte. Der Mann muß ein Hundeliebhaber sein.«

»Na und?«

»Nichts und. Das könnte doch vielleicht schon ein Anhaltspunkt sein. Ich weiß auch nicht. Und noch etwas. Er hat gesagt: ›Ich habe in meinem ganzen Leben noch keinem Tier etwas zuleide getan.‹ Das schien sehr wichtig für ihn zu sein.«

»Und?«

»Ich finde, wir sollten ihn auf keinen Fall wissen lassen, daß Tutu tot ist. Nur wenn wir absolut nicht mehr weiter wissen, können wir ihm sagen, daß er Tutu umgebracht hat. Dann werden wir ja sehen, wie er darauf reagiert.«

»Glauben Sie, es war einer von Millies Gespielen?«

»Ja, das vermute ich«, nickte Walnikow. »Wenn sich diese Frau doch nur wenigstens für eine Viertelstunde voll und ganz zu unserer Verfügung stellen würde.«

»Wo denken Sie hin, Walnikow? Sie haben wohl ganz all diese jungen Kraftmeier, Erdferkel und Leguane vergessen, die in ihrem Bett ihrer harren.«

»Wenn wir sie nur irgendwie zum Nachdenken bringen könnten. Ich möchte wetten, daß es da mindestens drei oder vier so junge Burschen gibt, die ständig bei ihr aus und ein gingen, als sie sich noch für Hundeausstellungen interessierte. Und ich möchte wetten, daß es einer von diesen Kerlen war.«

»Diese Frau ist doch der reinste Hühnerhabicht!« zischte Natalie. »Diese jungen Burschen wandern doch in Stundenabständen durch ihren Zoo. Eine Woche Sunset Strip, die nächste Haight-Ashbury.«

»Nur daß unser Mann aus der Stadt ist. Das einzige, was mir nicht so recht in den Kram paßt, ist die Stimme. Diese Stimme, selbst wenn der Erpresser ein guter Schauspieler sein sollte, das war nicht die Stimme eines jungen Burschen. Und Millie steht auf ganz junge Burschen.«

»Sie glauben also, es waren zwei.«

»Oder mehr«, nickte Walnikow. »Zwei waren dafür vermutlich sowieso nötig. Millies ehemaliger Freund stiehlt Tutu aus dem Restaurant. Einer oder vielleicht beide bringen den Hund auf die Ausstellung und vertauschen die beiden Schnauzer. Und dann ruft der andere, der ältere Mann, Mrs. Whitfield an.«

»Ein Hundeliebhaber«, seufzte Natalie. So weit hatten ihre langen, mühevollen Jahre bei der Polizei also geführt.

»Ja, ein Hundeliebhaber«, wiederholte Walnikow. »Genau. Kein gewöhnlicher Dieb. Und schon gar kein Einbrecher. Ihre Adresse ist sicher in den Hundeausstellungskatalogen aufgeführt. Sie herauszubekommen hätte also nicht weiter schwierig sein dürfen. Es muß jemand gewesen sein, der sich wesentlich *wohler* dabei gefühlt hat, inmitten Tausender von Besuchern einer Hundeausstellung einen Diebstahl zu begehen, als durch ihre Hintertür in ihren Garten zu schleichen. Das war kein gewöhnlicher Dieb. Sonst hätte er den Hund nämlich *hier* gestohlen!« Und damit hielt Walnikow vor dem Eisentor, von dem aus man die gepflasterte Auffahrt zu Madeline Whitfields fünfzig Jahre alter Villa im mediterranen Stil überblicken konnte.

»Wow!« tat Natalie ihre Bewunderung kund. »Jetzt ist mir klar, weshalb der Erpresser ausgerechnet auf diese Mrs. Whitfield gekommen ist.«

»Allerdings hat er sich trotzdem genau die Falsche ausgesucht«, berichtigte Walnikow. »Die gute Frau ist nämlich so gut wie pleite.«

»Entschuldigen Sie mal, wie wollen Sie pleite sein und zugleich so ein Haus haben, Walnikow? Und dazu noch für einen Wettbewerbshund das Geld zum Fenster hinauswerfen?«

»Genau das ist es, was auch der Erpresser nicht begreifen kann«, meinte Walnikow. »Das ist eine lange Geschichte.«

Madeline Whitfield erwartete sie bereits auf der Eingangstreppe, als sie aus ihrem Wagen stiegen. Sie betrachtete Natalie neugierig, während sie Walnikow wie einen alten Bekannten anlächelte.

»Das ist meine Partnerin, Sergeant Zimmerman«, machte Walnikow die beiden Damen bekannt. »Mrs. Whitfield.«

»Kommen Sie doch herein. Ich bin ja so froh, daß Sie schon etwas früher gekommen sind. Das dauernde Warten ist ganz schön zermürbend.«

»Wir sind inzwischen ziemlich sicher, daß der tote Hund Mrs. Gharoujian gehört hat«, sagte Walnikow. »Ich wünschte allerdings, daß wir absolute Gewißheit hätten.«

»Bringt Sie das irgendwie weiter?« erkundigte sich Madeline und Natalie Zimmerman, eine durchaus erfahrene Detektivin, stellte fest, daß Madeline Whitfield den ganzen Weg bis in den Wohnraum Walnikows Arm hielt. Außerdem gurrte sie wie eine Taube und drückte seinen Arm, als sie vorschlug: »Ich werde Ihnen etwas Tee bringen, Sergeant.«

Natalie schlenderte durch den Raum und bewunderte die Aussicht auf die Rose Bowl. »Wie lange sind Sie denn gestern abend eigentlich hier gewesen?«

»Wie bitte?«

»Ich habe gefragt, wie lange Sie gestern abend eigentlich hier gewesen sind?«

»Äh, ach so, der Erpresser hat kurz nach sechs angerufen.«

»Und sie wohnt ganz allein in diesem riesigen Haus?«

»Ja, ganz allein«, nickte Walnikow, und Natalie Zimmerman entging keineswegs, daß er errötete.

»Wenn sie zwanzig Pfund abnehmen würde und sich mal rasieren ...« stichelte Natalie.

»Sie ist eine durchaus sympathische Frau«, fiel ihr Walnikow eine Idee zu rasch ins Wort. »Sie ist sehr liebevoll – zu ihrer Vickie. Sie ist gebildet. Sie hat eine Ahnung von Musik. Sie sollten mal Ihre Plattensammlung sehen, Natalie.«

»Wirklich?« höhnte Natalie. »Ich dachte, Sie hätten mit einem Erpresser zu tun gehabt.«

»Ich – äh, ich habe mir mit Mrs. Whitfield ein paar Platten angehört.«

»Na, und war sie gut? Die Musik, meine ich natürlich.«

»Außerdem ist sie sehr clever. Immerhin war sie die erste,

die herausgefunden hat, daß der tote Hund Mrs. Gharoujian gehört hat.«

»Was wir aber noch keineswegs mit Sicherheit wissen«, erinnerte ihn Natalie.

Als Madeline zurückkam, fragte sie: »Wie hätten Sie Ihren Tee denn gern, Sergeant Zimmerman?«

»Tja«, erwiderte Natalie gereizt, »eigentlich wäre mir eine Tasse Kaffee lieber gewesen. Wissen Sie, die meisten *gewöhnlichen* Polizisten trinken nämlich Kaffee.«

»Natürlich, wenn Sie sich nur einen Augenblick gedulden wollen.« Damit schenkte sie Walnikow ein, und während sie ihm seine Tasse reichte, trafen sich ihre Augen. Bevor sie wieder in die Küche verschwand, berührte sie noch mit einem schüchternen Lächeln seinen Arm.

»Verdammte Scheiße!« stöhnte Natalie ihre Locke an.

»Wie bitte, Natalie?« fragte Walnikow.

»Oh, nichts. Gar nichts«, feixte Natalie. »*Mich* geht das alles ja nichts an.«

»Was?«

»Nichts, verdammt noch mal!«

»Verzeihung«, entschuldigte sich Walnikow, und nachdem er an seiner Tasse genippt hatte: »Dieser Tee ist aber sehr gut.«

»Natürlich ist der Tee gut. Sie hat ihn vermutlich direkt aus Bombay importieren lassen. Von der Plantage irgendeines Maharadscha, verdammt noch mal!«

»Verzeihung«, wiederholte Walnikow ein zweitesmal. Warum fühlte er sich eigentlich dauernd bemüßigt, sich bei ihr zu entschuldigen?

»Haben Sie sie eigentlich auch schon gefragt, ob sie mit Ihnen ins Kino will?« stichelte Natalie.

»Wieso ... nein, natürlich nicht.«

»Warum sehen Sie sich denn mit ihr nicht *Deep Throat* an?«

»Ich habe Ihnen doch schon gesagt, daß ich keine Pornofilme mag, Natalie«, rechtfertigte sich Walnikow. »Aber wenn Sie natürlich einen Begleiter brauchen und diesen Film noch einmal sehen wollen, würde ich mich natürlich gern ...«

Walnikows Vorschlag und Natalies daraus resultierender Wutausbruch wurden durch Madelines Rückkehr unterbrochen. Madeline stellte den Kaffee ab und fragte nervös: »Was soll ich ihm eigentlich sagen? Soll ich ihm erzählen, daß ich das Geld habe?«

»Ja, ich finde es ist allmählich an der Zeit, ihm das zu sagen«, schlug Walnikow vor, während Natalie, unfähig, ihren Ärger zu unterdrücken, Madeline Whitfield mit eisigen Blicken bedachte.

»Ich *habe* ja auch etwas Geld für ihn, Sergeant. Und wie wir gestern abend besprochen haben, ist das auch meine Entschuldigung. Ich habe mich heute entschlossen, ihm alles zu geben, wenn er verspricht, Vickie unverletzt herauszugeben. Ich habe inzwischen zwanzigtausend Dollar aufgetrieben.«

»Das ist doch heller Wahnsinn!« platzte Natalie Zimmerman heraus.

»Natalie, bitte!« wies sie Walnikow zurecht. »Natalie hat das nicht so gemeint, Mrs. Whitfield.«

Jetzt fing er auch noch an, sich bei dieser teigigen alten Kuh für die Manieren seiner *Partnerin* zu entschuldigen! *Er!* Ein notorischer Irrer und Schluckspecht entschuldigte sich bei dieser verrückten Pasadena-Torte mit ihrem blöden Hund für Natalies Benehmen! Natalies Gefühle wanderten zwischen rasender Wut und Verachtung hin und her. Und zwar für alle beide.

»Ich kann durchaus verstehen, daß mein Verhalten für Sie nicht recht einsichtig ist«, wandte Madeline sich behutsam an Natalie Zimmerman.

Jetzt spielen Sie mir bloß nicht die Verständnisvolle, Madame Whitfield! Nicht mit mir, Natalie Kelso Zimmerman! Oder Sie kriegen Ihre Lippe unter Ihrem komischen Schnurrbart ein bißchen eingedellt.

»Ich kann grundsätzlich nicht verstehen, wie man Kidnappern und Erpressern gegenüber überhaupt je nachgeben kann«, fauchte Natalie. »Und zwar aus ganz einfachen und handfesten beruflichen Gründen, die *Sie* wohl nicht verstehen würden, Mrs. Whitfield. Und ich kann mir nicht vorstellen, daß es viele Leute gibt – ganz gleich, ob Polizisten oder ganz normale Bürger –, die begreifen würden, wie man für einen *Hund* zwanzigtausend Dollar Lösegeld zahlen kann.«

»Sergeant Walnikow versteht das schon«, entgegnete Madeline und bedachte ihn dabei wieder mit einem von *diesen* Blicken, was Natalie wieder einmal nur in eine insgeheime Zwiesprache mit ihrer widerspenstigen Locke trieb.

»Ja, ich kann Sie verstehen, Mrs. Whitfield«, bestätigte Walnikow und tätschelte ihre Hand. Ist ja schon gut. Kopf hoch, Mrs. Whitfield. Ist ja schon gut.

Natalie Zimmerman hätte am liebsten einfach losgeheult. Oder sich mitten auf den Teppich übergeben. Ein Irrer, der bei der Polizei absolut nichts zu suchen hatte, und eine Frau, vielleicht noch um einige Grade verrückter, die bereit war, für so ein verhätscheltes Schoßhündchen zwanzigtausend Dollar auf den Tisch zu blättern, und da saßen diese beiden nun händchenhaltend und lauschig nebeneinander und sahen verächtlich auf sie herab – *sie*, die als einzige das alles nicht verstand. *Sie*, den einzigen normalen Menschen in diesem ganzen verdammten Haus. Was habe ich hier eigentlich zu suchen? Warum passiert das alles immer nur mir? Der Schwarze Peter!

»Wäre jetzt nur noch zu überlegen«, fuhr Walnikow fort, »wie wir die Sache mit der Geldübergabe regeln. Ich wäre sehr froh, wenn Sie das uns überlassen würden. Am besten sagen Sie dem Erpresser, daß er das Geld morgen haben kann. Sie sagen ihm, wieviel Sie haben und daß Sie morgen nachmittag für die Übergabe bereit sind. Danach werden wir uns der Sache annehmen. Wir verfügen über Hubschrauber und Überwachungsspezialisten, die sich mit solchen Fällen auskennen und ...«

»Ich weiß nicht recht«, unterbrach ihn Madeline mit leiser Stimme. »Ich glaube, ich möchte das lieber nicht riskieren. Ich möchte natürlich, daß Sie diesen Mann fangen, aber ...«

»Ich habe mir überlegt«, entgegnete Walnikow, »daß ich die Operation durchaus in Ihrem Sinne koordinieren könnte, wenn Sie mir Ihr persönliches Vertrauen schenken würden. Ich verspreche Ihnen – falls Sie nicht an meiner Erfahrung auf diesem Gebiet zweifeln –, daß ich nichts zulassen werde, was den Erpresser stutzig machen und Vickie gefährden könnte. Ich werde auf keinen Fall etwas unternehmen, das Vickie zum

Nachteil gereichen könnte. Wenn meine Vermutung richtig ist, können wir ihn schnappen – werden wir ihn schnappen. Wenn nicht, ist schlimmstenfalls das Geld weg. Was meinen Sie? Wollen Sie mir vertrauen?«

Sie drückte – diesmal mit beiden Händen – neuerlich seinen Arm und flüsterte: »Sie wissen doch, daß ich das tue.«

»Das darf doch nicht wahr sein«, stöhnte Natalie durchaus hörbar.

»Ich gebe Ihnen mein Wort, daß ich Ihnen Vickie wieder zurückbringen werde. Ich verspreche es Ihnen«, sagte Walnikow.

Daraufhin kamen Madeline trotz aller ihrer Anstrengungen wieder einmal die Tränen. Walnikow redete jedoch tröstend auf sie ein: »Hier, trinken Sie doch noch etwas Tee. Ist ja schon gut, Mrs. Whitfield. So ist es brav. Ist ja schon gut.«

»Das ist doch ein Hund.«

»Was haben Sie gemeint, Natalie?« fragte Walnikow.

»Das ist doch ein Hund«, wiederholte Natalie Zimmerman für niemanden und für jeden. »Das ist doch ein Hund, um den es hier geht.«

»Es geht hier um Epressung«, korrigierte sie Walnikow, »und Erpressung ist bekanntlich ein Verbrechen.«

»Aber Sie beide reden doch dauernd über diesen *Hund*«, beharrte Natalie Zimmerman auf ihrem Standpunkt. »Von einer Erpressung war bei ihnen beiden doch *nie* die Rede. Sie reden immer nur von diesem Hund. Ich werde mich doch nicht in ein brennendes Haus wagen, um ein Goldfischglas zu retten. Und ich bin absolut nicht gewillt, hier so sitzen zu bleiben und mich von Ihnen – mich von Ihnen dazu bringen zu lassen, am Ende noch zu vergessen, daß sich alles hier nur um einen *Hund* dreht. Einen Hund! Haben Sie mich gehört?«

Aber niemand hörte sie. Madeline Whitfield wurde von ihren Tränen überwältigt und weinte haltlos an Walnikows Schulter, während dieser ihr tröstend übers Haar strich. »Ist ja schon gut. Ich verstehe das ja. Sie können mir wirklich glauben, daß ich das verstehe. Ist ja schon gut.«

Zur gleichen Zeit stand Natalie Zimmerman auf und trat ins Freie hinaus. Rauchend ging sie auf der Einfahrt auf und ab und betrachtete die rotgoldene Sonne, die über dem alten Hotel und der malerischen Selbstmörderbrücke unterging.

Natalie verspürte einen Anflug von Scham und dann ein heftiges Gefühl der Reue, als ihre Wut allmählich verflog. Mein Gott, was war nur mit ihr los? Hatten es diese beiden Irren doch tatsächlich geschafft, daß *sie* sich schämte, weil sie nicht wie diese beiden war. Seit sie zusammen mit Walnikow arbeitete, schien alles auf den Kopf gestellt. Vor Walnikow hatte sie gewußt, wer sie war und was sie wollte. Und was hatte sie in dieser kurzen Zeit nicht alles zu Gesicht bekommen? Einen Mann, den sie gründlich durchsiebt hatten; einen Jungen, dem der Kopf silbern eingesprüht wurde; und einen exhumierten toten Hund, der neben einem Koala-Bären, oder einem Jak, oder weiß der Teufel, welchem Vieh, begraben war. Und jedesmal, wenn sie jemandem etwas davon erzählen wollte, hatte irgendein anderer Geistesgestörter gerade wieder etwas ausgefressen, so daß sich kein Mensch bemüßigt fühlte, ihr zuzuhören. *Niemand* wollte sich anhören, was sie zu sagen hatte. Im Augenblick erbot Walnikow sich gerade, sich um die Übergabe eines Lösegelds von zwanzigtausend Dollar zu kümmern. Für einen *Hund*. Erkläre *das* einmal bei deinem nächsten Prüfungsgespräch den Herren im Beförderungsausschuß, Natalie. Jawohl, dieses Vorgehen schien mir angesichts der Situation durchaus angebracht. Weshalb wir dem Erpresser so ohne weiteres zwanzigtausend Dollar gegeben haben? Weil wir keine fünfundachtzigtausend hatten, deswegen. Wenn wir die fünfundachtzigtausend Dollar gehabt hätten, die er verlangt hat, hätten wir ihm selbstverständlich fünfundachtzigtausend gegeben. Weil Walnikow und Mrs. Whitfield sich gegenseitig so gut *verstehen* konnten, deswegen.

Natalie putzte auf dem Fußabstreifer ihre Schuhe ab, hustete und machte sonst noch alle möglichen diskreten Geräusche, bevor sie wieder ins Haus ging. Nur für den Fall, daß diese beiden Irren ihre Anspannung gerade gemeinsam auf dem Fußboden abreagierten. Wie Schnauzer. Wie sie es vermutlich auch am Abend zuvor getan hatten. Natürlich kann ich Sie verstehen, Mrs. Whitfield. Natürlich.

Als sie das Wohnzimmer betrat, hatte Walnikow seine Jacke

ausgezogen und seine Krawatte gelockert. Ganz schön intim. Wirklich ganz schön intim. Instinktiv zog sie sich wieder in die Eingangshalle zurück und lauschte.

Walnikow sagte gerade: »Ich habe mir die Sache gründlich durch den Kopf gehen lassen und bin zu der Überzeugung gelangt, daß so etwas einen Menschen auch durchaus stärken kann.«

»Wenn ich sie nur zurückbekomme, Sergeant. Wenn ich sie ...«

»Das werden Sie, Mrs. Whitfield. Das verspreche ich Ihnen.« Walnikow ergriff ihre Hand. »Und wegen der anderen Sache. Wegen des Hauses, das Sie aufgeben müssen, und wegen einer Stelle – ist Ihnen denn nicht klar, daß Sie mit Ihrer Vorbildung die Zulassung als Lehrerin in einem Jahr ohne weiteres bekommen könnten?«

»Als Lehrerin?«

»Ja, genau. Bei Ihrer Bildung und Intelligenz und bei Ihrem Einfühlungsvermögen wäre das überhaupt kein Problem. Sie gäben sicher eine ausgezeichnete Lehrerin ab, Mrs. Whitfield. Dessen bin ich mir ganz gewiß.«

»Es stimmt. Die Arbeit mit den Kindern in der Huntington Library hat mir eigentlich schon immer Spaß gemacht«, sinnierte Madeline.

»Das wäre doch *die* Lösung. Sie wären sicher eine ausgezeichnete Lehrerin«, redete Walnikow ihr gut zu und nahm ihre Hand in seine beiden Hände.

»Ja, das wäre vielleicht wirklich eine Möglichkeit.« Madelines Gesicht leuchtete merklich auf. »Ja, wirklich! Aber – was denken Sie? Glauben Sie, ich könnte hier in dieser Gegend bleiben? Wie wäre es wohl, wenn ich – wenn ich mir eine kleine Wohnung nehmen würde?«

»Also, wenn Sie mich fragen, Mrs. Whitfield«, entgegnete Walnikow ruhig, »ich finde, daß Sie auf jeden Fall hier bleiben sollten. Was Sie mir erzählt haben, ist Old Pasadena kein Ort, es ist eine Lebensform. *Ihre* Lebensform. Ich als Russe kann das vielleicht ganz gut nachvollziehen. Hier spielt die Tradition eine große Rolle. Manieren. Umgangsformen. Anstand. Disziplin. Wo sonst finden Sie in Kalifornien heute noch so etwas?

Für jemanden wie Sie ist ein Leben, wie es hier in Old Pasadena noch praktiziert wird, genau das Richtige. Meiner Mutter hätte es hier sicher gefallen. Und von mir kann ich mir das durchaus auch vorstellen.«

»Falls ich Sie gerade störe, kann ich jederzeit wieder nach draußen gehen«, sagte Natalie zu ihrer Locke, was die beiden erschreckt auffahren ließ. Ganz schön intim. Wirklich ganz schön intim.

»Kommen Sie doch herein, Natalie«, forderte Walnikow sie auf. »Er kann jeden Augenblick anrufen.«

»Das Mithören können Sie ja übernehmen«, nörgelte Natalie und ließ sich auf der Couch nieder. Sie war entschlossen, auf jeden Fall Überstunden zu beantragen.

»Ich finde, wir sollten beide mithören«, schlug Walnikow vor. »Im Schlafzimmer ist auch noch ein Apparat.«

Aha! Sieh dir einmal diesen Dreckskerl an. Woher wußte er wohl, daß es im Schlafzimmer ein Telefon gab? Und dann wieder ein plötzlicher Anfall von Reue. Weshalb ließ sie sich von dieser Liaison zweier Irrer so sehr aufbringen? Ganz einfach. Walnikow steckte alle an. Man brauchte sich nur eine Weile in seiner Nähe aufzuhalten, um ebenso verrückt zu werden wie er selbst. Zum Teufel mit diesem ganzen Blödsinn. Jetzt würden sie zumindest keine Gewissensbisse mehr plagen, wenn sie ihre Beschwerde über diesen Irren einreichte. Nicht die geringsten. Tut mir leid, Walnikow, aber das ist ganz einfach eine Überlebensfrage. Und zwar für Natalie Zimmerman!

»Na gut, dann höre ich eben über den Apparat im Schlafzimmer mit«, murrte Natalie. »Oder wollen vielleicht *Sie* lieber ins Schlafzimmer, Walnikow?«

In eben diesem Augenblick ging Philo Skinner in *seinem* Schlafzimmer ans Telefon. Er schloß seine Hand um den Hörer und flüsterte verzweifelt hinein: »Arnold! Ich habe dir doch gesagt, du sollst mich nicht zu Hause anrufen!«

»Genau *das* habe ich auch dir gesagt, Philo«, antwortete die Stimme am anderen Ende der Leitung. »Und zwar letzte Woche, als du mich zu Hause angerufen hast und mich dazu überredet hast, für dich auf die Vikings zu setzen. Und heute haben wir bereits Mittwoch, und ich habe von meinen fünfzehn Mille immer noch nichts gesehen.«

»Ich habe dir doch gesagt, daß ich das Geld erst am Donnerstag bekomme, verdammt noch mal!« krächzte Philo. »Und ich habe mich doch auch bereit erklärt, dir für jeden Tag zusätzlich einen Hunderter zu zahlen. Was willst du denn eigentlich noch? Mein Blut vielleicht?« Meine Vorhaut willst du, du verdammter Blutsauger.

»Ich will deine *Eier*, Philo, wenn du nicht zahlst«, knurrte Arnold zurück.

Philo hatte also recht gehabt! Der Nigger mit dem Messer!

»Wie kommst du eigentlich dazu, so mit mir zu reden«, winselte Philo.

»Weil heute Mittwoch ist. Und morgen Donnerstag. Und weil ich mich blöderweise darauf eingelassen habe, immer wieder den Kopf für dich hinzuhalten. Deswegen.«

»Ich werde ja morgen zahlen. Verdammt noch mal, Arnold, ich dachte, wir wären Freunde.«

»*Geschäftsfreunde*, Philo«, verbesserte ihn die Stimme. »Geschäftsfreunde. Morgen nachmittag wirst du von einem Mann Besuch bekommen. Der wird dann alles weitere mit dir regeln.«

»Nicht hier bei mir zu Hause, Arnold! Nicht hier!«

»Dann eben im Geschäft«, erwiderte die Stimme. »Morgen nachmittag.«

»Aber erst nach zwei Uhr«, winselte Philo. »Und sieh zu, daß Mavis nicht mehr da ist. Also erst nach zwei, ja?«

»Gut. Ich hoffe, daß wir uns morgen nachmittag einig werden, Philo. So oder so.«

»Ja, natürlich, Arnold. Klar!«

»Dann gute Nacht, Philo.«

Beim Rasieren schnitt sich Philo zweimal. Schließlich gab er auf und wischte sich den Schaum von den Stoppeln auf seinem Kinn. Und obwohl er sich mit einer halben Packung Babypuder einstäubte, konnte er den Schweiß nicht stoppen, der ihm von seinem knochigen Oberkörper rann. Philo zog seinen dritten Freizeitanzug und ein tailliertes Hemd mit einem

Blütenmuster an. Er hängte sich seine Goldkettchen um den Hals, strich sein blauschwarzes Haar glatt und wollte eben außer Haus gehen.

Aber Mavis verkündete: »Ich glaube, ich werde morgen mit ins Geschäft kommen, Philo. Allmählich habe ich es wirklich satt, mir den ganzen Tag diesen Mist im Fernsehen anzusehen. Vielleicht werde ich mich ein bißchen um die Buchführung kümmern.«

»Mein Gott, Mavis!« versuchte Philo Skinner, sie abzuwimmeln. »Was soll bei lausigen fünfundzwanzig Hunden schon groß an Bürokram anfallen? Ich habe dir doch gesagt, daß ich, wie die Dinge momentan stehen, nicht einmal für ein Lehrmädchen genug Arbeit habe. Verdammt noch mal, im Augenblick habe ja nicht einmal ich genügend zu tun. Was willst du da noch im Geschäft herumhängen und dich verrückt machen?«

»Ich will dir nur ein bißchen Gesellschaft leisten, Philo. Du bist in letzter Zeit so komisch. Ich weiß, daß du dir wegen des Geschäfts Sorgen machst, aber es wird schon hinhauen. Solche Zeiten gibt es in jedem Geschäft mal.«

»Ja, natürlich. Ich hole mir nur eben ein paar Schachteln Zigaretten.«

»Seit wann machst du dich so fein, wenn du Zigaretten holen gehst?«

»Meine Güte, Mavis. Bloß weil ich ein Leben führe wie der letzte Penner, brauche ich noch lange nicht so herumzulaufen. Also laß mich gefälligst in Ruhe, Mavis!«

»Du warst die letzten paar Tage wirklich komisch, Philo.« Mavis stellte den Fernsehapparat mit der Fernbedienung leiser. »Wenn ich dir nicht trauen würde, müßte ich fast denken, du hättest irgendein Techtelmechtel mit so einem kleinen Mäuschen.«

Und dann verlor Philo die Beherrschung. »Natürlich! Ich gehe jetzt Zigaretten holen. In zwanzig Minuten bin ich wieder zurück. Am besten kontrollierst du mich mit einer Stoppuhr, ob ich auch rechtzeitig wieder zurück bin. Du und ich, wir sind nun schon sechs Jahre verheiratet. Und dann sag mir doch, ob ich außer Haus gehen, fünf oder zehn Minuten irgendwohin fahren, irgend so ein Mädchen in ein Motel mitnehmen und dann wieder hierher zurückfahren kann? Und das alles in zwanzig Minuten. Du meinst doch nicht, daß das möglich wäre, du blöde Kuh!«

»Nein, vermutlich nicht«, erwiderte Mavis zuckersüß. »Du brächtest ja nicht mal in einem halben Tag einen Steifen zusammen. Wenn ich mich recht erinnere, habe ich dergleichen sowieso schon mindestens drei Monate nicht mehr vor Augen bekommen!«

Besten Dank, Mavis, dachte Philo, als er mit quietschenden Reifen losjagte. Letztlich läuft alles auf eine Erektion hinaus. Daran werde ich in Puerto Vallarta denken, wenn ich mich dumm und dämlich vögle, du miese Votze.

Der Anruf kam verspätet. Es war 18.25 Uhr.

»Hallo.«

»Richard am Apparat. Ich brauche das Geld heute nacht. Nehmen Sie einen Stift und ein Stück Papier zur Hand. Ich werde Ihnen jetzt sagen, wie . . .«

»Heute nacht kann ich Ihnen das Geld noch nicht geben. Ich bekomme es erst morgen.«

»Was!«

Madeline beeilte sich zu sagen: »Morgen nachmittag werde ich das Geld haben. Bis dahin werde ich es auftreiben, aber es werden nur zwanzigtausend sein. Ich möchte Sie nicht belügen, aber mehr konnte ich nicht auftreiben. Ich werde Ihnen das Geld aushändigen, wo Sie wollen.«

Zwanzigtausend Dollar. Philo war wie gelähmt. Zwanzigtausend Dollar. Das reichte gerade aus, um seine Schulden bei Arnold zurückzuzahlen, und dann blieben ihm noch lausige fünftausend. Das würde nicht einmal ausreichen, um die Raten für seinen El Dorado zu bezahlen. Fünftausend würden auch nicht ausreichen, um seine Geschäftsschulden zurückzuzahlen. Und sie würden auch nicht für seine Steuerschulden ausreichen. (Nicht, daß er beabsichtigt hätte, auch nur etwas davon zu bezahlen, sobald er das Lösegeld bekam.) Fünf Mille! Wie lange würde er mit fünf Mille in Puerto Vallarta leben können? Er war wie gelähmt.

Zu seinem Glück hatte Philo für diesen Anruf eine abgelegene Telefonzelle in der Nähe einer Tankstelle ausgesucht, die mittwochs bereits früher schloß, da er nun zu kreischen anfing: »SIE MIESE VOTZE! SO EINFACH KOMMEN SIE MIR NICHT DAVON! WAS BILDEN SIE SICH ÜBERHAUPT EIN! SO KÖNNEN SIE MIT MIR NICHT UMSPRINGEN! NICHT MIT MIR! WARTEN SIE NUR! ICH WERDE IN ZEHN MINUTEN GLEICH NOCH MAL ZURÜCKRUFEN!«

Und dann raste Philo Skinner völlig außer sich in seinem El Dorado los, daß im Dunkel die Funken nur so davonsprühten. Ohne Rücksicht auf Schlaglöcher und Unebenheiten im Straßenbelag jagte Philo über verwinkelte Seitenstraßen zum Zwinger. Er brachte den Cadillac zu einem kreischenden Halt, stieg aus, rannte mit klimpernden Schlüsseln auf den Eingang zu und stürzte im nächsten Augenblick auch schon hechelnd und mit pfeifender Lunge durch den Arbeitsraum in den Zwinger, wo ihn fünfundzwanzig Hunde, entsprechend ihrer Verfassung, mit freudigem, wütendem oder ängstlichem Gebell begrüßten.

Als Philo die Tür des letzten Käfigs öffnete, wäre Vickie ihm fast entwischt. Sie stürzte auf die Klapptür zu, welche auf die kiesbedeckte Auslauffläche hinausführte, die inzwischen jedoch übel verdreckt war, da Philo Skinner zu sehr mit seinen kriminellen Aktivitäten beschäftigt war, um noch die Zeit und Muße zu finden, all die Hundescheiße wegzuräumen.

Jedenfalls erwischte er Vickie gerade noch, bevor sie sich durch die Klapptür quetschen konnte. Sie knurrte zwar, biß Philo aber nicht, da sie sich während der letzten Tage an den Geruch seiner Tabakfinger offensichtlich gewöhnt hatte. Dann rannte Philo in das kleine Büro neben seinem Arbeitsraum und griff, alle Vorsichtsmaßregeln außer acht lassend, zu seinem eigenen Telefon.

Walnikow wußte, daß der Erpresser infolge seines letzten Anrufs bei Madeline zu irgendeiner Verzweiflungstat getrieben würde. Aber ebenso wußte er auch, daß sie nichts anderes tun konnten, als zu warten.

»Läßt sich nicht vielleicht feststellen, woher der nächste Anruf kommen wird, Sergeant?« fragte Madeline besorgt. »Er wird sicher etwas Schreckliches tun!«

»Das geht leider nur im Kino so einfach«, schüttelte Walnikow langsam den Kopf. »Um festzustellen, woher ein Anruf kommt, muß man eine Menge komplizierter Vorbereitungen treffen, die einige Zeit in Anspruch nehmen. Uns wird also nichts anderes übrig bleiben, als zu warten.«

Sie mußten jedoch nicht lange warten. Madeline nahm beim ersten Klingeln ab. »Ja.«

»Also gut, Sie miese Votze«, zischte Philo in den Hörer. »Jetzt hören Sie mal gut zu.« Und damit hielt Philo Vickies Kopf an die Sprechmuschel und zwickte sie in das empfindliche Fleisch um ihre Vagina.

Der kleine Schnauzer japste und begann zu winseln.

»Das ist Ihre Vickie, hören Sie? Erkennen Sie ihre Stimme, Sie miese Votze?« Er mußte den Hörer beiseite legen und eine Weile husten, bis er schließlich einen beachtlichen Schleimbrocken zutage förderte und geräuschvoll in den Abfallkorb spuckte.

Madeline mußte all ihre Kraft aufbringen, um nicht zu schreien, und es war nur Walnikows ermutigender, steter Blick und sein aufmunterndes Nicken, die sie schließlich doch Herr ihrer Impulse werden ließen.

»Ich . . . bitte . . . ich weiß doch gar nicht, wie sich Vickie übers Telefon anhört.«

Das veranlaßte Natalie Zimmerman, den Hörer ihres Apparats auf das Bett zu legen und nach unten in den Salon zu gehen, da sie sich inzwischen absolut sicher war, daß sie der einzige vernünftige Mensch war, den es in ganz Los Angeles noch gab. Jetzt sprachen sie mit dem entführten Hund.

»Hören Sie doch, Sie miese Votze, ob Sie Ihre Vickie nicht vielleicht doch erkennen!« Und damit zwickte Philo den kleinen Hund wesentlich brutaler als zuvor, so daß er laut zu kläffen und zu heulen anfing.

»Ich nehme Sie beim Wort!« rief Madeline entsetzt aus. »Ich glaube Ihnen! Ich glaube Ihnen, daß es Vickie ist! Bitte, tun Sie ihr nichts!« Und diesmal konnte Walnikow sie nicht zurückhalten. Sie brach in lautes Schluchzen aus, hielt aber den Hörer immer noch in der Hand. Und sie hörte weiter zu und bemühte sich zu antworten.

»SIE HABEN MICH BELOGEN!« kreischte Philo hysterisch. »Zwanzigtausend! Das langt doch nicht. Damit komme ich doch nirgendwo hin. Ich werde es jetzt tun. Ich kann Ihnen schwören, daß ich mein ganzes Leben lang keinem Tier etwas zuleide getan habe, aber ich werde Ihren Hund jetzt töten. JETZT!«

Madeline schrie: »Halt! Warten Sie! Sie haben schon einmal getötet. Tun Sie es nicht noch einmal. Den kleinen Schnauzer, den Sie betäubt haben. Er ist tot. Tun Sie nicht auch noch einem zweiten Tier etwas an!«

Darauf verschlug es Philo den Atem, so daß er eine Weile nur mit pfeifenden Lungen in den Hörer hustete. Und Walnikow lauschte.

»Sie lügen!« schrie Philo schließlich mit überschnappender Stimme ins Telefon.

»Absolut nicht«, erwiderte Madeline, wieder etwas gelassener. »Die Dosis, die Sie dem Hund gespritzt haben, war zu stark. Er ist daran gestorben. Und ich konnte nichts dagegen tun.«

»Tot?« murmelte Philo. Tutu war tot? Das einzige Geschöpf auf dieser Welt, das Philo Skinner liebte?

Walnikow war perplex. Er winkte Natalie zu sich ans Telefon. Wange an Wange standen sie und lauschten. Der Erpresser weinte!

»Das sind doch nichts als Lügen«, schluchzte Philo. »Das stimmt doch alles gar nicht. Sie lügen doch wie gedruckt. Sie haben mir doch die ganze Zeit nichts als Lügen erählt.«

»Bitte . . .« flehte Madeline. »Bitte!«

Philo Skinner knallte den Hörer auf den Schreibtisch und rannte, den wimmernden Schnauzer immer noch im Arm, weinend in den Arbeitsraum, wo er Vickie auf dem Metalltisch festschnallte. Der kleine Hund spürte die drohende Gefahr und begann wie wild zu knurren. Als Philo Vickie mit einer Hand losließ, nutzte sie diese Gelegenheit, um sich in seine andere Hand zu verbeißen. Aber Philo spürte keinen Schmerz, nur

Wut. Er griff nach seinen Instrumenten auf der Ablage, während Vickie erbittert seine Hand bearbeitete. Er versuchte, das Trimmesser zu fassen zu bekommen. Aber er konnte es nicht erreichen. Schließlich hatte er plötzlich ein Rasiermesser in der Hand. Vickie knurrte nun in echter Panik los, und Philo Skinner äffte die berühmt-berüchtigten Kidnapper der jüngsten Vergangenheit nach. Philo Skinner war kein Mann mit eigenen Ideen.

Mit seiner blutigen Hand drückte er Vickies Kopf auf den Metalltisch und sägte durch das knorpelige Fleisch ihres rechten Ohres. Das knorpelige Gewebe gab dabei ein knackendes Geräusch von sich. Unwillkürlich ließ Vickie Philos Hand los, so daß ihr sein Blut in den Rachen floß, während sie vor unerträglichem Schmerz laut aufheulte. Philo hörte nicht eher zu sägen auf, als bis das Rasiermesser quietschend über die Stahloberfläche des Tisches fuhr. Und dann sah er entsetzt auf das glockenförmige Schnauzerohr hinab, das in einer Blutlache vor ihm lag.

Philo schleuderte Vickie vom Tisch, so daß sie auf dem gefliesten Fußboden landete. Immer noch heulend, versuchte sie sich mühsam aufzurichten, um dann taumelnd wieder seitlich zu Boden zu fallen. Dabei versuchte sie instinktiv, sich den fürchterlichen Schmerz auf dem glatten Fliesenboden wegzureiben, so daß sie eine blutige Spur hinter sich herzog, als sie wie ein Fisch auf ihrem Kopf über den Fußboden zappelte. Als sie schließlich in einer Ecke des Raums nicht mehr weiter konnte, rammte sie ihren Kopf, in dem vergeblichen Versuch zu entkommen, mehrere Male gegen die Wand. Darauf brach sie in ein derart lautes und schrilles Heulen aus, daß Philo sich seine verletzte Hand über sein linkes Ohr hielt, als er den Hörer wieder aufnahm. Dann rappelte sie sich wieder auf und begrub ihr abgeschnittenes Ohr unter sich, als schämte sie sich seiner.

Philo Skinner keuchte und schluchzte und schnappte nach Luft. »Ich ... ich habe es getan, Sie blödes Weibsstück!« brachte er schließlich mühsam hervor. »Ich ... Sie ... haben mich dazu gebracht!«

»Vickie ist tot. Sie haben Vickie umgebracht«, sagte Madeline, obgleich sie wußte, daß das nicht stimmte, da sie im Hintergrund einen Hund heulen hörte.

»Ich habe ihr Ohr abgeschnitten!« schluchzte Philo Skinner. »Sie haben mich dazu gezwungen! Das ist alles nur Ihre Schuld!«

»Bitte, schonen Sie ihr Leben!« bettelte Madeline, so daß selbst Natalie Zimmerman beeindruckt war. Madeline Whitfield war aufgestanden und wischte sich ihre Augen. Allmählich bekam sie sich wieder unter Kontrolle, während der Erpresser zunehmend die Fassung verlor.

»Schonen Sie ihr Leben, Richard«, wiederholte Madeline. »Ich werde Ihnen die zwanzigtausend Dollar morgen bringen. Oder heute nacht. Wohin Sie wollen. Und es ist mir auch völlig gleichgültig, wann. Ich werde sie für Vickies Leben zahlen. Wohin soll ich Ihnen das Geld bringen, Richard?«

Philo war unfähig zu denken. Seine Hand schmerzte wie verrückt. Für einen Augenblick befürchtete er fast, eine Sehne wäre verletzt, aber er konnte sämtliche Finger problemlos bewegen. Da Vickie immer noch jämmerlich kläffte und heulte, knallte Philo die Bürotür zu. Vickie war jedoch immer noch zu hören.

»Nein, nicht heute nacht«, meldete er sich schließlich wieder. »Morgen. Ich werde Sie morgen früh anrufen. Um elf Uhr. Dann werde ich Ihnen Genaueres sagen. Und sehen Sie zu, daß Sie das Geld auch haben.«

»Jawohl, Richard«, nickte Madeline den Hörer an. »Ja, ich werde da sein. Ich habe das Geld. Ich werde alles tun, was Sie sagen. Ja.«

Als Philo schließlich eingehängt hatte, setzte sich Madeline. Sie starrte erst Walnikow an, und dann Natalie. Und dann das Telefon.

Walnikow sagte: »Wir werden morgen gegen neun Uhr mit ein paar weiteren Beamten bei Ihnen vorbeikommen. Morgen wird er das Geld wollen. Vermutlich ist er zu dem Schluß gelangt, daß zwanzigtausend immer noch besser sind als nichts. Jedenfalls werden wir Sie genauestens informieren, was wir zu unternehmen gedenken, und dann ist es Ihrer Entscheidung überlassen, ob Sie sich von uns überwachen lassen wollen, wenn Sie das Lösegeld übergeben. Ich verspreche Ihnen, daß das ganz Ihnen überlassen sein wird.« Als er damit fertig war, trat Walnikow vor Madeline und kniete vor ihr nieder. »Haben Sie mich verstanden, Mrs. Whitfield?«

»Jawohl, Sergeant«, antwortete sie leise.

»Ich werde morgen bei Ihnen sein. Haben Sie also keine Angst.«

»Ich habe keine Angst«, sagte Madeline abwesend.

»Das weiß ich.« Walnikow tätschelte ihre Hand. »Sie sind eine sehr tapfere Frau. Haben Sie mich gehört?«

»Mrs. Whitfield«, schaltete sich nun auch Natalie in die Unterhaltung ein. »Wenn das, was wir eben gehört haben ... ich meine, wenn er wirklich getan hat, was er gesagt hat, dann ist Ihr Hund doch – verstümmelt. Er hat auf Ausstellungen nicht mehr die geringste Chance. Ich bitte Sie, Mrs. Whitfield! Sie werden doch jetzt die zwanzigtausend nicht immer noch zahlen wollen?«

»Und ob ich zahlen werde«, erwiderte Madeline und sah Natalie unverwandt an. »Ich würde ihm sogar achtzigtausend geben, wenn ich so viel Geld hätte. Ich würde jeden Preis zahlen. Jetzt mehr denn je.«

»Jetzt mehr denn je«, echote Natalie.

»Das werden Sie wohl nicht verstehen«, seufzte darauf Madeline.

»Doch, das verstehe ich sehr wohl, Mrs. Whitfield«, entgegnete Walnikow. Er tätschelte Madelines Hand und stand auf. »Ich kann das sehr wohl verstehen. Gute Nacht, Mrs. Whitfield.«

Wie Madeline Whitfield mußte auch Philo Skinner erst eine Weile einfach dasitzen und vor sich hin starren, nachdem er den Hörer eingehängt hatte. Der zunehmende Schmerz in seiner Hand ließ ihn jedoch relativ rasch wieder zu sich kommen. Er legte die Jacke seines Freizeitanzugs ab. Heute nacht würde nun auch sein *letzter* Freizeitanzug in der Mülltonne landen. Vickie hatte inzwischen zu heulen aufgehört. Als Philo die Tür zum Arbeitsraum öffnete, wimmerte sie in einer Ecke leise vor sich hin.

Danach rannte Philo Skinner ans Waschbecken und fing an, mit Papierhandtüchern Tisch und Boden zu säubern. Da war einfach zu viel Blut. Er trat an den Wandschrank und holte Putzlumpen und Eimer. Schon im nächsten Augenblick fing er jedoch zu fluchen an, da er sah, daß er mit seinem eigenen Blut eine Spur zum Wandschrank und wieder zurück gezogen hatte. Alles schön der Reihe nach, Philo! Also ging er an das Waschbecken zurück, krempelte sich die Ärmel hoch und wusch sich das Blut von den Händen. Diesesmal hatte ihn Vickie wirklich ganz ordentlich erwischt. Aber mit einem ordentlichen Verband würde die Wunde binnen kurzem verheilt sein. Keinen Arzt. Keine Erklärungen. Diese Verletzung sah doch zu sehr nach einem Hundebiß aus. Als er sich ein Desinfektionsmittel über die Wunde goß, schrie er vor Schmerzen laut auf. Seine Stimme ließ Vickie etwas lauter winseln. Dann legte sich Philo eine Mullbinde an. Das würde vorerst reichen.

In zehn Minuten war alles wieder sauber. Mit Ausnahme des Tisches. An den Tisch hatte er sich wegen des Ohrs noch nicht herangewagt. Aber darum kam er jetzt nicht mehr herum. Ihm war leicht schwindlig. Einen alptraumhaften Augenblick lang bildete er sich sogar ein, es bewegte sich! Als hätten es die zerfetzten, blutenden Nervenenden zum Zucken gebracht. Er konnte seinen Anblick schon kaum ertragen, aber er mußte es tun. Er nahm ein Papierhandtuch. Dann noch eines. Und schließlich noch drei weitere. Dies erschien ihm als ausreichender Schutz für seine Finger, und er griff nach dem Ohr, das ihm jedoch entglitt und auf den Tisch zurückklatschte, daß ein paar Blutstropfen davonspritzten.

»Oh«, stöhnte Philo. »Oh.«

Dann startete er einen zweiten Versuch. Er hielt das Ohr weit von sich gestreckt, als wäre es eine giftige Schlange. Er stürzte auf die Toilette und warf das Ohr in die Kloschüssel. Dann zog er die Spülung und knüllte die Papierhandtücher zusammen. Das Ohr wollte jedoch nicht in die Kloaken von Los Angeles hinab.

Entsetzt starrte Philo auf das Ohr, das gemächlich im Wasser schaukelte. Dann begann es, langsam zu sinken, um jedoch schon im nächsten Moment wieder an die Oberfläche geschossen zu kommen.

»Uuuuh!« stöhnte Philo und hielt sich seine verletzte Hand an den Mund. »Ouuuuh!«

Er rannte in den Arbeitsraum zurück. Er spritzte etwas Wasser auf den blutüberströmten Trimmtisch und wusch ihn sauber. Er wartete, bis sich der Behälter der Klospülung wieder füllte. Dann lief er wieder auf die Toilette und zog die Spülung, ohne in die Kloschüssel zu sehen. Er wankte in den Arbeitsraum zurück und steckte sich eine Zigarette an. Ein-, zwei-, dreimal wusch er sich am Waschbecken die Hände. Er stellte das Wasser so heiß, daß er die Temperatur gerade noch ertragen konnte.

Plötzlich verspürte er ein leichtes Kitzeln, das etwa in Höhe des Haaransatzes um seinen ganzen Kopf verlief. Es wollte nicht aufhören. Stöhnend drückte Philo die Zigarette im Aschenbecher aus. Sein Gesicht fing an zu brennen. Er ging auf die Toilette zurück. Das Ohr schwamm immer noch im Wasser.

Mit einem Schreckensschrei trat Philo einen Schritt zurück und stieß gegen die Tür, so daß er um ein Haar zu Boden gefallen wäre. Immer und immer wieder zog er die Spülung. Über die Kloschüssel gebeugt, beobachtete er das Ohr.

Er sah zu, wie es in die Tiefe gezogen wurde und verschwand, während das Spülwasser laut schmatzend in die Tiefen der Kanalisation hinuntergesogen wurde. Und dann schoß es plötzlich wieder an die Oberfläche.

Und dann schwamm es wie eine tote Fledermaus auf dem Wasser.

»Ooouuuuh«, stöhnte Philo und brach in Tränen aus. Ihm wurde übel. Er ging ans Waschbecken zurück und nahm sich zehn Papierhandtücher. Damit rannte er wieder in die Toilette. Er fischte das Ohr aus der Kloschüssel. Er hielt es voller Entsetzen mit ausgestreckten Armen, so weit es nur ging, von seinem Körper weg. Er spürte, wie eine Fledermaus sein Rückgrat hochkroch und sich an seinem Nacken festkrallte.

Er hetzte aus dem Zwinger und schoß schnurstracks auf die Straße hinaus. Ein Wagen kam mit laut quietschenden Bremsen abrupt zum Stehen, als Philos Gestalt im Lichtkegel seiner Scheinwerfer auftauchte. Der Fahrer ließ einen kräftigen Fluch los und fuhr weiter. Erschaudernd rannte Philo auf das Abflußloch am Straßenrand zu und warf Vickies Ohr in die schwarze Tiefe hinab.

Philo hatte seine Arme um seinen Körper geschlungen und bibberte, als er wieder in den Zwinger trat. Er konnte nicht aufhören zu zittern, aber es galt noch, eine Aufgabe zu erledigen. Er mußte noch etwas absolut Unerträgliches tun. Ängstlich blickte Philo auf das blutige Bündel in der Ecke. Bis jetzt war Philo nicht imstande gewesen, dorthin zu sehen. Er hatte es tunlichst vermieden, seinen Blick in diese Ecke zu werfen, aber nun mußte er es tun.

Er dachte, Vickie würde ihn sicher beißen, wenn er nach ihr griff. Aber er hatte sich getäuscht. Der schreckliche Schmerz, den ihr dieses Rasiermesser zugefügt hatte, hatte ihr allen Mut geraubt. Vickie winselte nur mitleiderregend, als Philo sie in seine Arme nahm. Sein blütengemustertes Hemd bekam Flecken von ihrem Blut. Winselnd leckte sie Philos Tabakfinger.

Als Philo Skinner Vickies Kopf verband, jammerte er mehr als der kleine Hund. Philo brachte Vickie in ihren Käfig zurück und gab ihr mehr gekochte Leber, als sie würde fressen können, wenn sie nicht sowieso schon der Geruch von etwas Eßbarem dazu brachte, sich zu übergeben. Außerdem goß er ihr etwas warme Milch in ihr Schälchen, selbst auf die Gefahr hin, daß ihr von dem Geruch der Milch übel wurde. Immer noch mit ihr weinend, legte Philo sie sanft auf ihr Lager und versuchte verzweifelt, ihr zusammen mit etwas Rinderhack eine Kodein-Tablette einzugeben. Als jedoch das Fleisch an ihre Schnurrhaare kam, fing sie an zu erbrechen. Und dann überkam es auch Philo. Er stürzte auf den Gang hinaus, warf die Käfigtür ins Schloß und übergab sich auf den Betonboden. Darauf fingen alle fünfundzwanzig Hunde, ihrer jeweiligen Verfassung entsprechend, vor Freude, Aufregung oder Angst zu bellen an. Und ihr Betreuer kroch auf allen vieren auf dem Boden und kotzte. Ihm war hundeübel.

12. KAPITEL

Charlie Lightfoot

Als sie sich auf die Heimfahrt zur Hollywood Station machten, war es acht Uhr.

»Morgen früh werden wir noch einiges zu tun haben, bevor er wieder anruft«, meinte Walnikow.

Natalie saß schweigend neben ihm. Sie rauchte und blickte auf die Scheinwerferlichter auf dem Freeway hinaus.

»Ich glaube, es wäre sinnlos, festzustellen, woher der Anruf kommt, selbst wenn es möglich wäre«, fuhr Walnikow fort. »Für ihn ist morgen Zahltag, und er wird sicher vorsichtig sein. Ich glaube, wir sollten am besten mit drei Überwachungsteams anrücken. Wenn die aus der Innenstadt nicht mitmachen, werden wohl oder übel unsere eigenen Leute dafür herhalten müssen. Außerdem werden wir einen Hubschrauber brauchen, und einen von unseren Leuten als Scharfschützen.«

Sie zuckte kommentarlos mit den Achseln, worauf Walnikow weitersprach: »Ich hoffe nur, daß er sich für die Lösegeldübergabe nichts gar zu Ausgefallenes einfallen läßt. Ich möchte den Kerl unbedingt schnappen; aber natürlich dürfen wir Vickie nicht in Gefahr bringen.«

»Walnikow . . .«

»Ich möchte diesen Kerl *wirklich* schnappen.«

»Walnikow.«

»Ja?«

»Vickie ist ein Hund.«

»Sicher.«

»Ich muß mir das nur immer wieder vorsagen, bevor ich noch ganz verrückt werde.«

»Wissen Sie, Natalie, ich bin mir inzwischen sicher, daß der tote Schnauzer Tutu ist. Und das ist momentan unser einziger Anhaltspunkt. Ich würde sagen, wir rufen morgen, nachdem die einzelnen Überwachungsteams postiert sind, diesen Hundebetreuer an. Wie heißt er doch gleich wieder? Skinner? Wenn er Tutu wirklich so gut gekannt hat, werde ich ihn bitten, in das Tierbestattungsinstitut zu kommen und den Hund zu identifizieren. Und danach werde ich mit ihm – für den Fall, daß er damit einverstanden ist – zu Mrs. Gharoujian fahren, und vielleicht haben die beiden dann ja eine Idee, wem von Mrs. Gharoujians gegenwärtigen oder früheren Gästen so etwas zuzutrauen wäre. Sie wissen ja selbst, daß Mrs. Gharoujian sich nicht um Tutu gekümmert hat. Also muß sich einer ihrer Jungs mit dem Hund näher abgegeben haben. Vielleicht kannte sich sogar einer von ihnen mit diesem ganzen Wettbewerbskram aus. Möglicherweise kann uns Skinner einen Hinweis geben, wer das gewesen sein könnte.«

Philo Skinner kam spät nach Hause. Er trug statt des Hemds und der Jacke, womit er außer Haus gegangen war, einen Arbeitskittel aus dem Zwinger. Zu seiner Erleichterung machte sich Mavis gerade im Schlafzimmer für ihr abendliches Bad fertig, als er durch den Hintereingang ins Haus schlich. Philo nahm eine Windjacke aus dem Schrank im Vorraum.

»Bist du das, Philo?« schrie Mavis durchs Haus. »Zwanzig Minuten, wie? Wo warst du denn die ganze Zeit, Philo?«

Er zog den Reißverschluß der Windjacke hoch und strebte wieder auf die Tür zu. Der Verband hatte die Wunde doch nicht so gut verschlossen, wie er gehofft hatte. Der Mull auf seinem Handrücken begann sich allmählich rot zu färben. Geräuschvoll hantierte Philo in der Küche herum, bis er endlich die Flasche kanadischen Bourbon fand, den er für seine Weihnachtsgäste gekauft hatte. Die Flasche war noch fast voll. Trinken gehörte nicht zu Philo Skinners Lastern. Als er die Küchentür zuknallte, schrie Mavis: »Philo? Bist du das, Philo? Du willst mir doch nicht etwa im Ernst erzählen, du hättest nicht mit so einem kleinen Mäuschen rumgemacht! Philo!«

Sie öffnete die Vordertür gerade noch rechtzeitig, um den Cadillac auf die Straße hinausschießen zu sehen. An der nächsten Kreuzung riß Philo den Wagen reifenquietschend rechts herum, um an den Ort zu fahren, den er ebenso haßte wie liebte. Den einzigen Ort, an den er gehörte – den Skinner-Zwinger, Heimat des Terrier-Kings.

»Wollen wir nicht noch irgendwo gemeinsam abendessen, Natalie, bevor wir auf die Wache zurückfahren?« schlug Walnikow plötzlich vor.

»Abendessen?«

»Ja. Sie werden doch sicher hungrig sein. Warum wollen Sie sich nicht von mir zum Abendessen einladen lassen? Und Sie können auch entscheiden, wo.«

»Ich kann mir mein Abendessen schon selbst kaufen«, erwiderte sie patzig, um dann noch hinzuzufügen. »Schon komisch. Eigentlich habe ich überhaupt keinen Hunger. Ich habe vierundzwanzig Stunden nichts gegessen und habe absolut keinen Hunger.«

Walnikow fuhr eine Weile schweigend weiter, bis er schließlich sagte: »War das Abendessen gestern mit dem Captain nett?«

»Ja«, antwortete sie und blickte ihn scharf an. »Und hatten Sie ein nettes Abendessen mit Mrs. Whitfield?«

»Wir haben nicht gegessen«, erwiderte Walnikow und warf Natalie einen überraschten Blick zu, während er auf den Hollywood Freeway fuhr und sich in die Kriechspur einordnete.

»Dazu hatten Sie wohl keine Zeit, wie?«

»Keine Zeit?«

»Schon gut. Vergessen Sie's.«

Darauf trat wieder Stille ein, bis er wieder zu sprechen anfing. »Ich kenne ein russisches Restaurant am Sunset Strip.«

»Am Strip«, runzelte sie die Stirn. »Haben sie dort wenigstens eine Lizenz für Unterhaltungsprogramme?«

»Eine Lizenz für Unterhaltungsprogramme?«

»Sicher. Wegen der Show, die diese ganzen Freaks dort abziehen.«

»Nein, nein. Es liegt auf dem Hügel *über* dem Strip. Von den Leuten vom Strip kommt dort niemand hin. Ein richtig gutbürgerliches Lokal. Was halten Sie davon, Natalie? Haben Sie keine Lust auf einen kleinen Happen? Sie haben dort ausgezeichneten Borscht. Ich glaube, mir ist heute abend einfach nicht nach Alleinsein.«

»Mrs. Whitfield wird es wohl ähnlich gehen«, stichelte Natalie.

»Ja.«

»Es ist doch nur ein Hund, Walnikow. Vergessen Sie das doch nicht. Es ist doch nur ein Hund.«

»Ja, ich weiß.«

»Tut sie Ihnen leid.«

»Ja, sehr.«

»Tun Ihnen einsame Menschen überhaupt leid?«

»Ja.«

»Sie glauben also auch, *ich* wäre einsam, ja? Wollen Sie mich deshalb zum Abendessen ausführen, weil ich einsam bin?«

»Nein.«

»Dann also, weil *Sie* sich einsam fühlen?«

»Ja.«

»Also gut, Walnikow. Das wollte ich nur wissen. Dann genehmigen wir uns also einen Borscht. Und ich kann allein für mich bezahlen.«

»Wunderbar!« jubelte er mit einem breiten Grinsen und fuhr zum erstenmal sechzig Stundenkilometer.

»Ich habe eine Tochter, Walnikow«, begann Natalie zu erzählen. »Meine Tochter geht ans Colorado State, und was ich so mitbekomme, geht es ihr keineswegs schlecht. Sie macht dort eine Ausbildung als Skilehrerin, und zwar dank Mamis monatlicher Schecks. Aber ich *habe* eine Tochter, und sie hängt sehr an mir.«

»Das freut mich für Sie, Natalie«, antwortete Walnikow. »Ich habe einen Sohn, aber er mag mich, glaube ich, überhaupt nicht. Er schlägt alle meine Einladungen ab und . . .«

»Ich habe auch einen Freund, Jack Packerton. Wahrscheinlich wird er eines Tages zum Deputy Chief befördert.«

»Ja, das kann ich mir vorstellen.«

»Was ich damit sagen will, ist nur: Ich kriege Menschen und Hunde nicht durcheinander. Ich habe weder einen Schnauzer noch einen Wellensittich oder einen Hamster. Und ich möchte auch nicht, daß Sie mich und Mrs. Whitfield miteinander verwechseln. In *keiner* Hinsicht, haben Sie mich verstanden?«

»Natürlich«, erwiderte Walnikow. Er schien seine Partnerin nicht einmal verstehen zu können, wenn er keinen Kater hatte.

»Ich bin absolut nicht so wie Sie und Mrs. Whitfield, Walnikow.«

»Wie ich und Mrs. Whitfield?«

»Ach, vergessen Sie das.« Sie wischte sich das Haar von ihrer Brille. »Ich verstehe mich selbst nicht mehr. Wahrscheinlich habe ich letzte Nacht einfach zu wenig geschlafen.« (Ganz zu schweigen von den Orgasmen, die sie nicht bekommen hatte!) »Vermutlich weiß ich selbst nicht einmal, was ich alles so daherrede. Oder warum. Dieser verrückte Fall macht mir wirklich Kopfschmerzen.«

»Nach einer ordentlichen Portion Borscht wird es Ihnen sicher wieder besser gehen«, tröstete sie Walnikow mit einem Lächeln. »Das hat meine Mutter auch immer gesagt.«

»Nach einer ordentlichen Portion Borscht«, seufzte Natalie.

An der Highland Avenue bog Walnikow vom Freeway ab und fuhr den Strip hinunter. Schließlich parkte er in einer steilen, kleinen Seitenstraße vor dem Restaurant, wobei er wohlweislich die Handbremse zog und das Lenkrad bis zum Anschlag einschlug. Wenn einem bei dieser Steigung der Wagen ins Rollen geriet, würde er erst wieder zum Stehen kommen, nachdem er drei Kokaindealer, zwei Zuhälter und einen Kürbiskerne kauenden Hare-Krischna-Jünger zerquetscht hatte.

Zu Walnikows Enttäuschung war an diesem Abend der Besitzer nicht im Lokal. Dieser Tage war die Gelegenheit, wo er noch mit jemandem Russisch sprechen konnte, recht spärlich gesät, und die armenische Bedienung sprach nicht ein einziges Wort der Sprache ihrer Eltern. An diesem kühlen Mittwochabend war in dem Restaurant nicht sonderlich viel los. Sie nahmen am Fenster Platz, von wo sie einen herrlichen Ausblick auf die Kaskade von gigantischen Leuchtreklamen auf dem Strip hatten. In einem Rausch von Farben und grellem Neonlicht wurden berühmte Rockstars angekündigt, von denen Walnikow noch nie gehört hatte.

»Wissen Sie, Natalie«, lächelte Walnikow, nachdem sie

Platz genommen hatten, »ich habe schon zwei Tage lang keinen Wodka mehr angerührt.«

»Das muß ja ein Rekord sein«, erwiderte sie. »Darauf, finde ich, sollten Sie sich heute abend einen leisten.«

»Na, und wie steht's mit Ihnen?«

»Haben Sie Gin Tonic?« wandte Natalie sich an die junge Bedienung.

»Haben Sie jemals einen russischen Wodka probiert?« fragte sie Walnikow.

»Was ist der Unterschied zwischen russischem und amerikanischem?« zuckte Natalie mit den Achseln.

»Dazwischen liegen Welten«, klärte Walnikow sie auf. »Wollen Sie nicht vielleicht doch einen russischen probieren? Nur einen?«

Er sah sie mit diesen ernsten, nein *traurigen* Augen und seinem schüchternen, jungenhaften Lächeln an, worauf sie zustimmte: »Gut, ich werde mal einen russischen probieren. Aber nur einen.« Kaum hatte sie das gesagt, hatte sie sich schon wieder eines anderen besonnen, aber die müde Bedienung war bereits gegangen.

»Ich freue mich ja so, daß Sie mitgekommen sind, Natalie«, meinte Walnikow. »Ich kann Ihnen gar nicht sagen, wie ich mich darüber freue.«

Das Mädchen kam auf der Stelle mit den zwei Doppelten zurück. Mit strahlendem Gesicht hob Walnikow sein Glas: »*Na wasche sdarowje!* Zu Ihrem Wohl, Natalie.« Er kippte das ganze Glas mit einem Zug hinunter und schloß selig die Augen.

Natalie war alles andere als zimperlich. Sie vermutete, das Zeug würde genau wie amerikanischer Wodka schmecken, der in ihren Augen genauso schmeckte, wie sie sich Benzin vorstellte, wenn man es trank. Na, und wenn schon! Sollte er sich doch kaputt lachen, wenn sie rückwärts von ihrem Stuhl kippte.

»Prost«, hob sie ihm also tapfer ihr Glas entgegen und leerte es ebenfalls auf einen Zug. Die Hitze floß durch sie hindurch, aber es folgte nicht dieser unangenehme Geschmack vom Magen herauf. »Der ist ja herrlich mild!« gab sie spontan ihre Begeisterung kund. Und es stimmte tatsächlich. »Wirklich ganz anders als der Wodka, den ich bisher immer getrunken habe.«

»Es ist eben russischer«, kicherte Walnikow. »Sagen Sie doch selbst: Liegen da nicht Welten dazwischen? Das ist eben Ost und West. Das ist Igor Strawinsky und Bob Dylan. Das ist eben – russisch. Möchten Sie noch einen?«

»Na, was soll's schon«, meinte darauf Natalie Zimmerman.

»Na, was soll's schon«, wiederholte sie nach dem zweiten Glas.

»Na, was soll's schon«, kicherte sie nach dem dritten. Und dann begann ihre Nase zu kitzeln, und ihre Finger wurden langsam taub.

»Na sdarowje«, hatte sie sich vor dem dritten noch in Russisch versucht.

»Vielleicht sollten Sie ihn schlürfen«, schlug Walnikow vor. »Manche Leute geben auch Pfeffer hinein.«

»Er ist so wunderbar mild!« lobte Natalie. *»Na sdarowje!«* Ihr ganzes Gesicht glühte und wurde rot. Ihre widerspenstige Locke baumelte herunter.

»Möchten Sie jetzt etwas Borscht, Natalie?« fragte Walnikow.

»Ach was, wer wollte jetzt schon Borscht. *Na sdarowje!* Mir gefällt es hier. Vielleicht komme ich auch mal mit Jack hierher.«

»Ja es ist angenehm und gemütlich hier«, stimmte ihr Walnikow zu. »Manchmal spielt auch ein Zigeuner auf der Geige. Dann gefällt es mir am allerbesten.«

Natalie Zimmerman bestand auf einem vierten Glas. Sie mußte sich hinsichtlich der Tatsache, daß der Borscht an diesem Abend besonders gut war, voll und ganz auf Walnikows Urteilsvermögen verlassen. Sie ließ ihn etwas saure Sahne hineinrühren und bemerkte, daß er sich von seiner Konsistenz sehr angenehm anfühlte. Auch das Schwarzbrot und die Butter waren großartig, obwohl sie sich auch hierbei auf Walnikows Meinung berufen mußte, da alles, was sie wirklich schmecken konnte, der Wodka war. Und auch den Wodka schmeckte sie eigentlich nicht. Sie erfuhr ihn.

»Ich finde nicht, daß Sie noch einen trinken sollten«, warnte sie Walnikow. »Fünf doppelte Wodkas! Das ist eine ganze Menge, wenn Sie nicht daran gewöhnt sind.«

»Dann werde ich mir eben selbst einen bestellen müssen«, beharrte Natalie und schleuderte ihre Locke aus dem Gesicht.

»Noch zwei«, bestellte Walnikow bei der Bedienung. »Trinken Sie eigentlich immer so viel?«

»Ob *ich* immer ... ob *ich* immer so viel ... wissen Sie eigentlich, daß Sie mich an den Rand des Wahnsinns treiben, Walnikow?«

»Wirklich? Tue ich das?«

»Ich trinke so gut wie nie etwas!«

»Oh!«

»Ich trinke nur in Gesellschaft, um kein Spielverderber zu sein.«

»Aha.«

»Und ich *hasse* Pornofilme.«

»Ja, natürlich«, nickte Walnikow und tupfte sich mit seiner Serviette die Lippen ab.

»Und ich habe noch nie einen Mann mit so verdammt tadellosen Tischmanieren gesehen wie Sie. Warum schlürfen Sie eigentlich Ihre Suppe nicht auch, wie Jack das tut?«

»Verzeihung, Natalie«, stotterte Walnikow und sah sich im Raum um, ob sie mit ihrem Geschrei nicht die anderen Gäste störte.

»Verzeihung, Natalie. Das sieht Ihnen ähnlich. *Verzeihung*. Wenn Sie nicht gleich mit Ihrem besorgten Getue aufhören, werden Sie mich auch noch langweilen.«

»Ver ... Natalie, wollen Sie vielleicht noch eine Scheibe Brot?«

»Ich hätte lieber noch etwas Wodka.«

»Also lieber nicht. Davon würde ich Ihnen dringend abraten.«

»Ich bin, verdammt noch mal, neununddreißig Jahre alt. Da werde ich doch wohl noch selbst wissen, wieviel ich trinken darf, oder vielleicht nicht?«

»Wollen Sie vielleicht noch etwas Butter auf Ihr Brot, Natalie? Dieser Pumpernickel ist ganz hervorragend, finden Sie nicht auch? Er ist so ...«

»Russisch«, fiel sie ihm ins Wort.

»Ja«, stimmte er ihr zu. »Versuchen Sie doch bitte, noch etwas mehr davon zu essen. Es ist noch so viel da.«

Als die Kellnerin schließlich die Rechnung brachte, war Natalie Zimmerman wieder etwas nüchterner. Zumindest hatte sie aufgehört zu schreien.

»War das Gebäck nicht hervorragend?« bemerkte Walnikow, während er für die Bedienung ein Fünfzehn-Prozent-Trinkgeld abzählte. Natalie war zu betrunken, um Einspruch zu erheben, als er für Sie mit bezahlte.

»Selbstverständlich«, antwortete sie und steckte sich eine Zigarette an. Das Streichholz fing erst beim drittenmal Feuer. Walnikow hatte es aufgegeben, ihr Feuer zu geben, nachdem sie ihm klargemacht hatte, daß kein Polizist einem anderen Polizisten Feuer geben sollte, verdammt noch mal!

»Wollen Sie noch etwas Tee, bevor wir gehen?« fragte Walnikow. Er brauchte etwas mehr als fünf doppelte Wodkas, wenn er auch wirklich etwas spüren wollte. Vielleicht die doppelte Menge, und dann – Vergessen. Die unendliche Öde. Sibirien.

»Noch etwas Tee«, wiederholte Natalie, während sie rauchend sein Gesicht betrachtete. Und dann sagte sie plötzlich unvermittelt: »Es ist doch nur so ein gottverdammter Köter, Walnikow.«

»Ich weiß«, erwiderte er gelassen.

»Na ja, es ist ja auch *Ihr* Fall. Ich begleite Sie nur so nebenbei.«

»Nein, wir sind Partner«, widersprach er.

»Doch, es ist *Ihr* Fall. Ich befasse mich auf eigene Faust mit einem Fall«, lallte sie. Sie sprach die Worte undeutlich aus, und ihre Stimme wurde wieder lauter.

»Und was ist das für ein Fall?«

»Der Fall Sergeant A. M. Walnikow.« Mit einem Seufzen blies sie den Rauch aus. »Das ist *mein* Fall.«

»Das verstehe ich nicht.«

»Das macht nichts«, erwiderte sie. »Erzählen Sie mir über Ihre Kindheit.«

»Meine Kindheit?«

»Ja, erzählen Sie mir davon. Ich habe Ihnen doch auch über meine erzählt, oder nicht? Ich wurde schon in meiner Kindheit verheiratet. An so einen Drecksack. Dann bekam ich ein Baby. Und dann habe ich dem Drecksack Adieu gesagt und bin zur Polizei gegangen, um für meine Becky aufkommen zu können. Dann habe ich einen anderen Drecksack geheiratet, der nicht wußte, daß er Polizisten haßte, bis er mich geheiratet hatte. Und dann habe ich auch diesem Drecksack Lebwohl gesagt. Ich glaube, ich habe meiner Tochter wirklich eine gute Erziehung gegeben.«

»Ich bin mir sicher, daß sie ein nettes Mädchen ist.« Walnikow nippte an seinem Tee.

»Zumindest glaube ich, daß sie sich nicht hereinlegen lassen wird wie ihre Mutter. Ich kann mir nicht vorstellen, daß sie ihre Ski lange genug abschnallen würde, um mit irgend so einem Kerl ins Bett zu hüpfen. Geht es eigentlich auf Skiern auch? Mein Gott, wie mir das Mädchen manchmal fehlt. Fahren Sie eigentlich Ski?«

»Nein. Ich habe keinerlei besondere Begabung«, grinste Walnikow. »Meine Mutter hat zwar ihr Geld für meine Klavierstunden zum Fenster hinausgeworfen, aber ich hatte dafür einfach kein Talent.«

»Sie haben sehr wohl Talent«, korrigierte ihn Natalie, die Ellbogen auf dem Tisch, das Kinn in beide Hände gestützt, ihre riesige Brille auf die Nase heruntergerutscht.

»Was für ein Talent?«

»Sie können Verbrecher schnappen«, sagte sie. »Ich möchte wetten, daß Sie eine ganze Menge von Halunken geschnappt haben, als Sie noch bei der Mordkommission gearbeitet haben.«

»Ich muß Ihnen ein Geheimnis verraten, Natalie. Meine Mutter hat mich zwar in die Klavierstunde geschickt, aber wissen Sie, was sie sich wirklich für mich erträumt hat?«

»Nein, was?«

»Sie wollte, daß ich ein Ballettstar werde.«

Diesmal drehten sich die anderen Gäste tatsächlich nach dieser betrunkenen Frau mit der Kraushaarfrisur und der

Eulenbrille um, die prustend loslachte und fast vom Stuhl gefallen wäre.

»Ein ... ein ... Ballettänzer!« platzte sie heraus. »Sie! Yogi-Bär in Ballettschuhen!«

Als sie sich allmählich wieder beruhigte, meinte Walnikow: »Meine Mutter konnte diesen Mangel an Kultur in Amerika nie verstehen. Bis zu dem Tag, an dem sie starb, konnte sie nicht begreifen, wie man die Ergebnisse der Baseball-Liga wichtiger finden konnte als das Ballett. Aber leider war ich nie – zierlich genug. Und mein großer Bruder wog auch bereits mit dreizehn Jahren zwei Zentner, so daß man ihn also auch vergessen konnte.«

»Haben Sie eigentlich von Ihrer Mutter so essen gelernt?« erkundigte sich Natalie.

»Wie meinen Sie das?«

»Ich möchte wetten, daß sie auf Tischmanieren enormen Wert gelegt hat, oder nicht?«

»Meine Mutter, die konnte vielleicht tanzen!« erklärte Walnikow stolz. »Hätten Sie etwas dagegen, Natalie, wenn ich mir noch einen Stolitschnaja bestelle?«

»Nur, wenn ich auch noch einen bekomme.« Natalie hatte immer noch ihr Kinn in beide Hände gestützt und starrte in Walnikows blaue Augen, die langsam wäßrig wurden.

»Zwei«, sagte er und hielt der Kellnerin sein Wodkaglas hoch.

»Ich wollte nur, meine Mutter hätte die Moisejew-Tanzgruppe sehen können. Sie konnte all die verschiedenen Nationaltänze – die georgischen, die ukrainischen und die von der Krim. Und vergessen Sie nicht, daß sie nie in einem Land namens UdSSR gelebt hat. Meine Eltern sind geflohen, bevor die Weißen endgültig am Ende waren.«

»Sie waren aus Leningrad?« fragte Natalie.

»Ja, für sie hieß es allerdings immer nur Petrograd«, nickte Walnikow. »Wissen Sie, daß die ganze Stadt voller Baumwollpflanzen ist? Und im Spätsommer schweben dann Billionen von Samen durch die Luft! Sie sind außergewöhnlich fein und seidig. Die ganze Luft ist voll davon. Und das feine Gewebe häuft sich wie Schneeverwehungen vor den Häusern an. Können Sie sich vorstellen, wie es ist, wenn es unter der heißen Augustsonne zu schneien beginnt. Was für eine Stadt!«

»Sind Sie je dort gewesen?«

»Nein, aber eines Tages werde ich hinfahren. Wenn ich genügend gespart habe. Meine ehemalige Frau hat wieder geheiratet. Für meinen Sohn muß ich zwar offiziell schon zwei Jahre nicht mehr aufkommen, aber ich schicke trotzdem immer noch Geld. Und da Nick es mir nicht zurückschickt, nehme ich an, daß er es brauchen kann. Aber eines Tages werde ich genügend gespart haben, und dann werde ich hinfahren.«

»Das klingt ja ganz so, als ob man sich dort ein übles Emphysem holen könnte – mit all dem Flaum, der durch die Luft fliegt«, meinte Natalie und bedachte die Bedienung, die eben ihre zwei Wodkas brachte, mit einem breiten Lächeln.

»Schon möglich«, entgegnete Walnikow. »Aber Natalie, stellen Sie sich das einmal vor – das Paris des Nordens! Eine Stadt mit Straßen voller seidiger Schneeverwehungen! Und das mitten im August.«

»Ja, das ist sicher fantastisch«, lächelte sie zustimmend. Und dies war das wärmste Lächeln, das sie ihm je geschenkt hatte. Es brachte sein Herz schneller zum Klopfen. »*Na sdarowje!* Ach, ist der mild!«

»O ja«, fiel er in ihren Lobgesang ein, als die Wodkawärme ihn zu durchströmen begann.

Sie betrachtete sein einfältiges, jungenhaftes Grinsen und sagte schließlich: »Warum haben Sie eigentlich gesagt, Ihr Vater wäre gestorben, bevor Ihr Bruder geboren wurde? Sie wissen doch selbst, daß das unmöglich stimmen kann?«

»Das habe ich doch auch nie behauptet.«

»Doch, das haben Sie sehr wohl. Und zwar am ersten Tag, an dem wir zusammengearbeitet haben. Sie waren ... na ja. Jedenfalls sagen Sie hin und wieder recht eigenartige Sachen.«

»Habe ich das wirklich gesagt?«

»Wenn Sie Wodka getrunken haben, sind Sie dann am nächsten Tag öfter mal etwas – konfus?«

»Ich glaube nicht, nein.«

»Wann ist Ihr Vater denn gestorben?«

»1941. Ich war damals noch keine acht Jahre alt.«

»Was hat er denn hier in Amerika gemacht?«

»Alles mögliche«, zuckte Walnikow mit den Achseln. »Er hat nie richtig Englisch gelernt. Er war Soldat gewesen – ein junger Hauptmann in der zaristischen Armee.«

»Aha«, nickte Natalie. Sie spürte, wie sie mit dem Sprechen zunehmend Schwierigkeiten bekam. »Wollten Sie damit vielleicht sagen, sein Lebensmut wäre gebrochen oder sein altes *Wesen* wäre gestorben, bevor Ihr Bruder geboren wurde? Ist das vielleicht im Zuge der Revolution geschehen, als er mit ansehen mußte, wie seine ganze Welt zusammenbrach?«

»Ich weiß nicht. Ich kann mich nicht erinnern, so etwas gesagt zu haben.«

»Ist Ihnen schon einmal aufgefallen, daß Sie etwas abwesend sind? Daß Sie sich nicht konzentrieren können? Daß Sie Schwierigkeiten haben, eine Frage zu verstehen oder zu beantworten?« Natalies Ellbogen glitt vom Tisch, so daß sie mit ihrem Gesicht um ein Haar voll in ihrem Teller gelandet wäre.

»Ich glaube, Sie haben jetzt wirklich genug Wodka«, bemerkte Walnikow.

»Sie haben *Ihren* Fall, den Sie zu lösen haben, und ich meinen«, gab sie herausfordernd zurück. »Kommen Sie, gehen wir zu mir.«

»Zu *Ihnen*?«

»Nein, wenn ich es mir genau überlege, dann kann ich gar nicht zu mir, ich meine, meinen Fall lösen. Also befassen wir uns lieber mit Ihrem Fall, ich meine, mit Ihrer Wohnung. Also gehen wir in Ihre Wohnung.«

»In meine Wohnung.«

»Haben Sie russischen Wodka bei sich zu Hause?«

»Ja, aber ich glaube nicht, daß Sie noch mehr davon trinken sollten.«

»Na gut, aber ich möchte in *Ihre* Wohnung. Sie werden doch wohl einer Dame keinen Wunsch abschlagen?«

Als Walnikow dann mit wodkatrüben Augen den Hügel zum Strip hinunterfuhr, richtete er sein ganzes Augenmerk darauf, niemanden von dem Rosinen und Nüsse mampfenden Jungvolk zu überfahren. Sein Blick fiel auf ein Blumenkind in einer Latzhose und Gummistiefeln. Das Blumenkind tat, was Blumenkinder am Strip so oft tun – es verkaufte Blumen. Kleine Sträuße aus Vergißmeinnichts und Veilchen.

Walnikow lenkte den Wagen an den Straßenrand und stieg aus. Als er wieder zurückkam, hatte er einen Strauß Veilchen in der Hand.

»Wenn Sie schon nicht zulassen wollen, daß ich Ihnen Feuer gebe, dann nehmen Sie wenigstens das«, bat er. »Ich will damit nicht chauvinistisch sein, oder so. Ehrlich. Das ist einfach nur die *Liebe* der Russen, Blumen zu schenken.«

»Walnikow«, entgegnete Natalie mit einem Kopfschütteln und preßte die Veilchen an ihr Gesicht, »sie sind ein sehr, sehr verrückter Mensch, wissen Sie das? Sie würden wahrscheinlich wirklich in ein brennendes Haus rennen, um ein Goldfischglas herauszuholen.«

Als sie schließlich vor Walnikows möbliertem Apartment in der Franklin Avenue parkten, fiel ihm plötzlich ein, wie seine Junggesellenwohnung eigentlich aussah. Das Bett war natürlich nicht gemacht. Die Unterwäsche und die Socken hingen immer noch von der zwischen Käfig und Tür gespannten Leine. Der Stapel schmutziges Geschirr in der Küche. Mein Gott! Waren wenigstens die Toilette und das Waschbecken sauber?

»Äh, könnten Sie vielleicht noch eben einen Augenblick hier sitzen bleiben, Natalie, damit ich bei mir oben noch ein bißchen aufräumen kann?«

»Wohnen Sie weit oben?« fragte sie. Bei dem Gedanken, eine Treppe hinaufsteigen zu müssen, war ihr momentan nicht ganz wohl. In ihren Fingern hatte sie inzwischen zwar wieder ein Gefühl, aber ihre Zehen waren nach wie vor taub.

»Nummer zwölf, ganz am Ende der Treppe und dann links. Wenn Sie mir zwei Minuten Zeit lassen würden, ja?«

»Zwei Minuten«, wiederholte Natalie und rieb sich ihre Nase, aus der ebenfalls jedes Gefühl entwichen war. Stolitschnaja. Sibirien. Vergessen.

Auch Walnikows Gang zeugte nicht unbedingt von vollendeter Eleganz, als er die Treppe hinaufwankte. Er hatte einige Schwierigkeiten, das Türschloß zu finden. Schließlich schaffte er es aber doch, die Tür aufzusperren, worauf er hastig durch die Wohnung hetzte und Geschirr und Unterwäsche wegräumte. Das schmutzige Geschirr packte er in den Kühlschrank, während Unterwäsche und Socken im Bratrohr des Küchenherds landeten. Er sammelte Dutzende von Platten vom Boden auf und stapelte sie auf dem altersschwachen, schäbigen Couchtisch. Er strich hastig die zerknüllten Laken glatt, zog die Tagesdecke über das Bett, stopfte das Kopfkissen darunter und plazierte ein paar Tageskissen darauf, um dem Raum eine gemütlichere Atmosphäre zu verleihen. Dann sah er, daß zwei der Kissen Tomatensuppenflecken hatten. Er warf sie auf den Boden und beförderte sie mit einem Tritt ebenfalls unter das Bett. Dann hörte er, wie sich Natalie etwas mühsam die Treppe heraufkämpfte. Er schoß ins Bad und inspizierte Toilette, Dusche und Waschbecken. In Ordnung. Nur das Waschbecken war über und über mit Zahnpasta verschmiert. Er riß ein Badetuch vom Halter, wischte damit kurz das Waschbecken aus und rannte in die Küche, wo er das Handtuch zu dem schmutzigen Geschirr in den Kühlschrank steckte. Als sie schließlich an die Tür klopfte, war er völlig außer Atem.

Plötzlich überkam ihn für eine Sekunde neuerlich Panik, und er stürzte auf seinen riesigen Käfig zu. Gott sei Dank! Er sah ganz ordentlich aus.

»Gawno«, begrüßte Mischa seinen Herrn, dessen Gedanken sich in diesem Augenblick auch tatsächlich um *Gawno* auf dem Boden des Käfigs drehten.

Walnikow riß die Tür auf und hielt ihr die Drahtmaschentür auf. »Willkommen in meiner Wohnung, Natalie«, keuchte er. »Leider bekomme ich ja nicht allzu oft Besuch hier. Aber trotzdem willkommen!«

Natalie schwankte seitlich, als sie den Raum durchquerte

und sich auf dem einzigen gepolsterten Stuhl niederließ. Dabei zerbrach sie eine Platte fein säuberlich in drei Teile.

»Oh, Verzeihung!« entschuldigte sich Walnikow, als sie erschreckt wieder aufsprang. Er nahm die zerbrochene Platte und sagte: »Mussorgsky. Die habe ich sowieso nicht besonders gemocht.«

»Die Couch da sieht aber ein bißchen holprig aus«, bemerkte sie.

»Das ist mein Bett«, berichtigte sie Walnikow. »Ich kann es ja ein bißchen glattstreichen.«

»Wieso?« erwiderte Natalie argwöhnisch und verfehlte wieder einmal mit dem Streichholz ihre Zigarette. »Glauben Sie vielleicht, ich werde mich auf Ihr Bett legen?«

»Nein!« entfuhr es Walnikow.

Und gleichzeitig stand Natalie auf und setzte sich auf sein Bett. »Holprig«, beschwerte sie sich.

»Ich kann es ja glattstreichen«, erklärte er sich rasch bereit.

»Aber nicht mit *mir* drin, mein Freund.«

»Natürlich nicht!«

»Um Himmels willen, Walnikow, setzen Sie sich doch endlich!«

»Möchten Sie etwas Tee?«

»Nein, ich hätte gern etwas Wodka. Russischen Wodka.«

»Und wie wär's mit einem Schluck Tee?«

»Na, dann lassen Sie es eben! Ich werde meinen Wodka schon auch woanders kriegen.«

»Na gut, wenn Sie unbedingt meinen.« Damit verschwand Walnikow in der Küche.

»Wie wär's mit etwas Zigeunermusik?« schlug Natalie vor und verstreute die Asche von ihrer Zigarette über den abgetretenen Teppich. »Hoppla!«

»Gesang oder Geige?« schrie Walnikow aus der Küche zurück.

»Beides! Und beeilen Sie sich ein bißchen!« kommandierte Natalie.

Während sie die Asche von seinem Bett wischte, schenkte Walnikow den Wodka ein und wählte die Platten aus. Zuerst

Balalaika. Warum nicht? Und dann etwas Volksmusik. Heitere Musik. Und dann – Zigeunerweisen.

Als die erste Platte lief, fühlte sich Walnikow mit einemmal richtig ausgelassen und gelöst. Er konnte sich nicht erinnern, jemals so viel Spaß gehabt zu haben! Mit einem halb leeren Glas Wodka in der Hand stand er mitten im Raum.

Ein russischer Bariton fiel in ein lebhaftes Lied ein. »Es heißt ›Kogda Ja Pjan‹«, erklärte er. Und dann begann er zu Natalies Überraschung einen Tanz für sie, wobei er ihr den Text übersetzte, während er durch den Raum hopste und wirbelte.

Zuerst der russische Bariton und dann Walnikows Übersetzung: »Ich werde trinken und trinken ... und ich bin immer betrunken ... und da ist nichts, vor dem ich mich fürchte ...«

»Singen Sie es doch auch!« forderte Natalie ihn auf und klatschte mit der Musik, während Walnikow tanzte.

Der Russe und Walnikow sangen: »Da ist nichts, vor dem ich mich fürchte!«

»Singen Sie doch auch, Walnikow!« verlangte Natalie. Sie verschüttete ihren Wodka, schenkte sich aber neuen nach.

Walnikow tanzte inzwischen mit dem Wodkaglas zwischen seinen Zähnen, bis er neben Natalie aufs Bett plumpste.

Er zog seine Jacke aus und legte den Waffengürtel ab. Revolver und Gürtel flogen in hohem Bogen auf den nächsten Stuhl.

»Einen Augenblick, Walnikow«, warnte ihn Natalie Zimmerman. »Behalten Sie den Rest der Kleider *an*!«

Aber Walnikow hörte sie gar nicht. Er war bereits wieder auf den Beinen. Er riß sich die Krawatte vom Hals und krempelte die Ärmel seines weißen Hemds hoch. Wie viele stämmige Männer, konnte Walnikow gut tanzen. Jetzt bewegte er sich zu der lebhaften Musik von ›Kak U Duba Starowo‹.

»Tanzen Sie, Walnikow!« kicherte Natalie und klatschte im Takt der Musik. Als das Lied zu Ende war, fiel er neuerlich aufs Bett.

»Das war großartig!« applaudierte Natalie. »Einfach toll!«

»Finden Sie wirklich?«

»Sie sind ein fantastischer Tänzer.«

Dann begann eine Zigeunerin zu singen, mit einer Stimme wie ein Mann. Walnikow setzte plötzlich eine ernste Miene auf und schenkte ihnen beiden neuen Stolitschnaja ein. Zigeuner. Gott steh uns bei. Zigeuner.

»Was ist, Walnikow?« fragte Natalie.

»Ich weiß nicht. Die Zigeuner machen mich einfach traurig.«

»Aber wieso?«

»Vielleicht, weil ich es soll.«

»Sie sind ein lausiger Amerikaner, Walnikow.«

»Hören Sie sich das an!«

Ein Zigeunerbariton begann ›Starinje Wals‹, den Alten Walzer, zu singen.

»Das ist der schönste Walzer, den ich je gehört habe«, sagte Natalie Zimmerman.

»Können Sie Walzer tanzen?« fragte Walnikow.

»Ja.«

Er trat an den Plattenspieler und setzte den Tonarm noch einmal auf den Beginn von ›Starinje Wals‹. Der Zigeuner begann zu singen. Walnikow verbeugte sich und breitete seine Arme aus. Natalie Zimmerman stand leicht schwankend vor ihm und lehnte sich an ihn. Er führte sehr gekonnt. Vorsichtig bugsierte er sie zwischen all den über seine winzige Wohnung verstreuten Gegenständen hindurch, während der Zigeuner sang.

»Der Schneesturm heult vor dem Fenster«, übersetzte Walnikow den Text. »Und kein Ton ist von dem Walzer zu hören.«

»Walnikow!« Natalie löste sich von ihm und setzte sich wieder auf das Bett. »Was ist nur mit mir los?«

»Und ich war jung«, übersetzte er weiter den Gesang des Zigeuners.

»Walnikow!«

»Und ich *liebte* dich so sehr!« übersetzte er immer noch.

»Haben Sie noch etwas Wodka? Ich hätte gern noch einen Schluck Wodka!«

»Selbstverständlich«, erwiderte er höflich und verschwand in die Küche.

»Geht es dort ins Bad, Walnikow?« rief Natalie ihm nach, während er in der Küche nachschenkte.

»Sie können es unmöglich verfehlen«, rief er zurück. »Es ist auf der linken Seite.«

Sie wusch sich mit kaltem Wasser das Gesicht, trocknete sich ab, schminkte sich die Lippen frisch und betrachtete im Spiegel prüfend ihre Augen. Mein Gott, was ist nur mit mir los? Walnikow ist doch ein Irrer. Aber was ist nur mit *mir*? Als sie wieder in den Wohnraum trat, sang gerade eine Zigeunerin, als zerspränge ihr das Herz. Walnikow tanzte dazu betrunken durch das Zimmer.

»Sie sind wirklich komisch, Walnikow«, sagte Natalie, während er sich schwankend zu der Musik bewegte. Sie war fast genauso groß wie er. »Richten Sie sich doch einmal gerade auf.«

»Wieso sollte ich gerade stehen?« erwiderte er und tanzte weiter wankend und mit geschlossenen Augen zu der Musik.

»Wenn Sie sich nur einmal gerade aufrichten würden, wären Sie bestimmt eins achtzig groß«, redete Natalie weiter auf ihn ein. »Und Sie wiegen doch bestimmt zwei Zentner. Da sollten Sie auf jeden Fall größer sein.«

»Mir ist völlig egal, ob ich eins achtzig groß bin«, antwortete Walnikow. Er hatte inzwischen eine Kauerstellung eingenommen und versuchte ein paar Prisiadka-Schritte, die ihn jedoch des öfteren auf seinem Hintern landen ließen.

»Walnikow!« kreischte Natalie. »Das ist doch verrückt!«

»Die Nachtigallen sangen in den Brombeerbüschen!« begann Walnikow wieder zu übersetzen.

»Was?« Sie goß ihm sein Glas halb voll mit Wodka, als er sich tanzend aufrichtete.

»Ich habe gesagt, die Nachtigallen sangen in den Brombeerbüschen«, wiederholte Walnikow. »Wer als ein Russe könnte solche Zeilen schreiben?«

Und während ein Zigeunerbariton sang, fragte Natalie lächelnd: »Ist das der Text dieses Lieds?«

»Die Blätter der Pappeln raschelten«, übersetzte Walnikow. »In den belaubten Wäldern grüßten junge Mädchen die Reiter mit einem Lied.«

»Singt er das gerade?« wollte Natalie wissen.

Walnikow nickte und tanzte mit geschlossenen Augen weiter.

Als der Zigeuner zu singen aufhörte, öffnete er seine Augen. Walnikow legte noch einmal den Alten Walzer auf. Sie stand vor ihm und winkte ihn mit ihren Armen zu sich. Er legte seinen Arm um sie, und dann tanzten sie los, wohlweislich den Käfig und den Couchtisch vermeidend.

»Sagen Sie mir doch, was der Text bedeutet«, flüsterte sie.

»In einer Frühlingsnacht sang eine unbekannte Stimme diese wunderbare Melodie.« Walnikow redete, während der Zigeuner sang.

»Das ist ein *herrlicher* Walzer«, flüsterte Natalie, während sie langsam durch das kleine Apartment wirbelten.

»Gawno!« krächzte Mischa und beobachtete die Tänzer.

»Und ich war so jung«, übersetzte Walnikow. »Und ich liebte dich so sehr!«

»Ich bin ganz schön sauer auf Sie, Walnikow, daß Sie's gestern abend mit Mrs. Whitfield getrieben haben«, flüsterte Natalie im Tanzen.

»Wirklich?« Er fühlte sich übermütig, schwindlig.

»Ja, ich bin ganz schön sauer.«

»Wieso, Natalie?«

»Weil Sie Polizeibeamter sind«, fuhr sie ihn an. »Das wirft doch auf die ganze Polizei ein schlechtes Licht, verdammt noch mal. Im Dienst zu vögeln!«

»Tut mir leid, Natalie«, erwiderte er. »Aber für mich war das eine sehr ungewöhnliche Nacht.«

»Ich verzeihe Ihnen ja auch«, flüsterte Natalie in Walnikows Ohr, während der Zigeuner sang. »Was hat dieser Zigeuner über die Nachtigallen gesungen, Walnikow?«

»Daß die Nachtigallen in den Brombeerbüschen singen«, murmelte Walnikow ganz nahe an ihrer Wange.

»Recht haben sie«, stimmte Natalie Zimmerman zu und blies sich ihre widerspenstige Locke aus dem Gesicht. Und dann küßte sie plötzlich Walnikows glühend heißes Ohrläppchen.

Er war völlig außer sich. Nie hätte er das auch nur zu träumen gewagt. »Natalie!« schluchzte er.

Und dann jubelte sie: »Andruschka!«

»Was? *Was* hast du gesagt?«

»Andruschka!« Sie küßte ihn und biß ihn ins Ohr.

Der Klang ihrer Stimme, als sie ihn so nannte, rührte ihn fast zu Tränen. »Natascha!« schluchzte er.

Er war der zärtlichste und selbstloseste Liebhaber, den sie je gehabt hatte. Endlos küßte er jede einzelne Stelle ihres Körpers. Ebenso endlos liebkoste er sie überall und immer. Er flüsterte ihr russische und englische Wortfetzen ins Ohr. Sie wußte nicht, ob es seine Worte waren oder die des Zigeuners, der durch das alles zu ihnen sang. Natalie Zimmerman hatte *vier* Orgasmen, nur einen weniger, als sie die ganze Woche lang mit Captain Jack Packerton *nicht* gehabt hatte.

Alle paar Augenblicke rief sie: »Andruschka!«

»Natascha!« antwortete er ihr. »Oh, meine Natascha!«

»Andruschka!«

Zu etwa demselben Zeitpunkt, da Natalie Zimmerman gerade ihren vierten Orgasmus bekam, saß Philo Skinner, der schon drei Monate keinen mehr gehabt hatte, in dem kleinen Büro neben dem Arbeitsraum und trank im Schein einer Schreibtischlampe kanadischen Bourbon, kritzelte auf einem Notizblock herum und starrte auf das Telefon.

Der Whisky half ihm schließlich dabei, nicht mehr daran denken zu müssen, was er eben getan hatte. Er fragte sich, ob sie wohl würde schlafen können, aber er brachte es nicht über sich, zurück in den Zwinger zu gehen und nach ihr zu sehen. Er hatte einen Entschluß gefaßt.

Er hatte schon längst eine mexikanische Touristenkarte. Es gab täglich, drei Uhr nachmittags, einen Flug mit der Mexicana Airlines, der ihn über ein subtropisches Paradies, über weiße Strände und über den warmen Pazifik tragen würde, wie er es sich immer erträumt hatte. Er würde zwar keine siebzigtausend Dollar haben, wie er sich erträumt hatte, aber er würde auch keine fünftausend haben. Er würde *zwanzigtausend* haben. Er würde Arnold hereinlegen und sich mit dem ganzen Geld aus dem Staub machen. Er lächelte grimmig und hoffte, die anderen Buchmacher würden *Arnold* an die Eier gehen. Sollten der Jude und der Nigger morgen ruhig kommen, um nach Philo zu sehen. Um diese Zeit würde er bereits hoch über dem Golf von Kalifornien schweben. Und Margueritas trinken.

Natürlich würde er nie wieder in sein Heimatland zurückkehren können. Das stimmte ihn traurig. Aber andrerseits, nie war eine lange Zeit. Vielleicht würde Arnold, dieser Blutsauger, eines Tages das Zeitliche segnen. Vielleicht konnte Philo Skinner eines Tages ja doch wieder zurück. Er würde diese zwanzig Mille nehmen und sie in zwei Jahren verzehnfachen. In einem Land wie Mexiko gab es ja noch reichen Boden für Investitionen aller Art, und er würde es denen schon zeigen. Binnen kurzem würde wahrscheinlich halb Puerto Vallarta Philo Skinner gehören.

Und während Philo dann seinen Pappbecher leerte und eine neue Ladung Bourbon nachgoß, kam ihm ein erschreckender Gedanke. Was war, wenn sie es sich doch anders überlegte? Wenn sie plötzlich doch zu dem Schluß gelangte, daß ihr an einem einohrigen Hund nichts gelegen war? Wenn all dieses Getue, von wegen Vickie wäre wie ein Kind für sie, eben nur Getue war? Wenn sie auch nur so eine popularitätsgeile Votze war wie die meisten anderen auch, die sich einen feuchten Schnauzerdreck um ihre Hunde kümmerten, solange sie Philo nicht zum Sieg führte? Zwanzigtausend für ein verstümmeltes Tier? Warum hatte er ihr nur gesagt, daß er dem Schnauzer ein Ohr abgeschnitten hatte? *Warum* hatte er ihm überhaupt ein Ohr abgeschnitten? Er hatte sein ganzes Leben lang keinem Tier etwas zuleide getan!

Bevor er noch bewußt eine Entscheidung gefällt hatte, nahm Philo bereits den Hörer in die Hand und wählte die Nummer, die er inzwischen so gut kannte.

Sie lag im Mondlicht wach auf ihren Satinlaken, die tränennaß waren. Sie spürte instinktiv, wer am anderen Ende der Leitung war. Ihre Unterhaltung war diesmal von grimmiger Knappheit. Sie waren beide erschöpft.

»Hallo.«

»Richard am Apparat.«

»Ich weiß.«

»Falls Sie schon im Bett liegen – ziehen Sie sich etwas an! Und holen Sie das Geld.«

»Ja.«

»Wie groß ist das Bündel?«

»Nicht besonders groß.« Sie war selbst überrascht, was für ein kleines Päckchen zwanzigtausend Dollar waren.

»Paßt es in eine Einkaufstüte?«

»Ja, ohne weiteres.«

»Gut, dann geben Sie das Geld in eine Einkaufstüte. Halt, nein, haben Sie einen Plastikmüllbeutel?«

»Ja, ich glaube schon.«

»Gut, dann geben Sie es in eine Plastiktüte. Verpacken Sie es ordentlich und wickeln Sie Klebstreifen um das Päckchen, daß es schön kompakt ist.«

»Ja.«

»Fahren Sie ... warten Sie ... fahren Sie zum Ostende der Selbstmörderbrücke. Und fahren Sie langsam.«

»Ja.«

»Wenn Sie das Ostende der Brücke erreichen, werfen Sie das Päckchen auf der Beifahrerseite aus dem Wagen. Vorsichtig, daß es auf die Straße fällt.«

»Ja.«

»Um diese Zeit sollte auf der Brücke eigentlich kein Wagen zu sehen sein. Die meisten Leute aus dieser Gegend benutzen doch den Freeway und nicht die Selbstmörderbrücke, oder nicht?«

»Ja. Es ist nicht anzunehmen, daß um diese Zeit jemand über die Brücke fährt.«

»Wenn das trotzdem der Fall sein sollte, werfen Sie das Geld nicht aus dem Wagen. Fahren Sie wieder nach Hause und warten Sie auf meinen Anruf. Haben Sie mich verstanden?«

»Ja. Und wann werden Sie Vickie nach Hause bringen?«

»Ich werde Vickie nicht nach Hause bringen. Ich werde Sie morgen mittag anrufen. Ich werde Vickie an einen sicheren Ort in der Nähe Ihres Hauses bringen. Vielleicht in eine Kirche oder in ein öffentliches Gebäude. Dort werde ich sie anbinden, dann rufe ich Sie an und sage Ihnen, wo sie ist.«

»Wie geht es ihr?« Nur mit Mühe konnte Madeline ein Schluchzen unterdrücken, als sie an den entsetzlichen letzten Anruf dachte.

»Es geht ihr gut«, erwiderte Philo kurz angebunden. »Das alles war nicht meine Schuld. Ich habe in meinem ganzen Leben noch keinem Tier etwas zuleide getan. Das war *Ihre* Schuld.«

»Ja. Ich werde alles tun, wie Sie gesagt haben. Soll ich jetzt schon losfahren?«

»Warten Sie genau dreißig Minuten. Und in dreißig Minuten fahren Sie dann in östlicher Richtung über die Selbstmörderbrücke. Und ich würde Ihnen raten, sich dabei nicht von der Polizei begleiten zu lassen.«

»Nein, natürlich nicht.«

Und dann log Philo und sagte: »Für den Fall, daß Sie doch die Polizei verständigt haben sollten, habe ich meinem Partner Anweisungen gegeben, dem Schnauzer den Kopf abzuschneiden.«

»Oh, mein Gott«, schluchzte Madeline.

Und dann sagte Philo die Wahrheit: »Wissen Sie, warum ich mich ausgerechnet für die Selbstmörderbrücke entschieden habe?«

»Nein.«

»Weil ich mich von der Brücke stürzen werde, wenn Sie mit der Polizei kommen.«

»Ich werde nicht mit der Polizei kommen. Das schwöre ich Ihnen.«

»Sonst werde ich sterben, und Ihre Vickie.«

»Ja, ich verstehe.«

»Diese Sache ist absolut nicht so gelaufen, wie ich es mir vorgestellt habe. Sie können sich wohl denken, daß ich nicht so dumm bin. Ich bin in einer verzweifelten Lage. Glauben Sie mir!«

»Ich glaube Ihnen«, erwiderte Madeline.

»Also bringen wir es hinter uns. In dreißig Minuten. Wir müssen einander vertrauen. Ich bekomme das Geld, Sie bekommen Vickie. Oder ich springe. Und ich hätte gern, Mrs. Whitfield, daß Ihnen klar ist, daß mir das im Augenblick – so oder so – ziemlich egal ist.«

In der Küche brannte Licht. Ansonsten war die chaotische Wohnung dunkel. Nur mit einem Laken bedeckt, lagen sie in Walnikows Bett. Ihr Gesicht ruhte auf seinem mächtigen, haarigen Brustkorb. Sie lauschte dem Pochen seines Herzens. Inzwischen schlug sein Herz schwer und langsam. Er hörte nicht auf, sie zu liebkosen. Ihren Kopf, ihre Schultern, ihren Hals, ihre Arme. Natalie Zimmerman schnurrte wie eine Katze. Mischa und Grischa wurden von dem Geräusch richtig nervös.

»Andruschka?«

»Ja, Natascha?«

»Es war eine herrliche Nacht.«

»Die schönste in meinem ganzen Leben«, bestätigte er.

»Andruschka?«

»Ja?«

»Nichts. Ich liebe nur den Klang deines Namens.«

Für eine Weile schwiegen sie, bis er sagte: »Natascha?«

»Ja?«

»Nichts. Ich liebe Natascha einfach.«

Plötzlich beunruhigte sie etwas. Sie sagte: »Wie meinst du das? Den Namen? Liebst du den *Namen*?«

Er blieb still. Also redete sie einfach weiter: »Ist das eine verrückte Nacht. Wir sind betrunken und amüsieren uns köstlich und ... das ist einfach nur eine verrückte Nacht, die auf einen verrückten Tag und den verrücktesten Fall meines Lebens folgt und ... na ja, du meinst also, du liebst den *Namen* Natascha.«

Sein neuerliches Schweigen beunruhigte sie nur noch mehr. Es erinnerte sie wieder daran, an welchem Fall *sie* eigentlich arbeitete. Seine Verrücktheit zu melden, stand inzwischen natürlich außer Frage. Inzwischen ging es nicht mehr darum, daß sie nicht mehr für die Einbruchsabteilung arbeiten wollte. Inzwischen wollte sie eine sofortige Versetzung von der Hollywood Station beantragen. Sie wollte auf keinen Fall miterleben, wenn jemand *anderer* die Wahrheit über Walnikow herausfand. Aber psychische Störungen waren ja bekanntlich nicht unheilbar. Das waren doch, um Himmels willen, keine irreversiblen Leiden! Und wenn sie auch unbedingt von ihm wegkommen mußte, stand für sie doch völlig außer Frage, wie sehr sie ihn mochte. Man mußte einfach jemanden mögen, der in Los Angeles geboren und aufgewachsen war, zweiundzwanzig Jahre bei der Polizei gearbeitet hatte und so simpel und altmodisch war wie er. Und so verrückt. Und das, überlegte sie, war es vermutlich gewesen, was diese orgiastischen Ausbrüche hervorgerufen hatte. Irgendeine perverse Ader in ihrem tiefsten Innern, deren sie sich nicht bewußt war. Mit einem Irren ins Bett zu gehen.

»Und du meinst also, das wäre die schönste Nacht deines Lebens gewesen«, fuhr sie schließlich fort.

»Ja«, erwiderte er, wobei er sie immer noch liebkoste und streichelte, während er einer Zigeunergeige lauschte und an die Decke starrte.

»Erzähl mir doch mehr über dein ganzes Leben«, bat sie ihn.

»Wie sollte ich dir von meinem ganzen Leben erzählen?« kicherte er.

»Dann erzähl mir, wie du aufgewachsen bist.«

»Über Boyle Heights? Na ja, das war russisch und jüdisch und mexikanisch – und alt. Das ist ein sehr altes Viertel. Inzwischen leben dort natürlich fast ausschließlich Mexikaner.«

»Hast du eine glückliche Kindheit gehabt?« Sie stützte sich auf einem Ellbogen auf und sah in seine Augen, die im Dunkel feucht schimmerten.

»Natürlich hatte ich eine glückliche Kindheit. Nach dem Tod meines Vaters wurde es zwar ein bißchen schwierig für uns, aber Alex war ja wesentlich älter als ich, und er hat uns wirklich gut durchgebracht.«

»Bist du auch in die Kirche gegangen?«

»Natürlich sind wir immer in die Kirche gegangen«, lächelte Walnikow. »Die Kirche war praktisch der Mittelpunkt unseres ganzen Lebens. Dort war unser *Batuschka*. Dort war unser Professor. Wir sind zum Gottesdienst, zur Sonntagsschule und zur russischen Schule immer nur in die Kirche gegangen. Wir alle mußten von unserem Professor lernen, unsere Muttersprache zu lesen und zu schreiben.«

»Russisch?«

»Sicher. Für meine Mutter war Russisch sowieso die einzige Sprache, die es gab. Meine Eltern waren Monarchisten, weißt du. Sie haben wirklich geglaubt, sie würden eines Tages wieder in die Heimat zurückkehren. Sie alle haben davon geträumt, daß zumindest ihre Gebeine eines Tages in russischer Erde bestattet würden, wenn die Bolschewiken die Macht wieder verloren hätten. Du kannst dir sicher nicht vorstellen, wie weltfremd diese Immigranten waren. Was für Träume sie hatten. Wie mystisch sie veranlagt waren.«

»Aber ihr Kinder wart glücklich?«

»Natürlich waren wir glücklich. Nach dem Zweiten Weltkrieg wurde es zwar etwas schwierig, als es nicht mehr gerade von Vorteil war, ein Russe zu sein. Als ich die High School absolvierte, war es eigentlich sogar das Letzte. Wir haben in Korea gekämpft, und wir wurden oft als Kommunisten und Rote beschimpft. Die neuen Einwanderer von der zweiten Immigrationswelle hatten es sogar noch schlechter. Sie waren ja wirklich Sowjets, und sie bekamen das auch von allen Seiten zu spüren. Wenn man da nicht in die Kirche gegangen ist, haben einen sogar die alten Russen einen Bolschewiken genannt. Und die Amerikaner kannten den Unterschied sowieso nicht. Für die waren wir alle Bolschewiken, obwohl in jedem Haushalt der ersten Einwanderungswelle ein Bild von Nikolaus Romanow hing, das kaum weniger verehrt wurde wie eine Ikone. Ja, so war das. Zar Nikolaus, dann die Jungfrau Maria, und dann *Christos*.«

»Hast du eigentlich auch russisch gedacht?«

»Nur bis zur fünften Klasse, oder so. Dann fing ich an, in Englisch zu denken. Darauf wurde mein Russisch ziemlich schlecht. Aber meine Mutter hat noch lange genug gelebt, um

Chruschtschow im Fernsehen zu hören, und von da ab hat sie dann immer gesagt, ihr Andruschka könnte immer noch besser Russisch als dieser ignorante Ukrainer. Sie hat immer gesagt, daß man es von Moskau bis Malibu hören konnte, wenn dieser Bauer einen Furz ließ.« Dieser Gedanke brachte Walnikow unwillkürlich zum Lachen, daß ihm die Tränen kamen.

Plötzlich stand Natalie Zimmerman auf und ging nackt in die Küche, wo er sie etwas einschenken hörte. Erst dachte er, es wäre vielleicht Wasser, aber dann kam sie mit einem Trinkglas voll Wodka zurück.

»Da«, sagte sie und streckte es ihm entgegen.

»Ich will nichts mehr.«

»Bitte, trink noch etwas. Ich würde noch gern mit dir reden.«

»Aber ich brauche keinen Wodka, um mich mit dir zu unterhalten.«

»Vielleicht doch.«

»Aber ich möchte meinen Alkoholkonsum einschränken.«

»Damit kannst du morgen anfangen. Trink heute nacht noch einmal für mich. Ich werde dir helfen.«

Walnikow zog sich auf dem Bett hoch und ließ sich von Natalie ein Kissen in den Rücken stopfen. Dann schlüpfte sie wieder unter die Decke und kuschelte sich an ihn.

»Trink«, forderte sie ihn auf. Und er trank.

»Ich hätte gern, daß du mir noch mehr über deinen alten Partner erzählst.«

»Über Charlie Lightfoot?«

»Ja. Wieso war er so ein guter Morddetektiv?«

Walnikow trank nun, ohne daß ihn Natalie dazu auffordern mußte. »Gut? Ja, er war gut. Er hat einfach alles durchschaut.«

»Ja?«

»Wie bei dieser alten Schwarzen, die sie bereits verwesend in ihrem Bett fanden. Die Nachbarn hatten angerufen, um sich über den Gestank zu beschweren, der aus ihrer kleinen Hütte kam.« Walnikow hörte wieder auf zu trinken. »Und der Beamte, den sie dann dort hinschickten, stellte fest, daß die Scheibe eines Seitenfensters zerbrochen war. Und dann entdeckte er, daß auch aus der Hintertür eine Scheibe herausgebrochen war. Und als nächstes entdeckte er auf der hinteren Veranda ein abgebranntes Streichholz. Und ein weiteres in der Küche. Und noch eines im Gang. Und eines . . .« Er trank mehr Wodka. Ah. Wie sagte Natalie immer? Mild. Ja. »Und noch eines und noch eines. Die abgebrannten Streichhölzer führten durch das ganze Haus und in ihr Schlafzimmer, wo die Spur schließlich aufhörte. Und da lag sie. Charlie hatte sich das Foto aus dem Labor aufgehoben. Weißt du, die Streifenbeamten hatten nämlich das Labor und die Fingerabdruckabteilung und das Fotolabor und ihren Chef verständigt. Ihr Haar war ganz weiß und elektrisch geladen. Es stand ihr elektrisiert in allen Richtungen vom Kopf ab. Sie war bereits so stark verwest, daß ihre Augen nur noch silberne Höhlen waren. Ihre Lippen waren fast völlig verfault, so daß ihre Zähne bis herauf zu der Stelle zu sehen waren, wo eigentlich das Zahnfleisch hätte beginnen sollen, nur daß da keines mehr war. Charlie sah nur einmal kurz hin und sagte: Kein Mord. Kein Mord! schrien die anderen. Kein Mord? In das Haus wurde doch eingebrochen. Ein Einbrecher ist in das Haus eingedrungen und hat die Frau im Bett ermordet. Ich wette, daß sie gleich irgendwo eine Wunde von einem Messerstich entdecken! schrien die Streifenbeamten aufgeregt durcheinander. Vielleicht wurde sie auch erwürgt. Na ja, die machten alle ein Mordstheater wegen dieser Geschichte.«

»Und war es denn dann ein Mord?« wollte Natalie wissen, während Walnikow an seinem Glas nippte.

»Kein Mord«, erzählte Walnikow weiter. »Charlie holte alle die Uniformierten zusammen und führte ihnen vor, wie es passiert war. Der Einbrecher schlich sich nachts an das Haus heran und brach die Scheibe in der Hintertür heraus. Die Scherben lagen auf der Innenseite. Er sieht sich also im Haus um, indem er ein Streichholz nach dem anderen abbrennt. Er lacht sich schon ins Fäustchen bei all der fetten Beute, die er machen wird. Er überlegt sich bereits, wie er das ganze Zeug am besten wegkarren soll. Aus dem Schlafzimmer stinkt es ein bißchen. Vielleicht hat der Bursche auch eine Erkältung, daß er gar nichts riecht. Jedenfalls deutet die Streichholzspur darauf hin, daß er dort zuletzt nachsieht. Möglicherweise pfeift er sogar gut gelaunt vor sich hin. Sie hat einen Fernseher, ein gutes Transistorradio und ein bißchen Geld in der Küchenschublade. Gerade genug, um sich ein bißchen Dope kaufen zu können. Schließlich zündet er am Fuß des Betts das letzte Streichholz an. Und er sieht die Leiche, die ich dir eben beschrieben habe. Die Scherben des Schlafzimmerfensters lagen auf der Außenseite. Er schreit entsetzt auf und hechtet, Kopf voraus, durchs Fenster. Und dann läuft er, was er laufen kann . . .« Das Bett geriet von Walnikows Lachen ins Wakkeln. »Sie war neunzig Jahre alt und war eines natürlichen Todes gestorben, wie die Autopsie ergab. Aber dieser Kerl hat wahrscheinlich immer noch nicht aufgehört zu laufen . . .«

Unglaublicherweise hatte Walnikow inzwischen fast das ganze Glas geleert. *Er* würde sicher keines natürlichen Todes sterben, dachte sie. Jedenfalls nicht, wenn er weiter so viel trank. Und sie unternahm ja im Augenblick auch nicht gerade etwas dagegen.

»Warum hat sich Charlie Lightfoot eigentlich erschossen?« fragte sie plötzlich.

Walnikow schüttete den Rest hinunter. »Es hieß, es wäre ein Jagdunfall gewesen.«

»Aber Charlie Lightfoot war doch gar kein Jäger«, erinnerte sie ihn.

Darauf meinte Walnikow: »Er hätte sich nie pensionieren lassen sollen. Er hatte doch zumindest seine Arbeit.«

»Mochte er seine Arbeit?«

»Er war alt. Er war verdammt alt für sein Alter. Er dachte, die ganze Welt flösse in eine riesige Klärgrube ab. Die Große Kloake nannte er es immer. Ab in die Große Kloake, sagte Charlie Lightfoot immer, wenn er eine Leiche sah. Er war Atheist. Und für Charlie Lightfoot waren Menschen nichts anderes als . . . als etwas, das früher oder später in die Große Kloake hinuntergespült wurde.«

»Ihr wart doch befreundet, und er hat dich doch gemocht, oder nicht?«

»Ja, klar«, nickte Walnikow. »Nur gegen Ende zu nicht mehr. Da mochte er niemanden mehr, und das galt ganz besonders für ihn selbst. Ich glaube, damals habe ich angefangen, auch im Dienst zu trinken. Ich war einundzwanzig Jahre bei der Polizei und hatte selbst als Detektiv nie im Dienst getrunken. Selbst wenn die ganzen Kollegen zum Mittagessen ihre Martinis oder Bourbons kippten, habe ich nicht im Dienst getrunken. Wir beide haben damals ganz schön zu saufen angefangen. Im Dienst und nach Dienstschluß.« Walnikow seufzte. »Als Charlie dann kündigte und sich in die Berge absetzte, war mir ganz klar, daß das nie gut gehen konnte. Wir hatten uns damals beide schon angewöhnt, auch während des Tages zu saufen. Und ich kann dir sagen, daß es keinem von uns beiden je so schlecht gegangen war wie zu dieser Zeit.«

»Wie meinst du das?«

»*Fünf* Kindsmorde in einem Monat! Niemand hat jemals so viele auf einmal gehabt. Und dabei sollten wir eigentlich nur ein paar Kollegen bei ihren ungelösten Fällen helfen.«

»Und habt ihr den Mörder geschnappt?«

»Den Mörder?« stieß Walnikow plötzlich heftig hervor. »Das war nicht einer. Das waren mehrere. Lauter einzelne Morde, die nichts miteinander zu tun hatten. Fünf in einer Reihe, alle unter zehn Jahre alt. Drei von ihren Müttern, eines vom Vater, und eines von Vater und Mutter *zusammen*. Und das waren keine simplen Mordfälle. Die Detektive, die ursprünglich an diesen Fällen arbeiteten, hätten die alten Narben eigentlich sehen müssen, die bereits auf frühere Mißhandlungen hindeuteten. Ja, damals hatten wir gleich fünf hintereinander. Das war einfach zu *viel*.«

Er ließ das Wasserglas zu Boden fallen. Aber er verschüttete nichts. Es war leer. »Warte, ich hol dir noch was.« Natalie Zimmerman stand auf und huschte in die Küche. Laß dir doch von Natalie helfen. Sicher. Überlaß das Quälen Natalie. Mein Gott, Walnikow verstand es wirklich, einen dazu zu bringen, sich selbst zu hassen. Er hatte so etwas an sich. Sie goß das Wasserglas halb mit russischem Wodka voll. Eine Dosis Vergessen, Walnikow. Und vergiß nicht, deiner Leber zum Abschied noch etwas Nettes zu sagen. Mit den besten Grüßen von deiner guten, alten Partnerin, Natalie Zimmerman. Laß dir ruhig von deiner Partnerin den Kopf zu *Piroschki* verarbeiten.

Als sie ihm den Wodka reichte, zitterten seine Hände. Er hielt das Glas beim Trinken mit beiden Händen. Er schwitzte, und seine Zähne klapperten. Sie breitete eine zweite Decke über ihn und kroch dann selbst darunter.

»Warum hast du eigentlich diesen Streit mit diesem Doktor angefangen?«

»Mit was für einem Doktor?«

»Sie haben dich doch aus der Mordkommission gefeuert. Und nach Hollywood versetzt, oder nicht? War es wegen deiner Sauferei? Es gab da doch ein Problem. Bei einer Autopsie.«

»Ein Doktor«, murmelte er. Und da war es plötzlich wieder! Die funkelnden Lichtpunkte nahmen plötzlich die Gestalt ... eines Arztes an! Es war ein japanischer Arzt. Nein, ein weißer Arzt. *Zwei* Ärzte.

»Was ist, Walnikow?« drang sie in ihn.

Er trank Wodka. Die klare Flüssigkeit lief ihm über sein Kinn auf das gekrauste, zimtfarbene Haar auf seiner Brust hinab. »Manchmal bekomme ich das Bild zu fassen«, sagte er und starrte in das Dunkel vor sich, wo sich das Bild herauskristallisierte. Sibirien. Und wieder Schnee. »Jetzt ist das Bild wieder ... weg.«

»Kommt es eigentlich jeden Tag?« Natalie hatte sich inzwischen aufgesetzt. Ihre weiße Haut leuchtete im Dunkel.

»Jeden Tag«, wiederholte Walnikow. »Wenn ich es nur einmal richtig zu fassen bekäme. Es ist wie ... eine Art Déjà vu.«

»Déjà vu«, hakte Natalie nach.

»Ja, eine Art Déjà vu. Aber ein sehr ... intensives Déjà-vu-Erlebnis. Ich ... ich weiß, daß ich ... wenn ich es nur deutlich erkennen könnte und genau sehen ...«

»Wann kommt es denn meistens? Nachts? In einem Traum?«

Und schon war es wieder weg. Die funkelnden Lichtpunkte verschwammen und verloren jede erkennbare Form.

»Träumst du öfter von einem Kaninchen?«

Jetzt kam es wieder zurück. Da! Mein Gott! Das Kaninchen hoppelte durch den Schnee.

»Das Kaninchen!«

»Träumst du von einem Kaninchen?«

»Ja!« schrie er.

»Beruhige dich erst mal wieder. Trink noch einen Schluck Wodka.«

Walnikow leerte den gesamten Inhalt des Wasserglases. Sie kannte niemanden, der so viel trinken konnte, ohne bewußtlos zu werden.

»Was war bei der letzten Autopsie, an die du dich erinnern kannst? Das muß doch die gewesen sein, wegen der du in Schwierigkeiten geraten bist.«

»Die letzte Autopsie?« echote er und betrachtete die Lichtpunkte, die immer schwächer wurden. Die Phantome zogen sich wieder ins Dunkel zurück.

»Wie viele Autopsien hast du in etwa mitgemacht?«

Er sah sie an und sagte: »Ach, das waren vermutlich Hunderte. Ich weiß nicht.«

»Und die letzte. Wer war der Tote?«

»Die letzte«, murmelte er vor sich hin.

War das die mit diesem hübschen, jungen Mädchen, das an einer Überdosis Barbiturate gestorben war? Ja. Nein.

Na, was hältst du davon, Walnikow? Diese Kleine da und ihre Freunde, haben eine nette, kleine Pillenschlucker-Party und sie ... sieh dir das mal an ... sie stirbt an einer Überdosis. Schau her.

Der Mann stößt die Tranchierschere in ihren makellosen, jungen Bauch. Die Stahlspitze gibt beim Eindringen ein quietschendes Geräusch von sich.

Stell dir das mal vor. Die Lebertemperatur deutet darauf hin, daß sie schon die ganze Zeit tot war, als sich die Jungs gestern nacht über sie hergemacht haben. Stell dir so etwas einmal vor. Sie haben eine Leiche gevögelt! Und weißt du, was einer von diesen Pillenboys gemeint hat, als sie ihn daraufhin angesprochen haben? Die war doch immer schon ein totes Stück Arsch. Wie hätte ich da einen Unterschied merken sollen? Das hat dieser Rotzlöffel gesagt. Ist das nicht zum Schreien?

Ein Schreien.

Der kleine Junge hat immer geschrien, Sergeant.

Und warum haben Sie dann, verdammt noch mal, nicht die Polizei gerufen.

Aber ich wollte doch da nicht hineingezogen werden.

Hineingezogen! Wie lange haben Sie diese Schreie in der Nacht denn schon gehört? Wie lange?

Drei Wochen, antwortete die Nachbarin ängstlich.

Drei Wochen! Drei Wochen! Also, wenn es eine Hölle gibt, dann werden Sie darin braten, meine Dame! Wenn es eine Hölle gibt!

Es gibt keine Hölle, meint Charlie Lightfoot. Und es gibt auch keinen Himmel. Es gibt nur die Große Kloake.

Tutu war dort. Charlie Lightfoot war dort. Das Kaninchen war dort.

»Das Kaninchen!« schrie Walnikow auf. Er war eingeschlafen, und Natalie Zimmerman, die zu dem Entschluß gelangt war, daß es vielleicht etwas zu gefährlich werden konnte, Dr. Jung zu spielen, fand es inzwischen besser, ihn zu lassen.

Schweißnaß saß Walnikow im Bett auf und schrie: »Das Kaninchen!«

»Was macht das Kaninchen denn?«

»Der Jäger nimmt es aus«, weinte Walnikow. »Mit einem riesigen Messer. Mit einem Hirschfänger mit einem Knochengriff!«

»Versuch, dich zu erinnern, was der Jäger dann getan hat?«

Und dann kam es. Zum erstenmal in den Monaten, seit ihn diese Vorstellung quälte, kam es langsam. Das Bild kristallisierte sich unter den schimmernden Lichtpunkten und dem Flimmern an der Decke heraus. »Er nimmt es aus wie einen Fisch! Er langt ihm in die Kehle, die er aufgeschlitzt hat. Es ist, als hielte er einen Fisch an den Kiemen. Er greift ihm einfach hinein, und der kleine Fischkörper zuckt hoch. Er reißt den kleinen Körper mit seinen starken Händen hoch.«

»Den Fisch? Den Fisch?« drang Natalie in ihn.

»Das Kaninchen!« schluchzte Walnikow. »Der Hals ist schlaff, und der kleine Kopf ist zurückgeworfen, weil er es unter der Kehle gepackt hat. *In* der Kehle. Er hat es an den Kiefern. Seine mächtige Hand ist eindeutig drinnen. Der kleine Kopf ist zurückgeworfen – auf den ...«

»Auf was?«

»Auf den hölzernen Sockel. Das Licht ...«

»Was ist das für ein Licht?«

»Sonnenlicht!« schluchzte Walnikow. »Und Schnee. Der Doktor muß das Kaninchen im Schnee gefangen haben!«

»Und was weiter?«

»Es verändert sich. Das Bild verändert sich, aber ich kann es immer noch erkennen. Ich ... ich mußte immer auf die kleinen Arme und Hände sehen, um nicht zu vergessen, daß es immer noch ein Kaninchen ist. Weil das Gesicht von den Schlägen ganz geschwollen und deformiert war ...«

»Ja? Ja?«

»Und dann fängt er an, es zu häuten. Er zieht ihm die Haut über die Ohren. Das Gesicht kommt von innen nach außen, das kleine, geschwollene, entstellte Gesicht. Das Haar ist noch ganz fein, weil es so jung ist. Und das Haar kommt auch von innen nach außen!« schluchzte Walnikow.

»Ja«, ermunterte ihn Natalie. »Und was dann?«

»Ich muß ständig auf die Arme und Hände sehen, um ... um nicht zu vergessen, daß es ein Kaninchen ist! Ich denke, es muß ein Fisch sein, so brutal springt er damit um.«

»Der Jäger?«

»Ja. Er sagt, sein After steht noch auf. Obwohl es schon tot ist!« Inzwischen schluchzte Walnikow haltlos.

»Ja. Erzähl weiter.«

»Ich weiß, was das zu besagen hat. Ich habe schon Hunderte, *Hunderte* untersucht. Eben hatte ich noch vier andere. Das sind einfach zu *viele*!«

»Was bedeutet das? Das After steht auf?«

»Sodomie nach Eintritt des Todes«, weinte Walnikow. »Ich dachte, es wäre nur die Mutter gewesen! Ich habe dem Vater *geglaubt*, weil er so betroffen schien. Er sagte, er wäre nicht zu Hause gewesen. Er weinte so viel, daß ich ihm glaubte. Aber sie fanden Sperma im Anus. Und die Nachbarn wollten nicht in die Sache hineingezogen werden. Es hat in der Nacht geschrien. Fünf hintereinander. Das sind zu *viele*!«

»War Charlie Lightfoot dabei?«

»Wie?«

»Ich meine, in dem Traum. Ist Charlie Lightfoot dabei, wenn das ... Kaninchen gehäutet wird?«

»Nein, Charlie war schon tot. Charlie war schon einen Monat lang tot.«

»Hast du im Traum den Jäger angegriffen?«

»Ich wollte«, nickte Walnikow. »Ja, ich wollte. Ich wollte ihn mit seinem eigenen Messer umbringen, mit diesem Metzgermesser mit dem Knochengriff. Unter der Zunge waren kleine Körnchen. Er meinte, das wäre vielleicht eine toxische Substanz. Er hatte ein Abstrichhölzchen neben sich liegen. Er hätte fürs Labor nur einen Abstrich zu machen gebraucht. Aber er ... er nahm einfach dieses widerliche Messer und schnitt die Zunge heraus! Ich hätte ihn am liebsten auf der Stelle umgebracht.« Walnikow brach in lautes Schluchzen aus.

»Und was ist dann passiert?« bohrte Natalie nach. Inzwischen weinte auch sie.

»Er schrie: ›Sind Sie verrückt? Was ist denn los mit Ihnen?‹ Und ich habe gesagt: ›Sie hätten doch auch das Hölzchen nehmen können! Sie hätten es nicht so brutal zu behandeln gebraucht. Das war doch absolut nicht nötig. Hat es nicht schon genügend abbekommen? Ist es nicht schon genug gequält worden? Langt denn der offene Anus noch nicht! Sehen Sie sich den Kleinen doch an! Sie haben sein Gesicht wie einen Gummihandschuh von innen nach außen gekehrt! Sein Gesicht sieht jetzt aus wie ein umgedrehter Chirurgenhandschuh!‹«

Das kleine Kaninchen ging mit dem Gesicht eines Gummihandschuhs in die Ewigkeit ein.

»Und dann hat er gesagt: ›Ich dachte schon, Sie sehen besoffen aus! Ich kann ja richtig Ihre Fahne riechen!‹ Und ich: ›Am liebsten würde ich Ihnen die Fresse einschlagen.‹ Und er:

›Sie sind ja betrunken. Ich werde Sie melden müssen.‹ Und ich ... ich habe mich dann umgesehen. Ich war ja schon hunderte Male dort gewesen. Hunderte. Ich sah einen Pfleger, der gerade einem japsenden Doktor bei einer anderen half. Sie schenkten uns keinerlei Beachtung. Mit einem Messer mit ebenso einem Knochengriff schnitten sie durch gelbes Fett. Mit einer Motorsäge schnitten sie einen Kopf ab. Der Helfer zog die Eingeweide heraus und plazierte sie in einem riesigen Haufen auf den Knien. Da war ein riesiges Gehirn, das mit einer blauen Schnur verschnürt war. Es war so groß, daß ich mir einfach nicht vorstellen konnte, daß es in einen Schädel passen könnte. Dann legte der Gehilfe ein Stück Fleisch in einen Behälter. Und dabei lutschte er an einem Bonbon.«

»Hast du den Arzt geschlagen?«

»Nein.« Walnikow konnte gar nicht mehr zu seufzen aufhören. »Ich habe schließlich nur festgestellt, daß ... daß Charlie Lightfoot recht hatte. Ich bin nicht mehr in die Kirche gegangen. Es ist nichts weiter als eine Große Kloake, und am Ende läuft alles nur auf einen ausgenommenen Fisch hinaus. Oder ein ...«

»Ein Kaninchen«, sprach Natalie den Satz für ihn zu Ende.

»Ja, oder ein ...«

»Einen Schnauzer«, fiel ihm Natalie ins Wort.

»Ich habe einfach nur gemerkt, daß da nichts weiter ist als die Große Kloake. Alles andere ist ...«

»Es kommt nur darauf an, was man daraus macht«, versuchte Natalie ihn zu trösten. »Was *wir* daraus machen.« Sie hielt ihn in ihren Armen. Er war naßgeschwitzt und kalt und zitterte.

»Ich möchte nicht wie Charlie Lightfoot sein«, flüsterte Walnikow und vergrub sein Gesicht zwischen ihren nackten Brüsten.

Natalie wiegte ihn sanft und sagte: »Du bist doch auch nicht wie Charlie Lightfoot. Du bist überhaupt nicht so wie Charlie Lightfoot.«

»Ich habe Angst«, flüsterte er.

»Pssst.« Sie küßte seine Stirn. »Du bist doch gar nicht wie Charlie Lightfoot. Psst, Andruschka, sei still«, redete sie leise auf ihn ein. »Jetzt schlaf schön und träum von ... von diesen russischen Nachtigallen, die in den Brombeerbüschen singen.«

Sie wiegte ihn und wurde dabei von seinem Schweiß bedeckt. Sie zog das klamme Laken weg und zog die warmen Decken über sie. Er war durch den Wodka und die Tränen so erschöpft, daß er, kaum hatte sich sein Gesicht an ihren warmen Körper gepreßt, das Bewußtsein verlor. Natalie wiegte ihn weiter und streichelte seinen brennenden Leib, bis auch sie einschlief.

13. KAPITEL

Die Selbstmörderbrücke

Walnikow träumte nicht von Nachtigallen, die in Brombeerbüschen sangen. Und er träumte auch nicht von einem Kaninchen. Er träumte, er tanzte mit Natalie Zimmerman Walzer. Und zwar im Bereitschaftsraum der Hollywood Station. Hipless Hooker jaulte etwas von wegen Bauchschmerzen, und Clarence Cromwell meinte, sie wären verrückt, aber das kümmerte ihn nicht weiter. Sie tanzten zur Musik des ›Starinje Wals‹.

Und während Walnikow seine Fantasie träumte, *lebte* Philo Skinner die seine. Er wartete am Westende der Selbstmörderbrücke im Dunkel in seinem El Dorado. Er hatte Angst, eine Polizeistreife könnte vorbeikommen, aber zugleich hoffte er, der El Dorado würde auf die Beamten einen beruhigenden Effekt ausüben, falls sie anfangen sollten, dumme Fragen zu stellen. Ich warte auf eine Freundin, Herr Wachtmeister. Stecken Sie da bitte Ihre Nase nicht allzu tief rein. Sie wissen ja, wie das ist. Sie ist verheiratet. Da geht es eben leider nur mitten in der Nacht. Man muß die Feste feiern, wie sie fallen. Wenn ihr Alter schläft. Ha-ha!

Madeline Whitfields Fleetwood tauchte ganz planmäßig auf. Das Herz schlug ihm bis zum Hals hinauf. Ohne ihn zu sehen, fuhr sie an seinem El Dorado vorbei. Sie befand sich bereits auf der Selbstmörderbrücke. In der Ferne leuchteten die Scheinwerfer eines Wagens auf, der jedoch offensichtlich den Weg über den Freeway einschlug. Madeline überquerte die Brücke und näherte sich dem geisterhaften alten Hotel. Als sie das Ende der Brücke erreichte, leuchteten ihre roten Bremslichter auf. Philo ließ den Wagen an, die Scheinwerfer immer noch ausgeschaltet. Madelines Bremslichter erloschen wieder, und ihr Fleetwood bewegte sich in Richtung Orange Grove Avenue weiter, die vor zwei Wochen während eines Umzugs anläßlich der Rose Bowl noch mit blumengeschmückten Festwagen verstopft gewesen war. Und dann war sie verschwunden.

Philo Skinner fuhr in seinem angetrunkenen Zustand mit der Rücksichtslosigkeit eines Verrückten über die Brücke. Als er ihr Ende erreichte, wurde er für einen Moment von Panik ergriffen. Es war nicht da. Doch, es *war* da! Es lag im Rinnstein. Er stieg auf die Bremse und sprang aus dem Cadillac. Er trat etwas schräg auf und stürzte zu Boden, so daß er sich das Knie seiner Hose aufriß. Er packte das Bündel. Es war klein. Paßten zwanzigtausend Dollar tatsächlich in so ein kleines Päckchen? Er rannte zu seinem Wagen zurück. Dann legte er den ersten Gang ein und schoß in Richtung Orange Grove Avenue davon.

Auf dem Freeway bekam Philo einen Hustenanfall. Seine Augen tränten und trübten sich, während er an einem riesigen Schleimbrocken herumwürgte. Verzweifelt tastete er nach den Knöpfen, um die Fenster herunterzukurbeln, bis schließlich jedes Fenster im Wagen offenstand. Einen Augenblick merkte er nicht, daß er kaum noch Luft bekam. Und als er es schließlich merkte, schaffte er es endlich, den Schleimbrokken aus seiner Lunge hochzubefördern. Er spuckte ihn aus dem Fenster. Der Fahrtwind schmetterte ihn klatschend wieder gegen die Seite seines El Dorado. Er bemühte sich, ganz bewußt auszuatmen, bis er schließlich wieder imstande war, normal zu atmen. Seine Lungen pfiffen und ächzten zwar, aber er bekam zumindest wieder Luft. Er riß im Fahren die Plastikumhüllung auf. Dann schaltete er das Licht im Wageninnern ein und sah sich die immer von neuem reizvollen Bildnisse von Ulysses S. Grant und Benjamin Franklin an. Hunderte von Porträts.

Er sollte die ganze Nacht im Zwinger damit verbringen, sie zu betasten und immer und immer wieder liebevoll durch seine Finger gleiten zu lassen. Philo Skinner gab Laute von sich, die ebensogut ein Lachen wie ein Weinen hätten sein können. Ihm war übel, und er war erschöpft, aber jetzt wollte er anfangen zu leben. Er versteckte das Geld in einem Schrank und schlief zusammengerollt auf dem Arbeitstisch. Er träumte von einem weißen Sandstrand und einem kleinen Hund, der in der Brandung mit ihm scherzte. Der Hund sah natürlich aus wie Tutu.

14. KAPITEL

Der Killer

Bei Morgengrauen wurde Natalie durch Mischa geweckt, der gerade seiner grundlegenden Meinung über die Welt im allgemeinen Ausdruck gab. »*Gawno*«, krächzte der kleine Sittich. »*Gawno. Gawno.*«

Dann hörte sie, wie die Dusche abgestellt wurde, und im nächsten Augenblick versuchte Walnikow – er hatte einen alten Flanell-Bademantel übergeworfen –, auf Zehenspitzen in die Küche zu schleichen. Sie setzte sich im Bett auf.

»Oh, Verzeihung. Habe ich dich aufgeweckt?« Er trocknete sich die Haare. »Ich wollte schon das Frühstück fertigmachen, bevor du aufstehen mußt.«

»Wie spät ist es denn?« fragte sie und schob ein mit Klebstreifen repariertes Rollo zur Seite, um einen Blick nach draußen zu werfen.

»Halb sechs.«

»Halb sechs!«

»Wir müssen heute früh anfangen. Ich habe bereits Clarence Cromwell bei sich zu Hause angerufen. Wir werden uns um sieben im Büro mit ihm treffen, damit wir alles Nötige vorbereiten können. Er wird sich um den Hubschrauber und die Überwachungswagen kümmern. Ich hoffe zwar, daß wir niemanden von unseren Leuten brauchen werden, aber falls doch, glaube ich, daß Fuzzy Spinks für so etwas der geeignete Mann wäre. Was denkst du?«

Denken? Denken? Wer hätte über die letzten paar Tage etwas Vernünftiges denken können? Mein Gott, sie mußte die Fähigkeit zu denken wohl vollkommen verloren haben, sonst wäre sie nicht hier in diesem Bett aufgewacht! Zusammen mit einem bemitleidenswerten, armen, geplagten Irren und einem Vogel, der ständig in einer fremden Sprache Scheiße schrie und so einer gottverdammten russischen Ratte, die nichts Besseres zu tun hatte, als diesen Vogel davon abzuhalten, sich auf ihren Kopf zu setzen. Was für eine Nacht! Was für eine

Woche! *Sie* würde diejenige sein, die pensionsreif war. Schickt die gute, alte Natalie Zimmerman mal auf Kur und dann sechs Monate ins Camarillo State Hospital, damit sie dort ein Psychiater ständig unter seine Obhut nehmen kann.

»Wie möchtest du deine Eier?« erkundigte sich Walnikow mit einem Lächeln. »Ich kann ziemlich gut kochen.«

»Bitte, Walnikow«, sagte sie, als sie sich aufsetzte und ein Laken um sich wickelte. »Bitte, tu das nicht!«

»Was soll ich nicht tun, Natascha?«

»Koch nichts für mich! Tu überhaupt nichts für mich! Und vor allem nenne mich nicht Natascha!«

»Entschuldigung.«

»Und vor allem sollst du dich nicht entschuldigen. Ich sollte mich bei *dir* entschuldigen.«

»Bei mir?«

»Ist schon gut. Ich hätte jetzt gern geduscht und mich angezogen. Und dann können wir ja einen Kaffee trinken.«

»Möchtest du keinen Tee?« fragte er. »In einem Glas?«

»Nein, ich möchte einen Kaffee. In einer Tasse.«

»Ja, natürlich, ich werde dir einen machen.« Walnikows gute Laune war sichtlich verflogen, und er schlurfte in die Küche, um nach dem Kaffeetopf zu suchen. Er hoffte, daß er Kaffee zu Hause hatte. Und er hoffte, er würde es schaffen, Natalie Zimmerman zu verstehen.

Zwanzig Minuten später saßen sie beide angezogen an dem winzigen Küchentisch. Er trank aus einem Glas Tee. Sie trank aus einer Tasse Kaffee. Ost und West.

Sein Haar war sorgfältig gescheitelt und gekämmt, aber vom Hinterkopf stand ihm trotzdem noch ein zimtfarbenes Büschel ab. Sie beobachtete ihn, wie er seinen Tee trank. Völlig geräuschlos, wie es ihm seine Mutter beigebracht hatte.

»Hast du eigentlich einen Kater?« brach sie schließlich das Schweigen.

»Ein bißchen.« Seine traurigen blauen Augen waren wäßrig und gerötet. Seine Krawatte saß schief. Und außerdem stand ihm inzwischen ein zweites Haarbüschel vom Kopf ab. Er sah lächerlich aus.

»Walnikow.«

»Ja, Natasch ... Natalie?«

»Hast du eigentlich je daran gedacht, dich pensionieren zu lassen? Immerhin bist du ja jetzt schon zweiundzwanzig Jahre bei der Polizei. Du könntest dich jetzt schon mit deinem halben Gehalt pensionieren lassen. Du bist doch noch jung. Du könntest sicher einen – leichteren Job finden, um für den Rest aufzukommen. Hast du noch nie daran gedacht, dich pensionieren zu lassen?«

»Manchmal schon«, erwiderte er. »Ab und zu habe ich schon daran gedacht, aber ich bin immerhin schon vierundvierzig, und was sollte ich sonst schon tun. Ich habe doch immer nur bei der Polizei gearbeitet.«

»Ich bin mir sicher, daß du im Geschäft deines Bruders arbeiten könntest. Dein Bruder hält doch große Stücke auf dich.«

»Aber ich möchte nicht für Alex arbeiten«, grinste Walnikow. »Er ist zu sehr wie ein Vater für mich. Außerdem würde ich ihm nur ständig in die Quere kommen. Ich habe doch von so einem Geschäft nicht die geringste Ahnung. Aber ich habe schon öfter an etwas anderes gedacht.«

»Ja?«

»Na ja, ich kenne mich doch ein bißchen mit Musik aus. Nicht so sehr mit Pop und Rock, aber weißt du, es gibt nur ganz wenige Läden, die Importplatten führen. Zumindest nicht in einer guten Lage. Ich kann mir vorstellen, wenn man in einer guten Gegend, wie hier in Hollywood, einen Laden mit ausländischen Platten eröff ...«

»Hier in Hollywood? Unter all den Verrückten?«

»Na ja, sicher ist es nicht mehr gerade der tollste Ort, um hier zu leben, aber wenn man hier einen Plattenladen aufmachen würde? Für Russen, Armenier, Griechen, Perser, Araber und so weiter; ich meine, die stehen doch alle noch auf Hollywood. Für sie ist das immer noch das Amerika ihrer Träume in Reinkultur. Das Land der unbegrenzten Möglichkeiten in seiner konzentriertesten Form.«

»Hast du denn genügend Geld, um so einen Laden aufzumachen?«

»Ich habe ein paar tausend gespart«, nickte er und schenkte Natalie Kaffee nach. Er war froh, daß sie offensichtlich nicht mehr wütend war. Vielleicht war sie immer so, wenn sie gerade aufwachte, dachte er. »Und mein Bruder würde mir natürlich auch etwas leihen. Und von einer Bank bekäme ich sicher auch einen Kredit. Schließlich müßte ich ja nicht gleich ganz groß einsteigen, und zum Leben hätte ich ja noch meine Pension.«

»Und willst du das tatsächlich machen?«

»Tja, bis jetzt gab es eigentlich keinen Grund, mich in dieser Hinsicht irgendwie zu entscheiden.«

»Wieso bis jetzt? Das verstehe ich nicht.«

»Ja«, erwiderte er mit blinzelnden Augen. Er wischte sie sich mit seiner Serviette ab. »Entschuldigung, aber wenn ich zu viel Wodka getrunken habe, ist das immer so.«

»Das habe ich bereits gemerkt«, nickte Natalie, um dann fortzufahren. »Sag mal, Walnikow, hast du schon jemals das Gefühl gehabt, immer den Schwarzen Peter zu bekommen?«

»Den Schwarzen Peter?«

»Ja, erinnerst du dich nicht mehr an Itchy Mitch?« Sie kratzte sich unwillkürlich unter dem Träger ihres Büstenhalters. »Der Schwarze Peter.«

»Nein, ich glaube nicht, daß ich jemals so ein Gefühl gehabt habe.«

»Du stellst wohl keine allzu hohen Erwartungen an das Leben, wie?«

»Ich weiß nicht, Natasch . . . Natalie.«

»Warum hat dich eigentlich deine Frau verlassen?«

»Ach, sie meinte, ich würde sie zu Tode langweilen. Sie meinte . . . du hast das ja auch schon mal gesagt . . . ich wäre eben ein bißchen der Zeit hinterher.«

»So habe ich das nicht gemeint, Walnikow.«

»Das macht doch nichts. Es stimmt doch auch.«

»Nicht so. Nicht so, wie sie das gemeint hat.«

»Na ja, sie ging immer sehr gern aus. Und ich fand, wir sollten mehr zusammen mit unserem Sohn zu Hause bleiben. Und abgesehen davon hätte ich es mir auch gar nicht leisten können, sie zum Mittagessen in die Polo Lounge und zum Dinner zu Chasen's auszuführen und ...«

»Und deinen Sohn siehst du überhaupt nicht mehr?«

»Nein«, seufzte er und stand auf, um heißes Wasser für seinen Tee zu holen. »Ich weiß nicht, vielleicht habe ich ihn auch gelangweilt. Er hatte bereits eine Menge Dreck am Stecken. Bevor er noch vierzehn war, hatten sie ihn schon dreimal wegen Potrauchens festgenommen. Und zweimal haben sie ihn wieder laufen gelassen, weil sein Vater bei der Polizei war. Schließlich hat er gesagt, er haßte Polizisten. *Alle*. Na ja, ich weiß auch nicht.«

»Wie alt ist er denn jetzt?«

»Zwanzig. Genau zwanzig.«

»Dann ist er ja noch jung«, gab ihm Natalie zu bedenken. »Kinder ändern sich ja manchmal, wenn sie älter werden.«

»Ja«, seufzte Walnikow, »sie ändern sich.«

»Erzähl doch mal!« drang Natalie weiter in ihn. Sie steckte sich eine Zigarette an. »Als dich deine Frau und dein Sohn verlassen haben, als Charlie Lightfoot gestorben ist, als du in diesen Mordfällen ermittelt hast, als das mit dem Trinken ganz schlimm war und als du diese Alpträume hattest, hast du dir da niemals gesagt: Warum muß ausgerechnet ich *immer* den Schwarzen Peter bekommen? Hast du dir das nie gedacht?«

»Ich glaube nicht«, antwortete er.

»Warum?«

»Warum?«

»Ja, ich möchte wissen, warum?«

»Ich weiß nicht«, zuckte er mit den Achseln. »Meine Mutter hat immer gesagt ... weißt du, meine Mutter und mein Vater, die Leute der ersten Einwanderungswelle, sie sind nicht wegen des sorgenfreien und guten Lebens nach Amerika gekommen. Im Gegenteil, für sie war Amerika das *Ende* des guten und sorgenfreien Lebens. Meine Mutter hat bis zu dem Tag, an dem sie gestorben ist, nicht aufgehört, über ihr Heim in Petrograd zu sprechen. Das ist wahrscheinlich der Grund, weshalb ich so – altmodisch zu sein scheine. Obwohl ich in Los Angeles geboren und aufgewachsen bin, habe ich so viel über die Leiden von Mutter Rußland und die allgemeine Mühsal des Lebens gehört und ... Na ja, und da habe ich wohl vermutlich nie zu hohe Erwartungen gehabt. Ich weiß auch nicht.« Walnikow nippte an seinem Tee und tupfte sich imaginäre Flüssigkeit von seinen Lippen. »Vielleicht hat sich mein Vater ... ich habe ihn natürlich nicht sonderlich gut gekannt; aber vielleicht hat er sich manchmal gefragt, bevor er gestorben ist oder als er hier in Los Angeles während der Wirtschaftskrise – er hatte ja diese fremde Sprache nie richtig gelernt – versucht hat, Arbeit zu bekommen, vielleicht hat er sich dann manchmal gefragt, weshalb er immer den Schwarzen Peter bekam. Ich könnte sogar wetten, daß er das getan hat. Ich könnte wetten, daß er sich sicher öfter gesagt hat, als seine ganze Welt zusammengebrochen war: Michail Iwanowitsch, warum mußt ausgerechnet du immer den Schwarzen Peter bekommen?«

»Walnikow.«

»Ja, Natalie.«

»Ich werde meine Versetzung beantragen.«

»Von der Einbruchsabteilung?«

»Nein, von der Hollywood Station.«

»Ja? Wegen der Sache ...«

»Weißt du, Walnikow, ich weiß einfach nicht, was gestern nacht passiert ist. Ich blicke überhaupt nicht mehr durch. Du mußt mir ein bißchen helfen. Ich meine, ich renne hier in der Gegend herum und suche nach einem einohrigen Hund, als wäre Patty Hearst entführt worden. Und dann lasse ich mich auch noch mit einem anderen Namen rufen.«

»Natascha«, lächelte er.

»Ich hab' dir doch gesagt, du sollst mich nicht so nennen. Wir sind hier nicht in so einem verdammten Tschechow-Stück.«

»Entschuldigung.«

»Hast du nicht das Gefühl, Walnikow, daß dir das alles ein bißchen zu viel geworden ist? Diese schrecklichen Träume?«

»Heute nacht habe ich gar nicht von dem Kaninchen geträumt.« Er wollte ihr erzählen, wovon er geträumt hatte.

»Ja, aber allem Anschein nach hast du doch eine Art –

Nervenzusammenbruch durchgemacht. Dir *muß* doch klar sein, daß du schon eine ganze Weile nicht mehr wirklich du selbst bist. So weit ich informiert bin, muß es dir doch schon ein paar Monate so gehen. Ich denke da zum Beispiel an den Vorfall im Leichenschauhaus. Als du diesen Doktor bedroht hast. Ich meine, du hast doch ein paar *Probleme*, die dir ganz schön zu schaffen machen.«

»Ja, sicher. Aber ich habe das Gefühl, daß das jetzt wesentlich besser werden wird.«

»Ach, erzähl mir doch nicht so was, Walnikow. Gestern nacht war gestern nacht! Ich begreife absolut nicht, was da eigentlich alles passiert ist. Wenn unser – *Gespräch* von gestern abend etwas genützt hat, dann freut mich das natürlich sehr. Das tut es wirklich. Weißt du, was ich für nächsten Monat vorhabe? Jack Packerton und ich werden nach Honolulu fliegen. Und dann werden wir nach Kauai fahren und uns in Hanalei Bay einen Bungalow mieten. Dort soll es wirklich paradiesisch sein.«

»Paradiesisch«, murmelte Walnikow.

»Jack wird bald zum Deputy Chief befördert.«

»Ja, das hast du bereits erwähnt.«

»Na ja, ich will damit einfach nur sagen, daß bei mir alles in festen Bahnen verläuft. In meinem Leben hat alles seine Ordnung, wohingegen das deine das reine Chaos ist. Weißt du, was ich meine?«

»Ich schätze schon.«

»Verdammt noch mal, Jack liegt mir schon seit einem halben Jahr wegen einer Heirat in den Ohren. Ich möchte ja eigentlich nur mit ihm zusammenleben, aber ihm ist bei dem Gedanken nicht so ganz wohl. Deputy Chief Digby Bates sieht es nämlich nicht so gern, wenn Beamte in wilder Ehe zusammenleben. Hast du dieses Rundschreiben zur moralischen Aufrüstung der Truppe gelesen, das dieser Jesus-Freak losgelassen hat?«

»Nein«, erwiderte Walnikow.

»Na ja, so denke zumindest ich über die Sache. Ich habe keine Lust, mir ständig den Schwarzen Peter zuschieben zu lassen.«

»Tja«, seufzte Walnikow und tupfte sich den Mund ab. »Ich glaube, wir sollten besser gehen. Sonst fängt Clarence Cromwell noch an, sich zu wundern, wo wir wohl stekken.«

»Ja, machen wir uns an die Arbeit«, murmelte Natalie Zimmerman. Sie fühlte sich elend.

Bevor sie gingen, fütterte Walnikow noch Mischa und Grischa und gab ihnen Wasser. Dann schnallte er sich seinen Waffengürtel um und zog die Jacke an, deren Tasche mit Büroklammern geflickt war. Natalie konnte ihn schwer seufzen hören, während sie die beiden kleinen Tiere in dem Käfig betrachtete.

»Was hältst du davon?« fragte sie den Wellensittich wobei sie bereits wußte, wie er antworten würde.

Er ließ sich auch prompt vornüber fallen und krächzte sie, mit dem Kopf nach unten an seiner Schaukel baumelnd, heiser an: *»Gawno.«*

Clarence Cromwell war bereits bei seiner zweiten Tasse Kaffee, als sie schließlich ankamen.

»Schön, daß ihr doch noch gekommen seid«, brummte er, »nachdem ihr mich schon in aller Herrgottsfrühe aus dem Bett geholt habt!« In diesem Augenblick fiel ihm auf, daß Natalie dasselbe anhatte wie am Tag zuvor. Das tat sie doch sonst nie. Und ihre Locke war nicht ganz so widerspenstig wie sonst. Und sie kam *mit* Walnikow. Clarence wäre nicht zwanzig Jahre Detektiv gewesen, wenn ihm daran nicht etwas spanisch vorgekommen wäre.

Und so entging Natalie sein Grinsen auch keineswegs. Dieser alte Schnüffler!

»Kriegen wir den Hubschrauber?« fragte Walnikow und holte seinen Papierkram aus seinem Fach, während Natalie um einen Kaffee ging.

»Ja«, nickte Clarence. »Und das mit den Überwachungsteams geht auch in Ordnung. Das wird vielleicht ein Ding werden. Ich hoffe nur, dieser Hundeentführer taucht auch tatsächlich auf.«

»Erpresser«, verbesserte ihn Walnikow.

»Ja, natürlich. Ich hoffe wirklich, er läßt sich blicken.«

Dann klingelte das Telefon, und Cromwell nahm den Hörer ab. »Ja«, sprach er in den Hörer, und dann an Walnikow gewandt: »Für dich.«

»Walnikow«, meldete sich dieser und nahm den Hörer seines Apparats ab.

»Sergeant, hier spricht Madeline Whitfield«, fing Madeline zaghaft an.

»Mrs. Whitfield! Was ist los? Hat er angerufen?«

»Ja, er hat angerufen. Gestern nacht. Gegen zwei Uhr. Ich ... Sergeant, es tut mir schrecklich leid. Ich habe ihm das Geld schon gebracht. Er hat mir gesagt, ich sollte es auf der Brücke in der Nähe meines Hauses auf die Straße werfen. Und das habe ich dann auch getan. Vermutlich hat er es dann dort abgeholt. Ich bin bei Tagesanbruch noch einmal an die Stelle gefahren, und da war es weg. Ich habe die ganze Nacht kein Auge zugedrückt. Ich schätze, daß er das Geld hat. Ich ...«

»Haben Sie Vickie schon?« erkundigte sich Walnikow und zog damit schlagartig Natalies Aufmerksamkeit auf sich. Er deckte mit der Hand die Sprechmuschel zu und flüsterte ihr zu: »Sie hat ihm gestern nacht das Geld gebracht.«

»Nein«, antwortete sie, den Tränen nah. »Er sagte, er würde mich heute anrufen. Er hat mir versprochen, sie heute freizulassen. Ich muß nur warten. Es tut mir ja so leid, Sergeant. Nun ja ... ich wollte ... ich weiß, daß ich vermutlich alles falsch gemacht habe. Ich *wollte* es ja so tun, wie Sie vorgeschlagen haben. Aber ... wissen Sie, Vickie ist eben alles, was ich habe. Ach ...«

»Nicht weinen, Mrs. Whitfield«, tröstete sie Walnikow. »Ich kann das ja verstehen. Ich mache Ihnen absolut keinen Vorwurf. Ich kann das doch verstehen. Jetzt weinen Sie nicht. Ist ja schon gut. Sie werden sehen, es wird noch alles gut werden, das verspreche ich Ihnen. Ich werde heute den ganzen Tag von der Station aus zu erreichen sein. Sie brauchen also nur hier anzurufen, sobald Sie wieder von ihm hören. Ja. Und nicht weinen. Ich verspreche Ihnen, daß alles gut werden wird.«

Als er schließlich aufhängte, nahm Clarence einen Schluck von seinem Kaffee und sagte: »Dann kann ich also den Hubschrauber und die Überwachungsteams wieder abbestellen.«

»Sie hat doch Vickie noch nicht«, dachte Walnikow laut. »Warum habe ich daran eigentlich nicht gedacht? Warum habe ich nicht damit gerechnet, daß er während der Nacht anrufen könnte?«

»Weil dieser Kerl nichts macht, was irgendwie vorhersehbar wäre«, schaltete sich Natalie ein. »Er ist sprunghaft und chaotisch und verrückt. Deswegen wird man aus dem Kerl nicht schlau. Mach dir deswegen also keine Gedanken. Das war nicht deine Schuld. Du hast alles getan, was in deiner Macht stand.«

Walnikow war inzwischen aufgestanden. »Es ist schon fast acht Uhr. Ich werde mich trotzdem mal mit Mrs. Gharoujians Hundebetreuer in Verbindung setzen. Mit diesem Skinner. Ich werde mich mit ihm mal über all diese Burschen unterhalten, die bei Mrs. Gharoujian ein und aus gingen, als er mit Tutu noch an den Wettbewerben teilnahm. Er ist im Augenblick unsere einzige Hoffnung. Jedenfalls dürfte er mit Sicherheit ein paar Namen für uns haben.«

»Walnikow, was soll das denn jetzt noch?« fiel ihm Natalie ins Wort. »Die Sache ist doch schon längst gelaufen. Sie hat sich dafür entschieden, das Geld zu zahlen. Das ist doch ihre Sache, und er wird vermutlich den Hund herausgeben, wie er versprochen hat. Oder vielleicht ist der Hund ja schon längst tot. Und in beiden Fällen ist da nichts, was wir noch . . .«

»Ich werde auf jeden Fall mal mit diesem Skinner sprechen«, unterbrach er sie, während er bereits im Telefonbuch blätterte.

»Na gut, aber dann setz dich erst mal noch in Ruhe ein bißchen hin«, forderte ihn Clarence Cromwell auf. »Dieser Skinner ist doch sicher noch gar nicht im Geschäft. Zumindest, wenn er sich an die regulären Öffnungszeiten hält. Setz dich hin und trink deinen Tee und beruhig dich erst mal wieder. Das ist ja schließlich nicht die Entführung von Patty Hearst.«

Was Natalie Zimmerman zu der Bemerkung verleitete: »Das ist vielleicht das erstemal, daß ich voll mit etwas einverstanden bin, das Sie gesagt haben, Clarence.«

Während die anderen Detektive allmählich zum Dienst eintrudelten und Natalie Zimmerman ihren Papierkram erledigte, trank Walnikow Tee, machte sich geheime Aufzeichnungen und kritzelte Bilder von einem Schnauzer und einem Vogel auf ein Blatt Papier.

Natalie schielte neugierig zu ihm hinüber und erkannte auch den Hund. »Was soll das andere denn sein, dein Wellensittich?« erkundigte sie sich.

Fast hätte er ihr geantwortet, es wäre eine russische Nachtigall in einem Brombeerbusch, aber statt dessen sah er nur mit seinen betrübten, wäßrigen Augen auf und erwiderte: »Ja, das andere ist mein Wellensittich.«

Captain Hooker erschien ziemlich früh. Er hatte eine Papiertüte im Arm. Sie enthielt drei Flaschen Maalox. Er hoffte, damit seinen Magen wenigstens für ein paar Tage unter Kontrolle bekommen zu können. Aber er hatte sich getäuscht.

Zuerst leistete sich Bullets Bambarella zu seinem Morgenkaffee in der Regel immer einen Twinkie. Da er dafür an diesem Tag jedoch nicht genügend Geld hatte, war er sichtlich gereizt. Bis zum Zahltag blieben ihm noch genau zwei Dollar und fünfzig Cent, und das wiederum hatte er nur diesem schmierigen Mexikaner, Montezuma Montez, zu verdanken, gegen den er eine Wette nach der anderen verlor. Bullets suchte Streit, daran bestand kein Zweifel.

»Könntest du mir vielleicht zehn Dollar leihen, Clarence?« wandte er sich flüsternd an den schwarzen Detektiv.

»Wofür? Ist dir schon wieder mal ne Wette eingefallen, die du gegen Montezuma verlieren könntest?« schnaubte Clarence.

»Hör mal, Clarence, hast du je von einem guten mexikanischen Schwergewichtler gehört? So was gibt es doch nicht. Vielleicht könnten wir zur Academy rauffahren und uns ein paar Boxhandschuhe ausleihen und ...«

»Ich dulde nicht, daß irgend jemand von meinen Leuten boxt«, schaltete sich Holzlippe Mockett ein, der ihre Unterhaltung mitverfolgt hatte. »Dabei könnte sich ohne weiteres jemand verletzen.«

»Ich würde ganz leicht mit ihm fertig werden, Clarence«, drängte Bullets. »Du könntest dir ne hübsche Stange Geld verdienen, wenn du auf mich setzt.«

Als Bullets sich schließlich wieder an seinen Schreibtisch davongetrollt hatte, stöhnte Clarence: »Meine Fresse! Diese jungen Burschen bringen mich noch ins Grab. Das ist ja wirklich nicht auszuhalten. Man braucht sie sich ja nur anzusehen, wie sie in Chinatown herumstenzen. Und dabei lassen sie sich ihre verdammten Knarren schön weit raushängen, daß nur ja alle Mädels mitbekommen, daß sie bei der Polizei sind. Scheieieiße. Und dazu trinken sie dann wahrscheinlich ihren Hawaii-Punsch noch on the rocks. Wirklich, diese Vögel bringen mich echt noch ins Grab.«

In diesem Augenblick sagte Frick zu Frack: »Wer riecht hier eigentlich so gut? Bist das du oder Irma?« Und damit biß er die kichernde Beamtin in die Schulter.

»Ich«, erwiderte Frack. »Und ich weiß auch nicht, wie ich es abstellen sollte.«

Und dann unterbrach sie Bullets mit einer wichtigen Ankündigung: »Italienisches Essen ist das beste Essen der Welt. Italiener sind echte Gourmets, während Mexikaner Pferdefleisch-Tacos essen.«

»Verdammt noch mal, Bullets«, polterte Clarence. »Hast du mit deinem ganzen Geld auch noch den Verstand verloren?«

»Ich habe nur eben gehört, daß Montezuma für die Detektiv-Party nächstes Wochenende Enchiladas macht«, redete Bullets weiter.

»Na und, was geht das dich an?« erboste sich Montezuma Montez. Und mit einemmal wurde es auffällig still im Bereitschaftsraum.

»Ich will auf keinen Fall, daß meine Leute boxen«, winselte Holzlippe Mockett Clarence Cromwell an.

»Also, ich gehe jedenfalls auf keine Party, auf der es

Pferdefleisch-Enchiladas gibt«, stichelte Bullets mit einem Seitenblick auf Montezuma Montez weiter.

Frick und Frack grinsten jetzt zwischen Bullets und Montezuma hin und her. Insgeheim wurden bereits die ersten Wetten abgeschlossen. »Die werden sich schlagen, Clarence!« winselte Holzlippe Mockett. »Sie dürfen das nicht zulassen!«

Und dann sagte Bullets: »Italiener sind echte Gourmets. Die verstehen was von Essen. Du hast wahrscheinlich noch nie etwas von Parmesan-Auberginen gehört.«

»Und ob ich das kenne«, gab Montezuma zurück.

»Dann probier mal meine Auberginen und deine Enchiladas, und dann sag mir, ob deine Enchiladas nicht wie Pferdescheiße schmecken.«

»Ich bin durchaus ein Feinschmecker, wenn ich das mal einfach so sagen darf«, schaltete sich Dudley Knebel ein. »Ich hätte beides gern mal probiert.«

»Und ich auch«, fiel Irma Thebes ein.

»Glaubst du, du wärst ein unparteiischer Schiedsrichter, Dudley?« forderte ihn Bullets heraus.

»Absolut«, gab Dudley zurück.

»Ich auch«, bemerkte Irma.

»Ich würde mir das durchaus auch zutrauen«, meldete sich Nate Farmer zu Wort. »Aber ich bin dafür, daß jeder sein Urteil anonym aufschreibt, damit nachher niemand beleidigt ist.«

»Und ich werde das Ganze dann auswerten«, erbot sich Max Haffencamp, »und feststellen, für welches Gericht sich die Juroren entschieden haben.«

»Einverstanden«, nickte Bullets. »Clarence, würdest du mir zwanzig Dollar leihen?«

»Fünf davon übernehme ich«, meldete sich Frick zu Wort.

»Ich ebenfalls«, fiel Frack ein.

»Wer hätte gerne *dreißig* Dollar?« fragte Bullets. »Zahlbar am nächsten Zahltag?«

»Angenommen!« schrie Montezuma durch den Raum.

»Na, wunderbar!« bemerkte Clarence Cromwell voll tiefster Verachtung. »Wenigstens brauchen Sie sich keine Sorgen mehr zu machen, daß die beiden sich prügeln werden,

Lieutenant. Sie haben sich mit so einem verdammten Kochwettbewerb begnügt!«

Captain Hooker kam aus seinem Büro und strebte auf den Kocher zu. Er wollte sich etwas heißes Wasser auf sein Kakaopulver schütten.

»Alles in Ordnung, Clarence?« erkundigte er sich, während er in seiner Tasse rührte.

»Alles bestens«, beruhigte ihn Clarence.

Dudley Knebel meldete sich zu Wort. »Übrigens, Captain. Wissen Sie, dieser Laden, den sie diesen Monat schon dreimal ausgeraubt haben? Unten am Boulevard. Der Chef hat angerufen und angeordnet, daß wir uns dort am Donnerstag auf die Lauer legen. Offensichtlich hat er diesen Tip von seinem Computer.«

»Na, wenn sich wenigstens auch dieser Scheißcomputer auf die Lauer legen würde ...« brummte Clarence Cromwell.

»Clarence wird sich um alles Nötige kümmern«, ordnete Hipless Hooker an. Er hatte ja für so etwas keine Zeit. Er mußte sich ein neues Paar Überschuhe kaufen, wie sie wirkliche Jachtskipper trugen.

»Ja, ja, Captain, aber der Chef meint«, beharrte Dudley Knebel, »wir sollten einen als Verkäufer getarnten Beamten hinter den Ladentisch stellen. Die letzten drei Verkäufer haben sie nämlich über den Haufen geschossen, und deshalb dachte er, daß vielleicht ein Polizist diesen Posten einnehmen sollte.«

»Großartige Idee«, grunzte Clarence Cromwell. »Laß anstatt eines Verkäufers einen Polizisten über den Haufen schießen.«

»Ist ja schon gut«, drängelte Hipless Hooker. »Soll sich eben jemand als Verkäufer maskieren. Ab und zu ist die Arbeit der Polizei eben mit gewissen Risiken verbunden.«

»Jawohl, Sir«, antwortete Knebel. »Aber die Ganoven sind dort inzwischen schon dreimal aufgetaucht. Die kennen doch allmählich alle Verkäufer. Der Chef meinte, wir sollten jemanden reinstellen, der dem ältesten Verkäufer ähnelt, damit der arme Teufel dann woanders im Laden arbeiten kann.«

»Ja und? Können Sie denn niemanden finden, der diesem alten Verkäufer gleicht?«

»Doch, Sir«, nickte Knebel. »Der Chef meinte, Sie sähen genau wie dieser Verkäufer aus.«

An diesem Morgen mußte Captain Hooker mit schrecklichen Bauchschmerzen nach Hause. Und Walnikow blieb damit wieder einmal einen weiteren Tag sein Posten sicher. Walnikows Schicksal ruhte in anderen Händen.

Um neun Uhr fünfzehn vollendete Walnikow gerade die achte Zeichnung einer Nachtigall in einem Brombeerbusch. Inzwischen war Natalie auch klar, daß er keine Wellensittiche zeichnete.

Walnikow sprang auf und sagte: »Clarence, ich fahre jetzt zu diesem Zwinger und spreche mal mit Mr. Skinner. Ich halte es einfach nicht mehr aus, noch länger hier herumzusitzen. Falls Mrs. Whitfield anruft, verständigt mich doch über Funk oder versucht, mich im Zwinger zu erreichen. Ich habe die Nummer auf meinen Notizblock geschrieben.« Und dann sagte er leise zu Natalie, ohne sie anzusehen: »Würde es dir etwas ausmachen, heute morgen hier zu bleiben und unseren Papierkram zu erledigen? Ich werde dich wohl jetzt – nicht brauchen.«

»Nein, es macht mir nichts aus«, erwiderte sie, ebenfalls ohne ihn anzusehen. Und all diese abgewandten Blicke entgingen natürlich Clarence Cromwell keineswegs, der nur den Kopf schüttelte und leise vor sich hin schimpfte: »Verdammte Scheiße! Kann denn in dieser verdammten Scheißwelt für niemanden mal was hinhauen!«

»Was?« fragte Holzlippe Mockett nach.

»Nichts«, brummte Clarence Cromwell. »Nichts, verdammte Scheiße!«

Philo Skinner hatte schon eineinhalb Tage nicht mehr geschlafen. Noch hatte er sich rasiert. Er trug eine alte Jeans und einen gestreiften Rollkragenpullover. Seine neue, imitierte Goldkette hatte er sich über den Pullover gehängt. Er hatte sich die neuen Sachen an diesem Morgen gekauft, als die Läden aufmachten. Er hatte sich einen alten Koffer, in dem er normalerweise die verschiedenen Puder und Wässerchen für seine Hunde aufbewahrte, mit neuen Kleidern vollgestopft. Er würde nicht mehr nach Hause gehen. Sogar einen Fön packte er ein. Das Ding hatte zwar schon Tausenden von Hunden das Fell gefönt, war aber noch nie an menschlichem Haar zur Anwendung gelangt. Sonst konnte er nichts finden, was er noch gern mitgenommen hätte. Er war sich sicher, daß er sich in einem vornehmen Hotel in Puerto Vallarta wesentlich billiger mit allem Nötigen versorgen konnte als hier. Durch die Peso-Abwertung würden seine zwanzigtausend Dollar eine Menge hermachen. Eine ganze Menge sogar! Er blickte in den Spiegel, was seine Lebensgeister für einen Moment etwas sinken ließ. Er sah schrecklich aus – die Augen verquollen und eingesunken, die Wangen voller grauer Stoppeln und eingefallen. Die Hände blaß und schuppig. Die Anspannung der letzten Tage hatte durchaus ihren Tribut vom Terrier-King gefordert.

Er hatte schon mit dem Gedanken gespielt, mit dem El Dorado in Tijuana über die Grenze zu fahren und ihn an irgendeinen mexikanischen Ganoven zu verkaufen. Er nahm von dieser Idee jedoch rasch wieder Abstand, da er gehört hatte, daß dort unten in letzter Zeit schon einige Gringos ausgeraubt und ermordet worden waren. Bei seinem sprichwörtlichen Glück würden die ihm schon auf den ersten Blick ansehen, daß er zwanzig Riesen dabeihatte, und ihm dann die Kehle durchschneiden.

Er konnte nicht aufhören zu zittern – mehr vor Erschöpfung als vor Aufregung. Mavis hatte gestern gesagt, sie wollte diesen Nachmittag im Geschäft vorbeisehen. Sollte sie ruhig kommen. Er hätte ihr gern eine Nachricht hinterlassen, aber leider fiel ihm nichts ein, was sarkastisch genug gewesen wäre. Er hatte den El Dorado hinter dem Zwinger geparkt, wo er nicht zu sehen war. Heute konnte er keinen neuen Kunden brauchen.

Blieb nur noch eines zu tun. Philo mußte den Schnauzer irgendwo absetzen und dann Madeline Whitfield verständigen. Dann würde er zum Flughafen fahren. Den Wagen würden sie sicher schon in ein paar Tagen gefunden haben. Vielleicht würden sie sogar feststellen können, daß er nach Puerto Vallarta geflogen war. Na und? Ein Typ mit einer Menge Schulden ist eben abgehauen. Das passiert öfter mal. Sie würden keinerlei Verbindung mit der Hundeentführung herstellen können, so daß sich die Polizei einen Dreck um ihn kümmern würde. Und Mavis würde sicher schnell irgendeinen anderen Idioten finden, der sich im Geschäft für sie abrackerte. Natürlich konnte Arnold spitzkriegen, daß Philo einen Flug nach Puerto Vallarta gebucht hatte. Na, und wenn schon? Puerto Vallarta war weit. Und Arnold war auch nur ein kleiner Fisch. Der Jude und der Nigger würden es kaum wagen, an der mexikanischen Goldküste den großen Macker zu markieren. Dort unten machten sie mit Ganoven kurzen Prozeß. Sollte Arnold es doch versuchen. Philo würde ihm die *Federales* auf den Hals hetzen. Schaufel dir dein Grab, rauch noch eine Zigarette, und dann Adios, Arnold, du mieser Blutsauger.

Plötzlich hörte Philo eine Wagentür schlagen. Die Tür von Walnikows Dienstwagen machte Philo Skinners Traum ein Ende. Philo sah nach draußen, aber ihm fiel kein Detektiv auf. Er sah nur einen untersetzten Mann mit zerzaustem, zimtfarbenem Haar und einem schlurfenden Gang, der direkt auf die Eingangstür zuging.

Er war sich sofort im klaren, wer dieser stämmige Fremde war! Das war der Nigger und der Jude in einer Person! Das war Arnolds Scherge. Arnold, dieser miese Blutsauger, hatte ihn hereingelegt. Er hatte gesagt, der Mann würde am *Nachmittag* kommen, nicht schon am Vormittag! Philo lugte durch die Jalousie, während der Mann näherkam.

Dieser Gorilla würde sicher nicht mit sich reden lassen! Das taten sie doch im Kino *nie*. Er würde sich einfach daran machen, den ganzen Laden auf den Kopf zu stellen, um nach dem Geld zu suchen. Und dabei würde er sicher die Flugtasche mit den zwanzig Mille finden. *Nachdem* er Philos Kehle aufgeschlitzt hatte!

Dann versuchte Philo, sich erst einmal zu beruhigen. Vielleicht war es nur eine Kunde. Wahrscheinlich nur irgend so ein Heini, der wollte, daß Philo sich ein paar Wochen seines Scheiß-Setters annahm. Nichts weiter. Inzwischen stand der Mann an der Tür. Er klopfte. Philo lugte durch die Jalousie, ob seine Jacke nicht irgendwo in Achselhöhe eine vielsagende Ausbuchtung aufwies. Das Jackett saß ziemlich knapp über seinem mächtigen Oberkörper. Es war keine Ausbuchtung zu sehen. Philo bildete sich alles nur ein. Mein Gott! Er mußte sich wirklich zusammenreißen. In ein paar Stunden würde er im Flugzeug sitzen. Dann klopfte der Mann von neuem. Philo lugte immer noch nach draußen. Hau schon ab, du Arschloch! Nimm deinen Scheiß-Setter und ... In diesem Augenblick suchte der Mann in der Innentasche seiner Jacke nach einem Notizbuch. Philo konnte sie sehen. Sie hing an seinem Gürtel. Eine Pistole! Es war einer von Arnolds Schergen! Nur würde er Philo nicht die Kehle aufschlitzen! Er würde ihn über den Haufen knallen!

Philo Skinner schleuderte den metallenen Arbeitstisch durch den ganzen Raum, als er ins Büro rannte und dagegen stieß. Der Tisch krachte auf den gefliesten Boden und schmetterte scheppernd eine ganze Batterie Flaschen gegen die Wand. Philo packte den Koffer und die Flugtasche mit dem Geld. Er glitt auf dem Shampoo, das den ganzen Fußboden bedeckte, aus und riß sich im Fallen die Hände wund.

Walnikow hörte den Aufruhr und rüttelte an der Tür. Sie war abgesperrt. Er hörte die Hunde bellen und heulen, und er hörte, daß jemand durch den Zwinger rannte. Er dachte, er hätte eben einen Einbrecher auf frischer Tat ertappt. Irgend jemand räumte gerade Mr. Skinners Geschäft aus! Dann hörte er ein neuerliches Krachen, als Philo Skinner gegen die stahlverstärkte Hintertür rannte, die von beiden Seiten *doppelt* abgesperrt war. Sicher ist sicher, Philo. Es gibt eine Menge Diebe auf dieser Welt. Und du hast eben einen gefangen, Mavis. Besten Dank für *alles*! Du miese Votze!

»Du miese Votze!« kreischte Philo, worauf fünfundzwanzig Hunde wie verrückt loslegten. Ein Welsh Terrier begann zu kläffen. Eine Dänische Dogge fing an zu bellen. Ein Schlittenhund heulte los wie ein Wolf. Immer mehr Stimmen fielen in den Chor ein. Selbst wenn sich Mavis im Arbeitsraum aufgehalten hätte, hätte sie Philos hysterische Beschimpfungen nicht hören können.

Auch Walnikow konnte das nicht. Er hörte nur, daß der Einbrecher fliehen wollte, aber nicht ins Freie kam. Vielleicht waren es mehr als ein Einbrecher. Er zog seinen Revolver und trat neben dem Schloß gegen die Tür. Das Holz splitterte zwar, aber die Tür ging nicht auf. Er trat einen Schritt zurück und trat noch einmal mit aller Kraft zu, so daß die Tür aus den Angeln flog und krachend auf dem umgestürzten Arbeitstisch landete. Das laute Krachen und Splittern ließ Philo und die Hunde nur noch lauter aufheulen.

Philo ließ den Koffer fallen, klammerte sich aber um so fester an die Flugtasche. Verzweifelt rannte er zum Arbeitsraum zurück. Es gab im ganzen Zwinger nur eine potentielle Waffe, und diese befand sich dreißig Meter weiter den Gang hinunter, der zwischen den Käfigen mit den wie wild kläffenden Hunden entlangführte.

Philo Skinner hielt sich in dem krampfhaften Bemühen, einen Hustenanfall zurückzuhalten, die Brust. Er spürte, wie sich ein faustgroßer Schleimbrocken in seiner Lunge löste und in seine Kehle hochstieg. Aber er durfte auf keinen Fall einen Laut von sich geben. Arnolds Killer schlich gerade durch den Arbeitsraum. Philo konnte seine ruhigen Schritte auf dem zerbrochenen Glas hören. Philo hielt den Atem an, so gut es ging. Trotz des Lärms, den die Tiere machten, erschien ihm das Pfeifen seiner Lungen ohrenbetäubend. Philo nahm einen kleinen Feuerlöscher von der Wand und zog sich in den Schatten einer kleinen Nische neben der Seitentür zurück, die auf den eingezäunten Gang um die Auslauffläche im Freien hinausführte. Fast hätte Philo einen Putzeimer und einen Mop umgestoßen. Der Brocken schwarzen Schleims stieg höher und höher; er erstickte ihn fast. Bitte! Nur noch ein paar Sekunden!

Und dann öffnete Walnikow vorsichtig die Tür zum Zwinger. Die Hunde in den ersten Käfigen sahen den Fremden mit der Waffe. Ein Dobermann biß, völlig außer sich, auf die Kette der Türverriegelung seines Käfigs ein. Philo preßte sich gegen eine Betonwand, sah die Kanone von Arnolds Killer und dachte, er würde ersticken, bevor noch die Geschoße seine gemarterten Lungen durchschlugen.

Am hinteren Ende des Zwingers, wo Philo seinen Koffer hatte fallen lassen, erblickte Walnikow einen T-förmigen Gang. Walnikow ging auf den Koffer zu, als Philos Überlebensinstinkte plötzlich die Oberhand gewannen. Aus dem rechten Augenwinkel konnte Walnikow gerade noch erkennen, wie sich etwas bewegte. Er wirbelte herum, aber nicht schnell genug. Der Feuerlöscher traf ihn genau über dem rechten Auge auf seine breite Stirn. Philo hatte mit aller Kraft zugeschlagen. Das genügte. Schwer stürzte Walnikow gegen den ersten Käfig zurück und glitt dann zu Boden. Zwar entfiel ihm sein Revolver, aber er ließ sich instinktiv darauf gleiten.

Philo Skinner wurde erst einmal durch den Brocken giftigen Schleims in seiner Kehle gestoppt. Er fing an, zu würgen und zu husten und wieder zu würgen. Er lehnte sich gegen die Wand und spuckte ihn aus. Ein Schleimbrocken wie ein schwarzer Golfball klatschte auf den Betonboden. Walnikow stöhnte und wand sich auf dem Boden wie ein junger gestrandeter Wal.

Beide Männer waren sich der Gefährlichkeit der Situation voll bewußt, und beide bemühten sich angestrengt, als erster Herr der Lage zu werden. Schließlich schaffte es Philo, etwas lebensrettenden Sauerstoff in seine ächzenden Lungen zu pumpen. Er holte mehrmals tief Atem und stürzte sich dann auf den Feuerlöscher. Er nahm das Gerät vom Boden auf und hob es über seinen Kopf. Walnikow konnte gerade noch rechtzeitig seinen linken Arm heben. Der Feuerlöscher krachte auf seinen Unterarm, daß Walnikow vor Schmerzen laut aufschrie.

Die Hunde, die instinktiv spürten, daß sich in ihrer Mitte ein Kampf auf Leben und Tod abspielte, rannten inzwischen winselnd und schäumend in ihren Käfigen im Kreis. Der Dobermann war völlig von Sinnen. Seine schaumweißen Lefzen und sein Zahnfleisch bluteten inzwischen von seinen Attacken gegen die Kette der Türverriegelung seines Käfigs. Ohne zu wissen, warum, wollte auch der Dobermann an dem Morden teilnehmen. Er war zwar kein Wachhund, aber wenn er dieses Blut roch und diese zwei Männer unmittelbar vor ihm verzweifelt um sich schlagen sah, wollte er ohne weiteren Grund nichts anderes als morden.

Philo keuchte und schluckte und hob den Feuerlöscher erneut. Walnikow hielt zwar seinen verwundeten Arm hoch, aber der Feuerlöscher krachte gegen seinen Arm *und* seinen Kopf, und zwar in der Nähe der Schläfe. Seine Haarbüschel waren auf der Stelle blutverschmiert, als seine Blutgefäße platzten. Blut rann ihm über Gesicht und Hals herab. Er bellte wie die Dänische Dogge und rollte sich auf den Bauch über seinen Revolver. Als Philo erneut zum Angriff ansetzte, griff er unter sich nach der Waffe. Diesmal verfehlte Philo Walnikows Kopf, aber der Feuerlöscher krachte gegen Walnikows rechte Schulter, so daß seine Hände für einen Augenblick gelähmt waren. Er konnte den Revolver nicht packen.

Inzwischen hatte Philo sich auf Arnolds gedungenen Killer gestürzt. Er konnte den massigen Mann zwar nicht bewegen, trommelte aber mit seinen knochigen Fäusten schwach auf den breiten Kopf ein. Er prügelte auf den wuchtigen Schädel des Killers ein und winselte und zerrte an seinem blutigen Haar, aber er brachte diesen Kerl, der mehr wog als ein Bernhardiner, nicht vom Fleck. Dann griff Philo unter Walnikow, unter seinen Bauch. Walnikows halb gelähmte Finger und Philos tabakgelbe Finger kämpften verzweifelt um den Revolver.

Philo winselte lauter als irgendein Hund im Zwinger. Und dann begann er zu knurren wie der Dobermann. Er vergrub seine fleckigen Zähne in Walnikows Schulter, aber das muskulöse Fleisch war zu hart. Darauf biß Philo Walnikow in den blutigen Hals, kam aber nicht an die Waffe heran.

Schließlich ließ sich Philo auf den Bauch gleiten und schob beide Hände unter den Detektiv, so daß er unter Aufbietung aller seiner Kräfte endlich dessen massigen Körper bewegen konnte. Philo griff unter seinen Bauch, um sich auch schon im nächsten Augenblick wieder rückwärts davonzuhechten und über den Boden des Gangs zu rollen, bis ihn die Tür des Arbeitsraums stoppte. Die Waffe war in seiner Hand.

So lagen Walnikow und Philo nun für einen Moment

bäuchlings auf dem Boden und starrten sich über einen guten Meter Entfernung hinweg an. Die Hunde beschrieben in ihren Käfigen geifernde Kreise. Ein Sealyham Terrierweibchen lag auf dem Rücken und strampelte mit den Beinen. Es übertraf in seiner Raserei selbst den Dobermann.

Walnikow schüttelte wie ein verwundeter Stier den Kopf und begann mit Nachlassen des anfänglichen Schocks vor Schmerzen immer lauter zu stöhnen. Er dachte, er müßte sterben. Er beobachtete die Augen des Einbrechers.

Philo wußte, daß er den Killer verletzt hatte. Dennoch war dieser selbst in seinem verletzten Zustand immer noch eindeutig stärker als Philo. Philo Skinner hätte sich nicht im Traum einfallen lassen, daß er vielleicht einen Menschen würde töten müssen. Er hielt den Revolver auf das blutige Gesicht des Killers gerichtet. Er war sich nicht recht sicher, ob man diesen Revolver spannen mußte, aber er ging davon aus, daß das nicht nötig war. Er versuchte, den Mut und die Kraft aufzubringen, zu tun, was er tun mußte. Aber er hatte doch in seinem ganzen Leben keinem einzigen Tier etwas zuleide getan. Wie sollte er nun einen Menschen töten?

»Drehen . . . drehen . . . Sie sich um.« Philo hörte zu husten auf und spuckte auf den Boden, ohne dabei jedoch seine Augen von Arnolds Killer abzuwenden. »Kriechen Sie auf dem Bauch. Rückwärts . . . ja, rückwärts! Los! Kriechen Sie schon zurück, oder ich lege Sie um!«

Eine Sekunde lang zögerte Walnikow. Und dann – seine Anzugjacke war an drei Stellen zerrissen – begann er, sich bäuchlings langsam rückwärts zurückzuschleppen.

»Los!« befahl Philo. »Zurück! Weiter! Weiter!«

Walnikow schleppte sich Stück für Stück zurück, ohne den Einbrecher aus den Augen zu lassen. Er wischte sich das Blut aus dem Gesicht.

Als Walnikow schließlich neben einem leeren Verschlag auf der Westseite des Zwingers zu liegen kam, sagte Philo: »Stop.« Erst jetzt richtete sich Philo Skinner mühsam auf und ging vorsichtig an den Käfigen zu seiner Rechten vorbei, sorgfältig darauf bedacht, dem Dobermann aus dem Weg zu gehen, der verzweifelt versuchte, seine Schnauze durch das

Drahtmaschengitter zu stecken und Philos mageren Oberschenkel zwischen die Zähne zu bekommen.

Philo kam über Walnikow zu stehen und forderte ihn auf: »Legen Sie Ihr Gesicht auf den Boden.« Das tat Walnikow und wartete bereits auf die Kugel, die ihm den Schädel zerschmettern würde. Eigentlich wollte er sich rasch nach rechts rollen, um zumindest noch um sein Leben gekämpft zu haben, aber der Schmerz hatte ihn zu sehr geschwächt. So war es vor allem der Schmerz, der ihn gehorchen ließ, obwohl er sich sicher war, daß dies das Ende war. Er überlegte, was er mit in die Ewigkeit hätte nehmen können. Dabei fielen ihm Nachtigallen ein, die in einem Brombeerbusch sangen.

Aber Philo hechelte nur: »Keine Bewegung, oder ich lege Sie um.« Und dann hörte er, wie Philo an einem Schlüsselbund herumfummelte. Er schloß die Tür des leeren Käfigs auf und öffnete sie. »Jetzt kriechen Sie auf dem Bauch da rein«, keuchte Philo. »Bleiben Sie auf dem Bauch liegen. Sollten Sie versuchen, aufzustehen, sind Sie ein toter Mann.«

Noch immer hatte Walnikow kein einziges Wort gesprochen. Er begann, in den Käfig zu kriechen. Dabei stieß er einen großen Futternapf zur Seite. Er kroch an einem Haufen Hundescheiße vorbei. Einem sehr *großen* Haufen. Und dann hörte er ein tiefes Knurren, das direkt hinter der Klapptür, die auf die Auslauffläche im Freien hinausführte, ertönte.

Philo, der im Eingang des Käfigs stand, konnte dieses Knurren, das Walnikow vom Boden aus sehr wohl vernehmen konnte, nicht hören. In diesem Inferno aus Hundegebell, Gewinsel, Gejaule und Geheul konnte Philo überhaupt nichts hören.

Und dann konnte es sich Philo Skinner, der während seiner unglücklichen Kindheit von jedem halbwegs kräftigen Kerlchen verprügelt worden war, Philo Skinner, mit dem die Kameraden in seiner Abteilung bei der Armee, bevor er wegen Asthma entlassen wurde, gemacht hatten, was sie wollten, Philo Skinner, der eben zum erstenmal in seinem ganzen Leben ein anderes menschliches Wesen in einer körperlichen Auseinandersetzung besiegt hatte, in diesem Augenblick konnte Philo Skinner es sich nicht verkneifen, in lautes Triumphgeschrei auszubrechen. Und dabei stand er wie ein wilder Hund über seiner wehrlosen Beute.

»Sagen Sie Ihrem Boß«, krächzte Philo siegessicher, »sagen Sie diesem Blutsauger, daß Philo Skinner sich mit einem Adios verabschiedet. Sagen Sie ihm, das nächstemal soll er es lieber selbst versuchen, wenn er was von Philo Skinner will!«

Philo schwelgte dermaßen in seinem Triumphgefühl, daß ihm das absolut ungut blitzende, elfenbeinfarbene Auge völlig entging, das durch den schmalen Spalt in der Klapptür an der Hinterseite des Käfigs sichtbar wurde. Walnikow dagegen sah dieses bedrohliche Auge. Walnikow konnte auch das Knurren hören, das sich unmittelbar über dem Betonboden anhörte wie ein mittleres Erdbeben oder ein Zyklon am Horizont.

Walter, der deutsche Schäferhund, war alles andere als glücklich über die Trennung von seinen Adoptiveltern. Walter gefiel es auch in diesem Käfig nicht, in dem er zum erstenmal seit Beendigung seiner Laufbahn als Wachhund wieder eingesperrt worden war. Nicht einmal das leckere Pferdefleisch und die Leber, womit ihn Mavis am Tag zuvor gefüttert hatte, schmeckten ihm. Aber am allerwenigsten mochte Walter *Knarren*.

Walter war von seinem früheren Herrn sogar ausdrücklich so abgerichtet worden, daß er jede Waffe haßte. Und daß er jeden zu Hackfleisch verarbeitete, der es *wagen* sollte, eine Waffe gegen ihn zu richten. Überhaupt hatte Walters ehemaliger Besitzer seinen Hundchen mit seinem bleigefüllten Stück Gartenschlauch alle möglichen speziellen Tricks beigebracht. Und aufgrund dieser Tricks waren seine Wachhunde bei seinen Kunden sehr beliebt. Deshalb trug Walters ehemaliger Besitzer, der seine Arbeit ebenso liebte, wie seine Hunde die ihre haßten, auch immer spezielle Kleidung, wenn er seine Tiere vorführte. Unter anderem hatte er auch eine Schürze aus Stahldraht, an deren Außenseite er einen mit Schaumgummi überzogenen Unterleibsschützer befestigt hatte, wie ihn Boxer verwenden. Und an diesem Ding biß sich so ein Hund in seiner Raserei natürlich nur zu gern fest.

Die potentiellen Kunden lachten sich ausnahmslos kaputt, wenn sie sahen, daß *diese* Hunde nicht so blöd waren und sich wie die meisten Wachhunde mit einem Arm abspeisen ließen. Walter und seine dreizehn unglückseligen Gefährten waren so abgerichtet worden, einen Sprung nach dem gepolsterten Arm ihres Herrn vorzutäuschen und sich dann aber schnurstracks auf den Unterleibsschützer zu stürzen und ihn abzureißen. Einer von Walters Kollegen klinkte durch dieses ›Training‹ einmal derart aus, daß er versuchte, diesen Unterleibsschützer zu *fressen*. Jedenfalls lachten sich die Kunden bei diesen Vorführungen immer halb tot. Diese Hunde griffen einen Einbrecher genau an der richtigen Stelle an.

Philo Skinner war immer noch zu sehr in seinem Triumphgefühl befangen, um irgend etwas wahrzunehmen. Er war so sehr damit beschäftigt, sich am Anblick des vor ihm auf dem Boden liegenden Killers zu weiden, daß ihm der riesige Haufen in der ›leeren‹ Zelle nicht auffiel. Und er sah auch nicht das bernsteinfarbene Auge des Zyklons. Noch sollte er das Fauchen hören.

Das Fauchen.

Walnikow hielt seine Arme schützend über sein Gesicht, als der Zyklon über ihn hinwegtobte. Der schwarzbraun gemusterte Wirbelsturm schmetterte Philo gegen den Stahlpfeiler, der die zwei Meter hohe Tür des Käfigs stützte. Daß Philos Kopf laut krachend dagegen schlug, kümmerte ihn herzlich wenig. Was ihn vielmehr in weitaus größerem Maße beunruhigte, war die Tatsache, daß dieser Zyklon ihn gegen das Drahtmaschengitter des Käfigs drückte und sich daranmachte, seinen Unterleib zu Hackfleisch zu verarbeiten.

Walnikow richtete sich mühsam auf und kroch auf allen vieren von dem wie wild um sich schnappenden, tobenden Tier weg, während das Gekläff der übrigen Hunde im Zwinger um mehrere Phon anstieg, so daß Philo Skinners entsetzte Schreie völlig untergingen. Der Hund war beim ersten Versuch abgeglitten und hatte es nun auf das extrem empfindliche Stück Fleisch an der oberen Innenseite von Philo Skinners Schenkel abgesehen. Der Schäferhund senkte gerade seine Zähne in diese empfindliche Stelle, als die ersten zwei

Explosionen durch seine Flanken zuckten. Der Hund riß seinen Kopf herum und schnappte wie ein Hai nach seinem eigenen Fleisch, die bernsteinfarbenen Augen von derselben Überraschung geweitet, wie sie auch Walnikow im ersten Moment über den alles überwältigenden Schmerz gezeigt hatte. Philo stand mit dem Rücken gegen die eine Seite des Käfigs, Walnikow gegen die andere. Beide beobachteten den wild um sich schlagenden Hund, bis Philo die Waffe gegen ihn richtete und eine heftige Explosion seine Schulter durchzuckte, so daß der Hund mit zappelnden Beinen auf den Rücken fiel.

Philo Skinner blickte auf das Blut hinab, das sich in seiner Leistengegend ausbreitete, und fing wie eine Frau an zu kreischen. Walnikow bekam allmählich die vollen Auswirkungen der Schläge zu spüren; ihm wurde schwindlig und sehr übel. Er kroch auf dem Bauch über den Boden, während ihm übler und übler wurde. Zu seiner Verwunderung sah er noch, wie sich der Hund neuerlich zum Sprung zusammengekauert hatte. Und das letzte, was Walnikow von Walter lebend noch zu Gesicht bekam, war der Blick in seinen Augen. Ein Blick voller tödlichen Hasses und äußerster Verzweiflung, als er unter einer letzten, schmerzgepeinigten Aufbietung aller Kräfte auf den vor Entsetzen wie erstarrten Philo Skinner lossprang.

Philo hustete und spuckte, als er dem rasenden Tier seinen Arm entgegenstreckte und ihm drei Schüsse in die Brust jagte, wobei diesmal die widerhallenden Explosionen das Lärmen der anderen Hunde übertönten.

Walnikow schluckte den gewaltsam nach einem Ausgang drängenden Mageninhalt wieder hinunter und kniete auf allen vieren auf dem Betonboden, während der hysterisch kreischende Hundebetreuer versuchte, den Hundekörper von sich abzuschütteln. Walnikow wußte nicht, daß Philo das Magazin bereits leergeschossen hatte, als er nach dem Revolver hechtete, während Philo mit dem toten Hund kämpfte.

Auch Philo wußte nicht, daß er bereits alle sechs Schuß abgefeuert hatte, so daß die Waffe dreimal impotent in Walnikows Gesicht klickte, als dieser sich auf Philo stürzte. Und dann kugelten sich die beiden inmitten von Blut und Kot auf dem Boden. Zwei verwundete, geschwächte, verzweifelte Männer mit einem Hund zwischen sich. Zwei Körper, die in Zeitlupe um sich schlugen, stießen, traten und rempelten. Walter lag tot zwischen ihnen eingeklemmt – ein Schäferhundsandwich.

Philo hieb mit dem Revolver auf Walnikow ein und traf ihn an der Schulter. Walnikow schaffte es jedoch, sich zu befreien, so daß Philo mit dem nächsten Schlag nur den toten Hund traf. Winselnd und schluchzend warf Philo nun den Revolver nach Walnikow und traf ihn auf der Brust. Dann ging Philo in die Knie und kroch auf allen vieren auf die offene Tür zu. Er klammerte sich an dem Metallpfosten fest, zog sich daran hoch und war bereits einen Schritt aus dem Käfig, als Walnikow seine mächtigen Arme um seine Beine schlang und nicht mehr losließ.

»Du Scheißkerl!« kreischte Philo. »Laß mich los!«

Die Hunde antworteten mit ohrenbetäubendem Gebell.

Langsam zog sich Walnikow auf die Knie hoch. Er mußte sich alle Mühe geben, nicht zu erbrechen, während er sich an Philos Beine klammerte.

Philo hielt sich am Türpfosten fest und schrie: »DU SCHEISSKERL!« Und gleichzeitig schlossen sich Walnikows starke Arme mit ihren fast einem Zentner mehr Gewicht daran um Philos blutige Hüften und zerrten ihn in den Käfig zurück.

»SCHEISS ...« schluchzte Philo und klammerte sich im Fallen an die Käfigtür, so daß diese krachend zuschlug, als die beiden verwundeten und geschwächten Männer neben Walter zu Boden stürzten.

Philo starrte die verschlossene Tür an und begann zu weinen. Walnikow starrte die verschlossene Tür an und übergab sich. Walter starrte die verschlossene Tür mit totenstarren Augen an.

Als Walnikows Magen endlich leer war, spielte ihm seine Gehirnerschütterung plötzlich übel mit. Sein Kopf fing an, von einer Seite auf die andere zu fallen. Es war ein Gefühl, als wäre an seinem Kopf Ballast angebracht oder als hätte sein dicker Hals plötzlich alle Kraft verloren. Er konnte den Kopf nicht mehr gerade halten.

Philo Skinner beobachtete ihn und stand auf. Die Tür vor ihm reichte bis zur Decke. Er überlegte, ob er durch die Klapptür nach draußen kriechen sollte, aber die Auslauffläche war ringsum von einem knapp drei Meter hohen Drahtzaun umgeben, der sich außerdem am oberen Ende noch nach innen neigte. Im Skinnerschen Zwinger wurde alles für die Sicherheit der hier untergebrachten Tiere getan. Dank Mavis.

Es gab nur eine Möglichkeit. Die Seitenabzäunungen jedes Käfigs reichten nur knapp einen halben Meter unter die drei Meter hohe Decke. Aber zwischen Philo und dem Gang zur Freiheit lagen ganze elf Käfige. Elf Käfige voller Terrier. In der anderen Richtung waren es sieben – voller großer Hunde wie Walter. Philo Skinner, der Terrier-King, entschied sich für den längeren Weg.

Noch bevor er das obere Ende der ersten Drahtumzäunung erreichte, keuchte Philo bereits schwer nach Atem ringend. Er war völlig von Schweiß und Blut durchnäßt. Er holte gerade so viel Luft, daß er nicht husten mußte, und hievte sein dürres Gestell mühsam auf die andere Seite hinüber, wo er erst eine Weile strampelnd herunterhing, bis er sich fallen ließ und auf den Knien landete. Er sah auf seinen Unterleib hinunter. Er verspürte zwar heftige Schmerzen, aber zumindest war der Blutfleck auf seiner Hose nicht größer geworden. Gütiger Gott, sandte Philo ein Stoßgebet zum Himmel empor, laß mich noch einen Schwanz haben, wenn ich nachsehe. In Puerto Vallarta werde ich doch einen *brauchen*. Bitte, hab Erbarmen!

Während Philo die nächste Umzäunung hochkletterte, konzentrierte Walnikow sich darauf, nicht das Bewußtsein zu verlieren. Er lag Gesicht an Gesicht mit dem Schäferhund auf dem Betonboden und versuchte, an etwas anderes zu denken. Er war am ganzen Körper naß und wußte, daß er noch eine Weile still liegen mußte, wenn er verhindern wollte, das Bewußtsein zu verlieren. Er starrte in die toten Augen von

Walter. Mut allein hatte nicht genügt. Drei Kugeln hatten nicht ausgereicht, gegen diesen Mut der Verzweiflung und diese Raserei anzukommen. Dazu hatte es schon sechs bedurft. Walters Totenmaske war zu einem Ausdruck gefroren – woran erinnerte er ihn nur? Das Zähnefletschen war einem Ausdruck absoluter Einsamkeit und Hoffnungslosigkeit gewichen. Wahrscheinlich hatte er gespürt, daß am Ende doch alles vergeblich sein würde. Jedenfalls fand Walnikow diesen Gesichtsausdruck absolut unerträglich.

Walter war mit dem einsamen, hoffnungslosen Gesicht von Charlie Lightfoot in die Ewigkeit eingegangen.

Dann versuchte Walnikow, sich aufzusetzen. Er ging dabei langsam und vorsichtig vor. Er zog sich an dem Drahtmaschengitter hoch. Dann sah er zu dem strampelnden und stöhnenden Einbrecher auf, der sich gerade über die zweite Umzäunung kämpfte. Schwer plumpste der Einbrecher in den nächsten Käfig hinunter, um auf einem laut winselnden Kerry blue Terrier zu landen. Jetzt lagen also zwei Käfige zwischen ihnen.

Drei Minuten später versuchten sich zwei Männer an den Drahtmaschenwänden. Walnikow war nicht mehr ganz so schwindlig, hatte aber dennoch Angst, in drei Metern Höhe das Bewußtsein zu verlieren und auf den Betonboden hinunterzuklatschen.

Philo Skinner war so erschöpft, daß er an nichts anderes als ans Atmen denken konnte. Einen Atemzug nach dem anderen, Philo. Immer schön einen nach dem anderen – durch trockene, aufgesprungene Lippen hindurch.

Die Verfolgungsjagd durch die Käfige dauerte eine Stunde. Keuchen, Stöhnen, Ächzen. Drei Meter den Zaun hoch, dann vorsichtig die Beine auf die andere Seite hinüberschwingen, mit den Zehenspitzen nach einem Halt suchen, die Haut in Fetzen von den Händen hängend, in den nächsten Verschlag hinuntergleiten und in kleinen Haufen Terrierscheiße landen.

Der verletzte und geschwächte Verfolger sollte es nie schaffen, in diesem eigenartigen Rennen seiner verletzten und geschwächten Beute näherzukommen. Wortlos beobachteten sie sich durch zwei Drahtmaschenabtrennungen hindurch und pausierten wie auf ein geheimes Zeichen hin gleichzeitig. In der Regel war es Walnikow, der das Ende einer solchen Ruhepause signalisierte, indem er seinen massigen Körper hochwuchtete, seine kräftigen, blutigen Finger um den Draht legte und sich schwer hochhievte. Der Schweiß brannte in ihren Augen und floß schmerzhaft in die zahllosen Wunden an ihren mitgenommenen Körpern.

Als Philo nur noch zwei Käfige vom rettenden Gang entfernt war, bekam er einen schrecklichen Schwindelanfall. Er mußte sich setzen, und zwar mitten in eine Pfütze gelben Dandie-Dinmont-Durchfalls – eine Folge der Aufregung, welche die Hunde während der letzten Stunde durchgemacht hatten. Aber Hundescheiße war im Augenblick das geringste von Philos Problemen. Ungläubig mußte er feststellen, daß der bullige Killer nicht die Gelegenheit wahrnahm, ebenfalls eine Rast einzulegen. Entsetzt beobachtete Philo, wie der Killer wie ein riesiger Krebs Zentimeter für Zentimeter langsam die Drahtwand hochkletterte. Entsetzt beobachtete Philo, wie der blutverschmierte Killer – die Kleider hingen ihm in Fetzen vom Leib – für eine Sekunde in prekärem Gleichgewicht drei Meter über dem Betonboden in der Luft hing, als er sich auf die andere Seite schwang.

»Fall schon runter, du Scheißkerl. Und brich dir deinen verdammten Hals!« krächzte Philo, aber die gigantische Krabbe klammerte sich an dem Drahtgitter fest und glitt auf der anderen Seite zu Boden. Nun lag nur noch eine Abtrennung zwischen ihnen.

Der Killer wankte auf diese Abtrennung zu und starrte Philo in die Augen. Dann versuchte er hochzuklettern. Aber er schaffte es nicht. Er sank in die Knie und stöhnte fast ebenso gequält wie Philo Skinner. Und dann geschah etwas Unvorhergesehenes, als ein verängstigter Yorkshire Terrier auf den Killer zukroch und sich in Demutshaltung vor ihm auf dem Boden wand. Das Unvorhergesehene war, daß sich der zerfetzte Jackenärmel des Killers an einem Gegenstand an seinem Gürtel verhängte, als er versuchte, den Terrier zur Seite zu schieben. Der Killer machte an seinem Ärmel herum, und dabei fiel ihm klimpernd ein Paar Handschellen auf den Boden.

Handschellen? An einem gedungenen Killer? Mit dem, was von seinem Rollkragenpullover noch übrig war, wischte sich Philo Skinner den Schweiß vom Gesicht. Seine imitierte Goldkette hing ihm inzwischen bis zu den Lenden hinab. Er riß sie sich vom Hals und warf sie weg. Ein gedungener Mörder mit Handschellen?

»Wer – wer sind Sie?« krächzte Philo.

»Wer – wer sind *Sie*?« rang Walnikow nach Atem.

»Ich – ich habe als erster gefragt«, krächzte Philo zurück.

»Ich – ich bin – Walnikow, vom Los – Los Angeles Police Department. Und Sie – Sie sind verhaftet!« keuchte Walnikow.

»Sie – Sie – Sie wollen mich gar nicht *umbringen*?« winselte Philo.

»Ich – ich werde – Sie *verhaften*!« brachte Walnikow mühsam hervor.

Und dann dämmerte es Philo. Ein Polizist! Irgendwie hatten sie wohl schon alles herausgekriegt. Irgendwie hatte er ihnen einen Anhaltspunkt gegeben. Wahrscheinlich hatten sie festgestellt, von wo aus er angerufen hatte, als er in seiner Verzweiflung so unvorsichtig gewesen war, vom Zwinger aus zu telefonieren. Als er dem kleinen Schnauzer das Ohr abgeschnitten hatte. Als er nicht mehr klar hatte denken können.

»Ich habe in meinem ganzen Leben noch keinem Tier etwas zuleide getan!« winselte Philo. »Daran war nur diese miese Votze schuld!«

»Woran – woran war sie denn schuld?« keuchte Walnikow.

»Daß ich – daß ich ihr das Ohr abgeschnitten habe!« schluchzte Philo. »Ich werde das Geld zurückgeben! Ich habe in meinem ganzen Leben noch keinem Tier etwas zuleide getan!«

Walnikow wischte sich mit dem Jackenärmel sein verschwitztes Gesicht ab und stand auf. Er mußte sich dabei jedoch am Drahtmaschengitter der Abtrennung festhalten. Er versuchte, einen klaren Kopf zu bekommen. Er folgte Philos Blicken, die in den letzten Käfig fielen, der hinter Philo Skinner lag. Wo der kleine Schnauzer zitternd und leise winselnd zusammengekrümmt in der Ecke lag. Ein kleiner Schnauzer mit einem Verband um den Kopf.

»Sie! *Sie* haben den Hund gestohlen!« entfuhr es Walnikow.

»Was? Wie – was haben Sie denn gedacht?« entgegnete Philo.

»Daß Sie ein Einbrecher wären!« enthüllte ihm Walnikow die tragische Wahrheit.

»Wie bitte?« Philo wurde sogar noch bleicher und richtete sich mühsam auf. »Warum – warum sind Sie dann hierher gekommen?«

»Um – um Sie wegen Mrs. Gharoujians Tutu zu fragen. Ich – ich hoffte, sie könnten mir vielleicht sagen, ob jemand – ob einer ihrer Freunde Tutu ge . . .«

»Woher haben Sie gewußt, daß der tote Schnauzer Millies Tutu war?« heulte Philo inzwischen fast.

»Ich habe es ja nicht sicher gewußt. Ich bin hierher gekommen, um Sie zu bitten, sie sich anzusehen.«

»Nein, das darf doch nicht wahr sein!« Philo war außer sich. »NEIEIEIEIEIN!« Und ein Teil der Hunde, die sich allmählich wieder zu beruhigen begonnen hatten, fing neuerlich an, laut loszuheulen.

Und während Philo noch damit beschäftigt war, seine Enttäuschung und Frustration hinauszuschreien, machte sich Walnikow daran, die letzte Drahtwand zu erklimmen, die sie noch voneinander trennte. Als Philo schließlich doch merkte, was der Detektiv vorhatte, wandte er sich mit einem Japsen um und kletterte verzweifelt die vorletzte Abtrennung hoch.

Oben angelangt, fluchte Philo nach Atem ringend heftig los, da er offensichtlich nicht mehr die Kraft aufbrachte, sich auf die andere Seite zu schwingen. Und dann hörte er das dumpfe Dröhnen, als Walnikow auf dem Boden des Käfigs landete. Walnikow rutschte in einem Haufen Hundedreck aus und schlug mit dem Kopf gegen den Beton.

Und endlich hatte es Philo geschafft. Er sprang in den letzten Käfig hinab. In Vickies Käfig. Der kleine Schnauzer drängte sich noch mehr in seine Ecke – so weit weg von Philo Skinner wie möglich. Der kleine Hund zitterte so sehr, daß sich seine Krallen an dem harten Beton abwetzten.

Stöhnend lag Walnikow auf dem Rücken. Er hatte gar nicht gemerkt, daß er das Bewußtsein verloren hatte, als er aufsah und sein Blick auf Philo Skinner fiel, der sich gerade mit letzter Kraft die letzte Umzäunung hochzog. Und schon war auch Walnikow wieder auf den Beinen und kletterte die Käfigwand hoch. Beide Männer stöhnten – mehr vor Erschöpfung als vor Schmerz, den sie durch die übermenschliche Anstrengung kaum mehr spürten. Walnikow erreichte etwa zum gleichen Zeitpunkt wie Philo Skinner das obere Ende der Abtrennung.

Philo Skinner sah sich zu dem Detektiv um, der wie er drei Meter über dem Boden hing, und schrie ihn an: »Sie hatten ja nicht die geringste Ahnung, daß ich es war! Sie sind nur gekommen, damit ich mir Tutu ansehe. Warum muß so etwas immer mir passieren! UAAAAAAAAAAHHHHH!«

Und nachdem Philo Skinner diesen Urschrei ausgestoßen hatte, ließ er los und glitt an dem Drahtmaschengitter entlang zu Boden. Er landete auf dem Mittelgang. Er hatte es geschafft. Er war frei.

Walnikow ließ sich ebenfalls fallen und landete auf einem Knie. Er hörte etwas knacken und schrie vor Schmerz auf, kroch aber trotzdem durch den Käfig und zog sich an der Umzäunung hoch. Nun stand er Philo Skinner von Angesicht zu Angesicht gegenüber, nichts als die Umzäunung des letzten Käfigs zwischen ihnen.

Plötzlich ließ ihn ein Wimmern zu dem verstümmelten Schnauzer in seiner Ecke sehen. »Sie – Sie sind verzweifelt«, keuchte Walnikow.

»Da – da müssen Sie mich erst mal erwischen«, hechelte Philo zurück und griff nach seinem Koffer. Zu seinem Entsetzen war er nicht in der Lage, ihn mit einer Hand hochzuheben.

»Nicht . . . nicht«, redete Walnikow auf ihn ein, während

er spürte, wie ihn allmählich wieder ein Schwindelanfall überkam. »Geben Sie auf, Skinner. Es hat doch keinen Zweck. Geben Sie auf.«

Philo hätte sich fast wieder übergeben müssen, als er auf seinen blutigen Unterleib hinuntersah. Lieber Gott, laß ihn bitte noch da sein! Bitte! Er stellte fest, daß er den Koffer heben konnte, wenn er mit beiden Händen zupackte. Und dann richtete er noch seine letzten Worte an Walnikow: »Sagen Sie denen – sagen Sie allen, daß Philo Skinner in seinem ganzen Leben keinem – keinem einzigen Tier etwas zuleide getan hat!«

Und während sich Walnikow dann die letzte Drahtabzäunung hinaufzuarbeiten begann, hörte er Philo nur noch in der Tür ächzen und stöhnen, als er den Flugbeutel vom Boden aufhob und den Koffer mit einer Hand mit sich schleppte. Und dann das Geräusch von splitterndem Glas, als sich Philo durch das Chaos im Arbeitsraum einen Weg bahnte.

Walnikow war übel, und diesmal überkam ihn auch ein heftiges Schwindelgefühl, als er sich so hoch über dem Boden über die Drahtumzäunung schwingen wollte. Er wußte, daß er es nur noch dieses eine Mal schaffen mußte. Nur dieses eine Mal noch. Er brüllte vor Schmerzen und hatte ein Gefühl, als würde ihm jeden Augenblick das Blut in einem riesigen Schwall aus der Nase strömen, bis seine blutigen Finger endlich den richtigen Halt fanden. Verzweifelt mit den Füßen um sich tretend und schlagend, bekam er schließlich einen über den oberen Rand und hakte sich mit den Zehenspitzen fest. Jetzt durfte er auf keinen Fall haltmachen. Er mußte den Schwung dieser seiner letzten Energieanwallung nutzen. Dabei half es ihm eine Menge, zusammen mit den kläffenden Hunden hemmungslos zu stöhnen und zu schreien. Und dann hing er in luftiger Höhe über dem Betonboden. Er hatte keine Kraft mehr. Er konnte nicht mehr hinunterklettern. Er konnte sich auch nicht mehr festhalten und hinunterhängen lassen, um sich dann fallen zu lassen. Er mußte es einfach riskieren. Er ließ seine Füße plumpsen und folgte mit dem Rest seines massigen Körpers, so daß er mit steifen Beinen auf dem Beton aufkam. Eine gewaltige Erschütterungswelle durchlief seinen ganzen Körper bis hinauf in die Schädeldecke. Und dann fiel er auf den Rücken und blieb liegen.

Die Hunde schienen sich allmählich zu beruhigen, und dann hörte er den Motor von Philos El Dorado spucken. In seiner Panik hatte Philo den Motor ersäuft. Walnikow sah zu Vickie hinüber, die sich immer noch völlig verschreckt in ihrer Ecke zusammengekauert hatte. Armes Ding, dachte er. Armes, gequältes, kleines . . .

»Ist ja schon gut, Vickie«, redete er tröstend auf den kleinen Hund ein. »Ist ja schon gut. Gleich kommst du zu deinem Frauchen nach Hause.«

Philo Skinner schluchzte voller Verzweiflung los, schaltete die Zündung wieder aus und zwang sich, eine Weile ruhig zu sitzen, damit der Vergaser wieder trocken wurde. Er sah sich im Rückspiegel an und traute für einen Moment seinen Augen nicht. Er hatte schon halb verhungerte und räudige sträunende Hunde gesehen, die einen besseren Eindruck gemacht hatten. In seiner Luftröhre sammelte sich wieder einmal Schleim an, und er begann zu würgen.

Als Walnikow schließlich den langen, engen Gang zwischen den Käfigen mit den Hunden entlang stolperte, war er für eine Weile auf nichts anderes bedacht, als nur nicht ohnmächtig zu werden. Wen er eigentlich verfolgte und weshalb, war ihm vorübergehend völlig entfallen. Er erreichte die Tür, bevor Philo Skinner wieder den Anlasser probierte. Wenn Philo sich umgedreht und den Detektiv gesehen hätte, dem die Hosen in Fetzen von den Beinen hingen – ein Jackenärmel fehlte ihm ganz und der andere hing ihm vom Ellbogen herab; das Gesicht war mit Blut und Hundefutter verschmiert –, wäre er sicher in Panik geraten und hätte den Motor des El Dorado neuerlich absaufen lassen. Aber so sah er seinen Verfolger nicht einmal, als dieser auf den Cadillac zustolperte. Er starrte nur wie gebannt auf den Zündschlüssel und drehte ihn schließlich im Schloß. Der Motor sprang an.

Philo juchzte vor Erleichterung und schoß mit quietschenden Reifen davon, ohne die erbarmungslose, blutige Krabbe zu sehen, die auf dem Parkplatz von Philo Skinner, dem Terrier-King, mit dem Gesicht voll auf den Asphalt knallte.

15. KAPITEL

Das Paradies

Philo Skinner war bereits auf halbem Weg zum Flughafen, bis ihm schließlich langsam zu dämmern begann, was er eigentlich tat. Es waren nicht die vollkommene Erschöpfung oder das blanke Entsetzen oder die Schmerzen, die ihn wieder aufleben ließen. Es war der Geruch. Der Geruch nach kaltem Schweiß, nach Blut und Angst. Und vor allem war es der Geruch von Hundescheiße. Philo Skinner hatte sie überall – in seinem Haar, an seiner Hose und auf seiner bloßen Brust. Auch die Haare in seinen Achselhöhlen waren damit verklebt, wo sein Pullover zerrissen war. Und sogar seine Hosentaschen waren voll davon!

Philo bog vom San Diego Freeway ab und fuhr zwanzig Minuten ziellos in einem Gebiet herum, das er nicht kannte. Schließlich fand er einen öffentlichen Park. Er umkreiste ihn mehrere Male, bis er schließlich eine Toilette fand. Er parkte den Wagen im Schatten einer Ulme, und als einen Moment keine Passanten zu sehen waren, stieg er aus und humpelte über die Grünfläche auf die öffentliche Toilette zu. Seinen Koffer und seine Flugtasche schleppte er mit sich.

Fünf Minuten später stand Philo Skinner splitternackt im Waschraum der Toilette und säuberte sich mit einem Stück Seife und einer Unmenge von Papierhandtüchern in einem der verschmutzten Waschbecken. Auf seine zahlreichen Schmerzensschreie folgten ebensoviele Seufzer der Erleichterung, als er schließlich alles Blut von seinen verletzten Genitalien gewaschen hatte und feststellte, daß alles noch an Ort und Stelle war. In Aktion treten würde er damit allerdings so schnell nicht können. Seine Vorhaut war zerfetzt und purpurn angeschwollen. Seine Hoden waren unversehrt, aber seine beiden Oberschenkel waren an der Innenseite übel mitgenommen und bluteten immer noch. Er wußte, daß diese Wunden genäht werden mußten. Philo Skinner hatte bereits genügend verletzte Hunde verarztet, um zu wissen, welche

Verletzungen einem ein Hund zufügen konnte. Seine Hände waren wie seine Knie und seine Brust blutüberströmt. Ein Auge war blau und grün und zugeschwollen, und ihm war klar, daß er auch hinter dem Ohr genäht werden mußte, wo er den Blutfluß kaum eindämmen konnte.

Als Philo in das Waschbecken urinierte, schrie er vor Schmerzen laut auf. Dann öffnete er seinen Koffer und benutzte zwei seiner nagelneuen Dreißig-Dollar-Hemden als *Windeln*. Er durfte es auf keinen Fall riskieren, Aufsehen zu erregen, indem er auf den Sitzen in der Flughafenwartehalle ein Blutbad anrichtete. Er band sich die beiden Hemden wie einen Lendenschurz um und zwängte sich in eine neue Hose. Er fluchte, weil er sie sich so modisch knapp gekauft hatte. Wie alles andere auch war ihm das damals als eine gute Idee erschienen. Dann zog er die Jacke seines neuen Freizeitanzugs an und knöpfte sie durchgehend zu, da er seine beiden neuen Hemden ja zu Windeln umfunktioniert hatte. Damit war er ohne Hemd, Socken und Schuhe, da er nicht wußte, woher er die Zeit und Energie hätte nehmen sollen, seine imitierten Krokoslipper von all dem Blut und Hundedreck zu säubern.

Fünfzehn Minuten später sah ein Verkäufer in einem Herrenbekleidungsgeschäft direkt am San Diego Freeway etwas verwundert einen Herrn, der aussah, als hätte er gerade ein Eishockey-Match als Torwart und ohne Gesichtsmaske hinter sich, barfüßig und ohne Hemd den Laden betreten. Der Kunde war leicht zufriedenzustellen; es machte ihm nicht einmal etwas aus, daß seine neuen Slipper nicht zu seinem Freizeitanzug paßten.

Dem Verkäufer entging auch nicht, daß die Haut des Mannes, wo sie nicht blutig geschürft war, von einem fahlen Grau war. Außerdem blutete er hinter einem Ohr. Auch Philo fiel das auf, worauf er ein Dutzend Taschentücher kaufte, die er sich in seine Hosentaschen stopfte. Er zahlte bar und hinkte aus dem Geschäft. In der Tür blieb er kurz stehen, um sich vor Schmerz zu krümmen. Dann ging er in ein Lebensmittelgeschäft nebenan und kaufte sich vier Packungen Camel, von denen er hoffte, daß sie ihm für die nächsten zwölf Stunden reichen würden.

Um vierzehn Uhr hinkte Philo Skinner auf den Schalter der Mexicana Airlines zu. Immer wieder mußte er sich das Blut hinter seinem Ohr abtupfen. Die Wunde fing immer wieder von neuem an zu bluten. Auch zwischen seinen Beinen fühlte er sich durchnäßt; er hatte auch dort unten wieder zu bluten begonnen. Philo Skinner war sich klar darüber, daß er *verletzt* war.

Als er seine Flugtasche in die Röntgenanlage steckte, geriet er für einen Augenblick in Panik. Hatte er vielleicht seinen Kugelschreiber aus Versehen vergessen? Hatte er irgendeinen metallischen Gegenstand in der Tasche liegen lassen, daß er sie würde öffnen müssen? Als er selbst durch die Röntgenschleuse trat, war er einer Ohnmacht nahe. Eine Frau in Uniform händigte ihm seine Flugtasche wieder aus.

Nun war jeder einzelne Schritt mit schrecklichen Qualen verbunden. Philo hinkte zu seinem Terminal, als er einen Gepäckträger entdeckte, der ein paar Gepäckstücke an ihm vorbeischleppte.

»Wenn Sie sich ein bißchen beeilen«, krächzte ihm Philo nach, »und mir einen Rollstuhl bringen und mir zu meinem Ausgang helfen, kriegen Sie zwanzig Dollar.«

Der Mann sah in Philos verquollenes, graues, verschwitztes Gesicht und sagte: »Sie sind ja schwer verletzt. Ich sollte Ihnen lieber einen Arzt holen, wie Sie aussehen!«

»Ach was, ich hatte nur einen kleinen Verkehrsunfall, nichts weiter«, winkte ihm Philo schwer atmend ab. »Ich war bereits beim Arzt, und der hat gemeint, es wäre alles in Ordnung. Also holen Sie mir schon einen Rollstuhl, wenn Sie sich *dreißig* Dollar verdienen wollen.«

»Wenn Sie meinen«, nickte der Gepäckträger. »Ich bin in fünf Minuten wieder zurück.«

Philo setzte sich und wartete und beobachtete, wie andere Passagiere nach Waffen und Bomben durchsucht wurden, und er wünschte, er hätte eine Waffe oder Bombe gehabt. So weit war er nun also gekommen. Aber er hatte so ein Gefühl, als würde er es nicht schaffen. Lieber wollte er sterben, als ins Gefängnis zu wandern. Ihm war so übel, daß er schon dachte, mit ihm ginge es zu Ende. Aber er wollte in Puerto

Vallarta sterben. Er wollte mit seinem Traum sterben. Im Paradies.

»Fahren wir los, Mister?« fragte der Gepäckträger, und Philo öffnete seine Augen. Der Mann stand mit einem Rollstuhl vor ihm.

»Klar«, nickte Philo. »Würden Sie mir einen Gefallen tun und mir Feuer geben? Ich habe keine Streichhölzer.«

Der Gepäckträger schob den rauchenden und hustenden Philo durch die Wartehalle zu seinem Ausgang. Als sie schließlich am Ziel angelangt waren, zeigte er sich widerstrebend, Philo allein zurückzulassen.

»Sind Sie sich auch wirklich sicher, daß Sie fliegen wollen?« drang der Mann in Philo. »So, wie Sie aussehen, werden die Sie sowieso nicht in die Maschine lassen. Jedenfalls nicht, wenn Sie's nicht allein schaffen, ins Flugzeug zu kommen.«

»Das wird schon gehen. Machen Sie sich meinetwegen mal keine Sorgen.« Damit steckte Philo dem Gepäckträger zwanzig Dollar zu. »Der Rest ist für Sie.« Noch nie zuvor in seinem Leben hatte Philo jemandem ein so hohes Trinkgeld gegeben.

»Kann ich sonst noch etwas für Sie tun, Mister?«

»Ja, eines noch«, krächzte Philo. »Kaufen Sie mir von dem Geld doch noch was zu trinken. Whisky pur. Lassen Sie ihn sich in einen Pappbecher geben, damit Sie ihn mir hierher bringen können.«

»Mache ich, Mister. Einen Moment nur.« Und damit verschwand der Mann, um nach fünf Minuten wieder zurückzukommen.

Gerade bevor der Drei-Uhr-Flug der Mexicana Airlines aufgerufen wurde, hatte Philo Skinner es geschafft, den Blutfluß hinter seinem Ohr zu stoppen. Nun betupfte er sich mit dem letzten seiner dutzend Taschentücher das Gesicht. Der Schweiß würde sie mehr auf seinen bedenklichen Zustand aufmerksam machen, als sein mitgenommenes Gesicht. Er setzte seine Sonnenbrille auf und blickte an sich hinunter. Er hatte Angst, auf seiner Hose einen Blutfleck sich langsam ausbreiten zu sehen. Warum mußte er sich ausgerechnet einen cremefarbenen Anzug kaufen? Warum hatte er sich nicht einen roten aussuchen können? Warum hatte er überhaupt eine Menge Dinge nicht getan?

Warum mußte er immer den Schwarzen Peter bekommen?

Als er auf die Mexicana-Maschine zuhumpelte, sprach er mit aller ihm zu Gebote stehenden Lässigkeit einen jungen Mann an, der wie ein Student auf einer Ferienreise wirkte: »Entschuldigen Sie, würden Sie mich vielleicht ein bißchen stützen, wenn wir ins Flugzeug steigen? Wissen Sie, ich hatte erst kürzlich einen Autounfall und bin noch nicht recht auf dem Damm.«

Die Stewardeß, die den Passagieren ihre Sitzplätze zuwies, runzelte die Stirn: »Fehlt Ihnen auch nichts, Senor?«

Obwohl Philo sich fast jede zweite Sekunde mit seinem Taschentuch über das Gesicht wischte, floß ihm der Schweiß in Strömen herab. Jeder einzelne Schritt war mit unsäglichen Schmerzen verbunden. »Das wird gleich wieder besser werden«, grinste Philo die Stewardeß an, »sobald Sie mir nur einen Marguerita bringen. Ich hatte heute früh noch einen Unfall, aber mein Hausarzt meinte, es wäre alles in Ordnung. Aber bringen Sie mir doch möglichst schnell einen Marguerita.«

»Tut mir leid, Senor, aber uns sind die Zutaten für die Margueritas ausgegangen.«

»Keinen Marguerita?« krächzte Philo enttäuscht und hinkte durch den Gang zu seinem Erster-Klasse-Sitz.

»Aber ich könnte Ihnen eine Bloody Mary mixen«, lächelte die Stewardeß.

»Nein danke, nichts mit Blut«, erwiderte Philo abwesend. »Dann lieber einen Bourbon mit Soda.«

»Gleich nach dem Start, Senor«, lächelte die Stewardeß.

»Gleich nach dem Start«, wiederholte Philo Skinner, sein Mund trocken wie ein Grab.

Walnikow war nie vollends bewußtlos, aber auch nie gänzlich bei Bewußtsein. Er sah Clarence Cromwell in dem Krankenhauszimmer. Und Hipless Hooker. Natalie Zimmerman sah er nicht. Sie sprachen zu ihm. Aber er konnte nicht alles verstehen, was sie sagten. Clarence tätschelte ihm ständig den Arm und grinste dabei: »Das sind eben die Kerle vom alten Schlag. Diese jungen Spritzer mit ihren Erdnußeiern sollen bloß nicht glauben, sie könnten uns so was nachmachen!«

Dann ging Hipless Hooker. Clarence blieb noch.

»Habt ihr Skinner gefaßt, Clarence?« wollte Walnikow wissen, als er allmählich aus seinem Sedativa-Nebel empordämmerte. Wie es schien, kam er aus irgendeiner weglosen Öde. Aber zumindest war es nicht Sibirien gewesen.

»Wir werden ihn schon schnappen, Wal«, beruhigte ihn Clarence. »Diesen Scheißkerl werden wir uns schon schnappen. Mach dir deswegen mal keine Sorgen. Jedenfalls ist der kleine Hund wieder bei seinem Frauchen. Sie hat schon mindestens zehnmal wegen dir angerufen. Sie will dir Blumen schicken und dich besuchen, und der Chef soll dir nen Orden verleihen oder ne Parade für dich veranstalten. Das letztemal, als sie angerufen hat, meinte sie, ich sollte dir ausrichten, Vickie würde schon wieder werden und sie auch. Ich weiß allerdings nicht so recht, was sie damit eigentlich gemeint hat.«

»Ich glaube auch, daß sie es schaffen wird«, nickte Walnikow. »Hat Natalie angerufen?«

»Sie, äh, sie läßt dich – äh, schön grüßen – und wünscht dir gute Besserung. Ich habe deinen Bruder angerufen, aber du darfst erst ab morgen Besuch bekommen. Wahrscheinlich zähle ich nicht als Besuch, und außerdem dachte ich, du würdest sicher gern wissen, was los ist, wenn du wieder zu dir kommst.«

»Kann ich von diesem Zimmer aus telefonieren, Clarence?«

»Klar hast du hier ein Telefon! Was denkst du denn?« grinste Clarence. »Du wirst doch nicht glauben, ich würde einen Stardetektiv wie dich in einem Zimmer ohne Telefon unterbringen lassen?«

»Würdest du bitte Natalies Nummer für mich wählen?«

»Aber ich weiß doch ihre Nummer gar nicht.«

»Klar hast du sie. Du hast doch alle Telefonnummern in deinem kleinen Notizbuch aufgeschrieben. Das in deiner Jackentasche.«

»Ach ja, stimmt«, erinnerte sich Clarence etwas betreten und zog das Notizbuch aus seiner Tasche.

Während er wählte, faßte Walnikow sich an den Kopf. Man hatte ihm einen Verband angelegt, der sich vor allem um sein linkes Ohr legte. Nur oben standen ein paar Haare hervor. Sein Knie tat etwas weh, und seine Rippen und seine Schulter schmerzten leicht, aber insgesamt verspürte er nicht so viele Schmerzen, wie er erwartet hatte.

»Natalie?« brummte Clarence in den Hörer. »Ich bin's, Clarence. Einen Augenblick bitte.«

Er reichte den Hörer Walnikow, der ihn ergriff und sagte: »Natalie?«

»Walnikow! Ich hab' mir solche Sorgen gemacht! Wie geht es dir? Sie haben gesagt, wir dürften dich erst morgen besuchen. Sonst wäre ich bestimmt schon längst gekommen.«

»Ja, das weiß ich, Natalie«, lächelte Walnikow. »Und wie geht es *dir*?«

»Wir haben gehört, daß du eine Gehirnerschütterung hast. Und Schüsse sind gefallen! Ein toter Hund. Hast du ihn erschossen?«

»Nein, das war Skinner. Natalie, geht es dir ... äh, wann fährst du eigentlich nach Hawaii?«

»Walnikow«, sagte sie leise, und dann wurde es plötzlich still. Im Hintergrund hörte Walnikow die Stimme von Captain Jack Packerton fragen: »Wer ist das, Natalie? Mit wem sprichst du gerade?«

»Das ist mein Partner«, antwortete sie, und dann wieder zu Walnikow: »Wir haben es uns anders überlegt. Wir reisen morgen. Wir haben umgebucht. Das war zwar ziemlich schwierig, aber man hat uns gesagt, daß es in zwei Wochen in diesem Teil von Kauai schon sehr viel regnet. Und wer möchte seine Ferien schon im Regen verbringen.«

»Ja, natürlich«, erwiderte Walnikow.

»Clarence Cromwell hat dafür gesorgt, daß ich morgen schon Urlaub bekomme.«

»Ja, sicher, Clarence tut wirklich was für seine Leute.«

»Ich werde aber auf keinen Fall losfahren, ohne vorher

noch bei dir vorbeizuschauen. Unser Flug geht nämlich erst morgen nachmittag.«

»Ja, das ist die beste Zeit zum Fliegen«, entgegnete Walnikow.

»Tja, ich will dich jetzt mal nicht überanstrengen, ja? Paß gut auf dich auf und gute Besserung. Hättest du morgen gern Besuch? Ich könnte dir ein paar Bücher mitbringen oder . . .«

»Nein, lieber nicht, Natalie. Ich glaube, ich werde morgen noch zu schwach sein. Aber laß es dir in Hawaii gut gehen, ja?«

»Ja, danke. Bis dann also, Walnikow.«

»Ja, bis später.« Walnikow reichte Clarence den Hörer, worauf dieser für ihn aufhängte.

Darauf sagte Clarence: »Weißt du, was? Mir steht es allmählich bis hier oben, ständig nur hinter meinem Schreibtisch herumzuhocken und mich um den ganzen Organisationskram zu kümmern. Ich möchte mal wieder richtige Detektivarbeit machen. Ich hätte richtig Lust, wieder für ein paar Tage die Woche mit dir zusammenzuarbeiten. Damit wir es diesen jungen Saftheinis mal zeigen. Was hältst du davon?«

»Nicht schlecht, Clarence«, murmelte Walnikow. »Klingt wirklich nicht schlecht.«

»Also gut, und jetzt sieh mal zu, daß du ein bißchen schlafen kannst, ja? Ich werde morgen wieder vorbeikommen. Der Arzt hat gemeint, du müßtest vielleicht noch einen Tag oder so hier bleiben. Und jetzt versuch mal, ein bißchen zu schlafen. Hast du gehört?«

»Wie spät ist es jetzt?«

»Zehn Uhr«, sagte Clarence nach einem kurzen Blick auf seine Uhr.

»Abends oder vormittags?«

»Abends. Es ist immer noch Donnerstag. Du warst nur einen Nachmittag lang weg. Mehr ist dir nicht entgangen.«

»Genau, das ist alles, was mir entgangen ist«, erwiderte Walnikow.

Philo Skinner setzte nicht über weißen Sandstränden und schäumenden Brandungswellen bei Sonnenuntergang zur

Landung an. Es war bereits dunkel, als die Maschine aufsetzte. Außerdem hätte es für Philo auch keinen großen Unterschied gemacht. Philo Skinner saß zusammengesunken in seinem Sitz, den Kopf auf ein blutiges Kissen aufgestützt, und bemühte sich angestrengt, sich nicht zu übergeben. Er hatte hohes Fieber und machte auch die anderen Erster-Klasse-Passagiere ganz krank, da er endlos Schleimbrocken hochhustete und in eine Papierserviette spuckte.

Der Stewardeß war der bedenkliche Zustand des fahlen, fiebrigen Mannes erst aufgefallen, als es kein Zurück mehr gab. Sie verständigte den Flugkapitän, der kurz aus dem Cockpit kam, um sich mit ihm zu unterhalten.

Philo beantwortete die meisten seiner Fragen mit einem Nicken. »Ich hatte gestern einen Unfall. Ich war im Krankenhaus, und man hat mir gesagt, es wäre alles in Ordnung. Und es ist ja auch alles in Ordnung, verdammt noch mal!«

Als schließlich Philo für eine Weile in unruhigen Schlaf verfiel und dabei vor Schmerzen leise stöhnte, nahm die Stewardeß vorsichtig seine Flugtasche von seinem Schoß und stellte sie neben Philo auf den Boden. Der mitgenommene Mann hatte dieses Gepäckstück seit dem Betreten des Flugzeugs nicht eine Sekunde aus den Händen gelassen. Sie war etwas beunruhigt. Es gab verschiedene hoch entwickelte Sprengstoffe, welche die Detektoren nicht feststellten. Sie öffnete die Flugtasche, um sie freilich rasch wieder zu schließen und zum Kapitän ins Cockpit zu bringen, der einen Funkspruch nach Los Angeles durchgab. Der Kapitän vermutete, einen verwundeten Bankräuber an Bord zu haben.

Als das Flugzeug landete, wartete bereits ein Krankenwagen am Flughafen. Und etwa zur selben Zeit, da Walnikow in seinem Zimmer im Central Receiving Hospital in seinem Bett lag und an die Decke starrte, wurde Philo Skinner ins Hospital Seguro Social eingeliefert. Philo hatte noch keinen einzigen Sonnenstrahl von Puerto Vallarta gesehen, geschweige denn einen Strand oder die Brandung. Philo hatte über vierzig Grad Fieber, und er mußte erst ausdrücklich darum bitten, daß man ihm diesen Wert in Fahrenheit umrechnete. Philo Skinner ersuchte auch darum, ihm unverzüglich einen amerikanischen Konsulatsangestellten ans Krankenbett zu schicken.

Philo hatte mehrere Stunden geschlafen, als er durch ein Pulsieren in seinem Penis geweckt wurde. Das Pulsieren wurde erst warm und dann glühend heiß. Er schrie laut auf, worauf ein junger Mann in sein Zimmer trat. Er trug gewöhnliche Kleidung. Er war klein und schlank und hatte einen schmalen Schnurrbart und schwarzes Haar, das unter dem weißen Licht auffallend hell schimmerte.

»Ich bin Doktor Rivera«, stellte er sich in fast akzentfreiem Englisch vor.

»Ich habe schreckliche Schmerzen«, wimmerte Philo. »Hier unten.« Er griff mit seinem rechten Arm nach unten, da er mit dem anderen am Tropf hing. Er tätschelte die Bandagen zwischen seinen Beinen. »Ist er ... Bitte! Ist er ...?«

»Noch da?« lächelte der Arzt. »Aber sicher, Mr. Skinner. Sie sind allerdings ganz schön übel zugerichtet worden. Mit Ihrem Liebesleben wird es wohl für einige Zeit nichts sein, aber es ist zumindest noch alles da. Das auf jeden Fall.«

»Gott sei Dank!« schluchzte Philo. »Doktor, ich habe solche Schmerzen.«

»Sie urinieren gerade«, klärte ihn der Arzt auf. »Ich habe Ihnen einen Katheter eingesetzt. Sie sind schwer verletzt, Mr. Skinner.«

»Wo ist meine – Flugtasche?« krächzte Philo.

»Ihre Flugtasche liegt bei Mexicana Airlines, Mr. Skinner«, antwortete der junge Arzt. »Man hat Ihnen allerdings eine Quittung über die fast zwanzigtausend Dollar ausgestellt, die darin enthalten waren. Ihre Tasche hat man jedoch in Zusammenhang mit einer Untersuchung in Verbindung mit den amerikanischen Behörden einbehalten.«

»Mein Gott!« wimmerte Philo.

»Sagen Sie, Mr. Skinner«, fragte der junge Arzt neugierig, »sind Sie ein Bankräuber, oder was?«

»Mein Gott!« wimmerte Philo nun ein zweites Mal.

»Sie können es mir ruhig sagen«, zuckte der Arzt mit den Achseln. »Ich bin mir sicher, daß die Polizei von Los Angeles oder das FBI hinter Ihnen her ist. Ein Mann mit mehreren

Hundebissen, Prellungen und Abschürfungen? Ein Mann mit einer Tasche voller Geld? Wir haben da ... wie nennen Sie das ... so eine kleine Lotterie. Einige der Ärzte und Schwestern glauben, daß Sie ein Bankräuber sind. Aber meines Wissens haben die Banken von Los Angeles keine Wachhunde. Ich habe an der Loma Linda University studiert, aber ich habe in keiner Bank in Los Angeles einen Wachhund gesehen.«

»Mein Gott, eine Lotterie!« stöhnte Philo. Und das ihm, der gerade den Klauen der vereinigten Buchmacher von Los Angeles entronnen war.

»Ich denke eher, Sie sind ein Safe – wie sagt man dazu?«

»Knacker«, krächzte Philo.

»Ach ja, stimmt; Safeknacker. Ich glaube, Sie haben einen Safe geknackt, und ein Wachmann hat einen Hund auf Sie losgelassen und ... Sagen Sie, Mr. Skinner, haben Sie auch jemanden umgebracht? Einen Wachmann vielleicht?«

Und dann sah sich Philo in dem kleinen Krankenzimmer um und hinaus auf den Freitagmorgenhimmel über Puerto Vallarta, auf den lächelnden jungen Arzt, dessen Augen so braun waren wie die eines Hundes, so oval und braun wie die von ...

»Ich habe Tutu umgebracht«, sagte Philo.

»Sie haben was?«

»ICH HABE TUTU UMGEBRACHT!« heulte Philo hohläugig und verzweifelt los. »Und ich habe Vickie ein Ohr abgeschnitten! Und ich erschoß ... ich erschoß ...« Aber Philo konnte nicht mehr weitersprechen. Er weinte haltlos. Philos langer, knochiger Körper schüttelte sich so heftig, daß auch das Bett, in dem er lag, in Bewegung kam. Philo Skinner hörte erst zu weinen auf, als er einen Hustenanfall bekam, der ihn fast erstickt hätte.

Eine Krankenschwester kam in das Zimmer gerannt, und der junge Arzt sagte etwas in Spanisch zu ihr.

»Beugen Sie sich etwas nach vorn, Mr. Skinner«, wandte sich der Arzt darauf wieder an Philo. »Spucken Sie in diesen Behälter.«

Als sich Philo schließlich wieder in die Kissen zurückfallen ließ, konnte er sie durch die Tränen in seinen Augen kaum erkennen. Die Schwester wischte ihm über die Augen und den Mund und sprach spanisch mit dem Arzt.

Dessen ovale, braune Augen rundeten sich mit einemmal. Diese Lotterie würde niemand gewinnen! Ein Massenmörder!

»Wollen Sie mir nicht darüber erzählen, Mr. Skinner«, wandte er sich wieder an Philo. »Wie viele haben Sie denn umgebracht? Und jemandem haben Sie auch ein Ohr abgeschnitten?« Der junge Arzt konnte es gar nicht erwarten, den Rest der Belegschaft zu informieren. Dieser dürre Gringo war ein zweiter Charles Manson!

»Bitte, Doktor!« flehte Philo. »Ich will nicht hier sterben. Ich will nicht hier in diesem fremden Land sterben.«

»Sie werden nicht sterben, Mr. Skinner.«

»Ich will aber auch nicht in einem fremden Land *leben*!« schluchzte Philo.

»Sie haben eine Menge Blut verloren, haben ein paar Infektionen, und außerdem sieht Ihre Lunge ziemlich übel aus, aber . . .«

»Ich will nach Hause!« heulte Philo. »Verständigen Sie die Polizei von Los Angeles, Doktor. Sagen Sie ihnen, sie sollen mich nach Hause holen.«

»Ja, aber diese ganzen Leute, die Sie umgebracht haben . . .«

»Ich bin Amerikaner«, schluchzte Philo Skinner. »Ich möchte nach Hause!«

16. KAPITEL

Byzantinische Augen

Am Freitag stand Walnikow noch vor Mittag von seinem Bett auf und ging unsicher in seinem Zimmer auf und ab. Dann rief er seinen Bruder an. Er sollte in seine Wohnung fahren und ihm etwas zum Anziehen bringen.

Um dreizehn Uhr dreißig hatte Alex Walnikow das Gewünschte bereits gebracht, und sein jüngerer Bruder spazierte in einer Popelinehose und einem alten Sporthemd durch die Station.

Um vierzehn Uhr verständigte eine Schwester den zuständigen Arzt, daß Sergeant Walnikow gegen jedes ärztliche Anraten das Krankenhaus verlassen wollte.

Um vierzehn Uhr dreißig rief Hipless Hooker in Walnikows Zimmer an und erteilte ihm Order, auf die Anweisungen des Arztes zu achten.

Um vierzehn Uhr dreiunddreißig teilte Sergeant Walnikow Hipless Hooker in aller Höflichkeit mit, daß er sich entschlossen hätte, seinen Abschied beim Los Angeles Police Department einzureichen. Captain Hooker sollte doch bereits die entsprechenden Entlassungspapiere für ihn vorbereiten.

Um siebzehn Uhr dreißig, die Wintersonne war gerade in all ihrer Pracht über Los Angeles untergegangen, saß Walnikow auf der Treppe am Wasserbecken des Los Angeles Music Center und lauschte Horst, dem Fiedler, der gerade Rimskij-Korsakow spielte. Für fünfzehn Dollar.

Horst wurde allmählich müde. Außer diesem Kerl mit dem mächtigen Kopfverband, der unbedingt russische Musik hören wollte, hörte ihm um diese Zeit kein Mensch mehr zu. Horst erkundigte sich, was denn mit seinem Kopf passiert sei, aber der Mann sagte nur: »Ein Unfall.«

Horst nahm das Geld natürlich gern, aber allmählich reichten die fünfzehn Dollar nicht mehr. Außerdem war Horsts Repertoire an russischer Musik erschöpft, und von neuem wollte er ebenfalls nicht mehr beginnen.

Walnikow hatte seinen Rücken der Hope Street zugekehrt. Er lauschte einer Zigeunergeige und starrte auf das melancholische Tableau des Fiedlers mit dem Gerichtsgebäude und dem Ritter in voller Rüstung im Hintergrund, der dieses so überaus wichtige Dokument triumphierend in den Abendhimmel reckte.

Und dann vernahm Walnikow eine vertraute Stimme: »Man hat mir gesagt, in Kauai regnet es.«

Walnikow drehte sich um und rief: »Natalie!«

»Bleib sitzen; steh nicht auf«, stoppte sie ihn. »Mein Gott, wie dieser Kerl dich zugerichtet hat! Das ist ja schrecklich!«

»Zugerichtet? Zugerichtet?« strahlte Walnikow mit dem breitesten, einfältigsten Lächeln, das sie je an ihm gesehen hatte. »Mir fehlt doch nichts! Ich fühle mich großartig!«

Und dann trat Natalie auf Horst, den Fiedler, zu und fragte ihn: »Läuft dein Motor noch, Horst?«

»Wie?«

»Ich meine, kriegen wir noch etwas Musik für das Geld, das er dir bis jetzt in den Rachen gestopft hat?«

»Mir reicht's, gnädige Frau, ich geh jetzt nach Hause.«

Darauf nahm Natalie Zimmerman einen Zwanziger aus ihrer Börse und streckte ihn Horst entgegen. »Zieh ihn doch noch mal auf, Horst. Solange das hier reicht.«

»Na gut«, grinste Horst. »Was möchten Sie denn gern hören?«

»Zigeunermusik. Russische Zigeunermusik.«

»Meine Güte, dauernd dieses russische Zeug. Muß das unbedingt sein?«

»Falls du die Schmiere für deine Kurbel willst, ja.« Natalie strich sich ihre Locke aus dem Gesicht.

»Wie wär's denn dann mit ›Ochi Chornija‹?« schlug Horst vor. »Sie wissen schon, ›Dark Eyes‹.«

»Also gut, Horst, dann also ›Dark Eyes‹«, nickte Natalie und ging wieder zu Walnikow zurück, der auf der Treppe stand und aussah wie ein Teilnehmer bei einem Fernseh-Quiz.

»Setz dich doch. Du mußt dich schonen«, befahl Natalie. »Eigentlich hast du hier ja absolut nichts verloren. Ich habe gehört, daß du im Krankenhaus einfach gegangen bist. Ich habe auch gehört, daß du gekündigt hast. Stimmt das tatsächlich?«

»Ich hatte einfach die Nase voll«, bejahte er. »Aber was ist mit dir? Fliegst du *nicht* nach Hawaii?«

»Das ist doch nur rausgeschmissenes Geld. Ich glaube, ich investiere meine Ersparnisse lieber in einen Plattenladen oder etwas Ähnliches.«

Während Horst nun in ein ›Ochi Chornija‹ einfiel, das allein schon seine zwanzig Dollar wert war, rückte Natalie näher an Walnikow heran und sagte: »Kennst du den Text von diesem Lied auch?«

»Ich kann ihn dir jetzt leider nicht übersetzen«, entgegnete er. »Meine Stimme ist noch etwas mitgenommen und . . .«

Natalie rückte nur noch näher. Er sah durch ihre komische Brille in ihre braunen Augen und übersetzte aus dem Russischen: »Dunkle Augen, leidenschaftliche Augen, feurige und schöne Augen. Wie sehr ich dich liebe . . .«

»Ja«, flüsterte sie. »Weiter.«

»Der Rest des Lieds ist traurig«, meinte er heiter. »Wie alle Zigeunerlieder.«

»Dann laß es lieber bleiben. Beschränken wir uns lieber auf diesen Teil.«

»Du hast Augen wie die Gottesmütter auf der Ikone«, sagte Walnikow. »Richtig byzantinische Augen. Diese liebevollen, warmen, byzantinischen Augen!«

Sie legte ihren Kopf an seine Schultern, und diese byzantinischen Augen füllten sich langsam mit Tränen, während Horst vor sich hin fiedelte und ab und zu zu den beiden herüberschielte.

»Und ich dachte schon, ich hätte diesmal auch den Schwarzen Peter bekommen«, sinnierte Walnikow.

»Ich möchte nicht sein wie Charlie Lightfoot«, meinte Natalie.

»Du bist doch auch überhaupt nicht wie Charlie Lightfoot«, beruhigte sie Walnikow.

»Andruschka!« Walnikow zerfloß fast das Herz.

Er küßte sie zärtlich. Sie küßte ihn leidenschaftlich. Und

dann legten sie sich auf den Stufen zurück, während Horst so tat, als sähe er ganz woanders hin.

Sie blickten auf die Hope Street hinunter und küßten sich zu den Klängen von Zigeunermusik.

»Andruschka!« rief sie.

»Natascha!« schluchzte er.

Horst dagegen wurde zunehmend nervöser und fing an, verstohlen um sich zu blicken. Zum Glück war es inzwischen dunkel geworden. Und vor allem hatte er außer diesen beiden keine weiteren Zuhörer. Das Wasserbecken reflektierte jedoch immer noch eine Menge Licht.

»Entschuldigen Sie, Gnädigste, aber ich kann es mir nicht leisten, mich hier mit der Geschäftsleitung anzulegen«, begehrte Horst schließlich auf.

Natalie löste sich nur kurz von Walnikows Lippen, um zu Horst hinüberzurufen: »Mach ruhig weiter, Horst. Wir werden das schon regeln.«

Horst dachte an den Zwanziger und spielte weiter. Aber schließlich gingen sie doch zu weit.

»Hey!« schrie er und hörte zu spielen auf. »Warum geht ihr zwei nicht lieber in ein Motel oder sonst wohin? Einen Teil des Gelds kann ich euch ja zurückerstatten.«

Walnikow hörte ihn gar nicht. Walnikow hörte nur Nachtigallen, die in einem Brombeerbusch sangen. Natalie ließ nicht von seinen Lippen, als sie nach ihrer Geldbörse tastete. Sie nahm ihre Dienstwaffe aus ihrer Handtasche und legte sie neben sich auf eine Stufe. Schließlich unterbrach sie ihren Kuß aber doch.

»Du hättest wohl gern ein Loch in deiner Geige, was Horst?«

»Also . . . also wissen Sie, alles was recht ist«, stotterte Horst. »Das ist ja ein Revolver! Also, jetzt hören Sie mal! Ich möchte hier wirklich keinen Ärger.«

»Dann würde ich dir auf jeden Fall raten, weiterzuspielen, junger Freund«, drohte Natalie mit einem vielsagenden Blick auf den Revolver, um sich jedoch gleich wieder in einen endlosen Kuß fallen zu lassen.

Horst hatte solche Angst, daß er kaum mehr spielen

konnte. Seine Finger waren naß von Schweiß, so daß sie ihm von den Saiten rutschten. Jedesmal, wenn er daran dachte, seinen Zylinder mit dem Geld zu nehmen und sich mit seinem Geigenkasten und seinem Klappstuhl aus dem Staub zu machen, mußte er auf diesen Revolver schauen, der neben diesen zwei wollüstigen Verrückten auf der Treppe lag.

»Hey, Sie!« schrie Horst noch einmal, während er ein etwas verstimmtes ›Ochi Chornija‹ fiedelte. »Ich würde gern mal ne Pause einlegen.«

Und dann – seine Augen hatten sich allmählich an das Dunkel gewöhnt – konnte er ihre Hände in zärtlichen Liebkosungen sich bewegen sehen. Und er hörte ihre Küsse und ihr Seufzen.

»Ach, Andruschka!«

»Meine Natascha!«

»Sie zwei sollten sich was schämen!« winselte Horst, immer noch den Bogen über die Saiten schwingend. »Wenn jetzt ein Bulle vorbeikommt, denkt der noch, ich hätte damit was zu tun.« Und dann fiel sein Blick auf den Revolver. »Ich wäre sogar froh, wenn ein Bulle vorbeikäme!«

»Andruschka!«

»Natascha!«

»Und dann sagen die immer, *meine* Generation wüßte nicht, was sich gehört«, flennte Horst.

Er warf einen letzten verstohlenen Blick auf den Revolver, der in dem schwachen Licht, welches das Wasserbecken reflektierte, böse schimmerte. Horst hatte plötzlich ein Gefühl, als müßte er in die Hosen machen. Warum kam in dieser Stadt *nie* ein Polizist vorbei, wenn man einen brauchte. Horst betrachtete diesen Verrückten genauer, der mit dieser Frau herumknutschte. Mein Gott, er hatte ja einen Verband um den Kopf wie einen Turban. Vermutlich hatten sie gerade eine Lobotomie an ihm vorgenommen. Völlig sinnlos, mit diesem Kerl auch nur zu reden zu *versuchen*. Und dieses Flittchen mit der Knarre war offensichtlich sogar noch gefährlicher.

Es blieb ihm also nichts anderes übrig, als so lange ›Ochi Chornija‹ zu spielen, bis sie ihn entweder über den Haufen knallten oder gehen ließen. Horst preßte seine Knie zusammen, konzentrierte sich auf seine Blase und malträtierte seine Geige.

Er wünschte sich nichts sehnlicher, als Arzt zu werden und anderen Menschen zu helfen. Und vielleicht auch noch jährlich zwanzig Riesen mit unversteuerten Honoraren einzustreichen, damit er sich einen Porsche Turbo kaufen konnte. Und vielleicht konnte er seine Krankenkassenabrechnungen auch noch ein bißchen frisieren, daß unter Umständen ein Wasserskiboot mit einer 454er Chevy-Maschine heraussprang. Tja, er war wirklich ein Helfer der Menschheit!

Seine Blase war nahe am Explodieren. Horst sah stöhnend zum Abendhimmel empor und konzentrierte sich auf einen heldenhaften Stern, der es geschafft hatte, den Smog zu durchdringen. Horst winselte laut zu diesem einsamen Stern hoch. Und Horst stellte ihm die zeitlose, universelle, unbeantwortete Frage: »Warum muß ausgerechnet immer ich den Schwarzen Peter bekommen?«

Die beiden Liebenden sollten ihn jedoch nie hören. Sie hörten nur einen Zigeunergeiger und russische Nachtigallen und ihre pochenden Herzen.

»Andruschka!«

»Meine Natascha!«

»Ach, Andruschka!«

BLAUE REIHE

Krimis die echtes Lesevergnügen bieten. Große Autoren, viel Spannung und Action, mörderische Geschichten

02/2312

02/2313

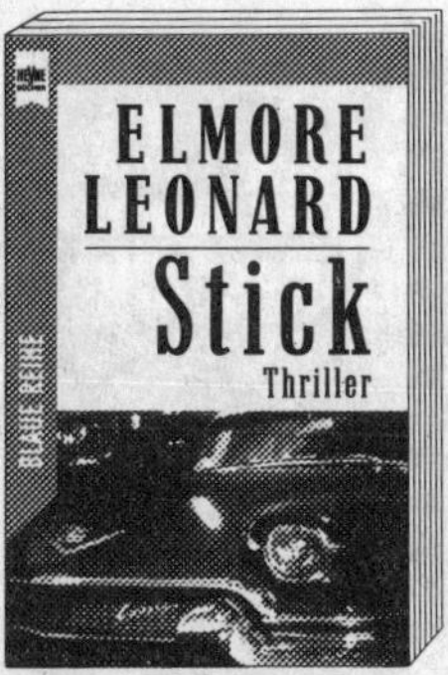

02/2314

02/2315

02/2317

02/2318

02/2319

02/2320